동아시아의 일본어 문학과 집단의 기억, 개인의 기억

▸ 본서는 2017년도 일본국제교류기금의 보조금에 의한 출판물이다.
(本書は2017年度日本国際交流基金の補助金による出版物である。)

일본학총서 35
식민지 일본어 문학·문화시리즈 74

동아시아의 일본어 문학과

집단의 기억, 개인의 기억

跨境 日本語文學·文化 研究會
엄인경 편저

역락

머리말

　이 책『동아시아의 일본어 문학과 집단의 기억, 개인의 기억』은 고려대학교 글로벌일본연구원 <과경 일본어 문학·문화 연구회>와 한국·일본·중국·타이완의 일본문학 연구자들이 발족한 <동아시아와 동시대 일본어 문학 포럼>이 발간하는 일본어 국제학술지『跨境/日本語文学研究』(Border Crossings : The Journal of Japanese-Language Literature Studies)의 성과를 한국 학계에 발신하고자 기획된 연구서이다. 이 기획은『동아시아의 일본어잡지 유통과 식민지문학』(정병호 편저, 역락, 2014.10.),『동아시아의 대중화 사회와 일본어문학』(유재진 편저, 역락, 2016.6.),『동아시아의 일본어 문학과 문화의 번역, 번역의 문화』(김효순 편저, 역락, 2018.2.)를 잇는 네 번째 시리즈로, 2016년 가을에 개최된 제4회 <동아시아와 동시대 일본어 문학 포럼> 나고야[名古屋] 대회와『跨境/日本語文学研究』에 발표된 내용을 중심으로 한 것이다.

　제4회 <동아시아와 동시대 일본어 문학 포럼> 나고야 대회의 주제는 「집단의 기억, 개인의 기억(集団の記憶、個人の記憶)」이었다. '기억'은 동아시아 각 지역의 역사인식 차이나 동요 등의 문제를 초점화할 수 있는 하나의 키워드로, 동아시아의 일본어 문학 연구자들이 한 자리에 모여 식민지와 전쟁을 둘러싼 동아시아의 개인과 집단의 기억, 그 어긋남, 기억과 망각을 둘러싼 지적 틀 등에 관하여 첨예하면서도 심도 있는 논의들을 개진하였다.

누구나 안고 살아가는 기억, 그 기억이란 자기 정체성의 근거이기도 할 것이다. 현재의 그가 어떤 사람인지는 과거에 어떤 사람이었고 무엇을 했는가 하는 자타의 기억과 불가분의 관계라는 의미에서 기억은 '개인적'이라고 할 수 있다. 그러나 한편으로, 우리가 개인적 기억이라고 여기는 것은 실상 공동적 작업이나 작용에 의해 구축된 경우도 많기 때문에 집합적 정체성과도 밀접한 관련을 갖는다. 이런 의미에서 기억은 '집단적'이기도 하다.

최근 동아시아 각 지역에서 보여주는 역사인식의 차이는, 집단과 개인의 기억법이 서로 상보관계에 있다기보다는 길항, 모순, 저항을 내재한 것이었음을 쉽게 드러낸다. 그러한 의미에서 동아시아 전역을 범위로 한 식민지, 전쟁, 공간, 시간에 관계한 '기억'과 일본어라는 수단으로 기록된 '문학'의 관련은 대단히 중요하고 의미 있는 고찰의 대상이다. 동아시아의 착종하는 '기억'과 일본어 '문학'을 둘러싼 연구자들의 최첨단 화두와 쟁점을 효과적으로 소개하기 위하여 이 책에서는 제1부 <일본어 문학이 기억하는 전쟁의 제상>, 제2부 <동아시아 식민지 기억의 과거와 현재>, 제3부 <경계인의 기억과 일본어 문학의 간극>, 제4부 <공간을 둘러싼 서술과 문학의 기억법>의 구성을 취하였다.

제1부 <일본어 문학이 기억하는 전쟁의 제상>에서는 동아시아 각 지역의 역사 인식에 가장 첨예한 갈등을 제시하는 전쟁 기억에 관하여 다양한 입장에 처한 사람들의 서술을 통해 그 양태를 다루었다.

일본의 근현대 역사와 기억, 전쟁 인식에 관한 논의를 견인하는 대표적 연구자 나리타 류이치[成田龍一] 니혼[日本]여자대학 교수는, 권두논문「일본 현대사회 속의 전쟁상과 전후상」을 통해 전쟁과 관련된 문학·영화·연구서를 천착하여 전후 세대의 분화로 야기되는 기억의 동요, 역사화의 필

요성을 역설한다. 중국 베이징[北京]사범대학의 린타오[林濤] 교수는 「아만 기미코[あまんきみこ] 전쟁 아동문학 속 '만주' 표상」에서 일본의 아동문학 작가 아만이 전후에 '만주'를 배경으로 지은 「구름[雲]」을 중심으로, 반전 의식이 부각된 맥락과 전쟁 기억의 재구성의 한계와 무력감을 지적하였다. 일본 릿쿄[立教]대학 이시카와 다쿠미[石川巧] 교수의 「구보타 만타로[久保田万太郎]의 '공습'」은 도쿄 서민 정서를 드러낸 작품들로 유명한 작가 만타로가 전쟁기에 발표한 수많은 소설과 희곡에서 '공습'을 키워드 삼아 그것이 어떠한 역사성으로 인식되고 변화하는지 관측한 글이다. 고려대학교의 김효순 교수는 「중일전쟁 미담과 총후 여성의 기억」에서 1938년 간행된 『지나사변 총후미담 조선반도 국민 적성(赤誠)』을 통해 전쟁과 미담 성행의 배경을 고찰하고 특히 후방의 여성들이 표상되는 방식과 그것이 내포한 모순을 확인하였다.

제2부 <동아시아 식민지 기억의 과거와 현재>는 '내지' 일본과 '외지'였던 동아시아 식민지의 관계가 과거에 어떻게 기록, 혹은 기억되었고 여러 세대를 거치면서 어떻게 현대에까지 그 영향력을 드리우거나 왜곡되는지를 보여준다.

타이완 푸런[輔仁]대학의 사카모토 사오리[坂本さおり] 교수는 「히가시야마 아키라[東山彰良]의 『류(流)』론」에서 <나오키상[直木賞]> 수상작인 『류』가 하드보일드·미스터리라는 형식임에 초점을 맞추어 중국, 타이완, 일본에 걸친 삼세대의 이화(異化)된 기억을 흥미롭게 그려낸 구조를 분석하였다. 관련하여 니혼[日本]대학 마쓰자키 히로코[松崎寬子] 특별연구원의 「전후 일본영화 <사랑을 바라는 사람[愛を乞うひと]>에 나타난 타이완 표상」은 현대 영화에서 타이완 식민 체험과 기억의 묘출 방식을 다루며, 흉포한 모성의 일본 여성을 통해 동아시아에서 일본이 가진 주체성에 의문을 제기한다. 국립 타이완[臺灣]대학 판수원[范淑文] 교수의 「식민지의 기억」은 유명한 나쓰메 소세키[夏目漱石]의 기행문 『만한 이곳저곳[滿韓ところどころ]』을 전후로 한 그의 소설들 내에 그려진 '만주상'의 특징과 기억에 의한 그 변용을 통시적으로 제시해 준다. 타이완 국립정치(政治)대학의 우페이전[吳佩珍] 교수는 「현재에 있어서 식민지 기억의 재현과 그 가능성」을 통해 천위후이[陳玉慧]의 『해신 가족[海神家族]』과 쓰시마 유코[津島佑子]의 「너무나 야만적인[あまりに野蛮な]」을 대조함으로써 1930년대의 식민지 타이완의 기억이 재구축되는 과정을 여성작가의 시선에서 추적했다.

제3부 <경계인의 기억과 일본어 문학의 간극>에서는 한국과 일본 간의 문제가 중점적으로 다루어지는데, 문학사라든가 이중언어의 사용, 디아스포라이자 이방인으로서의 재일 코리언들의 작품과 매체를 사정권에 넣은 것이다.

고려대학교 정병호 교수는 「한국 '국문학사' 기술과 '친일문학(이중언어 문학)'의 기억」에서 2000년 전후 '한국문학사'의 기술 과정에서 흔히 '친일문학'이라 일컬어진, 식민지기에 배태된 '이중언어 문학' 작품들이 내셔널리즘을 탈각하는 과정을 짚어내며, 식민지 문학사 기술의 필요성과 가능성을 주장한다. 동국대학교 김환기 교수의 「김석범 문학과 디아스포라 의식」은 재일 코리언 작가 김석범의 대작 『화산도(火山島)』나 『까마귀의 죽음』이 기억하는 '제주 4・3사건'을 중심으로 그의 디아스포라로서의 역사 체험과 민족정신의 근간에 접근하였다. 일본 기타큐슈[北九州]시립대학 김정애 교수는 「사할린/일본/조선의 이방인」을 통해 <아쿠타가와상[芥川賞]> 수상작가인 이회성(李恢成)의 데뷔작 「또 다시 이 길을[またふたたびの道]」을 분석하여 전후의 한반도 분단 상황이 재일조선인의 삶에 끼친 영향과 사할린 출신자에게 '조국'의 의미와 기억이 어떠한 것인지 묻는다. 오사카[大阪]대학 이영호 초빙연구원은 「재일조선인 잡지 『계간 마당[季刊まだん]』 작품 분석」에서 재일조선인 잡지에 대해 소개하고 수록작 「안녕히 아버지[アンニョンヒアボジ]」와 「무화과(無花果)」에 그려진 민족 정체성 기억을 통해 잡지 『마당』이 재일조선인 사회의 단합과 일본의 타자화를 지향한 특성을 도출하였다.

제4부 <공간을 둘러싼 서술과 문학의 기억법>에서는 과거의 사건이나 이력에 관한 기록과 기억의 상관관계, 그리고 중대한 기억을 품은 공간 및 물리적 장소가 갖는 상기(想起)와 환기(喚起)의 작용과 서사의 기능을 다각도에서 살펴본다.

일본 나고야[名古屋]대학 히비 요시타카[日比嘉高] 교수는 「도서관과 독서 이력을 둘러싼 문학적 상상력」에서 무라카미 하루키[村上春樹]의 독서 기록 유출 사건을 시작으로 하여 도서관 공간에 집적된 독서 기록과 그 기록의 처리방식, 도서관 공간이 공유한 스토리텔링의 가능성을 종합적으로 파악한다. 고려대학교 남유민 박사과정생의 「라이트노벨 속 대지진의 기억」은 일본 라이트노벨 대표작 『스즈미야 하루히[涼宮ハルヒ]』 시리즈가 한신아와지[阪神淡路]대지진의 피해지를 배경으로 하면서 인물이 겪는 내면 파괴와 치유, 일상과 비일상에 초래되는 부자연스러움의 양상을 지적하였다. 중국 외교학원(外交學院) 톈밍[田鳴] 교수의 「『우는 새의[啼く鳥の]』 시론」은 <아쿠타가와상> 수상작가 오니와 미나코[大庭みな子]의 소설 『우는 새의』의 시공간 설정이 매우 특수한 작품임에 착목하여 남성에 의해 획득된 기억이 여성작가의 정체성 확인에는 불충분하다는 입장을 천명한다. 마지막으로 편자인 고려대학교 엄인경은 「단카[短歌]로 보는 경성의 도시 기억」을 통해 식민지 도읍 경성이 단카라는 전통시가 장르에서 어떻게 표상되는지 유형화하고, 일본어 시가문학이 과거 서울의 역사 기억을 어떠한 방식으로 내재하고 재조일본인들의 공통된 기억 장치로서 작용했는지 고찰한다.

이러한 논의들은 문학을 비롯한 기록이나 서사와 기억을 둘러싼 접근 방식이 얼마나 다양할 수 있는지 보여줄 것이다. 어떤 서술은 한 사람의 사적인 기억과 체험을 말하지만, 그 서술이 공표될 때 사적인 기억과 체험은 집단의 것으로 변모할 잠재력을 획득해 버린다. 문학을 비롯한 서사물에 가득한 기억은, 그것이 개인의 것을 가장하고 있더라도 도서의 판매와 독서, 상연이나 상영과 같은 공표 행위를 매개로 집단적 기억의 형성에 참여하게 되기 때문이다. 기억을 언어—우리는 '일본어 문학'으로 특화하고 있지만—로 기록하고 확산시켜 온, 그리고 확산시켜 갈 행위의 무게는 결코 가볍지 않다. 전쟁, 식민지, 기억, 언어, 문학의 다양하면서도 긴밀한 관련을 다룬 이 책이 질곡의 역사를 함께 하고 있는 동아시아 지역의 상호 깊은 이해와 연대로 나아갈 하나의 학문적 계기가 되기를 바란다.

『동아시아의 일본어 문학과 집단의 기억, 개인의 기억』이 간행되기까지 많은 분들의 도움이 있었다. 우선 이 책의 출판을 가능토록 지원해 주신 일본국제교류기금(Japan Foundation)에 큰 감사를 전하고, 무엇보다 동아시아 전역을 범위로 하는 전쟁과 식민지의 기억 문제에 관하여 새로운 관점을 제시해준 동아시아 여러 지역의 집필자들과 성심을 다해 주신 모든 번역자들께 감사드린다. 또한 원고를 수합하는 과정부터 연락과 교정, 전달 작업에 큰 도움을 준 박사과정 이가혜 원생에게도 고마움을 표한다. 끝으로 편집부터 간행까지 좋은 책이 되도록 수고를 마다 않으신 이대현 사장님, 박태훈 이사님, 권분옥 편집장님을 비롯한 역락 관계자분들께 심심한 감사 인사를 올린다.

2018년 3월
과경 일본어 문학·문화 연구회
엄인경

차 례

제2부 동아시아 식민지 기억의 과거와 현재

제3부 경계인의 기억과 일본어 문학의 간극

제1부

일본어 문학이 기억하는 전쟁의 제상

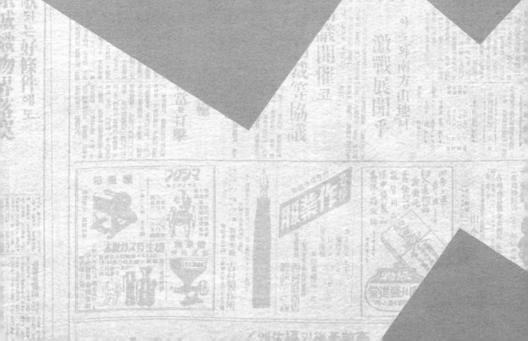

일본 현대사회 속의 전쟁상과 전후상

나리타 류이치[成田龍一]

1. 전쟁 경험자와 전후세대의 분리

전후와 전쟁 관계 속에서 새로운 세대가 등장했다. 전쟁상(戰爭像)의 제공은 전쟁 경험자(=당사자) (A)를 대신해 전쟁경험이 없는 사람이 다수가된 지 오래인데, 그 안에 분할선이 놓여 있다.

문예평론가인 사이토 미나코[齋藤美奈子]는 "부모의 전쟁체험을 1차 정보로 들은" "전후 제1세대"(B)와 "학교 교육이나 미디어를 통해서 재편된 전쟁밖에 모르는" "전후 제2세대"(C)를 지적했다.[1] 사이토는 전자를 1945~60년대 출생, 후자를 1970년대 이후의 출생으로 구분하여 1970년을 분할선으로 놓고 있는데, 타당한 견해이다.

사이토의 이와 같은 분할은 기억론 속에서 알라이다 아스만의 『상기의공간[想起の空間]』(야스카와 하루키[安川晴基] 역(水声社, 2007). 원저는 1999년)과, 양아스만의 『기억의 문화[記憶の文化]』(1992)에 의한 '커뮤니케이션 기억'으로

---

1) 齋藤美奈子, 『「戰爭の語り方」の語り方』(ちくま, 2012)

부터 '문화적 기억'으로 전환하는 지점과 접점을 이루고 있다. '커뮤니케이션 기억'은 일상에서 사람들의 상호작용 속에서 생겨나 동시대 사람들과 공유하는 것임에 비해, '문화적 기억'은 미디어에 의해 형성되어 구속력이 있으며 종종 제도화되어 있다.2)

또 한 가지, 최근에 전쟁을 '조부모의 전쟁'으로 묘사하는 경우가 많은데, 글을 쓰는 사람(C)과 전쟁 당사자(A)와의 관계가 주제로 되어 있다. 1953년 출생(B)의 만화가 고바야시 요시노리[小林よしのり]가 한 말인데, 2014년에 제작된 전쟁 및 전시 생활을 제재로 한 영화 햐쿠타 나오키[百田尚樹]의 <영원의 제로[永遠の０]>(원작은 太田出版, 2006)나 나카지마 교코[中島京子] 저/야마다 요지[山田洋次] 감독의 <작은 집[小さいおうち]>(원작은 文芸春秋, 2010) 등에서도 살펴볼 수 있다.

이야기의 현재를 2004년으로 설정하고 있는『영원의 제로』의 경우, 햐쿠타 자신은 (B) 세대인데, 주인공을 (C)로 설정해 '사에키 겐타로[佐伯健太郎]'(26세)와 누나 '게이코[慶子]'(30세)가 조부 '미야베 규조[宮部久蔵]'(1919년 출생)의 발자취를 찾아가는 구성이다. 전시를 그릴 때 조부모-손자를 축으로 하는 것은 부모, 즉 전후의 전쟁 해석을 소거하고 무화시키는 것이다. (B)와 (C)의 중간 세대인 나카지마 교코의『작은 집』도 또한 '전후'를 뛰어넘어 조모에 대해 이야기한다. '전후'의 전쟁 해석이 아니라, 조부모-손자의 관계로 전쟁상을 만들어내고 부모 시대의 움직임을 소거해버리는 점이 특징적이다.

이러한 세대의 '의태(擬態)'는 (B) 세대에 속하는 고바야시가 '조부 세대의 용기'를 이야기하는 것과 상응한다. 독자로서 (C)에게 이야기를 하면서 동시에 '전후'의 말하기 방식의 주요 조류에 대한 반발이다. 바꾸어 말하면, '전후'에 대한 대항이 일어나고 있는 것이다.

---

2) 安川晴基,「「記憶」と「歴史」」,『芸文研究』(2008)

한편, 고바야시의 『신 고마니즘 선언 전쟁론[新ゴーマニズム宣言 戰争論]』(幻冬社, 1998)과 『고마니즘 선언 SPECIAL 신 전쟁론[ゴーマニズム宣言 SPECIAL 新戰争論]』(幻冬社, 2015)에서 주장의 차이가 보인다. 현 시점에서 고바야시는 '넷 우익'과 '좌익'을 표리관계로 보지만, 후자뿐만 아니라 전자에 대해서도 비판을 가하고 있다. 이 사이에 국가적으로 역사수정주의가 주창되어 역사수정주의가 큰 위치를 차지했고, 이를 전환점으로 고바야시 자신의 논조에 변화가 보인다.

여기에서 중요한 것은 '전후'를 둘러싼 공방이 아니라 '전후'의 새로운 역사상을 만드는 일이고, 전후에 의한 전후상의 검토, 전후의 과정을 집어넣은 전후상과 전후상의 인식-서술의 실천일 것이다. 초점이 되어야 할 것은 전후의 가치로 전후를 덧그리는 것이 아니라 '전후'를 역사화하는 것이다.

2. '전후'의 과정과 전쟁상의 고찰

(1) 전후에 서술되는 전쟁

전쟁에 관련해 전후상을 검토하려고 할 때, 인식의 전환을 가져온 저작의 하나로 사토 다쿠미[佐藤卓己]의 『8월 15일의 신화[8月15日の神話]』(筑摩書房, 2007)가 있다.

사토는 전후의 과정을 통해 형성된 전후 의식과 전쟁의 기억-전후의식의 정치성에 착목한다. 전후의 원점으로 생각되는 "'종전'의 날'을 고찰하고, 전후의 작위(作爲)를 이야기한다. 글로벌 스탠더드로 보면, 패전은 항복문서를 조인한 1945년 9월 2일이 되지만, 8월 15일로 된 것의 전후사적인 의미-정치성을 검토했다. 8월 15일을 '종전'으로 말하는 것은 "미디어가 만든 '종전'의 기억"일 뿐이라고 하면서, 8월 15일을 축으로 하는 '종전 보도'가 1955년을 계기로 확립된 것을 말한다. '항복기념일'로부터 '종전기념일'로 이행한 과정을 전후 과정에서 검증하여, '8월 15일의 신화'를 명확히 하는 것이다.

이렇게 해서 사토는 본토 점령 종료 후인 1950년대 중반의 미디어(신문, 라디오)에 의한 '"종전기념일"의 편성', 1955년이라고 하는 '기억의 전환점'을 탐색하고, 덧붙여 '종전 10주년'인 이 해를 경계로 9월 2일 지면에서 '항복'의 흔적이 소거되었다고 했다. 또한 1963년에 내각회의에서 결정된 '8월 15일 전국 전몰자 추도식'으로 인해 상례 행사로 된 것도 언급했다.

한편, 사토는 "기억을 역사화하는 데 결정적인 미디어"로서 역사교과서를 분석하고, "종전의 기술 '형식'"을 고찰했다. 소학교, 중학교, 고등학교의 역사교과서 기술을 "8월 14일 수락", "8월 15일 방송", "8월 15일 종전", "9월 2일 조인", "8월 종전"의 형태로 분류하고, 고등학교 역사교과서 기술은 "9월 2일 조인"과 "8월 15일 방송"이 절반이다. 그러나 채택률을 감안하면 "9월 2일"의 '조인=종전'파가 "압도적으로 우세"하다고 논했다. 아울러 아시아 근린 여러 국가의 역사교과서에서는 "9월 2일 종전"설이 채용된 사실을 언급했다.

사토의 논의는 "9·2 항복기념일의 망각"이라는 관점에서 진보파의 "8·15 혁명"과 보수파의 "8·15 신화"가 "서로 표리관계에 있는 기분 좋은 종전사관"이라고 지적했다. '기억의 1955년 체제'를 지적하고 비판하고 있는 것이다. 동시에 사토가 실천한 것은 '그날'이 아니라 '"그날'에 대한 이야기"의 분석이고, 이 분석이야말로 앞으로 중요해질 것이라고 말했다.

사토는 이렇게 해서 전후에 전쟁을 총괄하는 방식이 이제는 빼도 박도 못하게 되었다고 했다. 여기에 놓인 전후의 전후성을 자각하도록 촉구하고 있는 것이다. 이미 요시다 유타카[吉田裕]의 『일본인의 전쟁관[日本人の戦

争観]』(岩波書店, 1995. 증보판 2005년), 유이 다이자부로[油井大三郞]의 『미일 전쟁관의 상극[日米戦争観の相克]』(岩波書店, 1995. 개정증보판 2007년)은 그 선구적인 시도였는데, 사토를 포함한 논저는 ① 전쟁상의 재구성이라는 방향이 아니라, ② '전쟁관'에 착목해 ③ 그 '추이'나 '상극'에 관심을 갖는다. 그리고 거기에 ④ '전후'의 작위를 찾아내고 검증을 통해 전후의 전후성-전후의 역사화를 도모했다고 말할 수 있다.

이는 방법적으로 말하면 전후의 과정을 짜 넣음으로써 전쟁상과 전후상을 보다 입체적으로 고찰하는 자세이다. 사토는 1950년대에 전쟁책임을 둘러싸고 '대외적인 자세'와 '국내적인 취급'을 구분해 사용하는 '더블 스탠더드'가 성립된 사실을 이야기한다. 일본이 대외적으로는 샌프란시스코 강화조약 제11조의 동경재판의 판결 수락을 이야기하면서도, 국내적으로는 전쟁책임 문제를 사실상 '부정'한 것을 요시다는 지적했다.

전쟁관의 구조를 통시적으로 그려내는 점에 요시다 논의의 특징이 있는데, 유이는 미국의 전쟁관과 일본의 전쟁관을 비교해 공간적으로 확대해서 보여주었다. 아울러 1995년을 하나의 매듭으로 일단락 짓고, 전후의 과정을 끼워 넣은 전쟁관을 탐구했다.

이러한 작업은 후쿠마 요시아키[福間良明]의 『'반전'의 미디어사[「反戦」のメディア史]』(世界思想社, 2006)를 비롯한 일련의 저작에서도 자각적으로 행해졌다. 후쿠마는 전후의 과정에서 전쟁상의 창출과 정착을 도모하고 잇따라 간행한 저작들, 즉 『순국과 반역[殉国と反逆]』(青弓社, 2007), 『'전쟁체험'의 전후사[「戦争体験」の戦後史]』(中央公論新社, 2009), 『초토의 기억[焦土の記憶]』(新曜社, 2011) 등에는 모두 '전후'의 과정이 끼어 들어가 있다.

'반전'이라는 관점을 통해 아시아·태평양전쟁을 분석대상으로 하는 『'반전'의 미디어사』에서 후쿠마는 "텍스트가 어떻게 사회적으로 수용되어 왔는지" 탐색하고 있다. 고찰을 '텍스트의 내용'이 아니라, '텍스트를 둘러싼 말하기'로 정하고, 『버마의 하프[ビルマの竪琴]』, 『스물넷의 눈동자[二十四の

瞳』부터 『들어라 바다신의 노래[きけわだつみのこえ]』, 『하늘나리 탑[ひめゆ
りの塔]』, 나아가 『나가사키의 종[長崎の鐘]』, 『원폭의 아이[原爆の子]』, 『검은
비[黒い雨]』 등의 작품을 소설과 영화를 아울러 분석대상으로 삼았다.

후쿠마는 점령기-점령 종료 후-1960년대-1980년대의 각 시기에 따라
내셔널리티('반전 내셔널리티')가 변용되는 것을 배경으로 하여 전쟁을 그리
고 있는 정전을 고찰하고, 이를 통해 전후가 만들어낸 '전쟁상'을 고찰했
다. 원폭 이야기에서 "'피폭'을 이야기하는 내셔널한 욕망"을 찾아내고, '내
셔널리티'나 사건을 '이야기하는 방식'에 착목한 고찰로 다양한 역학에 의
해 전쟁상이 이야기되는 과정을 논했다.

논의는 "'반전'은 일견 내셔널리즘과 반대의 끝에 있는 것 같지만, 거기
에는 전후 일본의 그때그때의 사정에 맞게 내셔널리티가 고려되어 있다"
고 하면서, '오키나와[沖縄]', '원폭', '전선(前線)/후방' 등의 대상에 입각해 각
각의 케이스를 제시했다. 정확하게 다시 말하면, '반전'을 이야기하는 것과
내셔널한 욕망이 '접합하는 방식'은 시대상황에 따라, 취급하는 대상마다
다르다는 것으로, "'말하기' 자체의 이야기되는 방식"의 추이를 시기와 장
르에 따라 수행했다.

미디어론에서 "'반전'에 들어가 있는" 다양한 책략이나 가능성을 분석하
는데, "'반전을 이야기하는 것'의 위상차"-'공시성(共時性)'에 대해 착목하는
것으로, '여론'(public opinion)과 '세론'(世論, popular sentiments)의 '길항'에 대한
관심이 일어(이 구별은 사토 다쿠미의 개념을 원용한 것임), '남자의 바다 신'에
'여론'을 읽어내고, '여자의 바다 신'에 '세론'을 감지해낸 것이기도 하다.

후쿠마의 전쟁 이야기에 내재하는 두 가지 국면은 '외향적'인 것과 '내
향적'인 것의 '더블 스탠더드' 등, 지금까지 지적된 것과 접점을 갖고 있다.
가해성/피해성, 자신감 등의 요소를 덧붙여, "피해의 '심정=세론'"과 "가해
의 '논리=여론'"을 강구한다.

후쿠마가 미디어론을 이야기하고 역사사회학을 전면에 내세울 때, 요시

다 유타카의『병사들의 전후[兵士たちの戦後]』(岩波書店, 2011), 나리타[成田]의
『'전쟁경험'의 전후사[「戦争体験」の戦後史]』(岩波書店, 2010)는 역사학의 입장에
서 전후 과정을 포함한 전쟁상을 그려내려고 했다. 이미『이와나미강좌
아시아・태평양전쟁[岩波講座 アジア・太平洋戦争]』전8권(岩波書店, 2005-06)에서
제시한 관점인데, 쌍방의 수법에는 차이가 있다.

　요시다는 전시 중의 집단, 인간관계가 전후에 어떻게 변해갔는지 묻는
다.『병사들의 전후사』에서 병사들의 양상을 요시다는 정치와 사회의 사
건들과 상관관계 속에서 서술한다. 전쟁 전과 연속성, 그리고 단절성을 주
시하며 옛 군으로부터 계승된 것을 살피면서 병사들의 전후와 마주하는
데, 1970-80년대 전우회 등의 옛 군인단체의 최전성기를 거쳐 1990년대 이
후는 '종언의 시대'에 이르러 "옛 군인단체 활동의 정체(停滯)"가 찾아온다
고 보았다. 또한, 병사들에게 변화가 나타난 것을 언급하며, "증언이 일종
의 '유언'으로서의 성격"을 띠게 되었다고 요시다는 언급했다.

　이때, 요시다가 중시하는 것은 '세대'와 '조직'이다. '전중파(戦中派)'가 형
성되어(1950년 무렵에 이 말이 정착했다고 본다) '다이쇼[大正] 출생'이 거의 이
들이라고 봤는데, 고도성장기에 이 전중파가 '사회의 중견층'이 되었다. 한
편, '조직'에 관련된 측면에서 보자면 전우회의 경우에 고도성장기에 생활
안정을 배경으로 "전사한 전우의 '위령'과 살아남은 자들의 '친목'"을 핵으
로 하는데, 같은 연차의 병사들이 오래 활동하고 있어 이들을 통합하는
형태로 연대 단위의 대규모 전우회가 형성된다고 말했다. 전우회는 봉납
(奉納) 사업, 위령제, 위령비나 부대의 역사 간행(1982년이 전성기), 유골수집
사업 등을 행하는데, 여기에서도 활동에 관심을 보이지 않거나 저항감을
갖고 있는 병사들이 있었다는 사실을 지적했다.

　요시다의 서술에서 살펴볼 수 있는 것은 시간의 추이에 따라 옛 병사들
이 갖는 (전쟁에 대한) 리얼리티와 (전쟁을 축으로 하는) 아이덴티티가 변
용되어 간다는 사실이다. 고급장교라면 어떤지 모르지만 하사관 이하의

병사들은 시간이 흘러감에 따라 생각이 변용되어 간다. 또 이들은 결코 하나의 굳건한 조직이 아니라 다양한 생각을 갖고 있었다. 이러한 이유로 요시다는 전중파를 축으로 놓고 "옛 병사라는 말로 우리가 이미지화할 정도로는 그들의 역사 인식은 보수적이지 않았다. 오히려 그들은 전쟁의 역사를 질질 끌며 이와 마주하면서 전쟁의 가해성과 침략성에 대한 인식을 깊게 해간 세대였다. 동시에 그들은 자신들의 전우를 '헛된 죽음'으로 몰아넣은 일본 군인을 중심으로 한 국가지도자에 대해 강한 분노를 시종일관 잊지 않은 세대였다"고 말했다. "강한 응어리"로 힘들어하면서 그들의 전후사를 살아온 궤적을 그렸다.

요시다의 눈은 전중파의 병사들에게 주목하는데, 전쟁체험을 총괄하는데 나타나는 차이는 전후체험의 차이와 연동한다고 말할 수 있을 것이다. 이 때문에 요시다는 전쟁 중과 전후를 중첩시켜 물음을 제기하는 수법으로 『병사들의 전후』를 저술했다. 이는 전후의 관점에서 보면 전시를 매개로 하여 아이덴티티를 만들어낸 전후의 역사적 위상을 논의 속으로 끌어오는 것이다. 대일점령정책(군인연금의 정지, 공직 추방, 위령제 규제)과 병사들의 전후가 하나의 초점으로서 두껍게 그려지는 것은 이러한 이유에 연유한 것이라고 할 수 있을 것이다.

환언하면, 전쟁이 초래한 모순이 전후에 만들어낸 모순과 어떻게 서로 상승 작용해 옛 병사들에게 내려앉았는지 고찰하는 것으로, 냉전체제의 구조에 대한 해명이다. 요시다는 "그들이 끌어안아야 했던 고유의 곤란함"에 접근했는데, 반전시키면 전중파에게 식민지 의식이나 점령 의식이 결여되어 있는 것의 해명도 아울러 과제가 될 것이다.

병사들의 '경험'의 내부에 들어가는 것, 또 그 '경험'을 적어놓은 작품을 그때그때의 상황 속에서 읽고 생각해보는 것, 현재의 시점에서 평가하는 것을 실천했다.

귀환이나 억류에 대한 최근의 관심도 이러한 논의와 연동되어 있다고

할 수 있다. 하야시 에이이치[林英一]의 『잔류 일본병(残留日本兵)』(中央公論新
社, 2012)은 이를 대상(테마)으로 하여 황군 일본병사와 인도네시아의 관계
를 탐색하고 '잔류 일본병'을 고찰하려고 했다. 현지 아시아 사회와의 관
련 속에서 '잔류 일본병'의 전후사를 그리려고 하고 있다. 하야시는 프랑
스령 인도차이나, 네덜란드령 동인도, 영국령 버마·말레이, 타이부터 중
국, 필리핀, 소련 등에 잔류한 만 명의 '잔류 일본병'의 사례를 대량으로
수집해 그 유형화를 시도했다. 특히 잔류를 결단한 이유에 착목해 군인(장
교, 헌병, 하사관, 병사)이었는지, 군속(軍屬)이었는지 등을 고려하면서 "다양
한 상황 하에서의 결단"을 그렸다.

　전후 아시아에서는 식민지 해방의 민족운동이 일어나는데, 지역에 따라
상황이 달라진다. 어떠한 이유와 수단, 연고로 잔류하고 있는지, 또 일본
군의 어느 계층에 있었는지에 따라서 지역사회나 독립전쟁과 관련된 방식
이 크게 달라서, 그들은 각각 파란의 인생을 보내게 되었다.

　나는 이들 인물-병사의 전시와 전후를 주시하는 고찰에 대해 사건 총
괄을 둘러싼 계보를 살펴보았다. 전쟁경험은 모든 의미에서 그 사람의 인
생을 규정하기 때문에 전쟁을 이야기하는 것은 자신의 아이덴티티를 확인
하는 작업이고, 전쟁과 어떻게 마주하고 전쟁을 어떻게 받아들일 것인가
에 따라 '주체'가 형성된다. 이는 직접적으로 전쟁을 살아서 체험한 세대
뿐만 아니라, 전후에 성장한 세대도 마찬가지이다. 전쟁이 '주체'의 형성에
결정적인 세대와 시기가 존재하며, 여기에는 전쟁을 축으로 하여 쉽사리
양보할 수 없는 주장이 행해져 왔다.

　동시에 전쟁은 같은 세대의 사람들이나 후세대 사람들, 혹은 다른 나라
사람들과 같은 '타자'와의 관계가 개입하는 영역이기도 하다. 전쟁을 이야
기하는 것은 사회의 존재이유를 이루는 행위로 사료되며, 나아가 국가의
근간에 관련된 논의도 적지 않다.

　전쟁 체험의 역사적인 의미 부여를 둘러싼 저항이나 대립이 보이는 것

은 이러한 이유 때문으로, 광의의 의미에서 '정치'가 나타나는 장소이기도 하다. 더욱이 전쟁을 둘러싼 논의는 그때그때의 상황에 따라 논점이 환기되거나 만들어지기도 한다. 기록된 전쟁과 제국-식민지-그 기술을 실마리로 '아시아·태평양전쟁'을 이야기하는 방식을 탐색하고, 이를 통해 전쟁 및 식민지에 대한 역사인식에 대해 고찰했다. 즉, 누가 어떤 시기에 어떤 형태로 '전쟁'과 식민지를 이야기했는지, 또 이때의 '전쟁'이란 무엇을 내용으로 누구를 향해 어떻게 이야기했는지, 그 추이를 기록된 내용을 단서로 고찰한 것이다.

변화의 추이를 추적하는 것은 화자(話者)의 상황과 청자의 환경을 고찰하는 것과 관련되어 있어서 시도 자체가 하나의 전후사를 형성한다는 인식으로 '전쟁경험'의 전후사라고 할 수 있다. 전쟁 경험자가 경험의 공유를 전제로 이야기하는(이야기할 수 있는) 상황으로부터 경험자가 소수파가 되어가는 변천, 또 총력전으로서의 '아시아·태평양전쟁'이 한국전쟁부터 베트남전쟁, 혹은 걸프전이나 이라크전 같은 '전후'의 전쟁 속에서 환기되는 것이고, 나아가 전쟁 자체의 변화가 보인다는 자각화 과정 속에서 진행되고 있다.3)

가사하라 도쿠시[笠原十九司]의 『난징사건논쟁사[南京事件論爭史]』(平凡社, 2007)는 종래대로라면 난징사건의 연구사라고 할 수 있는데, 시대상황과

---

3) 마찬가지로 『총서 전쟁이 만들어내는 사회[叢書 戰爭が生みだす社會]』(전3권), 즉 오기노 마사히로[荻野昌弘] 편, 『전후사회의 변동과 기억[戰後社會の変動と記憶]』, 시마무라 다카노리[島村恭則] 편, 『귀환자의 전후[引揚者の戰後]』, 난바 고지[難波功士] 편, 『미군기지문화[米軍基地文化]』(新曜社, 2013-14)도 역시 이러한 점에 의식적이다. 이와 같은 문제의식은 나카 히사오[中久郎] 편, 『전후 일본 속의 '전쟁'[戰後日本のなかの「戰争」]』(世界思想社, 2004), 다카이 마사시[高井昌史], 『'반전'과 '호전'의 대중문화[「反戰」と「好戰」のポピュラー・カルチャー]』(人文書院, 2011), 나아가 히다카 가쓰유키[日高勝之], 『쇼와의 노스탤지어란 무엇인가[昭和のノスタルジアとは何か]』(世界思想社, 2014)에 이르고 있다. 전후를 전전과 전시 중으로부터 끌어내는 것이다. 또한 하마 히데오[浜日出夫] 편, 『전후 일본의 시민의식의 형성[戰後日本における市民意識の形成]』(慶応義塾大学出版会, 2008)은 '전쟁체험의 세대간 계승'을 부제로 하여 이 자체를 주제로 논의했다.

중첩시켜 논함으로써 전후사의 사건 인식(대항을 내포함)의 추이를 그려내
었다. 난징사건이 전후에 어떻게 상기되었는지, 또 그 일이 어떠한 논점과
논쟁을 일으켰는지 서술했다.

 이러한 관점에서 볼 때, 전쟁문학도 새로운 의미를 부여할 수 있다. 『콜
렉션 전쟁×문학』(전20권+별권, 集英社, 2011~13)은 편집위원(아사다 지로[浅田次
郎], 오쿠이즈미 히카루[奥泉光], 가와무라 미나토[川村湊], 다카하시 도시오[高橋敏夫],
나리타[成田]) 모두 '전후 출생'-(B) 세대이다. 전쟁문학은 '전쟁'이라는 사건
을 대상으로 하여 거기에 나타나는 다양한 사상(事象)을 그리는 동시에 다
양한 역학 속에서 읽기 방식이 나온다.
 (α) 중일전쟁까지의 작품(히노 아시헤이[火野葦平] 등의 종군작가 등에 의한 상
황 보고, 작가 부대가 더해진다). (β) 아시아·태평양전쟁 이후의 작품(다자이
오사무[太宰治], 다카무라 고타로[高村光太郎] 등의 기성작가들, 새로운 대상, 새로운
표현-이 점이 정치선전과 미묘하게 교차). (γ) 전중 세대의 작자에 의한 작품(주
제로서 실존, 전후의 가치관에 의한 전시 다시보기와 재구성-노마 히로시[野間宏], 오
오카 쇼헤이[大岡昇平] 등의 작품)과 비교해 새로운 세대의 작자가 등장하는
사실에 유의하고 있다.
 즉, (γ) 전후 세대의 작자Ⅰ(부모가 전쟁경험자)에 의한 작품(상황 함수로서
의 전쟁-오쿠이즈미 히카루)이나 (δ) 전후세대의 작자Ⅱ(조부모가 전쟁 경험자)
에 의한 작품이 씌어졌다. 이때 독자도 마찬가지로 (A) 전쟁경험자(당사자
의식을 갖고 있는 사람), (B) 부모가 전쟁경험자인 사람, (C) 조부모가 전쟁경
험자가 되고, 작품과 세대의 조합으로 전쟁문학이 씌어지고 읽혀지게 되
었다.4)

---

4) 진노 도시후미[陣野俊史]의 『전쟁으로, 문학으로[戦争へ、文学へ]』(集英社, 2011)는 '걸프전'
 이후에 씌어진 '전쟁소설'을 논했는데, 특히 '9·11' 이후의 '새로운 전쟁'에 대응하는 '새로
 운 '전쟁소설'을 탐색했다. 따라서 (C) 세대의 작가 문학에 주목하고 있다. 가와무라 미나
 토의 『종이 성채[紙の砦]』(インパクト出版会, 2015)는 '자위대 문학론'을 부제로 하여 새로

(2) 미야자키 하야오의 〈바람이 분다〉

이러한 가운데 '전후'의 전쟁 해석이 줄다리를 계속했다. 미야자키 하야
오[宮崎駿]가 제작한 애니메이션 영화 〈바람이 분다[風たちぬ]〉(2013)에 대해
논의해 보자.5) 영화 〈바람이 분다〉는 전쟁을 둘러싸고 현재 어떠한 해석
이 서로 논쟁하고 있는지 알 수 있는 작품이다.

미야자키가 작성한 영화 〈바람이 분다〉의 「기획서-비행기는 아름다운
꿈」에는 타이틀이 호리 다쓰오[堀辰雄]의 소설에서 유래한 것임을 명시하
고, "실재한 호리코시 지로[堀越二郎]와 동시대를 산 문학자 호리 다쓰오를
섞어서 한 명의 주인공 '지로'로 구성했다"고 되어 있다. 동시대인으로서
엔지니어인 호리코시 지로(1930년 출생)와 호리 다쓰오(1904년 출생)를 연결
해 호리코시의 인생을 호리 작품의 틀로 그린다고 하는 것은 미야자키가
아니면 생각하기 힘든 착상이다. 그리고 미야자키는 섬세하게 호리 다쓰
오의 문학세계에 접근했다.

그러나 두 사람을 연결하는 틀, 즉 주인공 '지로'의 조형을 미야자키는
순수한 인물로 설정하고, '지로'를 "자신의 꿈"을 향해 "충실하고" "똑바로
나아간" 인물로 만들었다(「기획서」). 이는 호리 다쓰오의 작품 「바람이 분
다」의 해석과 관련된 논점을 내포하고 있다. 우회하는 듯하지만, 호리의 「바
람이 분다」에 대해 생각해보자.

호리 다쓰오가 「바람이 분다」의 제1장에 해당하는 부분을 쓴 것은 1937
년 1월이다. 반 년 후에는 중일전쟁이 본격적으로 전면화되었고, 전시 하
에 호리는 「바람이 분다」를 이어서 썼다. 결핵을 앓고 있는 약혼자와 함

운 주제에 관한 문학을 소개했다.
5) 소설 「바람이 분다」에 대한 작품평은 많다. 그 양상은 『호리 다쓰오 「바람이 분다」 작품론
집』(クレス出版, 2003) 등에서 알 수 있고, 그 외에 최근에도 『문학』(2013.9・10월호)이 「호
리 다쓰오 특집」을 구성해, 「바람이 분다」를 고찰했다. 당연한 일이지만, 시대나 시기에 따
라 읽기-해석이 달라졌다.

께 하는 생활을 소설가인 '나'의 시점에서 그리고 있는데, 영화 <바람이 분다>는 이러한 큰 틀을 원용하고 있다.

호리는 「바람이 분다」 속에서 ① 전시 하에(전사는 아니지만) '죽음'을 그려 각각의 개별적인 죽음―죽음의 동질성과 개별성을 논하고 있다. 그리고 호리는 이를 반전시켜, ② 「바람이 분다」를 '삶'을 기록하는 작품으로 만들었다. 이러한 점에서 ③ 「바람이 분다」는 '자기 재생'의 이야기가 되었고, '인간성을 회복하는 것'―'살려고 하는 것'이 근저에 있는 작품으로 볼 수 있다.

미야자키는 이러한 죽음―삶의 이야기로서 「바람이 분다」를 전제한 다음, 이를 영화의 틀로 만들었다. '제로센'이라는 죽음의 병기와 관련된 인물 '지로'와 결핵을 앓으면서 죽음을 응시하고 있는 '나오코[菜穂子]'를 그려 "살아야겠다"는 메시지를 보내고 있는데, 미야자키의 자세는 호리가 만들어낸 세계를 잘 응시해 영화 <바람이 분다>에서는 '지로'와 '나오코'의 순수한 사랑이 아름답게 그려진다.

이를 보여주기라도 하듯이 영화 속에서 두 사람 모두 진지하다. '지로'는 비행기에서 아름다움을 추구하고, 순수가 '아름다운 꿈'의 뒤를 좇는다. 한편, '나오코'는 세상을 살아가는 냄새가 느껴지지 않고 순수하게 '지로'를 따르는 여성으로 그려진다.

그러나 이때 주목할 것은 호리 다쓰오의 「바람이 분다」에서는 두 사람의 '순수'한 사랑이 주제인 것처럼 보이지만, 한편으로는 '순수'가 거부되어 있는 것이기도 하다. 「바람이 분다」에서 소설가인 '나'는 문득 "병든 여주인공의 슬픈 죽음"을 '만들어내기' 시작해 "자신들의 사랑을 한층 더 순수한 것으로 만들려고 시도"한다. 그러나 순간 "나는 마치 꿈에서 깨어난 듯이 이루 뭐라 형언할 수 없을 공포와 수치심에 휩싸였다"고 하는 서술이 이어진다. 그야말로 '순수'의 이야기가 '나'=남성이라는 강자에게 제멋대로인 것으로 만들어져 배척되고 마는 것이다. 호리의 강인한 정신, 독자적인 흔들림 없는 세계를 느끼게 하는 부분인데, 픽션에 철저하고자 하는 강도(强度)가 나타나 있다.

이렇게 해서 호리 자신에게 「바람이 분다」에 나타난 '순수'의 이야기는 부정된다. 그리고 이를 새삼 확인하는 것이 전후에 호리 다쓰오 작품을 읽는 방식이다. 평론가 가토 슈이치[加藤周一]가 제시한 세이킨파[星菫派] 비판은 그 대표적인 평론이 되었다.6)

그러나 미야자키는 호리 작품 중에서도 「바람이 분다」에서 '순수'를 읽어내려고 했다. 미야자키는 자신의 작품을 "완전한 픽션으로 1930년대의 청춘을 그린 이색의 작품"(「기획서」)이라고 말했는데, 이때 전시 중에 전쟁과 마주하지 않고 별이나 제비꽃을 노래한 세이킨파의 방향성에 호리코시-호리의 접합이 살짝 들어가 있다. 즉, 이들을 세이킨파에 중첩시켜 모든 것이 긍정되는 것이다. 영화 <바람이 분다>에서 '지로'의 목적은 결코 의심할 바 없이('꿈'으로는 이를 부정할 수 없다) '지로'가 '꿈'을 향해 돌진하는 프로세스를 그리고 있는 것이다.

"살아야겠다"는 메시지는 호리 다쓰오로부터 멋지게 추출되었다. 그러나 호리에게 삶=자기 재생은 결코 '순수'가 따라오지는 않았다. '순수'라고 하는 지향성이 갖는 교활한 재주를 호리는 자각하고 있었고, "살아야겠다"는 결의는 (영화에서 그려진 것처럼) '결과'(=사후)가 판명되고 난 후에 나오는 것이 아니라, 사건이 일어나는 와중에 발견해 자각한다고 하는 것이 호리의 주장이었다. "살아야겠다"는 결의는 호리에게 순수함을 유지시켜 주는 것이 아니라, 역으로 세속을 받아들이는 것이었다.

영화 <바람이 분다>의 공개를 전후해서 미야자키는 많은 인터뷰에 응

---

6) 이러한 점에서 전후에 세이킨파를 규탄한 평론가 가토 슈이치가 그 후에 프랑스 유학을 거쳐 새롭게 '잡종문화'론을 전개한 것은 시사적이다. 가토는 문화의 순수화를 바라는 운동이 일본에서는 철저히 실패해 잡종성에서 진정한 일본문화의 특징을 찾으려고 했다. 가토도 또한 '순수'에 대한 비판파였다.

하는 외에, 특히 스튜디오 지브리가 발행하는 『열풍』(2013.7)에서는 '헌법 개정'을 특집으로 다루었다. 『열풍』 속에서 미야자키는 "정말로 어리석은 전쟁을 했다"고 하는 '실감'을 갖고 있고, "한심한 전쟁이었다"는 인식을 갖고 있다고 말했다. 또한 부친의 '전쟁 책임'을 둘러싸고 논쟁이 일어나자, "징병제도라고 하는 것은 최악이에요"라고 단정했다.

이러한 인식은 헌법을 개정하는 문제에 대해 "당연히 반대합니다"고 단언하는 태도와 중첩되고, 전쟁 전의 일본에 대해서 위안부 문제를 포함해 "제대로 사죄하고 배상해야 한다"는 자세와 호응하고 있다(담화 「헌법을 바꾸다니 말도 안 돼[憲法を変えるなどもってのほか]」). 『열풍』의 같은 호에는 그 외에 스즈키 도시오[鈴木敏夫]의 「9조 세계로 전하자[9条 世界に伝えよう]」, 나카가와 리에코[中川李枝子]의 「전쟁은 무서워[戦争は恐い]」, 다카하타 이사오[高畑勲]의 「60년 평화의 크기[60年の平和の大きさ]」의 담화도 아울러 게재되어 흡사 비전(非戰)과 호헌(護憲)의 주장을 집합해 놓은 모양새이다.

담화내용과 더불어 이러한 미야자키가 영화의 외부에서 하는 행동은 「바람이 분다」를 이해하는 데 오해를 받지 않으려는 배려일 것이다. 미야자키가 전후파-전후 지식인이라는 사실이 유감없이 발휘되어 있다고 느끼게 하는 측면이기도 하다. 미야자키와 스튜디오 지브리가 전후 정신을 체현하는 것을 표명하고 있고, 『아사히신문[朝日新聞]』(2013.7.20.)의 인터뷰 속에서, "물론 호리코시 지로도 한 사람의 일본 국민으로서 전쟁책임은 짊어지고 있습니다만, 한 사람의 엔지니어가 역사 전체에 책임을 질 필요는 없다"고 말했다. 이 인터뷰에서는 비행기를 "아름답지만 저주받은 꿈"이라고 하면서, 시대 속에서는 누구도 사태의 선악을 판단할 수 없다고 말했다.

그러나 미야자키의 이 발언은 세이킨파로 규정한 호리코시를 같은 문맥에서 더 깊이 논해 "이중의 세이킨화[星菫化]"가 이루어지고 말았다. 영화의 외부가 아니라, 내용이 이렇게 해서 다시 문제가 된다. 세이킨파의

해석에 근거하는 영화 <바람이 분다>가 문제일 것이다. 초점은 호리 다쓰오의 해석에 있다. 이미 소설 「바람이 분다」를 주머니에 깊숙이 넣고 특공대 전투기를 탄 세대가 있었다(『国文学解釈と鑑賞 別冊 堀辰雄とモダニズム』, 2004). 영화 속 '지로'는 이러한 모습과 중첩되어 있다.

초점화할 문제는 이러한 점을 어떻게 생각할 것인가 하는 점이다. 환언하면, 지금 호리 다쓰오를 어떻게 읽을 것인가 하는 문제이기도 하다. 영화 <바람이 분다>에서 미야자키는 이 문제를 정면에서 제기했다. 또한 작품의 외부에서 보조선도 그었다. 그리고 중요한 작품 내의 해석은 세이킨파로서 '지로'와 '나오코'를 그려냈다. 이 때문에 전쟁을 문제시하는 일 없이 자신의 '꿈', '순수한 사랑'을 추구한 것으로 두 사람의 인생이 그려지기에 이르렀다. '전후'의 호리 다쓰오 해석을 미야자키의 <바람이 분다>는 거치지 않은 것이다.

호리 다쓰오를 세이킨파에 중첩시키지 않고 새로운 해석을 제시하는 것이 '전후'의 과정과 '전후'의 해석을 거친 호리 읽기라고 할 수 있을 것이다. 전후 정신은 세이킨파에 대한 비판에서 출발했다고 하는 사실을 재확인하는 것이 영화 <바람이 분다>에는 필요했을 것이다. 여기에서도 전후의 세이킨파 비판-호리 다쓰오와 세이킨파를 분리시키는 호리 해석이 무효해졌다.

(3) 『들불[野火]』과 『일본의 가장 긴 날[日本のいちばん長い日]』

조금 더 영화 이야기를 해보자. 2015년 여름은 패전으로부터 70년째를 맞이해 일찍이 영화화된 작품을 다시 영화화하는 작업이 이루어졌다. 쓰카모토 신야[塚本晋也] 감독의 <들불>에는 이치카와 곤[市川崑] 감독의 1959년 영화 <들불>이 선행작이고, 하라다 마사토[原田眞人] 감독의 <일본의

가장 긴 날>에는 오카모토 기하치[岡本喜八] 감독의 1967년 작품이 이미 있었다. 각각 오오카 쇼헤이의 『들불』(1952), 오야 소이치[大宅壮一] 편 『일본의 가장 긴 날』(1965)이라는 원작이 있고, A 원작에 의한 전쟁의 총괄-B 원작을 기초해 영화화함으로써 전쟁의 총괄-C 원작과 첫 번째 영화에 기초한 전쟁의 총괄이라는 국면을 갖는다.

A, B, C 각각은 각 시기의 시대적 배경이 있어서, A는 A의 시기, B는 B의 시기의 역사인식에 기초한 총괄이 된다. 즉, 올해 제작된 <들불>과 <일본의 가장 긴 날> C는 2015년 전후의 역사인식에 기초하는 영화화이기도 하다.

『들불』부터 이야기를 시작해보자. 오오카 쇼헤이 원작(1952)은 전쟁문학의 대표작으로 알려진 중편이다. '나'로 나오는 병사 '다무라[田村]'를 시점인물로 하는 회상기의 형태를 취해, 모두(冒頭)에서 결핵을 앓는 '나'가 야전병원에서 돌아왔을 때 갑자기 분대장에게 맞는 장면에서 이야기가 시작되고 있다. 충격적인 시작으로 독자는 갑자기 전장의 살벌한 광경에 이끌려 들어간다.

이 장면은 영화화되었을 때도 답습되어 이치카와 버전에서도 쓰카모토 버전에서도 시작 부분에 이 장면을 놓고 부조리와 폭력이 지배하는 전장의 충격을 강하게 보여준다. 오오카는 이 분대장의 내면에 '불안'을 찾아내고 있는데, 두 편의 영화는 오히려 뒤에 이어지는 전장의 폭력, 군대의 비정함을 전해주고 있는 듯하다. 특히 이치카와 버전은 1944년 필리핀전쟁으로부터 아직 15년밖에 되지 않은 때에 영상화되었기 때문에, 관객들의 대부분은 전쟁경험자였다. 이치카와(1915년 출생)와 주연인 후나코시 에이지[船越英二, 1923년 출생] 모두 전쟁을 체험했고(단, 이치카와는 소집에 응하지는 않았다), 이에 기초한 리얼리티를 자아내고 있다. 눈을 번득이며 주변의 양상을 살펴보는 병사들. 그 때문에 허탈감은 곧바로 눈에 나타난다고 하는 외견의 조형부터 물자의 결핍과 굶주림에 대한 행동 양상이 영상에 선명하다. 이치카와 버전은 병사가 전사자의 구두를 벗겨 자신의 구두와 바꿔 신는 모습을 반복적으로 보여주는데, 그러한 하나의 예이다.

이치카와 버전에서는 '타자'로서 필리핀 원주민이 등장하고, 게다가 같은 일본병사도 쉽사리 마음을 터놓을 수 없는 존재로 그려져 있다. '나'는 '세부아노어'를 말할 수 있어서 현지 주민과 대화하는데, 이치카와 버전에서는 전장경험의 특이성-특이한 '나'의 경험에 역점이 놓여 있다. 원작에 시사되어 있는 '인육'을 먹는 장면에 영화의 주제를 설정했다. 전장이라고 하는 극한에서 '인간성'에 대한 문제제기가 그려지고 있는 것이다. 이치카와 버전에서는 병사 '나가마쓰[永松]'가 '인육'을 먹는 생생한 장면이 그려진다.

이와 대응해서 이치카와 버전에서는 들불이 갖는 의미도 농민들이 옥수수 껍질을 태우는 불로 설명하고, (간신히 인간성을 유지할 수 있던) '나'는 들불을 향해 투항해 간다. 인간성이 훼손되는 듯한 '체험'을 했기 때문에, 농부가 있는 곳을 향해 보통 생활을 하고 있는 인간을 만나고 싶다는 '나'의 모노로그(내레이션)가 들어간다. 전장의 비인간성을 이치카와 버전은 흑백 화면으로 그려냈다.

이러한 '체험'의 시대 A-B의 총괄을 거쳐 2015년 쓰카모토에 의한 전쟁의 총괄은 인상이 다르다. 무엇보다도 이치카와 버전이 내레이션에서 모노로그로 '나'의 내면을 해설하는 것에 비해, 쓰카모토 버전에서는 이러한 '나'의 내면을 취하고 있지 않다. '나'가 보여주는 것은 행위(행동)뿐이다. 현지 주민과 대치할 때도 '나'는 '공포'를 느끼고 있는데, 쓰카모토 버전에서는 그러한 '나'의 감정이 그들에게 일절 통하지 않는 것으로 표현된다.

쓰카모토 버전도 처음에 '나'가 분대장에게 맞는 장면이 있고 이후 원작의 흐름에 따르는데, 쓰카모토는 병든 '나'를 강조하고 '나'는 끊임없이 기침을 한다. 이치카와 버전이 결핵 환자의 살을 먹는 것이 싫다고 마지막에 당돌하게 상기시키고 있는 것과는 대조적이다.

쓰카모토는 "어디까지나 원작에서 느낀 것을 영화로 만들었다"고 말했다(「왜 대지를 피로 더럽히는가」, 전단). 전술했듯이 원작이 감정의 기복을 상세히 기록하고 특히 '불안'을 전면에 내세우고 있는 데 비해, 쓰카모토 버전의 화면은 감정의 이입을 막는다. 병사들 사이의 불신감이나 현지 주민의 어쩐지 기분 나쁜 분위기와 같은 전장이 만들어내는 '공포'를 영상화해 자연의 심오함을 대조적으로 보여준다. 자연 속에서는 병사들(=인간)은 생물체의 하나이고, 전투에 의해 파괴된 신체를 선명하게 보여주는-엄청난 양의 피, 흘러나오는 뇌장(腦漿), 사방으로 흩어지는 팔다리를 비롯해 잔학한 장면을 잇달아 보여준다. 이치카와 버전이 마찬가지로 병사의 사체를 비춰주면서 그 수로 비참함을 나타내려고 하는 것에 비해, 쓰카모토 버전은 개개의 신체가 파괴된 모습을 질릴 정도로 보여준다.

쓰카모토 버전에서는 이치카와 이상으로 일본군 병사 상호간의 불신과 싸움, 굶주림과 그로 인한 확집이 그려지고 전장의 부조리가 제시된다. 비참함을 비참함 그대로 내던지고 있다. 상실된 인간성 등, (신체가 무참하게 파괴되는 것과 마찬가지로) 처음부터 없던 것처럼 묘사된다. 따라서 '인육식'을 취급하고는 있지만, 이치카와 버전처럼 전면적으로 주제로 삼지는 않는다(포탄을 맞았을 때 자신의 살을 먹는 장면이 들어가지만).

'기억'의 시대 작품으로서 C에서 쓰카모토가 그려내려고 한 것은 과거에 전장이 갖고 있던 위상이다. 쓰카모토 버전의 마지막에는 필리핀 주민들의 눈이 화면에서 이쪽을 바라보며 '나'(그리고 관객)에게 묻고 있다. 또 원작에서는 전체가 '나'의 수기로 되어 있고, 정신병원에서 집필하고 있는 설정이다.

이에 비해 쓰카모토 버전에서 '나'는 이미 일상에 복귀한 상태이고, 전후의 일상 속에서 전장을 상기하며 이야기를 하고 있는 것으로 되어 있다. '나'가 드러나는 것은 아내의 시선을 통해서이다. '나'의 내면을 들여다보는 것은 원작처럼 '신'이 아니라, 일상이고 아내이다. 보다 엄격한 상황에 쓰카모토는 사태를 내던지고 있는 것이다.

쓰카모토 버전은 전장에서 일어나는 일을 기억의 심층에서 끌어내는 영위로 본편을 한정지었다. 일상에 감춰져 있는 기억의 심층으로 관객들을 끌고 들어가고 있는 것이다.

덧붙여 말하면, 이치카와 버전에서 회상이라는 요소는 일절 취하지 않고 있다. 동시대적으로 발생한 일로서 영화를 제공해 '체험'의 시대의 영화로서 전략을 취했다. 이때 쓰카모토는 회상의 이야기로 만들고, 나아가 '타자의 시선'을 원주민과 일상(=아내)으로 잡아 2015년 상황 속에서 전쟁을 총괄했다. '기억'을 결코 노스탤지어로 만들어서는 안 된다는 긴장에 가득 찬 영상이 되었다.

『일본의 가장 긴 날』은『들불』의 '나'를 전장으로 보낸 대일본제국의 정부 수뇌들의 패전을 둘러싼 이야기이다. 패전 때 포츠담선언 수락을 둘러싼 정부 내부의 항쟁, 특히 육군의 저항이 그려져 있다. 1965년 오야 소이치가 엮은『일본의 가장 긴 날』(훗날, 집필자가 한도 가즈토시[半藤一利]라는 사실이 밝혀졌다. '결정판'은 1995년에 한도 가즈토시의 저서로 간행)을 원작으로 하여 이듬해에 오카모토 기하치 감독에 의해 영화화되었다. 오카모토 버전 <일본의 가장 긴 날>이 도호[東宝]의 '8·15 시리즈'의 개막을 알리는 작품이 된 것은 잘 알려져 있다.

『일본의 가장 긴 날』에서 A 원작-B 최초의 영화화의 시간은 연속되어 있는데, 패전 20년 전후이다. 때마침 '체험'의 시대에서 '증언'의 시대로 전환하는 시기에 걸쳐 있는 것이다. 별도의 표현을 쓰면 아시아·태평양전쟁의 대략의 흐름을 공유하고, 그 흐름을 인지하는 것이 '체험'의 시기였다. 한편, 전쟁을 경험하지 않은 사람이 점차 늘어나면서 아시아·태평양전쟁에 대한 실감은 물론이고 지식조차 갖고 있지 않은 사람이 등장한다. 여기에 전쟁 경험자가 증언하는 '증언'의 시대가 시작된다.

패전에서 20년의 시간이 지나면서 조금씩 좋지 않은 일, 숨겨둘 일도 '증언'으로서 이야기되기 시작한다. 원작의 초판 감수자인 오야 소이치는 한도 가즈토시를 축으로 하는 <전사(戰史)연구회>가 "입수할 수 있는 한 사실을 수집하여 이를 구성했다"고 말했다. 한도도 또한 "직접적인 증언 자에 해당하고 실지 답사를 중요시한" "30년 전에는 아직 그것이 가능했 다"고 말했다(결정판의 「후기」). 즉, 『일본의 가장 긴 날』은 A-B에서 당사자 가 건재하고, 그것이 증언으로서 요구되는 환경이었다.

원작 『일본의 가장 긴 날』은 '8월 14일 정오-오후 1시'부터 24장을 시간 을 따라 기록해, 아나미 고레치카[阿南惟幾] 육군대신부터 스즈키 간타로[鈴 木貫太郎] 총리대신, 기도 고이치[木戶幸一], 도고 시게노리[東鄉茂德] 외무대신, 그리고 육군 청년장교 하타나카[畑中] 소령이나 시이자키[椎崎] 중령, 다케 시타[竹下] 중령, 그리고 NHK방송국의 직원 등이 등장한다. 증언에 의해 밝혀진 전쟁상이고, 영화화도 마찬가지의 수법을 취했다. 그 때문에 오카 모토 버전은 패전을 둘러싼 에피소드 내지 비사(祕史)로서의 요소를 많이 갖고 있다. 동시대사 속의 이야기라는 형태로 제공되고 있다.

필연적으로 오카모토 버전에서는 등장인물은 모두 공직에 있는 사람의 측면만이 그려진다. 하라다 버전이 공적 인물을 사적인 국면을 짜 넣어 섞어가며 그리고 있는 것과는 대조적이다(하라다 버전에서는 쇼와천황이 아나 미의 아들의 결혼까지 언급하는 등 사적인 측면에 깊숙이 들어간다).

오카모토 버전에서 눈에 띄는 것은 쇼와천황에 대해 조심하는 태도이 다. 쇼와천황을 연기한 마쓰모토 고시로[松本幸四郎]에게는 역할이 적혀 있 지 않고, 아니 그 이상으로 화면 속에서 쇼와천황은 얼굴이 비춰지지 않 는다. 그런데 하라다 버전을 보면 쇼와천황이 자주 등장해 전후사의 해석 에 개입해간다.

원작 『일본의 가장 긴 날』의 「프롤로그」에 B, C 영화는 충실하다. C로 서 하라다 버전은 '조각(組閣)'-'성단(聖斷)'-'반란(叛亂)'이라는 스토리로, 패전에 이르는 정치사의 큰 흐름을 구성한다. 한편, 청년 장교들의 반란에도 주목한다.

하라다 버전의 시작은 국화 문양을 보여준 다음 이어서 도조 히데키[東條英機]의 얼굴을 크게 보여준다. 영화 속에서 도조는 철두철미한 주전파(主戰波)의 악역으로 그려지기 때문에, 그만큼 쇼와천황의 화평파(和平派)로서의 모습과 결단력 있는 역할이 강조된다. 하라다 버전에서는 스즈키 간타로와 그 가족, 아나미 고레치카와 그 가족, 쇼와천황, 사코미즈 히사쓰네[迫水久常]에게 초점이 맞춰지는데, '가족'이라는 각각의 사적인 측면을 대입하는 것은 역사적인 사건과 분리해 놓았기 때문에 가능한 묘사이다.

하라다 버전 <일본의 가장 긴 날>은 엄밀히 말하면 원작에서 크게 벗어나 있다. 원작이 8월 14일부터 24시간 안에 생긴 일에 시종일관하는 것에 비해, 하라다 버전은 스즈키 간타로 내각의 탄생부터 영화를 시작했다. '기억'의 시대로부터 역사화로 이행하는 전날 밤의 상황으로 하라다 버전은 패전의 정치사를 그려내려고 한 것이다. 패전 시의 일을 역사화하려는 의도가 보인다. 이러한 점에서 한도 가즈토시의 『성단(聖斷)』(1985)에 훨씬 접근해 있다.

또 영화의 말미에서 클라이맥스가 되는 '종전의 조칙' 장면에서 쇼와천황의 목소리를 사용하지 않은 것도 또한 역사화의 한 예로 해석할 수 있을 것이다. 우리 세대에 귀에 박힌 쇼와천황의 독특한 억양으로 이어지는 조칙(옥음방송)을 하라다는 쇼와천황 역의 모토키 마사히로[本木雅弘]에게 읽도록 함으로써 거리를 떼어 놓으려고 했다.

역사화에 걸음을 내딛으려고 하는 하라다 버전이 패전 결정에서 쇼와천황이 한 역할을 강조하고 있는 것은 야유이다. 역사화는 개개의 문맥을 명확히 강조하는 것과 동시에 개개의 사정을 상대화해 개개의 새로운 의미를 찾는 행위이다. 아나미의 배후에는 육군 집단이 있고, 패전을 둘러싼 내부 항쟁을 조정하는 그 자세가 하라다 버전에서는 잘 표현되어 있다.

격앙되어 요나이 미쓰마사[米內光政] 해군대신과 시종일관 확집을 보여주는 오카모토 버전의 아나미 상(像)에 비해 잘 다듬어져 있다. 스즈키 간타로의 위치와 역할도 또한 정중히 표현되어 있다.

그러나 이때 쇼와천황의 배후에는 어떠한 정치세력이 있고, 어떠한 주장을 행했는지 하는 것까지는 하라다 버전은 표현하고 있지 않다. 그 때문에 쇼와천황 개인이 화평을 원했기 때문에 '성단'을 내렸다고 해버린다. 원작의 문제점이기도 하지만, 기도 고이치 등의 궁중 그룹의 존재가 중시되지 않은 점이 이러한 역사상(歷史像)으로 되어간다.

하라다 버전이 패전의 역사화를 향해 내딛은 첫 걸음은 한없이 크다. 그러나 그 때문에 '성단'이 전면에 나온 것은 또한 큰 문제를 던지게 된다. '성단'은 A, B의 기저에 같이 흐르는 인식이면서 동시에 '체험'과 '증언'의 시대의 유산이고, 거기에서 이륙하는 것이 역사화의 지름길이었다.

3. '전후'를 집어넣은 전쟁상의 서술

(1) '전후'에 근거해 '지금'이 안고 있는 변용을 고려해서 새로운 논의를 시도하는 것은 어떻게 이루어질까. 이러한 문제를 생각할 때, 「일본의 소설3」으로 간행된 다가하시 겐이치로[高橋源一郎](B)의 『'그 전쟁'에서 '이 전쟁'으로』(文芸春秋, 2014)는 다양하게 궁리하고 있다. ① 전체를 살피고, ② 문제점을 지적하고, ③ 논의하는 방식을 다카하시는 배려하여, (A) 세대와 관련된 노마 히로시[野間宏]의 「어두운 그림[暗い絵]」, 다케다 다이준[武田泰淳]의 「심판(審判)」, 다무라 다이지로[田村泰次郎]의 「메뚜기[蝗]」 등의 작품, 나아가 이타미 만사쿠[伊丹万作]의 「전쟁책임자의 문제[戦争責任者の問題]」 등과 함께, 앞의 (C) 세대인 아카사카[赤坂]의 『사랑과 폭력의 전후와 그 후[愛と暴力の戦後とその後]』, 후루이치[古市]의 『아무도 전쟁을 가르쳐주지 않

았다[誰も戦争を教えてくれなかった]』까지 언급했다. 또한 베트남 전쟁을 다룬 소설 바오 닌(Bảo Ninh)의『전쟁의 슬픔』도 논했다. 현대 작품으로는 교마치코[今日マチ子]의『코쿤(cocoon)』의 경우, 만화 버전과 무대 버전의 차이도 언급하면서, 다카하시는 자신의 전쟁문학론을 전개해간다. (A)와 (C) 세대가 하는 발언 쌍방을 같은 계열에 놓고 논점을 구성해가려고 하는 점에 다카하시의 의도가 있다.

다수의 논점이 제시되었는데, 다카하시는 (A) 세대의 '전쟁문학'은 ① 전후문학의 중심을 차지하고 작가들이 "'전쟁'에서 가지고 돌아온 것"에 대해 말했다 ② 이는 "강한 메시지"가 되었는데, '유통기한'이 있었다. ③ 그러나 그 "'전쟁'에 관한 말"이 그대로 '재난'이나 '쓰나미'로 연결되는 것을 이야기한다. 그리고 ④ (A) 세대의 저자들은 "해야 할 말을 갖지 못한 사람들의 '대리인'"이라고도 했다. "21세기의 시점에서 보면 그들 일의 많은 부분은 가능한 성실함으로 전하려고 한 것이다."

이 글에서 말하는 (B)와 (C)와의 차이에 대해 다카하시도 자각적이다. 그리고 다카하시는 "진정한 전쟁 이야기"를 이야기할 수 없는 점-해야 할 말이 태어난 순간부터 "진정한 전쟁 이야기"가 무너져 가는 것을 아울러 이야기했다.[7)]

다카하시의 시도는 전쟁사회학의 의도와 접점을 갖고 있다고 할 수 있다. 후쿠마 요시아키[福間良明], 노가미 겐[野上元], 아라라기 신조[蘭信三], 이시하라 슌[石原俊]이 엮은『전쟁사회학의 구상[戦争社会学の構想]』(勉誠出版, 2013)은 세대와 전문이 서로 겹치고 또 비켜가면서 테마에 접근하려는 의도가 보인다. 여기에서는 '전쟁'을 주제로 연구를 해온 연구자에 대해 인터뷰를 실시해, 모리오카 기요미[森岡清美, 1920년대 출생], 다카하시 사부로[高

---

7) 동시에 다카하시는 하시모토 도루[高橋徹, 1969년 출생. B 세대]를 언급하면서, 하시모토가 "진정한 전쟁"을 경험하지 않은 사실을 말하며 자신은 "'전장'에서 돌아온 사람들의 입으로부터" 그것을 들은 적이 있다고 했다.

橋三郎, 1930년대 출생], 아오키 히데오[青木秀男, 1940년대 출생], 요시다 유타카 [吉田裕, 1950년대 출생]의 연구 경력을 제1부에서 보여주고 있다. 대체적으로 (B)를 축으로 (C)가 더해진 구성인데, (B)의 성과를 배우려고 하고 있다.

역사가로서 이 인식을 방법화한 것은 야카비 오사무[屋嘉比收]였다. 야카비는 『오키나와전, 미군 점령사를 다시 배운다(沖縄戦、米軍占領史を学びなおす)』(世織書房, 2009)에서 "기억을 어떻게 계승할 것인가"(부제) 문제를 제기하고, (A) 세대 경험의 기억을 개입시켜 그 속으로 들어가려고 했다.

'오키나와 전, 미군 점령사'를 이야기하는 관점, "다시 배운다"는 방법-'오키나와 전 이야기의 실마리'를 둘러싸고 야카비는 흥미로운 지적을 하고 있다. 즉, 오키나와전을 경험한 사람은 '일인칭 단수' '현재형'으로 오키나와전을 이야기하고, 비경험자는 '3인칭' '과거형'으로 기록한다고 했다. 여기에는 오키나와전이 직접적인 경험자에게 결코 과거의 전쟁이 되어 있지 않음을 보여주고 있다.

오키나와전 경험자는 "전쟁체험의 핵"을 갖고 이곳을 근간으로 한 오키나와의 현재 상황과 마주하는데, 야카비는 이를 가리켜 "기억의 연쇄적 상기"라고 했다. 그리고 "기억의 연쇄"를 '우리들'은 어떻게 자신의 것으로 받아들여 갈 것인가의 문제의식이 야카비를 꿰뚫고 있다.-"우리들은 동시대에 일어난 일부터 오키나와전이나 미군 점령 하에 일어난 일이 연결되는 기억의 연쇄를 어떻게 끌어당길 수 있을까."

야카비는 여기에서 '당사자성'의 개념을 꺼낸다. (B) 세대에서 '전후' 출생인 야카비는 오키나와전의 직접적인 경험자는 아니다. 그러나 그 위치를 자각하면서 경험자와의 '공동작업'에 의해 오키나와전을 받아들여 자신의 것으로 하는 것을 '당사자성'이라고 했다. 따라서 계속 물어야 할 것은 어떻게 '당사자성'을 획득할 것인가 하는 것이다.

"전후 세대는 체험자가 될 수는 없지만, 체험자와 공동작업을 계속"함으로써 '당사자성'을 획득하는 것이 가능하다고 야카비는 말한다. 지금까지 "문제 구성의 재편성"이자 오키나와전의 기억의 '분유(分有)' 제기이면서 동시에 전후 세대가 직접적인 경험자로부터 오키나와전의 경험을 '듣는 입장'에 있고, '전하는 입장'도 갖는다는 이중성의 자각이기도 했다.

이 '당사자성'의 개념은 동시에 오키나와에도 적용된다. 자신은 오키나와 출생이지만, 그러나 야카비는 '오키나와인'이라고 말할 때, 야카비도 또한 '오키나와인'이 아니라 그러한 '우리들'이 "오키나와전의 체험을 분유하면서 '당사자성'을 획득"해 "어떠한 오키나와인이 될 것인가"를 과제로 삼았다.

여기에서 야카비는 오키나와전의 경험을 오키나와가 독점하거나 또는 역으로 본토 사람이 오키나와에 맡겨버리거나 억지로 떠맡기는 것을 극도로 경계하고 있다고 볼 수 있다.-"출신에 관계없이 오키나와전에 대한 인식은 넓게 이야기되고 있고, 이를 어떻게 이해할 것인가는 비체험자인 우리 자신에게 물어야함을 의미한다".

이렇게 해서 야카비는 오키나와전의 경험을 이어받는 것, 그리고 듣는 것-주체적으로 받아들여 이를 "공유하고 서로 나누는 것"을 제기하고 실천해 갔다. 야카비는 새삼 논의를 (전쟁경험자의 이야기를) '듣는 것'과 '전하는 것'으로 정리해, 이를 '당사자성'으로 파악했다.

이러한 야카비의 자세는 무엇보다도 오키나와전에 대한 발언이 오키나와의 '지금'의 상황 속에서 한 발언이라는 점에 민감하다. 예를 들면, '집단자결' 논의를 둘러싸고 야카비는 1970년 전후에는 공동체론과 복귀운동문제가 겹쳐 논의되는 경우가 적지 않았다고 한다. 공동체에 의해 개인이 압살되었다고 보는 견해이다. 그러나 복귀 이후에는 공동체는 "크게 변용되어 공동화(空洞化)"되었다. 이러한 때에 21세기의 오키나와전 기억의 계승이라는 문맥에서 '집단자결'을 고찰하기 위해서는 "'공동체'와 개인의 관계라는 문제의식"에 근거하면서도 공동체와 복귀문제의 논점을 "우선 뒤로 미루고" "젊은 세대"가 '집단자결'에서 어떠한 목소리를 들을 수 있을 것인가에 대한 고찰을 과제로 삼았다.

이 영역을 역사인식이라고 했을 때, 야카비는 병사와 주민의 관련 속에서 역사인식을 파악해 일본병사와 오키나와 주민을 구체적으로 고찰하고 있다. 또한 "중층적인 전장과 점령과 복귀"라고 하는 인식을 보여주고, 이 세 요소를 분리된 것으로 보지 않는다. 그리고 이러한 오키나와전의 고찰에서 도출된 양상을 결코 예외적인 상황이 아니라고 인식했다.

(2) 이러한 가운데 「맨발의 겐[はだしのゲン]」 다시 읽기도 역시 대상에 머무르지 않고 하나의 방향과 읽기의 실천을 보여주고 있다.-요시무라 가즈마[吉村和眞]와 후쿠마 요시아키가 엮은 『「맨발의 겐」이 있던 풍경』(梓出版社, 2006), 『「맨발의 겐」을 읽다』(河出書房新社, 2014). 「맨발의 겐」도 전후의 과정을 그리고 있다. 「맨발의 겐」은 서지가 복잡한데, 이러한 사실부터 『「맨발의 겐」이 있던 풍경』은 상세히 설명하기 시작한다. 『주간 소년점프』에 연재를 개시한 때가 1973년이고, 첫 단행본 간행(4권)이 1975년이다. 어떠한 배경에서 어디에 게재되어 어떻게 읽혀졌는가. 또한 어떻게 읽을 수 있는가를 역사적 사정권 속에서 상세히 분석해 「맨발의 겐」을 고찰할 기반을 제공했다.

"원폭만화의 정전(正典)"(후쿠마 요시아키)이라고 할 만한 작품으로, 많은 아동과 학생이 봤을 것인데, 읽기 방식이나 작품 분석은 행해지지 않은 채 『「맨발의 겐」이 있던 풍경』은 그 선구가 되었다.

『「맨발의 겐」이 있던 풍경』은 정치적인 대항을 계기로 삼는 측면이 강한데, 그러나 「맨발의 겐」과 텍스트로 마주하고 있다. 이에 비해 『정론(正論)』(2013.11)은 「총력특집 『맨발의 겐』 용서할 수 없다!」를 특집으로 구성했다. 이는 이데올로기로 재단한 것으로, 그 이상은 아니다.

「맨발의 겐」은 자전적 요소가 강해서, 나카자와[中沢]의 '리얼리티'를 추구했다. 대부분이 전후의 과정을 그리고 있다. 또한 강렬한 반 미국 의식을 감추려고 하지 않고 원폭 표현으로서는 특징적인데, 후쿠마는 거기에

"기존의 원폭 표상에 대한 불쾌감 뒤집기"를 찾아내고 있다.

나아가 서술의 실천도 시도했다. 우부키 사토루[宇吹曉]의 『히로시마 전후사[ヒロシマ戦後史]』(岩波書店, 2014)는 정책과 운동을 축으로 전시의 경험이 전후에 전개된 모습을 그리려는 시도이다. 부제가 "피폭체험은 어떻게 받아들여져 왔는가"인데, 세로축으로 시간을 놓고 전달의 시간적인 추이를 기록하고, 가로축으로는 국가나 히로시마 시 등의 행정, 다양한 조직, 단체, 미디어에 의해 행해진 활동내용을 기록했다.

세로축에서는 '원폭 피해자'에게 접촉한 내용을 비롯해 점령 하에서의 보도 규제, 그 후의 원수폭 금지 운동의 개시와 전개를 거쳐 '피폭체험'을 둘러싼 새로운 움직임이 일어나는 일 등을 계기로 '피폭체험'의 국제화와 역사화를 도모하는 현재에 이르기까지의 흐름을 살펴보고 있다.

한편, 가로축에서는 '피폭체험'을 전달하기 위해 신체에 미치는 영향을 조사하고 죽은 자에 대한 추도와 위령부터 평화제나 평화집회 등의 개최, 혹은 원폭위령비나 평화기념공원 설치, 원폭 유적의 지정, 원폭 피해의 조사와 연구부터 영화나 문학에 의한 표현까지 폭넓게 행해진 일을 기록했다. 또한 평화교육이나 원폭 보도까지 논의를 넓혔다. 이는 자료와 관련된 문제와 겹쳐, 체험기나 구호활동의 기록 등의 '원폭수기'의 간행에 대해서도 소개했다.

이러한 세로축과 가로축의 조합에 의해 피폭자들의 운동 개시와 함께 구원활동도 조직화되어간 점, 정치적인 이유로 운동이 분열되어도(혹은 그러한 사태에 직면했기 때문에) '원폭수기'를 계속 펴낼 수 있었던 사실 등, 정책과 운동, 나아가 구원-보도-조사의 상호 관련을 기록했다.

'피폭체험'을 포함하는 전쟁체험이 증언과 기억의 관점에서 다루어져 왔는데, 바야흐로 이제 역사화되려고 하고 있다. 역사화의 전야인 지금, 그 움직임이 명확해졌다.

4. 마치며

전쟁상과 전후상의 총괄이 다시 행해지기 시작한 가운데, 두 권의 저작을 마지막으로 소개하겠다. 한 권은 이시다 다케시[石田雄]의 『다시 '전전'[ふたたびの＜戦前＞]』(青灯社, 2015)이다. 이시다는 "위험해! 이래서는 다시 '전전'이 되어버리는 것 아닌가" 하는 말을 모두 부분에 적어 넣었다. 2015년의 상황에 강한 위기의식을 갖고 '좌익 문학소년'에서 '애국청년'이 되어 황국사관을 수용해버린 것을 솔직히 이야기했다. 이시다의 생각은 '애국청년'-'군국청년'이 된 것 자체가 아니라, 현상에 유효하다고 생각된 사조가 역효과를 갖고, (미키 기요시[三木清], 로야마 마사미치[蝋山政道] 등, 쇼와연구회에 대해 언급하는 것처럼) "기성 사실을 이론적으로 정당화하는 논리"를 제출한 것에서 찾을 수 있을 것이다. "말과 현실 사이에 보인 큰 차이"를 이시다는 말하고 있다.

그러나 현상을 둘러싼 정치적 정황이 '전전'이고, 그 때문에 비판한다고 하는 방식은 (A)와 (B) 세대라면 모르지만, (C) 세대에는 통하지 않을 것이다. 또한 현 정권이 '전후'를 부정적으로 파악할 뿐만 아니라 그것을 지구화에 맞춰 '탈각'하려고 하는 것을 간과하기 쉬운 방식이 되어버릴 수 있다. 현재 시기를 이야기하는 새로운 이야기 방식이 요구되고 있는데, 여기에서는 이시다가 갖고 있는 '회한'에 새삼 착목해보고자 한다. '회한'은 전후의 큰 요소가 되었다. 공동체를 형성한 점에 전후의 강함과 약함이 동거하고 있었을 것이다.

즉, 전후 사상은 ① '회한 공동체'를 축으로 하여, ② '회한 공동체'에 대한 비판과, ③ 그 구조 사태의 퇴장이라고 하는 양상을 갖는다.

마루야마 마사오[丸山眞男]는 '회한 공동체'가 전쟁 경험을 축으로 하고 있기 때문에 '풍화'가 난점이라고 덧붙였다. 전쟁경험에 집착하는 동시에 전쟁경험이기 때문에 지식인의 공동성의 지속에 대해 우려도 갖고 있었다. 그러나 이제 사태는 '회한'을 집결점으로 하여 새롭게 지속적으로 전쟁상을 만들어내는 것이 요구되고 있다.

전시의 경험을 전후의 과정을 끼워 넣어가면서 서술한다고 말할 때, 전후의 시간과 공간도 균일하지 않은 것은 자명하다. '역사의 갈라진 틈'에 대한 인식이다.

또 한 권 언급해놓고 싶은 것은 '역사의 갈라진 틈'에 착목한 니시카와 나가오[西川長夫] (A)가 젊은 세대 연구자와 함께 엮은 『전후사 재고(戰後史再考)』(다른 편자는 오노 미쓰아키[大野光明], 반쇼 겐이치[番匠健一], 平凡社, 2014)이다. 이 저작은 전후사 그 자체를 대상으로 하는 장대한 의도를 갖고 있는데, '전후 제2세대'(C)의 집필자가 얼굴을 나란히 하고 있다. "'역사의 갈라진 틈'을 파악한다"(부제)는 관점에서 전후사를 서술하는 가운데, 총괄적인 제1부(니시카와, 가토 지카코[加藤千香子])와 현장으로부터 보고를 전하는 제4부 사이에 전후사 서술이 삽입되어 있다(제2부·제3부).

이러한 시도에 어떠한 대상이 선정되는가 하는 것을 새삼 묻게 된다. 제기하는 역사적 사항은 '귀환', '점령', '한국전쟁', '55년 체제', '베트남전쟁', '고도성장', '오키나와 반환'과 거의 시기상으로 같이 있는데, 특징은 연구사에 구애받지 않는 점이다. 새삼 '지금'과의 관계 속에서 논의하는 논고가 많다. 이로써 성가신 논의에 휩쓸리지 않는 것과 아울러 지금까지의 논점을 어떻게 파악하고 그것이 어떻게 전개되었는가에 대해서는 언급하지 않았다.

이러한 점에서 니시카와의 논의는 사학의 역사에 들어가 '전후 역사학'을 검토해 간다. 아미노 요시히코[網野善彦]를 안내의 길잡이로 하는 사학사의 고찰은 '전후'의 사고를 사정권에 넣어 그 검토를 행한 후에 다시 전후상을 제공하려는 시도라고 할 수 있다. 그 때문에 니시카와는 '역사의 갈라진 틈'을 의식화하는 것이다. 세대적 경험이 있는 동시에 서술의 차원에서 '역사의 갈라진 틈'을 수행했기 때문에, '역사의 갈라진 틈'은 시점(視

點)이면서 방법이라고도 할 수 있다. 이 글의 「들어가며」에서 언급한 "걸쳐 넘기"의 실천이라고도 말할 수 있다.

『전후사 재고』는 미완의 작업이지만, 새로운 시도의 봉화이기도 하다. 이러한 작업이 계속됨으로써 새로운 역사인식-전후 문법의 장악을 향해 나아갈 것이다.

전후 일본에서는 전쟁 경험이 증언, 그리고 기억의 영역과 방법으로 취급되어 왔는데, 이제 바야흐로 역사화되려고 하는 시점에 있다. 역사화 전야인 '지금', 전쟁의 역사상은 전후의 역사화를 동반해야 한다. 여기에 힘을 쏟아야 할 것이다.

번역 : 김계자(金季杍)

아만 기미코[あまんきみこ] 전쟁 아동문학 속 '만주(滿州)' 표상

—「구름[雲]」을 중심으로—

린타오[林濤]

1. 문제제기

주지하는 것처럼 아만 기미코는 일본 전후 아동문학의 담당자로서, 전쟁을 소재로 한 다음과 같은 작품들을 만들어 내고 있다.[1]

> ① 「우리의 보물[ぼくらのたから]」, 일본아동문학(日本児童文学)(제11권 제8호, 1965.8)
> ② 「백조(白鳥)」, 동화교실[どうわ教室](4호, 1967.2)
> ③ 「스즈카케도리 산초메[すずかけ通り三丁目]」, 비파의 실학교[びわの実学校](제26호, 1967.12)

---

[1] 하타케야마 조코[畠山兆子], 「아만 기미코 초기작품 연구 - 전쟁을 소재로 한 작품의 경우-[あまんきみこ初期作品の研究-戦争を素材とした作品のばあい-]」, 『梅花女子大学文化表現学部紀要』 제2호(2005) p.94.와 기무라 다쿠미[木村功], 「아만 기미코의 전쟁 아동문학-전쟁체험의 표상과 그 문제-[あまんきみこの戦争児童文学-戦争体験の表象とその問題]」, 『岡山大学教育学部研究集録』 제142호(2009.10) pp.1-11.을 기초로 필자가 재정리하였다.

④ 「다만 한 기계[ただ一機]」, 동화교실(제6호, 1968.2)

⑤ 「바다에서, 하늘에서」(앞의 책)

⑥ 「풍뎅이 배[こがねの船]」, 비파의 실학교(제29호, 1968.6)

⑦ **「구름〔雲〕」, 일본아동문학(제14권 제9호, 「백조」개작, 1968.9)**

⑧ **「아름다운 그림〔美しい繪〕」, 비파의 실학교(제34호, 1969.4)**

⑨ 「도토리 두 개[どんぐりふたつ]」(가이세이샤[偕成社], 1985.7) 이후, 가필수정을 거쳐 『안녕 노코짱[こんにちは のこちゃん]』(가이세이샤, 1971.3)

⑩ 『도라우키풋푸[とらうきぷっぷ]』(고단샤[講談社], 1971.8)

⑪ **「붉은 연〔赤い凧〕」, 비파의 실학교(제70호, 1975.7)**

⑫ 「구슬의 나무[おはじきの木]」, 『엄마의 눈[おかあさんの目]』(아카네쇼보[あかね書房], 1975.12)

⑬ 『치짱의 그림자 보내기[ちいちゃんのかげおくり]』(아카네쇼보, 1986) 이후, 『국어삼하(国語三下)』(미쓰무라도쇼[光村図書]출판, 1982.8)에 채록.

⑭ 「모르는 사이[しらないどうし]」, 아이와 독서[子供と読書](155호, 1984.7)

⑮ **「검은 마차〔黒い馬車〕」, 『하늘은 이어져 있다〔空はつながっている〕』 수록(신일본출판사(新日本出版社), 2006)**

아만은 이들 작품에서 다양한 관점을 통해 전쟁의 비참함, 상실감, 전쟁 체험의 전승 등의 주제를 그려왔는데, 필자가 여기서 주목하고 싶은 것은 ② 「백조」, ⑦ 「구름」, ⑧ 「아름다운 그림」, ⑪ 「붉은 연」, ⑮ 「검은 마차」 등 '만주'를 무대로 하는 일련의 이야기이다. 왜냐하면 "전쟁이라는 것과 그런 나의 존재 그 자체에 대한 죄책감이 내 작품의 뿌리에 있다"고 아만 스스로 말한 것처럼, 이 작품에는 아만의 전쟁에 대한 반성에 자신의 '만주' 경험이 얽혀 있기 때문이다. 60년대 중반부터 창작 활동을 본격적으로 시작한 전후 일본 아동문학 작가 아만에게는 전쟁과 '만주'체험의 관계에 도달할 시간이 필요했다. 그것은 세월이 지남에 따라 그녀의 머릿속에서 어떻게 발효되고, 민간인까지 학살해버린 일본군의 폭력이나 식민지 지배와 피지배의 관계, 개척단의 전쟁협력, 정부의 기민(棄民) 등의 문제에 대한 질문이 되어 작품으로 표상되었을까. 이 글에서는 이 문제를 「구름」을 중심으로 검증해 나가면서, 아만의 '만주' 인식과 전쟁관을 고찰한다. 「구름」을 중심으로 하는 이유는 다음 두 가지를 들 수 있다. 첫째, 일련의 작품 속에서 유일한 무대인 '만주'를 정면으로 포착한 작품이라는 점. 그리고 세 차례에 걸쳐 개고(改稿)가 이루어지면서 실로 많은 문제점을 안고 있는 작품이 되었다는 점이다. 선행 연구에 관해서는, 관견에 의하면 중국어를 통한 고찰은 석사 논문 하나를 제외하고는 눈에 띄지 않고, 일본어를 통한 고찰은 약간 있지만 충분히 파고든 논고라고 말하기 어려우며, 특히 '만주' 체험과 관련해서는 재고의 여지가 남아있다.[2]

'만주' 이야기의 전모를 파악하기 위해 다음 장에서 일련의 작품을 발표 시간 순서대로 개관해보고자 한다.

2. '만주'이야기의 개관

「백조」는 '만주'를 무대로 중일 양국의 소녀 아이렌[アイレン]와 유키[그キ]의 비극적 우정을 그린 이야기로, 「구름」의 전작이기도 하다. 두 작품은 세부적으로 수정은 되었지만, 결말(「백조」에서는 아이렌을 도운 유키가 불 속에 빠진 순간, 두 소녀가 두 마리의 백조로 변신하는 것에 비해, 「구름」은 일본군에

2) 이주희(李洲希), 「아만 기미코의 『만주』 체험과 전쟁관-『구름』을 둘러싸고-[あまんきみこの『滿洲』体験と戦争観-『雲』をめぐって-]」, 『中國浙江大學外國語言文化与國際交流學院 修士論文』(2015), 기무라 다쿠미, 「아만 기미코의 전쟁 아동문학-전쟁체험의 표상과 그 문제-, 『오카야마대학 교육학부 연구집록』 제142호(2009), 다무라 요시카쓰[田村嘉勝], 「아만 기미코 <구만주>-<양지>의 땅과 <그늘>의 땅-[あまんきみこ<旧滿洲>-<日向>の地と<日陰>の地-]」, 『解釈 近代特集』(東京 : 解釈学会, 2015) 등을 들 수 있다.

게 태워져 살해당하고, 개척촌 사람들이 두 사람의 묘를 만들어준다) 이외에는 완전히 같은 구조를 취하고 있다. 물론, 이야기의 중심은 동화적인 결말에서 사실적인 것으로 개고된 점에 있지만, 이에 대해서는 하타케야마 조코[畠山兆子], 기무라 이사오[木村功], 다카이 세쓰코[高井節子] 등의 논고3)에 양보하고 싶다.

「구름」은 「백조」를 개고한 것으로, 1968년 9월에 『일본아동문학』 제14권 제9호에 게재된 후, 1970년에 세키 히데오[関英雄] 외 편집 『현대일본의 동화 우리들의 여름[現代日本の童話 ぼくらの夏]』 제11권(고미네쇼텐[小峰書店])에 수록되었고, 2002년부터 중학교 교과서 『현대의 국어1[現代の国語1]』(산세이도[三省堂])에 채록되었다.(이하, 각각 『일본아동문학』판, 『현대일본의 동화』판, '교재판'으로 표기한다). 수록·채록마다 표현이나 내용에 약간의 수정되었지만, 두 소녀의 우정 이야기의 비극적인 결말은 변하지 않았다. 줄거리는 다음과 같다.

마을 외곽에 있는 작은 언덕을 경계로 북쪽에 '만인(滿人) 부락', 남쪽으로 개척촌이 있다. '만인 부락'에 사는 아이렌과 개척촌에 사는 유키는 친한 친구이다. 두 사람은 자주 '부락'과 마을의 경계에 있는 언덕 위에서 논다. 놀다가 헤어진 어느 날 밤, 개척촌에 반종(半鐘)이 울리고 편의대(便衣隊)가 습격해왔다는 소식을 듣는다. 유키는 서둘러 부모님과 집회소로 가 마을 사람들과 함께 응전했다. 총알이 떨어질 위기일발의 순간에 일본군의 지원군이 도착해, 비록 부상자는 있었지만 마을은 무사히 밤을 넘겼다. 그러나 다음날 아침, 개척촌에 자주 오는 '만인' 하인이 아무도 보이지 않

---

3) 하타케야마 조코[畠山兆子], 「아만 기미코 초기작품 연구-『자동차 색은 하늘 색』 수록 작품을 중심으로-[あまんきみこ初期作品研究-『車のいろは空のいろ』収録作品を中心に-]」, 『梅花児童文学』(2005.6), 기무라 다쿠미, 「아만 기미코의 전쟁 아동문학-전쟁체험의 표상과 그 문제-」, 『오카야마대학 교육학부 연구집록』 제142호(2009), 다카이 세쓰코[高井節子], 「아만 기미코 작품의 매력[あまんきみこの作品の魅力]」, 『日本児童文学』(1982) 등을 참고할 것.

고 학교도 휴교령이 내려진다. 유키는 주먹밥을 아이렌에 주려고 평소보다 빨리 언덕 위에 올라간다. 아이렌이 좀처럼 오지 않아서 기다리다 지친 유키는 북쪽의 '만인 부락'을 방문하기 위해 언덕을 내려가려 하는데, 일본군이 '부락'의 '만인'을 둘러싸고 있는 '이상한 광경'을 마주하게 된다. 당연히 그 중에는 아이렌도 있었다. 일본군은 편의대가 부락에 섞여 있다고 판단하여, 그들 모두를 구렁에 몰아 석유를 뿌리고 태워죽이라고 중대장이 명령한다. 불길이 타오르는 순간, 유키는 무심코 "아이렌, 도망쳐!"라고 외치면서 불 속에 뛰어든다. 다음 날 일요일 아침, 유키와 아이렌의 무덤이 유키의 부모를 비롯한 개척촌 사람들에 의해 두 사람이 자주 놀던 언덕 위에 지어졌다.

「아름다운 사진」은 개척민의 비참한 귀국 이야기가 주요 스토리다. 패망 직전의 일본, 소련군의 침공을 피하고자 당시 10살이었던 화가의 청년은 임신한 어머니와 함께 신징[新京]으로 피난한다. 도중에 체력을 다 써버렸다는 어머니의 말을 믿고 비통한 심정으로 어머니와 헤어진다. 그 후, 소련군과 지역 주민에 의해 몰린 피난민 일행은 차례대로 청산가리를 마시고 자결하고 만다. 청년은 '시나[シナ]' 스님의 도움으로 살아났지만, 귀국 후 개척단이 집단자결하기까지의 진상, 즉 자신들 개척민이 국가에 버려졌다는 사실을 알게 된다.

「붉은 연」은 '만주'에서 일본으로 귀국한 어린 소녀 가나코[カナコ]와 늙은 할아버지의 일상생활과, 두 사람의 다른 '만주'관이나 전쟁인식을 기술하고 있다.

「검은 마차」는 명백하게 「아름다운 그림」의 개작이다. 내용 면에서는 다소 수정이 이루어졌고, 주인공도 일인칭 '나'에서 '진[ジン]'이라는 삼인칭이 되었지만, 기본적인 줄거리와 구성은 변하지 않았다.

이처럼 아만 기미코의 '만주' 이야기는 엄밀히 말하면 「구름」, 「아름다운 그림」, 「붉은 연」 세 작품밖에 없다. 그리고 주제는 이민족 간의 우정,

기민, 가족애 등, 언뜻 각각 방향성이 다른 것 같지만 세 작품 모두 그 배경에는 '개척단'이 있고, '만주'이민의 문제와 관련되어 있다. 「구름」은 정면으로 일본인 이민자의 생활상을 그리며, '만인', '편의대', 일본인 이민자와 일본군의 복잡한 관계를 포착하고 있다. 이른바 일본이 '만주'이민사업을 진행하던 단계의 이야기이다. 「아름다운 그림」은 체험자가 회상하는 형태로 이야기가 전개되며, 소련군의 침공으로 시작된 피난길에서 차례차례로 자결의 길로 몰린 기민들의 비극이 주된 이야기이다. '만주'이민사업이 붕괴해나가는 단계의 이야기이다. 「붉은 연」은 일본에 돌아온 개척 이민자의 삶을 다루며, 처음으로 '만주국'에 대한 인식을 문제로 거론하고 있다. 이 세 작품은 이처럼 일찍이 일본의 국책으로 추진된 '만주'이민사업의 전 과정을 커버하고 있다.

그러면 그중에서도, 특히 「구름」에 표상된 아만의 '만주'관과 전쟁관은 어떤 것이었을까.

3. 「구름」의 주제를 둘러싸고

「구름」의 주제는 명백한 것으로, 한마디로 두 소녀를 둘러싼 비극적인 우정 이야기이다. 이 우정 이야기는 "일본이 '만주국'이라는 나라를 막 만들었을 시기"(교재판)[4]에 "황색 수수밭"이나 "지평선"이 잘 보이는, 그야말로 "만주"다운 "언덕 위"에서 전개되고 있다. 그리고 주인공인 일본인 이민자의 아이 유키와 '만인' 아이 아이롄의 우정은, 주로 다음과 같은 에크리튀르를 통해 표출되고 있다.

우선 아버지에게 부탁해 아이롄을 차오린[ツァオリン] 마을까지 데려다

---

4) 텍스트의 인용 시 일본아동문학판(日本兒童文学版), 즉 초출판에 의할 경우에는 각주를 표시하지 않는다.

달라고 말하는 유키의 배려를 통한 우정의 묘출이다. 「구름」은 총 5절로
구성되어 있는데, 제1절에는 항상 노는 "언덕 위"에서 아이렌이 자신이 꾼
꿈에 대해 눈을 반짝이며 유키에게 말하는 장면이 그려져 있다. 아이렌의
꿈은 새가 되어 나는 사이에 하늘에서 "차오린 마을이나 쓴루[ツンル]의
강이 반짝여 보였다"는 것이었다. 이렇게 아이렌을 매우 흥분시킨 꿈을
꾼 것은 "이번 주 일요일 유키의 아버지가 두 사람을 차오린 마을까지 데
려다준다"는 이야기를 사흘 전에 들었기 때문이다. 당연히 이것은 유키가
"기차 같은 것을 타본 적이 없는" 아이렌을 배려해 일부러 아버지에게 부
탁한 것이 틀림없다.

　다음으로, 주먹밥을 주려는 유키의 행동에 의한 우정의 묘출이다. 일본
인 마을이 편의대에게 습격당한 다음날, 학교는 휴교였기 때문에 유키가
떠올린 것은 여전히 친구 아이렌이었다. 점심시간에 "배식으로 주먹밥을
세 개 받았을 때, 유키는 두 개밖에 먹지 않았다. 한 개를 몰래[5] 종이에
쌌다"는 것은 "주먹밥은 아이렌이 좋아하는 것이"기 때문이다. 다만, 이
문장은 교과서판에서는 "아이렌도 주먹밥을 좋아한다"고 수정되어, 주먹
밥이 아이렌이 매우 좋아하는 음식임을 더욱 강조하고 있다. 상대방도 좋
아하기 때문에, 자신은 배가 부르지 않아도 서로 나누고 싶다. 전술한 아
버지에게 부탁한 내용에 이어, 여기서도 유키의 친구에 대한 배려의 정을
잘 알 수 있다. 그러나 우정의 본질은 주먹밥을 상대방에게 주려는 배려
에만 머물러 있지 않다. "몰래"라는 표현에 주목하면 유키가 가진 배려의
깊이를 한층 더 느낄 수 있을 것이다.

　주지하는 것처럼 '만주국'은 1932년 관동군에 의해 세워진 괴뢰국가로,
그 건국정신에 '왕도 낙토(王道樂土)', '오족협화(五族協和)'를 표방했지만, 지
배의 실태는 재만(在滿) 일본인이 지배자로 군림하고, 엄격한 민족 신분제

---

5) 이 글의 텍스트 인용문의 밑줄은 모두 필자에 의한다.

도를 바탕으로 실질적인 식민지 지배가 이루어진 것이다. 식량에 관해서
도 "만주국이 건국되면 1등은 일본인, 2등은 조선인, 3등은 한나라·만인
으로 구별해, 배급 식량도 일본에는 백미, 조선인에게는 백미와 수수를 반
씩, 중국인에게는 수수로 나눴다. (···중략···) 일본인 이외에 쌀밥을 입에
대면 '경제범'으로 처벌되는"[6) 것이었다. 유키의 "몰래"라는 행위는 경제
위기가 전 세계적으로 만연해 식량이 부족했던 시대 배경 아래에, 부모에
게 꾸중을 면하기 위함이었다고 읽기 쉽지만, 친구 아이렌이 쌀 주먹밥을
먹은 것 때문에 범죄자로 처벌되지 않도록 배려한 결과로 해석해도 무리
는 없을 것이다. 왜냐하면 비록 엄격한 민족 신분제도를 유키가 모르더라
도, 전쟁시기의 아이로서 민감하게 피부로 느끼고 있었을 것이기 때문이
다. 오늘날엔 아무것도 아닌 단 하나의 주먹밥에 실로 엄격한 '만주'의 식
량사정과 민족의 격차, 그리고 어느 시대에서도 어른과 떨어진 아이들의
세계에서는 돈독한 우정을 발견할 수 있다는, 저자 아만 기미코의 의욕적
인 창작 의도를 엿볼 수 있지 않을까.

　게다가 아이렌을 구하려 한 유키의 죽음을 통한 우정의 묘출이다. 전술
한 줄거리에서 알 수 있듯이, 일본인 마을을 덮친 편의대가 '만인 부락'에
숨어있을 것으로 판단한 일본군은 '부락'의 '만인'을 모두 구렁에 몰아넣고
석유를 뿌려 태워 죽이려고 했다. 묶어주었던 노란 리본을 통해 아이렌도
구렁에 있다는 것을 알아챈 유키는 구렁 주위에서 불길이 타오른 것을 본
순간 풀숲에서 "아이렌, 도망쳐!"라고 외치면서 "불을 향해 질주했다". 유
키의 작은 몸은 순식간에 마을의 대장 야마우치[山內] 씨에게 잡혔지만,
"총성이 차례로 들린" 순간, 유키는 "몸을 비틀어", "무서울 정도의 힘으로
야마우치 씨의 팔을 쥐어뜯었다. 빠져나갔다. 앗, 하는 새에 양손을 펼쳐
뛰어들 듯이 불속에 떨어졌다". 유키의 이 장렬한 죽음은 어떤 의미에서

---

6) 山室信一, 『キメラ―満洲国の肖像』(東京 : 中央公論新社(増補版), 2004) pp.279-281.

는 「구름」의 주제, 즉 아이렌과의 우정 이야기의 절정이자 독자를 전율하게 만드는 것이라고 할 수 있다.

이처럼 두 주인공의 우정은 유키의 아이렌에 대한 배려의 행동으로 묘출되고 있다. 그리고 이 우정의 순수함을 보다 강하게 주장하기 위함인 것일까, 유키는 '눈[雪]', 아이렌은 '애련(愛蓮)'이라는 실로 우화적인 이름을 부여받고 있다.

그런데 여기서 문제가 되는 것은 우정의 묘출에 있어, 저자의 관점이 거의 완전히 유키에게 집중되어 있다는 것이다. 우정인 이상, 우선 인격적으로 평등한 것이며, 그리고 행동적으로도 왕래는 양방향적인 것이어야 한다. 유키와 아이렌 사이에서 유키는 시종일관 은혜를 상대방에게 주는 우위의 입장에 있는 반면, 우정으로서의 행동이 전혀 묘사되지 않는 아이렌은 그 은혜를 항상 받는 입장밖에 없다. 「구름」에서 이 일방적인 우정의 묘출에서, 한편으로는 아만의 한계를 볼 수 있지만, 다른 한편으로는 이러한 유키의 선의에 찬 행동과 생명을 희생하기까지의 묘사는 아만의 '만주'에 대한 속죄, 나아가서는 죽은 많은 중국인에 대한 진혼이라고도 볼 수 있다.

본장의 초반에서도 언급했지만 「구름」은 비극적인 우정을 그리는 작품이며, 그 주제는 '우정'과 '비극'의 양면이다. 소녀들의 '우정'이 아름다운 만큼 결말이 절망적인 것이 되고, 비극을 일으킨 장본인이 일본군인 것은 잊을 수 없다. 아무 죄도 없는 순수한 두 소녀를 죽음으로 몰아넣은 일본군에게 아만은 현지 주민에 대한 살육 장면을 통해 그 잔인한 행위를 정면으로 포착해 리얼하게 그리고 있다.

　　중대장은 획 등을 돌렸다. 큰 소리로 말했다.
　　"잘 들어. 본인은 편의대가 아니라고 신에게 맹세할 수 있는 자는, 저쪽의 구렁에 들어가라."

가리킨 것은 공터 옆에 절구 모양으로 패인 곳이었다.

만인들은 술렁거렸다. 웅성거리며 앞 다퉈 달렸다. 꾸물거리면 난 죽는다. 뒤에서부터, 난 죽는다.

발이 작은 할머니가 소리를 지르며 넘어졌다. 거기에 걸려서 네 다섯 명이 겹쳐 넘어졌다. 그러나 모두, 튕겨나듯이 일어서서 구렁으로 굴러 들어갔다.

"녀석들의 주변부터 편의대가 남기고 간 석유를 뿌려라. 도망가는 놈은 쏴라."

냉랭하게 잘 들리는 목소리로 중대장은 명령했다. 야마우치 씨가 뭔가 말했지만 중대장은 뒤도 돌아보지 않았다.

부락 사람들은 궁지에 몰린 짐승처럼 서로 바짝 붙어서 군인들의 동작을 쥐 죽은 듯이 바라봤다. 마치 세상의 모든 소리가 대지에 빨려 버린 것 같은 차가운 시간이 흘렀다.

　(생략)

　불길이 번지며 붉은 불똥이 소리를 내며 튀었다. 흰 연기가 울고 신음하는 사람들의 모습을 소용돌이치며 감쌌다. 총성이 차례로 들렸다.

(『일본아동문학』(1968) p.39)

여기서 아동문학으로 드물게 전율을 느낄 정도로 잔인한 살육 장면을 리얼하게 그린 저자의 용기와 강인함을 느낄 수 있을 뿐만 아니라, 한 명의 일본인 작가로서 일본군의 전쟁책임을 진지하게 추궁하는 아만의 역사 인식에 대한 자세도 엿볼 수 있다.

4. 「구름」 속 지배와 피지배의 관계

이상으로 「구름」의 주제를 분석했다. 하지만, 텍스트를 세밀하고 주의 깊게 살펴보면 논해야 할 점은 그뿐만이 아니다. 특히 '만주' 속 지배와 피지배의 복잡한 관계를 「구름」은 실로 잘 그리고 있다.

우선, 이야기의 공간 설정부터 살펴보자.

전술의 소개에서 알 수 있듯이, 마을에서 떨어진 작은 언덕을 경계로 아이렌은 "언덕 북쪽에 있는 만인 부락", 유키는 "남쪽에 있는 일본인 마을"에 살고 있다.

바꿔 말하면, 생활하는 영역이 '만인'은 그늘, 일본인 이민자는 양지에 있다. 주지하는 것처럼, 중국의 북방, 특히 동북지역에서는 양지의 남쪽과 그늘진 북쪽의 날씨는 천양지차이다. 농작물의 재배는 물론, 사람의 생활도 크게 영향을 받는다. 양지의 따뜻한 곳에 살고 있었을 중국의 원주민들은 일본의 이민단이 오면서 그늘지고 추운 곳으로 쫓겨났을 것을 쉽게 상상할 수 있다. 다만, 교과서판에서는 비적(匪賊)의 "대부분은 일본인이 자신들의 토지를 싸게 몰수하고 제멋대로 하는 것에 반대하는 편의대였다"고 명확하게 개고된 시점에서, 정착에 따른 개척단의 토지 약탈, 그리고 국가와의 공범관계가 더욱 명료해진다. 이렇게 보면 사실 남과 북이라는 공간설정에서 일본인 이민자와 '만인'의 지배·피지배 관계가 자연스럽게 드러난다. 물론, 이 설정에서 일본인 이민자에 대한 아만의 반성과 비판을 간파할 수 있음과 동시에 과거 자신이 살았던 땅에 대한 일종의 부정적인 의식도 읽을 수 있다. 아만의 자필 연보를 읽으면 알겠지만, 아만(본명 阿萬紀美子)은 1931년 8월 구 만주(현 중국 동북부)의 푸순[撫順]시에서 태어났다. 당시 아만의 아버지는 남만주철도주식회사(南滿州鐵道株式會社)에 근무하고 있으며, 아버지의 전근에 따라 신징을 거쳐 다롄[大連]시에서 자랐다. 그리고 1945년 다롄신명여학교[大連神明女學校] 2학년 때 일본의 패전을 맞이했고, 1947년 3월에 일본으로 귀국했다.7) 자신이 16년 간 지낸 '만주'가 이국이란 사실을 귀국하고 처음으로 알았던 아만은 매우 충격을 받

---

7) 神宮輝夫, 『現代児童文学作家対談 9』(東京 : 偕成社, 1992) p.73.

았고, 자주 도서관을 다니며 자료를 조사해, 자신의 과거를 뒤돌아본 것이었다. 때때로 담화 속에서 아만은 "양지의 따뜻한 곳으로 돌아가면 거기는 거기에 있어야 사람들을 그늘에 몰아넣었던 장소라는 것, 즉 자신의 존재 자체가 다른 사람의 자리를 침해했다는 이유로 신체감각이 아무리해도 눈을 돌릴 수가 없습니다"[8]라고 말했다. 동시에 아만은 일본인과 '만인'의 지배·피지배의 관계를 명확하게 인식한 뒤, 「구름」에서 이민족 사이의 우정을 전개하는 배경을 언덕의 북쪽도 남쪽도 아닌 경계선 상에 있는 '언덕 위', 그리고 성인과 떨어진 아이들의 세계에 한정한 것이라고 추측할 수 있다. 그러나 이 마을 외곽에 있는 '언덕 위'에서 전개된 아이들의 우정은 '일만(日滿)'이라는 민족의 벽을 진정으로 넘을 수 있었던 것일까.

다음으로 두 소녀 상(像)을 분석해보자.

우선, 아이렌을 살펴보면 가족에 대해서는 일절 그려져 있지 않다. 본인에 관해서도 "기차 같은 것을 타본 적이 없다", "언덕의 북쪽에 있는 만인 부락과 남쪽에 있는 일본인 마을 밖에 본 적이 없다", 차오린 마을까지 데려다준다는 이야기를 들었을 때, "공중제비를 세 번이나 해버렸다"는 표현에서 가난하지만 외부 세계에 강렬한 동경을 가진 활발한 농가의 여자아이라는 정도의 사실 밖에 알 수 없다. 그러나 이에 비해, 유키에 대한 기술은 상당히 자세하다.

텍스트 제 3절 앞부분에 아래와 같은 묘사가 보인다.

수확 이야기 때문에 마을 집회소로 외출한 아버지는 아직 돌아오지 않는다. 유키는 아기 옷을 뜨고 있는 어머니 옆에서 실뜨기를 하고 있다.

유키의 가족은 서른을 갓 넘긴 부모와 아홉 살인 유키 셋뿐이다. 하지만 새해가 오기 전에 유키는 언니가 될 수 있을 터였다. 유키는 그날

8) 神宮輝夫, 앞의 책, p.37.

이 매우 기다려졌다.

(『일본아동문학』(1968) p.35)

삼십 대 초반의 젊은 아빠, 아기 스웨터를 뜨개질하는 엄마 옆에서 실 뜨기를 하면서 곧 언니가 되기를 기다리고 있는 유키. 이러한 표현을 통해 독자는 그야말로 중산층의 따뜻한 가정을 쉽게 연상할 수 있다. 그리고 텍스트 제3절에서는 일본인 마을이 "편의대"에게 습격당한 다음날 "기차를 타고 다니는 학교도 오늘은 쉰다. 유키는 오전 중, 돼지나 닭에게 먹이를 주거나, 욕조에 물을 나르며 일했다."라는 표현이나, 전술한 주먹밥 등의 사실로부터 유키가 아이렌과 달리 매일 기차를 타고 학교에 다니고 있을 뿐만 아니라 돼지나 닭 등의 가축도 기르고 있으며, 쌀 주먹밥도 자주 먹을 수 있는 유복한 집에 살고 있음을 알 수 있다. 그러나 이러한 표현을 뒤집어 읽으면, 즉 아이렌은 학교에도 갈 수 없고 주먹밥도 먹을 수 없는 것이다. 물질적인 면에서 압도적으로 유복한 유키가 가난한 아이렌에게 주먹밥을 주려는, 일견 선의의 행위는 유키 자신은 자각하고 있지 않지만, 사실 아이렌에 대해 지배자 측에 서 있기 때문에 가능한 것이며, 아이러니하다고 할 수 있다.

물론, 유키 상(像)에 대한 충실한 묘사에는 아만의 어린 시절의 '만주' 체험이 영향을 미친 것으로 보인다. 1931년의 '만주'에서 태어난 것으로 추측하면, 아만의 아버지는 그 이전 20년대에 이미 '만주'를 걸쳐 만주철도에 근무하기 시작한 것으로 보인다. 그 무렵의 만주철도직원의 소득을 보면, 표에 나타난 것처럼 1927년 초 일본인 만주철도직원의 월급은 '만주'인의 약 3.6배, 일급은 약 4.4배나 되었다. 이러한 아버지의 고수입을 통해 외동딸인 아만은 실로 풍족한 '만주' 생활을 보낸 것 같다.

〈표〉 만주철도회사의 급료표[9]

년·월	일본인			'만주'인		
	사람 수(인)	급료월액(円錢)	1인평균일급(円錢)	사람 수(인)	급료월액(円錢)	1인평균일급(円錢)
1917.3	9,776	290,919.00	0.99	10,526	119,627.40	0.38
1927.3	11,883	884,837.40	2.48	14,596	249,015.56	0.57

일곱 가족 중에서 외동딸, 조부모님, 부모님, 그리고 아버지의 여동생이 두 명 있었으므로 작은 나를 향해 움직이는 손이 많았던 것 같습니다. 제가 가만히 있으면 뭐든지 다 해주었습니다. ―예를 들어, 스키야키[すき燒き]를 먹을 때, 제 접시에는 좋아하는 것이 저쪽에서 날아온다고 믿을 정도의 가정생활이었습니다.[10]

「구름」 속 유키의 행복한 가정생활의 장면 묘사에는 아무리 해도 아만의 풍족하고 대가족의 사랑 속에서 자라난 '만주'의 일상생활이 매우 겹쳐 보인다. 그리고 유키 상이 충실하게 묘사된 것에 비해 아이렌 상(像)이 빈약한 것은 화자의 관점이 주로 유키에게 있는 것도 사실이지만, 아만의 '만주'체험에서도 원인을 찾아볼 수 있다. 아만은 초등학교는 다롄의 남산록소학교(南山麓小学校), 중학교는 신명여학교를 다녔다. 모두 당시의 고급 주택가 남쪽 기슭에 있는 명문 여학교였다고 한다.[11] 그리고 아만의 회상에 따르면, 중국인 거주 지역에 놀러갈 이유도 없고, 학교에서도 아래 학년에 일본인과는 성이 다른 학생이 한 둘씩 있던 것은 기억하지만, 중국인과의 교류가 일상생활 속에 포함되어 있었던 것은 아닌 것 같다.[12] 그

---

9) 原田勝正, 『満鉄』(東京 : 岩波新書, 1981) p.82.
10) あまんきみこ, 「私の童話」(石澤小枝子・上笙一郎編, 『講演集児童文学とわたしⅠ』(茨木 : 梅花女子大学児童文学会, 1992)).
11) 다무라 요시카쓰, 「아만 기미코 <구만주>-<양지>의 땅과 <그늘>의 땅-」, 『해석 근대특집』(東京 : 解釈学会, 2015) p.36. 참조.
12) 다무라 요시카쓰, 위와 같은.

렇다면 「구름」 속 '만인' 아이렌 상 묘사가 빈약한 것은 아만에게 어떤 의미에서는 어쩔 수 없는 것이기도 하다.

이렇게 보면, 유키와 아이렌은 원래 지배와 피지배의 관계에서 벗어날 수없는 숙명을 짊어지고 있다. 「구름」 속 두 사람의 우정은 현실세계에서는 아마 성립되지 않을 것이다. 다만 '만인' 아이를 설정한 것에서 민족을 초월한 평화롭고 아름다운 것들에 대한 아만의 희구를 헤아릴 수 있다. 그러나 빈약한 아이렌의 조형이, 또한 '만주'에서 민족의 격차가 얼마나 깊었는지 자연스럽게 증명하고 있음을 알 수 있다.

한편, 아이들과 달리 성인의 세계에서는 일본인 이민자와 '만인'의 관계가 어떻게 표상되고 있을까. 텍스트 속 다음의 표현을 살펴보자.

> 예1 소녀들의 뒤에는 아직 뼈타이완 있는 일본인 소학교의 교사가 길게 그림자를 드리우고 있다. 아까까지 많은 만인들이 일하고 있던 곳이다.   (『일본아동문학』(1968), p.34)
> 예2 항상 아침 일찍 오는 만인의 하인들은, 무슨 일인지 낮이 다 되어가도 나타나지 않는다.   (『일본아동문학』(1968), p.37)
> 예3 많은 만인들이 일하고 있어야 할 학교에는 사람 그림자 하나 없다.   (『일본아동문학』(1968), p.38)

여기서 일본인 학교 교사지만 "많은 만인들이 일하"거나, 유키의 집에는 '만인'을 '하인'으로 고용하고 있는 점에서 당시 일본인 이민자가 '만인'을 '쿨리(苦力)'로 이용한 것을 알 수 있다. 짧은 서술이지만, 식민지 '만주' 속 일본인 이민자와 '만인' 사이의 지배·피지배 관계의 실태를 잘 파악하고 있다. 선행연구에 따르면,[13] 원래 일본인 이민자가 '원주민의 선배'가

---

13) 가오청롱[高成龍]·가오러차이[高樂才], 「만주국에 있는 일본 민족의 지위를 논하다[論日本民族在僞滿洲國的地位]」, 『淸華大學學報 哲學社會科學版』 제3기 제26권(2011), 왕성진[王胜今], 가오잉[高瑛], 「'개척'을 이름으로 한 일본 이민 침략-일본 이민 침략 분석-[以"開拓"爲名的日本移民侵略-日本移民侵略檔案分析]」, 『東北亞論壇』 제2기 총 제118기(2015), 호

되어 그들을 이끌어간다는 취지의 주장이 개척단에게 퍼져 있었고, 실제 생활 속에서 대부분의 개척단이 현지 주민의 고용노동 없이는 농업경영을 하는 것은 매우 어려운 일이었다고 한다. 그 이유는 추운 땅에서는 농사 기간이 짧기 때문에 신속한 작업이 요구되는 반면, 평균 가족 수 2.7명이라는 이민자 농가의 자족 노동력만으로 대규모 농지를 경작하는 데는 한계가 있었기 때문이다.[14] 이때 유키는 3인 가족으로, 그들이 '만인' 하인을 고용한 것은 이러한 사실을 뒷받침하고 있는 듯하다.

다음으로, 어른들의 세계에서 편의대와 일본인 이민자와 '만인'의 관계를 살펴보자. 이를 밝히기 위해 아래에 텍스트 제2절에 있는 일본인 이민자와 편의대의 전투 장면 묘사를 인용한다.

> 높은 돌담에 둘러싸인 집회소는 마을의 중심에 있다. 작년 이 마을에 일본 정부의 직원이 시찰 왔을 때 지은 것이다.
> 큰 철문 앞에 총을 든 야마우치 씨가 서 있고, 들어가는 사람의 얼굴을 일일이 확인하고 있다. 남자에게는 총과 칼이 건네지고, 여자도 반은 총을 들었다.
> "후숀[フーション] 제2중대는 이쪽을 향해 출발했어. 하지만 여기에 도착하기까지 앞으로 2시간은 걸려. 그때까지 힘내세요."
> 야마우치 씨가 돌아다니며 말하고 있다. 마흔이 넘은 야마우치 씨는 이 마을의 대장 격인 사람이다. 비상훈련대로, 마을 사람들은 배치된 자리에 도착했다.
> 사다리를 놓고 총구를 밖으로 향하게 했다.
> (…중략…)
> 총성이 계속되고, 대여섯 명이 말에서 굴러 떨어지자, 상대는 일단 끌고 갔다.

소야 도루[細谷亨], 「만몽 개척단과 현지 주민-일본인 이민 정착지에서의 '민속협화'의 위상[滿蒙開拓団と現地住民-日本人移民入植地における「民族協和」の位相-]」, 『立命館経済学』 제64권 제6호 등의 논문을 참조.

14) 細谷亨, 앞의 논문, pp.218-220.

이후로 파도처럼 총격전이 이어졌다.

유키도 필사적으로 총알을 나르고 있다.

부상자가 나오기 시작했다. 유키의 아버지도 어깨를 다쳤다. 하지만 싸울 수 있는 사람은 상처를 치료하고 바로 총을 쥐었다.

(총알이 떨어지기 시작했다. 이렇게 되면 담 밖에서 싸우는 것 외에는, 여자나 어린아이를 지킬 방법이 없다. 안으로 들이면, 상대는 다수다. 전멸해 버린다.)

(『일본아동문학』(1968), pp.36-37)

주지하는 것처럼 1931년의 '만주사변' 이후, 중국 동북 지방의 반만 항일운동이 고조되어, 관동군은 치안유지를 명목으로 '만주'에 일본인 이민을 본격적으로 주도·수행하기 시작했다. 1932년 10월 제1회 화촨[樺川]현 융평[永豐]진 정착 이후 1936년 7월 미산[密山]현 정착까지 총 5회에 걸쳐 약 3000명의 일본인을 보냈다. 이후 일본 정부는 '만주국'을 완전히 식민지화하기 위해 더욱이 국책으로 '20개년 백만 호 송출계획', 즉 1956년까지 20년 동안 100만 호·500만 명의 일본인 이민자를 '만주'에 보낼 계획까지 세웠다. 그러나 실제로는 1945년 패전까지 이주한 사람은 27만 명이다. 「구름」의 시작 부분에 있는 "중국 동북부에 일본이 '만주국'이라는 나라를 막 만들었을 시절이었다"(교재판)라는 표현에서, 텍스트 속 시기는 관동군이 주도하는 시험 이민시기에 해당된다고 판단된다. 이 시기의 큰 특징이라고 하면, 반만 항일세력의 진압과 소련침공의 대처가 목적이었기 때문에 이민단은 '둔간군(屯墾軍)'으로 여겨지며, 멤버는 대부분 재향 군인회 소속의 남성 중에서 선출된 사람들이었다. 그리고 만주로 건너가기 전, 단기적으로 농업 생산 지도와 군사 훈련을 받았고 관동군이 준비한 무기 탄약 및 군복을 받아 무장했다. 앞의 인용문에서 "총을 든 야마우치 씨", "여자도 반은 총을 들었다", "비상훈련대로"라는 표현은, 일본인 시험 이민시기 무장에 대한 특징을 실로 잘 나타내고 있다. 하지만 이 치열한 전투의 장면 묘사에서 알 수 있는 것은 일본군이나 정부의 개척이민계획에 협력하는 공범자로서의 개척 이민자가 아니라, 반대로 개척 이민자에 대한 아만의 연민이다. 왜냐하면 초판의 「구름」에서 편의대의 입장은 "노상강도의 비적인가, 일본인이 만주에 오는 것을 반대해 운동을 계속하는 편의대의 비적인가"라는 표현처럼 애매할 뿐만 아니라, 이미 '만주' 땅에 존재하는 일본인 마을이 왜 편의대에게 습격당했는지도 원인 불명이기 때문이다. 이처럼 편의대의 행동에 합리적인 설명이 없었기 때문에, 초판의 편의대와 일본인 이민자의 관계는 지배와 피지배가 되어버려, 「구름」 속 비극이 일본정부의 개척이나 군의 폭력에 기인한 것이 아니라 편의대의 습격에 있다고 일본의 독자에게 전달될 가능성이 생긴다. 이것은 초판의 큰 문제점이라고도 할 수 있다. 동시에, 야마우치를 비롯한 일본인 마을 사람들에 대한 묘사도, 편의대를 감싸는 '만인 부락' 사람들에 대한 동정과는 어울리지 않게 되어 버린다. 그런데, 『현대일본의 동화』판과 함께 교재판에서는 "거친 땅을 마음껏 '개척'한다는 꿈을 가진 사람뿐이었다"고 '만주국'에서 '개척'하는 의미가 부여되는 형태로 가필되었다. 그리고 교재판에서는 나아가 정부의 '그런 번드르르한 말을 듣거나 파악한 농부'와 일본 정부, 군에 대한 비판적인 시선이 더해졌다. 또한 편의대에 대해 "비적이라는 것은, 대부분 일본인이 자신들의 토지를 싸게 몰수하고 제멋대로 하는 것에 반대하는 편의대였다. 편의대는 평소에는 평범한 모습으로 평범하게 살고 있지만, 밤이 되면 모여서 검은 바람처럼 일본인 마을이나 거리를 습격하는 것으로 알려져 있다"(교재판)고 수정함으로써, 편의대는 즉 '만인'이며, 개척촌을 습격한 것도 자신들의 땅을 빼앗긴 것에 대한 저항운동이라는 것이 분명해진다. 이것으로 언뜻 일본인 이민자에 대해 유리한 입장에 있는 것처럼 보였던 편의대는 실질적으로 무엇 하나 변함없이 똑같이 지배당한 '만인'임이 명백해진다. 더욱이 덧붙이자면 초판에서는 "이 마을의 일본인은 아이도 포함해 단 52명밖에 없"는 곳을 교재판에서는 "마을 사람들은 아이를 포함해, 딱 63명뿐이다"라고 개척촌 사람 수를 수정했다. 이러한 가필과 수정에서 아만의 '만주'에 대한 가해의식을 담은 역사적 인식의 깊이를 알 수 있다.

하지만 아쉽게도 초판 속 전술한 '만인'에 관한 중요한 묘사가, 교재판에서는

> 예1 소녀들의 뒤에는 아직 뼈타이완 있는 일본인 소학교의 교사가 길게 그림자를 드리우고 있다. 아까까지 많은 만인들이 일하고 있던 곳이다.　　　　　　　　　　　(『일본아동문학』(1968) p.34)
>
> 예2 항상 아침 일찍 오는 만인의 하인들은, 왜인지 낮이 다 되어가도 나타나지 않는다.　　　　　　　　　　　(『일본아동문학』(1968) p.37)
>
> 예3 많은 만인들이 일하고 있어야 할 학교에는 사람 그림자 하나, 없다.　　　　　　　　　　　(『일본아동문학』(1968) p.38)

> 예1′ 두 사람의 뒤에는 아직 뼈타이완 있는 일본인 소학교의 교사가 길게 그림자를 드리우고 있다.
> 　　　　　　　　　　　(『현대의 국어1』(산세이도, 2006) p.179)
>
> 예2′ 항상 오는 중국인들은, 무슨 일인지 한 명도 나타나지 않는다.
> 　　　　　　　　　　　(『현대의 국어1』(산세이도, 2006) p.182)
>
> 예3′ 만들다 만 교사에도 어쩐지 사람 그림자 하나 없다.
> 　　　　　　　　　　　(『현대의 국어1』(산세이도, 2006) p.183)

로 수정되어, "많은 만인들이 일하고 있던 곳이다" 등의 표현을 삭제함으로써 식민지 속 일본인 이민자와 '만인'의 지배와 피지배 관계가 사라져 버렸다. 또, 예2의 "항상 아침 일찍 오는 만인의 하인들"이 예2′ "항상 오는 중국인들은"로 수정됨으로써, '만인'이라는 단어에 담겨져 있던 차별적 뉘앙스('만주국'은 건국 이후, '중국'이라는 단어를 금구하였고, '중국어'는 '만어', '중국인'은 '만인'으로 불렸다.)가 삭제되어 버렸다. 같은 교과서판에서의 개고지만,

전술한 개척 이유의 가필이나, 편의대에 관한 설명에 대한 수정이 적극적
으로 의미를 부여한 것에 반해, 여기서 다룬 개고에는 그야말로 기무라
씨의 지적처럼 "침략전쟁을 유형·무형으로 지지해온 이민자의, 국가와의
공범관계를 척결한 과거의 시점이 사라져 버렸"[15]으며, 교재로서는 오히
려 후퇴한 메시지를 학생에게 전달하고 있다고도 할 수 있다.

　하지만 그렇다고 해서 「구름」이 아이의 세계든 어른의 세계든, '만주'에
서의 이민족 간 복잡한 지배와 피지배의 관계를 보여주고 있는 것은 부정
할 수 없다.

5. 아만의 '만주' 인식과 「구름」의 위상

　아만은 어떻게 '만주'를 보고 있는가, 이 문제를 이렇게 「구름」을 통해
검증해왔지만, 여기서는 또 다른 '만주' 이야기와의 관련도 시야에 넣어 정
리해보자.

　「구름」은 민족의 벽을 넘어 우정을 그려내고자 하는 반전(反戰)적 이야
기이다. 엄격한 민족 신분 제도가 존재했던 '만주국'에서는 그것을 표현하
는 것이 얼마나 어려운 일인지 자각하고 있는 아만은, 어른들의 긴장 관
계와는 다른 차원에서 자라난 아이들 사이의 교제를 통해, 그리고 경계선
상에 있는 '언덕'으로 그려내고 있다. 이 고심에서 엄중한 전시(戰時)이기에
순수한 소녀들의 비극적인 우정을 묘출함으로써 평화를 희구하는 아만의
의도가 엿보인다. 그러나 다른 '재만' 일본인과 마찬가지로 중국인과 거의
접촉하지 않고 일본인만의 사회에서 어린 시절을 보낸 아만은 「구름」에
서 중국인 소녀 아이렌을 등장시키면서도 결국 관점이 일본인 소녀 유키

---

15) 木村功, 앞의 논문, p.8.

에 그치는 경향을 보이며 두 사람의 우정은 쌍방적인 것이라기보다 일방적인 것이 되어버렸다.

편의대(중국에서는 항일의용군이라고 불린다)에 대한 설명이, 초판에서는 입장이 애매한 비적이었지만, 『현대일본의 동화』판, 교재판에서는 토지를 빼앗긴 평범한 '만인'으로 수정됨으로써, 아만이 가진 '만주' 인식의 깊이를 알 수 있다. 한편, 교과서판에서는 '만인', '부락' 등의 호칭이 '중국인', '마을'로 수정되거나, '만인'에 대한 묘사가 삭제되었다. 그 때문에 원래 거기에 담겨있던 차별적 뉘앙스가 불식되어 버리고, 식민지 '만주'의 지배와 피지배 관계도 은폐되어 버렸다. 초판과 비교하면, 이 개고는 반대로 일종의 후퇴한 역사인식을 드러냈다고 할 수 있다.

개척단의 위상에 대해서는, 어쩐지 '만주'에 살고 있는 일본인 마을로 표현한 초판에 비해, 이후의 두 가지 버전에서는 개척의 의미가 부여되도록 가필되었다. 이에 따라 일본인 마을이 편의대에 습격당하는 원인이 다소 밝혀졌다. 그러나 일본의 국책에 휘말린 피해자로서의 일면이 강조되고 국책에 가담한 일면을 불문에 부쳐버렸다. 이 점에 있어서는, 이후에 발표된 「붉은 연」은 아만의 보다 깊은 '만주'인식을 보여주고 있다고 할 수 있다. 전술한 것처럼, 자신의 아들, 즉 주인공 가나코의 아버지가 '도만(渡満)'한 목적은 '오족협화, 사이좋게 살아가는 나라를 만들기 위함'이라고 믿는 할아버지에게 "아버지의 손은 보이지 않는 피로 젖어있었어. 거기에 있었던 것만으로. 나도 똑같고. 이 가나코의 손도"라고 가나코는 분명히 말한다. 여기에는 '만주'에 있었던 것만으로 침략전쟁의 가담자임을 강하게 자각한 아이 상이 그려져 있다. 그러나 텍스트의 말미에 "할아버지. 슬프게 해서 미안해. 나, 그런 말, 더 이상, 할아버지한테 하지 않을 테니까"라고, 혼난 할아버지에게 반성의 뜻을 갖고 사과하는 가나코 상도 그려져 있다. 이러한 마무리에서, 깊은 역사적 인식을 가지고 있지만 가혹한 현실, 바꿔 말하면 사회 공통인식 앞에서 일종의 무력감을 보이는 아만의 모습을 필자는 강하게 느꼈다.

그리고 이 무력감은 「아름다운 그림」에서 「검은 마차」로의 개고에서도 발견된다. 전술한 것처럼, 「아름다운 그림」(1969)은 소련군의 침공으로 시작된 피난길에서 자결의 길로 몰린 만몽개척단(滿蒙開拓団)의 비극을 그리며, 패전 직전 일본군의 기민정책을 폭로했다. 피난길 도중에 개척민들이 '만주'의 지역 주민에게 습격당하는 장면도 있고, 일본인 소년이 사려 깊은 '만인' 스님에게 등을 부드럽게 다독여져 도움 받은 것도, 비교적 길게 그려져 있다. 그러나 개작 「검은 마차」(2006)에서는 이것이 모두 삭제되어 버렸다. 이 때문에 원래 입체적으로 파악되었던 식민지 '만주'의 이야기가 단순히 개척민과 일본군의 대립으로 축소되어 버렸다. 저자의 관점이 이 민족의 '만인'에게서 완전히 등을 돌려버린 점이 아쉽다.

이렇게 보면, 초판 이후 40여 년이나 지난 시간의 흐름 속에서 아만이 반드시 '만주'에 대해 하나의 인식을 계속 유지하고 있다고는 말할 수 없다. 원래 일본에 돌아와 처음으로 '만주'가 이국이라는 사실을 알게 된 아만의 '만주' 인식은, 도서관 자료에 의한 바가 더 크다. 따라서 '만주'를 무대로 하는 일련의 작품에는 작가의 관념적 요소가 들어가 있다고 할 수 있다. 아만이 굳이 '개척단'을 주제로 선택한 것은 일본의 '만주' 식민지화를 고발하려는 의도, 거기서 아무것도 모르고 행복하게 수십 년간을 보낸 자신의 죄책감에서 태어난, 작가로서의 사명과도 같은 생각이 있었다고 짐작할 수 있다. 그러나 한편, 이 '만주'인식의 재구성 과정에서, 비록 문학가로서 아무리 진지한 태도로 전쟁의 진실에 다가가려고 하는 아만이더라도, 주위의 사회적 움직임에 전혀 좌우되지 않을 수 없었을 것이다. 여기서, 전술한 아만 기미코의 전쟁 아동 문학작품 목록을 봐도 알 수 있듯이, 이 일련의 작품은 60년대 후반부터 80년대 초반에 집중되어 있다. 이 시기에는 베트남 전쟁과 그것을 후방 지원하는 일본(오키나와[沖縄])의 입장이 문제시되어, 전쟁을 모르는 아이들에게 평화의 소중함을 알리고자 하는 반전의식을 담은 사실적 아동문학이 사회 속에서 요구되었기 때문에 평가된 것이다. 그래서 기억을 환기시키는 대량의 전쟁아동문학작품이 창작되었는데, 그 대부분은 공습 받은 일본 본토를 배경으로 일본인의 피해경험을 기조로 한 것이었다. 이러한 작품은 전쟁의 잔혹함을 알리는 것에 의의가 있음과 동시에, 전쟁 속 일본인의 가해자로서의 입장을 삭제하는 역할도 하고 있다. 그 속에서 '만주'을 무대로 정면에서 그것을 응시하면서, 개척 이민자의 가해 행위에 대해 어느 정도의 반성과 일본군의 폭력을 향해 엄격한 비판의 시선을 가진 아만의 '만주' 이야기는 특별한 존재라고 할 수 있다. 물론, 아만의 '만주' 이야기는 상술한 것처럼 문제가 없는 것은 아니지만, 그러나 문제가 있었기 때문에, 뜻밖에도 식민지 '만주'의 복잡함, 그리고 체험자인 저자 아만의 역사적 기억의 재구성에 어려움이 작품 속에 나타난 것이 아닐까 생각된다.

번역 : 남유민(南有玟)

구보타 만타로[久保田万太郎]의 '공습'*

이시카와 다쿠미[石川巧]

1

구보타 만타로는 평생 세 번의 재난을 경험했다. 처음 주거가 불탄 것은 29세(1918년 2월) 때의 일. 옆집에 난 화재가 번지는 바람에 아사쿠사구[浅草区] 다와라마치[田原町]에 있던 생가를 잃은 만타로는, 하시바[橋場]에 있던 기타무라 로쿠로[北村緑郎]의 집에 잠시 머무른 뒤 오사카에 살던 존경하는 벗인 미나카미 다키타로[水上瀧太郎]의 거처에서 반 년 정도 지냈다.[1] 두 번째는 1923년 9월 1일의 간토[関東]대지진. 당시 아사쿠사구 기타

---

* 이 글은 구보타 만타로의 전 작품을 횡단하며 해독하는 것을 목적으로 하고 있기 때문에, 작품의 화자에 관해서는 편의상 모두 '만타로'로 통일해서 표기하고 있나.

1) 당시 미나카미 다키타로는 부친이 창업한 메이지[明治]생명보험회사의 오사카 지점부장으로 근무하는 한편, 『미타문학[三田文学]』에 수필 「조개껍질 추방[貝殻追放]」 연재를 시작하고 있었다. 연재 수필 중 하나인 「『시든 초목』의 작가[『末枯』の作者]」(『미타문학』 1919년 9월)에서는 "구보타군이 그려내는 세상은, 당연히 멸망해가는 세상의 모습이어야 한다. 내일로 이어지는 현재의 세상이 아니라, 어제와 이어지는 현재인 것이다. 그렇기 때문에 구보타군의 소설희곡 속에 등장하는 인물은, 거의 대부분 오늘날의 문명에는 아무 것도 공헌하지 않는 인간뿐이다. 그저 단순하게 멸망해가는 세상의 추세와 더불어 휩쓸려가는 사람들이다. 제각기 '세상이 사악해졌다'고 투덜대면서도, 이 사악해진 세상에서 일상다반사

미스지마치[北三筋町]의 셋집에 살고 있던 만타로는, 지진 다음날 화재를 피해 우시고메구[牛込区] 미나미에노키초[南榎町]로 피난했다. 같은 해 11월에는, 그때까지 함께 살던 부모형제와 떨어져 도쿄 시외인 닛포리[日暮里] 와타나베초[渡辺町]에 거처를 마련하여 처자식과 셋이서 살기 시작했다. 후에 만타로는 수필 「낙숫물은 떨어진 데 또 떨어진다[二度あることは三度目のこと]」(『올요미모노[オール読物]』 1946년 2월)에서 각각의 체험을 되돌아보며,

> 스물아홉 되던 때, 옆집에 난 불이 옮겨 붙었는데 마침 눈이 내린 밤이라 간신히 2층 창문을 통해 지붕으로 올라가 길바닥으로 뛰어내려 살수 있었습니다. 그 정도로 불이 옮겨 붙는 속도가 빨랐습니다. (…중략…) 서른다섯 살 때에는 지진에 휘말렸습니다. 아마도 여기는 괜찮을 거라고 생각했지만, 어쨌든 일단은 피하고 보자며 다른 사람들과 함께 몸만 빠져나왔더니, 다음 날이 되니…다시 말해서 9월 2일 아침이 되니 생각지도 못했던 방향에서 번져온 불길 때문에 괜찮을 거라고 생각했던 곳이 불타버렸습니다. 그러니까, 그 전만큼 위험한 꼴을 당한 건 아니라고는 해도 낙으로 삼았던 창고가 무너졌고, 이때도 가방에 넣어 가지고 나왔던 자잘한 물건들 이외에는 책, 옷, 가재도구 할 것 없이 싹 다 불타버렸던 것입니다.

라고 언급하고 있다. 이 글에는 '괜찮을 것'이라고 생각했던 것이 한순간에 '괜찮지 않게' 되는 것, '생각지도 못했던' 일이 벌어져 '싹 다' 사라져버리는 것에 대한 허무함이 담겨 있다. 매일의 삶은 반석처럼 단단한 것이 아니라, 우발적인 사건으로 쉽사리 망가져 버리는 것이라는 확신과도 같은 것이 드러나 있는 것이다.

두 번에 걸쳐 가재도구와 서적, 원고를 화재로 잃은 만타로에게 있어,

를 겪으며 일생을 보내는 사람들이다."라고 쓰고 있다. 이러한 미나카미의 평은 어떤 의미에서는 만타로의 작가적 자질을 정확하게 파악했다고도 할 수 있지만, 이 글에서 부각시키려는 것은 그런 인식에서 탈피한 영역에 존재하는 작가 만타로의 또 다른 모습이다.

1945년 5월 24일의 공습[2]은 어떤 의미에서는 어느 새 이런 재난에 익숙해진 자신을 깨닫는 체험이었던 것 같다. 앞서 인용한 「낙숫물은 떨어진 데 또 떨어진다」에서 이때의 공습을 회고한 만타로는, 미타쓰나마치[三田綱町]의 자택에 화마가 덮쳐왔을 때의 긴박한 상황이나 '물건을 닥치는 대로' 방공호에 던져 넣으려는 가족의 모습을 극명하게 묘사하는 한편, 그것을 냉정하게 바라보는 또 하나의 자신이 존재했음을 토로하듯, "저도 순간적으로 책을 떠올렸습니다. 그러나 곧바로 '그만두자'며 고개를 저었습니다. All or Nothing…대여섯 권 가지고 나와 봤자 소용없지요. …오히려 틀림없이 고민거리만 될 겁니다… / 다시 말해, 제 손은 늘 여행 가방만 하나 달랑 들 뿐… / 그뿐이었습니다"라고 적고 있다. 일찍이 재난을 당했을 때에는 입은 옷 그대로 도망칠 수밖에 없었지만, 공습 때에는 "상하이[上海]에서 맞춘 제일 좋은 양복을 입고, 봄 외투를 걸치고, 전쟁 중에 전투모 대신 썼던 중절모를 제대로 갖추어 쓰고 있었"으며, "쓰다 만 희곡 원고"까지 미리 그 작은 가방에 넣어두었다고 한다.

이 때 잃은 집은, 같은 해 3월 오가와마치[小川町]의 "어둡고 비좁은 집"(「오히토에서[大仁にて]」, 『고락(苦樂)』, 1947년 1월)에서 겨우 이사해왔던 "밝은 이층집"(자필 연보에서 발췌)이었으며, 게이오기주쿠[慶応義塾]와 가깝기도 해서 만타로에게는 특별히 애착이 가는 집이었던 모양이다. 또한 만타로는 재난을 당한 직후인 6월에 아버지를, 전쟁이 끝나던 8월 15일에는 어머니를 잃었다[3]. 7월부터는 오리쿠치 시노부[折口信夫]와 함께 운수성(運輸省) 주

---

2) B29 진투기 525기가 고지마치[麴町], 아자부[麻布], 우시고메[牛込], 혼고[本郷] 방면을 습격하여, 약 6만 5천 호가 소실됐다. 다음 날 벌어진 야마노테[山の手] 대공습과 더불어, 도쿄의 한적한 주택가에도 큰 피해를 입혔다.

3) 도이타 야스지[戸板康二]가 작성한 「구보타 만타로 연보[久保田万太郎年譜]」, 『구보타 만타로』(문예춘추, 1967.11), 아즈미 아쓰시[安住敦] 편 「연보」, 『구보타 만타로 전집 제15권』(중앙공론사, 1967.11)를 비롯해서, 많은 전기 자료에서는 어머니・후사[ふさ]가 '종전일'에 사망했다고 기록하고 있으나, 만타로 자신은 「나의 이력서」(전게)에서 1945년 "7월, 어머니를 잃다"라고 적고 있다.

최 교통도덕 고취 운동에 협력하여, 가는 곳마다 공습을 받으면서도 나고야[名古屋] 철도국 관내를 순회하는 등, 모든 것이 불타 사라지고 스스로도 언제 죽을지 알 수 없는 극한상황 속에서 하루하루를 필사적으로 살아남았다.

그러나, 이 수필에는 잃어버린 것에 대한 미련이나 집착이 담겨 있기는커녕, '집착'을 남기는 것 자체를 강하게 경계하고 있다. 수필의 후반부, 피난처가 된 게이오기주쿠 구내식당4)에서 "아침 식사로 혀를 데일만큼 뜨거운 된장국"을 마시고, 제국호텔에서 열린 모임에서 "아무 것도 어제와 다를 것 없이, 그저 태평하게 담소를 나누며 스프의 스푼을 들어 올릴 수 있었던" 때의 안도감에 초점을 맞춘 만타로는,

　　…말하자면 전열(戰列)을 이탈한 듯한 느낌. …이걸로 됐다, 이것으로 일단락된 거라는 안심. …안도감만이 먼저 들었지, 불타서 집을 잃은 비참함은 조금도 절실하게 느껴지지 않았던 것입니다.
　　물론,
　　-이걸로 된 걸까?
하고, 저는 종종 재난증명서가 들어 있는 호주머니를 슬쩍 눌러보며 그 틈에 스스로에게 질문을 던져보았습니다. 그러나 그럴 때마다 그 질문에 답해준 것은, 스물아홉 살 때의, 서른다섯 살 때의, …예전의 그날에, 참으로 슬펐던 나의 존재였습니다. …두 번이나 타격을 받고 부서져버린 나의 희망이었습니다. (…중략…) 아직까지도 저는, 그 가방을 들고 황망하게 오가던 '매일' 속을 방랑하고 있습니다. …그 오가는 '매일' 속

---

4) 이 날 '뜨거운 된장국'을 제공해준 게이오기주쿠 식당은, 다음날(1945년 5월 25일)의 공습으로 소실된다. 만타로는 「게이오기주쿠 90년제[慶応義塾九十年祭]」, (발표지 미상, 후에 『설령 낙서라 하더라도[よしやわざくれ]』(세이아보[青蛙房], 1960.11)에 수록)에서, "학생식당에서 혀가 데일 듯 뜨거운 된장국에, 갓 지은 쌀밥을 얻어먹었다. / 모두들 밝은 얼굴로 학생식당이 무사하기를 축복하며 기원했다. / 그러나 그것도, 말하자면 잠깐 동안의 꿈이었다. 그 다음날 그 시간에는, 학생식당도 연이은 공습에 비처럼 쏟아지는 소이탄에 희생되었고, 도서관도, 대강당도, 무참히 화상을 입고 문드러진 시체가 되어 쓰러졌던 것이다"라고 회고하고 있다.

에서 제가 찾아낸 것은, '어제'도 아니고 '내일'도 아닌, 참으로 '오늘'이라
는 날뿐입니다.

라고 말하고, 일찍이 "참으로 슬펐던 나의 존재"가 현재를 버티게 해줌을
재확인하고 있는 것이다.

　여기서 "아직까지도 저는, 그 가방을 들고 황망하게 오가던 '매일' 속을
방랑하고 있습니다"라는 구절에는 '전후'라는 시공간에 대한 그의 솔직한
인식이 새겨져 있다. 두 번에 걸친 재난의 경험이 전시를 버텨낼 힘이 되
었다는 직관과, "전열을 이탈한" 것처럼 느끼는 자신에 대한 희미한 꺼림
칙함을 동시에 떠안으면서도, 전쟁이 끝난 지금까지도 자신은 작은 가방
하나를 들고 계속 '방랑'하고 있다는 생각만은 잃지 않으려고 하고 있는
것이다.

　만타로는 전시에 <일본문학보국회(日本文学報国会)>5)의 극문학부 간사장
에 취임하여, 기시다 구니오[岸田国士]6) 등과 함께 연극계를 이끌며 대정익

---

5) 1942년 5월, "국가의 요청에 따라 국책을 철저히 널리 알리고 선전 보급하는 데 몸 바침으
로써 국책의 시행 실천에 협력한다"는 목적으로 대정익찬회와 내각정보국의 지도로 발족
했다. 회장은 도쿠토미 소호[德富蘇峰]이며 회원은 3천명 이상. 당초에는 소설, 극문학, 평
론 수필, 시, 단카[短歌], 하이쿠[俳句], 국문학, 외국문학으로 구성된 8부회였으나, 후에 한
시・한문이 추가되었다. 만타로가 간사를 맡은 극문학 부회는 부회장이 무샤노코지 사네
아쓰[武者小路実篤], 이사는 야마모토 유조[山本有三]였다.

6) 만타로는 도쿄중앙방송국 문예과장이었던 1933년, 기시다 구니오에게 라디오 방송용 '공습
드라마' 집필을 의뢰했다. 의뢰를 받은 기시다는 그것이 '방공연습'과 관련된 선전활동임을
알면서도, "모든 음향효과를 전부 사용할 수 있는 최고의 기회"라 여기고 수락한다. 이때
의 일을 「공습드라마[空襲ドラマ]」(『제국대학신문(帝国大学新聞)』 1933.8.7)라는 수필에 담
은 기시다는, 이 수필에서 "어쨌든 도쿄 하늘에 적의 비행기가 나타난다는 상상까지는 가
능했다 치더라도, 실제로 그런 상황이 벌어졌을 경우 우리 시민들이 어느 정도까지 '제대
로' 대처할 수 있을 것인가. 이에 대해서는 전혀 예상할 수 없는 것이다. 아비규환이라는
'음향효과'는 공습의 참상을 옮길 때 꼭 필요한 것일까. 일본 국민의 명예를 위해서는 과연
적당한 타협점이 필요한 것일까? 나는 고민했다." "적의 비행기에 응전하는 우리 방공부대
의 활약은 어떤 것일까. 적과 아군이 뒤섞여 치르는 공중전은, 이 또한 음향적으로 생생한
환상을 만들어내는 것이 상당히 곤란할 것이다. 하다못해 지상부대, 다시 말해 고사포(高
射砲), 고사(高射) 기관총의 실탄 사격이라도 봐 두면 좋겠다는 생각에, 방송국을 통해 경

찬운동(大正翼贊運動)에 참가한 인물이다. 1942년 4월에는 내각정보국의 알선으로 약 한 달 동안 만주로 건너가, 군 관계 요인들과 만주국 '건국'에 관한 간담 및 좌담회를 거듭하였고, 다음 해에도 같은 자격으로 상하이로 향했다.[7] 1942년 6월 18일에 히비야[日比谷] 공회당에서 거행된 일본문학보국회 발회식에서는 선서문을 낭독했고, 정보국이 통합한 연극잡지사(일본

비사령부 이시모토[石本] 참모의 알선으로, 지바[千葉]해안 이오카[飯岡]에 있는 포병학교 고사부대의 연습을 참관할 수 있었다. 보통 대포 소리라고 하면 누구나 '콰앙–'이라고 생각하겠지만, 좀처럼 그리 단순한 것이 아니다. 적어도 옆에서 들어보니, 과연 이게 아니면 안된다는 느낌의 소리이다. 중량과 압력과 속도가 섞인 일종의 생생한 금속음이다. 게다가 포탄이 발사될 때의 폭음이, 탄환이 공기를 찢는 무시무시한 마찰음으로 이어지고 나서, 하얀 연기 한 무리를 남긴 채 목표 바로 근처에서 작렬하는 명랑 쾌활한 폭음으로 끝나는 세 단계의 과정은, 포전 묘사에서 빼놓을 수 없는 수법임을 알게 됐다." 고 쓰고 있다. 이러한 사정을 통해서도, 만타로가 일찍부터 도쿄가 공습을 당할 것이라는 이미지를 품고 그 무서움을 전달하려 했던 것을 알 수 있다.

7) 만타로는 만주여행의 여정을 「만주일록초(滿洲日錄抄)」(『중앙공론』 1942.7)에 담았다. 이 글의 말미에는 "그 때 나는 무엇을 본 것인가? 루코테이[縷紅亭] 덕에 익숙해진, 이 나라의 어떤 계층의 일본인들을 본 것이다. 이 나라의 어떤 계층의 일본인들의 생활을 본 것이다. / 그리고 그들 중 한 사람은 그 해의 지사(志士)였고, / 그들 중 한 사람은 전직 만담가[落語家]였던 튀김집 주인이었으며, / 그들 중 한 사람은 지금은 쇠락한 요시와라[吉原] 명기(名妓)의 양녀였으며, / 그들 중 한 사람은 너무나 솜씨가 좋은 요리사였다. / 이 사람들은 과연 이 나라를 어떻게 생각하고 있을까? / 갑자기, 나는 하얼빈에서 만난 이치바시[市橋] 군을 떠올렸다. …동시에 기타이스카야의 고풍스러운 러시아 가옥 사이에서, 부끄러움도 없이 커다랗고, 면목 없을 정도로 꼴 사납기만 한 간판을 내걸었던 어묵가게며 작은 요릿집들을 떠올렸다. …/ 나는 이번 일행에 연출가로서 참여했다. 그러나, 이 대답을 얻기 위해서는 어떻게든 작가로서 생각해봐야 할지도 모르겠다." 고 썼다. "부끄러움도 없이 커다랗고, 면목 없을 정도로 꼴 사납기만 한 간판"이라는 표현에서, 만주국의 '건국'을 책모한 일본 및 그 토지로 건너간 일본인들에 대한 시니컬한 시선이 전해져오지만, 그에 이어지는 문면에서 "대답을 얻기 위해서는 어떻게든 작가로서 생각해봐야 할지도 모르겠다"며 말을 흐리고 있는 부분에, 당시 만타로가 처한 미묘한 입장이 드러나 있다. 더구나, 후에 『구보타 만타로 전집 제12권』「후기」(고카쿠샤[好学社], 1948.10)에서 「만주일록초」에 대해 언급한 만타로는, "지금에 와서 생각하면, 만주라는 곳은 슬픈 곳이었다. 이곳에서는 비둘기도 까마귀로 보였다."고 적고 있다. 또한, 일본문학보국회의 담당으로서 이 여행을 알선한 가와카미 데쓰타로는, 이 여행에 대해 "중국 사람들은 정말 연극을 좋아해서 상하이에서는 연극이 성행하니까, 누구든 신극 방면에 정통한 문학자를 한 명 보내달라는 얘기가 나와서, 내가 구보타 만타로에게 상담하면서 누구를 추천해주는가 했더니, 제가 한 번 가지요라고 나섰다."(『문학적 회상록(文学的回想錄)』(아사히신문사, 1965.4))라고 증언하고 있다.

연극사)에 입사한 후에는 급서한 오카 오니타로[岡鬼太郎]의 후임으로 사장에 취임했다.[8)]

하지만, 만타로는 전쟁 중에 했던 자신의 언동을 부끄럽게 여기거나 전쟁에 패한 데 대한 원통함을 말한 적도 없었고, 표현자로서의 자유를 손에 넣은 기쁨이나 해방감을 입에 담은 적도 없었다. 그저 전쟁 중 어떤 시기부터 지속해온 사고의 틀, 인식 본연의 자세를 올곧게 지켜내는 것, 다시 말해 전중과 전후 사이에 단층을 만들지 않겠다는 의지만이 존재했다.

주목하고 싶은 것은, 만타로가 이러한 '희망'을 손에 넣게 된 데에는 공습 체험이 깊은 연관을 맺고 있으며, 실제로 그가 전쟁 말기의 많은 작품에서 공습을 경계하며 생활하는 서민들의 일상을 그리고 있다는 점이다. 예를 들어, 수필 「채소 튀김[精進揚]」(시리즈 제목 「가마쿠라 잡기[かまくら雜記]」). 「떡[餠]」, 「그림자[影]」, 「파도[波]」와 함께 『극장(劇場)』 1946년 3월에 발표)에서, 오사카 빌딩에 입주해 있던 문예춘추사에 소설 「서리방울[霜しづく]」 원고를 보냈을 때의 일을 회고한 만타로는, 담당자가 "-원고 잘 받았습니다. …금고에 넣어두겠습니다. …그렇지만, 어차피 이 건물은 폭탄을 맞을

---

8) 도이타 야스지의 『구보타 만타로』(전게)에는 "1946년 2월, 제국극장에서 전진좌(前進座)가 상연한 <노인법사[能因法師]>(오카모토 기도[岡本綺堂])의 연출자로서 연습에 돌입, 기치조지(吉祥寺)의 극단 사이에서 '클럽[倶樂部]'이라 불리던 찻집풍의 집에서 머무르던 만타로가, 1월 15일 쓰키지[築地]의 일본연극사에서 나와 '긴스이[錦水]' 앞에서 안도 쓰루오[安藤鶴夫]와 만나고, 그 후 긴자[銀座] 욘초메[四丁目] 정류장 앞에서 배우인 구보 순지[久保春二]와 만나, 두 사람을 통해 '3년간 집필금지라는 말이 있습니다'라는 이야기를 듣는다. 『연극계(演劇界)』 1956년 1월호의 좌담회 「신춘청담(新春淸談)」에서는, 그 스스로 그 날에 대해 언급하고 있다. / 그 날, 어디에선가 흘러든 정보가 여러 가지로 본인의 귀에 들어갔지만, 내(도이타 야스지-필자 주) 일기에도, 그 날 집필금지라는 소문이 돈 사람은 만타로 외에 야기 류이치로[八木隆一郎], 기쿠타 가즈오[菊田一夫], 나카노 미노루[中野實], 호조 슈지[北条秀司]라고 적혀 있다. / 문단인과 극단인 중 일부가 전쟁에 협력했다는 이유로, 패전으로 비로소 인권을 회복한 그룹으로부터 지탄받던 시대이다. / 결과적으로 만타로는 숙청당하지는 않았다. 그리고, 시집으로는 남기지 않았던 '이른 봄의 소문 참으로 당치 않구나[春淺き噂根も葉もなかりけり]'라는 구절을, 쓴웃음과 함께 내뱉었던 것이다."라고 기록하고 있다.

거라고 생각합니다. / 그러니, 그 때에는…"이라고 말한 것을 언급하며, "이 대담 이후 한 달 남짓해서 전쟁이 끝났다. 그때까지도 종종 공습은 계속됐지만, 다행히도 오사카 빌딩은 피해를 입지 않았다. 따라서 나의 원고도 안전했다"고 적은 뒤, "전쟁 중에는 전쟁의 기색이 없는 소설을 썼다. 그런 점이 나의 특징이었던 것이지만, 전쟁이 끝난 지금에는 그런 특징이 아무런 가치도 없게 됐다. 어차피 하루 묵어 눅눅해진 채소 튀김인 것이다."라고 끝맺고 있다.

이 문면은 후에 『구보타 만타로 전집 제18권』「후기」(고가쿠샤[好学社], 1949년 12월)에서「서리방울」(『문예춘추』 별책1, 1946년 2월)을 언급한 장면에서도

　-나는 재난을 당하고서 속이 시원했다. 말하자면 전열에서 벗어난 듯한 기분으로, 이걸로 됐다, 이걸로 이제 내 역할은 끝났다는 안도감 속에서 살 수 있었다. 왜냐하면 모든 것이 재로 변해버린 지금에 와서야, 어차피 이길 수 있는 전쟁도 아니니 이제부터는 필요에 따라 불평 없이 버린 목숨인 듯 살면 되는 것이다. …라고, 내일에 대한 희망을 완전히 잃어버린 나는 다시 말해 '유서'라도…스스로에 대한 '추도문'이라도 쓰는 기분으로, 편안한 마음으로 이 작품을 써 내려갔다.

　…라고 한다면 독자 여러분께서는 웃으실 지도 모르겠지만…

　더구나 이 작품의 발표 경위에 대해,「가마쿠라 잡기」(제17권에 수록)에서의 어느 날 나는 다음과 같이 쓰고 있다.

　-전쟁 중에는 전쟁의 기색이 없는 소설을 썼다. 그런 점이 나의 특징이었던 것이지만, 전쟁이 끝난 지금에는 그런 특징이 아무런 가치도 없게 됐다. 어차피 하루 묵어 눅눅해진 채소 튀김인 것이다.

　…제 아무리 '편안한 마음으로' 썼다고 하더라도, 지금 보면 상당히 기술상의 균형을 잃고 있다. 역시 그만큼 신경이 피로해져 있던 것이다….

라는 식으로 인용되어 있어서 그 생각의 깊이를 알 수 있다. 만타로는 매일같이 공습이 계속되는 생활 속에서 일부러 "전쟁의 기운이 없는 소설"을 쓰는 것에 집착하고, 그것을 마음의 버팀목으로 삼아 전쟁의 시대를 살아냈다. 이제 와서 생각해보면 그것은 "하루 묵어 눅눅해진 채소 튀김"에 지나지 않을 지도 모르지만, 공습을 두려워하면서 살아가던 사람들에게는 "버린 목숨인 듯 살면 되는 것"이라는 감각이 있었고 그것이 괴로운 나날을 버티어낼 힘이 되었다. 만타로에게 있어 공습이란, 그것을 확신시켜준 체험이었던 것이다.

2

일본이 태평양전쟁에 돌입하던 시기에 발표한 소설 「안개구름[よこぐも]」(『모던일본[モダン日本]』 1941년 9·10월) 이후, 만타로는 소설과 희곡에 "사변 하의 도쿄 및 도쿄 사람의 모습"(『구보타 만타로 전집 제15권』 「후기」, 고카쿠샤, 1948년 12월)을 그려내는 것을 일생의 과업으로 삼았는데, 특히 수도권에 공습이 빈발하게 되고부터는 고집스럽게 '전쟁의 기색이 없는' 작품을 계속해서 썼다. 당시의 상황을 떠올리는 많은 사람들이 상상하는 공포, 틀림없이 언제 공격해올지 모를 폭격기를 두려워하면서 살아갔을 것이라는 선입견을 역이용하듯, 차분한 일상을 살아가는 서민들의 모습에 다가서고 있다. 예를 들면 「안개구름」에는 다음과 같은 장면이 있다.

요시유키[嘉之] 씨가 한 발짝만 밖으로 나가도, 가미나리몬[雷門]에도, 나카미세[仲見世]에도, 인왕문에도, 관음상을 모신 불당에도, 그리고 세 신사의 도리이[鳥居] 앞에도, '천인침(千人針)' 한 땀씩 떠달라고 오가는 사람들에게 부탁하는 젊은 여자의 갸륵하고도 애처로운 그림자가 나날이 늘어가는 게 보였다. 당신이 있는 곳은 손님이 많다며, 매일같이 사방에서 글귀를 모아 적어달라고 일장기를 보내왔다. 그럴 때마다 요시유키 씨는, 손이 새카매지도록 먹을 갈았다. ……
　-저, 선생님. 부탁드립니다. 다음에 올 때, 당신이 이 정도면 괜찮다고 생각하는 중국 지도를 한 장 가져다주시오.

　거리에는 오가는 사람들에게 '천인침'을 부탁하는 여자들의 "갸륵한" 모습이 늘어나기 시작하고, "일장기"에 글귀를 모아 적어달라는 부탁도 매일같이 들어온다. 전쟁에 대한 구체적인 서술은 거의 없지만, 그것이 전쟁 시국의 확대와 병사의 대량 증원을 의미한다는 것은 바로 알 수 있다. 거리에 선 젊은 여자의 "애처로운 그림자"나 글귀를 적기 위한 먹을 가는 남자의 "새카만" 손에 초점을 맞춤으로써, 병사를 전쟁터로 보내는 사람들이 남편과 아들의 무사를 기원하면서, 얼마나 열심히 살아가고 있는지 전해진다. 또한, 그 직후에 "당신이 이 정도면 괜찮다고 생각하는 중국 지도를 한 장 가져다주시오."라는 한 마디가 삽입됨으로써, 지금 바야흐로 중국 대륙에서 펼쳐지고 있는 치열한 전투가 연상된다. 만타로는 부감적(俯瞰的)인 입장에서 전쟁의 상황을 이야기 하는 것을 삼가고, 거리의 모습이나 사람들의 사사로운 대화에서 이를 끌어내는 데 주력하고 있는 것이다. 또한, 이 작품에는

　　…라고 말하는 동안에도, 하나카와도[花川戶]의 전찻길 쪽에서 트럭을 배웅하는 사람들의 만세, 만세 하는 소리가 끊임없이 바람을 타고 실려 왔다. 그리고 라디오 스피커에서는 자꾸만 여러 시대의 군가를 들려주었다.
　　-허, 그리운 노래를 부르고 있군. …연기도 보이지 않고, 구름도 없네…청일전쟁이네요. …정말로 이상한 기분이 드는 걸…
　　요시유키 씨는 지그시 눈을 감고, 그 시절의 노래 속으로 절로 녹아 들어가는 자신을 쓸쓸히 지켜보았다.

라는 묘사도 있다. 트럭을 배웅하는 사람들의 "만세, 만세" 하는 환성이나 라디오에서 울려 퍼지는 위세 좋은 군가 때문에, 거리는 기묘한 고양감에 휩싸여 있다. 그러나 그 직후, 요시유키라는 등장인물의 내면으로 시점을 이동시킨 화자는 "정말로 이상한 기분이 드는 걸…"이라는 중얼거림을 들려주고 "그 시절의 노래 속으로 절로 녹아들어가는 자신을 쓸쓸히 지켜보았다"라는 의미심장한 발언을 한다. 요시유키는 폐병으로 죽어가고 있었던 것이다.

이어지는 결말 부분에서 요시유키는 "나처럼 염치없고 하찮은데다 쓸모없는 놈이 언제까지고 어영부영 살아서는 안 된다. 빨리 죽는 게 낫지. 그게 일본을 위하는 길이야"라는 말을 남긴 채 숨을 거둔다. 작품은 "위세 좋은 군가"와 함께 전장으로 향하는 병사와, 병사도 되지 못하는 쓸모없는 자로서 죽어가는 인간의 비참함을 대조시키듯 끝맺는다.

전쟁 중의 불온한 공기를 그린 작품이라는 점에서는 희곡「파도의 물보라[波しぶき]」,[9]도 중요하다. 일본이 대륙을 향해 계속 전진하던 시기를 그린 「안개구름」에 비해, 「파도의 물보라」는 '1937년 겨울~1941년'에 걸친 도쿄의 가마쿠라[鎌倉]를 무대로 삼고 있어, 이미 태평양전쟁이 임박한 상황을 담고 있다. 당연히 거리의 사람들 사이를 떠도는 슬픔도 더욱 깊다.

> …정거장 안이 점차 시끌시끌해진다…또 재향군인이며 국방부인 차림을 한 사람들이 세 명, 다섯 명씩 들어온다. (…중략…) …이때, 열차가 다가오는 소리 들리고 곧 4시 25분, 도쿄발 하행열차가 도착한다…
> 사이[間].
> …전몰군인의 유골이 도착한 것이다.
> 사이.

---

9) 『중앙공론』(1939년 8월)에 「세 사람[三人]」, 제1부 「소나기[一トしぐれ]」로 발표한 후, 수정 가필하여 오야마쇼텐이 1943년 6월에 발행한 『겹구름[八雲]』 제2쇄에 「파도의 물보라」로 발표.

　　일행, 마중 나온 사람들이 양쪽으로 늘어선 가운데 조용히 정거장을
나선다. 오하마[おはま]도, 오마사[おまさ]도, 벚나무 아래 서서 얌전히
함께 조의를 표한다.
　　사이.
　　오마사 (갑자기) 앗!…
　　…하고 무심코 소리를 지르더니 비틀비틀 오하마의 어깨에 기댄다.
…왜냐하면 그 일행이 하얀 천으로 싸인 유골 상자를 받쳐 든 국민복
주인의 얼굴은 분명 기치사부로[吉三郞]였으니까.
　　오하마 씨, 오하마 씨… (그러자 서둘러 그녀를 붙잡는다…그러면서
함께 망연히…믿을 수 없다는 눈으로 함께 지켜본다)
　　…물론 아무도 그런 작은 사건(그러나 관객에게는 큰 사건)을 눈치
채지 못한다.
　　…일행은 그대로 조용히…조용히 쓸쓸하게 두 사람의 앞을 지나쳐
간다.

　「파도의 물보라」가 활자화되어 독자에게 전해진 것은 1943년 6월이다.
바로 전 달에는 연합연대 사령장관・야마모토 이소로쿠[山本五十六]의 전사
와 아투 섬 수비대의 옥쇄(玉碎) 소식이 전해졌고, 중학생 이상 학도의 근
로 동원이 결정되었다. 다음 달인 7월에는 바라무실 섬[幌筵島]이 B25 여덟
기에게 공습을 당했고, 그 후 일본 본토에 대한 공습이 시작되었다. 때는
바야흐로 국민총동원체제가 날마다 강화되던 시기였던 것이다. 만타로는
그런 긴박한 상황 속에서, 일부러 '1941년 가을'의 일본을 그려내는 데 집
착했다. 겨우 2년 남짓한 시차이긴 하지만, 이 작품을 접한 독자, 다시 말
해 태평양전쟁 개전 후 일본에서 벌어진 온갖 참극을 아는 독자에게 그 2
년 남짓한 시간이 지닌 의미는 결정적이었을 것이다. 이 작품에서 '전몰군
인의 유골'이 지나가는 모습을 '망연히' 지켜보는 사람들의 침묵. 그것은
단순한 '조의'가 아니라, 1943년 6월이라는 현실을 살아가는 사람들이 2년
전 그 무렵에 이미 시작되었던 패배와 옥쇄로 이르는 길을 되짚어보는 시

선이 빚어낸 것이다.

나아가 같은 계통에 속하는 작품으로는 희곡 『달빛 아래[月の下]』(문학신쇄3 『달빛 아래』 오야마쇼텐[小山書店], 1944년 10월)가 있다. 이 작품의 무대는 '1943년 늦여름'의 '아사쿠사 산야[淺草山谷] 부근'. 「파도의 물보라」로부터 2년 후에 해당한다. 작품 속에는 식량증산의 슬로건, 배급, 노동봉사, 방호단, 대피 방공호, 경계경보의 사이렌, '군속이 되어 중국에 가는' 직공 등이 그려져 있어, 총후(銃後)에서 살아가는 사람들의 절박한 모습이 곳곳에서 전해져온다. 여기에서 만타로는 등장인물의 입을 통해 "도쿄, 그것도 이 근방에 사는 인간들은 아무리 평생 뿔뿔이 제멋대로였더라도 일단 무슨 일이 생겼다 하면 바로 뭉친다. …누가 시키지 않더라도 말이다. …지진이 발생했을 때 그랬다" "지금은 전쟁이다. …전쟁이 지금으로서는 그 무슨 일인 것이다. …즉, 모두 전쟁이라는 대소동 앞에서 암묵적으로 손을 잡거나 어깨동무를 하고 서 있는 것이다. …덕분에 솔직하고도 친절하게, 서로 깊이 위로하고 있다…"라며, "전쟁이라는 대소동"으로 사람들 사이에 평상시 이상의 연대감이 생겨났다고 말하고 있다. 인간은 좋아서 타인과 연대하는 것이 아니라, 보다 큰 곤란 앞에서 내 몸을 지키려한 나머지, 같은 목적을 가진 주변 사람들과 함께 싸우기를 선택한다는 것이다.

이 작품에는 5년 동안이나 '총탄을 뚫고 싸우다' 상병[伍長]이 되어 도쿄로 돌아온 기이치[喜一]라는 귀환병이 등장하여, 전쟁터에서 이런저런 '재미있는 일'이 있었을 것이라며 호기심 가득한 시선을 던지는 소꿉친구에게 "내가 변한 것보다도 도쿄 풍경이 더 변했다"고 말하는 장면이 있다. 흥미로운 것은 그런 기이치와 소꿉친구인 도모시치[友七]가 나누는 다음의 대화이다.

> 기이치   그런데, 다행이로군…. (라며, 갑자기 하늘을 올려다본다)
> 도모시치   응?…

> 기이치   경계경보가 해제돼서 말이야….
> 도모시치 그렇다고 방심해서는 안 되지.
> 기이치   방심이 아니라, 안심하는 거야….
> 도모시치 안심해서도 안 돼….
> 기이치   왜?…안심한다는 건 방심하는 게 아니야….

여기에서 "방심해서는 안 되지"라며 나무라는 도모시치는 누구에게서 라고 할 것도 없이 배우게 된 총후의 사상에 근거해서 말하고 있다. 그 배후에는 식량증산의 슬로건, 배급, 노동봉사, 방호단 등과 함께 주입된 국방의 정신이 있다. 한편, 도쿄에 대한 기억이 5년 전에 머물러 있는 기이치의 눈에는 그것이 이상하게 비친다. 기이치는 '안심'과 '방심'이 닮은 듯다른 것이라는 판단조차 불가능하게 되어버린 도모시치에게서, 전시 이데올로기가 초래한 세뇌의 힘을 보는 것이다.

이후, 기이치는 혼잣말처럼 "요즘 도쿄에서는, 전쟁 전처럼 하릴없이 불을 켜지 않게 됐다…", "…무섭다. …그래서, 무섭다. 도쿄의 인간은"이라며 그 자리를 뜬다. 만타로는 "하릴없이 불을 켜지 않게 됐다"라는 표현에 은유적인 기능을 부여하고, 그것을 "무섭다"라는 말과 접속시킴으로써, 사람과 사람이 과도하게 얽히고 서로를 감시해야 할 정도로 갑갑해진 생활, 쓸데없는 걸 계속 허용할 만한 여유조차 잃어버린 생활에 대한 강렬한 위화감을 암시하는 것이다. 이는 1944년 10월이라는 시공간에서 살아가는 만타로에게 허용된 최대치의 표현이었다고 할 것이다.[10]

---

[10] 만타로는 『달빛 아래』에 대해 "1943년 작, 오야마쇼텐의 '문학신집(文学新輯)'이라는 시리즈 중 한 편이었고 곧 단행본으로도 나왔다. …그렇지만 전쟁의 상황이 날로 가혹해져 모든 것이 완전히 부자유스러워졌던 시대이다. 쓴 것은 1943년이지만, 책이 나온 것은 그로부터 일 년이 지난 1944년 10월이었다. / 공습을 두려워하던 도쿄의 거리를 비추던 달빛이, 내게는 이 작품을 쓰게 한 동기였다. …그럼에도 이때에는, 아직 일본에도 공습이 시작되지 않았던 것이다."라고 언급하고 있다.(『구보타 만타로 전집 제10권』「후기」(고카쿠샤, 1949.10))

3

소설 「안개구름」, 희곡 「파도의 물보라」, 그리고 희곡 『달빛 아래』라는 작품에서 전쟁 당시의 도쿄를 묘사한 만타로가, 『도쿄신문[東京新聞]』 연재소설 의뢰를 받아 「나무그늘[樹蔭]」의 연재를 시작한 것은 1944년 6월 28일이다. 그때까지의 작품이 집필 시기부터 2년 정도 거슬러 올라간 과거를 작품의 시간적 배경으로 삼아, 작품 속의 시간과 독자가 살고 있는 시간의 시차를 효과적으로 이용하는 수법으로 그려진 데 비해, 신문 연재소설이라는 매체를 선택한 만타로는 이 작품에서 드디어 '지금' 바로 벌어지고 있는 사태를 그려내기로 결심한다.

「나무그늘」은 만주의 펑톈[奉天]으로 건너가 식당을 운영하던 이소키치[五十吉]가 '15년 만에' 고향인 아사쿠사로 돌아오는 데서부터 시작한다. 예전의 이소키치는 가난했어도 자나 깨나 신나이부시[新內節]의 배우[太夫]가 되기 위한 수행에 전념하여, 그 기량을 높이 평가받던 존재였다. 그러던 어느 날, 자신보다 실력이 떨어지던 사람이 대회 무대에 발탁된 것에 화가 나서, 대회를 주최한 신문사에 뛰어들어 추태를 부린다. 당주가 돈에 눈이 멀어 기부금을 많이 낸 제자를 뽑은 걸 모르고 혼자 난동을 부리고 만 것이다. 이렇게 해서 "몸 둘 곳을 잃게 된" 이소키치는, 숨듯이 도쿄에서 도망쳐 만주로 건너갔던 것이다.

오랜만에 돌아온 고향에는 이미 거리 곳곳에 전쟁의 그림자가 닥쳐와 있었고, 오가는 사람들 사이에서 '총후의 옥쇄'라는 자조 섞인 말도 들려온다. 경계경보의 사이렌에도 익숙해진 듯 했고, "사이판은 어떻게 된 걸까요?…" 등등 서로 소문도 주고받는다. 지바 마사아키[千葉正昭]가 "이소키치는 혈연과 지연에서 15년 동안이나 떨어져 있었기 때문에, 세상을 상대화 하는 시점을 얻는 것이 가능한 위치에 설 수 있게 된 이방인이며, 한편으로는 옛 기억 속의 풍경으로 한없이 역행하여 환상 속의 아사쿠사에 젖어 든 인간이기도 했다"[11]라고 지적했듯이, 여기에서 이소키치는 '이방인'으로서 혼잡한 사람들의 소리에 귀를 기울이는 역할을 맡고 있다. 또한, 이러한 대화를 통해 독자는 이 작품이 실시간의 현실을 무대로 하고 있음을 알 수 있다.

작품의 연재기간은 9월 9일까지 2개월 남짓. 즉, 사이판 함락으로 제공권(制空權)을 상실한 일본에게 가해진 본토 공격의 시작과 때를 같이 하고 있다. 「나무그늘」의 독자는, 눈앞의 현실과 소설 세계가 서로 얽히며 진행되어가는 감각과 더불어 작품 세계를 향유하는 것이다.

만타로는 이 작품에서 보다 절실하게 공습의 공포에 노출된 사람들의 생활을 그렸지만, 실은 「나무그늘」 이전에도 공습을 예감하게 하는 작품이 또 있었다. -1942년 8월 『중앙공론(中央公論)』에 발표한 희곡 「거리의 소리[町の音]」 마지막 장면이 그것이다.

> 오쓰루　참말로, 오늘은 다행이네. …어제 생각을 하면…하루 사이
> 　　　　에 이렇게 날씨가 달라질 수도 있나요?…
> …갑자기 들려오는 비행기의 굉음.
> 오후사　어머, 저렇게 낮게… (하고, 무심코 하늘을 올려다본다)
> 오쓰루　네?…
> 오후사　저쪽에…그거…
> …오후사도, 오쓰루도, 함께 시선을 하늘로.
> 어둠.
> …굉음 계속된다.

작품을 읽은 것만으로는, 여기에 묘사된 '비행기의 굉음'이 너무나 뜬금없어서 독자(및 관객)는 꽤나 곤혹스러울 것이다. 그러나, 나중에 만타로가

---

11) 지바 마사아키[千葉正昭], 「『나무그늘』론-전시하의 자세」, 『기억의 풍경-구보타 만타로의 소설』(무사시노쇼보[武藏野書房], 1998)

쓴 「후기」(『구보타 만타로 전집 제10권』, 고가쿠샤, 1949년 1월)를 읽으면, 그가 이 장면을 빌려 표현한 의도 속에 「나무그늘」을 관통하는 모티프가 있다는 것을 알 수 있다. 「후기」에는

　-눈이 그친 뒤 화창한 날씨에 쓰네지로[常次郎]가 아이들을 줄줄 데리고 아침 참배에 나섰을 때, 꽃장수가 오고 나서 초계기(哨戒機)의 굉음이 하늘 높이 울려 퍼지는 장면은, 『중앙공론』에 실렸을 때에도, 그해 12월 <문학좌>가 국민신극장(중일전쟁이 확대됨에 따라…라고 말하는 것으로 충분하다…이름을 바꾸어야 했던 쓰키지[築地] 소극장을 가리킨다)에서 이 작품을 상연했던 때에도 없었다. 당시에 이 장면을 덧붙인 데 대해 쓸데없는 짓을 했다는 평이 있었지만, 그 때나 지금이나 그렇게 생각하지 않는 것은, 처음부터 나는 이 장면까지 쓰고 싶었기 때문이다.

라고 쓰여 있다. 「거리의 소리」는 당시 내각정보국이 추진하던 국민연극운동의 요청에 따라 쓴 것으로, '전쟁 목적 완수의 수단'으로서의 역할을 담당하고 있었다. 그러나 만타로는 내각정보국의 의향을 등지면서까지 하늘에 초계기의 굉음이 울려 퍼지는 장면을 삽입했다. 작품 구성상 너무나 뜬금없이 비칠 것임을 알면서도, 굳이 "이 장면까지 쓰고 싶었다"는 기분을 밀어붙였다. "나는 그러한 동기 때문에라도, 지금도 이 작품을 쓴 것을 결코 후회하지 않는다. 오히려 잘 썼다는 마음이 들어 기쁘기까지 하다"고 기록하고, 설사 '전쟁 목적 완수의 수단'이었더라도 "이 장면까지 쓰고 싶었다"고 생각했던 것을 표현할 수 있었기 때문에 후회는 없다고 단언한 것이다.

　그렇다면, 만타로가 "이 장면까지 쓰고 싶었다"고 생각한 것은 무엇이었던 걸까? 「후기」에는 그 부분에 대해 "태평양전쟁이 막 시작되었을 때 도쿄의(라고 말하는 게 좀 그렇다면 도쿄 사람의) 일부분에 뜬 구름 같은 그림

자를 드리운 듯한 허탈감이, 갑자기 이 작품에도 스며들었기 때문이다. /
어찌 되었든, 어떤 동기가 어떤 결과를 낳을지 알 수 없다는 것이, 이 한
줄기 길의 고마운 점이다"라고 쓰고 있다. 「거리의 소리」로부터 「나무그
늘」에 이르는 작품군에 흐르고 있는 것은 "뜬 구름 같은 그림자를 드리운
듯한 허탈감"이며, "굉음"을 울리는 비행기는 사람들을 "허탈감"에 빠지게
한 원흉으로서의 의미를 내포하는 것이다. 물론, 이 「후기」는 전후에 쓴
것이라 전쟁 당시의 언설과는 구별해서 논해야만 하겠지만, 적어도 만타
로가 회고적인 인정이나 풍정에 탐닉할 정도로 정서적인 작가는 아니라는
사실만은 잘 알아둘 필요가 있다.

이런 전제 하에 다시 「나무그늘」의 세계로 되돌아가보자. 신문연재소설
이라는 점도 있어서, 「나무그늘」에서의 전쟁은 종종 연재지인 『도쿄신문』
의 기사를 인용[12]함으로써 등장하였다. 주인공인 이소키치가 우연히 『도
쿄신문』을 손에 들고 전쟁 관련기사에 시선을 돌린다는 수법이다.

> "…시국이 긴박해지면서 승리를 거듭하고 있는 도쿄도의 소개(疏開)
> 는 이미 순조롭게 진척되고 있는데, 제4차 소개인 이곳 아사쿠사 센조쿠
> 초[千束町] 니초메[二丁目] 지구도, 지역 기사카타[象潟] 경방단, 학도대
> 및 시바우라[芝浦] 노무보국회 학사대 등이 연일 땀 흘리며 용감히 싸운
> 결과, 예정보다 한 달이나 빠르게 건물 제거 공사가 진행되어, 과거의
> 환락장, 국제극장 앞의 쇼와좌[昭和座], 라쿠텐치[樂天地], 요네큐[米久],
> 이치나오[一直] 등의 극장과 요릿집이 모조리 모습을 감추고 광활한 공
> 터로 변해, 7월 중에는 도민의 방공 공터로 탈바꿈한다."라는 기사를, 우
> 에노히로코지[上野広小路]에서 지하철을 탈 때 산 도쿄신문의 석간…이

---

12) 만타로는 『도쿄신문』을 인용함에 있어, 부분적인 삭제, 가필, 중략, 수정을 하고 있다. 예
를 들어, 여기 인용된 뒤의 기사는 7월 16일자 "이것이 세계의 전세다/대륙에서 기지격멸
전/적, 바다를 건너오다[これが世界の戰勢だ 大陸に基地擊滅戰 敵、海より迫る]"라는 기
사의 일부지만, 인용 부분에 이어지는 "일억이 혼신으로[一億体当り へ]"라는 표제의 내용
은 언급하지 않아, 대본영이 선동하던 옥쇄주의에 관한 내용은 의도적으로 회피하고 있
음을 알 수 있다.

라고 굳이 설명하지 않더라도, 1944년 5월 이후 도쿄에서 도쿄신문 이외에는 석간을 낼 수 없게 되었지만…에서 발견하고, 이소키치는

"아, 거기도인가?…"

하고, 지금 도쿄 각지에서 벌어지는 화재 현장과도 같은 난리법석을 떠올리고는, 남몰래 혼자 중얼거렸다.

-그는 불당의 계단을 올랐다. 수많은 참배객에 섞여 커다란 새전함[賽錢箱] 앞에 섰다. …그러자, 빨강, 파랑, 하양, 노랑, 보라 오색 장막이 내진(內陣) 앞에 드리워져 있고, 그 장막 앞에

적국항복대비법수행중(敵国降伏大秘法修行中)

이라고 적혀 있었다.

얼마나 전쟁 시국이 중대한가…

…적, 바다를 건너오다. …항공모함의 공세로 작년 11월 길버트 제도의 마킨, 타라와 두 섬을 침략하더니, 올해 2월에는 결국 우리 영토인 내남양(內南洋)에 들어와 마셜제도의 루오토, 콰잘린을 침범한 적은, 기동부대를 움직이고 때로는 기지항공력을 구사하여, 3월 17일과 18일에는 트럭 섬의 마리아나 해역을 공격, 3월 30일부터 사흘간 파라오 주변을 침략해왔으나, 아군은 6월 11일에 태평양함대의 주력을 능가하는 이십여척의 항공모함, 십 여척의 전함을 집결하여 사이판 섬 주변에 다시 재현, 같은 달 15일 결국 두 번의 격퇴에도 굴하지 않고 섬 상륙을 감행…

이라고, 그는 방금 전에도 석간에서 읽었다…

적국항복대비법수행중…

그는, 저도 모르게 그 열렬한 글자를 집어삼킬 듯이 바라보고 있던 것을 깨달았다.

"열심이군. …열심이구나, 다들….”

앞 인용문의 기사는 "학도대"나 "노무보국회 학사대"를 동원해서 환락가의 건물을 없애고, 강행공사로 "방공 공터"를 만드는 모습을 보도한 것이다. 만타로는 기사의 내용을 소개하면서, 도쿄에서는 석간의 발행이 제한된 사실도 언급한다(유일한 석간신문이 『도쿄신문』이라는 선전도 잊지 않는다).

그걸 "화재 현장과도 같은 난리법석"이라고 말하면서도, 결코 아무에게나 떠벌이지 않고 "남몰래 혼자 중얼거"리는 부분에서는, 동시대의 긴박한 공기도 전해져온다.

사람들은 이 공사가 닥쳐올 적기의 기습에 대비한 것이라는 걸 알고 있다. 아직 많은 사람들이 간토대지진의 기억을 지니고 있던 이 시대에, 공습을 당하면 도쿄가 어떻게 될까라는 예상은 현실적인 감각을 동반한 것이었다. 그러나, 그러한 불안을 입 밖에 낼 수는 없다. 말로 해버리면 세상으로부터의 비난을 피할 수 없다. 경우에 따라서는 비국민(非國民) 취급을 당할 지도 모른다. 그 부분에는 진실을 입 밖에 내면 안 된다는 사실에 대한 정확한 인식이 나타나 있다.

그에 비해, 뒤의 인용문에는 작가의 시니컬한 시선이 보다 직접적으로 표출되어 있다. 센소지[浅草寺] 절의 불당에 발을 들여놓은 이소키치는, 그곳에서 '적국항복대비법수행중'이라고 써 붙인 종이를 본다. 그러나, 만타로는 그 불당의 모습을 묘사하기 전에, 일부러 주인공이 읽은 석간의 뉴스 기사를 삽입하여, "두 번의 격퇴에도 굴하지 않고 섬 상륙을 감행"했다는 용맹스러운 글자가 춤추는 사이판 앞바다 전투의 상황으로 화제를 전환하는 것이다. 이는 대본영(大本營) 발표에 근거한 정보라 반드시 신빙성을 동반한 것은 아니지만, 기사를 본 국민 대부분이 이제 한 번 더 기개를 떨쳐 총후의 궁지를 이겨내고자 했을 가능성은 충분히 있다. 여기서 중요한 것은, 신문에 쓰인 것이 사실인지 여부가 아니라, 기사의 내용이 어느 정도 효과적이며 어느 정도로 사람들의 마음을 움직이는가이다.

이 때, 신문이라는 공공적인 미디어의 언설과 센소지 불당에 붙은 '적국항복대비법수행중'이라는 문자 사이에는 모든 장벽이 사라진다. 신문의 문자 그 자체가 기원으로 바뀐다. 다시 불당 내부로 의식이 돌아온 주인공은, 자신이 어느 새인가 "저도 모르게 그 열렬한 글자를 집어삼킬 듯이 바라보고 있던 것"에 놀라, "열심이군. …열심이구나, 다들…."라고 중얼대지

만, 이런 정신주의에의 의존이 사람들이 막다른 곳에 몰려 있다는 사실의
반증임은 말할 필요도 없다. 만타로는 이러한 장치를 통해, 전쟁에 대한
개인적인 견해나 입장을 전혀 표명하지 않고 그 기만성만을 정확하게 그
려낸 것이다.

  그러나, 신불에 대한 기원도 보람 없이, 작품 후반부에서는 라디오에서
사이판 함락 소식이 흘러나온다. 만타로는 이 장면에서 아나운서의 말을
충실하게 옮기듯, "…사이판 섬의 아군은 7월 7일 이른 새벽부터 전력을
기울여 최후의 공격을 감행, 그곳에 있던 적을 유린하고 일부는 타포차우
산 부근까지 돌진, 용전역투하여 적에게 심대한 손해를 입혔으나, 16일까
지 전원 장렬하게 전사했음을 인정한다. …양 섬의 육군부대 지휘관은 육
군중장 사이토 요시쓰구[斎藤義次], 해군부장 지휘관은 해군소장 쓰지무라
다케히사[辻村武久]이며, 동 방면의 최고지휘관인 해군중장 나구모 주이치
[南雲忠一] 또한 이 섬에서 전사했다"라고 기술한다.

  여기서 좀 더 확인해 두자. 「나무그늘」이 신문에 연재되었던 시기는
1944년 6월 28일~9월 9일이다. 사이판 섬에서 실제로 전투가 벌어진 것은
6월 15일부터 7월 9일까지의 일이다. 즉, 이 라디오 방송의 문면을 읽은
독자에게 있어 그것은 바로 직전에 일어난 생생한 사건이며, 곧 적이 내
습해 자신들의 생명을 앗아갈 지도 모른다는 전율을 동반했을 것이다.[13]
대본영이 발표한 '사실'이므로 인용 그 자체가 비방을 받을 리는 없지만,
자칫 잘못 쓴다면 군부는 물론이거니와 국민들까지도 단죄할 지도 모른다
는 불안은 있었을 것이다. 만타로는 위험한 다리를 건넘으로써 표현자로

---

13) 미군의 B29 폭격기가 처음으로 일본 본토를 공습한 것은, 1944년 6월의 야하타[八幡] 공습
(중국의 청두[成都]기지에서 출발해 야하타 제철소를 공격했다)이라고 알려져 있다. 같은
해, 사이판 섬을 비롯한 마리아나 제도를 공격한 미군은 11월 이후, B29 폭격기를 더 증
강하여 일본의 주요도시에 대한 대규모 공습을 반복한다. 도쿄에 대한 공습은 1944년 11
월 29일의 첫 공습(나카지마[中島] 비행기 무사시노[武蔵] 제작소가 주된 표적) 이후, 다음
해인 1945년 3월 10일의 도쿄대공습, 같은 해 5월 25일의 야마노테 대공습까지 약 120회에
이른다.

서의 자신을 시대와 대치시킨 것이다. 그 증거로, 작품 속에는

> "하지만 뭐랄까, 이것도 우리 마을 회장한테 들은 얘기지만, 물자가 부족한 건 이쪽 사정만은 아닌 모양이더라고. …전쟁 중인 나라는 어디나 그런 것 같다더라. …그러니, 이제 와서는 이미 결사적인 거지, 그쪽도…. 도쿄는 아직 공습을 당하지 않은 만큼, 이득을 보고 있는 거라고 하더군…."
>
> "그렇다고는 해도 오늘 또 경계경보가 나왔으니, 곧 그게 공습경보로 바뀔 지도 모르지."
>
> "그건 그래, 공습을 피할 수 없다는 건 3년 전부터 정부에서 입버릇처럼 하던 말이니."
>
> "난 그 말이 싫다네…."
>
> 하고, 갑자기 다시금 지에다[千枝]가 멈춰 섰다. …이미 그때, 두 사람은 다리 중간 즈음에 다다라 있었다.
>
> "왜?"
>
> 하고, 쓰네지로도 함께 멈춰 섰다.
>
> "공습해 온다면, 이미 도저히 막을 수가 없다, 구할 길이 없다…라는 느낌이야, 그 말의 울림이…."
>
> "이봐, 그렇지만 정말 그럴 각오인 거야."
>
> "그런 말도 안 되는 소리를. …거짓말이라도 나는, 도쿄가 불바다가 된다는 건 상상도 하고 싶지 않다고."

라는 대화가 삽입되어 "도쿄는 아직 공습을 당하지 않은 만큼, 이득을 보고 있는 거라고 하더군…."이라는 낙관적인 견해가 피력되는 한편, 만약 공습을 당한다면 "도쿄가 불바다가 된다"고도 명시되어 있다. 관견(管見)이긴 하지만, 동시대에 쓰인 신문소설 중에 이 정도까지 확실하게 '최악의 시나리오'를 명기한 것은 「나무그늘」이외에는 없다.

앞서 인용한 라디오 방송 바로 전에는, 이소키치가 입대하는 아들에게 보낸 편지에 관한 에피소드가 있어서, "아버지 편지에 뭐라고 쓰여 있었

다고 생각해? …딱 한 마디였어, 철저하게 고독해지거라. …그것뿐이었어.
…그런데, 그걸 보더니 또 걔는, 아버지, 제가 생각하던 걸 말씀해주셨습
니다…"14)라는 대사가 있는데, 이 '철저하게 고독해지거라'라는 말은 「나
무그늘」을 쓰던 만타로가 스스로에게 들려주던 각오였다고도 여겨진다.
후에 「8·15의 추억」(『신초[新潮]』 1954년 9월)이라는 수필에서 「나무그늘」을
언급한 가와카미 데쓰타로[河上徹太郎]는, "그 작품은 그 시대 도쿄신문에
연재됐던 장편이지만, 지금 읽어도 절절하게 심금을 울리는 구석이 있다.
이를 인보정신(隣保精神)의 의리와 인정의 그늘에 숨겨진 소시민의 슬픈 체
념이라고 보는 비평이 듣지 않고도 내 귓가에 울리는데, 그런 것이 아니
다. 적이 소이탄인지 도조[東条]인지는 몰라도, 그에 대한 대응 속에 오히
려 말없는 레지스탕스가 존재한다. 레지스탕스란, 비밀문서를 발행하거나
구석에 숨어 총을 쏘는 것만은 아니다. 아마도 진정한 혁명가는, 민심의
이러한 측면을 알고 있음에 틀림없다. / 전후의 우리 국민 생활에서도, 이
배려 없는 사태가 그 정도로 긴박하지 않다고 말할 수 있을까? 그럴 리
없다. 더구나 국민이 어떤 형태로든 서로 으르렁대고 있는 실상이다. 그렇
게 보면, 민중이 실감하지 못하고 있든지, 아니면 지도자가 관념적으로 공
전(空轉)하고 있든지 둘 중 하나일 것이다. 내가 전후의 민주주의도, 그에
역행하는 움직임도 모두 믿지 않는 것은 그 때문이다"라며, 「나무그늘」의
세계에는 "말없는 레지스탕스"가 내재하고 있다고 했는데, 그것은 정곡을
찌른 지적이라 할 것이다.

　이렇듯, 공습의 기색은 밀물처럼 「나무그늘」의 세계에 닥쳐온다. 전신

---

14) 만타로는 「나무그늘」 연재를 시작할 무렵에 외동아들인 고이치[耕一]의 소집을 체험하
　　고 있다. 「추억의 기록[名残りの記]」(『문예춘추』 1957.7~9)에는 그 때의 기억을 "갑자기
　　소집영장이 왔다. …아들은 육군 이등병으로 아자부의 동부(東部) 제6부대로 연행됐다.
　　(…중략…) 물론, 나는 배웅하지 않았다. …배웅하는 대신에, 나는 "부모 하나 자식 하나
　　반딧불은 빛나고 있네[親一子一人螢ひかりけり]"라는 글귀를, 몰래 메모장에 적어 두었
　　다. / 1944년 6월이었다."라고 적고 있으며, 「나무그늘」의 설정도 그 체험을 기반으로 했
　　음을 털어놓고 있다.

주에 붙은 "적기는 다가온다 / 신속하게"라는 소개(疏開) 표어를 본 이소키치가 "정연하게 / 국민학교 3, 4학년 정도의 어린이가 썼을 법한, 일그러지고 위태로운… / 아마도 이걸 쓴 어린이도, 그의 부모도, 지금쯤은 어딘가의 공터에서, 오래 살아 정든 토지를 생각하고 있겠지"라고 상상하는 장면을 비롯하여, "도쿄가 불바다가 될"지도 모른다는 불온한 공기는 점차 작품 전체를 뒤덮기 시작한다. 라디오 방송을 들은 이소키치는 "발밑에서 새라도 날아오를 듯 다급하게" 만주로 돌아간다.

주목하고 싶은 것은 그 이후의 전개이다. 작품의 마지막 장에서는, 이소키치가 도쿄에서 신세를 진 쓰네지로에게 보낸 서간이라는 형식을 빌려 후일담이 이어진다. 그는, 작년에 일단 소집에 응했지만 체중 미달로 "당일 귀향" 판정을 받았던 아들이 재소집된 것에 애를 태우며 "무사하기를 기원해주고 싶다"는 마음으로 서둘러 펑톈으로 간다. 일찍이 성대한 환송회로 배웅을 받고서도 "당일 귀향"을 명받아 창피했을 아들을 걱정한 그는, 애초 '돌아가지 말고 보내줘야지, 보고도 못 본 척 해줘야지, 그 편이 본인도 편할 테니'라는 생각에 "멀리서 무사 입대를 기원한다 아빠가"라는 전보를 보낼 심산이었다. 그러나 "사이판의 방송"을 듣고 마음을 바꾸어, "시간에 맞춰서 돌아가겠다 아빠가"라고 보낸 것이다.

직접적인 표현은 없어도, 이 구절에는 입대하는 아들을 무사히 보내주고 싶다는 부모의 마음과 이걸로 세상을 "볼 낯이 서게 됐다"는 마음이 혼재되어 있다. 물론 이소키치의 마음속에는 한 번 더 아들의 얼굴을 볼 수 있을 지도 모른다는 내심 부끄러운 생각이 있었고, "사이판의 방송"이 결정적인 뒷받침이 되었다는 것은 말할 필요도 없지만, 실제로 많은 젊은 이들이 전쟁터로 보내지는 현실 앞에서, 신문소설에 그것을 아쉬워하는 부모를 그릴 수는 없었을 것이라 여겨진다. 만타로는 "사이판의 방송"을 들은 이소키치가 전보를 친다는 행위를 통해, 신문 독자에게 직접적으로 말할 수 없는 참뜻을 말이 아닌 방법으로 전달하고 있는 것이다.

작품의 마지막 장면에서는 '후일담'처럼 이소키치가 '15년 만에' 본 고향 아사쿠사에 대한 인상이 이어진다. ―귀경 중에 다와라마치에서 지하철을 내려 국제극장 주변을 걷던 이소키치는, 건물 제거 공사로 '텅 비어버린' 공터에서 '1911년 봄 요시와라[吉原]의 대화재'를 떠올린다. 그때까지 '이방인'의 시선으로 도쿄의 거리와 그곳을 오가는 사람들의 불안을 응시하던 이소키치는, "산야에서 하시바, 다마히메초[玉姬町], 그리고 센조쿠초, 류센지초[龍泉寺町] 쪽까지 불길이 번져, 집이 7천 호 가깝게 불타고 3천 명 남짓한 사상자가 나왔다는 그 대화재 이후, 아사쿠사가 이런 광경이었던 게 생각났습니다"라고 말하며, 스스로의 기억에 새겨진 광경을 생생히 기억해낸다.

여기서 공습에 대비해 철거된 유원지 '하나야시키[花やしき]'와 간토대지진으로 파괴된 '12층탑[十二階]' 터에 섰을 때의 심경을 이야기하기 시작한 이소키치는,

최근에는 라쿠텐치라고 부른 모양이지만, 어쨌든 12층탑이라고 하면 하나야시키, 하나야시키라고 하면 12층탑, 제가 알고 있는 아사쿠사는 뭐니뭐니 해도 이 둘이 최고였습니다. 그런데, 하나는 지진 때문에 사라지고, 또 하나는 이번 소개로 사라졌습니다. 12층탑도 설령 지진 때 무사했다 하더라도 이번 소개 때에는 맥도 못 췄을 게 분명하니, 결국은 피하기 어려운, 그 정도 운이었던가 하고 생각하는 것입니다.

그날 밤은 초승달이었고, 오늘밤은 이미 보름달에 가까운데다 왠지 가을 느낌이 나서, 말씀으로만 듣던 도요오[豊夫] 씨 댁 정원의 물소리가 어딘가에서 들려오는 듯한 기분입니다. 유시마[湯島]씨 댁 갈대도 이제 슬슬 꽃을 피울 무렵이겠지요.

그러니 도쿄를,

소중하디 소중한 도쿄를,

부디 공습으로부터 지켜주시기를.

그럼 안녕히 계십시오.

1944년 8월

라고 적고 있다. 이소키치의 붓을 빌린 만타로는, 마음을 가다듬는 듯한 편지글로 연재소설을 마무리 짓고 있는 것이다.

후에 이 작품이 단행본(『나무그늘』중앙공론사, 1951년 9월)으로 나왔을 때 「후기」를 가필한 만타로는, "도쿄 하늘에 B29가 처음 날아온 것은, 그 후 두 달 정도 지난 11월의 일이었다. 그러니 아직 이 소설을 쓸 때에는 우리 중 아무도 공습이 얼마나 무서운 것인지 몰랐었지만, 사이판과 도쿄 사이 1200여 리, 사이판과 필리핀 사이 1500리라는 거리가 기지항공병력으로 인해 손닿을 만큼 가까운 거리가 되었다는 것이 모두의 마음을 어둡게 하여, 공습은 피할 수 없다는 구호도 이미 그때까지와 같은 공염불이 아니게 된 것이다. / …그러자, 경계경보발령 사이렌도 한 번 울리던 것이 두 번이 되고, 두 번이 세 번이 되면서, 점점 온몸으로 심각성을 느끼게 되었다."고 적은 뒤,

> …저절로 나는, 그런 '불안' 속에서 그 '불안'을 그려내야 할 의무를 느꼈다. 막다른 곳에 몰린 인간의 여러 가지 마음…특히, 그 중에서도 아름다운 그늘과 밝은 주름을 발견하는 것도, 물론 그 의무 중 하나였다.

라고 반복하여, 창작 배경에 대해 의미심장하게 언급하고 있다. 또한, 「나의 이력서[私の履歷書]」15)에도, 「도쿄신문에 소설 '나무그늘'을 연재. …매일 아침 다섯 시부터 정오까지 집필, 제작의 기쁨에 젖어들다」라고 기록하고 있다. 공습으로 "도쿄가 불바다가 될"지도 모른다는 예감이 사람들을 지배하던 시기에, 신문연재소설이라는 무대를 받게 된 만타로가 그려내려 한 것. 그것은, '불안'해 할수록 갈고 닦이는 "아름다운 그늘", 다시 말해 오로지 무사하기를 빌면서 한편으로는 잃은 것에 대한 '집착'에 사로잡히

---

15) 『니혼게이자이신문[日本經濟新聞]』 1957년 1월 12일~26일에 「1889년-1900년…」이라는 제목으로 연재.

지 않으려는 "적극적인 생활방식"이 초래한 "밝은 주름"이었을 것이다. 수
필 「추억의 기록」(『문예춘추』 1957년 7월~9월)에서 전쟁 말기에 쓴 「거국적
으로 싸워야 할 겨울로 들어서 있구나[国をあげてたゝかふ冬に入りにけり]」라
는 시구를 스스로 해석한 만타로는, "B29가 매일같이 날아오는 것이 조금
도 신기하지 않게 됐을 때, 그 집이 점점 어둡고 비좁게 느껴지면서, 중이
미우면 가사도 밉다는 말처럼 그 집이 너무나 싫어져서, 그 집 환경의 모
든 것이 전부 다 견디기 힘들어졌던 것입니다. / -어차피 다 불타버릴 거
라면, 이런 곳에서 겁에 질린 채 불 타버릴 게 아니다. 좀 더 밝고, 활짝
열린 공간에서 속 시원하게 불타버리는 게 낫다…"고 적고 있는데, 이 감
각이 "아름다운 그늘"이나 "밝은 주름"이라는 표현과 상통하고 있음은 말
할 필요도 없다.

4

「나무그늘」을 완성한 만타로는, 부인이 도망간 무명배우가 홀로 딸을
키우며 그 딸이 아역배우로 성장해가는 모습을 지켜보는 소설 「아역과 눈
[子役と雪]」(『신태양(新太陽)』 1945년 1월), '1943년 12월 하순' '상하이 시외'의
어떤 경비대의 진영을 무대로, 전투에 대비하는 병사들에 초점을 맞춘 희
곡 「진눈깨비 내리다[霙ふる]」,[16] 도쿄중앙방송국 방송용으로 쓴 라디오
드라마 「리요와 구로에몬[りよと九郎右衛門]」,[17] 앞서 언급한 소설 「서리방
울」 등을 쓰기는 했지만, "사변 하의 도쿄 및 도쿄 사람의 모습"(앞서 인용

---

16) 『일본연극(日本演劇)』(1945.8·9월 합병호, 집필은 1945.6). 『구보타 만타로 전집 제18권』
　　「후기」(고가쿠샤, 1949.5)에, "5월 24일 이른 새벽 미타가 불에 타 사라졌을 때, 주변에 있
　　던 것을 넣은 가방만 하나 들고 나왔다. 그 속에 들어 있던 것이 한 줄 한 줄 고민을 거듭
　　하며 쓰다 말았던 이 희곡이었다."고 적혀 있다.
17) 방송 예정일이 8월 15일이었기 때문에, 결국 방송이 되지 못한 채 보류되었다.

한『구보타 만타로 전집 제15권』「후기」)을 정면에서 포착한 작품을 쓰지는 못한 채, 앞에서 말한 대로 교통도덕 고취운동의 일환으로 나고야 철도국 관내 현장을 순회하다가 종전을 맞이하였다. 패전 직후에는, 소실을 면한 제국극장이 무대에 올린 기쿠고로(菊五郎) 일좌의「긴자 부흥[銀座復興]」의 각색과 연출을 맡기도 했지만, 역시 창작에 대한 본격적인 의욕을 회복하지는 못했고, 오랜 친구의 호의로 입주할 수 있었던 가마쿠라 자이모쿠자 [材木座] 해안의 외국인 저택에서 은둔생활을 시작한다.

그런 만타로가 전후 처음으로 "사변 하의 도쿄 및 도쿄 사람의 모습"을 그려낸 것이 희곡「국화 이야기[あきくさばなし]」(『인간(人間)』 1946년 3, 4, 6월)이다. —이 작품의 무대는 "1945년 7월 중순"의 도쿄, "간다[神田]구내 어떤 마을의 '우오쇼[魚庄]'라는 가게"로 설정되어 있다. 1945년 7월 중순이라면, 도쿄의 시가지는 거의 다 불타 없어지고 공습의 주요 표적이 지방 도시로 옮겨갔던 시기이다. 작품의 무대가 된 '우오쇼'도, 주인인 쇼키치[庄吉]가 "간신히 목숨만 겨우 건졌을 정도의 큰 재난"으로 "반신의 자유"를 잃었기 때문에 휴업상태가 계속되고 있다.

작품의 서두에서, 쇼키치는 이발사인 이치타로[市太郎]가 수염을 깎아주는 동안 "전쟁에 따른 '공습'"에 대해 이야기하기 시작한다.

> 쇼키치   B29라는 터무니없이 어마어마한 괴물이 날아올 거라고,
> 작년 이맘때는 누가 상상이나 했겠어?…안 그래?…
> "아니, 난 알았어요."라는 놈이 있다면,
> '다테바야시[館林]18)' 마무리를 흉내 내보자면, "선생님, 뻥
> 치시네"다.
> …다들 허를 찔린 게 사실이야.
> 이치타로   …….
> 쇼키치   하기는, 그야 "공습은 피할 수 없다"고들 했지.

---

18) 만담[落語]의 일종.

···2년도 3년도 더 전부터 시끄러울 정도로 그랬었지.

···그뿐만이 아니야, 소이탄 설명도 폭탄에 대한 강연도, 다들 제대로 듣고는 있었어. ···그러니 방공호도 파고 히타타키[火叩き]19)에 도비구치[鳶口]20)에, 이런저런 조잡한 소방 도구를 장식해두고서, 애들 눈속임 같은 양동이 나르기 연습까지 했지. ···일단 실수 없도록 준비는 한 거야.

···그랬는데도 그런 일이 벌어진 거지. 그렇지만 벌어졌던 거야.

···그런 걸로 막아질 간단한 일이 아니었던 거라고.

B29 전투기의 파괴력을 생생하게 목도한 쇼키치는, 그것을 "터무니없이 어마어마한 괴물"이라 부른다. 작년 이맘때쯤에는 그런 것이 일상적으로 습격해올 것이라고는 아무도 생각하지 못했는데, 단 일 년 만에 세상은 변해버렸다. 방공호를 파거나 양동이 나르는 연습을 하거나 이것저것 대책을 짜냈는데도, 아무 도움도 되지 못한 채 "도쿄 절반이 재로 변해버렸다"고 한탄한다. 또한, 다른 장면에서는 "오늘도 또 어떤 난리법석이 벌어질지도 모른다"며 언성을 높인다. 스스로 아무 짝에도 쓸데없다고 생각하는 쇼키치는, 삐딱한 태도로 주위를 바라보며 세상의 변화를 민감하게 포착한다.

이 때 쇼키치는, 언제 닥칠지 모를 공습을 두려워하면서 조심스럽게 하루하루 살아가는 사람들의 피폐함에 대해 "무언가 뒤통수를 내보이고 있는 듯한" 기분이라고 말한다. 저쪽은 이쪽을 가만히 관찰할 수 있는데, 이쪽에서는 저쪽의 모습이 전혀 보이지 않는데다, 저쪽의 변덕으로 이쪽의 운명이 결정되어 버리는 절대적인 역학관계. 그것이야말로 공습인 것이다.

또한, 여기서 쇼키치는 "도쿄에서 오랫동안 살았던 인간"이 '세상'이나

---

19) 밧줄을 엮어 만든 소방 용구.
20) 막대 끝에 쇠갈고리가 달린 소방 용구.

'체재'만을 신경 쓰고 자신의 '속내'를 보이지 않는 데 분개하며, "기쁘면 기쁘다고, 확실하고 솔직하게 손뼉 치며 기뻐하면 되는 거야. …슬프면 슬프다고, 그야말로 있는 대로 소리 내서 울면 되는 거야. 거짓도 숨김도 없는 게 인간으로서의 진실 된 모습이다."라고 힘주어 말하기도 한다.

그런데, 신변을 돌보아주던 오시마[おしま]와 격하게 대화를 주고받는 장면을 연출한 쇼키치는 "오늘은 요즘 보기 드문 좋은 날씨에다 왠지 하늘도 조용한 것이, 어디서 전쟁을 했던가 싶은 기분이네요."라고 말하는 오시마에게, "태평한 소리를 하면 안 되지. …그게 나쁜 거야, 그런 방심이…." "이렇게 아무 일도 일어나지 않을 때, 저쪽에는 그만큼의 꿍꿍이가 있는 거야…"라고 나무란다. 웃으며 "그렇게까지 걱정해봤자"라고 넘어가려는 오시마에게, "슬슬 대편대가 쳐들어올 시기야. …그런 소릴 하다니 무섭지도 않나, 너는?"이라며 따지고 든다.

> 쇼키치   웃을 일이 아니야. …그러지 않아도 슬슬 대편대가 쳐들어
>   올 시기야.
>   …그런 소릴 하다니 무섭지도 않나, 너는?
> 오시마   무서워요. …무섭지만, 무서워하기만 하면 한이 없잖아요.
>   …아무 소용도 없다고요. …그래서 이제, 저는 쳐들어오면
>   그때 가서…

여기서의 쇼키치는 역시, '세상'이나 '체재' 따위와는 상관없이 자신이 두려워하고 있음을 분명하게 드러내고 있는 지도 모른다. 그렇지만 그 이상으로 중요한 것, 즉 오늘을 보다 잘 살아가고자 하는 여유를 잃고 있다. 그에 비해, 오시마는 "무섭지만, 무서워하기만 하면 한이 없잖아요."라고 대답하며, 언제 죽을지 알 수 없기 때문에 그날그날을 웃는 얼굴로 지내고 싶다고 호소하는 것이다.

그 때, 사연이 있어 오시마와 연을 끊었던 조루리[淨瑠璃] 선생[師匠]인 쓰

루조[津留造]가 찾아와, 5월 25일 벌어진 야마노테[山の手] 공습[21]으로 인한 화재로 집을 잃은 선배가 "이걸로 한숨 놓았다"고 했다는 얘기로 화제가 옮겨간다. 선배는 "지금까지 어중간하게 짐을 껴안고 있었기 때문에, 저도 모르는 새 그것들에 질질 끌려 다니면서 그럴 필요가 없는데도 계속 마음을 졸이고 있었"지만, "다 타버리니 미련의 뿌리가 싹 잘려나갔다"고 말했다는 것이다. 이어지는 장면에서

쇼키치   돌에 채여 넘어지는 바람에 사신(死神)이 떨어져나갔다는 말이 있지.
             …말하자면 그런 거야….
쓰루조   그렇지요 …갑자기, 선배는 자신이 몸에 익힌 재주를 가졌다는 게 절실하게 감사하게 느껴진 모양이라…

라는 대화가 오가는 장면에는, 실제로 5월 24일의 공습으로 집을 잃은 작가 만타로의 육성이 겹쳐진다. "미련의 뿌리"를 완전히 버림으로써 '사신'으로부터 도망칠 수 있었다는 발상은, 잃은 것에 대한 '집착'을 남기는 것 자체를 강하게 경계했던 만타로의 경각심에서 나온 것이다. 쇼키치는 그

21) 도쿄 공습의 총 마무리로 평가되며, 아카사카[赤坂], 아오야마[青山], 나카노[中野] 등지와 함께 처음으로 고쿄[皇居]도 표적이 되었다. 이 공습에서는 3월 10일 도쿄대공습 때의 두 배에 가까운 3,258톤이나 되는 소이탄과 4톤의 고성능탄이 투하되었지만, 11만 5천 명 이상의 사망자가 나왔던 대공습 때에 비해, 이때에는 사망자 3,506명(제도방위본부정보), 소실 건물은 12만 6,737동이었다. 경시청 소방부가 발표한 화재 발생 및 연소(延燒) 상황에서는 "본 공습은 해당 구역을 완전히 불태워 없애기 위해 시행된 것으로 폭탄 및 유지(油脂) 엘렉트론, 황린(黃燐) 등 각종 대소형 폭탄을 극히 고농도로 혼합하여 섬멸 폭격하였는데 민방공은 최근 철저한 대규모 공습으로 인해 전투 의지를 거의 상실하여 초기 방화가 전혀 이루어지지 못하였으므로 화재는 전 피해지역에 이르렀고 또한 때마침 강풍이 불어 불길이 번져 제도(帝都)의 대부분이 소실되기에 이르렀다"고 기록하고 있는데, 이 시기에는 이미 소개가 진행되었던 점, 화재가 번지는 것을 막기 위한 건물 해체가 진행되었던 점, 소화 활동보다도 피난을 우선하라는 지시가 내려져 있던 점 등이 사망자 수의 차이를 보인 이유로 여겨진다. (이상, 『도쿄대공습・전화의 기록[東京大空襲・戦火誌]』 제2권, 제3권(재단법인 도쿄공습을 기록하는 모임, 1973.3, 11)에서 인용).

밖의 장면에서도, 영락한 큰 상점의 주인이 "지갑을 잃어버렸다"며 돈을 빌리러 왔을 때 어이없어 하면서, "인간은 내리막일 때가 더 중요하다는 걸 절실하게 느꼈다, 오늘 저 사람을 보고" "결국에는 허세…쓸데없는 허세를 아직도 부리는구나…"라고 중얼거리거나, 요시와라의 유녀인 다카오 다유[高尾太夫]가 편지에 썼다는 "언제나 잊지 않고 있으니 기억해낼 필요가 없습니다[わすれねばこそ思ひださず候]"라는 말을 인용하면서, "너 말이다, 살아남는 거 한 가지만 생각한다면 꿈같은 건 꿀 틈도 없지 않을까…?"라고 설교하거나 하며, '허세'를 부리는 것, '꿈'에 매달리는 것이 얼마나 사람의 눈을 흐리고, 현실을 직시하지 못하게 하는가에 대해 계속해서 호소하는데, 그런 에피소드를 포함해서 「국화 이야기」의 세계에는 전시하의 만타로가 자택의 소실 체험에서 배운 확신이 여러 형태로 표현되어 있다고 할 수 있을 것이다.

　그러던 어느 날, 라디오에서 경계경보가 흘러나온다.

　　라디오에서 흘러나오는 목소리
　　　　…간토[関東]지구, 고슌[甲駿]지구, 경계경보 발령, 동부군
　　　　관구 사령관 발령. …정보, 적 1기, 남방양(南方洋)으로부터
　　　　본토로 접근하고 있음. …본토 도착시각은, 대략 8시 30분
　　　　경…
　　…신음하듯 멀리서 들려오는 사이렌 소리.
　　…"경계경보 발령…경계경보 발령…"이라 큰 소리로 외치는 근방 사
　　　람들의 목소리.
　　…세이지[清治], 그 사이에 적당히 가게 쪽으로 나간다.
　　쇼키치　　(반쯤은 혼잣말 하듯이) 크구나, 오늘 밤 것은….
　　오세키　　그런가요?
　　쇼키치　　응, 그런 예감이 드는데….
　　오세키　　……. (침묵한다)
　　쇼키치　　오세키, 여차하면 불단을 부탁해….

오세키	……. (대답하지 않는다)
쇼키치	그리고 오세키, 나는 신경 쓰지 말고.
	…절대로 신경 쓰지 말아줘….
오세키	…….

라디오에서 흘러나오는 목소리 정보…금일 내습하는 적기는…
쇼키치, 오세키, 귀를 기울인다.

(어두워지고…막)

「나무그늘」과 마찬가지로, 만타로는 여기에서도 라디오 뉴스의 음성을 그대로 인용하여 극적 효과를 높인다. "경계경보 발령"이라 큰소리로 외치는 사람들의 부산함, 울려 퍼지는 사이렌 소리와, 집안에서 조용히 나누는 대화의 대비를 선명하게 구성한다. 앞선 장면에서 "웃을 일이 아니야. …그러지 않아도 슬슬 대편대가 쳐들어올 시기야. …그런 소릴 하다니 무섭지도 않나, 너는?"이라 내뱉었던 쇼키치도, 여기에서는 여동생인 오세키에게 "나는 신경 쓰지 말고. …절대로 신경 쓰지 말아줘…"라고 호소한다.

그것은 자신 때문에 누군가가 희생되는 것만큼 괴로운 일은 없다고 생각한 지극히 옳은 인식이라 할 수도 있지만, 일부러 그걸 자기 입으로 말하는 것 자체가 추잡스럽기도 하다. 살아남는 것에 대한 집착을 끊으려는 극적인 장면의 연출인 듯도 하고, 어깨에 힘준 느낌 그 자체로는 눈물을 쥐어짜내는 나니와부시[浪花節] 급으로 극의 수준이 떨어진 것처럼도 보인다. 그러나 어떻든 간에, 전후 1946년이라는 시간을 살아가는 만타로에게 있어, 그것이 필연적인 대사였음엔 틀림없다. 일찍이 공습으로 미타쓰나마치의 집이 불타 게이오기주쿠 구내식당으로 피난했던 다음날, "아침 식사로 혀를 데일만큼 뜨거운 된장국"을 마시는 사이에 모든 것에 대한 집착이 사라져가는 것을 실감하고, 그것을 "전열에서 벗어난 듯한 느낌"이라고 표현했던 만타로에게 있어서, '집착'을 끊는 것과 '전열을 벗어나는 것'은 동일한 진실의 표리관계여야만 했던 것이다.

이렇게 맞이하게 된 작품의 마지막 장면. 공습에서 살아남은 쇼키치는, 다음날 세이지라는 점원과 만나고 다시 오세키와 대화를 나눈다.

쇼키치   (무심코) 이걸로 뭐, 오늘 아침도 무사히 밥상 앞에 앉아 밥을 먹을 수 있게 된 건가….

오세키   (무심코) 언제까지 이런 기분 나쁜 생각을 해야 되는 걸까요?

세이지   그거야, 전쟁이 끝나지 않으면….

오세키   전쟁은 언제 끝날까요?

세이지   그거야, 전쟁을 하는 사람한테 물어봐야….

쇼키치   물어봤자 알겠냐.

세이지   어째서입니까?…

쇼키치   쓸데없는 허세를 부리고 있는 거야.

세이지   그럼, 별 거 아니네요. 어제 왔던 그 망한 부자나 마찬가지…. (라며 웃는다)

쇼키치   (고개를 끄덕이며) 맞아. …그런 거지….

오세키   그런데, 오늘도 또 이렇게 날씨가 좋아서….

세이지   더워질 거예요, 오늘도…꼴좋게 됐다고 놀리는 건가….
       세 사람, 기분 좋게 웃으면서 식사를 시작한다.
       사이.
       …때마침 스님이 두드리며 지나가는 목탁소리.

쇼키치는 그때까지 여유 있게 주고받던 대화를 반전시키듯, "전쟁을 하는 사람"에 대한 통렬한 비판을 가한다. 이 정도로 일방적인 공습에 노출되면서도 전쟁이 끝나지 않는 것은 "쓸데없는 허세를 부리고 있"기 때문이라고 잘라 말한다. 여기서의 "전쟁을 하는 사람"이란, 물론 위정자이며 군부이다. 국가와 국가 사이의 정치적인 의도가 복잡하게 얽힌 지점에서 수행되는 전쟁을, "망한 부자"의 "쓸데없는 허세"라고 거침없이 잘라 말하는 부분에 이 작품의 통렬함이 있다고 해도 좋을 것이다.

그러나, 그와 동시에 간과할 수 없는 것은 여기서의 쇼키치가 "오늘도 또 이렇게 날씨가 좋아서…", "오늘도…꼴좋게 됐다고 놀리는 건가…"라고 기세 좋게 떠들어대는 오세키나 세이지와 더불어 "기분 좋게 웃으면서" 식사를 하고 있는 점이다. 작품의 서두 부분에서, "웃을 일이 아니야. …그러지 않아도 슬슬 대편대가 쳐들어올 시기야. …그런 소릴 하다니 무섭지도 않나, 너는?"이라며 격분하고, 공습 뉴스가 흘러나왔을 때에는 마치 각오했다는 듯 "나는 신경 쓰지 말아 달라"고 호소했던 쇼키치에게서 묘한 힘이 빠지고, "쓸데없는 허세"를 버린 듯이 보이는 것이다. 그는 "오늘 아침도 무사히 밥상 앞에 앉아 밥을 먹을 수 있게" 되었다는 기쁨을, 그 무엇과도 바꿀 수 없을 정도로 귀중한 사건으로 받아들이고 있다. 전쟁이 끝난 직후에 전쟁 말기의 가혹한 시대를 그려낸 만타로는, 공습의 공포를 두려워하면서도 그 날 그 날을 "기분 좋게 웃으며" 살아간 서민들의 씩씩함에, 새로운 시대에 대한 '희망'을 걸고 있는 것이다.

고도 1만 킬로미터 전후의 상공을 대편대로 비행하여, 대량의 소이탄을 뿌려댄 B29의 공습은 민간인을 무차별 표적으로 삼은 살상행위이며, 직격당한 사람들 대부분은 불길에 휩싸여 타죽거나 행방불명이 되었다. 반대로, 공습의 대상을 면한 지역에서의 공습은 강 건너 불같은 느낌이라, 진짜 공습이 어떤 것인지 기록하기 어렵다. 불길에 휩싸였는데 운 좋게 살아남았다 치더라도, 그 사람이 말할 수 있는 것은 자신이 목격한 극히 한정적인 정보이며, 공습 그 자체를 포괄적으로 증언할 수는 없다. 공습은 원자폭탄과 마찬가지로, 그 생생한 기억을 후세에 전달할 수 있는 당사자가 적고, 설령 증언했다 해도 단편적이며 국지적인 것일 수밖에 없다.

따라서, 지금 우리들이 알고 있는 공습의 대부분은, 미디어의 보도, 이후의 조사에 근거한 데이터, 당사자가 남긴 한정적인 기록과 증언이다. 공습을 그린 픽션도 존재하지 않는 것은 아니지만, 대부분은 불길에서 도망치려고 우왕좌왕하는 사람들이나 무수한 시체, 초토화한 거리에만 초점을 맞추어, 그 비참함이 부감적이자 사후적(事後的)인 느낌으로 서술된다. 그러한 작품에는 모습조차 파악할 수 없는 적이 일방적으로 퍼부은 소이탄 때문에, 집과 가재도구는 물론이고 소중한 생명까지도 빼앗긴 피해자상(像)만이 증폭될 뿐, 그들이 언제 올 지도 모를 공습에 대비해 어떤 대책을 세우면서 생활하고 있었는가, 불안이나 공포와 어떻게 싸우고 있었는가, 공습경보가 울려 퍼지는 동안 어떤 이야기를 나누었는가…하는 디테일은 거의 묘사되어 있지 않다. 공습이 매일처럼 반복되던 전쟁 말기의 도쿄에서, 사람들이 무엇을 생각하고 어떤 행동을 하며 살고 있었는가라는 점에 대한 문학적인 관심은 거의 커지지 않은 채 현재에 이른 것이다.

「안개구름」,「파도의 물보라」,「달빛 아래」,「나무 그늘」,「국화 이야기」 등을 통해, 1937년부터 1945년 7월까지의 도쿄를 '공습'이라는 키워드로 정점관측(定点観測)하여 사람들의 의식의 변용을 자세히 관찰한 만타로는, 그런 의미에서 흔하지 않은 작가이다. 그가 그려낸 공습은, 하나의 사건으로만 존재하는 것이 아니라, 전시하라는 시대를 뒤덮듯 가로막은 역사적인 사건으로서 인식되고 있는 것이다.

번역 : 임다함

중일전쟁 미담과 총후 여성의 기억

―『지나사변 총후미담 조선반도 국민 적성(赤誠)』을 중심으로―

김효순(金孝順)

1. 조선인 전쟁동원과 동화정책

식민지 시기의 일본에서는 전황이 격화됨에 따라, 전 국민을 전쟁에 동원하는 정책이 시행되었고 사회적 역할에 있어 여성의 위상은 크게 변화했다. 여성들은 군국의 어머니로서 인적 자원(병사)을 재생산하고 보조 생산자로서 군수물자 생산, 농업 활동에 종사하는 역할을 부여받았다. 동시에 여성들은 노동, 결혼, 출산, 복장 등을 국가에 의해 관리 받게 된다.

이와 같은 상황은 식민 지배를 받고 있던 조선인, 조선여성들에게 있어서도 마찬가지였다. 일제는 이전까지 현실적으로 부족한 노동력, 병력에도 불구하고 제도적으로는 조선민족을 배제해 왔다. 그러나 전황이 격화되자 조선인도 전쟁에 동원하고자 했고, 그러기 위해서는 동원대상이 되는 조

---

* 이 논문은 「중일전쟁 미담에 나타난 총후 여성 표상연구-『지나사변 총후미담 조선반도 국민적성(赤誠)』을 중심으로-」, 『일본문화연구』(동아시아일본학회, 2016.10)를 본서의 취지에 맞춰 가필 정정한 것임.

선인은 물론 황국신민으로서 '성전(聖戰)'을 수행하는 일본인들에게도 조선인 전쟁동원의 정당성을 설명할 필요가 있었다. 이와 같은 상황에서 식민권력은 전쟁동원의 방법으로써 문학, 강연, 음악, 연극, 영화 등 각종 문화적 장치들을 활용하였다. 이와 같이 전쟁동원에 활용되었던 문화장치는 해당시기 선행연구의 주요 연구대상이었다 할 수 있다. 최근 활발해진 식민지시기 문학 연구의 주요 테마인 협력과 저항의 문제는 광의에서 그와 같은 식민권력과 전쟁동원의 문제와 상통하는 것으로, 안정헌[1]이나 류시현[2]은 일제말기 조선의 여성들 혹은 청년들을 전쟁에 동원했던 방법을 문학작품 분석을 통해 구체적으로 분석하고 있다. 또한 역사학 분야에서는 황선익[3]이나 김영미[4]등이 중일전쟁[5] 이후 조선인 지원병 제도와 관련하여 조선인 병력동원을 어떻게 전개했는지를 분석하고 있다. 영화 분야

---

1) 안정헌은, 조용만의 「여정」과 이근영의 「고향사람들」, 최정희의 「징용열차」를 대상으로 일제말기 여성동원에 있어 '인텔리계층의 여성들은 "총후"부인으로써 역할'을 강요받고, '하층민 여성들은 생산력강화를 위해 정신대로 나가거나 일본군 '위안부'로써의 역할'을 강요받았음을 밝히고 있다.(안정헌, 「일제강점기 강제인력동원에 대한 글쓰기 고찰 : 징용을 중심으로」, 『한국학연구』 제21집(2009) p.231).

2) 류시현은, 학병수기집 『청춘만장』을 중심으로, 식민지 권력이 태평양전쟁시기 동원의 방법으로 '감성 동원'과 '선배격려단'을 활용했고, '기억'이란 주제에서 '망각'과 '침묵'의 영역을 '정형화된 기억 속에서' 살펴봐야 하는데, 『청춘만장』은 그러한 기억에 '내재되어 있는, 균열상을 살펴볼 수 있는 기회를 제공한다'고 지적한다.(류시현, 「태평양전쟁 시기 학병의 "감성동원"과 분노의 기억 -학병수기집 『청춘만장』을 중심으로-」, 『호남문학연구』 52권 (2012) p.131).

3) 황선익은, 중일전쟁 이후, "'총동원" 체제는 한인을 전쟁터의 군인으로 끌고 가는 병력동원'으로 이어졌고, 이는 일제의 전방위적 동원이 '항일운동의 동력'이 되는 역설을 낳았다고 분석하고 있다.(황선익, 「중일전쟁 이후 경북지역 병력동원과 항일운동」, 『한국학논총』 제 42집(2014) p.255, p.284).

4) 김영미는, 만주사변 발발 후 조선인지원병제도의 실시를 기점으로 본격화된 조선인 병력동원의 실태를 강원지역을 중심으로 분석한 것으로 '조선인 병력동원 정책에 대한 실질적 효과가 일본 당국의 기타이완큼 이루어지지 않았음'을 밝히고 있다.(김영미, 「일제말기 (1938~1945) 강원지역 군인동원에 대한 연구 : 동원의 사례와 실태를 중심으로」, 『한일관계사연구』 제28권(2007) p.147).

5) 지나사변(支那事變)이라고도 하는데, 이 글에서는 중일전쟁으로 기술하고, 당시 표기 주체의 의식을 드러내기 위해 인용문이나 책 제목에서는 '지나사변'으로 표기한다.

에서는 함충범·정태수가 『매일신보』나 『경성일보』를 대상으로 중일전쟁 시기 '전쟁동원 및 수탈을 위해 "제국의' 전시 체제가 이식되었던 것처럼 조선영화계에도 뉴스영화가 제도화되어 갔다"[6]고 지적하고 있다.

그러나 위와 같은 문학이나 역사, 영화분야 연구에서 확인할 수 있는 것은 지식인들에게 포착된 동원의 실상이나 식민제도와 정책을 사회학적, 통계적으로 분석하여 거시적으로 파악하는 데는 유효하지만, 동원의 대상 이 되고 있는 수많은 민중들의 심리나 반응을 살펴보는 데는 한계가 있다. 이러한 점에서 주목할 필요가 있는 것이 식민지시기 전쟁이 발발할 때마 다 민중을 동원하는데 활용되었던 미담의 발굴과 유포현상이다.

일제는 군부대나 조선총독부 기관지인 『경성일보』, 『매일신보』, 국민정 신총동원중앙연맹, 조선군사후원연맹과 같은 각종 전쟁협력 미디어와 단 체들을 내세워 미담을 발굴하여 동원이데올로기를 만들어내고 유포시켰 다. 이러한 전쟁동원정책의 중요한 축을 담당했던 미담은 발굴과 기록 주 체의 전쟁동원 선전이라는 목적에 부합하는 방식으로 선별되고 편집되고 왜곡, 변용되었다. 그럼에도 불구하고 이와 같은 미담에는 조선인으로까지 동원의 대상을 확대할 수밖에 없었던 급박한 전황, 기록주체의 허구성은 물론 기록의 대상이 되고 있는 미담 주체들의 심리가 생생히 기록되고 있 어, 당시 일제의 조선 민중들의 전쟁동원의 실상을 구체적으로 알 수 있 는 최적의 자료라 할 수 있다.

최근에는 이와 같은 미담의 중요성에 주목한 연구가 나오고 있다. 예를 들어, 공임순은 1932년 만주사변에서 전사한 일본의 폭탄 3용사[7]를 모방

---

6) 함충범·정태수, 「중일전쟁 이후 식민지 조선에서의 뉴스영화 연구(1937~1941) : 뉴스영 화 제도화의 제 양상을 중심으로」, 『한국민족문화』 제49집(2013), p.496.

7) '육탄 3용사'라고도 하며 1932년 2월 22일 중국 상하이 교외에서 있었던 일본군과 중국 국 민혁명군의 전투에서 혁명군의 토치카와 철조망을 뚫기 위해 폭탄을 들고 적진으로 뛰어 들어 전사한 에시타 다케지[江下武二], 기타가와 스스무[北川丞], 사쿠에 이노스케[作江伊之 助]를 일컫는다. 만주사변 당시 군국미담의 주인공으로 이 글에서 언급하는 『조선인 독행 미담집[朝鮮の人の篤行美談集]』 제2집(1933), 구라타 시게하치[倉田重八]의 『사실미담 총후

한 최초의 '조선인지원병' 전사자였던 이인석을 각 미디어에서 어떻게 용사로 만들어갔는지를 분석하여, "전쟁과 전장의 예기치 않은 논리와 효과에 편승해 식민지 조선의 지위를 개선·향상시키려는 식민지 피지배자들의 욕망은 식민통치기구의 병역과 병원(兵員)에 대한 위로부터의 요구와 맞물려 식민지 조선의 현실을 병사와 용사 그리고 유사 병사들의 집합표상의 역장(力場)으로 만드는데 일조"[8]했음을 밝히고 있다. 또한 김인호는 조선군사후원연맹이 간행한 『반도의 총후진[半島の銃後陣]』(조선군사후원연맹, 1940.4)을 번역(『반도의 총후진』 국학자료원, 2015)하고, 이를 대상으로 중일전쟁 당시 조선에서 이루어진 헌납의 민족별, 계층별, 지역별, 구성별, 내용별 특성을 분석하여 『반도의 총후진』이 "자발성을 위장한 타율적 헌납 사례집"이었으며, 그 행간에 "당대 기층 조선인의 기대감이나 희망사항"이 있었고 총독부는 "조선인의 염원을 수단화하여 그들의 생활 및 생산용 물자조차 전쟁을 위해 극한적으로 동원하고자 하였다"[9]고 분석하고 있다. 이들 연구는 미담 기록의 주체와 미담의 주체의 성격을 분석하여 조선민족을 전쟁에 동원하고자 하는 식민주체의 전략과 그에 대응하는 피식민자의 심리까지 분석했다는 점에서, 미담 연구의 단초를 만들었다고 할 수 있다. 그러나 이들 연구는 미담이 중일전쟁 발발이나 조선인지원병제도의 실시와 직접적으로 어떻게 관련이 되고 있는지에 대해서는 단지 시기적으로 가깝다는 사실 만으로 유추하여 해석하고 있다.

이상과 같은 점에서 이 시기 미담을 생각할 때, 후카자와[深澤] 부대 조사 『지나사변 총후미담 조선반도 국민 적성(支那事変銃後美談朝鮮半島國民赤誠)』(군사기록 편찬회 경성지국, 1938년 10월)은 매우 주목할 만하다. 이는 조선인지

의 여성[事実美談 銃後の女性]』(軍事教育社, 1932)에도 미담의 주인공으로 등장한다.
8) 공임순, 「전쟁미담과 용사 : 제국 일본의 동일화 전략과 잔혹의 물리적 표지들」, 『상허학보』 Vol.30(2010) p.342.
9) 김인호, 「『반도의 총후진』을 통해서 본 조선인의 국방헌납」, 『역사와 경계』 Vol.93(2014) p.135.

원병제도의 효과적 달성을 위해 군부대가 직접 조사하여 간행한 것이고, 정책입안자였던 미나미 지로[南次郎] 총독의 성명까지 함께 실어, 조선인지원병제도의 실시와 전황, 식민주체들의 전략은 물론 그에 대응하는 조선인들의 심리가 생생하게 드러나고 있기 때문이다.

이에, 이 글에서는 식민지시기 전쟁과 관련하여 미담집 간행이 성행했던 현황을 정리하고, 『지나사변 총후미담 조선반도 국민 적성』을 중심으로 총후[10) 미담 기록의 주체와 미담 주체들의 성격을 분석할 것이다. 또한 그 안에서 총후 여성이 어떻게 기록, 기억되었는지를 분석함으로써 주연적 존재로 인식되었던 여성들이 어떻게 전쟁에 동원되었고 어떠한 역할을 부여받았는지, 그 논리는 무엇인지를 확인하고자 한다. 아울러 이 시기 미담의 발굴, 기록, 기억의 방식이 이전시대와 어떻게 다른지 혹은 일본 내지 여성의 미담과 한반도의 일본여성, 혹은 조선여성의 미담의 기록이나 기억에 차이가 있는지, 있다면 그것이 무엇을 의미하는지 등도 함께 검토해 보고자 한다.

2. 1930년대 전쟁과 미담의 성행

일본 제국은 1910년 한일강제병합 이후 식민정책을 원활하게 수행하기 위해 내선융화를 강조하며 동화정책을 취하는 반면 정치, 경제, 교육 등 현실적으로는 식민종주국으로서 조선인에 대한 차별정책을 유지하는 모순된 태도를 보였다. 즉 일본 제국이 대외적 전쟁을 수행함에 있어 조선의 물자와 인력을 동원하기 위해서는 조선인이 일본인과 마찬가지로 천황

---

10) 총후(銃後)란 전쟁 상황 하에서 전장의 뒤 즉 전선(前線)에 대해, 직접적인 전장이 아니라는 의미로 사용. 한국어로 후방이라는 용어가 있으나, 중일전쟁 이후 일제가 사용한 역사적 개념의 의미를 살리기 위해 '총후'로 표기한다.

의 신민임을 인정하고 신뢰해야 했지만, 제도적으로는 여전히 차별정책을 취하고 있었고 일본인들은 식민종주국 국민으로서 조선인들에 대한 우월 감과 불신감을 품고 있었다.

이러한 동화정책과 전쟁동원정책 사이에 제도적, 현실적으로 존재하는 차별의 모순이 단적으로 드러나는 것은 1931년 9월 만주사변과 1937년 7월의 중일전쟁 발발 후 나타난 인적, 물적 자원의 절대적 부족상황에서였다. 1931년 만주사변이 발발하자 일제는 어쩔 수 없이 조선인들을 전쟁에 동원해야 했지만 현실적으로는 조선인에 대한 일본인의 우월감과 불신으로 인해 어려움에 봉착했다. 이 때 자기모순을 해결하고, 일본인을 대상으로 조선인의 동원을 정당화하며, 조선인에게는 제도적인 차별을 넘어 동원을 하기 위한 논리를 유포하기 위해 선택한 방법이 바로 미담의 발굴과 유포였다. 이와 같은 전쟁관련 미담은 만주사변(1931)과 중일전쟁(1937), 태평양전쟁 발발(1941) 후에, 군부대나 조선총독부 기관지인 『경성일보』나 『매일신보』와 같은 신문이나 잡지를 통해서 소개됨은 물론이고, 조선군사령부, 해군성, 국민정신총동원중앙연맹, 조선군사후원연맹과 같은 각종 군기관과 전쟁협력 단체에 의해 단행본 형태로 집중적으로 발굴, 소개되었다.

우선 만주사변 직후에는 구라타 시게하치[倉田重八]의 『사실미담 총후의 여성[事實美談 銃後の女性]』(軍事敎育社, 1932), 해군성(海軍省) 편 『시국 관계 미담집(時局關係美談集)』(海軍省, 1932), 조선헌병대사령부의 『조선인 독행 미담집[朝鮮の人の篤行美談集]』(제1집, 제2집, 1933) 등이 간행되었다. 이 중 『조선인 독행 미담집』(제1집, 제2집, 1933)은 조선헌병대사령부가 직접 조사하여 간행한 것으로 당시 국제정세와 일제의 대륙진출의 욕망, 일제에 저항하는 조선인들의 등장 등에 대한 상황 인식과 불안감 속에서 내선융화를 실현하여 조선의 인적, 물적 자원을 전쟁에 동원하고자 하는 군부의 욕망과 전략, 방법 등이 적나라하게 드러나고 있다. 이는 표지에서 "본 책자는 내선융화의 자료로서 수록할 만한 것을 참고로 하기 위해 배부한다"11)라고 표 방하고 있듯이, 대륙으로 진출하기 위해 조선의 인적, 물적 자원을 동원해 야 할 필요성이 있었지만, 그에 대한 일본인과 조선인들의 저항이라는 현 실적 난관에 부딪혀 일본인들에게 내선융화의 정당성을 설명하기 위해 간 행된 것으로 보인다. 그것은 「육군 소장 이와사 로쿠로[岩佐祿郞]12)의 서 문」을 보면 노골적으로 드러난다. 이와사 로쿠로는, "병합 후 우리 황실의 보호 아래" "밖으로는 외환의 염려가 없어졌으며 안으로는 생명과 재산이 안정되고 튼튼해져, 조선 역사 이래 가장 편안하고 행복한 나날을 보내고" 있는데도 불구하고, 조선인들이 "민족주의라는 이름 하에 조선의 독립을 기도하거나 공산주의에 빠져 조선의 혁명을 획책하는 일이 끊이지 않는 것은 유감스러운 일이며", "조선인의 나아갈 길은' '민족관념을 과감히 버 리고 야마토[大和, 일본] 민족 안에 전념해 진정한 일본제국신민으로 거듭 나는 길뿐이다"라고 주장하고 있다. 동시에 '내지인(內地人)'은 "형의 사랑 으로 순수하게 조선인을 대우"해야 하며, "내선융화를 방해하는 요인"으 로 "조선인의 단점만을 알고 장점을 알지 못하는" 점을 들고 "내지인 중 에는 쓸데없이 우월감에 사로잡혀 조선인을 깔보고 무시하며 그들의 무지 를 이용해 이득을 취하려는 이가" 있다고 비판하고 있다. 그리고, 다음과 같이 미담집 간행 이유를 밝히고 있다.

　　내가 이번에 경성부에 있는 조선헌병대에 지시해 조선인의 단독 미
　　담을 모아, 이를 세상에 널리 소개하는 이유는, 내지인의 잘못된 태도를

---

11) 조선헌병대사령부 편저, 이정욱·엄기권 역, 『조선인 독행 미담집[朝鮮の人の篤行美談集]』 제1집(역락, 2016) 속표지.

12) 이와사 로쿠로[岩佐祿郞, 1879년 4월 3일~1938년 8월 3일]. 제 23대 일본헌병사령관. 사관 후보생 15기로 오사카 헌병대장, 도쿄 헌병대장을 거쳐 1931년 8월 1일에 조선헌병대사령 관으로 취임했다. 이후 1935년 9월에 육군 중장으로 진급해 헌병사령관에 취임하지만, 다 음해에 청년장교들이 쿠데타를 모의한 2·26사건이 일어나 이에 대한 대처미숙을 이유로 그해 3월 근신 30일의 처분을 받은 후, 7월에는 예비역으로 편입되었다.

바로잡고 조선인을 깔보고 무시하는 언동을 배제해 존경심과 동정심을
불러일으켜 내선융화에 일조하기를 바라는 마음에서이다.[13]

이 미담집은 이정욱이 지적하고 있듯이, "광주학생 의거(1929.11), 만보산
사건(1931.7), 일본의 만주국 건설(1932.3), 윤봉길 의사 상하이 폭탄투척(1932.
4), 1차 상하이 사변(1932.5), 일본군의 산해관(山海關) 점령(1933.1) 등 제국주
의 일본의 중국 대륙진출과 동시에 식민통치에 저항했던 조선인들이 등
장"[14]함에 따라, 내선융화정책이 난관에 부딪히고 조선인들에 대한 일본
인들의 불신과 불안감이 고조된 시기에 일본인들을 대상으로 내선융화의
정당성을 선전하기 위해 간행된 것임을 알 수 있다. 동시에 일본의 국제
연맹탈퇴(1931.12)로 인해 불리해진 국제정세에 대한 조선인들의 인식의 변
화와 그에 따른 조선인들의 저항에 대한 불안감도 이들 저서에는 드러나
고 있다. 따라서 만주사변은 "만주국을 원호해 만주에 있는 조선동포의
생활을 안정"시키기 위한 것이고, 국제연맹 탈퇴가 "더욱더 국제사회에
신의를 두텁게 하고 전 세계에 대의를 현양(顯揚)하는 것"이니, "황군의 실
력을 의심하고 일본의 경제사정을 속단해 의구심을 품고" 있던 조선인들
은 "일본제국 신민으로서의 절도를 지키고 거치와 언동에 무엇 하나 변함
이 없는 내선일체의 성과"를 이루어야 한다고 주장한다.[15]

그러나 현실적으로는 조선인들에 대한 차별적 군사제도에 대한 설명도
필요했다. 그리하여 다음과 같이 그 모순을 무마하고자 한다. 길지만 군사
제도와 내선융화정책의 모순에 대한 군부의 인식을 적나라하게 보여주는
부분이므로 인용해 보겠다.

　　(…전략…) 이 조선의 징병제도 문제는 일한병합 이래 역대 위정자가

---

13) 육군소장 이와사 로쿠로 「머리말」(조선헌병대사령부 편저, 위의 책, 속표지).
14) 이정욱 「군국의 꽃이 된 조선인」(조선헌병대사령부 편저, 앞의 책, p.137).
15) 육군소장 이와사 로쿠로 「머리말」(조선헌병대사령부 편저, 앞의 책, 속표지).

다들 고민해 온 중대사안으로, 그 해결책에 대해서는 군부당국으로서도 심각하게 고려하고 있지만, 안타깝게도 지금 바로 일본에서와 같은 징병제도를 조선에서 시행하는 것은 매우 곤란한 사정이 있어 실행불가능한 문제이다. 이러한 사정을 내가 조선인들에게 설명하면 동포 제군은, 위급한 상황에 조선의 군인은 반기를 들고, 때로는 황군에 저항해 독립 반역을 꾀할 것이라고 조선인을 위험하게 보는 편견에 의한 것이냐고 반문하지만, 역대 위정자 및 군당국은 결코 그러한 편견을 가지고 있지 않다. 국가 병역의무의 문제와 제국군인을 뽑는 문제는 개별적인 문제로, 현재 조선에 병역의 의무는 부과되고 있지 않지만 제국군인으로서 나아갈 길은 일본과 같이 조선에도 열려져 있다. 다시 말해 조선인들에게도 사관학교생도(장교생도), 유년학교생도, 공과학교생도, 육군비행학교생도, 육군통신학교생도 등에 지원하는 길이 열려 있으며, 현재 다수의 조선출신 현역 장교가 대위가 되고 소좌가 되어 근무하고 있다. 만약 일부 사람들이 말하듯이 국가 및 군사당국이 조선인들에 대해 혹시 모를 반기 반역 등의 기우(杞憂)를 지니고 있다면 조선인을 황군에서 중요한 위치에 있는 장교로 채용하는 일은 결코 없을 것이다.

본디 조선인들에게 병역을 부과하지 않은 것은, 그 <u>민도(民度), 생활, 경제, 환경 등을 깊이 고려한 당국의 배려</u>에서 나온 것이라는 사실을 잊어서는 안 된다.

현재 조선의 실상으로 미루어 보건대 만일 조선의 적정 연령의 청년이 징집된다면 2년 혹은 3년 사이에 그 남겨진 가족들은 어떻게 생계를 꾸려나갈 수 있단 말인가. 내지처럼 이미 이 의무가 부과되어 온 역사가 있는 선진국이라 하더라도 한 집안의 경제상황 속에서 한창 일할 장정에게 병역의 의무가 부과되는 것은 큰 고통이라고 하는 사람도 있다. (…중략…)

이와 더불어 생기는 중요한 문제는 일본과 조선의 언어가 다르다는 것이다. 언어가 다르면 군대 교육을 실시함에 있어 심각한 지장을 야기하기 쉽다는 점은 부정할 수 없는 사실로, 조선 장정 때문에 특별한 언어를 사용하고 특별한 교육을 실시하는 것은 도저히 불가능한 일이다. 혹자는 말하길 '그렇다면 국어를 완전히 이해하는 사람만을 징병하라'고

하지만 국가징병제는 국어가 통하는지 아닌지로 시행되는 편파적 편의
주의로 행해질 문제가 아니다. 또한 국가 징병의 정신으로 보아도 이러
한 차별적 방침은 절대로 용납될 수 없다. 조선의 청년 중에는 국어를
잘 하는 이가 상당수 있지만 그 대부분은 아직 미숙하다. 때문에 조선인
들, 특히 청년 제군에게 국어의 보급을 도모하는 것은 일면 징병제도의
실시를 촉진시키는 데 도움이 된다고 나는 설명하고 있다.16)

천황의 신민으로서 조선의 지원병제도는 군부로서도 충분히 고민하고
있지만, 그 시행은 매우 곤란하다. 그것은 조선인에 대한 불신 때문이 아
니라 "민도(民度), 생활, 경제, 환경 등을 깊이 고려한 당국의 배려"와 '언어'
의 문제 때문이라는 것이다. 동시에 이와사는 "현재의 비상시국에 임하여
조선인들이 시국을 마치 강 건너 불구경하듯 바라보고, 나는 관계하지 않
겠다는 방관적 태도를 취하며, 조금의 반성도 없이 일본제국에 대해 만일
위험한 행동을 하는 일이 있다면, 제국 국민은 결코 이를 용서하지 않을
것이라는 점이다"17)라며, 조선인들의 저항에 대해 강경한 응징으로 대응
하겠다는 태도로 드러내고 있다.

이와 같이 『조선인 독행 미담집』은 만주사변 발발과 국제연맹 탈퇴 후,
국제정세에 대한 일본인들의 불안감과 조선인의 저항감을 불식시키고 내
선융화를 실천함으로써 효과적으로 조선의 인적, 물적 자원을 전쟁에 동
원하기 위한 목적으로 간행되었음을 알 수 있다. 이러한 목적은 그 구성
및 내용에도 그대로 드러나는 바, 「애국」 「의용」 「성심」에서는 비적18)을

---

16) 육군소장 이와사 로쿠로 「머리말」(조선헌병대사령부 편저, 위의 책, 속표지).
17) 위와 같음.
18) 비적이란 "만주국을 세운 일제의 의해 적극적으로 사용된 용어이다. 일제는 만주국이라
    는 괴뢰국가를 건설하기 위해 국가체제 바깥의 무력, 즉 항일 유격대, 공비, 토비, 마적 등
    을 비적이라 총칭하고 이를 토벌과 진압의 대상으로 보았다." "약탈을 일삼는 도적떼'라
    는 의미였으나, "만주사변 이후에는 비적 뿐 아니라 독립군, 공비, 패잔병, 비국민 등을 호
    칭하는 용어로 공식화된다." "만주를 배경으로 하는 소설과 담론에서도 20년대(가령 최서
    해)의 작품에서 '비적'은 등장하지 않고, 35년 이후부터 본격적으로 등장하고 있다"(정은

토벌하는데 언어상의 유리함을 활용하여 밀정, 탐정활동으로 정보를 수집하는 조선인의 사례를 담고 있으며, 「공익, 공덕」 「자립, 자영」에는 역경을 극복하고 자산을 모아 공공정신 실현하는 조선인, 「동정, 인류애」에는 소작농에 대한 선처를 실천하는 조선인 지주, 「보은, 경로」에는 은혜를 입은 '내지인'에게 보은하는 조선인, 「정직」에는 조선인의 정직함을 드러내는 에피소드를 담고 있다. 즉 공공정신을 실현하고 근면과 성실로 자력갱생하는 조선인을 미담의 주인공으로 미화하고 있고, 공경과 효행을 내선융화의 실천으로 표상하고 있다.

이와 같이, 병력의 보충을 절감하고 있음에도 불구하고 조선민족을 병력으로 동원하는 정책은 취하지 않는 모순된 태도를 취하던 일제는, 1937년 7월 중일전쟁이 발발하자 더 이상 병력부족을 견디지 못하고 곧바로 1938년 2월 '조선지원병제도'를 마련한다. 이는 1938년 2월 22일 공포된 칙령 제95호 '육군특별지원병령'에 의해 4월 3일 "진무천황[神武天皇祭]의 가절(佳節)을 맞아" 전격 시행된다. 그리고 이를 선전할 목적으로, 기무라 데이지로[木村定次郎] 편 『지나사변 충용보국미담(支那事変 忠勇報国美談)』(東京 : 龍文舍, 1937), 국민정신총동원중앙연맹 편 『총후가정미담(銃後家庭美談)』 제1집(東京 : 国民精神総動員中央聯盟, 1938), 후카자와 부대 조사 『지나사변 총후미담 조선반도 국민 적성(赤誠)』(군사기록 편찬회 경성지국, 1938.10), 『총후 미담집(銃後美談集)』(毎日申報社, 1938.2), 대일본웅변회의 『생각하라! 그리고 위대해져라 : 자신을 위해, 가정을 위해, 국가를 위해, 미담 일화, 명언, 교훈[考へよ! そして偉くなれ : 身の為、家の為、国の為、美談、逸話、名言、訓言]』(東京 : 講談社, 1939), 김옥경(金玉瓊)의 『模範婦人紹介 : 農夫의 안해의 意志 林炳德氏의 苦鬪美談』(朝鮮金融聯合会, 1939.8), 고타키 준[小瀧淳]의 『일본정신 수양미담(日本精神 修養美談)』(文友堂書店, 1939), 『미담, 미나미 총독과 소년(美譚, 南総督과 少

───────────

경, 「만주서사와 '비적'」, 『현대소설연구』 55권(한국현대소설학회, 2014) p.4).

年)』(每日申報社, 1939.11), 신정언(申鼎言)의 『현모미담-참마장(賢母美談-斬馬場)』
(朝鮮日報社出版部, 1939.12), 『반도의 총후진[半島の銃後陣]』(朝鮮軍事後援聯盟, 1940.
4) 등 일본과 조선에서 일본어와 조선어로 된 미담이 봇물처럼 쏟아져 나
왔다. 또한 태평양 전쟁 발발 전후에는 일본적십자사 편 『지나사변 구호
원 미담(支那事変 救護員美談)』(日本赤十字社, 1941), 아베 리유(安倍李雄)의 『총후
미담 가보 히노마루[銃後美談 家宝の日の丸]』(大日本雄弁会講談社, 1941), 『노몬한
미담록[「ノモンハン」美談録]』(忠霊顕彰会, 1942), 미타케 슈타로[三宅周太郎]의 『
연극 미담(演劇美談)』(協力, 1942) 등이 간행되었다.

이상과 같이, 식민지 시기 만주사변, 중일전쟁, 태평양 전쟁 등 각종 전
쟁과 관련하여 조선 민중의 동원을 효과적으로 달성하기 위해 식민 권력
은 다양한 방법으로 미담을 발굴하고 기록하여 유포하였다.

3. 중일전쟁과 지원병제도, 『지나사변 총후미담 조선반도 국민 적성』 간행

1936년 8월에 부임하여 42년 5월까지 재임한 미나미 지로 총독 통치기
는 황민화정책, 황민화운동이 가장 철저하게 일어난 시기이다. 미나미 총
독 부임 1년 후인 1937년 7월 7일에는 루거우차오사건(盧溝橋事件)이 발단
이 되어 중일전쟁이 발발하였고, 중국 내륙으로 깊숙이 들어간 제국 일본
의 무제한적 전쟁은 제국 일본과 식민지 조선 모두 전쟁의 승리를 위한
도구화, 기능화가 정치의 최고목표로 전화하는 특정한 정세와 국면을 산
출한다. 미나미 지로가 조선총독으로 취임한 다음 해에 조선군 사령부에
의해 타진된 지원병제도의 급속한 실시와 운영이 예증하듯이 그것은 제일
먼저 병역과 병사에 대한 군의 요구로 나타나고 이에 대한 법령과 법제화
가 국가 행정기구에 의해 만들어져서, 조선인 지원병제도는 1938년 2월 22

일 공포된 칙령 제95호 '육군특별지원병령'에 의해 4월 3일 '진무천황제[神武天皇祭]의 佳節을 맞아' 전격 시행되기에 이른다.

이러한 상황에서 일제는 황국신민화를 꾀하기 위해 '황국신민의 서사[皇國臣民ノ誓詞]'(1937.10)[19]를 강요했고, 1938년 8월에는 총독부 자문기관으로서 시국대책조사회가 설치되어 『내선일체 강화 철저에 관한 건[內鮮一体ノ強化徹底ニ關スル件]』의 자문이 이루어졌다. 그 모두에는 다음과 같이 황민화 정책의 기본방침이 나와 있다.

> 조선통치의 근본은 반도의 동포로 하여금 일시동인의 성지를 바탕으로 광대무변한 황은을 입게 하여 명실 공히 완전한 황국신민화를 꾀하여 전혀 빈틈없이 내선일체를 조성하고, (…중략…) 제국의 대륙 경영의 병참기지 사명을 완수하게 함과 동시에 나아가 팔굉일우라는 조국(肇國)의 대 정신을 현현하는데 있다.
>
> [朝鮮統治ノ根本ハ半島ノ同胞ヲシテ一視同仁ノ聖旨ニ基キ宏大無辺ナル皇澤ニ浴セシメテ名實共ニ完全ナル皇國臣民化ヲ図リ寸毫ノ隙間ナキ內鮮ノ一体ヲ組成シ、(中略)克ク帝國ノ大陸経營ノ兵站基地タルノ使命ヲ全ウスルト共ニ進ンデ八紘一宇ノ肇國ノ大精神ヲ顯現スルニ在リ。][20]

후카자와[深澤] 부대 조사로 군사기록 편찬회 경성지국이 간행한 『지나사변 총후미담 조선반도 국민 적성(赤誠)』(1938년 10월, 이하 본서라 칭함)은 이상과 같이, '일시동인'과 '황국신민화', '내선일체' 정책을 내세워 조선인을

---

19) <황국신민의 서사>(그 일)
　 1. 우리는 대일본제국의 신민입니다. 2. 우리는 마음을 합하여 천황폐하에게 충의를 다할 것입니다. 3. 우리는 인고단련(忍苦鍛鍊)하여 훌륭하고 강한 국민이 될 것입니다.
　 <황국신민의 서사>(그 이)
　 1. 우리는 황국 신민이다. 충성으로 군국(君國)에 보답할 것이다. 2. 우리 황국신민은 서로 친애협력함으로써 단결을 확고히 한다. 3. 우리 황국신민은 인고단련의 힘을 길러 황도(皇道)를 선양(宣揚)한다.
20) 朝鮮總督府編, 「序文」, 『內鮮一體ノ强化徹底ニ關スル件』(1938.9).

'제국의 대륙 경영의 병참기지 사명을 완수'하는데 동원하기 위한 목적으로 간행되었다. 이와 같은 목적은 구체적인 미담사례를 게재하기 전에, 「서문」을 비롯하여 「조선지원병제도의 달성」, 「육군특별지원병령」, 「미나미 조선총독의 성명」, 「고이소[小磯]21) 조선군사령관의 성명」, 「일시동인의 은혜를 입은 반도민의 감격」 등을 배치한 구성에도 잘 드러나고 있다.

우선 책 속표지에는 이 미담집을 '후카자와 부대 본부 조사'라고 그 주체를 밝히고 있고, "표지 문자는 조선총독부 비서관인 곤도 기이치[近藤儀一] 씨의 휘호"이며, "제자(題字)는 조선총독 미나미 지로[南次郞] 각하 휘호"이고, 서문은 '청채 이시카와 이치로[石川一郞]'22)가 집필했다고 명기하고 있다. 이시카와 이치로는 「서문」에서 그 간행의 경위와 목적을 다음과 같이 밝히고 있다.

> 우치다 다케시[內田武] 군은 우리의 선배이며 민간의 지사로 알려져 있다. 일찍이 동아동민협회(東亞同民協會)를 일으켜 대대적으로 선만일여(鮮滿一如)의 대의(大義)를 이루고자 하였으나, 지나사변이 발발하여 조선국민의 적성을 전하고자 용산 20사단 후카자와[深澤] 부대 본부에 출입하며 자료를 얻어 여덟 편의 인쇄교정이 이루어지던 날 불행하게도 병으로 서거한 것은 참으로 통탄해 마지않을 일이다. (…중략…)
>
> 한구(漢口)가 함락되면 곧 광동(廣東)도 함락하게 될 것이다. 저 멀리 있는 천황의 장한 병사들의 노고를 생각함과 동시에 장기전에서 장기건설이라는 대방침 확립을 기하기 위해서, 우리들은 가일층 총후 근무

---

21) 고이소 구니아키[小磯国昭, 1880.3.22.~1950.11.3.]를 말함. 일본 육군 군인, 정치가. 육군 대장, 육군차관, 관동군 참모장, 조선군사령관 역임. 1942년 조선총독으로 부임, 전쟁수행을 위한 징용·징병·공출 등 수탈정책을 강행, 악랄한 통치로 우리 민족을 괴롭혔다. 44년 7월 도조[東条] 내각이 무너진 후 총리대신으로 내각을 조직하고 최고전쟁지도자 회의를 설치, 기울어진 전세의 만회에 노력하다가 45년 4월 사직했다. 패전과 동시에 1급 전쟁범죄자로 종신형을 선고받고 복역 중 죽었다.

22) 이시카와 이치로[石川一郞, 1885.11.5.~1970.1.20.]. 일본의 재계인, 경영자. 도쿄제국대학[東京帝国大学] 조교수, 닛산화학공업사[日産化学工業] 사장을 거쳐 구경제단체연합회(旧経済団体連合会=현일본경제단체연합회) 초대회장.

를 확고히 해야 한다. 만약 본서의 간행에 의해 제이, 제삼의 총후애국
미담이 속출하여 황국 성전 수행에 십분의 일이라도 도움이 된다면 편
자로서는 더없이 다행한 일이다.[23)

후배로서 이시카와 이치로 자신이 그 뒤를 이어 편찬한 것임을 알 수
있고, 만주에서 싸우는 황군의 노고를 생각하여 총후 근무를 확고히 함으
로써 총후 애국 미담이 속출하여 '황국 성전 수행'에 도움이 되게 하고자
하는 목적으로 간행하고 있음을 알 수 있다. 이어 「조선지원병제도의 달
성」에서 지원병 제도 실시의 배경과 경위에 대해 다음과 같이 설명하고
있다.

우리 조선 전토에 일지사변(日支事變) 발발 이후, 일반 민정(民情)은
오히려 의외로 생각될 만큼 좋은 방향으로 전향된 실적을 보여 주고 있
다. 또한 사변 발발을 기하여 조선군 당국, 조선총독부 당국은 각각 세
세하게 전조선 각지 각호(各戶)를 대상으로 민심의 동향변화의 현상에
대해 일찍이 내사를 개시했다. (…중략…) 총후에 있는 일반 민중의 국
가에 대한 진충보국의 관념은 적성이 넘치고 있음을 확인하기에 충분할
뿐만 아니라 사변 발발 후 나날이 심각해지고 있는 조선지원병 문제의
강화는 마침내 전 국민을 감동하게 했다. 그리고 더 나아가 황송하게도
성상폐하께서 마음 깊이 감격하시어 마침내 1938년 2월 23일 관보로 공
포제정을 보기에 이르렀다. 그리고 드디어 4월 3일 진무천황제[神武天皇
祭][24)라는 길일을 잡아 실시하기로 결정한 것은 조선일반민중으로서 거
듭 축하할 일이다.[25)

"일지사변 발발 이후, 일반 민정은 오히려 의외로 생각될 만큼 좋은 방
향으로 전향"되었고, 조선군 당국과 조선총독부 당국은 "세세하게 전조선

23) 이시카와 이치로[石川一郎] 「서문」(후카자와 부대 본부 조사, 위의 책).
24) 진무천황은 일본 제1대 천황으로서 전설의 인물.
25) 「조선지원병제도의 달성」(후카자와 부대 본부 조사, 위의 책), p.25.

각지 각호(谷戸)를 대상으로 민심의 동향변화의 현상"을 내사한 바, "일반 민중의 국가에 대한 진충보국의 관념에 적성이 넘치고 있음을 확인"하여, "성상폐하께서 마음 깊이 감격"하여 제정하였다고 식민지배의 성과를 평가하고 있음을 알 수 있다. 1937년 7월 중일전쟁의 발발과 잇따른 중국 내륙으로의 전선 확대에 따라 1937년 8월 5일 "조선인에게 지원병제를 최단기한 내에 실시"한다는 목적으로 미나미[南] 총독과 이하라[井原] 조선군 참모 그리고 내무국장 오타케 주로[大竹十郎], 경무국장 미쓰하시 고이치로[三橋孝一郎], 학무국장 시오하라 도키사부로[塩原時三郎]의 연석회의를 통해 지원병 제도의 조속한 실시와 도입을 하게 된 바, 그 경위를 설명하고 있는 것이다. 이어서 「육군특별지원병령」 전문을 게시하고, 다음에는 「미나미 조선 총독의 성명」이 이하와 같이 게재되어 있다.

　　본 제도의 실현은 조선 통치 상 명확한 일선을 긋는 것이며, 이 의의만으로도 1938년은 영구히 기념해야 할 해라고 믿는다. 말할 것도 없이 본 제도는 반도 동포의 충성이 강하게 인천(人天)을 움직인 결과에서 온 것인데, 내외 일반 식자들 사이에서는 비상한 관심을 가지고 이 실적 여하를 눈여겨 보고 있다고 생각한다. 고로 금후에 대한 기대로서는 그 지조, 그 능력에 있어 제국군인으로서 부끄럽지 않은 자질을 갖춘 청년이 배출되어 사실상 본 제도의 정신을 살리고 반도의 명예를 발양해야 한다.
　　우리 반도 청년은 군대 입대여부와 상관없이 국방의 임무를 부담하는 명예에 대해서는 반드시 중책이 동반되는 소이를 이해하고 일찍이 체득한 황국신민의 참 정신을 완전한 모습으로 구현하기를 바라마지 않는다.26)

위에서 언급한 지원병 제도의 실시 배경과 맥을 같이 하는 내용으로,

---

26) 「육군특별지원병령」(후카자와 부대 본부 조사, 앞의 책), pp.29-31.

"본 제도는 반도 동포의 충성이 강하게 인천(人天)을 움직인 결과"이며 "제국군인으로서 부끄럽지 않은 자질을 갖춘 청년이 배출되어 사실상 본 제도의 정신을 살리고 반도의 명예를 발양"하고 "황국신민의 참 정신을 완전한 모습으로 구현"하게 하겠다는 목적을 재차 밝히고 있다. 이어 게재된 「고이소 조선군사령관의 성명」에도 위와 같은 맥락에서 본 제도의 실시 배경과 의의 등을 강조하고 있다. 고이소 구니아키[小磯国昭]는 1942년 조선총독으로 부임, 전쟁수행을 위한 징용·징병·공출 등 수탈정책을 강행하여 패전과 동시에 1급 전쟁범죄자로 종신형을 선고받고 복역 중 사망한 인물이다. 그의 설명에서 주목할 점은, 지원병제도가 서구의 군제도와 다르다는 점을 강조한다는 점이다.

　　즉 본직은 본제도의 채용에 의해 <u>내선일체의 성업</u>을 향해 가장 강력한 일보를 내딛을 수 있게 된 것을 기쁘게 생각함과 동시에, 특히 강조하고 싶은 점은 본 제도는 완전한 병역법의 적용이 아니라고는 하지만 지원에 의해 일단 병역의 영예를 얻은 후에는 그 신분의 취급 및 복역에 관해서는 일반징병에 의한 병사와 동일 무차별하며 일반 장병과 함께 혹은 국토방위에 혹은 공성야전(攻城野戰)에서 활약하게 됨은 물론 하사관 또는 장병으로 진급하는 길도 열려 있어서, 결단코 <u>서구 제국의 소위 식민지 군대와 같은 것과는 그 종류가 다르다는 점이다.</u>
　　또한 일반적으로 말하는 병역의 의무라는 것은 국민의 지고지대한 의무임은 말할 필요도 없는데, 이 의무관념을 바로 소위 <u>태서파(泰西派)의 권리의무의 사상으로 해석해서는 안 된다. 우리나라 병역의 본의는 권리를 대상(代償)으로 하는 의무의 관념을 초월한 진정한 충군애국의 지성에 그 근저를 두는 것이며, 그 본질에 있어 실은 의(義)임과 동시에 국민의 중대한 정신적 권리이다.</u> 이에 황군의 약여(躍如)한 성실성이 현존하며 세계 무비(無比)의 황군의 강점을 이야기하는 소이이다. 종래 걸핏하면 일부 인사가 주장하는 것처럼 <u>우선 동민(同民)으로서 의무를 다함으로써 권리를 추구해야 한다고 하며 이에 병역문제를 관련지으려 하는 것은,</u> 일찍이 황군의 본질을 유린하고 또 이번 육군특별지원병령 제정의 취지를 몰각하는 것일 뿐만 아니라 더 나아가 국방의 임무를 지고 자 하는 반도청년 동포의 숭고한 정신과 순결한 심정에 해악이 되는 바 실로 크다고 해야 할 것이다.

이번 지나사변에 즈음하여 갑자기 일어난 조선반도의 진충보국의 적 성이 얼마나 아름답고 얼마나 세상 사람들의 인심을 감동시켰는지 혹은 이 도의적 내선 단결이 소위 서양류의 통치론자들에게 청천벽력과도 같 은 경이감을 불러일으킨 사실을 생각하면, 본직은 이번 지원병제도의 실시에 의해 우리 반도청년 동포가 이상과 같은 진정한 애국지정에 근 거한 열렬한 의기를 여실하게 앙양할 것을 믿는 바이다.[27]

서구제국과 일본제국의 병역의 개념 차이를 들어 "권리를 대상(代償)으 로 하는 의무의 관념을 초월한" 병역의 의무와 "도의적 내선 단결"을 강 조함으로써, 황국 신민으로서 무조건적인 내선일체의 이데올로기를 강요 하며 조선 청년의 동원 의지를 노골적으로 드러내고 있음을 알 수 있다. 다음에는 조선인 고로(古老) 유지담(有志談)이라는 「일시동인의 은혜를 입은 반도민의 감격」의 글이 게재되어 있다.

마침내 반도민을 위해 육군특별지원병제령 공포를 보게 된 것은 실 로 반도 장래에 있어 얼마나 감격스러운 일인지 모른다.

일지사변 발발 이래 민심은 급변하여 애국심리에 집중함과 동시에 어떻게든 진충보고(盡忠報告)의 성의를 표하고 싶다는 많은 사람들의 민 의(民意)는 진정한 외침으로 생각되지만, 조선인에 대한 징병제의 설정 을 보지 못한 반도민으로서는 단순히 총후에서 준동하는 외에 달리 방 법이 없었기 때문에 국민으로서 유사시 최고의 진충보국의 성실함을 알 릴 수 없어 인간된 도리로 뭔가 무의미한 존재로 여겨져 유감스럽기 짝 이 없었다. 하지만 이번에 뜻밖에도 황송하게도 은혜를 입어 이러한 징 병제의 은전(恩典)을 받게 된 국민의 경축은 무엇에도 비길 수 없을 만 큼 기쁜 것이었다.[28]

---

27) 「고이소 조선군사령관의 성명」(후카자와 부대 본부 조사, 위의 책), p.28.

조선인의 육성으로 "육군특별지원병제령 공포"가 '반도민'에게 얼마나 감격스러운 "징병제의 은전(恩典)"인지를 기술하고 있음을 알 수 있다.

이상과 같이 본격적인 미담 게재에 앞선 본서의 구성을 살펴보면, 중일 전쟁 발발 후 심화된 병력 부족을 해결하기 위해 실시하게 된 조선인지원 병제도가 조선인에게 천황의 신민으로서 얼마나 은전인지 그것이 조선인 들이 얼마나 열망했던 자발적인 제도인지를 강조하고, 의무는 부과하지만 그 대상으로 권리를 주장해서는 안 된다는 모순된 태도를 드러내 보이고 있음을 알 수 있다.

4. 지원병제도의 실시와 총후 미담 주체의 다변화

이상에서 본 것처럼 이 책은 중일전쟁 발발 후 심화된 병력 부족을 해 결하기 위해 실시하게 된 조선인지원병제도의 실시에 맞추어 조선의 민중 들에게 총후 국민으로서 천황의 신민으로서 의무를 선전, 강요할 목적으 로 수집, 가공되어 간행된 것이다. 이러한 이 책의 본론에 해당하는 다양 한 미담의 사례를 통해서는 다음과 같은 사실을 지적할 수 있다.

첫째, 기술상의 특징으로 미담의 주체와 내용이 매우 자세하게 기록되 어 있는 보고 자료의 형식을 취했다는 점이다. 다음 예문을 보자.

전라남도 구례역에서 근무하는 가지하라 시게루[梶原茂]의 장남 가지 하라 다이텐[梶原大典, 당년 10세]은 이발소에서 이발을 금한 1936년 1월 부터 자택에서 이발을 하고 한 달에 20전 하는 이발비를 매달 우편저금 하여 3원 60전에 달했다. 그런데 이번 사변으로 역에서 거행한 성대한 환송행사와 교장의 훈화에 감격하고는 저금 3원 60전을 아버지의 승낙

28) 유지담(有志談), 「일시동인의 은혜를 입은 반도민의 감격」(후카자와 부대 본부 조사, 위의 책), p.34.

을 얻어 인출한 후, 7월 21일 구례경찰서에 출두하여 황군에게 기증신청
을 했다.[29)]

미담을 행한 주체의 성명과 주소의 번지까지 매우 상세하게 기록되어
있고, 또 전쟁협력을 위해 돈을 바친 기부행위나 금액이 매우 세세하게
남겨져 있으며, 한 기록물의 마지막 페이지에는 정오표(正誤表)까지 첨부되
어 있다. 이와 같은 세세한 기록에 의해 자료의 정확성과 객관성을 강조
하고 있음을 알 수 있다.

둘째, 본 미담집에는 미담 주체의 자발성이 강조되고 있다. 다음 사례를
보자.

지나사변의 발발과 함께 그 중대성과 총후 국민의 각오에 대한 교장
박○○의 훈화에 감격한 전교 생도는 자발적으로 학용품을 절약하고
여름방학 동안 땔나무를 해서 번 적은 금액 금 5원 7전을 국방비로 충당
하기 위해 박 교장을 통해 9월 1일 헌금하였다.[30)]

충청북도 단양공립보통학교 6학년 생도는 라디오, 신문, 시국강연 등
으로 시국의 중대함을 인식함과 동시에 출정병사의 노고와 분투에 깊은
감동을 받아, 자발적으로 헌금하고자 하는 마음이 생겨 교장의 허락을
얻어 하급생도에게 호소하니, (…후략…)[31)]

동 부인회가 계속해서 해 온 자발적인 활동은 이 지역 부인들에게 크
나큰 감동을 주어 부근에 있는 각종 부인 단체의 활동을 활발하게 하고
있다.[32)]

---

29) 후카자와 부대 본부 조사, 위의 책, p.125.
30) 후카자와 부대 본부 조사, 위의 책, p.142.
31) 후카자와 부대 본부 조사, 위의 책, p.147.
32) 후카자와 부대 본부 조사, 위의 책, p.275.

"동 부인회가 계속해 온 자발적인 활동", "전교 생도는 자발적으로 학용품을 절약", "자발적으로 헌금하고자 하는 마음"이라고 하여 전쟁에 협력하는 주체의 '자발'성이 강조되고 있음을 알 수 있다. 강요에 의하지 않고 스스로의 의지에 의한 협력임을 강조함으로써 선전효과를 극대화시키고자 한 것이다.

셋째, 강연이나 미디어를 통한 이데올로기의 강요에 의해, 일본인은 같은 천황의 신민으로서의 죄책감, 조선인은 제2국민으로서 불안감을 드러내고 있음을 알 수 있다.

그는 재삼에 걸친 군, 면 당국의 시국 강연에 의해 이번 사변에 대한 제국의 입장 및 총후의 책무를 깨닫고 감격한 나머지 면민에 앞장서서 장병위문을 하기 위해 금 백 원을 염출하였다.[33]

평안북도 강계공립보통학교 고등과 1,2학년생은 학교 당국자의 지도와 군사강연 혹은 신문과 라디오의 뉴스 등으로 북지나 상하이 방면에서 포악한 지나를 응징하기 위해 활동하고 있는 황군의 노고를 생각하고 또한 연전연승의 쾌보에 깊이 감격하여 황군 장병에게 감사와 격려의 뜻을 표하기로 하였다. 여러 가지로 협의한 결과 혈서의 일장기와 혈서의 위문문을 보내기로 결정하였다.[34]

경기도 김포군 내면 장기리 운월 신강습소의 아동 69명은 강연과 부모로부터 시국이야기를 듣고 깊게 감격하여 영세하지만 미력을 다하고자 합의하여, (…후략…)[35]

"학교 당국자의 지도와 군사강연 혹은 신문과 라디오의 뉴스", "강연과

33) 후카자와 부대 본부 조사, 위의 책, p.77.
34) 후카자와 부대 본부 조사, 위의 책, p.152.
35) 후카자와 부대 본부 조사, 위의 책, p.161.

부모"로부터의 "'시국이야기'" "군, 면 당국의 시국 강연"를 듣고, "감격"하거나 "제국의 입장 및 총후의 책무를 깨닫고", 헌금이나 헌납을 하고 있음을 밝히고 있다. 그러나 이에는 동시에 "국은에 보답할 것이 아무 것도 없는"데 대한 "유감", "제2국민"이라는 불안감이 토로되고 있다. 즉, 이들 민중은 학교나 행정기관 등의 강연이나 미디어의 기사를 통 이데올로기를 강요받았으며, 그 만큼 식민 권력과 식민 논리 및 이념의 폭력성과 잔인성에 노출되어 있었음을 알 수 있다.

넷째 미담의 주체가 군인, 경찰, 교육자, 관공서 직원, 조선인, 일본인, 중국인, 미국인, 남성, 여성, 노인, 아이 등으로 분류되고 있어 미담의 주체가 계층적, 민족적, 성적, 연령적으로 다변화되고 있음을 알 수 있다. 기존 국가 제도와 시스템에서 소외받던 막노동자, 고아, 화류계 여성 등의 하층계급, 법과 제도, 그리고 일본인들의 의식 속에서 차별받고 배제되었던 조선인, 중국인, 미국인, 주부, 여성교육자, 산골 지역 촌부, 어린이, 노인, 환자 등으로 미담의 주체가 확대되고 있다. 그리고 이들의 처지가 어려울수록 '적성'의 도는 강한 것으로 그려지고 있다.

다섯번째는 일본인에게 받은 은혜를 갚기 위한 방편으로 헌금을 하는 내용의 미담이 많다는 점이다. 본 미담집에서 '은혜'라 함은 천황의 황은이든 일상생활에서 받은 일본인의 은혜든 그에 대한 보은을 하는 것을 내선융화의 사례로 미화하고 있다.

이상과 같이 본 미담집에는 계층, 지역, 민족, 성, 연령 등에서 주연적 존재였던 통치의 대상들을 전시라는 상황에서 천황의 신민으로 연대감을 형성하여 국가의 일원으로 전쟁에 동원하려는 식민 권력의 의지가 그대로 드러나고 있다. 동시에 이러한 의지에 부합하여 국가 시스템에 편입되고자 하는 다양한 주체들의 욕망 또한 표현되고 있음을 알 수 있다.

5. 총후 여성 표상의 다변화

일반적으로 총후 여성의 역할을 논할 때는 '군국의 모성'이라는 개념으로 '낳는 모성'과 '기르고 교육하는 모성'으로 설명되거나 총후 노동력을 담당하는 것으로 설명된다.

이와 관련하여 만주사변을 배경으로 간행된『조선인 독행미담집』제1집과 제2집(朝鮮憲兵隊司令部, 1933)에서는 입지전적 여성이 공공정신을 실현하는 사례를 주로 소개하고 있다. 예를 들어「성심」부의 "행상으로 일용잡화를 팔아 기부한 고등여학교 생도",「공익·공덕」부의 "한 시대의 모범육영회 여걸 타계하다", "일대 거만(巨萬)의 재산을 얻어 이것을 공공사업에 쓰는 기특한 여걸", "많은 금액의 돈을 공공사업에 기부한 김 여사",「동정·이웃사랑」부의 "결식아동구제에 2,000엔을 보낸 여걸", "기특한 여자지주, 죽은 남편과 아이의 영혼을 달래기 위해 모든 소작농의 빚을 말소하다"(이상 제1집), "규방을 깨부순 부인, 남성보다 앞장서 자력갱생", "빛나는 농촌 여성, 전 마을의 나태함을 깨부수고 자력갱생", "열녀가 가세를 일으키고 사회 공공을 위해 사재를 기부하다"(이상 제2집)와 같은 사례이다. 특히 교육사업이나 상점 경영, 지주의 공공정신 실현하는 여성을 소개하거나 자력갱생을 실현하는 여성을 소개함으로써, 전의를 고취시키고 동원을 목적으로 발굴된 미담이기는 하지만 여성의 사회적 역할의 질적 확대라는 긍정적인 의의를 찾아볼 수 있다. 중일전쟁을 배경으로 국민정신총동원중앙연맹이 일본 '내지' 여성의 사례를 수집하여 간행한『총후가정미담(銃後家庭美談)』제1집(東京 : 國民精神總動員中央聯盟, 1938) 역시, 평범한 여성이 남편 부재 중 운전, 상점 운영, 농사일에 뛰어들어 주도적으로 경제를 책임지는 모습 등을 보이고 있다는 점에서 전시 하 여성의 사회적 역할 확대라는 측면을 엿볼 수 있다.

이와 같은 만주사변 당시 여성의 역할이나 '내지' 일본 여성의 역할에

비추어, 『지나사변 총후미담 조선반도 국민 적성』의 총후 여성의 역할과
그 표상을 생각해 보자. 본서에서 여성이 주체가 되는 미담은 다음과 같
은 목차로 소개되고 있다.

「일반여자(내지인)의 부」
　부엌살림을 절약해서 헌금/조추(女中)36)가 간호부 지원/국기의 매상
대금을 전부 위문금으로/외로운 부인이 부조금을 헌금/화류계로부터의
미거(美擧)/자기 장례비로서 저축해 온 저금을 국방헌금

「일반여자(조선인)의 부」
　빈자의 한 등(一燈), 당국을 감격시키다/부인회장의 애국열/부인회원
의 적성/애국부인회/시국에 병구(病軀)를 잊고 활동/노부인의 적성/부인
회원의 적성/빈자의 한 등[一燈]/화류계로부터의 미거/기생의 센닌바리

　위 목차를 살펴보면 만주사변을 배경으로 간행된 『조선인 독행미담집』
에서 소개되었던 여성 미담의 내용이나 여성 표상과는 확연히 차이가 있
음을 알 수 있다. 만주사변 당시의 조선 여성의 사례가 이상적인 여성을
교육사업가나 상점 경영가, 지주와 같이 공공정신과 자력갱생을 실현하
는 주체적인 삶을 사는 존재로서 표상한데 비해, 본 미담집의 주체는 여
급, 기생, 조추 등과 같은 하류계층의 여성이거나 일반 여성이라도 부엌살
림을 절약한다거나 가난한 살림에서 절약을 실천하여 미거를 행하는 등
그야말로 남성 주체의 국가 사회에서 보조적 존재로 표상되고 있음을 알

---

36) 조추[女中]란 가정, 여관, 요정 등에서 살면서 일하는 여성에 대한, 일본의 역사적 호칭이
다. 20세기에 들어서서 여성의 권리의식 향상, 취학률의 상승 등에 따라, 명확한 고용계약
을 바탕으로 하는 가정부라는 직업으로 바뀌었지만, 조추가 되는 것은 결혼준비를 위한
'예의범절 견습'을 위해, 혹은 결혼자금을 마련하기 위해, 상류가정에서 일을 한다는 의식
이 다이쇼시대[大正時代]까지 남아 있었다.(김효순, 「식민지 조선에서의 도한일본여성의
현실-현모양처와 창부의 경계적 존재로서의 조추女中)를 중심으로」, 『일본연구』 제13집
(고려대학교 일본연구센터, 2010) pp.361-362).

수 있다. 이는 일본 내지 여성의 미담사례집인『총후가정미담』과 비교해
도 마찬가지이다.

　이와 같은 현상은 중일전쟁 발발 이후, 조선인의 저항으로 인한 불안과
불신감에도 불구하고 조선인 지원병 제도를 실시하고 주연적 존재로 배제
와 차별의 대상이 되었던 존재들까지 동원할 수밖에 없을 만큼 전황이 악
화되고, 그만큼 병참기지로서 조선에서 인적, 물적 자원을 확보하는 문제
가 절박했기 때문으로 판단된다.

6. 총후 여성의 기억

　이상에서 식민지시기 전쟁과 관련하여 미담집 간행이 성행했던 상황을
정리하고,『지나사변 총후미담 조선반도 국민 적성』(1938)을 중심으로 총
후 미담 기록과 기억의 주체, 미담 주체들의 성격, 특히 총후 여성의 표상
방법을 분석하였다.

　그 결과『지나사변 총후미담 조선반도 국민 적성』(1938)에는 계층, 지역,
민족, 성, 연령 등에서 주연적 존재였던 통치의 대상들을 전시 상황에서
천황의 신민으로 연대감을 형성하여 국가의 일원으로 편입시켜 전쟁에 동
원하려는 식민 권력의 욕망과 그에 부합하여 국가 시스템에 주체로서 편
입되고자 하는 다양한 주체들의 욕망이 드러나고 있음을 확인했다. 또한
기존의 전시 여성의 젠더론에서 자주 논해지는 '군국의 어머니', '군국의
모성'으로서 낳고 기르고 교육하여 전장으로 자식을 내보내는 여성의 역
할만으로 설명되지 않는 다양한 양상들이 드러난다. 왜냐하면 군국의 어
머니나 모성이라는 여성의 역할은 제국 일본의 근간을 이루는 모범적인
가정의 주부상인 현모양처의 경우에만 해당되는 것이기 때문이다. 그러나
총후국민 동원의 분수령이라 할 수 있는 중일전쟁 발발과 지원병제도의

실시 단계에서는 그와 같은 현모양처만으로 대응할 수 없을 만큼 인적,
물적 자원 등이 부족한 상태였다.

　이와 같이 전쟁이라는 이상 상황에서는, 사회의 구성원으로서 주체적인
존재가 아니라 보조적이고 종속적인 존재였던 여성들-기생을 비롯한 화
류계 여성, 조추, 간호부, 조선인 촌부(村婦), 노파 등-이 미담의 주인공으
로 등장했다. 그녀들은 일본 제국주의의 근간을 이루는 가부장제하에서
모범적인 가정을 위협하는 존재로서 배제되어 왔던 존재들이었으나, 전시
하에서는 근면, 절약을 실천하는 성실한 총후 국민으로서, 이상적 여성으
로 발굴, 기록, 기억되는 아이러니를 드러내고 있다.

제2부

동아시아 식민지 기억의
과거와 현재

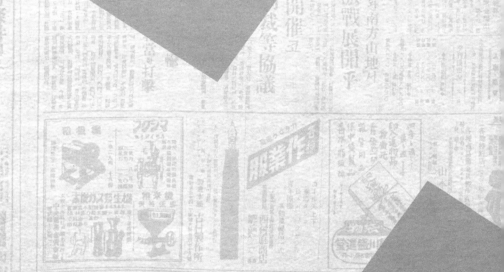

히가시야마 아키라[東山彰良]의 『류(流)』론

—'하드보일드 · 미스터리'가 이화하는 '동아시아' 삼세대의 '역사'와 '기억'—

사카모토 사오리[坂元さおり]

1. 서론

사회학자 오구마 에이지[小熊英二]는 전후 70년이 경과한 현재 '조부모의 이야기를 듣는 것이 지금 세계적으로 유행'이라는 것을 지적[1]하였다. 일본에도 '조부모' 세대의 경험을 '손자'가 이야기하는 형태의 작품이 많이 나오고 있다. 2006년 햐쿠타 나오키[百田尚樹]의 『영원의 제로[永遠の0]』(영화로는 2013년, 드라마로는 2015년 제작), 미즈무라 미나에[水村美苗]의 『어머니의 유산[母の遺産]』(2012), 히가시야마 아키라[東山彰良]의 『류(流)』(2015)가 그러하다. 제각각 작품에 대한 평가의 갈림길이 되는 것은 '조부모'의 이야기를 '듣는' 작업을 통하여 얼마나 자국 · 자민족 중심주의에 빠지지 않고 동아시아의 '역사'와 '기억'을 이야기하기 위한 새로운 시좌를 지니고 있는지의 여부가 아닐까?[2]

---

1) 小熊英二 · 原武史, 「生きられた戦後史をたどる」, 『現代思想』 8月号(青土社, 2015).
2) 무라카미 하루키가 역사인식에 대해 "상대국이 납득할 때까지 사죄하는 것이 필요"하다고

이 글에서는 2015년 히가시야마 아키라의 『류』(153회 <나오키상[直木賞]> 수상작)를 그러한 '새로운 시좌'를 제시한 작품으로 본다. 그러나 1970년대 타이완을 무대로 외성인(外省人) 2세대 소년을 주인공으로 설정하여 중국 대륙, 타이완, 일본의 삼세대의 '기억'을 압도적인 스피드로 그린 이 소설 은 종래 동아시아의 '역사'와 '기억'이라는 경직되기 쉬운 이야기를 근저에 서부터 되묻는 비평성과 풍부한 엔터테인먼트 요소를 지니고 있다. 이러 한 『류』에 대하여 나오키상 선고위원이자 하드보일드 작가이기도 한 기 타카타 겐조[北方謙三]는 '20년에 한번 나올만한 걸작'이라는 찬사를 보냈 다.3) 히가시야마 또한 『류』 출판기념 강연 등에서 하세 세이슈[馳星周]와 오사와 아리마사[大澤在昌]와 같은 하드보일드 · 미스터리 선배 작가들에 대한 경의와 친밀감에 대하여 자주 말하고 있다.4) 이와 같은 점에서 생각 해 볼 수 있는 것은 『류』의 소설로서의 재미와 풍부한 비평성이 일면 '하 드보일드 · 미스터리'라는 장르와 깊이 관계하고 있는 것이 아닌가라는 것 이다. 이 문제를 생각해 보기 전에 먼저 '하드보일드'라는 장르에 대하여 간단하게 언급해 두고자 한다. 스와베 고이치[諏訪部浩一]는 케인과 맥코이, 챈들러와 같은 하드보일드 작가들의 대부분이 종군 경험이 있으며, 이들 이 세계대전 중에 경험한 '대량사(大量死)'야말로 작품의 '비정', '폭력'과 같 은 모티브를 만들어 낸다고 지적하였다.5) 그러나 "일본 하드보일드의 역

말한 것에 대하여 『영원의 제로』의 원작자 햐쿠타 나오키[百田尚樹]는 이를 정면으로 반 론하였고 이는 큰 뉴스가 되었다. "상대가 '이제 괜찮아요.'라고 말할 때까지 사과할 수밖 에 없다." 「무라카미 하루키 씨 '역사인식'에 햐쿠타 씨 물고 늘어지다(村上春樹, 「歷史認識」 に百田氏噛みつく)」, 『JCASTニュース』(2015/04/21)http://www.j-cast.com/2015/04/2123360 6.html?p=all(2015년 5월 25일 열람).

3) 「153回直木賞選評」, 『オール読物』 9月号(文芸春秋社, 2015).

4) 특히 하세 세이슈에 관하여서는 "작가로 막 나왔을 때, (하세의) 『불야성(不夜城)』과 같은 작품을 써 편집자에게 보여주었더니 '두 명의 하세 세이슈는 필요 없다'라는 말을 들었다." 라고 농담을 섞어 이야기하였다. 이는 이전 2016년 3월 23일 타이완 푸런[輔仁]대학 강연회 에서 히가시야마 씨에게 들은 것이다.

5) 諏訪部浩一, 『マルタの鷹 講義』(研究社, 2012).

사는 제2차 세계대전 후 진주군에 의한 종이책의 대량 유입, 그리고 미국 하드보일드 번역과 소개로 본격적으로 수용되기 시작하였다."6) 이후 오야부 하루히코[大藪晴彦]의 『야수는 죽어야 한다[野獣死すべし]』(1958) 등 일본식 하드보일드가 탄생하기 시작하였다. 오다 미쓰오[小田光雄]는 일본에 '하드보일드'를 들여온 오야부 하루히코, 이쿠시마 지로[生島治郎]와 같은 작가들이 "일본의 구식민지에서 귀환하여 이야기를 만들었다"라는 점을 중요하게 보고 있다.7) 또한 오다는 오야부와 이쿠시마를 잇는(챈들러의 영향을 받은) 작가들의 계보를 "야지마 사쿠[矢作俊作]와 오사와 아리마사[大沢在昌], 그리고 무라카미 하루키[村上春樹]와 하라 료[原稜]까지"로 정리하고 있다. 그러나 챈들러보다 해밋에게 더 많은 영향을 받았고, 1970년대 이후 활약하기 시작한 하드보일드 작가로는 후나도 요이치[船戸与一]를 들고 있다. 그리고 후나도가 해밋으로 기울면서 '식민지'에 대한 문제의식은 후나도의 작품에서 보다 첨예한 것이 되었다고 논하고 있다. 후나도가 정의한 '하드보일드 소설'은 다음과 같다.8)

> 하드보일드 소설이란 제국주의가 그 본성을 은폐할 수 없는 상황에서 탄생한 소설 형식이다. 따라서 그 작품은 작자의 사상이 좌익이든 우익이든 제국주의의 한 단면을 불가피하게 그리고 만다. 훌륭한 하드보일드 소설은 제국주의의 단면을 철저하게 해부해 보인 작품을 말하는 것이다. (밑줄 인용자)

---

6) 押野武志「ミステリーとハードボイルドのあいだ)」,『輔仁大学シンポジウム ミステリーの迷宮』(論文集, 2012).

7) 小田光雄,『船戸与一と叛史のクロニクル』(青弓社, 1997).

8) 인용은 후나도가 데뷔한지 얼마 안 되었을 때, 르포르타주를 쓸 때 사용한 도유라 시로[豊浦志朗]라는 이름으로 발표 한 것의 일부분이다. 도유라 시로(후나도 요이치)「하드보일드 시론 서론의 서-제국주의 하 소설의 형식에 대하여[ハードボイルド試論 序の序-帝国主義下の小說形式について]」(1981) 오오카 쇼헤이[大岡昇平],『미스터리의 장치[ミステリーの仕掛け]』(社会思想社, 1996)에서 채록.

후나도는 작가 데뷔 이전 르포르타주『강경파와 숙명-놓친 이리들의 전설[硬派と宿命-はぐれ狼たちの伝説]』(1975)과『반 아메리카의 역사[叛アメリカ史]』(1977)에서 아메리카·라틴아메리카 여러 지방에 사는 사람들이 '아메리카'라는 '제국' 때문에 주변에 쫓기고 억압당하였던 '역사'를 수많은 자료의 축적과 인터뷰 속에서 파헤쳐 내는 수법을 사용하였다. 이러한 자신의 체험에 더하여 해밋과 챈들러 등의 작품을 닥치는 대로 읽어 도출해 낸 것이 위의 제언인 것이다. 그렇다면 만약 후나도가 갈파한 것처럼 "훌륭한 하드보일드 소설"이 불가피하게 "제국주의의 단면을 철저하게 해부"하는 것이라면, 그것은 동아시아의 '역사'와 '기억'을 현재 어떻게 되묻을 수 있는 것일까?

히가시야마의 작풍은 변화무쌍하여 모든 작품이 반드시 '하드보일드'로 분류되는 것은 아니지만,『류』는 '하드보일드 소설'이라 할 수 있는 '두 가지 요소', 1."범죄를 주제로 한다", 2."폭력과 회화가 이야기의 전개축을 이룬다"[9]라는 점을 완벽히 충족시키고 있다. 따라서 이 글에서는 히가시야마의『류』가 '하드보일드·미스터리라는 장르의 비평성을 어떻게 계승하고 있는가?', '최근 일본의 언설 공간 속에서는 타이완을 어떻게 이화(異化)하고 있는가?'라는 두 가지 문제와 엮어 논하려 한다.

2. 90년대 이후 일본의 언설 공간 속 타이완과 '하드보일드·미스터리'

여기에서는 히가시야마의『류』가 나오기 전단계인 90년대 이후 일본의 언설 공간(특히 소설, 영화, 만화)에 주목하여 다음의 네 가지 유형 ①일본통치기를 긍정적으로 이야기하는 본성인(本省人)에 초점화, ②타이완 소수민

---

9) 후나도가 내린 정의. 주 8)과 같음.

족(원주민)에 주목, ③다언어로의 월경을 스스로의 출생과 연결하여 서술,
④'하드보일드・미스터리'로 나누어 생각해 보고자 한다.10)

10) 특히 90년대 이후에 초점을 맞춘 이유에는 두 가지가 있다. 먼저 첫째는 히가시야마가 경
　애를 담아 이야기하는 하세 세이슈, 오사와 아리사마 등 많은 하드보일드・미스터리 작
　가들이 모두 '신주쿠 가부키초'를 무대로 '타이완', 그리고 아시아 각지의 야쿠자 항쟁을
　그리기 시작한 것이 90년대이기 때문이다.(이 글에서 설명한 유형 ④) 다음으로 두 번째
　는 2017년 현재, 일본 서브컬처를 포함한 언설공간에서 '타이완'을 이야기할 때에 1994년
　에 발표된 시바 료타로의 『타이완기행』 패턴(이 글에서 설명한 유형①)을 계승하고 있다
　고 생각하기 때문이다.
　　이를 뒷받침하는 예로, 타이완문학 연구자 가와하라 고이치(川原功)의 「타이완문학 이해
　를 위한 참고문헌[台湾文学理解のための参考文献]」, 야마구치 마모루[山口守] 『강좌 타이
　완문학[講座台湾文学]』(国書刊行会, 2003)을 들 수 있다. 본서에서는 일본통치기 그리고
　전후에 쓰인 '타이완문학'의 '일본어작품' 사카구치 레이코[坂口䙝], 오시카 다쿠[大鹿卓],
　니시카와 미쓰루[西川滿], 히카게 조이치[日影丈吉], 첸슈신[陳瞬臣], 규에이캔[邱永漢] 등
　의 작품이 "실수가 있다고 생각하지만"이라는 단서와 함께 나열되어 있다. 그러나 여기
　에서 언급한 시바 료타로, 고바야시 요시노리, 하세 세이슈, 오사와 아리마사의 90년대
　작품은 보이지 않는다.
　　그러나 마루가와 데쓰시[丸山哲史]가 지적한 것처럼 "주식의 신'으로 불리며 "실업가로
　이름을 날린" 규에이캔이 "한때는 일본의 나오키상(1995년 하반기)을 수상한 적이 있는
　일본의 구 식민지 타이완 출신의 소설가였던 것은 의외로 알려져 있지 않다." 게다가
　1994년 신초샤[新潮社]에서 나온 규에이캔의 단편소설 걸작선 『보이지 않는 국경선[見え
　ない国境線]』의 머리말에서 "상을 받으면 이후에는 혼자 일어설 수 있는 것이 문학상의
　효용이지만 나에게 만큼은 그것이 적용되지 않았다.", "주인공으로 일본인이 한명이라도
　나오지 않는 소설은 거실에 용납되지 않는다."라고 규에이캔은 자학적으로 말하고 있는
　부분을 마루야마는 언급하고 있다. 『타이완 포스트콜로니얼과 신체[台湾 ポストコロニ
　アルの身体]』(青土社, 2000)
　　"방대한 독자를 획득하여" "단순히 (대중) 작가로 불우하였다고는 말할 수 없다."라고 규
　에이캔(마루가와)이 1994년 이제까지의 작가생활을 되돌아보며 말한 이 술회도 '국민작
　가' 시바의 『타이완기행』이 나온 해와 같다. 이러한 점에서 '90년대 이전' 일련의 이른바
　'국민문학・일본어문학'이 '일본'의 '거실'(규에이캔) 수준에 달하기 어려웠던 것을 나타내
　고 있는 것이 아닐까?
　　덧붙여 2016년 3월, 히가시야마 씨가 타이완을 방문하였을 때, '똑같이 타이완 출신 나오
　키상 수상자인 규에이캔과 첸슈신[陳瞬臣]의 작품에 대해 어떻게 생각하느냐?'라는 질문
　이 나왔을 때 히가시야마의 대답은 '사실 그다지 읽지 않았습니다.'였다.(타이완 단장대학
　에서의 좌담회(2016년 3월 29일)에서의 대답) 또한 히가시야마는 같은 시기 '자신을 월경
　작가로 생각한 적은 없었고 『류』도 타이완을 자세히 아는 일본인이 쓴 소설 정도라고만
　생각하고 있다.', '나의 일상생활은 일본어 속에 있고, 생각도 일본어로 한다.'라고 하였다.
　(「타이완에서 태어나 일본에서쓴다[台湾で生まれ、日本で書く]」, 『동아시아의 지의 교류

먼저 첫 번째 유형 ① '일본통치기를 긍정적으로 이야기하는 본성인(本省人)에 초점화'하여 말하는 것인데, 이는 최근 일본의 언설에서 타이완을 말할 때 전형적인 유형 중 하나라고 할 수 있다. 이러한 언설을 처음 시도한 것은 시바 료타로[司馬遼太郎]의 『타이완기행[台湾紀行]』(1994)이며11), 이후 고바야시 요시노리[小林よしのり]의 『타이완론[台湾論]』(2000), 사카이 아소코[酒井充子]의 일련의 기록영화 <타이완인생[台湾人生]>(2008), <하늘을 개척하다. 건축가 가쿠 모린이라는 남자[空を拓く 建築家・郭茂林という男]>(2012), <타이완 아이덴티티[台湾アイデンティティ]>(2013), 가와구치 히로후미[川口浩史]의 영화 <도롯코[トロッコ]>(2009), 요시다 슈이치[吉田修一]의 『길[路]』(2012), 아카나 슈[赤名修]와 마카리 신지[眞제信二]의 영화 <용오 타이완편[勇午 台湾編]>(2013) 등에서 이러한 경향이 이어지고 있다.12)

전후 일본의 언설공간에서 오랜 기간 동안 타이완이 적게 언급되었던 것을 생각해보면 이러한 작품들이 다수 등장하여 주목받는 것은 기뻐할 일이다. 그러나 일본 쪽 수용자가 이러한 "타이완의 친일적인 목소리"를 접할 때에는 "자제가 필요"13)할 것이다. 왜냐하면 타이완에는 현재 '하나의 목소리'로는 절대로 묶일 수 없는 다양한 목소리가 존재하고 있기 때문이다. 또한 그러한 다양성을 마주하지 않고 (일본 측)의 입장에 좋은 '목소리'만을 자의적으로 듣는다면 큰 오해를 일으킬 우려가 있기 때문이다.

-월경・기억・공생[東アジアにおける知の交流-越境・記憶・共生]』予稿集(타이완 원자오외국어대학[臺灣文藻外語大学], 2016.5)

11) 시바 료타로의 『타이완기행』과 같은 해 타이완 일본어 세대들의 단카가 5000수 넘게 수록되어 있는 『타이완 만요슈[台湾万葉集]』(集英社)가 출판되었다. 편저자 고호 반리[狐蓬万里]가 <기쿠치 칸 상[菊池寛賞]>을 수여한 것은 시바의 『타이완기행』과 같은 언설로 호응하고 있다.

12) 자세한 내용은 졸고 「요시다 슈이치『길』-'이향'으로서의 타이완[吉田修一『路』-<異郷>としての台湾]」과 와다 히로후미[和田博文], 황추이안[黃翠娥], 『이향으로서의 타이베이, 상해, 대련[異郷としての台北、上海、大連]』(勉誠出版, 2015)에서 논하고 있다.

13) 松永正義, 「小林よしのり氏の『台湾獨立論』の問題性」, 「<小林よしのり『台湾論』>を超えて)』(作品社, 2001)

더욱이 이러한 유형 ①과 같은 이야기를 이화하는 것으로 유형 ②'타이완 소수민족(원주민)에 주목'한 이야기가 있으며 대표적인 예로 쓰시마 유코[津島佑子]의 『너무나 야만적인[あまりに野蛮な]』(2008)이라는 작품을 들 수 있다. 『너무나 야만적인』의 독특한 점은 1930년 타이완 '원주민'들이 일본인 봉기 사건으로 일으킨 '우서 사건[霧社事件]'이 당시 그리고 현재(2005) '여성'의 시점에서 다시 이야기된다는 점이다. 철저하게 마이너리티에 초점을 맞추어 그리려고 하는 쓰시마의 시도는 높이 평가해야 하지만 이 작품을 읽으면서 강한 위화감도 느껴진다. 왜냐하면 이 작품에는 유형 ①의 90년대 이후 언설에 반드시 등장하는 '본성인의 친일 감정'이 전혀 나오지 않기 때문이다. 이는 쓰시마가 일부러 유형 ①과 같은 언설과 거리를 두고 싶었던 것일지도 모르나, '2000년대 타이완'을 일본인 여성이 혼자 여행하는 설정에 유형 ①과 같은 언설과 전혀 맞닥뜨리지 않는다는 것은 오히려 부자연스러운 것이라 생각한다.[14]

유형 ③'다언어로의 월경을 스스로의 출생과 연결하여 서술'하는 언설로는 유소년기를 타이완에서 보낸 일본어 작가 리비 히데오[リービ英雄]의 『월경의 목소리[越境の声]』(2007), 다큐멘터리 영화 <이향 속의 고향(異鄕の中の故鄕)>(2014), <모범향(模範鄕)>(2016) 등이 있다. 또한 리비 히데오의 '제자'임을 자인하는 온 유주[溫又柔]의 『라이후쿠의 집[來福の家]』(2011), 『타이완 태생, 일본어로 자람[台湾生まれ、日本語育ち]』(2015)을 들 수 있다. 리비 히데오, 온 유쥬의 작품은 모두 태생과 셋트로 이야기가 전개되고 '월경'이라는 시점에서 언급되는 경우가 많다. 그리고 그들의 입장에서 발생하는 비평성에는 귀를 기울여야 하는 점들이 많다. 그러나 이 둘은 모두 학술에 가까운 '사소설'적인 이야기를 취하고 있기 때문에 현재 일본의 상황에서

14) 자세한 것은 졸고 「쓰시마 유코, 『아버지의 기억』을 잇는 딸들-『너무나 야만적인』을 읽다.-」(津島佑子『父の記憶』を引き継ぐ娘たち-『あまりに野蛮な』を読む-」, 『社会文学』30号(2009)에서 논하고 있다.

그 목소리가 유형 ①의 대중성과 강한 침투성을 넘어 확산되기에는 몇 가지 난관이 있다.15)

　다음으로 유형 ④ '하드보일드·미스터리'인데 90년대 이후 '하드보일드·미스터리' 작품군은 유형 ①에서 든 시바 료타로의 『타이완기행』에 앞서 등장하기 시작하여 타이완 그리고 아시아를 적극 언급하고 있다는 점에서 주목받고 있다. 엔터테이먼트성이 풍부한 유형 ④의 작품군이 일본 언설에서 타이완, 그리고 아시아 상(像)을 형성하는데 이룬 침투력과 대중성은 유형 ①을 가볍게 능가할 것이다. 오사와 아리마사의 『신주쿠 상어[新宿鮫]』 시리즈(1990~), 하세 세이슈[馳星周]의 『불야성(不夜城)』 시리즈(1996~2004), 기리노 나쓰오[桐野夏生]의 『여자 탐정·무라노 미로[女探偵·村野ミロ]』 시리즈(1993~2002), 그리고 앞에서도 언급한 후나도 요이치[船戸与一]의 『삼도 이야기[三都物語]』(2003), 『금문도 유랑담(金門島流離譚)』(2004)은 그러한 예이다. 90년대 하드보일드·미스터리에 한정해 보면, 대부분은 소설의 무대를 신주쿠[新宿] 가부키초[歌舞伎町]로 설정하고 있고, 일본, 중국 대륙, 한반도, 타이완 야쿠자들의 투쟁이 때로 신주쿠에서 이들 지역으로 불똥이 되어 펼쳐진다. 90년대 많은 하이보일·미스터리 작가들이 하나같이 신주쿠 가부키초를 무대로 아시아 각지의 야쿠자들의 투쟁을 그리려 한 것은 거기에 응축되어 있는 '아시아'의 모습을 부각하기 위해서였다고 가와모토 사부로[川本三郎]는 지적한다.16) 한편 여기에서 볼 수 있는 비평성은 다음과 같이 세 가지로 정리해 볼 수 있다. 먼저 첫 번째는 신주쿠 가부키초가 혼돈된 아시아의 상징으로 그려지고, 다국적 야쿠자들의 항쟁

---

15) 전술한 리비 히데오의 『모범향(模範鄉)』에 대하여서는 리비 히데오 연구자인 사사누마 도시아키[笹沼俊暁]의 『'변방' 언어로서의 일본어[<鄙>の言葉としての日本語]』(論創社, 2011)에 언급되어 있다. 『모범향』이 자신이 유소년기를 보낸 타이중(台中)에 귀향하는 계기가 되었고, 다큐멘터리 영화 <이향 속의 고향[異鄕の中の故鄕]>을 나오게 하였다고 말하였는데 이러한 이야기가 매우 '사소설적'이라는 것은 말할 필요도 없다.

16) 川本三郎, 『ミステリと東京』(平凡社, 2007)

이 반복됨으로서 전후 일본이 끊어내어 망각하려 노력해 왔던 '전후 일본의 기억'(전시의 기억)을 이 작품들이 계속 환기하고 있다는 점이다. 다음으로 두 번째는 이러한 폭력이 서로 대립하여 다투는 혼돈의 극한 상황 속에서 되물어지는 것은 "인간에게 '산다'라는 것은 어떠한 것인가?"라는 어려운 질문이며, 그것을 보기 어렵게 된 전후 일본의 폐색감이 역으로 드러나는 점이다.17) 마지막으로 세 번째는 '하드보일드・미스터리'라는 장르 자체의 다국적성과 잡다성이다. 이 세 번째 유형의 예로 '역사소설'과 '하드보일드 소설'을 섞은 기타가타 겐죠[北方謙三]를 들 수 있다.18) 한편 『불야성(不夜城)』을 집필한 하세 세이슈[馳星周]는 스스로 필명을 홍콩 배우 저우싱츠[周星馳]에서 따왔으며, 『남자들의 만가[男たちの挽歌]』(1986)를 필두로 홍콩 느와르에서 많은 영감을 받았다고 공언하였다. 즉, 90년대 이후 일본 하드보일드・미스터리의 융성은 80년대 후반 홍콩 느와르(제임스 엘로이 원작의 느와르물)의 수용이 깊게 관계하고 있었다. 여기에서 산출되는 '암흑'의 이미지를 '아시아'(그리고 '신주쿠 가부키초')에 중첩시키고 이를 자신의 상상력의 근원으로 함으로서 90년대 이후 하드보일드・미스터리는 탐욕스

---

17) 덴노 게이이치[天野惠一]는 「협객영화 속 '여성' 후지 스미코를 둘러싸고[任俠映画の中の <女>藤純子をめぐって]」(가노 미키요[加納實紀代] 편 『문학사를 새로 읽다 7. 해방이라는 '혁명'[文学史を読み替える 7 リブという <革命>]』(インパクト出版会, 2003))에서 60년대 쓰루다 고지[鶴田浩二]와 다카구라 겐[高倉健]을 주연으로 하여 인기를 얻은 도에이 협객영화와 그 후 <인의 없는 전쟁[仁義なき戦い]>(1973) 등 '실록(實錄)' 폭력단을 계승한 작품군이 부각시키고 있는 문제에 대해 논하고 있다. 90년대 하드보일드・미스터리 장르에서는 '아시아'와 관련한 설정이 되어있는 것이 주목된다.

18) 기타가타 겐죠[北方謙三]는 『나만의 고향[私だけのふるさと]』(岩波書店, 2013)에서 다음과 같이 말하였다. "나는 역사시대라는 공간을 빌려, 하드보일드 소설을 쓰고 있다. 미국에서는 소설의 주인공이 권총을 가지고 있어도 되지만, 일본에서는 권총 한 자루를 입수하기도 힘들다. 위험에 빠진 남자의 행동에 리얼리티를 가지게 하기 어렵다. 이야기를 다이나믹하게 전개할 수 있는 공간으로 역사를 무대로 골랐다."(밑줄 인용자) 그리고 야쿠자들의 항쟁을 그린 것은 아니지만 기타가타는 『망향의 길[望郷の道]』(2009)에서 증조부를 모델로 하여 협객의 길에서 타이완으로 건너와 화과자 창업에 이르기까지의 이야기를 『일본경제신문[日本経済新聞]』에 게재하였다. 그리고 그 '타이완상[台湾像]'은 하드보일드・미스터리 애독자뿐만 아니라 실업계에도 공유되었다.

럽게 '월경'을 지향하고 거기에서 전후 일본의 폐색감으로부터 돌파구를
꿈꾸었다고 할 수 있다.

또한 이러한 많은 하드보일드 작가들이 엔터테이먼트성을 보다 전면에
내세워 타 장르에서 작품을 많이 발표한 점도 놓쳐서는 안된다. 후나도
요이치는 『고르고13[ゴルゴ13]』의 원안을 몇 개나 발표하고 있으며, 기리노
나쓰오도 노하라노 에미[野原野枝美], 기리노 나쓰코[桐野夏子]라는 명의(名義)
로 로맨스 소설, 주니어 소설, 레이디 코믹 원안 등을 쓰고 있다. 엔터테이
먼트 분야에서 키운 힘을 '문학'의 세계에 들여온 점도 하드보일드 · 미스
터리라는 장르의 월경성과 잡다성을 나타내는 요소라고 할 수 있을 것이
다. 그러나 이러한 90년대 하드보일드 · 미스터리 작품들에서 볼 수 있는
'타이완'상은 동시기 예를 들어, 시바 료타로가 그린 '타이완'상과 동일한
선상에서 논해진 바는 지금까지 거의 없었다. 즉 "타이완인(본성인)의 삶의
목소리에 귀를 기울이는" 것을 기본자세로 임하는 시바의 『타이완기행』
과 같은 작품들(유형①)과 픽션 색이 짙은 "야쿠자들의 피로 피를 씻는 투
쟁"의 하드보일드 · 미스터리(유형④)의 세계는 그다지 접점을 가지지 못한
채 이제까지 이어져 왔다고 해도 좋을 것이다.[19] 그러나 외성인 2세대인
'나'가 화자인 히가시야마의 『류』에서 이 확연히 다른 두 가지 유형의 '타
이완'상은 좁혀지면서 '역사'나 '전쟁'을 말하는 것은 무엇인가라는 날카로
운 물음으로 재등장하게 된 것이다.[20]

---

19) 유일한 예외로 나오키상 후보작 · 하세 세이슈의 『야광충(夜光虫)』(1998)이 있으며, 하세
   는 작중 40대의 본성인 야쿠자에게 '황민'이었다는 굴절된 프라이드를 말하고 있다. 그러
   나 그 청자가 '일본인 야구선수'라는 것에서 그 이화의 효과는 외성인 2세대 소년이 화자
   가 되는 히가시야마의 『류』에 비하면 약하다고 말할 수밖에 없다.

20) 요시노 진[吉野仁]은 '이미 하세 세이슈의 『불야성(不夜城)』을 비롯하여 아시아권 인물을
   주역으로 내세운 국산 범죄소설은 드물지 않다. 히가시야마의 특이한 점은 '세상 어디에
   도 거처가 정해져 있지 않은 자의 영원히 계속되는 거처 찾기'에 있으며, 이러한 점이야
   말로 히가시야마가 '일본을 넘어 아시아와 세계에서 읽힐 가능성을 기대할 수 있는 작가'
   라는 것을 지적하고 있다.('<해설> 가장 중요한 범죄소설의 저자로 점점 눈을 뗄 수 없는
   존재가 된 작자의 원점') 히가시야마 아키라[東山彰良], 『도망작법 하(逃亡作法 下)』(宝島

3. '외성인/본성인'이라는 '차이'가 아닌 그것을 넘어서는 '공통성'

히가시야마의『류』에는 동아시아의 '역사'와 '기억'이라는 큰 테마가 있음에도 불구하고, 종래의 이데올로기에 얽매여 경직된 이야기를 근저에서 뒤흔드는 드문 힘을 가지고 있다. 이러한 성공은 무엇보다도 일인칭 '나'(외성인 2세)가 유머 넘치는 빠른 말투로 신변의 사건을 '수수께끼=미스터리'(가장 좋아했던 조부를 죽인 것은 누구인가)에 접근해 가면서 '전쟁이란 무엇인가'라는 커다란 수수께끼에 다가가는 형식을 취한 것과 뗄 수 없다. 또한 이야기를 하는 '나'가 대체 어느 시점에서 이야기를 하고 있는가라는 '수수께끼=미스터리'가 마지막까지 명확해지지 않으면서 독자도 또한 그 '수수께끼'를 (『류』를 다 읽은 마지막까지도) 공유해 간다.『류』의 화자 '나'(예치우쉔[葉秋生])는 1975년에 17살이었다. 국민당을 데리고 타이완에 온 장제스[蔣介石]가 죽은 그 해, 장제스와 함께 타이완에 건너 온 '나'의 '조부'(예쭌린[葉尊麟])이 누군가에 의해 살해된다. "가족들에게는 매우 여리고, 강철과 같은 충의를 발휘"하며 '나'를 계속 귀여워해주던 조부. 그러나 한편 "조부의 사람됨을 알면 알수록 무조건 존경할 수만은 없게 된다. 타인에게는 항상 무례하였다. 무례하기 짝이 없었다."(p.152) 더구나 조부는 중일전쟁 때 국민당, 공산당, 일본군이 들어와 난잡하게 서로 죽이고 있을 때 칭다오[青島]의 사허[沙河]에서 "무고한 민간인 56명을 끔찍하게 죽인"(p.9) 과거도 있다. 그러나 그래도 '나'는 조부를 매우 좋아하였다. 설령 세상의 도덕과 법률을 어겨도 위험에 목숨을 내걸어도 '의형제'의 '의'를

社, 2009) 요시노가 정확히 지적한 것처럼 히가시야마가 추구하는 '거처의 정해지지 않음'이 현재 '아시아와 세계에서 읽힐 가능성'을 가지고 있는 것은 현재 '국경'이 강한 자장으로 이야기의 위상이 되기 때문이 아닐까? 실제 2000년대 이후 후나도 요이치의『금문도유랑담(金門島流離譚)』이나 하드보일드 색이 짙은 애니메이션『공각기동대 S.A.C. 2nd GIG(攻殻機動隊 S.A.C. 2nd GIG)』등에서 무대는 '국경'의 애매함과 약함을 폭로하는 '금문(金門)'과 가까운 미래 일본의 '데지마[出島]'로 90년대 일본 하드보일드 · 미스터리의 위상이었던 '신주쿠 가부키초'가 아니다.

다해 『수호전(水滸伝)』 속 인물과 같이 사는 것을 조부는 올바른 것이라 하였다. 손자인 '나'도 또한 그렇게 행동하였을 때 "이 아이에게는 히가시야마의 피가 확실히 흐르고 있어",라며 "자랑스럽게 보살펴 주는"(p.65) 인물이었기 때문이다.

'범죄 예비학교'와 같이 불량소년들이 모인 고등학교에 전학을 한 '나'는 좋던 싫던 많은 유혈사태에 휩쓸려 간다. 그러나 그러한 '나'와 행동을 같이하고 대치하는 것도 또한 "살인자가 되고 싶지 않다고 생각한 이상 위조품이 되고 싶지 않고"(p.61) '동료', '자신'을 위해 기도하는 소년들이었다. 그리고 그러한 마음가짐에 '외성인/본성인'의 차별은 없었다라고 하고 있다. 이처럼 1975년이라는 전후를 살아가는 '나'는 본의 아니게 유혈사태에 휩쓸려 간다. 그러나 그러한 경험을 통해 조부가 전쟁 중 사람을 죽일 수밖에 없었던 것이 동일한 상황에 휩쓸려가는 것은 아니라는 것을 어렴풋하게나마 이해해 간다. 즉, 대문자 '전쟁'이라는 특별한 상황만이 사람을 '살인자'로 만드는 것이 아니라는 것을 '나'는 피부로 체험하게 되는 것이다. 그리고 그러한 범죄자나 불량소년들의 항쟁을 '전쟁'과 맞닿아있다고 보는 시점(전쟁을 비일상적인 것으로 보는 시점)이야말로 90년대 일본 하드보일드·미스터리는 물론 '하드보일드'라는 장르 자체에서 히가시야마가 수용해 온 문제의식이 아니었을까?

사람은 어째서 사람을 죽여야만 하는가? 그리고 죽여 버렸다면 보복의 연쇄를 멈추게 하는 것은 불가능한 것인가? 이러한 질문은 『류』 속에서 몇 번이나 반복되고 있다. 예를 들어 '나'는 진척이 없는 조부 살해 사건에 속을 태우며 집 근처 타이베이 식물원에서 혼자 염탐 조사를 시작하고 거기에서 조부와 자주 싸우던 '위예[岳] 씨'라는 인물을 만난다. 위예 씨는 온화해 보이는 인물로 일본어 동화에 맞춰 공원에서 바이올린을 연주하는 본성인 노인이었다. 그런 위예 씨를 보고 '나'는 한눈에 그가 범인이 아니라는 것을 확신한다. "내가 생각하는 사람을 죽일 수 있는 사람은 조부와 조부의 의형제와 같은 사람들입니다. 위예씨와 조부는 전혀 타입이 다릅니다". 그렇게 말하였더니 위예씨는 쓴 웃음을 지으며 "나 같은 사람도 전쟁 중에는 사람을 죽였습니다", "일본군으로 미얀마에서 싸웠습니다. 게다가 지원하여 간 것입니다." "그래도 당신의 할아버지는 죽이지 않았습니다"라고 답하며 다음과 같이 말을 이어갔다.

"당신은 외성인이죠? 그리고 당신의 할아버지는 아마도 대륙에서 항일전쟁을 위하여 싸웠을 겁니다", "그의 눈에는 일본 식민지시대를 그리워하는 우리 같은 사람들은 노예근성이 뼛속까지 있는 배신자로 보였겠죠. 이는 오스트리아 사람이나 체코 슬로바키아 사람이 독일 노래를 부르고 나치 통치시대를 그리워하는 것일지도 모릅니다"(p.156), "일본 식민지시대가 전부 좋았다고 말할 생각은 전혀 없습니다. 그러나 우리 같은 그룹은 모두 많든 적든 간에 일본인에게 도움을 받은 경험이 있습니다"(p.157, 밑줄 인용자) 그리고 '나'가 조부가 단점이 많은 인간이라는 것은 잘 알고 있으나 조부가 조부라는 그 한 가지 사실만으로도 좋다고 하니 위예씨는 "우리들이 일본을 그리워하는 것과 어딘가 닮았네요"(p.158, 밑줄 인용자)라고 답하였다.

위예씨와의 대화 끝에 "나는 탐정놀이를 그만두고 이 후 위예씨를 찾아가는 것은 그만두었다"(p.159, 밑줄 인용자). 그렇다면 어째서 17살의 '나'는 조부 살해를 추적하는 탐정놀이를 그만둔 것일까? 작품 속에 명확히 설명되어 있지 않지만 그 이유는 '나'가 이 경험을 통해 '항일전쟁을 위해 싸운 외성인, 일본군으로 종군한 본성인'이라는 내셔널리티와 성적(省籍)을 바탕으로 한 차이를 넘어 '공통하는 무언가'를 마주하였기 때문이 아닐까?

위예 씨가 일본군에 지원한 것은 식민지 시절에 식사를 대접받거나 학비를 내주는 등 일본인에게 도움을 받은 경험이 있기 때문이다. 그러한 위예 씨의 감정은 전후 일본인이 사라진 후에도 이어져 타이베이 식물원에 모여 동료들과 일본어 동화를 연주하며 일본을 그리워하고 있는 것이다. 전후를 이어 살아온 것은 '나'도 조부도 마찬가지로 생애 대륙반공을 꿈꾸며 비장의 총을 갈고 닦고 있었다. 그런 조부는 생전 '나'에게 이렇게 말하였다. "우리에게 대의 같은 건 없어", "모두 다 똑같아. 여기랑 싸우니까 저쪽으로 가고, 여기서 밥을 먹여주니 이쪽 편을 하고, 공산당도 국민당도 하는 짓은 다 똑같아. 남의 마을에 흙발로 들어와서는 돈, 먹을 것을 훔쳐 가고, 백성을 징벌해 가고 매번 반복이다. 전쟁이란 그런 거다."(p.21)

이렇게 '나'는 '공산당도 국민당도' 그리고 '일본군'도 '하는 짓은 똑같다.', '외성인도 본성인도 똑같다'라는 '차이' 아닌 '공통성'을 발견해 간다. 그렇다면 조부 살해사건의 범인을 쫓는 17살의 '나'가 해 온 것은 단지 '탐정놀이'에 지나지 않는 것인가라고 현재의 화자 '나'는 묻고 있는 것이다.

또한 『류』의 중국어판이 타이완에서 출판되었을 때 가장 평가받았던 점은 "국민당에 붙을 것인가, 공산당에 붙을 것인가"에 "대의 따위는 없었다", "어느 쪽 진영에 의리가 있는지로 정하였다"라고 단언한 점이다. 타이완의 미디어도 이점을 신선한 놀라움과 함께 받아들였는데[21] 이것은 현대 일본 언설이 되돌아봐야 할 매우 중요한 점일 것이다. 이 글에서도 지적하였듯이 시바의 『타이완기행』과 같이 타이완에 대해 이야기해 온 지금까지의 일본 언설에서는 '본성인'이 '일본을 그리워하는' 이야기(『류』에서는 일본어 동요를 사랑하는 위예 씨의 이야기)만 클로즈업되기 쉬웠다. 따라서 결국 '본성인/외성인'의 대립을 외부에서 부추기는 형태가 되어버리는 경우가 많았다. 그러나 이러한 이항대립에 의한 '범인 찾기'는 단지 '탐정놀이'에 지나지 않음을 『류』는 갈파하고 있는 것이다. 그리고 이 문제는 조부를 살해한 범인을 '나'가 9년 후 마침내 발견하는 장면에서 한층 더 깊이 추궁되고 있다.

---

21) 陳宛茜, 「直木賞『流』對轉型正義注人同情與理解」, 『聯合報』(2016)

4. '살해'의 연쇄 속에서 '생'을 선택하는 것은 가능한 것인가?

조부를 살해한 범인은 이야기 후반에서 밝혀지는데 그 범인은 조부의 의붓아들이었다. 조부가 "피로 맺어져 있지 않지만 내 진짜 아들은 너뿐이다"(p.14)라고 항상 말했었고 소년 시절 '나'도 그의 의협심을 동경해 왔던 '우원[宇文]' 숙부였다. 조부 예쮠린[葉尊麟]의 의붓아들인 '우원 숙부'는 예우원[葉宇文]이라고 불렸는데 실은 그에게는 또 다른 이름이 두 개 있었다. 쉬우원[許宇文]과 왕쮀[王覺]로 첫 번째 쉬우원은 조부가 대륙시대 때 신세를 졌던 의형제 아들의 이름이었다. 의형제의 고아로 조부는 예우원을 타이완으로 데리고 와 키운 것이다. 그러나 실은 우원 숙부는 1943년 9월 29일 칭다오 사허에서 조부가 일으킨 "무고한 사람 56명을 참살"(p.9)한 사건에서 살아남은 소년 왕쮀로 쉬우원으로 바뀌어 타이완까지 도망 온 것이었다.

32년 전 일족 살해의 복수를 이루기 위해 왕쮀, 즉 우원 숙부는 양부 예쮠린-'나'의 조부를 죽인 것이다. 그러나 애초 조부가 우원 숙부의 친부 왕커창[王克强] 일족을 모두 죽인 것은 왕커창이 일본군 스파이가 되어 조부 일족을 포함한 많은 동포를 무참하게 죽음으로 몰아넣었기 때문이었다. 그렇다면 우원 숙부의 친부인 왕커창은 왜 조국과 이웃 사람들을 배신하고 일본군의 스파이가 되었던 것일까? 우원 숙부, 즉 왕쮀는 조부에 대한 복수를 위해 산동성(山東省)까지 와 26살의 '나'에게 다음과 같이 말한다.

"내 친어머니는 일본인이었다." 숙부가 계속 말하였다. "항일전쟁 때 아버지를 사랑하여 중국에 남았다. 그 당시 일본인을 부인으로 맞이하는게 어떤건지 아냐? 여차하면 죽임을 당한다. 니 할아버지나 쉬얼후[許二虎]와 같은 놈들에게. 그래도 아버지와 어머니는 함께 하는 것을 선택하였다. 그런 어머니와 우리들을 지키기 위해 아버지가 무얼 할 수 있을까? 압도적인 무력을 지닌 일본군과 기껏해야 권총 밖에 가지지 않았던 중국인. 너라면 어디에 붙을래? 예쮼린의 손자라면 죽어도 일본인에게 아부를 떨지 않겠다고 할지도 모르겠네. 그렇지만 아버지는 주변 사람들에게 나쁜 놈 소리를 듣고 아무리 모욕을 당하여도 가족을 지키는 것을 우선으로 하셨다. 나는 그런 아버지를 매우 좋아했다. (…후략…)" (pp.386-387, 밑줄 인용자)

위의 인용 부분에서 말하고 있는 것은 '국가'와 '가족'의 틈 사이에서 우원 숙부의 아버지 왕커창이 가족을 선택함으로서 대량 살인이 발생하고, 죽음을 당한 사람들의 가족이 다시 가족의 유대를 위해 연속된 대량 살인을 저지르는 처참함의 연쇄이다. 이것은 '나'가 어릴 때 조부에게 들은 이야기의 변주이며 그러한 연쇄를 멈추게 할 수 없는 것은 '나'도 또한 이때까지의 경험에서 뼈저리게 느낄 정도로 잘 알고 있다. "사람은 사람을 죽이지 않을 수 없는 것일까?", "그리고 죽여 버렸으면 복수의 연쇄를 멈추게 할 수 없는 것인가?"가 본 작품에서 몇 번이고 물어진다. 그 물음에 대한 답은 『류』에서는 '여우님'이 인도하는 빛으로 나타난다.

예를 들어 17살의 '나'가 '범죄 예비학교'와 같은 고등학교에서 매일 유혈사태에 휘말리고 서로를 죽이지 않을 수 없는 상태에 빠졌을 때도 이 여우 불이 나타나 '나'의 대퇴부에 멈추는데 이것을 '나'는 깊이 칼로 내려친다. 이로 인해 '나는 피, 그리고 날붙이뿐만 아니라 상대편이 많고 아군이 적은 상태도 두려워하지 않는 다는 것을 증명해 보여(p.64), 상대의 살의(殺意)를 제어하고 함께 목숨을 부지한다는 선택지를 아슬아슬한 때 선택하는 것에 성공한 것이다.

그리고 실은 이 여우 불이야말로 '나'의 조부를 지켜주고 우원 숙부를 지켜 준 것이기도 하였다. "중일전쟁이 한창일 때 몇 번이나 죽을 고비를 넘겼고, 절체절명, 사면초가, 포연탄우의 참호에서 조부를 인도하고 거미줄에서 얇은 한 가닥의 활로를 발견한"(p.21) 것도 이 홀연히 나타난 여우 불이었고, 뱃사람이었던 우원 숙부를 난파선에서 구한 것도 이 여우 불이었다.

똑같이 '여우님'에게 가호를 받은 조부, 우원 숙부, 나 세 사람이었지만 실은 서로 죽이지 않을 수 없는 살해의 연쇄 속에 있는 세 사람이었다. 우원 숙부의 아버지인 왕커창은 조부 일족을 모두 죽였고 조부는 우원 숙부의 아버지 왕커창 일족을 모두 죽였다. 그 속에서 살아남은 왕쮀, 즉 우원 숙부는 아버지의 원수 예쭌린, 즉 '나'의 조부에의 복수를 32년 후에 이루어 냈다. 그리고 이를 알아챈 '나'는 우원 숙부, 즉 왕쮀에의 복수를 9년 후 이룬 것이다. 복수는 '의형제를 지킨다', '가족을 우선한다'라는 그들 세 사람의 룰로 인해 피할 수 없는 것이었다. 그러나 이 '여우 불'에 인도된 세 사람은 전원 '죽음'이 아닌 전원 '생'을 아슬아슬한 지점에서 선택하는 유일한 방법을 모색하였다. 왜냐하면 예쭌린, 즉 '나'의 조부는 우원 숙부가 의형제의 고아도 뭐도 아닌 자신이 모두 죽인 왕커창의 유복자 왕쮀라는 것을 알고 있었고 "피로 맺어져 있지는 않지만 내 진짜 아들은 너뿐이다"(p.14)하며 왕쮀(우원 숙부)를 귀여워하며 길러온 것이 소설 마지막에 밝혀지기 때문이다. '나'의 조부 예쭌린은 언제가 복수를 위해 우원 숙부(왕쮀)가 자신을 죽이러 올 것이나 이를 받아들인다는 마음을 먹고 사실은 살아 온 것이다. 그리고 그것은 우원 숙부도 마찬가지였다. 친아버지의 원수를 갚기 위해 '나'의 조부를 죽이고 야쿠자 항쟁에 휩싸인 '나'와 그 의형제 '샤오쩐[小戰]'을 목숨을 걸고 지켰다. 그리고 언제가 처조카 '나'가 조부 살해의 범인을 찾기 위해 자신에게 올 것이고 그 때 '나'에게 죽임을 당할 것을 받아들이겠다는 각오로 살아왔다.

즉 『류』에서는 서로 죽일 수밖에 없는 선택지밖에 없는 삼세대의 인간이 '사는' 쪽으로 방향을 바꾸는 방법을 모색하여 상대를 칼로 칠게 분명한 칼을 자신에게 겨누어 함께 생존한다. 그러한 가능성에 거는 마음이 이 '여우님'의 빛으로 그려지는 것이다. 국적이나 혈연에 얽매이면서도 거기에서 빠져나와 함께 살아다는 가능성을 나타내는 것. 이러한 『류』의 이야기야 말로 종래 경직되어 있었던 동아시아의 역사에 균열을 만들어내는 것이 아닐까? 더욱이 이야기의 중반, 그리고 마지막에 『류』의 화자 '나'는 이러한 사건들을 20년 가까이 지난 시점에서 이야기하고 있는 것으로 보이는데 이러한 사항도 그러한 효과를 보다 분명히 하고 있다. '조부를 죽인 것은 누구인가?' 범인을 알고 있고 조부, 우원 숙부, '나'가 서로 죽이는 연쇄 속에서 삼세대가 기적적으로 생명을 이어온 이유도 이미 일부분 명확해졌다. 그러나 그로부터 20년 가까지 시간이 지나고 '나'는 이러한 수수께끼에 항상 되돌아와 '풀 수 없는 물음'에 계속 대치하고 있다. 이 풀 수 없는 '수수께끼'가 『류』를 읽는 독자들에게도 공유되고 결국 전쟁이란 무엇인가? '서로 죽일 수밖에 없는 인간이 함께 살아가는 것은 가능한가?' 라는 물음을 계속 유발하는 것이 아닐까?

5. 나가며

제2차 세계대전 이후 70년 이상이 지난 지금도 역사 인식과 관련하여 아직 해결되지 않은 문제가 많다. 이 글의 앞부분에서 언급한 『영원의 제로』의 원작자 햐쿠타 나오키와 무라카미 하루키가 그 예 중 하나이다. 그러나 『류』의 뛰어난 비평성은 현재 더욱 더 해결되지 않는 '역사인식'을 둘러싸고 간단하게 찾은 범인은 결코 진범이 아니며, 그것은 단지 '탐정놀이'에 지나지 않는다는 문제를 외면하지 않고 깊은 인내를 가지고 계속 묻는 지평을 열은 것에 있다.

예를 들어 중일전쟁 중 『류』의 조부는 "무고한 민간인을 56명 참살"한다. 그러나 이러한 사태는 사실 전쟁 중에 빈번하게 일어나는 것이다. 그러나 만약 우리가 이러한 사건에 대해 '그것은 전쟁 중에 일어난 일로 평화로운 지금은 생각할 수 없다.'라는 '무법상태의 전시/국가의 법이 기능하는 전후'라는 이분법에 서서 본다면 과거 참살 사건을 '현재'의 시점과 연결하여 내재적으로 논하기는 어렵지 않을까? 또한 이 조부에 의한 살육 사건에 대해 역사 수정주의적 관점을 취한다면 '56명은 무고한 사람들이 아니라 실은 감춰진 전투원이었다.', '대략 56명의 사람들도 참살한 것은 사실이 아니다. 증거도 없다'라는 이야기도 당연히 나올 것이다. 그러나 『류』에서 조부, 우원 숙부, '나'라는 인연의 세 사람을 '야마히가시 피'를 중시하는 무법자로 그렸다. 그리고 '전시 때의 폭력'을 '전후의 폭력'과 굳이 동일 선상에 놓고 그림으로서 '무법 상태의 전시/국가의 법이 기능하는 전후'라는 이분법을 해체하고 '애당초 사람이 사람을 죽이는 것은 대체 어떠한 행위인가?'라는 근원적인 물음을 묻고 있다.[22]

또한 '하드보일드·미스터리'라는 형식을 사용하여 『류』가 풀 수 없는 수수께끼에 독자를 불러들이고 있다. 그라고 작자 히가시야마와 그의 『류』 사이에도 몇 가지 수수께끼가 깔려져 있고 독자를 그 '수수께끼 풀이'에 불러들임으로서 '역사와 기억'을 이야기하는 방법에 동요를 일으키고 있는 점도 매우 흥미롭다.

원래 히가시야마는 『나루토(NARUTO)』 소설판 집필이 말해주듯이 픽션성을 전면에 들고 나오는 작풍을 추구하는 작가이다. 그러나 『류』 출판에서 히가시야마는 '나'의 모델은 자신의 아버지이며 조부의 모델은 증조부라 하고 본작과 스스로의 '가족성'을 중첩시키는 발언을 적극적으로 하고 있다.[23] 이러한 발언은 전후 70년을 지나 "조부모의 이야기를 듣는 세계

---

22) 후나도 요이치는 『국가와 범죄[国家と犯罪]』(小学館, 1997)에서 에릭 홉스봄 『비적의 사회사[匪賊の社会史]』(筑摩書房, 原著1969)를 인용하여 국가나 경찰의 권력에 의한 '법'이 '비적'을 낳아 에워싸는 '폭력과 국가권력의 조작'을 문제라 하고 있다. 이러한 문제의식은 『류』의 문제의식과 공통성을 가지고 있다고 할 수 있다.

23) 謝惠貞, 「越界共感放眼世界的作家」-專訪第153屆直木奬得主東山彰良」, 『聯合文學』(2015.9), 謝惠貞, 「預見直木賞的編輯樣」-專訪≪流≫責任編輯講談社塩見篤史」, 『聯合文學』(2015.9), 田中淳, 「家族と台湾とノスタルジーと直木賞作家·東山彰良」, 『THE DAILY NNA 台湾

적인 유행"(오구마)에 편승한 것이다. 그러나 히가시야마의 독특한 점은
『류』를 '가족사'와 겹쳐 제시하는 것과 동시에 자신이 아이 때부터 주변의
어른들이 말한 '무서운 이야기'에 매력을 가져왔다라고 하며 '가족사'(논픽
션)를 '무서운 이야기'(픽션)로 빗겨가는 점이다. 그 결과 '전후 70년을 지나'
'세계적으로 유행'라고 있는 '가족사로 역사와 기억을 말하는' 행위 또한
묻고 있는 것이다.[24] 이러한 자극적인 작가 히가시야마가 금후 일본과 타
이완 쌍방의 미디어에 대해 어떤 발언을 하고 어떤 작품을 산출해 나아갈
지『류』이외 다른 작품도 참조하여 생각하는 것을 금후의 과제로 한다.

【부기】 히가시야마 아키라의 『류』의 내용 인용은 『流』(講談社, 2015.5)를 참조하였다.

번역 : 김보현(金寶賢)

版』,「前編」 2016.04.25.,「後編」 2016.04.26. 등.
24) 東山彰良・甘耀明,「ほら話」の力」,『すばる』 6月号(集英社, 2016)

전후 일본영화 〈사랑을 바라는 사람[愛を乞うひと]〉에 나타난 타이완 표상

―망각과 기억의 사이에서―

마쓰자키 히로코[松崎寛子]

1. 들어가며

1945년, 일본의 패전으로 인해 제국 일본에 의해 '내지'와 '외지'의 관계에 놓여 있었던 일본과 타이완은, '외국'과 '외국'의 관계로 변화했다. 그러나 황잉저[黄英哲]가 "타이완에 있어서 식민의 역사는 기억의 문제를 논할 때에 첨예화할 수밖에 없는 아포리아와 같다"[1]고 말한 것처럼 식민지시대의 기억은 타이완사회의 여러 부분에 침투하여 지금까지도 타이완의 다양한 서술의 주체성이나 자기인식의 형성에 영향을 끼치고 있다. 한편, 전후 일본에 있어서 타이완 식민의 기억은, 제국 식민지주의 시절의 과거의 기억으로서 망각되고 있었다. 고모리 요이치[小森陽一]에 의하면, 메이지유신 이후로부터 시작되는 80년 가까이의 식민지주의는, 패전을 맞이해 외

---

1) 黄英哲,「序章「帝国」蔵書の記憶――田中長三郎、山中樵、楊雲萍をめぐって――」(『記憶する台湾>東京大学出版会, 2005), p22.

부에서 가해진 힘으로부터 돌연 파쇄되어, GHQ의 점령 정책으로서 '대일
본제국'의 탈 제국주의화가 수행되는 한편, 일본 국민은 구 식민지들의 탈
식민지화의 경위에 거의 관여하지 않고, 더욱이 그러한 사항에 대한 정보
를 접할 수 없는 정황에 놓여있었다고 한다.[2]

이 글은 히라야마 히데아키[平山秀幸] 감독의 영화 <사랑을 바라는 사람
[愛を乞うひと]>(1998)을 연구 대상으로 하여 그 타이완 표상을 분석하고, 본
작품에 대한 타이완 식민체험의 기억이 어떤 방식으로 묘사되었는지를 고
찰한다. 타이완을 제재로 한 전후 일본영화는 마쓰오 아키노리[松尾昭典]
감독의 영화 <진먼다오를 통하는 다리[金門島にかける橋]>(1962)와 모리나가
겐지로[森永健次郎] 감독의 영화 <별의 플라멩코[星のフラメンコ]>(1966)를 들
수 있다. 이 글이 <사랑을 바라는 사람>을 연구 대상으로 하는 것은, 상
기 두 작품이 전후 일본과 타이완을 무대로 하여 일본인 남성과 타이완인
여성의 사랑을 묘사하여, 전후 일본이 의연히 타이완을 이국적이며 여성
적인 이미지로서 활용하고 있는 예[3]로 거론되었던 것과는 달리, <사랑을
바라는 사람>을 태평양전쟁 종결 직후의 혼란스러운 일본에 있었던 타이
완인 남성과 일본인 여성의 사랑, 그리고 그들의 딸과 딸에게 연결되는
이야기로서 일본과 타이완의 전후를 배경으로 그리고 있다는 것에 주목하
였기 때문이다. <사랑을 바라는 사람>을, 전후 50년의 시간 동안 3세대에
걸친 여성의, 타이완인 아버지에 대한 이야기이며, 비평가 호미 바바의 식
민지 언설을 인용하자면 그 이야기는 "상기(remembering)라는 것은 반성이
나 회고 같은 조용한 행위가 아니"라, "그것은 고통을 동반하는 재구성
(re-membering)이며, 흩어서 없어져버린 과거를 다시 모아 현재의 아픔을
이해하려고 하는 시도"[4]라고 하는 것이 아닐까. 여기에서는, <사랑을 바

2) 小森陽一, 『ポストコロニアル』(岩波書店, 2007) p.84.

3) 丸川哲史, 『台湾、ポストコロニアルの身体>(青土社, 2000) p.17.

4) Homi K. Bhabha, *The Location of Culture*(Routledge, 2004) p.90. 日本語訳はホミ・K・バー

라는 사람>을 포스트콜로니얼리즘의 시점에서 해석하려고 한다. 영화에서 나타나는 어머니와 딸의 타이완인 아버지에 대한 불화가, 전후 일본사회에 있어서의 식민지 타이완에 대한 기억의 망각과 어떻게 연관되는지를 검토해보도록 하겠다.

2. 영화 <사랑을 바라는 사람>의 배경-일본 패전의 기억

<사랑을 바라는 사람>은, 시모다 하루미[下田治美]가 쓴 소설(1992년)을 원작으로 한 히라야마 히데유키[平山秀幸] 감독의 영화로 1998년 9월에 공개되었다. 배급 수입은 2억 천만 엔으로, 제22회 일본 아카데미상 최우수 감독상, 최우수여우주연상 등 11부문에서 수상, 그 중에서 8부문에서 최우수상을 수상하였다.5) 각본은 재일한국인 정의신(鄭義信)6)이 맡았다. 정의신

パ(本橋哲也 外 訳,『文化の場所-ポストコロニアリズムの位相->(法政大学出版局, 2012) p.111)을 참조.

5) 도호영화[東宝映画]　데이터베이스http://www.toho.co.jp/library/system/movies/detail/1749, 2017년 1월 12일 최종 액세스 참고. 동년 영화흥행 성적에서 1위였던 서양영화 <타이타닉>의 배급수입은 160억엔이었다(과거 배급수입 상위 작품은 이하의 링크에서 확인. http://www.eiren.org/toukei/1998.html, 2017년 1월 12일 최종 액세스). 또한 <사랑을 바라는 사람>의 관객 동원 수에 대해, 도호주식회사 영화영업부담당에게 문의한 결과, 당사 배급작품의 관객 동원 수는, 발표하지 않기 때문에 답변할 수 없다고 하였다. 또한 타이완에서의 상영에 대해 국제부에 확인한 바, 상영하지 않겠다는 답이 돌아왔다.(2014년 9월 29일 확인)

6) 정의신. 1957년 효고 현 출생. 국적은 한국. 도시샤 대학 중퇴 후 요코하마 방송 영화 전문 학원(현, 일본 영화 학교)의 미술 세미나에서 수학하였다. 쇼치쿠[松竹]에서 미술 조수, 극단 '검정 텐트'를 거쳐 극단 <신주쿠양산박[新宿梁山泊]> 결성에 참가, 이후 프리랜서로 활동함. 98년 영화 <사랑을 바라는 사람>으로 제1회 <기쿠시마류조상[菊島隆三賞]> 수상. 각본에 <피와 뼈[血と骨]> <달은 어디에 뜨는가[月はどっちに出ている]> <헤세이의 책임 일가 도쿄 디럭스[平成不責任一家東京デラックス]> <기시 와라 소년 우연대[岸和田少年愚連]> <개 달리다/DOG RACE[犬、走る/DOG RACE]> <돼지의 응보[豚の報い]> <교도소 안[刑務所の中]> 등.(北川れい子「<OUT>脚本家インタビュー정의신(鄭義信),『<사랑을 바라는 사람>의 콤비로 다시 도전하는 문제작<愛を乞うひと>のコンビ(平山秀幸監

은 <달은 어디에서 뜨는가[月はどっちに出ている]>, <피와 뼈[血と骨]> 등
재일코리안을 테마로 한 각본을 썼으며, 2008년 연극 <야키니쿠 드래곤[燒
肉ドラゴン]>을 공연할 때에는, "나는 한일 양국을 조국이라고 확신할 수
없는 기민(棄民)으로, 마이너리티라는 자각을 가지고 제작에 임하였다"고
밝히고 있다.[7] 히라야마 히데유키와 정의신은 <사랑을 바라는 사람> 촬
영 후에도, <OUT>, <레이디 조커>, <신씨, 탄광마을의 세레나데[信さん炭
鑛町のセレナーデ]> 등의 영화작품을 함께 제작하였다.

<사랑을 바라는 사람>의 상영 후, 작품에 대한 비평으로 거론되는 게
「아동학대에 관한 영화[幼児虐待に関する映画]」[8]라는 글이다. 시모다 하루미
의 원작이 아동학대의 면을 강조하는 성향을 띠었던 것도 있어서, 히라야
마 감독은 이 기획 중 원작을 한 달 정도 방치한 적도 있다고 말한다. 어
머니에 의한 딸의 학대가 큰 비중을 차지하는 영화를 누가 보겠는가, 하
는 물음에 히라야마 감독은 다음과 같이 답했다. "나는 단순한 유아학대
영화는 만들지 않겠다. 비참한 영화를 만들겠다는 생각은 털끝만큼도 없
다. 어떤 부분은 다큐멘터리처럼 만들 생각이다[9]". 영화비평가, 와타나베
요코[渡辺祥子]가 본 작품을 "오늘날 여자들의 가슴을 찌르는 영화"라고 평
한 것처럼, 이 영화는 과거로부터 현재에, 일본으로부터 타이완에, 50년의
시간을 넘어, 타이완인 아버지를 둘러싼 어머니와 딸의 이야기이다.

<사랑을 바라는 사람>의 첫 이야기는, 히로인인 자오회이/데루에[照惠]
의 회상으로부터 시작한다. 1952년의 도쿄, 네 살의 데루에는 타이완인 아

督)で再び挑む問題作……)」『시나리오[シナリオ]』제58권 12호, p.19에서.)

7) 「朝日新聞」(2008.4.17, 석간).

8) 丹波正史,「映画で見る子どもの権利(6)」,『人権と部落問題』54(9)(2002.9), pp.70-79, 布村育
子,「小説・ドラマに描かれた十代(16) 愛されなくても、愛する子ども 平山秀幸監督<愛
を乞うひと>」,『青少年問題』52(8)(2005.8) pp.42-44을 참조.

9) 野島孝一,「<愛を乞うひと>平山秀幸監督インタビュー」,『キネマ旬報』No.1267 10月号
(1998) p.55.

버지, 천원슝/진 후미오[陳文雄]에게 이끌려, 일본인 어머니인 도요코[豊子]
의 곁을 떠난다. 원슝은 데루에가 여섯 살이 되던 해에 숨지고, 그녀는 고
아원에 맡겨진다. 곧바로 어머니 도요코가 데루에를 집으로 데려오나, 그
때 어머니는 이미 일본인 남성인 나카지마[中島]와 재혼한 상태로, 둘 사이
에는 세 살 난 남자아이, 다케노리[武則]가 있었다. 그리고 도요코의 데루
에에 대한 학대가 시작된다. 데루에가 열 살이 되던 해, 도요코는 다른 일
본인 남성, 와치[和知]라는 자와 세 번째 결혼식을 올린다. 어머니의 학대
는 날로 심해졌고, 데루에가 열일곱이 되던 때, 그녀는 어머니로부터 도망
쳐나오는 데에 성공한다. 1997년, 데루에는 이미 중년의 나이가 되어, 이미
죽고 없는 남편, 야마오카[山岡]와의 사이에서 난 여고생의 딸, 미구사[深草]
와 함께 타이완인 아버지, 천원슝의 유골을 찾기로 결심한다. 히로인이 회
상하는 과거 그리고 타이완인 아버지의 유골 찾기를 둘러싼 현재와 시간
축이 교차하며, 이야기는 진행된다.

　이 장에서는 먼저, 본 작품이 공개되었던 1998년이라는 시대적 배경에
대해 생각해보도록 하겠다. 아사노 도요미[浅野豊美]는 1990년대 후반의 일
본이 1995년 무라야마 담화로 대표되는, 가해자로서의 역사와 마주하려했
던 국내정치가 전개되었다고 논하였다.[10) 국내의 희생자를 기리는 것과
해외의 전쟁 피해자에 대한 사죄와 반성을 표명하는 것, 이 두 가지가 서
로 모순될 수밖에 없다는 사실을 노출한 게, 2000년의 고이즈미[小泉] 수상
의 야스쿠니 참배였다.[11) 이러한 구 식민지에 대한 과거 청산 문제에 눈
을 돌린 정책의 기원과 변질 그리고 좌절로 이어진 것이 90년대 후반이었
다는 것이다.

　이러한 시대배경 속에서 제작된 <사랑을 바라는 사람>은, 일본이 잊고

---

10)　浅野豊美, 「歴史を踏まえた国際交流と国民的和解の追求-村山談話成立をめぐる国内政治
　　とその変容-」, 『ワセダアジアレビュー』 No.15(2014) pp.24-29.
11)　浅野豊美, 위와 같음.

있었던 패전의 기억과, 전후 일본의 구 식민지 출신자에 대한 모순된 대우를 노정하며, 과거의 기억을 어떻게 상기하고, 청산해가는지에 대한 문제를 제시하고 있다. 여기서는 먼저 각본가 정의신이 영화 <사랑을 바라는 사람>에 대해, 히로인 데루에의 두 번째 일본인 양부, 와치의 직업을 고쳐 썼다는 것에 주목해보기로 하겠다. 시모다 하루미의 원작에서, 와치는 도쿄도청에서 일하는 공무원이었지만, 영화 속에서의 와치는 만주에서 패전 후 귀국한 귀환자[引揚者]라는 설정으로 바뀌었다. 만주에서 귀환한 자들의 기숙사 복도에서, 어머니 도요코가 데루에에게 화를 내며 폭력을 휘두르는 장면이 있다. 도요코와 데루에가 얼결에 계단에서 굴러 떨어진다. 이 소란을 듣고 이웃들이 계단위에 모여서 아래를 엿본다. 위에서 이웃에 폐가 된다고 화를 내며 도요코를 닳고 닳은 여자라고 매도하는 입주민들을 향해, 도요코는 밑에서부터 다음과 같이 응수한다. "뭐라고 이 자식들아, 패배자들이. 꼬리 말고 도망쳐 나온 주제에. 고소하다 고소해, 이도 저도 다 잃어버리고. 다 자기들이 뿌린 씨지만. 아주 꼴좋다!"[12] 이 장면은 설정상 1957년으로 되어있다. '이제 더 이상 전후(戰後)가 아니다'라고 경제백서(經濟白書)의 맺음말에 적힌 것이 유행어가 된 게 1956년 정도이다. 전전(戰前) 아시아의 땅을 침략했다가 패자가 되어 일본으로 귀환한 자들이, 도요코를 위에서 내려다보는 시선에 주목한 이 장면은, 전후 부흥의 분위기 속에서 망각되어가고 있는 일본의 전쟁으로 인한 상처의 기억을, 귀신같은 모습으로 분한 일본인 어머니를 통해 선명하게 상기하고 있는 것이다. 어둠 속에서 딸을 끌어내리다 계단에서 전락한 도요코는, 패전 직후의 혼란스러운 일본에서, 뒷골목에서 강간당하고 캬바레 호스티스로 전락했던, 지옥까지 떨어진 한 일본인 여성의 배경을 표상하고 있다. 위에서 도요코를 내려다보는 옛 침략자들이여, 너희들이야말로 패배자들이다, 이

---

12) シナリオ作家協会, 『'98年鑑代表シナリオ集』(映人社, 1999) p.221.

사실을 잊지 마라, 라고 호소하고 있는 듯이 보인다.

도요코가 호스티스로서 캬바레에 일하던 도중, 와치는 상이군인을 가장하여, 골목에서 구걸을 하고 있다. 상이군인에 대해서는 이미 두 편의 영화 속에서 표상되어 있다. 하나는 오시마 나기사[大島渚]의 다큐멘터리 영화 <잊혀진 황군[忘れられた皇軍]>(1963)이다. 한국인 상이군인의 보상 문제를 테마로 한 것이지만, 이 주제는 90년대에 부상한 전후 보상 문제까지 이어지며, 이 글에서 후술할 '부재(不在)'로 표상되는 타이완인 아버지의 국적문제와도 연관이 있다. 그리고 또 한 편의 영화는 긴다이치 고스케[金田一耕助] 시리즈 영화인 이치카와 곤[市川崑] 감독의 <옥문도(獄門島)>(1978)로, 이 작품에서는 상이군인을 '거짓'으로서 표상하고 있다. 상이군인은 제국의 패전에 인한 파국적 결말을 그대로 나타내는 것으로, 국가에 있어서 가장 빨리 없애야 할 형상이며, 그 표상은 보여져야 할 것이 아닌, 혹은 '거짓'으로서 나타나야 할 것이라 취급된다.[13] 사이비 상이군인으로서의 와치는, 일본의 전후 보상 문제뿐 아니라, 국가에게 있어서 형편이 좋지 않은, 거짓으로서 있어야 할, 과거의 좋지 않은 유산의 표상으로서 제시되고 있는 것이다.

3. 가장에 익숙지 못한 일본의 '아버지'들
─패전과 제국 일본의 상실

우에노 지즈코[上野千鶴子]는 가부장제를 물질적인 기반으로 하는 성(性)지배의 사회구조로 상정하여, 가부장제의 논리에 있어서 여성의 섹슈얼리티는 남성의 가장 기본적인 권리와 재산이었다[14]고 주장한다. 거기에다

---

13) 日本傷痍軍人会, 『日本傷痍軍人会十五年史』(戦傷病者会館, 1967) p.27.
14) 上野千鶴子, 『家父長制と資本制-マルクス主義フェミニズムの地平』(岩波書店, 2008) pp.56-58.

여성으로서의 역할은 일상어에서 말하는 '처', '어머니' 역할로 한정되었고 전쟁 전의 일본 여성은 '처', '어머니'로서의 신성성(神聖性)은 '가족제도의 보호' 아래, 황군 병사의 남성성을 정의하는 보루로서 유지되어, '모성'이라는 성의 기준을 담당하게 하였다.15)

영화 <사랑을 바라는 사람>에서 그려지는 패전 직후의 일본을 사는 히로인에게 있어 두 명의 일본인 양아버지들은 약하기만 하다. 그들은 캬바레에서 일하는 도요코에게 양육되어지고 있는 것처럼 보인다. 그 남성성의 약점이 노출되고 있는 것이, 밤에 어린 데루에와 다케노리를 쫓아 낸 도요코와 나카지마가 모포 위에 전라로 누워있는 장면이다. 둘이 거주하고 있는 판잣집을 외부에서 촬영한 전후의 신에, 방 안의 전기가 꺼져있는 것으로부터 둘이 섹스를 하기 위해 아이들을 밖으로 내쫓았음을 알 수 있다. 나카지마가 "들여보내지 않아도 괜찮을까"라고 조심스럽게 말하는 것과는 대조적으로, 도요코는 "괜찮아, 애들 따위, 내버려둬"라고 함부로 말한다. 그러면서 나카지마의 몸에 다가가는 도요코에게 그는 "서지 않아, 이젠"16)이라고 말한다.

페이 위엔 클리먼[フェイ・阮・クリーマン]은 하야시 후미코[林芙美子]의 『우키구모[浮雲]』를 논할 때, 변화하는 환경에 따라 자유자재로 변하는 아이덴티티를 가지고 적응하는, 스스로의 생존본능에만 의지하여 사는 여자의 묘사를 거론하며, 일본의 패전 그리고 제국의 상실은, 일본인 남성의 자신감 상실, 나아가 성욕의 상실까지 이어졌다고 논하고 있다.17) 도요코에 비해서 약한 나카지마의 성욕은, 그야말로 패전 후 일본 남성성의 약화를 나타낸 것이라고 말할 수 있다. 나카지마가 밖에 있는 아이들을, 표

---

15) 上野千鶴子,『ナショナリズムとジェンダー』(青土社, 2001) p.74.

16) シナリオ作家協会, 앞의 책, p.212.

17) フェイ・阮・クリーマン(Faye Yuan Kleeman),『大日本帝国のクレオール<植民地期台湾の日本語文学>』(慶応義塾大学出版会, 2007) p.90.

면적으로라도 신경 쓰고 있는 모습은, 도요코보다 모성적인 부분을 연상시킨다. 그로부터 2년 뒤, 도요코는 나카지마를 버리고, 와치가 사는 만주 귀환자들의 기숙사로 아이들을 데리고 들어가 살게 된다.

도요코의 두 번째 일본인 남편인 와치는, 남성성을 되찾으려고 하면서도, 여성적인 이미지 그리고 중성적인 이미지를 가진다. 와치는 나카지마에 비해서 침착하고 정중한 말씨를 쓰며, 온화한 성품을 가졌다는 인상을 준다. 와치가 아버지로서 존재하려고 하는 모습은, 데루에와 다케노리가 처음 와치와 만나는 장면에서 드러나며, 도요코가 와치를 아버지라고 부르게 하여, 와치가 부끄러워하는 장면도 나타난다. 그러나 도요코가 데루에에게 벌을 내리려고 하는 장면을 처음 보았을 때, 와치가 도요코를 저지하고, 울부짖는 데루에를 안고 밖으로 내려가는 장면은, 와치의 모성적인 부분을 연상시키기도 한다. 와치는 도요코에게 반해있는 것과, 상이군인을 가장하여 돈을 버는 나약한 입장으로, 도요코를 거스를 처지가 아니기에, "이쪽도 돈벌이가 좋지 않으니 불평할 순 없지만"[18]이라고 중얼거리며 데루에의 머리를 쓰다듬는다. 도요코는 캬바레에 일하러 나가고, 데루에와 다케노리, 와치 이렇게 세 명이서 변변찮은 식탁을 둘러싼 장면은, 마치 그들이 일 나간 아버지를 기다리면서 식사를 하는 어머니와 아들인 것처럼 보이게 한다.

와치의 남성성과 모성은 점점 중성적인 것으로 변모한다. 도요코가 데루에에게 벌을 주고 있는 방 바깥의 복도에서, 다케노리를 등에 태우고 말을 태워주는 와치는 어디까지나 좋은 아버지처럼 보이고, 한편으로는 "얼굴 망가트리면 안돼요. 여자아이니까" 하고 속삭이는 대사는 어머니 같은 느낌인데, 실제로 방 바깥에서 벌어지는 일에는 수수방관하는 태도를 보인다. 그러나 그 직후 도요코가 일을 나가면, 세 사람을 식탁으로 모

---

18) シナリオ作家協会, 앞의 책, p.213.

인다. 와치는 도요코의 체벌로 얼굴이 부어오른 데루에를 돌봐주다가, "이 얼굴은 쓸 만한데요"[19]라고 중얼거리며, 다음 신에서는 상이군인의 차림을 한 와치가 얼굴이 부어오른 데루에와 다리 위에서 구걸을 시작한다. 그렇게 번 돈으로 와치는 다케노리와 데루에에게 팥빙수를 사주며, "(거지는 : 인용자 주) 사람을 즐겁게 하는 훌륭한 직업이에요"[20]라고 말한다. 만주로부터 돌아와, 상이군인인 척하면서도 의붓 아이들 앞에서는 가장의 모습을 보여주려고 하는 것이다. 그것은 패전과 제국의 상실에 의해 잃어버린 자신의 모습을, 일본인 남성이 필사적으로 되찾으려고 하는 은유처럼 보이기도 한다. 동시에, 일본인 어머니의 학대에 몸을 상한, 타이완인의 피를 잇는 히로인 소녀가 상이군인의 거짓 표상에 부가하는 것은, 일본인이 시선을 돌리고 있던, 잊혀져가는 패전의 기억, 식민의 기억을 표상하는 것이라고 말할 수 있지 않을까.

그러나 와치의 가장으로서의 남성성을 되찾으려고 하는 시도는 실패한다. 와치는 후에 경리(経理)로 고용되어 "앞으로 도요짱이랑 데루짱, 다케노리군에게 생활 걱정은 시키지 않을게"라며 양복을 입고 도요코에게 보고한다. 지금까지의 상인군인 모습으로부터, 경리로 일하는 양복차림으로 변신한 그 모습은 마치 전후 부흥을 거쳐 과거의 아픔을 버리고, 가장이 되어 남성성을 되찾은 일본사회처럼 비춰진다. 그리고 "당신 말이야, 뭔가 좀 착각하고 있지 않아?"[21] 하고 도요코가 말해도, 와치는 데루에에게 입학 선물로 세라복을 사주는 아버지와 같은 면모를 보여주려 한다. 이때 도요코는 데루에에게, 와치 앞에서 옷을 모두 벗고 세라복으로 갈아입으라고 명령한다. 속옷을 벗으려하지 않는 데루에에게 발끈하여 도요코가 자를 들고 데루에를 향해 세게 내리치려는 순간, 와치는 무의식중에 다케

---

19) シナリオ作家協会, 위의 책, p.218.
20) シナリオ作家協会, 위의 책, p.219.
21) シナリオ作家協会, 위의 책, p.223.

노리를 감싸고 엎드린다. 아이를 감싸려고 하는 모습은, 강한 가장의 모습과는 거리가 멀어 보인다. 이 년 후, 데루에가 근무지로부터 돌아오는 단층집에는, '와치[和知]'의 문패가 걸려있다. 도요코가 데루에를 향한 체벌을 시작하면, 와치는 익숙한 수순처럼 일하는 책상을 구석으로 이동시켜서 일을 계속하였다. 자기 성씨가 적힌 문패를 걸고, 그 집에서 일을 하는 와치는, 얼핏 보면 가장으로서의 지위를 획득한 것으로 보이지만, 그 안에서 같이 사는 가족에게는 관계되지 않으려하고 있는 것이다. 그리고 다시 2년 뒤에, 와치는 도요코에게 버려져 독신 아파트에서 살다가 고독사한다.

영화에서는 일본인 남성이 '남자다움'을 증명하려고 하면서도, 가장이 될 수 없는 모습이 묘사되어 있다. 이는 일본이 패전으로 인해 제국의 영토를 잃어버리고, 일본인 남성의 자신감마저 상실하여, 패전의 상처로부터 아직까지 헤어 나오지 못하고 있음을 은유하는 것이라 말할 수 있겠다.

4. 타이완인 아버지의 '결여'라는 표상-잊혀진 타이완

영화에서의 히로인 데루에의 아버지, 천원송은, 매우 온화한 인물로 묘사되고 있지만, 데루에의 회상 신으로서는 영화의 모두(冒頭)에만 등장할 뿐, 이후 데루에가 그의 유골 찾기를 하며 과거를 회상하는 장면에서 원송의 모습은 등장하지 않는다.

전후 타이완 영화에 있어서, 타이완에서 나타난 아버지는 '약한 아버지'로서 그려진다. 예를 들면 타이완 뉴 시네마의 호우샤오시엔[侯孝賢] 작품인 <동년왕사(童年往事)>(1985)라든지, 에드워드 양[楊德昌]의 <고령가 소년 살인사건(牯嶺街少年殺人事件)>에서 묘사되는 외성인(外省人)의 부친, 그리고 호우샤오시엔의 <연연풍진(戀戀風塵)>(1987)이나 우니엔쩐[吳念眞]의 <다상(多桑)>(1994)에 등장하는 본성인(本省人) 아버지 등이다.

일본영화 <사랑을 바라는 사람>의 천원송은 구 종주국에서 죽고, 딸의 기억 속에서 '결여'로써 표상된다. 영화는 네 살의 데루에가 빗속에서 아버지 원송의 손을 잡고 어머니 도요코 곁을 떠나는 히로인의 회상 신으로부터 시작된다. 그리고 현재의 데루에가 아버지의 유골찾기를 시작하기 위해 병원을 방문하는 장면에 이어, 원송이 결핵환자로 병원에 입원하는 회상 신으로 되어 있다. 그는 병원 침대에서 손거울과 천장의 전구를 이용해 벽에 반사된 빛을 가리키며 여섯 살 난 데루에에게 말을 건다. "데루에, 저기 봐. 저기가 타이완이야. ……앗파[アッパー/父さん]의 고향은 가운데 쯤……. 봄이 되면 앗파랑 가자."[22] 데루에의 아버지, 원송에 관한 기억은, 여기에서 끊기고 만다. 죽은 원송의 유골이 어떻게 처리되었는지에 관한 서류는 병원에 있었던 화재 탓에 없어져버렸고, 병원에서 가장 고참인 간호사도 "천원송 씨에 대한 건……, 잘 기억나지 않네요……. 당시에는 결핵환자가 많아서……."[23]라고 말했으니 원송에 대한 단서는 아무 것도 없는 셈이었다.

일본사회로부터 잘려져 나가고, 타이완에 돌아갈 수도 없었던 원송은, 마치 일본으로부터 잊혀진 식민지 타이완처럼 존재했다. 다카시 후지타니(Takashi Fujitani)는 「래이스 포 엠파이어(Race for Empire)」에서 조선이나 타이완과 같은 구 식민지 출신의 '황군(皇軍)'들은, 일본을 위해 싸우다가 목숨을 잃은 모든 군인들의 혼을 기렸다는 야스쿠니 신사[靖国神社]를 둘러싼 전후 일본의 담론에서 매우 존재감이 없다고 지적하고 있다.[24] 전쟁 전 일본에 유학했던 원송도, 전쟁 말기에는 일본의 군수공장으로 명령 한 마디에 파견된 이른바 '준'황군이었다. 망각된 타이완인 아버지 원송은, 경계

---

22) シナリオ作家協会, 위의 책, p.208.
23) シナリオ作家協会, 위의 책, p.209.
24) Takashi Fujitani, *Race for Empire : Koreans as Japanese and Japanese as Americans during World War II* (University of California Press, 2011) pp.4-5.

의 밖으로 추방된 태평양전쟁의 기억을 나타내고 있다고 말할 수 있다.

영화에 있어서 타이완인 아버지가 손거울과 전구를 이용해 천장에 반사한 빛은 타이완을 표상하는 것으로 나타난다. 원슝이 어린 데루에를 향해 손거울을 반사시킨 빛을 타이완이라고 말하는 장면 이외에도, 데루에를 임신한 도요코에게도 손거울을 천정에 반사시키며, "언젠가 도요코 씨와 태어날 아기랑 셋이서 함께 타이완에 같이 갑시다[25]"라고 원슝이 말하는 장면이 있다. 원슝의 사후, 손거울은 데루에에게 있어서 아버지의 유품이 되었다. 어머니 도요코로부터 학대를 받고, 어머니에게 "강간당해서 낳은 거야, 귀여울 리 없잖아!"라는 말을 들은 데루에가 자살하려고 했지만 결국 자살하지 못하는 신에서, 타이완인 아버지의 유품인 거울에 스스로의 미소를 비춘 후, 그 거울을 알전구에 반사시켜 벽에 비춘 빛을 향해 중얼거린다. "앗파, 날 맞으러 와. 죽지 말고 마중나와 줘…."[26] 어두운 벽에 반사되어 흔들거리는 빛은, 마치 애도되지 못한 타이완인 아버지의 유령과도 같았다.

원슝과 동향의 친구, 왕동구(王東谷)가 읽던 신문에 '타이완의 반국부운동'이라는 문자가 비춰지는 것처럼, 1947년의 타이완에서는 국민당이 타이완 대중을 탄압했던 2.28사건이 발발하여 혼란스러운 정치상황을 드러냈고, 원슝은 타이완에 돌아가고 싶어도 돌아갈 수 없는 상황인 채 죽고만다.

그러나 타이완인 아버지는, 데루에의 마음에 항상 존재하고 있었다. 영화 <사랑을 바라는 사람>에서 손거울의 빛 이외에도, 원슝을 연상시키는 것으로 전구의 빛이 사용된다. 원슝이 강간을 당하고 있었던 도요코를 구해준 뒤, 원슝이 준비한 드럼캔으로 된 목욕통에 도요코가 들어가 있는 장면에서, 소형 전구가 이를 비추고 있는 것으로도 알 수 있다. 데루에의

---

25) シナリオ作家協会, 앞의 책, p.238.
26) シナリオ作家協会, 위의 책, p.224.

회상 장면은 어머니 도요코의 체벌에 얽힌 기억의 재현이 반 이상을 점하고 있으며, 그 조명은 매우 침침해보인다. 그 중에서 도요코에게 쫓겨난 데루에가 이복동생인 다케노리와 다리에 앉아 밤 개천 위를 떠가는 배의 전구를 바라보는 장면이나, 어두운 만주귀환자 기숙사의 복도에서, 도요코가 데루에를 체벌하는 신 중, 둘을 비추는 전구는 연고도 없는 사자가 되어 애도받지 못하는 원숭의 혼을 비추고 있는 듯하다.

이렇게 사회로부터 잊혀져 유령이 되어 떠도는 타이완인 아버지를 기리는 기억은, 딸 데루에가 아버지의 유골 찾기를 하면서 점차 선명해진다. 그리고 데루에와 그 딸 미구사의 유골 찾기로 시작된 타이완 여행은, 아버지 원숭에 대한 조의가 담겨있다. 타이완의 친척을 따라다니며 타이완 전토를 돌면서 원숭의 지인을 찾는 과정에서, 염불을 읊는 소리가 흘러나오는 장면이 있다. 화려한 장례식의 데코레이션을 데루에와 미구사가 바라보는 신과, 깊은 밤, 절에서 데루에와 미구사가 신배(神杯)를 써서 점을 칠 때 큰 소리로 독경을 하는 검은 복장의 여자들이 찍힌 신이 그것이다. 이 두 장면에 흘러나오는 염불은, 데루에가 타이완을 방문한 것으로 잊혀져 있던 타이완인 아버지를 추도할 수 있다는 사실을 암시하고 있다고 생각할 수 있지 않을까.

데루에가 타이완인 아버지의 유골을 찾으며 고생하게 된 원인 중 하나가 국적과 호적의 문제이다. 그녀는 아버지가 일본 국적을 박탈당한 것[27]을 몰랐기에, 일본에서도 타이완에서도 아버지의 유골을 찾을 수 없었다. 마지막에 겨우 그녀는 아버지가 '중국' 출신의 '외국인'으로서 전후 일본에

---

27) 일본의 패전에 따라, 1952년 법무부(현 법무성)는 "평화 조약 발효에 따른 조선인 타이완인 등에 관한 국적 및 국적 업무 처리에 대해서"라는 통달을 발표하고, "조선인 및 타이완인은 국내에 거주하는 자를 모두 일본 국적을 상실한다"는 사실을 통지하였다. (엔도 마사타카[遠藤正敬], 『근대일본의 식민지통치에 있어서의 국적과 호적-만주, 조선, 타이완-(近代日本の植民地統治における国籍と戸籍-満州・朝鮮・台湾-)』(明石書店, 2010), p.132, pp.139-162, 엔도 마사타카[遠藤正敬], 『호적과 국적의 근현대사-민족, 혈통, 일본인[戸籍と国籍の近現代史-民族・血統・日本人]-』(明石書店, 2013) pp.246-247 참조.)

등록되었다는 것을 알고, 도쿄에 있는 절에 잠들어 있는 아버지의 유골을 찾을 수 있었던 것이다. 구 식민지였던 타이완이, 전후 '외국'이 되어버린 경위의 정보가 일본인 가족에게 알려지기는커녕, '타이완'이라는 문자는 전후 일본의 국가등록제도에는 존재하지 않는다는 사실을, 관객은 알게 되는 것이다.

영화 <사랑을 바라는 사람>에 있어서 남자 주인공인 타이완인 아버지 천원송은, 일본인 배우 나카이 기이치[中井貴一]가 역을 맡았다. 그는 역시 같은 일본인 배우인 고히나타 후미요[小日向文世]가 연기한 왕동구와는 타이완어(台灣語)/민남어(閩南語)로 회화를 하며, 데루에와 도요코와는 서투른 일본어로 천천히 말한다. 이러한 대화에 관객을 위화감을 느끼면서도, 타이완인이 예전에 일본인이었다는 사실을 기억해내며, 일본인 배우가 연기한 타이완인의 모습은, 한층 타이완인의 아버지의 리미널리티(liminality)와 여주인공 데루에의 앰비밸런스(ambivalence)를 드러내는 것이다.

5. 앰비밸런트한 어머니와 딸－타이완인 아버지를 둘러싸고

(1) 앰비밸런트한 딸

국적과 호적의 문제가 데루에의 아버지, 천원송의 유골 찾기를 난항에 빠트렸다는 것은 전술한 바 있으나, 데루에의 인생도 국적과 호적 때문에 농락당하고 있다. 그녀는 1949년에 천원송과 도요코의 사이에 태어났으나, 1952년에 원송에 의해 도요코의 곁을 떠난다. 그것은 기묘하게도 법무부(현 법무성)가 '평화조약발효에 따른 조선인, 타이완인 등에 대한 국적 혹은 국적사무의 처리에 대해'라는 제목의 통달을 발표하고, '조선인 혹은 타이완인은, 내지에 재주하고 있는 자를 포함해 모두 일본 국적을 상실한다'고

통지한 해이기도 하다.[28]

데루에는 복잡한 가정환경이 원인으로, 몇 번이고 취직시험에 실패한다. 마지막에 지푸라기라도 잡는 심정으로 취직시험을 본 작은 회사의 면접에서, "왜 우리 회사에 지원했습니까?"라는 질문에, "호적등본이 필요없다고, 선생님께 들었기 때문입니다[29]"라고 데루에는 무심결에 대답한다. 국가에 의한 국민등록[30]—그것은 '일본인'으로서의 지위를 보증하는 것이라고도 할 수 있겠다[31]—이라는 문제는, 식민지시대의 피식민자로부터, 전후 일본에 남겨진 그들의 자손들에게까지 이어지는 것이기도 하다.

전 피식민자의 피를 잇는 데루에는 일본 사회에서 고생했다고 말할 수도 있겠지만, 타이완에서의 장면으로 전환된 이후, 타이완과 일본의 사이에서 흔들리는 그녀의 불안정한 아이덴티티가 돌출하게 된다.[32] 예를 들면, 그녀는 일본어가 가능한 택시 운전수, 린춘창[林春長]에게 "일본어 잘하시네요"라고 말을 건넨다. 춘창이 전쟁 전 공학교(公學校)에서 배운 '교육칙어'를 암송해보이자, 그녀는 아무 것도 모르겠다는 듯이 고개를 갸웃거린다. 이러한 데루에의 모습은 전후 태생의 일본인이 가진 전형적인 반응일 것이다. 하지만 한편으로는, 춘창이 "우리들은 태어났을 땐 '앗파', '아마'라고 교육 받고, 소학교에선 '오토상[お父さん]', '오카상[お母さん]'이라고 배우고, 종전 이후에 일본인이 돌아간 후 이번엔 외성인(外省人)들이 와서 디에[爹], 냥[娘]이라고 교육을 받고…… 이제 완전 엉망진창이야[33]"라고

---

28) シナリオ作家協会, 위와 같음.

29) シナリオ作家協会, 위의 책, p.226.

30) 遠藤正敬, 『戸籍と国籍の近現代史-民族・血統・日本人-』(明石書店, 2013) p.11.

31) 엔도 마사타카[遠藤正敬]는 "호적에 의한 관리가 '일본인'으로서의 지위를 보장하며, 나아가 일본 사회의 질서라는 의식이 뿌리 내리고 있음은 부인할 수 없을 것이다"라고 말했다. シナリオ作家協会, 위의 책, pp.15-16.

32) 본론에서는 지면 관계상 자세히 기술하지 않으나, 일본의 또 다른 식민지였던 한국 국적을 가진 채 한국과 일본 두 나라 모두로부터 소수자였던 재일 코리안 정의신이었기 때문에 데루에의 불확실한 정체성을 잘 그렸는지도 모른다.

말하는 타이완의 역사는, 태어날 때부터 원숭을 앗파라고 부르고, 아버지 사후, 도요코의 재혼에 의해 두 명의 일본인 양부를 '오토상'이라고 부른 데루에와도 겹치는 부분이다. 고다쿠류[吳濁流]의 「아시아의 고아」(1956)(혹은 그 이전에 출판된 「호지명(胡志明)」이나 「고주(孤帆)」) 이래로, 타이완의 '고아의식'은 타이완의 역사를 말할 때 중요한 테마가 되고 있다. <사랑을 바라는 사람>에서도, 히로인이 타이완인 아버지 사후에 일본에서 고아원에 보내져, 그것을 알고 있었던 타이완의 친척들마저도 방치하는 모습은, 전후 일본과 타이완의 사이에서 흔들리는 그녀의 '고아의식'을 나타내고 있다고 할 수 있다.

데루에와 미구사는, 타이완에서 원숭의 유골 찾기를 하는 과정에서 원숭의 형, 양칭[揚晴]이 원숭의 사탕수수밭을 마음대로 팔아버린 후, 뒤가 켕겼는지 원숭의 유골과 고아원에 들어간 어린 데루에를 방치해 두었다는 것을 알게 된다. 미구사가 양칭에게 "할아버지의 땅, 돌려줘요!"라고 무심결에 외치자, 양칭은 미구사와 데루에에게 담담하게 일본어로 다음과 같이 말한다. "전쟁 전엔, 확실히 우리들 일족은 몇 천 평 정도의 사탕수수밭을 가지고 있었지요. 그러나 대부분은 일본의 '회사'로부터 맡겨진 거였어요. 전쟁이 나날이 격화되어 가면서 우리들은 '회사'에 토지를 반납하지 않을 수 없었습니다. 남겨진 것은 정말 일부의 토지였죠. 그래도 사탕수수를 계속 재배해나갔습니다. 선조 대대로의 토지를 지켜나갔습니다……"[34] 일본 식민통치의 희생이 되었다는 것을, 구 종주국의 국어로 무표정하게 담담히 말하는 양칭의 모습은, 마치 데루에나 미구사를 '일본인'으로서 취급하고 책임을 묻고 있는 것 같기도 하다. 어두운 밤중에, 현관문 앞의 선조를 기리는 불단을 빨갛게 비추고 있는 빛을 뒤로하고 선 양칭과 데루에. 이 장면은 데루에가 친족이 사는 집의 현관문턱을 넘어서지 못하는, 타이

---

33) シナリオ作家協会, 위의 책, p.226.
34) シナリオ作家協会, 위의 책, p.234.

완의 친척으로부터 타이완인으로 바라봐지지 않는 상황을 비춰주고 있다.
그러나 데루에는 다름과 같이 반론한다. "땅에 관한 건 아무래도 좋아요.
앗파로부터 저는 몇 번이고, 몇 번이고 사탕수수밭에 대한 얘기를 들어왔
습니다. 앗파는 무엇보다도……고향에 돌아가는 것을 바라고 있었으니까
요",35) "그렇지 않아요, 숙부님[阿伯]?"이라고 묻는 데루에에게, 이번에는
양칭이 입을 다문다. 데루에의 의연한 태도에, 지금까지 냉정한 태도로 일
관하던 양칭의 막내아들 즈밍[志明]의 마음은 흔들리고, 원숑과 도요코가
친하게 지냈던 왕동구의 행방을 밝혀내어 데루에에게 알려준다. 타이완에
서 주뼛주뼛 다니던 데루에였지만, 타이완인 아버지와의 기억을 타이완인
친척에게 말하는 것으로 스스로의 혼혈성을 확실히 자각하게 되고, 타이
완인 아버지를 둘러싼 일본인 어머니의 앰비밸런트한 기억까지도 들춰내
게 되는 것이었다.

(2) 앰비밸런트한 어머니

영화 속에서 특히 시선을 끄는 것은, 어머니 도요코의 강한 캐릭터성일
것이다.

도요코는 몇 명의 일본인 남성 주변을 전전하며 살게 되지만, 한편으로
그녀는 캬바레의 호스티스나 미용사로서 스스로 돈을 벌고, 자기의 남자
를 먹여 살리고 있다. 패전 후의 혼란기를 힘 있고 씩씩하게 살아나간 도
요코는, 구 식민지 타이완의 피를 잇는 자기의 딸에 대해, 모성성과는 거
리가 먼, 혹은 어머니이기 때문에 할 수 있는 증오의 태도를 전신에 내뿜
는다. 이러한 도요코의 인물상에는 몇 가지 이항대립을 엿볼 수 있다.

도요코는 강한 여자이면서, 약한 여성이기도 하다. 도요코가 원숑과 만

---

35) 위와 같음.

났을 때는 전쟁이 끝난 지 얼마 되지 않은 1947년이었다. 뒷골목에서 국방
복(国防服)을 입은 두 명의 남자에게 강간을 당하고 있던 도요코를 원숑이
구해준다. 패전 직후의 혼란기에 강간을 당하는 일본인 여성을 비추는 신
은, 일본이 패전국이라는 것을 재인식시키는 것이기도 하고, 패배의 기억
을 상기하는 것이기도 하다. 그리고 일본의 식민지로부터 전승국이 된 타
이완 출신의 원숑이 도요코를 돕는 것은, 일본과 타이완의 복잡한 애증을
나타내는 것이라고도 할 수 있다.

　처음에는 원숑에게도 공격적인 태도를 취했던 도요코였지만, 점점 원숑
에게 끌리며 마음을 연다. 그러나 도요코는 원숑의 아이를 임신하자, "아
이가 생기면 미움 받을 거야⋯⋯. 나, 버려질지도. 아마도"라고 생각해,
"낙태하려고 생각해"36)서 빗속을 헤매며 걷는다. 비가 멈추고 돌아온 도
요코를 원숑이 상냥하게 위로해주자, 도요코는 원숑에게 안기며 "계속 내
옆에 있어줘요. 당신이 아니면 안 돼요⋯⋯"37) 하고 울면서 말한다. 거기
서 원숑은 손거울을 꺼내고 천장에 비추며, 도요코와 태어날 아이와 셋이
서 타이완에 가자고 약속을 한다. 그러나 생후 얼마 안 된 데루에를 학대
하는 것을 견디지 못한 원숑은 데루에를 데리고 도요코로부터 멀어진다.
타이완인 남편에게 버려지지 않을까하고 불안에 떨며 매달리고, 원숑에게
미움을 받을까 두려워 낙태까지 생각했던 도요코의 모습은, 훗날 일본인
남자를 버리고 다니는 도요코의 모습과는 대조적이다.

　도요코의 양가성을 나타내고 있는 것이, 그녀가 기분이 좋을 때 부르는
'바나나보트'이다. 그녀가 이 노래를 부르는 장면은 네 번 나온다. 첫 번째
는 도요코가 나카지마의 집에서 노래를 하며 몸을 씻는 장면, 다음은 도
요코가 데루에와 다케노리를 데리고 나카지마의 집을 나와서, 와치가 있
는 귀환자 기숙사에 향하는 장면. 그 다음으로는 캬바레 호스티스의 일을

36) シナリオ作家協会, 위의 책, p.238.
37) シナリオ作家協会, 위의 책, p.238.

끝내고 귀가하던 도요코가 목욕탕에 들렀다가 집으로 돌아가는 신, 마지막으로 학대를 하고 난 후, 도요코가 경대 앞에 앉아 데루에에게 머리를 빗기도록 시키며, "기분 좋아"라고 말하는 장면이다.

도요코가 부르는 '바나나보트'는, 영어 가사일 때도 있고, 일본어 가사일 때도 있다. '바나나보트'는 1957년에 흑인 남성 가수가 불러 미국에서 유행하였고, 일본에서도 같은 해에 하마무라 미치코[浜村美智子]가 부른 '바나나보트'가 한 시기를 풍미하였다. 가사를 보면 알 수 있듯, 영어판은 바나나의 하역을 하는 인부들의 노동요[38)로 남자들이 부르는 노래였지만, 일본어판은 바나나 하역을 하는 인부에게 마음을 뺏긴 연인의 노래,39) 여성의 노래로 개사되었다.

1950년대의 일본은 바바나의 타이완 수입이 특히 왕성했던 시기였지만, 타이완의 바나나 산업의 성쇠는, 식민지시대로부터 국가권력에 영향을 받은 것이었다.40)

<사랑을 바라는 사람>에 나오는 타이완인 아버지 원숑은, 바나나보트를 타고 일본에 건너 온 타이완 바나나의 처지와 같고, 바나나 하역부의 연인을 그리는 '바나나보트'의 노래는, 예전에 원숑을 사랑했던 도요코의 심정을 드러내는 것이기도 하다. 영어판 노동가 '바나나보트'를 부르는 도

---

38) 영어판 가사의 주요부분은 다음과 같다. Day, me say day-ay-ay-o/ Day-light come and me wan' go home/ Day, me say day, me say day, me say day.../ Day-light come and me wan' go home/ Come, Mister tally man, tally me banana/ Day-light come and me wan' go home/ Come, Mister tally man, tally ma banana/ Day-light come and me wan' go home.

39) 일본어판 가사의 주요부분은 다음과 같다. "그러니⋯⋯ 바람 피우지 말고/바람 피우지 말고요/ 그러니⋯⋯ 내일 아침까지⋯⋯내일 아침까지요/꼭 기다리고 있어 줘요/내일 아침까지요/내가 좋아하는 마도로스 씨/기다려 줘요[デ⋯⋯浮気せずに/浮氣をしないでね/デ⋯⋯あしたの朝まで⋯⋯/あしたの朝までね/きっと待っていてちょうだい/あしたの朝までね/わたしの好きなマドロスさん/待っててちょうだいな]"

40) 타이완의 바나나사업과 만일 관계에 대해서는, 천츠위[陳慈玉], 「타이완 바나나산업과 대일무역[台湾バナナ産業と対日貿易]：1912-1972」, 『立命館経済学』 제59권2호(2010.7) pp.158-178를 참조.

요코는, 자기가 일해서 돈을 벌고, 자기 남자와 아이를 키우는 남성적인 강한 여성이다. 한편으로 일본어판의 연가 '바나나보트'를 부르는 도요코는, 어디까지나 여성적이고, 타이완인 원숑에 대한 애증을 가지고 있는 여성성을 가진 사람이다.

데루에와 미구사가 타이완에서 원숑의 유골 찾기를 하는 여행 도중, 바나나 밭을 지나는 열차 속에서 데루에도 '바나나보트'를 읊조린다. 점점 남하해가는 열차는, 예전 제국 일본이 건설하고 조성한, 철도와 바나나 밭을 비추고, 일본이 타이완을 기점으로 남진했던 과거를 재현하는 것처럼 보인다. 그 열차가 향하는 곳은 데루에가 타이완에서 벌인 유골 찾기의 종점이기도 한 왕동구의 집이 있는 마을이었다. 데루에가 열차 안에서 부르는 '바나나보트'의 가사는, 멜로디를 입으로 부르는 부분으로, 그녀가 일본어로 부르는지 영어로 부르는지 알 수가 없다. 그것은 데루에가 아버지의 유골 찾기 여행을 하면서도, 동시에 앰비밸런트한 어머니의 기억을 더듬는 여행이기도 하다는 것을 암시하는 것이기도 하다.

(3) 앰비밸런트한 어머니와 딸의 애증

① 1인 2역, 두 쌍의 어머니와 딸

히라야마 감독은, 인터뷰 기사에서 "이 영화는 1인 2역이 아니면 성립할 수 없다"고 말하고 있다. "원작을 읽었을 때, 이것은 다른 사람이면 아니라고 생각했다. 다른 사람이면 두 사람에게 흐르는 핏줄을 표현할 수 없다".[41] 스크린에 비춰지는 도요코와 데루에의 모습은, 관객이 같은 사람이 연기했다는 것을 느낄 수 없을 정도이다. 젊은 도요코는 화장이 짙고, 행동거지에서 품위를 느낄 수 없으며, 여성의 페로몬은 넘치고 있다. 그에

---

41) 野島孝一, 앞의 책, p.56.

비해서 중년의 데루에는 머리 모양도 단정하고, 수수하고 내성적이며 평범한 아주머니의 이미지이다. 하라다 미에코[原田美枝子]라는 한 명의 여배우가, 피가 이어진 캐릭터지만 완전히 다른 어머니와 딸을 연기하는 것으로, 그 애증을 한층 부각시켜, 여성의 극단적인 양면성을 제시하고 있는 것이다. 그리고 그 핏줄은, 도요코로부터 데루에로, 그리고 데루에처럼 어릴 적에 아버지를 여읜 딸, 미구사로 이어지는 것이다.

데루에는, 어머니에게 사랑받지 못하여 비롯된 자신감 상실에서부터, '곤란할 때, 싫을 때, 거짓 웃음을 짓는 버릇'[42]이 있다. 데루에는 처음에 아버지, 원숭의 유골 찾기를 시작한 것을 딸인 미구사에게 알리지 않는다. 데루에의 모습을 이상하게 여긴 미구사는, 어머니가 자신에게 아무것도 얘기해주지 않는 것에 불만을 품는다. 데루에와 미구사 사이에 언쟁이 벌어지고, 미구사가 "왜 얘기해주지 않는 거야! 혹시 어머니, 진짜 부모가 아닌 거 아냐!"[43] 하고 데루에에게 말하자, 데루에는 미구사의 뺨을 때리고 만다. 순간 데루에가 멈칫하며, 놀란 미구사를 바라보다 무심결에 웃음을 터트리고 만다. 미구사는 그럴 때마다 웃는 어머니에게 화를 내며 집을 나간다. 계속해서 이어지는 장면에서, 늦은 밤에 취한 도요코를 바라보는 10살의 데루에에게, 도요코가 "뭐야 그 눈은"이라고 말하자, 데루에가 당황해서 거짓 웃음을 짓는다. 그 얼굴을 가만히 바라보던 도요코는 갑자기 손바닥으로 데루에를 때린다. 이 장면은, 두 쌍의 어머니와 딸의 핏줄과 애증을 대조적으로 묘사하고 있다. 어머니 도요코에게 학대당하고, 마음을 닫은 데루에는, 자신이 어머니가 되어도, 딸 미구사의 마음을 열 수 없다. 그런 데루에에 대해 미구사는, "그런 어머니가 미워"라고 말해버린다. 어머니 도요코로부터의 사랑을 계속 바라왔던 데루에에게 있어서, 자기가 틀림없는 도요코와 원숭의 딸인지, 아니면 강간을 당해서 낳은 것인지 하

---

42) シナリオ作家協会, 위의 책, p.207.
43) シナリオ作家協会, 위의 책, p.220.

는 불안감은, 타이완에서 왕동구 부처를 만나 틀림없는 도요코와 원숑의 딸이라는 말을 들을 때까지, 항상 동반되는 것이었다. 그렇기 때문에 "정말 부모 자식 관계가 아니야"라는 말을 딸에게 듣자, 무심결에 뺨을 때리고 마는 것이다.

각본가 정의신은 노나미 마호[野波麻帆]가 연기한 미구사 역에 대해, "그녀의 위치는 매우 중요하죠. 원작에서는 데루에와 함께 타이완에 가는 설정이 아니었지만, 기본적으로 이 영화는 삼대에 걸친 모녀의 이야기이기 때문에, 어머니와 딸이라는 것을 계속 축으로 하여 만들 수밖에 없다고 생각해, 딸인 미구사도 같이 타이완에 가는 것으로 했습니다"44)라고 말한다. 영화에서 타이완은 딸이 봐야 할, 계승해야 할 기억이 존재한다는 것을 나타내고 있다고 말할 수 있으리라.

② 비와 우산과 거울

영화 <사랑을 바라는 사람>에 있어서 비와 거울 그리고 우산은 중요한 역할을 가진다.

영화의 모두에서의 회상 신에서는 빗 속을 걷는 아버지 원숑이 데루에를 데리고 도요코의 곁을 떠난다. 데루에가 돌아보자, 도요코가 우산을 펴지도 않고 아무 말 없이 둘을 쫓아간다. "타이완이든 어디든 가버려! 뒈져버려라 바보 자식! 죽어버려!"라고 떠들어대는 도요코를, 원숑은 뒤돌아보지도 않고 데루에의 손을 잡고 걸어간다. 데루에가 다시 뒤돌아 도요코를 바라보지만, 비에 가려진 도요코의 표정은, 분노하고 있는 건지 울고 있는 건지 알 수 없다. 정의신이 가장 고심했던 부분이라고 히라야마 감독에게 말했던 이 장면은, 정의신의 포인트였다고 한다.45)

타이완에서 돌아와, 일본에 있는 원숑의 유골을 찾아온 데루에에게 미

---

44) 「特集 : 愛を乞うひと-對談 · 橫睪彪×鄭義信-」(シナリオ作家協会, 위의 책), p.60.
45) 野島孝一, 앞의 책, p.55.

구사가 재촉한다. "유골을 가지고 할머니를 만나러 가요."[46] 그리고 도요
코를 만나러 가기 전, 처음의 회상신이 다시 떠오른다. 빗 속을 걷는 원송
과 데루에, 데루에가 뒤돌아보자 "타이완이든 어디든 가버려! 뒈져버려라
바보 자식! 죽어버려!"라고 도요코가 외치고 있다. 여기까지는 모두의 신
과 같다. 하지만 거기서 데루에의 기억이 되살아난다. 데루에가 뒤돌아보
자, 흠뻑 젖어버린 도요코가 주저앉아 손을 모아 애원하고 있다. "이제부
터 당신 없이, 어떻게 하라고 하는 거야. 당신, 혼자 두지 마. 무서워."[47]
여기서 도요코가 우는 신이 회상되는 것은, 도요코의 슬픔, 약함 그리고
원송을 사랑하면서도 사랑하는 방법을 모르는 도요코의 기분을, 데루에가
유골 찾기를 통해 이해하게 되고, 그 기억을 찾아냈다는 것을 나타내고
있다. 미구사는 "할머니, 너무 좋아해서, 혼자 가지고 싶었던 거야. 할아버
지도 좋아하니까, 헤어졌던 거고. 죽음이 가까웠다는 것을 알았으니까. 어
머니도 사실은 알고 있잖아. 어머니는 유골을 찾는 여행을 하고 있던 게
아니라, 정말로는 할머니를 찾고 싶었다는 걸[48]"이라고 지적한다. 데루에
와 도요코, 즉 어머니와 딸의 애증의 기억을 끄집어내기 위해서는, 타이완
에 가서 일본인 어머니와 타이완인 아버지에 대한 애증의 기억을 끄집어
낼 필요가 있었던 것이다.

'비'는 도요코와 데루에라는 모녀의 아픈 기억을 나타내는 것이다. 임신
한 도요코가 원송에게 버려질까 하여 낙태를 생각하던 때도, 원송이 데루
에를 데리고 도요코 곁을 떠날 때도, 도요코는 우산을 펴지 않고 젖고 있
다. 대조적으로, 도요코가 일본인 아버지들, 나카지마의 곁에서 와치가 있
는 곳으로 이사할 때에는 양산을 펴고 있다. 원송이 임신한 도요코를 위
로하는 신에서 비가 멎고, 원송은 거울을 천정에 반사시켜 타이완의 푸른

---

46) シナリオ作家協会, 앞의 책, p.240.
47) シナリオ作家協会, 위의 책, p.240.
48) シナリオ作家協会, 위와 같음.

하늘과 녹색 사탕수수밭을 얘기하고, 타이완에 세 명이서 가자고 도요코와 약속한다. 맑은 하늘이 타이완을 나타내는 것이라면, 도요코가 일본인 남자 사이를 전전할 때 양산을 펴는 것은, 마치 그 하늘로부터 숨으려하고 있는 것처럼 보인다. 한편 데루에는, 어릴 때 빗속에서 원숭에게 이끌려 도요코 곁을 떠날 때 시작해, 어머니에게 약간의 식비 밖에 받지 못하고 밖에 장을 보러 갈 때도, 중년에 이르러 타이완에서 유골 찾기에 난항을 겪을 때도, 빗속에서는 반드시 우산을 쓰고 있다. 이 대비는 도요코와 데루에의 이항대립을 나타내며, '비'가 괴로운 기억을 상징하는 것이라면, 데루에는 그 괴로운 기억으로부터 도망가려고 하는 것이라 추측할 수 있다.

이 이항대립이 무너지는 것이 마지막에 모녀가 만나는 장면이다. 도요코가 경영하는 미용실에 향하는 데루에와 미구사는, 빗속에서 역시 우산을 펼치고 있다. 그리고 다음 순간, 그녀들은 우산을 펴고 걸어가고 있는 도요코를 발견한다. 도요코가 우산을 쓰고 있는 것은, 그녀도 딸과의 재회를 이제 맞이한다는 것을 예감하고 있는 것에서 비롯된 것일까. 슬로우 모션으로 잡힌 도요코의 걷는 모습은, 데루에와 미구사 뿐만이 아닌, 보고 있는 관객들에게도 위엄성(威嚴性)을 느끼게 하며, 다음에 이어지는 모녀의 재회에 의식성(儀式性)을 부여하는 것이다.[49]

원숭이 작은 손거울에 비친 빛이 타이완을 나타내고, 그 거울이 도요코와 데루에의 원숭을 둘러싼 애증을 나타내는 것이라면, 큰 거울은 도요코와 데루에 그리고 데루에와 미구사의 모녀 간 애증을 나타낸다. 원숭의 거울을 데루에가 꺼냈을 때 도요코가 데루에에게 체벌을 가했던 것은, 그

---

49) 루이스 자네티 『영화 기법의 능력』에서는 슬로 모션은 움직임에 의식성과 위엄을 부여하는 효과를 내며, 느리고 위엄 있는 움직임은 비극적 요소를 연출하는데 적합하고 있다고 기술되어 있다. (루이스 자네티(Louis Giannetti), 쓰쓰미 가즈코[堤和子] 외 역, 『영화기법의 리터라시[映畵技法のリテラシー]』(フィルムアート社, 2009) p.138.)

것을 보자 원숭이 이전에 거울로 타이완에 가자고 약속했으면서도, 데루에를 데리고 자기 곁을 떠났던 기억을 떠올렸기 때문이다.

그러나 원숭의 손거울을 든 데루에를 체벌한 후, 경대 앞에 앉은 도요코의 모습은 마치 아까까지 학대했던 것 따위는 완전히 잊은 것처럼, 데루에에게 상냥하게 대한다. "머리를 빗겨 줘"라는 말을 듣고, 도요코의 머리를 빗는 데루에와 도요코가 경대 앞에서 비춰진다. "잘 하네. 기분 좋아"라고 데루에를 칭찬하는 도요코와, 어머니에게 칭찬을 받고 데루에가 마음 속에서 우러나온 미소를 짓는 장면은, 직전까지 벌어진 격한 신과는 대조적으로 온화한 분위기 때문에, 모녀간의 긴장된 관계를 한층 돋보이게 한다.

또한 타이완의 호텔 방에서 데루에와 미구사가 로션을 얼굴에 바르며 경대에 비친 서로의 모습을 보며 대화를 하는 장면은, 타이완에서 데루에가 아버지의 유골 찾기를 하는 모습을 계속 지켜본 미구사가, 어머니의 기억을 알고, 어머니의 마음에 다가가게 된다는 해석을 할 수 있다.

그리고 마지막에, 데루에가 도요코의 미용실에서 큰 거울 앞에 앉는 장면은, 하라다 미에코가 도요코와 데루에의 1인 2역을 같은 화면에서 연기한다. 데루에가 집을 나간 삼십여 년 후의 재회 장면에서는, 미용실 안에서도 빗소리가 울려퍼진다. 그러나 도요코가 "어느 정도 머리를 자를까요?"라고 말하며 데루에의 앞머리를 쓸어 올리다 데루에의 이마에 난 상처(이는 예전에 도요코에게 학대를 당했을 때 난 상처이다)를 발견한 순간, 빗소리가 멈춘다. 그 침묵의 순간에, 둘은 거울 너머로 바라보고 있다. 이 침묵은 둘의 긴장감을 구체화시킨다. 데루에는 "어렸을 적, 미용사가 되고 싶었어요. 어머니에게 딱 하나 칭찬받았던 게, 머리를 잘 빗는다고……, 그게 너무나 기뻐서"[50]라고 도요코에게 말을 걸지만, 도요코는 무표정인 채

---

50) シナリオ作家協会, 위의 책, p.242.

로 가위를 놀리기만 한다. "엄마" 하고 목소리를 내보려하지만, 그 전에 문이 열리며, 결국 말을 걸지 못한다. 고무 우비를 입은 아저씨가 들어오자, 도요코는 애교 섞인 목소리로 "젖은 채로 들어오면 안돼"라고 말한다. 그것이 그녀의 현 남자이며, 도요코가 여전히 그런 생활을 하고 있는 것을, 데루에의 눈을 통해 관객은 알 수 있게 된다. "건강히"라고 도요코에게 말을 건네고 데루에는 미구사와 함께 떠난다. 그 때, 지금까지 내리던 비가 그친다. 도요코가 밖으로 나와 가게 앞에 서서, 떠나가는 둘을 바라본다. 그것은 첫 장면의, 예전에 원숭이 데루에를 데리고 도요코의 곁을 떠나던 때의 도요코의 모습과 겹쳐진다. 어린 데루에가 뒤돌아서 도요코를 바라봤던 것처럼, 딸인 미구사가 도요코를 돌아보나, 데루에는 이제 돌아보지 않고 나아간다. 그것은 데루에가 드디어 과거의 유령과 같은 어머니와 결별하고, 과거의 기억을 찾는 여행을 끝냈다는 것을 나타낸다. 그것을 구체화하듯이, 돌아오는 버스 안에서, 데루에의 얼굴에 드디어 햇빛이 비친다. 타이완의 유골 찾기 여행에서 열차에 탄 데루에와 미구사의 신에서는, 데루에에게는 빛이 닿지 않은 채로, 어둠 속에서 얼굴이 비춰지고 있었다. 그러나 이 버스 신에서는, 데루에와 미구사는 뒷자석에 앉아, 그녀들의 배경을 찍는다. 그것은 과거를 짊어지고 나아가는, 혹은 짊어지고 가야할 수밖에 없는 각오가 담긴 어머니와 딸의 모습을 표상하고 있다고 말할 수 있지 않을까.

③ 되찾은 모성

돌아오는 버스 안에서 데루에는 드디어 딸 미구사에게, 자신이 무엇을 바라고 있었는지 토로한다. "얻어맞고 발로 차여도, 어머니가 좋아서, 좋아서……참을 수 없어서……네가 태어났을 때……나는 기뻤어……행복했어……그러니까, 이제 됐어……이제야 어머니에게, 안녕이라고 말할 수 있어……"51) 데루에는 미구사를 낳았을 때 기뻤고, 그래서 도요코도 데루

에를 낳았을 때 기뻤을 것이라고 생각한다. 부모의 유골 찾기를 하는 과
정에서, 아픈 기억을 떠올리고, 묻혀 있던 기억을 조명하는 것으로, 겨우
복잡한 모성에 눈을 뜨는 것이다. 계속해서 "그런 못된 어머니에게……넌
너무 이뻐, 라는 말을 듣고 싶었어"라고 말하는 데루에의 손을 잡고, "이
뻐요, 어머니"라고 말하는 미구사와, 그 어깨에 얼굴을 묻고 우는 데루에
는 마치 어머니와 딸의 역할이 바뀐 모습처럼 보인다. 이는 미구사에게도,
그 복잡한 모성을 전승되고 있다는 것을 나타내고 있다.

  과거의 기억을 되돌아보고 주체성을 되찾는 과정 속에서, '모성'을 되찾
는 작업이 필요한 이유는, 마성메이(Sheng-mei Ma)가 타이완영화, <해각칠
호(海角七号)>를 논하며 주장한 바 있다. 마성메이에 의하면 <해각칠호>의
주인공 아자[阿嘉]에게 아버지가 없는 것은 타이완의 고아의식을 표상한
바이며, 타이완은 지금까지 국민당이라고 하는 계부의 존재를 거부하고
그 대신에 '일본 여성'적인 어머니의 존재를 되찾으려하고 있는 것이며,
아자와 일본인 여성의 도모코[友子]가 맺어지는 것은 일본에 의해 식민지
로 거세당한 타이완이, 잃어버린 어머니를 되찾고 새로운 타이완으로 변
해가는 것을 상징한다고 밝혔다.[52]

  영화 <사랑을 바라는 사람>에 나온 일본인 어머니와 타이완인 아버지
를 가진 앰비밸런트한 데루에에게 있어서, 아버지의 유골 찾기 여행은 즉,
어머니를 찾는 여행이었다. 데루에가 아버지의 유골 찾기를 하는 과정에
서, 어머니의 체벌에 대한 이마의 상처를 무의식중에 만지는 장면이 두
번 등장한다. 어머니 도요코가 버린 남자들의 묘를 발견하고, 타이완인 아
버지의 유골을 찾는 것은 흩어져버린 과거의 기억을 주워 모으는 작업이

---

51) シナリオ作家協会, 위의 책, pp.242-243.

52) Sheng-mei Ma, "Found(l)ing Taiwanese : From Chinese fatherland to Japanese *Okasan*", in
   Sheng-mei Ma eds., *Diaspora Literature and Visual Culture : Asia in flight*(Routledge,
   2011), pp.55-57.

기도 하며, 이는 고통을 동반하는 작업이라는 것을 암시하기도 한다. 영화의 마지막 장면에서 원숑의 유골을 가지고 타이완에 돌아간 데루에와 미구사는, 원숑이 계속 돌아가고 싶었다던 사탕수수밭에 묘지를 만들어 매장한다. 데루에가 아픔을 동반한 과거의 기억과 마주하고 괴물 같았던 어머니 도요코와 마침내 작별의 인사를 건네며, 어머니도 사랑을 바라고 있었다는 것을 알아차림으로써, 잊고 있었던 타이완인 아버지는 타이완의 땅에 돌아가 잠들 수 있었던 것이다.

6. 마치며

영화 <사랑을 바라는 사람>은 1947년부터 1997년까지의 일본이 패전을 거쳐 전후부흥을 이룩하고 경제성장을 달성하는 시기 중, 잊고 있던 과거의 기억을 끄집어내는 작품이다. 도요코의 과거의 상처는, 이전 일본의 식민지였던 타이완 출신의 천원숑에 의해 치유되지만, 원숑이 도요코를 떠나는 것에 의해 그 상처는 더 깊어지게 된다. 그 상처는 원숑과의 사이에서 태어난 데루에에게 체벌을 가하는 것으로 어머니에서 딸에게로 이어진다. 일본의 패전과 제국의 상실에 의한 일본인 남성의 자신감 상실과는 반대로, 강인한 여성이 된 도요코의 모성은 흉포해진다. 일본의 전후 부흥의 흐름 속에서 잊혀진 타이완인 아버지 원숑의 유골은, 데루에가 자신의 아픈 과거 기억을 끄집어내, 흉포해진 어머니와 이별을 고함으로써 겨우 기려질 수 있었다. 영화 <사랑을 바라는 사람>은, 잊혀진 과거의 상처-일본의 패전, 그리고 식민지 통치라는 과거의 기억을 일본의 관객들에게 상기시키며, 아시아에 있어서의 일본이 가진 주체성에 대해 의문을 던지고 있다.

이상 1992년에 발표된 시모다 하루미의 원작소설 <사랑을 바라는 사

람>이 1998년 동명의 제목으로 영화화된 것을, 1990년대 후반의 일본과
이웃 국가들의 국제관계를 고려하며 분석해보았다. <사랑을 바라는 사
람>은, 2017년 1월에 요미우리TV[読売テレビ]의 제작으로 TV드라마로도
만들어졌다. 1992년 발표된 원작소설, 1998년 제작된 영화작품 그리고
2017년 제작한 TV드라마가 가진 각각의 시대적 배경 등을 제재로 한 비
교분석은, 지면관계상 금후의 과제로 삼도록 하겠다.

번역 : 김욱(金旭)

식민지의 기억

―나쓰메 소세키[夏目漱石] 『만한 이곳저곳[滿韓ところどころ]』을 기점으로―

판수원[范淑文]

1. 나쓰메 소세키의 '만주' 기행

나쓰메 소세키가 당시 남만주철도의 총재였던 옛 친구 나카무라 제코 [中村是公]의 초청으로, 1908년 9월 초경에 고베[神戸]를 출발하여 약 2개월 동안 만주(滿洲)[1] 및 경성 등을 견학한 일은 잘 알려져 있다. 『만한 이곳저 곳』이라는 제목 그대로, 만주와 '조선'에서 견학한 내용을 엮은 기행문을 『아사히신문[朝日新聞]』에 연재할 예정이었다. 그런데 연재를 시작하고 얼 마 지나지 않아 만주를 시찰하던 이토 히로부미[伊藤博文]가 암살되어 신문 은 그와 관련된 기사일색이었고,[2] 『만한 이곳저곳』의 연재는 몇 번이나

---

1) 아라 마사히토[荒正人] 『증보개정 소세키연구연표[增補改定 漱石研究年表]』(集英社, 1984) 등에는 모두이나 '滿洲'라고 표기하고 있다. 이 글은 그에 따른다.

2) 『문(門)』에도 다음과 같이 이토 히로부미의 암살사건을 다루고 있다. 그러나 밑줄부분에 서 이토 히로부미의 암살에 대해 주인공인 소스케[宗助]는 그다지 관심이 없음을 엿볼 수 있다.

"어, 큰일이다, 이토 씨가 살해당했다"라고 말하며 손에 든 호외를 오코메[御米]의 앞치마 위에 올려놓고 서재로 들어갔는데 그 말투로 보자면 오히려 침착했다.

중지되는 등 크게 영향을 받았다.3) 그것도 이유의 하나였겠지만, 결국 연재는 만주 견학 부분에서 멈추었고 경성 등 '조선'에 대한 기술은 보이지 않아 실질적으로는 '만주 이곳저곳'4)으로 작품이 끝났다. 이후에 『만한 이곳저곳』의 집필을 위한 메모도 남아 있다. 메모에 따라 엮은 기행기록 역시 기행중의 기억임은 자명하다. 그런데 메모에는 있지만 수필에는 보이지 않는, 즉 기억에서 지워진 것도 '기억'의 일종이라고 할 수 있을 것이다. 소위 '망각'이라고 불리는 것으로 그것이 의식적이든 무의식적이든 어느 것이나 의미 깊게 작자의 의도를 엿볼 수 있다.

만주를 제재로 하는 소세키의 작품이라면 『만한 이곳저곳』 이외에 그 전에 집필한 만주에서 일어난 전쟁의 생생한 냄새를 느끼게 해주는 『취미의 유전[趣味の遺伝]』과 『풀 베개[草枕]』, 『그 후[それから]』 그리고 이후의 『문(門)』 등을 들 수 있다. 이 글에서는 이들 작품에 아로 새겨져 있는 만주의 묘사도 고찰의 사정거리 안에 넣어, 『만한 이곳저곳』을 기점으로 그 전후의 소세키의 식민지에 대한 이미지에 접근하여 그 의미를 분명히 해 보고자 한다.

"당신은 큰일이라고 말하면서 뭐 그렇게 큰일 난 거 같은 목소리도 아니네."라며 오코메가 뒤에서 농담반 진담반으로 일부러 주의를 줄 정도였다. 그 후 매일, 신문에 이토 공의 일이 5,6단 씩 나왔는데 소스케는 그것을 읽고 있기는 한 건지 모를 정도로 암살사건에 대해서는 아무렇지 않게 보였다.(『소세키 전집[漱石全集]』 제 6권』 p.367, 밑줄 인용자, 이하 동일)
또한 이 글의 인용은 『소세키 전집』 전29권,(이와나미서점[岩波書店], 1993~1999).

3) 1908년 11월 28일자 데라다 도라히코[寺田寅彦]에게 보낸 편지에서 "아무래도 그날의 기사가 몰리니까 나중으로 밀려난다. 화가 치밀어 그만두려고 한다."라고 소세키가 불만을 토로하고 있다.

4) 구보 나오유키[久保尚之]는 "그래서 『만한 이곳저곳』은 '소세키 이곳저곳'이라고 말해진다."라고 언급하고 있다. (久保尚之, 『滿州の誕生 日米摩擦のはじまり 丸善ライブラリー184』(丸善株式会社, 1996) p.206)

2. 『만한 이곳저곳』에 보이는 소세키의 기억

먼저, 『만한 이곳저곳』은 어떤 방식으로 읽혀 왔는지 살펴보도록 하자. 작품이 발표되고 일찍이 비판의 소리가 들렸다.

> 북쪽의 S라는 사람이 내가 있는 곳으로 일부러 글을 보내와, 나가쓰카[長塚] 군이 여행을 가서 그와 만났을 때 한 토론을 알려준 적이 있다. 나가쓰카 군은 내가 『아사히』에 쓴 「만한 이곳저곳」이라는 것을 S가 있는 곳에서 한번 읽고는 소세키라는 남자는 사람을 바보취급하고 있다며 크게 분개했다고 한다. 소세키 뿐 아니라 도대체 『아사히신문』의 기자가 글을 쓰는 방식은 모두를 바보 취급한다고 말하며 욕했다고 한다.[5]

이상은 소세키가 나가쓰카 다카시[長塚節]의 『흙[土]』에 적은 서문의 일부분인데, 『만한 이곳저곳』에 대해 나가쓰카 다카시가 한 엄격한 비판을 언급하고 있다. 필시, 식민지에서 일본인의 노력의 성과이자 개발 모습인 만철 사업을, 옛 친구와의 추억을 섞으면서 산문체로 소개한 소세키의 방식, 묘사 태도에 대해, 나가쓰카 다카시는 인정할 수 없는 경솔한 행동이라고 친구에게 불쾌함을 토로한 것이리라.

시대가 흐름에 따라 세누마 시게키[瀨沼繁樹]와 에토 준[江藤淳] 등 나가쓰카 다카시와 다른 입장과 견해를 가진 연구자가 나타났다.

> (1) 만주 경영에 활동하는 일본인의 언행을 찬미하거나 하는 부분은 없었다. 오히려 지인 관계자들과의 접대를 즐기고 위염에 괴로워하면서도 만주의 풍물에 호기심을 불러일으키며 경묘한 읽을거리로 만들려고 신경 쓰고 있었다. 다시 말해 소세키는 하고 싶은 대로 솔직하게 감상을 적고 일본인의 진취적 기상을 인정하면서도 식민지주의와 같은 공론(空論)을 언급하지 않은 점에 오히려 애국자로서의 면모가 있다.[6]

---

5) 『漱石全集 第16卷』 p.496.

(2) 9년 전의 영국 유학과는 달리 어찌되었든 이것은 성공한 자의 여행이라고 할법한 호화로운 여행이었다. 나카무라 제코가 '총재'가 된 것이 큰 성공이라면 그 '총재'에게 초대받아 만주와 조선을 여행하는 소세키도 성공한 사람이 아닐 이유는 없다. 대학을 그만두고 소설기자가 되기는 했지만 지금의 소세키는 그저 소설기자가 아닌 '총재'의 손님이다. 아니, 이제야말로 그는 『도쿄아사히[東京朝日]』라는 회사를 넘어 메이지[明治] 문단을 대표하는 작가의 한 사람인 것이다.7)

(1)은 세누마 시게키의 견해로 '애국자로서의 면모'가 있다며 앞의 나가쓰카 다카시와 아주 다른 생각을 보여주고 있다. (2)는 에토 준이 「'총재'의 손님」이라는 제목을 붙인 논문의 일부분인데, 이번 '만주' '조선'의 여행과 1900년의 영국 유학 경험은 심정적인 측면에서도 대우적인 측면에서도 크게 다르며 문단에서 이미 이름을 알린 상황에서 소세키의 '만주' 여행은 '호화여행'이라고 다소 야유를 섞어 말하고 있다.

그렇다고는 해도, 『만한 이곳저곳』을 부정적인 입장에서 읽은 연구자는 끊임없다.

(3)『만한 이곳저곳』에서는 일본군국주의가 중국 동북을 침략한 것을 책망하는 단어가 한마디도 보이지 않는다. 또한 중국과 고통스럽고 괴로워하는 중국의 인민에 대한 동정을 보기 어렵다. (…중략…)『만한 이곳저곳』에서는 소세키의 중국인에 대한 경시와 혐오가 자주 토로되어 있다. (…중략…) '더러운 지나인(支那人)', '더러운 국민' 등의 표현이 도처에 보인다. 소세키의 눈에는 단순히 먹을 것과 의류, 주거, 환경이 불만족스러운 것이 아니라, 중국인 국민 전체가 더럽고 동시에 '지나인은 정말로 교활'했다.8)

---

6) 瀨沼茂樹, 『夏目漱石』(東京大学出版会, 1970) pp.174-175.

7) 江藤淳, 『漱石とその時代 第四部』(新潮社,1995) pp.269-285.

8) 呂元明, 「夏目漱石 『満韓ところどころ』私見」(西田勝 外 編 『近代日本と「偽満州国」』(不二出版, 1997) pp.275-276).

(4) 『만한 이곳저곳』에서 중국인은 대체로 기분 나쁘고 불결하고 잔혹하고 대화의 통로를 일체 가지지 않는 기피해야 할 타자의 이미지로 그려지고 있다. 이 '기분 나쁜 토착민'의 모습을 에세이의 앞부분에 그린 젊은 영국 부영사(副領事)의 '아름답'고 '우아'한 신체와 태도에 대한 감상과 대치해서 보면 사태는 더 분명하다.9)

(3)은 뤼 위엔밍[呂元明]의 논설로 중국과 중국인에 대한 묘사를 그대로 가져와 중국, 중국인에 대한 소세키의 차별의 시선이라고 보고 있다. 가장 철저한 비판이라고 할 수 있을 것이다. (4)는 기타가와 후키코[北川扶生子]의 설로 다소 비판적인 눈으로 파악하고 있는 부분도 있지만 비교적 객관적인 입장에 의한 논구일 것이다.

한편 이즈 도시히코[伊豆利彦]10)는 일찍이 표면 묘사에 구애받지 않고 불가시적인11) 소세키의 인도적 시선을 도출해내고 있다.

『만한 이곳저곳』의 제1회 모두(冒頭)에 "남만철도회사란 도대체 무엇을 하는 곳인지 진지하게 물었더니 만철 총재도 다소 어이없다는 얼굴을 하고는" "뭐, 해외에 있는 일본인이 어떤 일을 하고 있는지, 좀 보고 오는 것도 좋겠군."(『소세키 전집 제12권』 p.227)이라는 부분이 있다. 이 부분에서 남만철도회사처럼 일본인이 만주. '조선' 등지에서 하고 있는 개척사업의 상황을 인식하고 그 글을 통해 일본 국민에게 대대적으로 선전한다는 것이 소세키의 만주행의 목적이었다고 이해해도 좋을 것이다. 해외에서 일본의 세력이 넓어지고 건설이 진행되고 있던 당시의 사회상황을 기초로 『만한

9) 北川扶生子, 「失われゆく避難所『門』における女・植民地・文体」『漱石研究』 17号 (翰林書房, 2004) p.85.
10) 伊豆利彦, 「「満韓ところどころ」について—漱石におけるアジアの問題—」(祖父江 昭二・丸山昇 編,『近代文学における中国と日本—共同研究・日中文学関係史一』(汲古書院, 1986).
11) 졸고, 「'이향'으로서의 다이렌-소세키가 말하는 '만주'상[<異郷>としての大連-漱石に語られる「満洲」像」](和田博文・黃翠娥 編『<異郷>としての上海・大連・台北』(勉誠出版, 2015) pp.64-77)도 전게한 이즈 도시히코와 마찬가지로, 『만한 이곳저곳』에 있는 작자의 만주에 대한 불가시적인 시선을 도출하고자 한 논고이다.

이곳저곳』은 문학적 의의보다 정치적 의의가 크고 그러한 분위기를 소세키도 느끼고 있었음에 틀림없다.

『만한 이곳저곳』의 내용을 살펴보면 전기회사, 제유소(製油所), 제사소(製絲所), 다롄의원[大連醫院], 발전소, 가와사키[川崎] 조선소 등의 사업, 혹은 전기(電氣) 공원과 클럽 등의 오락시설도 기술되어 있다. 이것들 모두 하나의 새로운 일본인사회를 운영하기 위한 중요한 기반이고 초대해 준 만철 총재인 나카무라 제코를 비롯한 당시의 일본 전국의 기대에 충분히 부응했다고 말할 수 있을 것이다.

한편으로 현지인 사회에 눈을 돌린 묘사를 놓쳐서는 안 된다. 예를 들어 다롄에 도착했을 때 바로 앞에 '나'의 눈에 띈 '명동(鳴動)'하는 쿨리들과 제유소에서 조용히 일하고 있는 쿨리들의 모습, 펑톈[奉天]의 한 마을에서 마차에 치여 도망간 노인의 묘사, 뤼순[旅順]의 전리품과 진열소 등의 견학 장면은, 과연 초대자인 만철 총재 측의 입장에서 보면 해외에서 분발하는 일본인의 모습을 상찬하고 지배자로서 자부심을 가지고 있다고 단언할 수 있을지 의심스럽다. 먼저 쿨리의 모습을 보자.

(5) 쿨리들은 화난 벌집처럼, 갑자기 명동하기 시작했다. (…중략…) 어찌되었건 언젠가는 지면 위로 내려갈 운명을 가진 신체이므로, (…중략…) 이곳에 키가 크고 남색의 하복을 입은 멋진 신사가 나와서 주머니에서 명함을 꺼내 정중하게 인사를 건넸다. 그 사람이 비서인 누마타[沼田] 씨였으므로 (…중략…) (pp.234-235)(밑줄 인용자, 이하 동일)

(6) 올라가는 이도 내려가는 이도 좌우의 비탈 중간에서 얼굴이 마주쳐도 좀처럼 말을 걸거나 하는 일은 없다. 그들은 혀가 없는 인간처럼 묵묵히 아침부터 밤까지, 이 무거운 콩 자루를 계속 짊어지고 3층으로 올라갔다가는 또 3층을 내려오는 것이다. (…중략…) "이 안에 떨어져 죽는 일이 있습니까?"라고 안내하는 사람에게 물어보니 안내하는 사람은 아무렇지 않은 얼굴로 "뭐, 좀처럼 떨어질 일은 없지요"라고 대답했

는데, 나는 아무래도 떨어질 것 같은 기분이 들어 어쩔 수 없었다.
(『소세키 전집 제12권』pp.266-267)

(5)는 배가 다롄 항에 도착했을 때 화자의 눈에 보인 풍경이고 (6)은 '나'가 제유소에서 본 현지인이 일하는 모습이다. 어느 것이나 쿨리, 즉 만주인이고 앞의 뤼위엔밍이 지적한 '더럽다'[12]라는 이미지가 있는 것은 부정하기 어려우나 "더러운 지나인"이라고 경멸을 섞어 표현했다[13]는 점에는 찬동하기 어렵다. 『만한 이곳저곳』에 대한 평가 즉 만주에서 '신기상(新氣象)'으로서 '나'의 눈에 비친 통치자인 일본인의 행동이나 쿨리들의 옷차림 및 그들의 일상생활 묘사에 대해서는 근래 재검토되고 있다. 예를 들면 고노 도시로[紅野敏郎]의 "우울한 표정을 여기저기에서 엿볼 수 있다.", "만주 현지민의 표정도 날카롭게 마음에 새기고 있다."[14]라는 다소 조심성 깊은 견해도 있는가 하면, "거기에 소세키의 '인종차별'적인 차별감은 없다"[15]라며 화자의 '중국의 쿨리'에 대한 시선을 도출해내는 가와무라 미나토[川村湊]의 평가도 있다. 이러한 경향은 곧 문자의 표층에 머무르지 않고 더 객관적인 시좌에서 그 불가시적인 부분을 도출해보려는 자세의 연구라고 보면 좋을 것이다.

인용 (5)에 있는 쿨리들은 "남색 하복을 입은 멋진 신사"로 보였다는 비서인 누마타 씨와의 대조적인 설정을 통해 더러운 인종이라는 특징이 한층 더 부각되고 그 외견을 전달하기 위한 묘사가 목적처럼 보인다. 그러나 "화가 난 벌집 마냥 갑자기 명동하기 시작했다"라는 서술에서 안정되

---

12) 뤼 위엔밍, 앞의 책.
13) 구보 나오유키는 노출한 쿨리의 근육에 대해 경멸은커녕, "여기에 이르러서는 호모섹슈얼 조차 느끼게 한다. 그리고 차별은커녕 반할 것 같다고 소세키는 보고 있다."라는 호모섹슈얼적이고 찬미적인 파악방식을 나타내고 있다.(구보 나오유키, 앞의 책, p.209)
14) 紅野敏郎, 「明治・大正文學における中國像 槪說」(村松定孝・紅野敏郎・吉田凞生 編, 『近代日本文學における中國像』(有斐閣, 1975) p.7).
15) 川村湊, 「「帝國」の漱石」, 『漱石研究』 5号(翰林書房, 1995) p.36

지 않은 환경에 놓여 개인의 존재가 허용되지 않는, 분노로 가득 찬 사람들의 내면을 볼 수 있다. 더욱이 "어찌되었든 언젠가 지면 위로 내려갈 운명을 가진 신체"라는 묘사를 통해 거스를 수 없으며 바뀌지 않는 피지배자의 어두운 운명을 호소하고 있는 화자가 그들-만주인-에게 향한 일종의 시선이라고 파악할 수 있을 것이다.

다음으로, 제유소에서 필사적으로 일하고 있는 쿨리들의 단순한 움직임을 자세히 묘사한 인용 (6)에서 화자의 피지배자에 대한 시선이 한층 분명해진다. "혀가 없는 인간처럼 묵묵히 아침부터 밤까지, 이 무거운 콩 자루를 계속 짊어지고 3층으로 올라갔다가는 또 3층을 내려오는 것이다"라는 반복되는 기계적인 움직임은 인생에 희망이라고는 보이지 않는 인간의 괴로움, 어두운 운명을 말하고 있다. "그들은 혀가 없는 인간처럼 묵묵히"라는 묘사가 그들의 심리와 상황을 아주 잘 반영하고 있다. 그러한 쿨리들의 안전을 걱정하며 화자가 "이 안에 떨어져 죽는 경우가 있습니까?"라는 질문에, "뭐, 떨어지는 일은 거의 없지요"라고 일본인 안내인이 가볍게 대답하는 것을 포함시킨 것은 지배자의 비인도적인 일면을 폭로하고자 한 작자의 의도적인 행위는 아니었을까?

화자의 피지배자에 대한 시선은 이어진다. 펑텐의 한 마을에서 마차에 치여 도망간 노인이 복잡한 길에 앉아 "오른쪽 무릎과 발등 사이를 두 마디정도, 강한 힘으로 파 낸 것처럼 정강이 살이 뼈 위를 미끄러져 아래쪽까지 흘러내려 한곳에서 완전히 오그라져 있다"(p.336)고 상처를 드러내고 있는 생생한 장면은 가장 인상적인 부분일 것이다. "까맣게 몰려든 중국인은 누구하나 묻지도 않고 노인의 상처를 바라보고 있다"라는 표현에서 한편으로는 동료에게 도움의 손길을 뻗지 않는 중국인에 대한 비판이라고 파악할 수 있을지도 모르겠으나 "그 가해자는 일본인이 타고 있던 마차가 아니었겠는가?"16)라고 피통치자에 대한 소세키의 시선을 드러냈다고 한 이즈 도시히코의 지적대로, 그 현상의 배후에 숨어 있는 사고를 일으킨 인간, 그 인물까지 주시하지 않으면 사건을 뒤덮은 진상, 작자의 진짜 의도가 보이지 않는다.[17] 치여 달아난 노인이 모두의 앞에서 자신이 입은 재난을 보이고 있는 것은 내지의 한 사람인 화자에게 해외에서 개척하고 있는 일본인의 횡포를 호소하는 행위일 것이다. 그러한 만주인에게 초점을 맞추는 일, 그들에 대한 세세한 묘사 등은 어느 것이나 작자의 만주 외유 중에 깊게 기억에 새겨진 장면임은 말할 것도 없다. 그리고 그러한 기억의 재현, 클로즈업이 곧 작자의 휴머니즘적인 측면 그 자체일 것이다.

또한 뤼순에 있는 전리품 진열소를 견학하고 있는 장면에서 읽을 수 있는 화자의 자세와 시선도 놓쳐서는 안 된다. 안내하는 A군이 친절하게 설명해준 전리품을 작품에서 하나하나 소개하려면, "스무 장 혹은 서른 장의 종이로는 어림도 없다"(p.281) 정도의 기술은 있지만 "대체로 잊어버렸다."라는 한마디로 망각 속에 넣어버리고 거기에 대한 진술은 거의 생략했다. 전쟁의 승리자 입장에서 '수류탄이나 철조망' 등과 같은 전리품의 소개는 국력 선전에는 절호의 기회이겠지만 여기에서는 화자의 의도적인 망각이 작용하고 있다고 밖에 생각할 수 없다. 그러나 특이하게도 그 대신에 "그저 한 가지 기억하고 있는 것이 있다. 남편은 여자가 신은 구두의 한쪽 발이다"(pp.281-282)라고 말하고 있는 것은 의미심장하다. A 해설원에 의하면 그것은 어떤 러시아 사관의 아내가 신었던 신발로 그 구두 색과 모양까지 언제든지 "선명하게 떠오른다."(p.292)라고 화자가 분명히 기억하고 있다. 분명 사관의 아내가 전장에서 도망갈 때 반대쪽 구두가 벗겨진 것이라 상상할 수 있다. 벗겨진 구두를 채 신을 새도 없을 정도로 급박했던 모습, 공포의 기분 등을 느낄 수 있다. 이러한 전리품의 망각 및 전장

---

16) 이즈 도시히코, 앞의 책, p.179.

17) 이즈 도시히코는 또한 "중국의 민중은 저항의 목소리조차 내지 않고 권력과 금전의 횡포를 가만히 보고 참고 있다. 그 침묵, 그 조용함이 으스스하다. 분명 소세키는 무언의 압박을 느꼈을 것이다."라고 집필 중의 소세키의 심리상태를 말하고 있다.(이즈 도시히코, 앞의 책, p.179)

에 남겨진 여자의 '구두 한 짝'이라는 '기억'은 전쟁에 의한 불가시적인 파
괴력과 그 상흔을 이야기함과 동시에 전쟁의 승리에 등을 돌린 소세키의
자세도 파악할 수 있다.

3. 『취미의 유전』·『풀 베개』·『그 후』에 새겨진 만주

앞에서 언급한 바와 같이 소세키가 만주로 가기 전에도 만주를 제재로
한 작품, 혹은 만주를 새겨 넣은 작품이 몇 있다. 먼저, 가장 전쟁의 냄새
가 강한 『취미의 유전』은 이번 전쟁에서 선두에 서서 기수를 담당한 친구
인 히로시[浩] 씨의 일기—죽기 바로 직전까지 전장에서 보낸 매일의 기록
—에 의탁하면서 전장이었던 만주의 참담함을 그린 작품이다. 그중 한 부
분을 인용하겠다.

> 전쟁은 눈앞에 보이지 않지만 전쟁의 결과-분명 결과의 한 조각, 그
> 것도 움직이는 결과의 한 조각이 눈동자 깊숙이 스쳐지나갔을 때, 이 작
> 은 조각에 이끌려 만주의 광야를 뒤덮는 대 전쟁의 광경이 생생하게 뇌
> 리에 그려졌다.   (『취미의 유전』『소세키 전집 제2권』 p.191)

'승리한 자'를 맞이하는 장면—영웅으로 환영받는 생환자들이 모두 지
칠 대로 지친 모습으로 나타나는 장면—이 눈에 들어온 순간, 화자는 어
찌되었든 전장이었던 만주의 비참한 광경을 상상하고 그 결과에 이르기까
지의 전장을 자세하게 독자에게 말할 수밖에 없었던 것이다. 게다가 이번
전장에서 가장 생생하게 이야기되는 최전선의 참호 속 장면을 놓쳐서는
안 된다.

> 돌로 눌러놓은 단무지처럼 겹겹이 쌓여서는 사람의 눈에 들키지 않

는 갱내에 누워 있는 자에게, 저쪽으로 올라가라고 바라는 것은 바라는 것 자체가 무리이다. 누워있는 자 또한 올라가고 싶을 것이다. 올라가고 싶기 때문에 오히려 뛰어 들어온 것이다. 아무리 올라가고 싶어도 손발이 말을 듣지 않고서는 올라갈 수 없다. 눈이 멀어서는 올라갈 수 없다. 몸에 구멍이 뚫려서는 올라갈 수 없다. 피가 통하지 않게 되어도, 뇌가 부수어져도, 어깨가 떨어져도 몸이 막대기처럼 딱딱해져도 올라갈 수 없다. (『소세키 전집 제2권』 p.204)

주인공인 히로시 씨가 죽어가는 전장의 참담한 광경이다. 누구보다도 용감하고 강한 히로시 씨도 점점 참호에서 "올라갈 수 없"었다. "손발이 말을 듣지 않고는 올라갈 수 없다", "눈이 멀어서는 올라갈 수 없다"와 같이 참호에서 다시는 올라갈 수 없음을 나타내는 표현이 이 부분에서 열 번 정도 반복되고 있다. 전쟁의 승리를 획득하기 위해 얼마나 무참함이 따라오는지, 본인이 "저쪽으로 올라가라고 바라"더라도 —살아서 가고 싶다고 간절히 원해도—올라갈 수 없다는 묘사에서 "전쟁을, 인류가 피할 수 없는 재해"[18]라고 소세키의 전쟁관을 파악한 이토 세이[伊藤整]의 의견에는 찬동하기 어렵다. 패전이든 승리이든, 전쟁이 가진 파괴력, 전사자와 그 가족과 유족의 돌이킬 수 없는 공허함을 그림으로써 소세키가 전쟁에 반대 입장을 풍기고 있는 것은 아닐까? 시대적 상황으로 전쟁 그 자체를 정면으로 비판할 수 없었지만 전쟁의 승리를 기리는 표현은 『취미의 유전』에서는 하나도 보이지 않고 목숨을 버릴 수밖에 없었던 많은 전사들의 운명이라는 불가시적인 무참한 과거를 응시하며 진실을 말하려고 화자는 필

18) 이토 세이는 신초문고[新潮文庫] 『런던탑・환영의 방패[倫敦塔・幻影の盾]』의 해설에서 "그는 분명한 반전론자가 아니었으므로 전쟁에 반대하지는 않았다. 그는 전쟁을 인류가 피할 수 없는 재해라는 식으로 생각했던 듯하다. 그리고 전쟁이 시작된 이상, 이기는 것을 기뻐하고 있었다. 그렇지만 그는 그 전쟁 중에 잃은 인명, 전쟁에서 느껴야하는 괴로움에 대해서는 통절한 기분을 맛보았다."라고, 소세키의 전쟁에 대한 자세를 말하고 있다.(伊藤整, 『倫敦塔・幻影の盾』(新潮社, 1997) p.222)

사적으로 노력하고 있다.

반년 후에 쓰인 『풀 베개』에도 만주에서의 전쟁이 아무렇지 않게 스며들어가 있다. 살기 어려운 세상의 시끄러움을 피할 요량으로 "꿈같고 시와 같은 봄의 마을"인 깊은 산 속 온천지 나코이[那古井]까지 주인공인 화공이 온다. 그러나 장소를 불문하고 이 아름다운 "고요한 마을까지 쬐어"오는 잔혹한 전쟁이라는 현실을 화공은 다시금 인식하게 된다. 제8장에서는 여주인공 나미[那美] 씨의 사촌 동생 규이치[久一]가 전쟁터인 만주로 가게 된 것을 나미 씨의 아버지가 주인공인 화공과 다이테쓰[大徹] 스님에게 이야기한다.

> 노인은 당사자를 대신해, 만주 벌판에 머지않아 출정해야 하는 이 청년의 운명을 나에게 알렸다. 이 꿈같고 시와 같은 봄의 마을에, 지저귀는 것은 새, 떨어지는 것은 꽃, 용솟음치는 것은 온천뿐이라고 생각한 것은 착각이었다. 현실세계는 산을 넘어 바다를 건너 헤이케[平家]의 후예만 살고 있는 오래된 고독한 마을까지도 쬐어온다. 북방의 광야를 물들이는 피바다의 몇 만분의 일이 이 청년의 동맥에서 솟구치는 때가 올지도 모른다. (…중략…) 운명은 갑자기 이 두 사람을 같은 곳에서 만나게 하는 것만으로, 그 외에는 아무것도 말하지 않았다.
>
> (『소세키 전집 제3권』 pp.105-106)

무릉도원이라고 여겨진 온천지 나코이의 온화한 분위기와는 대조적으로 다회에서 만주가 화제에 오른 부분이다. "피바다"가 "광야를 물들이는" 무서운 곳으로서 만주가 이야기되고 있다. 이야기 종반에, 결국 규이치와 나미의 이혼한 남편-몰락한 듯 볼품없이 보이는 '산적'-이 같은 기차를 타고 만주로 향한다. 이 명장면은 나미 씨의 심경 이외에 만주가 어떤 장소인지를 잘 말해주고 있다.

이제부터 그런 곳으로 가는 규이치 씨는 차 안에 서서 말없이 우리들
을 바라보고 있다. (…중략…) 갈색의 빛바랜 중절모 아래로 구레나룻이
시커먼 산적이 아쉬운 듯 고개를 내밀었다. 그 때 나미 씨와 산적은 엉
겁결에 얼굴을 마주 보았다. 열차는 덜커덩 덜커덩 움직인다. 산적의 얼
굴이 금방 사라졌다. 나미 씨는 망연자실하여 떠나는 열차를 바라본다.
(『소세키 전집 제3권』 pp.170-171)

마을 사람들에게 "미쳤다"라는 말을 듣는 나미 씨조차 만주로 향하는
기차를 타고 있는 이혼한 남편과 얼굴이 마주친 순간, '망연자실'하고 있
다. 만주라는 전장을 향하는 사람도, 그들을 배웅하는 사람들도 밝은 얼굴
-나라의 영웅이라는 빛나는 분위기-을 보여주는 사람은 누구 하나 없다.
아버지와 아들, 할아버지와 손자, 헤어진 부부 등의 절절한 표정과 무언(無
言)이 전쟁의 두려움을 절실하게 이야기하고 있다. 이 종반부의 명장면에
서도 만주는 그저 죽음과 연결되는 참혹한 곳이라는 상징으로 그려졌다.
  다음으로 만주여행을 출발하기 직전에 완성한 『그 후』를 살펴보도록
하자. 만주를 다루고 있는 것은 제11장의 한 부분뿐이다.

빨간 눈을 자꾸 비볐다. 다이스케[代助]를 보더니 갑자기 인간은 어찌
해도 너처럼 독신이 아니면 무언가 할 수 없다. 나도 혼자라면 만주든
미국이든 가겠지만 이라며 아내가 있는 몸의 불편함을 크게 토로했다.
미치요[三千代]는 옆방에서 가만히 일을 하고 있었다.
(『소세키 전집 제6권』 p.184)

미치요가 백합꽃을 가지고 소스케[宗助]의 집을 방문한 며칠 뒤, 다이스
케가 히라오카[平岡] 부부를 만나러 가는 장면이다. 신문사 쪽에서 일하기
로 거의 결정된 히라오카는 다이스케의 자유로운 생활과 비교하여 "혼자
라면 만주든 미국이든 가겠다"라며, "아내가 있는 몸의 불편함"을 토로하
고 있는 것이다. 아내가 있으면 만주에 못 간다는 것은 걸리는 것이 있기

때문이다. 다시 말해 만주에 간다는 것은, 실패, 혹은 돌아오지 못한다는 위험이 수반되는 위태로운 곳으로 이어진다고도 파악할 수 있을 것이다. 그래도 히라오카에게는 가볼 가치가 있는, 가보고 싶은 곳이자 자기의 존재를 찾을 수 있는 일종의 매력 있는 장소인 것이다.

4. 『문』에 그려진 만주

그러면, 『만한 이곳저곳』의 다음 작품, 즉 실제로 자신의 눈으로 만주를 보고 온 후의 작품 『문』에서는 만주는 어떻게 바라보고 있을까?

"나는 「문」전반의 주제(라고 말해 부정확하다면 전반에 노린 작자의 의도)는 역시 '부부애' 이야기를 쓰는 것에 있었다고 생각한다"[19]는 시게마쓰 야스오[重松泰雄]의 지적처럼 『문』은 3부작의 일부라는 위치에 기초한 남녀의 연애 이야기[20]로 읽는 방식이 거의 정착되어 있다. 그러나 근래 오시노 다케시[押野武志],[21] 기타가와 후미코[北川扶生子],[22] 시바타 쇼지[柴田勝二],[23]

---

19) 重松泰雄, 「『門』の意図」(赤井惠子・淺野洋 編 『漱石作品論集成【第七卷】』(朝日精版印刷 株式会社, 1991) p.77.)

20) 사토 야스마사[佐藤泰正]는 "말하자면 작자의 의도는 목가적인 부부애의 정취를 그린 것처럼 보이면서 실제로는 그 심저에 흐르는-자명한 일상이 갑자기 형태가 없는 모습으로 흘러가는 '존재' 그 자체의 불길함을 드러내는 것이다. 여기에 이어지는 절벽의 묘사도 또한 마찬가지일 것이다."라고 부부애의 정취로 파악하고 있다. (佐藤泰正, 『『門』—<自然の河>から<存在の河>へ—」(赤井惠子・淺野洋 編, 위의 책 p.144))

21) 오시노 다케시는 "식민지적인 소설 공간 속에서 우연과 운명과 스캔들을 그린 『문』은 수수한 중년 소설 따위가 아닌 메이지 말도 비추어 내는 모험 소설의 조건을 충분히 갖추고 있다"라며 소스케 부부의 과거의 잘못 때문에 놓인 현재의 생활공간을 식민지적 요소의 상징으로 비유하고 있다. (押野武志 「『平凡』をめぐる冒険 『門』の同時代性」(小森陽一・石原千秋 編『漱石研究』17号(翰林書房, 2004) p.48)).

22) 기타가와 후미코는 "『문』에 반복적으로 고뇌하는 여자의 신체가 그려지는 이유를, 게재지 「도쿄아사히신문[東京朝日新聞]」지면을 창구로, 소스케의 '남자다움'에 대한 불안과 그에게 있어 식민지의 이미지, 한학을 중심으로 하는 남성적 교양의 조락과 『문』에 사용된 문체의 관계를 검토하는 것부터 생각해보고 싶다."라고 한 것처럼 주인공에게 부여된 조

고미부치 노리쓰구[五味渕典嗣][24] 등과 같이 식민지, 지배자와 피지배자의
시선으로 파악하는 연구자도 적지 않다.

그러면, 만주가 언급된 장면을 발췌해서 인용해보자.

(1) "만약 잘 안 된다면, 학교를 그만두고, 더 나아가 만주나 조선으로
라도 가보려고 합니다."

"만주나 조선? 또 단단히 결심한 모양이군. 그런데 네가 좀 전에 만
주는 뒤숭숭해서 싫다고 말하지 않았는가?"

『소세키 전집 제6권』 p.372)

(2) 러일전쟁 후 얼마 지나지 않아 남편이 말리는 것도 듣지 않고 크
게 발전해보고 싶다며 결국 만주로 건너갔다고 한다. (…중략…) 놀랐습
니다. 몽고로 들어가 떠돌아다니고 있어요. 어느 정도 모험심이 있는지
모르니 저도 점점 걱정이 됩니다.   『소세키 전집 제6권』 p.550)

(3) 야스이[安井]는 몸으로 봐도 성질로 봐도 만주나 타이완으로 갈
남자는 아니었기 때문이다. (…중략…) 그들은 야스이를 중간에 학교를
그만두게 하고 고향으로 돌려보내고 병에 걸리게 하고 혹은 만주로 보
내버린 죄에 대해, 아무리 회환의 괴로움을 더한다 한들 어떻게 할 수
없는 지위에 있었기 때문이다.   『소세키 전집 제6권』 p.554)

건 등으로 양자의 관계-지배자와 피지배자의 관계를 논증하고 있다.(기타가와 후미코, 앞
의 책, p.78).

23) 시바타 쇼지는 "이 구도에서는 주인공인 다이스케가 친구인 히라오카에게서 빼앗으려한
미치요가 영토로서의 '한국'을 표상하는 것에 대해, 그 사이에서 다이스케에 대해 비판자
로서 히라오카는 식민지에 저항하려는 의병으로 상징되는 한국 민중을 나타내고 있다."
라고 주인공의 관계를 식민관계로 파악하고 있다. (柴田勝二, 『漱石のなかの＜帝国＞―
国民作家と近代日本―』(翰林書房 2006) p.147).

24) 고미부치 노리쓰구는 "『문』의 세계에서는 등장인물들이 아무렇지 않게 생각해낼 정도의
심리적인 근접함으로 콜로니얼적인 것이 존재하고 있다."라는 견해를 보이고 있다.(五味
渕典嗣,「占領の言説、あるいは小市民たちの帝国『門』と植民地主義を考えるために」,『漱
石研究』17号, p.51).

(1)은 고로쿠[小六]가 큰어머니에게 학비 보조를 부탁하도록 형 소스케[宗助]에게 청했는데, 전혀 이야기가 진척 되지 않은 것을 들은 뒤, 정색하는 모습을 보이는 장면이다. 고로쿠, 아마 소스케에게도 만주는 '뒤숭숭하'여 일반인이 가려고 하지 않는 곳이다. 학교에 보내줄 것 같지도 않은, 즉 미래가 보이지 않는 입장에 놓였을 때, 고로쿠는 군이 만주에서의 발전을 결심한 것이다. (2)는 집주인인 사카이[坂井]의 남동생이 형의 반대에도 강행해서 만주로 가서는 몽골로까지 건너간 일이 이야기되고 있다. 그 만주행의 목적은 "크게 발전해보고 싶다"라는 당사자의 설명은 있지만, 사카이는 "모험가(어드벤처러)"라고 강하게 반복하고, "지금까지도 자주 허풍을 떨어 나를 속인 것입니다"라고 비판 띤 어조로 남동생의 일을 언급하고 있다. 그리고 소스케 부부에게 배신당해 인생이 완전히 꼬여버린 소스케의 친구 야스이도 집주인의 남동생과 함께 만주에서 돌아왔다는 소식을 소스케가 듣는다. 그러한 야스이와 만주와의 관계에 대해서, (3)에 있는 것처럼, "몸으로 봐도, 성질로 봐도, 만주나 타이완에 갈 남자는 아니었다."라고 소스케가 회상하면서 말하고 있다. 게다가, "그들은 야스이를 중간에 학교를 그만두게 하고, 고향으로 돌려보내고, 병에 걸리게 하고 혹은 만주로 보내버린 죄에 대해서"라고 되어 있듯이 만주로 보낸 것을 일종의 죄라고까지 느낀 것이다. 죄와 연결될 정도로 만주행은 "이렇게 타락의 방면이 특히 과장된 모험가(어드벤처러)를 머릿속에서 만들었다"라고 소스케는 상상하고 있다.

고로쿠의 만주행 제안에 대한 소스케의 반응, 집주인인 사카이의 동생의 성격과 놓인 상황, 또한 사카이의 동생에 대한 평가 및 야스이에 관한 소스케의 언급 등을 합쳐 생각해보면 만주라는 곳은 '뒤숭숭한' 곳이고 단호하지 않으면 갈 수 없는 곳, 극단의 경우는 사람을 속이거나 하는 사람, 타락과 연결되는 "모험가(어드벤처러)"가 모이는 장소라는 만주상(滿洲像)이 거듭 부각되어 있다. 소세키의 만주 '조선' 여행에서 반년 이상이나 지난 시기-개간과 경영 등이 상당히 진전된 상황-에 발전할 가능성도 있을 수 있었는데, 만주와 관련된 인물 설정에서는, 내지 즉 일본에서 쇠락하고 인내심이 아주 강한 사람이 아니라면 갈 용기가 나지 않는 미지의 스릴 넘치는 '이향(異鄕)'이라는 마이너스적인 이미지가 강한 만주상이 『문』에서 만들어졌다. 그리고 이러한 문맥 속에서, "야스이는 행복한 부부의 불안한 상징으로서 존재한다"라는 우치다 미치오[內田道雄][25]의 견해에 따르면, 만주는 곧 불안의 상징으로도 파악할 수 있다.

5. 소세키의 '만주'상

1905년 10월에 러일전쟁이 끝나고 『취미의 유전』, 『풀 베개』, 그리고 『그 후』가 이어서 발표되었다. 『그 후』의 탈고 직후, 소세키는 만주로 가서 약 2개월간 만주와 '조선'을 여행하고 귀국 후 바로 『만한 이곳저곳』을 집필했다. 그러나 연재 이틀 후 이토 히로부미가 암살되고 예정보다 빨리 『만한 이곳저곳』에 마침표를 찍었다. 그 후 1909년 3월부터 『문』의 연재가 시작되었다. 그러한 문학사적 흐름을 만주여행을 중심으로 살펴보면 다음과 같은 소세키의 만주상이 부각된다.

(1) 만주외유 전-상상의 '만주'상

(A) 『취미의 유전』에서 전쟁에서 승리하고 돌아오는 사람을 환영하는 자리에 나타난 지칠대로 지친 생환자의 모습과 남겨진 전장에서의 일기를 통해, 화자는 생명을 버려야만 했던 전사자들의 운명이라는 불가시적인

25) 內田道雄, 「「門」をめぐって―夏目漱石論(二)」(赤井惠子・浅野洋 編, 앞의 책), p.52.

과거를 응시하고 있다. 그것에 이어 (B)『풀 베개』에서는 '피바다'가 '광야를 물들이는' 끔찍한 곳, 만주행의 열차에 탄 청년 및 '산적'의 침울한 얼굴, 불투명한 미래에 대한 불안, 절절한 표정 등을 통해, 그저 죽음으로 이어지는 참담한 곳이라는 상징으로 만주가 이야기되고 있다. (C)『그 후』에서는 실패, 혹은 돌아오지 못하는 위험이 수반된 장소로서 만주가 파악되고 있는데, 한편 일부 인간에게는 거기서 개인의 존재가 인정된다, 고 하는 일종의 매력도 느껴진다.

(2) 만주외유-기억 재구축에 의한 '만주'상

『만한 이곳저곳』이라는 여행기에서는 초대 측인 나카무라 제코 만철 총재의 기대에 부응해, 해외에서 개척하고 있는 일본인의 분투하는 모습을 충분히 선전하는 한편, "혀가 없는 인간"과 같은 쿨리와 마차에 치여 달아난 노인에 대한 클로즈업이라는 수법으로 피지배자에 대한 시선을 보이면서 지배자의 비인도적인 일면을 비판하고 있다. 그러한 설정은 작자의 여행의 '기억'에 대한 리얼한 재현임과 동시에, 휴머니즘의 발현이라고도 여겨진다. 즉 만주에 대한 기억의 재구축을 통해 소세키의 만주상—일본인의 신기상의 이면에 보이는 만주인의 참담한 모습—이 부각되어 있다.

(3) 만주 외유 후-걸러진 기억에 의해 재확인된 '만주'상

만주 외유에서 반년 지난 후의『문』에서는 만주의 발전에 대한 꿈이 부여되면서도 도박과 같은 스릴이 넘치는 '이향', 즉 야성적인 분위기 등의 마이너스적인 이미지가 강한 만주상이 그려지고 있다. 소세키의 만주 외유의 '기억'이 반년이라는 시간을 거치면서 응축되고 추체험(追體驗)된 후 재인식되어 강한 불안의 상징으로서 새롭게 숨결이 불어넣어진 만주상이 구축된 것은 아닐까?

번역 이혜원(李慧媛)

현재에 있어서 식민지 기억의 재현과 그 가능성

―천위후이[陳玉慧]의 『해신 가족[海神家族]』과 쓰시마 유코[津島佑子]의
「너무나 야만적인[あまりに野蛮な]」이 그려내는 1930년대의 식민지 타이완―

우페이전[吳佩珍]

1. 여성 작가와 식민지 타이완

   종전한 지 이미 70여 년이 지난 지금, 과거 터부시되어 온 식민지 연구
는 어느 정도 수행되어왔지만, 내셔널 히스토리의 시점에서 식민자와 식
민된 자와의 관계를 검증한 연구가 많았다. 그러나 내셔널 히스토리 이외
의 시점에서 종주국과 식민지의 관계를 살펴보는 것도 가능하지 않을까.
『해신 가족』(2004)과 「너무나 야만적인」(2006.9~2008.5)은 픽션이라는 장르
를 통해 '식민지 타이완'의 기억을 그려내고 식민지기에 있어서 일본과 타
이완의 관계에 대한 새로운 가능성을 시사하는 작품이라 할 수 있다.

   현재라는 시간에서 각각의 소설은 식민지 타이완의 기억을 둘러싸고
어떻게 공유하고 또 어떻게 파열하고 있을까. 이 글에서는 타이완 여성
작가 천위후이[1]의 『해신 가족』과 일본인 여성 작가 쓰시마 유코[2]의 「너

---

1) 천위후이는 타이완에서 태어나서 현재 독일에서 살고 있다. 중국어로 문필활동을 하면서

무나 야만적인」(2007)을 축으로 하여 같은 여성 작가의 시점에서 1930년대 식민지 타이완을 이야기하는 의미, 그리고 픽션을 통해 식민지 기억의 재구축 작업이 왜 현재 수행되는가에 대한 문제를 시론하고자 한다.

식민지 기억이 어떻게 편성되는가를 생각할 때에 왜 두 작품은 모두 1930년대를 선택해서 이야기하는가. 식민지 타이완의 기억을 구축할 때에 1930년대는 과연 어떠한 지표성을 가지고 있을까. 이 두 소설을 통하여 1930년대의 '기억 재편성'의 언설구축을 대조한다면 이상의 문제들은 더욱 명확해질 것이다.

2. 내셔널 히스토리에서 여성개인사의 시점으로

과거 가노 마사나오[鹿野政直]는 민중사의 특징에 대해 다음과 같이 지적하였다. "역사연구(전후 역사학)의 귀착점은 주체로서의 '민중' 상의 제시였다. (…중략…) 역사의 원동력으로서의 민중이 각각의 국면에서 구체적으로 어떠한 역할을 맡아 왔는가, 각각의 역사 현상은 민중에게 있어 어떠

동시에 독일에서도 작품을 발표하며, 소설, 에세이, 희곡 등 다양한 장르에 걸쳐 창작 활동을 하고 있다. 발표작으로는 『미혼계사(微婚啓事)』 등이 있다. 본론에서 다루는 『해신 가족』은 2007년 타이완문학상을 받았다. 또 『해신 가족』의 일본어 역인 『여신의 섬[女神の島]』이 시로우즈 노리코[白水紀子]의 번역으로 2011년 12월 인문서원(人文書院)에서 출판되었다.

2) 쓰시마 유코는 1947년 태어났다. 작가 다자이 오사무[太宰治]의 차녀이기도 하다. 1976년 「무구라의 어머니[葎の母]」로 다무라 도시코[田村俊子]상을 수상하고 그 후에도 다수의 문학상을 받았다. 최근 작품으로 『나라 리포트[ナラ・レポート]』(2007, 무라사키 시키부[紫式部]문학상 수상)와 한국여성 작가 김경숙과의 왕래서간집 『산이 있는 집, 우물이 있는 집[山のある家、井戸のある家]』(2007) 등이 있다. 자필 연보(1977년까지)는 『다케니시 히로코[竹西寛子], 다카하시 다카코[高橋たか子], 도미오카 다에코[富岡多惠子], 쓰시마 유코[津島佑子] 편』(筑摩書房, 1980)을 참조. 「너무나 야만적인」의 중국어 역은 2011년 2월에 타이완의 인각출판에서 출판되었다. 필자는 그 번역자이기도 하다. 쓰시마 유코 저, 우페이전 역 『너무나 야만적인[太過野蠻的]』(印刻問學, 2011. 2)을 참조.

한 의미를 가졌는가를 새롭게 파악하게 되었다. 그것은 첫째 영웅 혹은 정복자, 지배자를 주요 요소로써 보는 역사관으로부터의 회전을 의미하고, 둘째로 일반적으로 역사에서 피억압자 층, 구체적으로는 피차별 층 혹은 여성, 게다가 피억압 민족 즉 식민지의 사람들 및 식민지 출신의 입장에서의 역사상의 수립을 촉발하여 (…중략…) 1960년대를 통해 이른바 민중사 연구가 역사학계의 전면에 등장해 왔다"[3]는 것을 의미한다. 본론에서 다루는 일본과 타이완에서 1930년대 '식민지 타이완'을 제재로 한『해신 가족』과「너무나 야만적인」이라는 소설은 바로 가노가 지적한 것처럼 '민중' 특히 '여성'의 입장에서 식민지사에 새롭게 주목한 작품이라 할 수 있다. 또한, 종래의 내셔널 히스토리의 관점과는 다른, 개인사적인 특히 여성의 관점에서 식민지 타이완을 그려내고 있는 점은 천위후이의『해신 가족』(印刻文學, 2004)이 가장 평가되는 이유 중 하나라고 생각한다. 이 작품이 2007년 <타이완문학상>을 받았을 때 작가 자신은 다음과 같이 수상소감을 말하고 있다. "이 작품을 완성함으로써 나 자신이 국가의 운명과 얼마나 닮았는지를 처음으로 의식하면서 과거 갖고 있던 정체성의 위기가 사라졌다. 또 자주 어디 사람이냐고 질문받지만, 지금은 더 이상 (그 대답에) 주저함이 없어졌다."[4] 이 수상소감에는 식민지화되어 온 타이완의 근대에 복수의 외래정권이 가져온 다양하고 복잡한 양상이 드러나고 있다. 또한『해신 가족』은 여성이 이러한 복잡한 양상을 응시하는 구조를 가진 작품이기도 하다.

국민국가라는 틀 안에서 내셔널 아이덴티티를 규정할 때, '언어'와 '민족적 아이덴티티'가 항상 그것을 판단하는 기준으로 보인다. 그러나 연이어

---

3) 鹿野政直,「国民の歴史意識・歴史像と歴史学」,「パンドラの箱―民衆史創始研究の課題」(ひろたまさき, 1977)
　　酒井直樹 編,『ナショナル・ヒストリーを学び捨てる』(東京大学出版会, 2006.11) pp.15-16.
4)「海神家族獲台湾文学奨」『中国時報』2007.12.17(http://blog.udn.com/jadechen123/1461079)

서 외래정권의 지배 아래에 있었던 타이완이라는 토지에는 다언어와 다문화라는 혼종(hybridity)이 불가피하고 동시에 또 존재하고 있었다. 이 때문에 국민국가의 틀 안에서 식민지 타이완에 대해 말한다면 오히려 타이완의 이러한 특징이 보이지 않게 될 우려가 있다.

천팡밍[陳芳明]의 『해신 가족』에 대한 논평은 이러한 딜레마를 가장 단적으로 보여주고 있다. "과거 타이완사/중국사는 공적인 것으로 남성적이고 단일적인 제왕, 충신, 영웅 그리고 열사의 것이었다. 우리들이 받아 온 교육은 실제로 어떤 권력을 통해서 우리의 기억을 조정하고, 그것을 매개로 해서 역사를 구축하는 권력과 해석하는 권력을 탈취하기 위한 것이었다. 그 때문에 여성이 표현하는 행위가 시작되면 그것은 이미 역사를 다시 쓰는 행위와 마찬가지가 된다. 천위후이는 과거 자신의 아이덴티티를 자리매김하기 어려웠다. 자신은 중국인? 타이완인? 중화민국? 포르모사? 역사를 그려내는 것을 매개로 해서 자신이 타이완에 속해 있다는 것이 이제 명확해졌다. 그 때문에 종래의 쓰기(=가부장 중심의 쓰기)를 뒤엎고 일부러 모친을 주체로서 역사를 그리고 있는 것이다."[5] 『해신 가족』의 이야기는 실제로 오키나와[沖縄]에서 타이완으로 이주한, 내레이터의 외조모에 해당하는 미와 아야코[三和綾子]라는 여성에서 시작한다. 1930년대부터 2000년에 걸쳐 외래정권이 가거나 오기를 반복하는 타이완의 시공간 속에서 아야코라는 여성의 운명은 어디까지나 또 다른 타이완의 근대사이다. 즉 타이완의 근대사가 어떤 여성의 생애에 응축되어 버리면 전혀 다른 것이 보이게 되는 것이다.

이에 대해 식민지 타이완에 대한 기억을 식민자 측에서 말하려 한다면 아마도 식민된 측과는 완전히 상반되고 대립하기 쉽다는 것을 상상하기는 어렵지 않다. 그러나 여성의 관점에서 본다면 1930년대의 식민지 기억

---

5) 陳芳明, 「重新為台湾命名 : 陳玉慧的『海神家族』」(http://www.jysls.com/tread-203862-1-1.html)

을 공유하는 것은 의외로 가능하다.

"근대의 학지로서의 역사는 과거, 현재, 미래라는 흔들림 없는 시간의 단선적인 계열에 의해 성립되어 왔다. 분석의 대상이 되는 과거가 현재와 미래로부터 확실히 단절되어 있다는 안심에서야말로 제도화된 역사학도 안정되어 있다"6)는 것은, 아마도 근대의 내셔널 히스토리에 적용되는 개념이라고 할 수 있다. 때문에 그러한 틀에서 타이완의 식민지 역사를 회고해 본다면 아마 제국과 식민지의 입장은 이항대립적인 구도로서밖에 떠오르지 않는다. 그러나 "억압된 것에 대한 제스처를 보여주고 있다"7)는 의미를 지닌 '기억'이 이야기한다면, 아마도 국민국가의 '역사'는 동요되고 모호한 것으로 만들질 것이다.8)

2006년 9월부터 『군상』에 연재되기 시작한 쓰시마 유코의 「너무나 야만적인」은 1930년대의 식민지 타이완과 2005년 현재의 타이완을 배경으로 하는 소설로, 『해신 가족』과 마찬가지로 여성의 관점에서 식민지 타이완의 기억을 이야기하고 구축하는 작품이다. 『해신 가족』의 미와 아야코와 마찬가지로 여주인공인 미차[美世]는 결혼하기 위해 타이완으로 건너온다. 조카인 리리[茉利子]는 이모 미차의 일기와 편지를 읽으면서 이모의 생활을 추체험하고 이 일본인 여성이 과거 살았던 식민지기의 타이베이 거리를 상상한다. 또한, 이모 미차가 남긴 일기나 편지에 묘사된 타이베이 생활이나 마을 풍경을 확인하고 싶은 기분이 드는 한편, 자신 눈앞의 생활을 재확인하기 위해 2005년 타이완을 직접 방문하게 된다. 60여 년 전 이모가 걸었던 마을이나 생활 풍경을 현재 타이베이의 거리를 걸으면서 상상하여 식민지의 기억을 엮어낸다. 미차가 과거 보았던 식민지 사람들과 풍경은

---

6) 富山一郎 編, 『記憶が語りはじめる』(東京大学出版会, 2006) p.229.

7) 富山一郎 編, 위와 같음.

8) 여기에서 '기억'과 '역사'의 양자 관계 및 차이가 발생하는 구조에 대해서는 이와사키 미노루[岩崎稔]가 앞의 책에 게재된 「좌담회」에서 발언한 것이다. pp.228-229.

식민지 지배자이면서 남편인 고이즈미 아키히코[小泉明彦]의 눈에는 비치지 않았던 것들이라고 할 수 있다. 유모, 가정부, 행상인, 전통시장, 타이완의 과일과 채소 등은 식민지 타이완에서 지극히 보통의 일본인 여성의 일상생활에 응축되어 간다.

『해신 가족』과 「너무나 야만적인」의 두 작품에서 여성 관점에서 그려내고 또 보여주는 식민지 타이완이라는 기억에 유사성이 많은 이유는, 역시 현재라는 시간을 공유하면서 '일본제국'과 '식민지 타이완'에서의 과거 여성의 생활을 상상해서 만들어 낸 '상상의 공동체' 위에 식민지 타이완의 기억을 재구축했기 때문이라고 생각한다.

3. 식민지 타이완에 대한 공유하는 기억
─각각의 '우서 사건[霧社事件]'

『해신 가족』의 대강의 줄거리는 다음과 같다.

내레이터는 오랫동안 해외를 방랑하다가 독일에서 고향 타이완으로 돌아와서 자신의 가족사를 회고하는 형태로 이 대하소설을 전개한다. 그녀의 가족사는 타이완 근대사의 축도이기도 하다. 이야기는 오키나와의 구메지마[久米島] 출신인 외조모 미와 아야코가 타이완으로 건너오게 되는 경위에서 시작한다. 1931년에 미와 아야코는 타이완으로 건너와서 경찰관으로 일하고 있는 약혼자인 요시노[吉野]에게 의지하려고 하지만, 그는 이미 '우서 사건'에서 봉기한 원주민에 의해 살해되어 순직된 상태이다. 미와 아야코는 타이완의 우체국에서 말라리아에 걸려 쓰러지고, 거기에서 타이완 청년인 린쩡난[林正男]에게 구조된다. 1932년에 린쩡난과 결혼하기 위해 재차 타이완으로 건너와 그 후 50년 동안 두 번 다시 고향 오키나와에 발을 들여놓지 않는다. 1945년 일본은 패전되어 2·28사건이 일어나고, 조종사의 꿈을 버리기 어려워서 남양(南洋)으로 출정하고 돌아온 남편 린쩡난은 백색 테러에 휘말려 행방불명이 되어버린다. 한편 장녀인 찡즈[靜子]는 내전에서 공산당에 패한 장제스[蔣介石] 정권을 따라 중국 대륙에서 건너온 군인 얼마[二馬]와 눈이 맞아 도망갔다가 결국에는 결혼한다. 내레이터는 두 사람 사이에 차녀로 태어난다. 그러나 얼마는 너무나도 방탕하여 아내를 돌보지 않았고, 그것이 원인이 되어 내레이터는 어린 시절부터 반항적이고 양친과 불화를 일으켰다. 마지막에 내레이터의 독일인 남편이 최선을 다해 애쓴 덕분으로 찡즈와, 그녀와 오랫동안 불화 관계에 있던 씨 다른 여동생인 신루[心如]가 화해하고, 내레이터도 독일인 남편과의 결혼을 계기로 양친과 화해한다.

한편, 「너무나 야만적인」의 대략의 줄거리는 다음과 같다. 작품의 시대는 2005년과 1930년대 전반으로 설정되어 있다. 또한, 이야기는 2005년과 1930년의 2부로 나뉘어 있는데, 각각 2005년의 여주인공인 리리와 1930년대의 여주인공 미차에 의해 전개되고 있다. 이야기는 2005년 여름 리리가 1931년 이후 4년 동안 타이베이에 살았던 모친의 언니인 미차의 발자취를 더듬기 위해 타이완에 건너와서 타이완에 체재하는 20일 동안의 이야기를 중심으로 전개되고 있다. 리리는 이미 돌아가신 모친에게서 과거 식민지 타이완에 살았던 이모인 미차와 닮았다는 말을 자주 들어 왔다. 리리는 이모가 과거 생활했던 타이완을 방문해서 이모가 살았던 1930년대의 식민지 타이완의 기억을 엮어가면서 자신의 과거 기억과 교착해 간다. 리리는 미차가 남긴 남편에 대한 사랑의 글과 일기를 읽으면서 미차의 식민지 생활의 기억을 상상하고 재건해 나간다. 미차가 식민지 타이완에 온 것은 1931년의 일이었다. 과거 부모가 정한 결혼에 실패한 미차는 도쿄의 여학교에 다니면서 프랑스 사회학을 전공한 고이즈미 아키히코와 사랑에 빠지고, 그의 모친의 맹렬한 반대를 뿌리치고 결혼하여 타이베이고등학교에서 프랑스어 교사를 담당하고 있는 그가 있는 곳으로 따라온다. 1931년 미차의 연애는 성취되고 남편과 타이베이에서의 결혼생활이 시작되지만, 미차의 아이가 죽고 그 그림자가 두 사람 사이에 끼어들어 그녀를 따라다닌다. 그 후 미차는 항상 '우서 사건'의 꿈을 꾸게 된다. 폐쇄적인 일본인 공동체에 갇혀서 바쁜 남편으로부터도 배려받지 못하고 결국 망상 상태를 일으켜 정신이상이 된다. 이러한 극악한 정신 상태가 원인이 되어 타이베이 시내 각지에서 소매치기를 반복하다가 결국에는 내지로 돌려보내져 고향인 니라사키[韮崎]에서 말라리아로 죽는다.

『해신 가족』과 「너무나 야만적인」은 각각 1930년에 '식민지 타이완'에서 일어난 '우서 사건'을 중요한 사건으로 구축하고 있다. 미와 아야코가 '식민지 타이완'과 관련되기 시작한 것은 약혼자 요시노와 결혼하기 위해 타이완으로 건너오고부터이지만, 그러나 그녀를 맞이한 것은 이미 머리가 잘린 요시노의 차가운 시체였다. 「너무나 야만적인」에서 '우서 사건'은 미차가 타이완으로 건너오기 직전에 일어나서 작품 속에서 몇 번이나 다른 형태로 등장한다. 또 미차와 리리의 기억에 항상 따라다녀 '식민지 타이완'의 기억으로서 중요한 아이콘으로 제시된다.

『해신 가족』에서 내레이터의 외조모인 미와 아야코는 1930년의 지룽[基隆] 항에 도착하여 처음으로 타이완 땅에 발을 내디딘다. 여행 목적은 우서[霧社]의 마리바사[マリバ社]에서 경찰관으로 일하고 있는 약혼자인 요시노를 방문하기 위해서다. 요시노는 몇 통의 편지에서 다음과 같이 타이완에 대해 말하고 있다. "독사 투성이의 토지에서 사람들의 얼굴에는 문신이 있고 수렵으로 생계를 이어가며 때때로 목을 베어 신령께 제사한다"[9]라고. 좀처럼 나타나지 않는 요시노는 결국 사흘 전에 원주민의 습격으로 이미 살해되어 머리가 없는 사체가 되어 있었다. 그녀는 며칠이나 걸려 겨우 우서에 도착했고, 그리고 머리 없는 사체를 확인했을 때 너무나 충

---

9) 陳玉慧, 『海神家族』(印刻文學, 2004) p.26.

격을 받은 나머지 며칠 동안 목소리를 잃어버리는 상태까지 되었다. 단지 한 번밖에 만난 적이 없는 남자를 머리 없는 상태로 확인하는 것은 그녀에게 있어 상당히 힘든 일이었다. 우서 주변에는 일본 경찰이나 군대가 계속 진압하고 있고 비행기의 폭격 소리 속에서 그녀는 단속적인 총성을 듣는다. 그리고 아마도 봉기한 원주민이 아직 반항을 시도하려는 것으로 생각한다. 그녀는 요시노의 숙사 침대 위에서 요시노와의 기억을 필사적으로 더듬으려고 하지만 한 번밖에 만난 적이 없는 요시노와의 사이에 실은 그다지 추억이 없다는 것을 깨닫는다. 그리고 하룻밤도 잠을 이루지 못한다. 게다가 숙부의 집에서 나와 요시노를 의지해서 온 것인데 이제는 갈 곳이 없어져 버렸다. 너무나 절망한 나머지 "만약 고사족(高砂族)이 아직도 목 베기를 하고 있다면 나를 죽여주었으면 좋겠어. 지금 얼른 내 목을 베어주었으면 좋겠어"[10]라고 미와 아야코는 생각한다. 이러한 상태에 놓여 "독립된 성인이 되도록 강요받았다."

당시 일본 내지와 타이완 본섬을 충격에 빠뜨린 '우서 사건'은 미와 아야코라는 오키나와 출신 여성의 인생을 바꾸어 그녀의 후반생을 이 섬에서 보내게 하고 이 섬에서 연이어서 일어나는 정권교대를 목격하게 하는, 그녀와 운명을 함께 하는 커다란 전기가 된다. 가장 큰 영향은 자신이 의지하고 있던 약혼자를 잃게 된 것이고 또 자신의 후반생 운명이 타이완 섬과 함께 하게 된 것이다. 일본 식민지기의 타이완에서 일어난 최후의 이 무력항일 사건이 우연히 어느 여성의 인생과 교착되어 결국 그것은 어떤 가족사의 시작이 되고 어떤 여성의 새로운 인생이 되는 결과를 낳는다. 종래의 내셔널 히스토리 사관에서 본다면 이 사건은 통치하는 측과 통치받는 측과의 관계에 균열을 만들어 단절상태에 빠지는 위기에 놓이게 하

---

10) 여기에서 타이완 원주민을 가리키는 말로 '고사족'을 사용하고 있으나, 이 말이 보편화된 것은 좀 더 이후라고 생각된다. 그러나 여기서는 작품의 표기대로 하겠다. 陳玉慧, 앞의 책, p.30.

지만, 미와 아야코에게서 본다면 타이완과 관련되어 오키나와에서 타이완으로 건너와서 이 토지에 뿌리를 내리고 확대되어 가는 신생의 계기가 된다.

「너무나 야만적인」에서 '우서 사건'의 묘사는 마찬가지로 커다란 비중을 차지하는데, 이 사건은 여주인공인 미차와 리리의 '식민지 타이완'의 기억을 엮어내는 가장 중요한 사건이다. 미차가 타이완에 온 것은 1931년 여름의 일이다. 지난해 10월에 '우서 사건'이 일어나서 그녀는 내지에 나돌던 '번인(蕃人)'의 문명화에 대해 생각하지 않아도 된다는 등의 노골적인 차별 뉴스를 목격한다. 이미 대학생이 된 남동생과 지금은 여대생으로 이제 곧 여교사가 되는 여동생은 이 사건으로 부모나 남편을 잃은 사람들에 대해 동정을 표한다. 그와 동시에 남동생은 "'순종하는 사람은 위로하고 거역하는 사람은 없애'야 하지. 원래 누구도 '미개인'을 자신들과 마찬가지 인간이라고, 그렇게 생각하지 않아. 그러니까. 일본인들이 그들에게 살해되거나 하면 원숭이가 인간을 살해한 것 같은 느낌이 들어 무슨 일이 있어도 용서할 수 없게 되지. 옛날 아이누의 코샤마인의 난[コシャマインの亂][11]이랄까. 그것과 지금의 사건은 완전히 똑같은 배경을 갖고 있지 않을까"[12]라고 분개한다. 일본의 근대화 과정에서 주연의 소수민족을 계몽한다는 이름으로 행해져 온 폭력을 정당화하는 것을 비판하는 것으로 파악된다.

게다가 미차는 남편인 아키히코에게서 들은, 봉기가 진압된 후 살아남은 사람들을 강제 이주시켜 혹독한 환경 속에서 병사하거나 자살하는 사람이 끊임이 없었다는 이야기를 동생들에게 전달하면서 다음과 같은 감상을 드러낸다. "살아남은 사람들은 여자들뿐이어서, 그러니까, 남자들의 반란에는 참여하지 않았으니까 강제 이주까지 시키지 않아도 괜찮았을 텐

---

11) 1457년 홋카이도[北海道]에서 세력을 확장한 일본인과 코샤마인을 지도자로 하는 선주민족인 아이누 인과의 사이에 일어난 최초의 대규모 전란을 가리킨다. (번역자 주)

12) 「あまりに野蛮な」(5) 『群像』 62(1)(2007.1) p.358.

데"13)라고 살아남은 여성에 대한 동정의 시점을 드러낸다. 사건을 지금까지와는 다른, 여성의 관점에서 보고 있는 것이다. 이러한 시점은 이후 '우서 사건'에 대해서 이야기할 때도 일관되고 있다.

타이완으로 건너오는 호라이마루[蓬萊丸] 안에서 '우서 사건'은 미차의 머리에서 떠나지 않고 모나 루다오14)가 이제껏 발견되지 않는 것이 신경 쓰여서, "일본인에게 있어 모나 루다오의 존재는 시간이 지남과 동시에 멸종된 일본 늑대에게 갖게 되는 생각과 닮은, <미개의 세계>에 대한 뭔가 모를 기대와 우려로 계속해서 변하고 있다"고 미차는 생각한다. 그리고 자기 생각을 한번 더 확인하고 "일본인이라니 누구를 말하는 거야? 그러니까, 나만의 이야기일지도 모르겠어. 나와 동생들 사이에서만의 이야기"15)라고 반응한다. '우서 사건'에 대한 자신의 견해로 자신은 아마도 일본인이라는 '민족'의 틀에 들어맞지 않는 것은 아닐까 하고 깨닫는다. 또 미차가 뱃멀미의 고통 속에서 내지 신문에서 크게 다룬 "자살"한 "충의심이 있는 번인" 두 사람16)을 상기하면서, 죽음에 임할 때 타이완 원주민의 풍습으로 노래하는 「저승의 노래」가 귀에 들리고 '단풍나무[楓樹]' 아래에 목을 매고 죽어 있던 사체의 그림자가 보이게 된다.

'우서 사건'은 미차가 '식민지 타이완'에 대한 기억을 구축하는 데 있어 가장 중요한 '사건'이고 그곳 산에서 사는, 일본 식민자에 의해 통치되거나 혹은 억압받아 온 사람들의 조우를 끊임없이 상상함으로써 구축된 것이다. 겨우 타이완의 산들이 보이게 될 즈음 뱃멀미로 무기력하게 된 미

---

13) 위와 같음.

14) 모나 루다오(1880~1930)는 타이완의 우서 세데크 족의 촌장으로 일본 통치시대에 타이완에서 일어난 대규모 항일무장반란으로 알려진 우서 사건(1930)을 일으킨 인물이다. 사건이 일어나고 행방불명되어 4년 후 시체로 발견되었다.(번역자 주)

15) 앞과 같음.

16) 작품 안에서는 일본화된 일본 이름을 말하고 자살한 '두 명의 번인'의 이름이 구체적으로 나와 있지는 않다. 그러나 하나오카 이치로[花岡一郎]와 지로[二郎]를 가리킨다고 생각한다.

차는 배 안에 흐르고 있는 남국 타이완에 대한 동경과 상상을 부풀리게
하는 「호라이 고우타[蓬萊小唄]」를 들으면서 "멍해져 있던 머리에 그 노랫
소리가 겹쳐져서 「저승의 노래[出死の歌]」가 드문드문 울리기 시작했다."[17]
미차의 '식민지 타이완'의 최초 기억은 식민자의 신천지에 대한 동경이라
기보다 '우서 사건'으로 죽음으로 내몰린 산 사람들이 노래하는 「저승의
노래」의해 뒤섞이게 되는 것이다.

『해신 가족』이나 「너무나 야만적인」은 모두 '우서 사건'을 종래의 내셔
널 히스토리의 시점이라기보다 각각의 일본인과 오키나와인 여성이 어떻
게 이를 응시하고 있는지에 대한 구도를 제시하고 있다. '우서 사건'은, 『해
신 가족』의 미와 아야코에게는 자신의 운명을 열어나가서 지금까지 알지
못했던 타이완 근대사와 함께 걷기 시작하는 상징이 되지만, 「너무나 야
만적인」의 미차에게는 타이완이라는 곳에서의 결혼생활에 그림자를 드리
우고 좌절을 만날 때마다 망령처럼 꿈속에 나타나서 '식민지 타이완'의 일
본인 공동체(=가정)에 억압당하고 있는 자신의 분신이라는 상징이 된다.

4. 순수와 혼종 사이-'아이덴티티'와 '말'의 동요

『해신 가족』과 「너무나 야만적인」에 공통되는 특징은 각각의 여주인공
이 '내셔널 아이덴티티'와 '국어(=일본어)'에 대한 순수한 의문, 내지는 집착
이 없다는 것이다.

미와 아야코는 지룽 항에 내려서 "내지인이에요? 어디서 왔어? 마중 나
온 사람은 있어?"라고 부두에서 질서를 유지하고 있는 경찰에게 질문받았
을 때 얼른 고개를 끄덕인다. "내지인이야?"라고 다시 질문받자 "오키나

---

17) 「あまりに野蛮な」(5) 『群像』 62(1)(2007.1) p.362.

와"라고 대답한다. "그녀는 '오키나와'가 내지인지 어디인지 확정할 수 없다".18) 즉 미와 아야코에게 있어 '오키나와'가 제국의 '핵심'인지 '주연'인지는 자리매김하기 막연한 것이어서 자신의 '내셔널리티'에 대해 불확실한 감정을 품고 있다. 말라리아에 걸려서 이후 남편이 된 린쩡난에게 도움받고 그에게서 '내지인의 생활상황'에 대해 질문받자 "나는 늘 오키나와 사람이야"라고 대답한다.19) 두 번째 타이완으로 건너온 것은 린쩡난과 결혼하기 위해서였다. 그 후 50년 만에 오키나와로 돌아가서 양친과 남동생의 묘에 성묘하고 천후궁(天后宮)으로 마조(媽祖)를 참배하는 일 이외에 미와 아야코는 아무것도 하지 않는다. 양친을 잃은 후 숙부의 집에서 기거해온 미와 아야코는 타이완이라는 땅이 자신의 장래의 길을 열어준다고 믿고 있었다. "아야코는 이방인 가족을 아주 좋아해서 숙모 집보다 훨씬 좋다. 남편이 자신에게 상냥하게 대해주어 항상 그것에 너무나도 감동해서 눈물을 흘렸다. (…중략…) 그의 수다가 좋다. 그가 일본어를 말하면 마치 아이와 같다. 어휘는 아주 우아하든지 아주 난폭하든지 어느 한쪽이지만 그러나 그녀는 그를 알게 된 그 날부터 그의 모든 것을 알게 되었다."20) 패전 후 일본인이 돌아가고 국민당 정부가 건너왔지만, 장제스와 함께 타이완으로 건너온 군인을 부친으로 둔 내레이터인 미와 아야코의 손녀는 "전혀 그녀와 말을 하지 않는다. 자신은 일본어와 타이완어를 할 수 없고 그녀는 중국어를 할 수 없다"21)고 말하고 있다. 또한 시동생 린쯔난[林秩男]이 자신이 타이완 인으로서의 아이덴티티에 자부심을 가지고 있는 것을 보면서 "(그가) 자신(미와)을 일본인으로 보지 않는 것에 대해 아주 위로가 된다. 또 그 때문에 자신이 때로는 일본인이 아닐지도 모른다고 생각하기

18) 陳玉慧, 『海神家族』(印刻文學, 2004) p.26.
19) 陳玉慧, 위의 책, p.31.
20) 陳玉慧, 위의 책, p.36.
21) 陳玉慧, 위의 책, p.42.

도 한다. 자신은 오키나와 사람이다. 오키나와 사람은 일본인도 아니고 중국인도 아니다"[22]라고 미와 아야코는 생각하기 시작했다.

근대에 있어 식민지 타이완의 '내셔널리티'나 '말'의 애매함과 혼종성은 미와 아야코 자신에게서도 보인다. 오키나와가 내지인지 아닌지, 그리고 순수한 일본어가 절대적인 존재인지 아닌지에 관한 문제[23]에 대해 절대적인 대답이 나오지 않는 것은 미와 아야코를 시작으로 『해신 가족』 외에 타이완 섬에 온 인물의 묘사를 통해 분명해진다. 또한 근대 국가의 틀에서 구축된 '내셔널 아이덴티티'와 '국어'가 『해신 가족』에는 비가시적인 존재가 되어 버린다. 그것은 내셔널 히스토리가 아니라, 제국의 주연에 위치한 타이완이나 오키나와와 마찬가지로 주연화되어 있는 여성의 관점에서 묘사했기 때문에 더욱 가능하다고 할 수 있다.

「너무나 야만적인」의 모두에는 미차가 실은 '악녀'라는 이미지를 암시하는 듯한 묘사가 보인다.[24] 일기 안에서 자신은 실제로 과거 "넓적다리 안쪽에 악어와 같이 하얀 이빨이 나서 몇 명인가 남자를 죽였어"라고 '악녀'라는 사실을 내비친다.[25] 여성이 '미개한' 이미지로 그려진 것은 미차가 남편인 고이즈미 아키히코로부터 들어서 처음으로 깨닫는 장면에 많이 보인다.

고이즈미는 도쿄제국대학을 졸업한 아직 병아리 사회학자로 타이베이 고등학교에서 프랑스어를 가르치면서 가까운 시일 내에 다시 프랑스로 유학 가는 것을 계획하고 있었다. 이 식민자 엘리트가 사람, 일, 사물을 측량

---

22) 위와 같음.

23) 식민지 타이완에서 오키나와인의 일본어가 일본인의 야유의 대상이 되어 차별을 받았다는 지적이 있다. 호시노 히로노뷔[星野宏修], 『식민지는 천국이었다-오카나와인의 타이완 체험[植民地は天国だった一沖縄人の台湾体験]』, 『복수의 오키나와[複数の沖縄]』(西成彦, 原毅彦 編(人文書院, 2003))를 참조.

24) 「あまりに野蛮な」(1) 『群像』 61(9)(2006.9) pp.7-12.

25) 「あまりに野蛮な」(16) 『群像』 62(12)(2007.12) pp.291-297.

하는 '척도'는 '문명'이다. 미차의 '일기'에서 알 수 있듯이 '문명'의 '척도'에서 벗어난 것은 '야만' 그 자체라고 고이즈미는 주장한다. 미차가 형제들과 장난하는 것을 "동물적으로 흥분해서 공격적이 된다"고 표현하고. "모두 미개의 야만인 같다"26)고 하면서 미차의 가족을 비난한다. 그리고 미차에 대해서 '우직'하고 '거친' '여자는 더 신중함이 없다'27)라고 비난하기도 한다. 게다가 아키히코는 방문객과 '우서 사건'에 대해 이야기하는데, 이때 원주민과 여성은 '미개'라는 이미지를 공유하고 있다고 발언하고 있다. "여자에게는 만용이라는 것이 있으니까. 여자의 만용을 남자는 모르지. 그렇지만 만용만으로는 결코 문명에 상대할 수 없어."28)라고 하는 것이다. 작품 속에서 '우서 사건'이 반복해서 등장하고, 미차는 모나 루다오가 자신의 부친이 되는 꿈을 꾸기고 한다. 또 2005년에 들어서 미차의 기억에 다가서려고 하는 리리는 미차가 원주민 여성이 되어 있고, 아키히코가 '목베기'하는 원주민 남성이 되어 있는 꿈도 꾼다. 이들 묘사는 젠더 히에라르키의 상하 질서의 현현(顯現)일 뿐 아니라, 남성 중심의 문명이라는 '척도'를 의문시하는 암시라고도 할 수 있다.

이 연장 선상에서 말의 히에라르키도 '남성 중심' '척도'의 표준으로 그 우열이나 상하관계를 규정한다. 예를 들어 밤의 성행위에서 "타이완어를 사용하면 그럴 마음이 생기지 않으니까. 그만둬"라고 말하기도 하고, 파리에서는 "타이완어 같은 것은 아무 쓸모도 없다"29)고 주장하는 남편에게 "프랑스어보다도 매일 어디에선가 귀에 들어오는 타이완어에 미차는 친근감을 느끼지 않을 수 없었다"30)고 일상의 생활 감각으로 말의 우선순위를 파악하고 있다.

26) 「あまりに野蛮な」(6) 『群像』 62(2)(2007.2) pp.291-297.
27) 「あまりに野蛮な」(8) 『群像』 62(4)(2007.4) pp.206-207.
28) 위의 책, p.208.
29) 위의 책, p.211.
30) 위와 같음.

「너무나 야만적인」이라는 소설은 근대 일본의 국민국가가 '문명'이라는 이름을 빌려 '문명'이라는 틀에서 벗어난 것을 배제한다는 구도를 보여주고 있다. '현모양처'의 틀에서 벗어나고 있는 미차도, 그리고 '우서 사건'을 일으킨 원주민도 그 '척도'의 틀 밖에 있는 무익하고 '너무나 야만적인' 것으로서 파악되고 있다.

5. 맺음말

텟사 모리스 스즈키(Tessa Morris-Suzuki)는 과거 역사소설과 '바른' 역사 사이의 관계가 "소설에 나오는 사건이나 인물의 리얼리티 문제로서 논해지는 경우가 많다"고 지적하면서, 그러나 다음과 같은 문제도 고찰하지 않으면 안 된다고 주장했다. "왜 이 소설가는 이 사건에 대해 쓰고 싶었을까? 왜 독자는 읽고 싶은 것일까? 우리들이 읽고 있는 소설에 어떠한 풍경이 부재하는가? 소설 안에서 만나는 과거의 풍경은 역사의 특정 부분과의 일체화나 그 해석에 어떠한 영향을 끼쳤을까?"[31] 이 일련의 질문은 『해신 가족』과 「너무나 야만적인」에도 적용할 수 있다.

이제까지 문학작품에서 다루는 '식민지 타이완'은 남성 중심적인 내셔널 히스토리적인 퍼스펙티브로 그려낸 것이 많은데, 『해신 가족』과 「너무나 야만적인」은 '우서 사건'을 매개로 해서 어떤 오키나와인 여성과 어떤 일본인 여성의 인생이 얼마나 이 섬과 관련되어 가는가를 그려내고 있다. 지극히 보통 여성의 인생과 연애 관계에서 반영된 '식민지 타이완'이라는 이미지인 것이다. 물론 '우서 사건'은 『해신 가족』의 미와 아야코에게 있어 타이완 근대사와 함께 그 일부로서 전개되는 계기가 되지만, 「너무나

---

31) テッサ・モーリス・スズキ, 『過去は死なない―メディア・記憶・歴史』(岩波書店, 2006) p.77.

야만적인」의 미차에게 있어서는 근대 국민국가와 공범 관계를 가진 '문명화' 아래에서 자신과 마찬가지로 억압, 내지는 말소되는 상징이 된다. 여기에서 '우서 사건' 그리고 '식민지 타이완'의 기억이 각각의 여성과 타이완과의 관계에 의해 재편성되어 가는 것이다.

21세기 현재, 마치 우연처럼 타이완에서도 일본에서도 각각의 여성 작가가 동시에 타이완과 일본의 식민지기의 과거를 여성 관점에서 그려냈다. 일본과 타이완이 어떻게 식민지 기억을 공유할 수 있는가를 내셔널 히스토리 혹은 남성의 관점과 다른 일 측면으로부터 보여주고 있다. 쓰시마 유코는 현재라는 글로벌라이제이션의 시대를 살고 있고 또 아시아 각국의 '아시아 여성 연대'가 가능하게 되었다는 것을 과거 이렇게 말하였다. "여성 작가라는 것은 역으로 더 커다란 부분에서 역할을 담당하고 있다" "표면상의 정치 연표 같은 것에는 절대로 드러나지 않는 부분을 오히려 여성 작가는 꿰뚫어보고 있다. 가까이 다가간다, 그리고 작품의 형태로 기록해 간다"[32] 식민지 타이완의 기억을 재구축할 때, 1930년대에 식민지 타이완에서 발생한, 당시 일본과 타이완을 뒤흔들었던 '우서 사건'을 여성의 눈으로 다시 파악한다면 지금까지 일본과 타이완이 가지고 있던 각각의 다른 '타이완 식민지상'은 실제로는 오버랩되고 있을지도 모른다는 가능성이 부상하는 것이다.

번역 : 송혜경(宋惠敬)

---

32) 津島佑子, 「アジア女性との連帯を求めて」 『社会文学』 第27号(2007.2) pp.26-27.

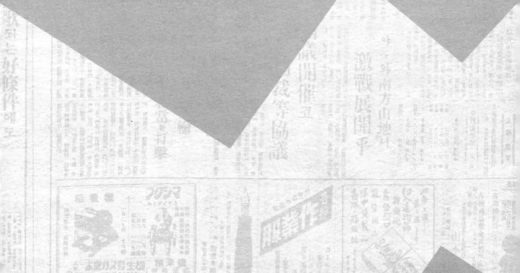

제3부

경계인의 기억과
일본어 문학의 간극

한국 '국문학사' 기술과 '친일문학(이중언어 문학)'의 기억

정병호(鄭炳浩)

1. 서론

2000년부터 10여 년간 한국의 국문학계는 바야흐로 '친일문학' 연구의 전성기라 해도 과언이 아니다. 이는 "임종국의 『親日文學論』(1966) 이후 간헐적으로 이루어져 왔던 1940년대 전반기 문학에 대한 연구가 최근 다시 부상하고 있다"며 "심지어는 문학에 관여하는 사람이라면 이에 대해 일정한 견해를 표현하기를 강요당하는"[1] 상황마저 연출되고 있다고 언급하는 윤대석의 지적을 통해서도 확인할 수 있다. 이 지적은 2006년도 시점의 언급이지만 그 이후에도 '친일문학'에 대한 왕성한 연구가 이루어져 이 당시 식민지문학을 둘러싸고 수많은 연구 성과를 거두고 있다. 그래서 오랫동안 한국 근현대문학의 연구대상에서 배제되어 왔지만 금세기에 들어와 한국의 '친일문학(이중언어 문학)'에 관한 연구사[2]가 만들어질 정도로 최근에

---

1) 윤대석, 『식민지 국민문학론』(역락, 2006) p.226
2) 지금까지 한국에서 한국의 친일(이중언어)문학에 대한 연구성과의 정리는 정병호, 「한반도 식민지 <일본어 문학>의 연구와 과제」, 『일본학보』 제85집(한국일본학회, 2010.11),

그 논의의 폭과 발언이 확대되고 있는 것도 사실이다.

'친일문학(이중언어 문학)' 연구가 이렇게 활발하게 이루어지고 있음에도 불구하고 이 분야가 일국문학의 범주를 규정한 '한국문학사'에 곧바로 반영되고 있는가라고 하면 반드시 그렇게 볼 수만은 없다. 동아시아에서 처음으로 '문학사' 편찬의 붐이 일어났던 일본의 예를 보면 "국민이 그 사상, 감정, 상상 등을 그 국어로 기재한 것을 국문학이라 하며, 국문학의 기원과 발달과 변천을 서술한 것을 국문학사라고 한다"[3]는 규정 아래 문학사 기술 작업이 이루어졌다. 그래서 '문학사'는 "국민의 기풍, 사상, 감정이라는 것이 드러나" 있고 "국민의 심성(心性)생활"을 알 수 있기 때문에 "일국의 문명"[4]을 잘 보여주고 있다는 논리가 형성된 이래 이러한 관념은 문학사 기술의 방향을 결정화하였다고 볼 수 있다. 즉, '일본문학사'가 "국민국가의 문화적 아이덴티티를 형성하기 위한 수단"[5]이 되었고 이러한 의미에서 문학사를 국민, 국어, 국가, 국민문화가 일체화[6]된 것으로 전제하는 국문학의 전통이 배태되었던 것이다. 이러한 국문학사의 전통으로 인해 제국주의 시대에 아시아 각지에 무수히 남아 있는 '식민지 일본어 문학'이 지금까지 '일본문학사'의 영역에서 배제되어 왔던 것이다.

그렇다고 한다면 한국이 해방을 맞은 1945년 이후 간행된 '한국문학사'

노상래, 「일제하 이중어문학의 연구 성과와 기대 효과」, 『어문학』 제102집(한국어문학회, 2008.12), 김순전 외, 『조선인 일본어소설 연구』(제이앤씨, 2010), 조진기, 『일제 말기 국책과 체제 순응의 문학』(소명출판, 2010) 등이 있다. 이 중에서 졸고의 경우는 단지 한국인작가의 작품 뿐만 아니라 한반도에서 간행된 일본인의 문학작품까지도 시야에 두어야 하며, 현재 일국단위로 연구되고 있는 식민지 문학연구 상황을 타개하기 위해 국제적 공동연구를 제언한 바 있다.

3) 高野辰之, 『國文學史敎科書』(上原書店, 1902) p.1.
4) 芳賀矢一, 『國文學史十講』(富山房, 1899) pp.7-8. 이러한 인식은 최초의 일본문학사인 미카미 산지[三上參次]・다카쓰 구와사부로[高津鍬三郞] 공저의 『일본문학사』(1890)를 비롯하여 당시 다수의 일본문학사에서 볼 수 있는 논리이다.
5) 鈴木貞美, 『日本の「文學」概念』(作品社, 1998) p.221.
6) 小森陽一, 『<ゆらぎ>の日本文學』(NHKブックス、1998) p.16.

의 주요한 논점은 무엇이며 당시 수많은 한국인 작가와 연관이 있는 '친일(이중언어)문학'에 대해서는 어떻게 기억하며 어떠한 태도를 취하고 있는 것일까? 본 연구에서는 '한국문학사'의 주요 논리는 무엇인지, 2000년대 이후에 들어와 연구 붐이 일어나고 있었던 '친일(이중언어)문학'이 '한국문학사'에서는 어떠한 위치를 차지하는지, 나아가 각 시기별로 어떠한 평가를 받고 있는지를 일국문학사의 논리 속에서 파악하도록 한다. 나아가 2000년대 '친일(이중언어)문학' 연구 붐을 문학사 기술이라는 문제와 연관지어 파악함으로써 '문학사' 기술의 외적 확대는 물론 동아시아 식민지 문학사에 대해 이 지역의 공통의 인식을 도출하는 것이 본 연구의 목적이다.

2. 한국 '국문학사' 기술의 전개와 '친일문학'의 위치

동아시아 지역의 문학사 편찬은 일본의 경우 1890년대 '문학사의 계절'이 도래하여[7] 국민국가 형성과 더불어 수많은 문학사들이 간행되고 중국의 경우도 린추안지아(林伝甲)의 『중국문학사(中國文學史)』를 비롯해[8] 활발한 문학사 편찬이 이루어진다. 그러나 한국의 경우는 1945년 한국이 일본 식민지 지배로부터 독립할 때까지 일국문학사는 안확의 『조선문학사(朝鮮文學史)』와 권상노(權相老)의 『조선문학사』(中央仏敎專門學校, 1930년대)밖에 존재하지 않는다.[9] 물론 안확의 문학사 이전에도 한국 최초의 근대적 문학

---

7) 平岡敏夫, 「明治大正文学史集成・解説」, 『明治大正文学史集成 3 明治文学史』(日本図書センター, 1982) p.2 참조.

8) 중국인의 문학사 편찬 이전부터 古城貞吉, 『支那文学史』(経済雑誌社, 1897), 笹川種郎, 『支那文学史』(博文館, 1898), 中根淑, 『支那文学史要』(金港堂, 1900) 등 일본에서도 잇따른 중국문학사 편찬이 보인다.

9) 이 이외에 문학장르사라 할 수 있는 김태준의 『조선소설사』, 『조선한문학사』(1931) 등이 있다.

론이라 불리우는 이광수의 「文學이란 何오」(1916)에서 일종의 '문학사론'이라 불릴 수 있는 논의가 엿보인다.

이들 문학사(론) 연구에서 이광수와 안확의 논점을 각각 '전통단절(부정)론'과 '전통혁신(조화)론'[10]이라고 부르고 있듯이 이들은 기본적으로 조선의 전통문학에 대한 평가태도를 달리하고 있다. 이광수는 "적어도 李氏朝鮮 五百年間에는 吾人은 「우리것」이라 할만한 哲學, 宗敎, 文學, 藝術을 가지지 못하였"[11]다고 하는 조선의 전통문학 부재론이 그의 문학사론의 전제가 되고 있다. 한편 안확은 이러한 전통문학 부재론의 근거가 되는 한문, 중국사상에 대해 "外國文字을 輸入하야 朝鮮性으로 同化를 석이어 使用함이며, (…중략…) 其著作으로써 千古에 不朽케 함은 世界文學史에 大特色이라 하노라"[12]라며 한자를 조선의 특성에 맞게 "同化"함으로써 세계문학사 중에서도 큰 특색을 나타내는 민족문학을 창출하였다고 주장하고 있다. 이렇게 전통문학에 대한 가치판단은 다르지만 이들이 문학사를 통해 민족문화의 아이덴티티를 확립하고 '민족정신' '민족사상'을 고취하고자 하는 데는 문학사론의 기본적인 방향이었다. 그러나 그들이 지향하는 논리는 궁극적으로는 민족문화의 선양과 내셔널 아이덴티티의 모색에 있었다고 볼 수 있겠지만 그 인식은 일본에서 만들어진 '일본문학사', 또는 부정적인 '조선인론'의 담론과 착종(錯綜)하는 형태로 배태되었음도 엄연한 사실이라 하겠다.[13]

그러나 1945년 일제로부터 해방이 되고 나자 '한국문학사'가 연이어 쓰

---

10) 조동일, 『한국문학과 세계문학』(지식산업사, 1991) p.230.
11) 이광수, 「復活의 曙光」(權寧珉 編, 『한국현대문학비평사(자료1)』(단대출판부, 1981) p.101).
12) 안확, 「朝鮮의 文學」(權寧珉 編, 위의 책, p.31).
13) 정병호, 「한국의 <조선문학(사)론> 형성과 중국사상의 표상-<일본문학사> 및 <조선(인)론>의 비교를 통해」, 『日本學報』 제81집(한국일본학회 2009.11) 참고.
    이광수의 조선문학 부재론은 당시 일본지식인들이 주장하는 문학이식론과 일선동조론의 기본적 논조이며 안확의 경우는 이 조선의 "惡弊"라는 이미지는 근대 이후 일본이 만들어 낸 부정적인 조선(인)상의 전형적인 담론과 거의 일치하고 있다.

이기 시작하여 지금까지 상당한 수량의 국문학사가 쓰였다. 이들 '한국문학사'는 시기별로 그 목적과 지향점을 달리하며 한국문학의 전체상에 대한 다양한 개념 도출과 새로운 패러다임을 구축해 왔다. 그렇다면 해방 이후 지금에 이르기까지 '한국문학사' 기술에 있어서 주요한 논점은 무엇이었는지 시대별로 문학사기술의 방향성은 무엇인지를 파악하기 위해 우선 다음의 인용문을 보도록 한다.

> ① 文學의 史的 變遷 過程을 硏究하면 硏究할수록 반드시 그 時代의 國民의 氣風 風尙 趣味 思想 感情 등을 밝히 알 수 있을 뿐 아니라, 나아가 現在 우리들을 支配하고 있는 民族精神이 어떻게 形成되어 어떠한 變遷을 밟고 왔는가의 足跡을 더듬을 수 있는 것이다.14)
> ② 國文學은 朝鮮사람의 思想과 感情 卽 心性生活을 言語와 文字에 依하여 表現한 藝術이다.(p.1)朝鮮文學이라 하면 첫째 朝鮮말로서 朝鮮의 思想·感情을 表現한 文學을 말하게 될 것 (…후략…)15)

인용문 중 ①과 ②는 '국문학'이나 '국문학사' 기술이 앞의 일본문학사의 예에서 살펴본 바와 같이 "민족정신"과 민족의 "사상과 감정"을 밝힐 수 있는 대상임을 분명히 하고 있는 문장이다. 내셔널 아이덴티티와 밀접한 연관을 가지는 이러한 문제의식은 이광수의 「문학이란 何오」에서 "朝鮮文學이라 하면 母論 朝鮮人이 朝鮮文으로 作한 文學"이며 "朝鮮人 自身의 精神을 記錄한" 것이라는 주장에서 엿볼 수 있듯이, 위에서 본 19세기 말에서 20세기 초반의 '일본문학사', 아니면 이의 강한 자장 속에 있었던 조선 국문학을 논할 때 기본적인 인식이라 할 수 있다. 특히 이 짧은 문장에 드러나 있는 '국문학사'에 대한 규정은 속문주의의 바탕이 되는 '국어'사상과 더불어 국가, 국민, 국민문화의 총체로서의 '국문학' 인식의 바탕을 잘

---

14) 김사엽, 『改稿 國文學史』(正音社, 1948) p.54.
15) 조윤제, 『國文學史』(東國文化社, 1949) p.4.

보여주고 있다고 하겠다.

위의 논조는 해방 후 새로운 민족국가에 대한 열광을 구가하던 1940년 대말의 논리일 뿐만 아니라 비록 관점상의 차이는 있다고 하더라도 비교적 최근에 쓰인 김재용의 『한국근대민족문학사』(1993)나 권영민의 『韓國現代文學史1』(2002)16)에서도 같은 논리의 반복을 목도할 수 있다. 한편, 인용문 ②에서 보이는 "朝鮮文學"을 "朝鮮말로서 朝鮮의 思想·感情을 表現한 文學"이라는 논리는 문학의 속문(屬文)주의를 강조한 논리인데 한국문학의 경우는 비록 일제강점기에 쓰인 한국인작가의 '일본어 문학'을 논외로 한다고 하더라도 조선시대 때까지 한글문학보다도 양질의 면에서 훨씬 우세하였던 '한문학'과 관련하여 한국문학의 범주를 논할 때 많은 논쟁을 야기하였다.

> ③ 新文學이 西歐的인 文學 장르를 採用하면서 부터 形成되고 文學史의 모든 시대가 외국문학의 자극과 영향과 모방으로 일관되었다 하여 과언이 아닐만큼 新文學史란 移植文化의 역사다.17)
> ④ 文學은 政治나 社會學과는 달리 「藝術」이라는 特性을 지니기에 藝術의 歷史는 단순히 社會主義니 民族主義니 하는 一般歷史의 價値基準만으로는 성립될 수 없기 때문이다. 즉 文學史의 기술에서 기술대상이 되는 作品의 選定은 항상 美的 價値의 범주에서 이탈할 수 없음이 認識되어야 할 것이다.18)

다음으로 인용문 ③은 한국근대문학의 기원에 관한 논의로서 한국근대문학을 서양이나 일본문물의 '이식문화'로 파악하는 관점이다. 이에 대해

---

16) "한국문학은 (…중략…) 개화계몽 시대에서 일본 식민지 시대로 이어지는 정치적 격변 속에서 문화적 자기 정체성의 가장 중요한 징표로 자리하고 있다."(p.13)거나 "한국의 근대문학은 국어와 국문이라는 단일한 언어 문자의 기반 위에서 성립된다."(p.16)는 기술이 이에 해당한다.(권영민, 『한국현대문학사』(民音社, 2002)).

17) 임화, 『文學의 理論』, 學藝社 p.827.

18) 장덕순, 『韓國文學史』(同和文化社, 1982) pp.15-16.

백철의 문학사나 조연현의 문학사19)도 대체로 이에 동조를 하고 있는데 이에 대한 근본적 문제제기가 이루어진 것은 1970년대에 들어와서이다. 이에 대해서는 "한국문화의 주변성"을 극복하기 위해 "구라파 문화를 완성된 모델로 생각해서는 안 된다"(p.15)며 "移植文化論과 傳統斷絶論"20)을 극복하고자 시도하며 "한국문학은 그 나름의 神聖한 것을 찾아내야 한다"(p.18)고 주장하고 있다. 이러한 극복의지의 결과로서 한국근대문학의 기원에 대해 다음과 같이 언급하고 있다.

> 문학에 한해서만 말한다면, 근대문학의 기점은 자체내의 모순을 언어로 표현하겠다는 언어 의식의 대두에서 찾지 않으면 안된다 (…중략…) 그런 의미에서 우리는 이조 사회의 구조적 모순을 文字로 표현하고 그것을 극복하려 한 체계적인 노력이 싹을 보인 英正祖 시대를 근대문학의 시작으로 잡으려 한다.(p.20)

여기서 근대문학의 기원을 조선후기 영정조 시대로 소급한다는 논리에는 시조나 가사 등 재래적 문학장르가 집대성되고 판소리나 가면극 등이 소설로 발전된다는 문학 내적 상황과 더불어 신분제도의 혼란, 상인계급의 대두, 실사구시파의 성립, 독자적 수공업자들의 대두, 시장경제의 형성이라고 하는 문학외적 환경을 겹합시키고 있다. 이는 당시 한국 역사학계의 움직임과 "문학사회학적"21) 논리가 결합한 결과로 볼 수 있지만 근대=서구의 모방이란 논리를 문학사에서 극복하려고 한 점은 특기할 만하다고 하겠다. 한편, 임화 이래로 '이식문학론'을 주장한 백철, 조연현의 문학사

---

19) 이 이식론에 한발 더 나아가 조연현은 유럽과 달리 '韓國近代史의 微妙한 不自然性'(p.21)과 '後進性과 그 畸型性'(p.23)으로 인해 "韓國의 近代文學 및 現代文學의 그 모든 稚氣와 未熟과 混頓과 不完全-그리고 그 畸型型인 발전"(p.32)를 이루고 있다고 한국문학의 근대성 자체에 의문을 표하고 있다.

20) 김윤식·김현, 『韓國文學史』(民音社, 1973) p.16.

21) 홍문표, 『한국현대문학사1』(창조문학사, 2003) p.60.

에 대한 통렬한 반격을 가한 이른바 '내발적 자율성론'은 1980년대의 조동
일의 『한국문학통사』(1982-86)에도 계승되고 있다.

다음으로 인용문 ④의 경우는 문학은 예술이기 때문에 "文學史"의 "기
술대상"은 "美的 價値"가 그 기준이 되고 있음을 분명히 한 것인데, 이는
'순수문학론'에서 문학이 가지는 당연한 논리적 귀결로 보이지만 오랫동안
독재정치와 분단국가로 인해 냉전논리가 강하였던 한국문학계로서는 문
학의 이데올로기에 대한 다양한 입장의 차이를 유발하였다. 예를 들면 이
러한 전제에 입각하여 "國民文學派의 擡頭와 折衷主義의 登場"을 "民族主義
的인 根底와 純文學的인 根據"(p.450) 위에 형성되었다며 "푸로 文學의 反民
族的인 反文學的인 破壞行爲에 對抗해서 나타났던 韓國의 特有한 文壇風景
의 하나"22)로 보는 순수문학 옹호론이 이에 해당한다. 이의 논리는 "反民
族的인 反文學的인 破壞行爲"라는 말에 잘 응축되어 있지만 프로문학이나
참여문학 전반에 대해 실랄한 비판의식을 내재하고 있으며 1950년대의 정
치적 상황을 단적으로 보여주고 있다고 할 수 있다. 이러한 조연현의 문
학사를 "당시 냉전체제와 반공 이데올로기의 영향"(p.51)으로 인해 문학사
를 제대로 반영하지 못하고 있다고 비판하며 "부르조아계급의 이념은 민
족적 과제를 제대로 수행하지 못"했다는 이유에서 "1945년 해방 이전까지
우리 민족문학은 진보적 민주주의문학의 지향을 분명"23)히 하고 있다면
서 "진보적 좌파적 관점에서 문학사를 기술"24)하고 있는 김재용의 문학사
가 이러한 대립적 구조를 잘 보여주고 있다.

이상과 같이 '한국문학사'는 문학이나 국문학 기술을 둘러싸고 다양한
논쟁이 시대마다 그 패러다임25)을 달리하며 전개되었지만 이른바 '친일문

---

22) 조연현, 『韓國現代文學史』(現代文學社, 1956) p.459.
23) 김재용, 『한국근대민족문학사』(한길사, 1993) p.58.
24) 홍문표, 앞의 책, p.60.
25) 한국문학사의 전개과정에 대해 김윤식, 김현의 『韓國文學史』, 김재용의 『한국근대민족문
학사』에서도 그 소개가 있지만 상세한 것으로는 양문규, 「한국 근대문학사론의 인식과

學'에 대한 스탠스는 대동소이한 것이라 할 수 있다. 즉, 1940년대 말에 간행된 김사엽의 『國文學史』나 백철의 『조선신문학사조사』(1949)에서 "1941년 말부터 1945년까지의 약 오년 사이는 한국 신문학사에 있어서 羞恥에 찬 暗黑期요, 文學史的으로는 白紙로 돌려야할 부랑크의 시대"[26]라고 규정한 친일문학 단죄의 주장은 이후 '한국문학사' 기술의 커다란 방향성을 제시해 주고 있다. 특히 장덕순의 『한국문학사』(동화문화사, 1982)와 홍문표의 『한국현대문학사1』(창조문학사, 2003)를 제외하고는 문학사 기술의 대상이 되지도 못하거나 기술이 되더라도 그 구체적 양상이 무시된 채 극히 짧은 지면만이 할애되어 있다.

이는 위의 문학사 기술에서 각기 보이는 '이식문화론' 관점이든 '내발적 자율성론' 관점이든 '한국문학사'가 기본적으로 공통분모로 하고 있었던 내셔널 아이덴티티의 창출과 탐색, 국어라고 하는 속문주의에 기인한 바가 적지 않다고 할 수 있겠다.

3. 해방 이후 '한국문학사'의 1940년대 '친일문학'의 기억과 표상

이상에서 고찰해 보았듯이 김사엽이 말한 "1941년 말부터 1945년까지의 약 오년 사이는 한국 신문학사에 있어서 羞恥에 찬 暗黑期요, 文學史的으로는 白紙로 돌려야할 부랑크의 시대"라는 '친일문학'에 대한 규정은 '한국문학사'에서 이후에도 지속적으로 재생산되고 있다. 즉 이는 단지 일제강점기로부터 해방된지 얼마 지나지 않은 시점에서 바라본, 부정해야 할 역사에 대한 단순한 자기부정의 의미만 있는 것은 아니다. 이는 금세기에

쟁점」, 『20세기 한국문학의 반성과 쟁점』(문학과 사상연구회, 소명출판, 1999)이 있다.

26) 김사엽, 『改稿 國文學史』(正音社, 1954) p.538, 白鐵의 경우도 "조선신문학사상에 있어서 수치에 찬 암흑기"(백철, 『조선신문학사조사』(수선사, 1949) p.399)로 규정하고 있다.

들어와 쓰인 "1941년 이후 한국문학은 한국어를 빼앗기고, 그 발표기관마저 빼앗겨 가사상태에 돌입했다. 완전한 문학사적 공백기와 암흑기가 도래하게 된 것이다"[27)]와 같은 『한국현대문학사』에서도 흔히 볼 수 있는 담론이기 때문이다.

그런데 '친일문학'에 대한 위와 같은 표상은 크게 보아 두 가지 관점이 내재되어 있다. 하나는 중일전쟁과 태평양전쟁 이후 "'日本'의 軍國主義가 최후의 發惡을 부려서, 모든 면에 걸쳐 '反逆戰'의 急迫한 速度에 맞도록 拍車가 加해져 갔"[28)]으며 이러한 시국을 배경으로 하여 탄압에 의한 수탈과 피해자의 이미지를 강조하려는 논리가 이에 해당한다. 다른 하나는 위의 "文學史的으로는 白紙로 돌려야할 부랑크의 시대"라는 말이 잘 시사해 주고 있듯이 이 시기는 "한국 문학을 云云할 시기는 아니"(p.538)라는 한국 민족문학 부재의 시기라는 함의가 이에 해당한다.

- 文學이 自己의 民族語까지 빼앗길 때에 以上 더 계속할 수 없는 것은 說明할 것도 없다. 그런 情勢 속에서 一九四一年 四月에 와서 「文章」은 廢刊이 되고, 「人文評論」은 「國民文學」으로 改題되어 겨우 續刊을 보게 되었다. 그 뒤 數年間의 文學이 우리 新文學史上에 있어서 恥辱의 페이지인 것은 누구나 아는 사실이다.[29)]
- 1941년 이후 한국문학은 한국어를 빼앗기고, 그 발표기관마저 빼앗겨 가사상태에 돌입했다. 완전한 문학사적 공백기와 암흑기가 도래하게 된 것이다.[30)]

여기서 인용한 문장은 모두 "政治的으로나 實際的인 面에서만이 아니다. 直接 文化面에서도 그들의 侵略戰爭에 協力을 强要하는 文化政策이 施行"

---

27) 김선학, 『한국현대문학사』(동국대학교 출판부, 2001) p.151.
28) 김사엽, 『改稿 國文學史』(正音社, 1954) p.537.
29) 이병기・백철, 『國文學全史』(新丘文化社, 1957) p.450.
30) 김선학, 앞의 책, p.151.

(이병기·백철, p.449)되어 한국문학의 '암흑기'가 시작되었으며 그런 의미에서 민족문학 자체가 수탈당했다는 견해를 피력하고 있는 부분이다. 특히 식민지 당국의 탄압에 의한 수탈론은, "우리 文學人들은 그들이 主催하는 時局講演에 나가고 地方을 巡講하고 소위 大東亞文學者大會에 參席하여 直接 그들의 戰爭政策에의 協力이 强要되"31)어 이른바 '친일문학'이 탄생하게 되었다는 논리적 귀결을 제시하고 있다. 그렇기 때문에 이러한 '친일문학'이라는 암흑기는 내선일체정책, 한국어 사용금지, 창씨개명, 황국신민화 등 민족말살정책과 강제징병, 신사참배, 신문잡지 폐간, 조선문인협회 설립 등 모든 분야에 걸친 식민지적 탄압과 수탈의 연장선상 혹은 그 결과물임을 강조하게 된다.

　한편 이러한 논리를 가장 적나라하게 보여주는 예가 조윤제의 『韓國文學史』이다. 조윤제는 "戰爭政策에 强制로 協力시키니, 우리의 文人들은 손발을 묶이어 끌려다니는 奴隷와 같이 되었다"며 "제 이름이 있어도 제 이름을 부르지 못하고 제글이 있어도 제글을 쓰지 못할 뿐이 아니라 읽지도 못하니 人類歷史上 이런 일이 또 있었던가. 文人들은 오직 하늘을 우러러 恨歎하고 나라 없음을 울뿐이었다"32)고 당시 문학적 상황이 한국문인들의 의지와 관계없이 일제의 탄압과 수탈에 의한 결과임을 기술하고 있다. 그러나 이러한 논리는 '친일문학'=민족문학의 암흑기를 강조하고 있는 것 같지만 이를 일제의 강요와 수탈에 따른 결과로 치환함으로써 결국 당시 '친일문학'에 내재해 있었던 한국문인들의 자발적 협력과 확신에 찬 국책 선동의 문학적 표현은 은폐되어 버리는 모순점을 가지고 있다. 특히 '친일문학'을 단지 일제의 강요와 수탈로만 이해하기 때문에 '친일문학'은 한국

---

31) 이병기·백철, 『國文學全史』 p.450.

32) 조윤제, 『韓國文學史』(탐구당, 1963) p.595. 그는 뒤이어 그렇기 때문에 "一九四〇年以後의 國文學史에는 暗黑이 왔다기 보다 文字 그대로 切望이 왔던 것이다"라고 인식을 피력하고 있다.

문학의 "문학사적 공백기"에 해당되고 따라서 자연스럽게 '친일문학'은 민족문학을 기술하는 공간인 '한국문학사'에서 배제·소거되어 버린다. 그런데 이들 문학의 구체적 내용을 소거함으로써 이들 '한국문학사' 기술의 근간이라 할 수 있는 내셔널 아이덴티티 확립과 상반되는 결과를 낳고 말았다. 이는 문학사가들이 의도했든 의도하지 않았든 문학자들의 식민지 국책협력에 면제부가 주어지는 것으로 귀결되는 모호성이 존재한다고 하겠다.

그러나 모든 문학사에서 '친일문학'을 언급할 때 수탈론과 민족문학의 공백기를 강조하고만 있는 것은 아니다. 예를 들면, '暗黑期 文學'이라고 하나의 절을 할당하고 있는 장덕순의 『韓國文學史』(1982)에서는 당시 '친일문학'을 대표하는 "國民文學"의 "붐"에 대해 "文人들 가운데도 强要로 인해 마지못하여 붓을 든 사람도 있었"지만 "이와는 반대로 眞情으로 國民文學에 心醉하여 일본精神化하려는 문인들이 있었다는 것도 사실이다"[33]라는 기술이 이를 잘 보여주고 있다. 즉 '친일문학'의 양산은 단순히 탄압에 의한 강제나 수탈의 결과만은 아니며 당시 문학자 중 자발적인 참여와 협력이 존재하고 있었음을 고백하고 있다. 이러한 논리는 권영민의 『韓國現代文學史1』(2002)에서도 "1930년대 말기 이후 한국문학은 내선일체론의 지배담론에 대응할 수 있는 저항의 논리를 확립하는 데에까지 나아가지 못한 채 실패하고 있"(p.442)음을 주장하며 이 실패로 인해 "친일적인 문필행위가 모두 황도(皇道)문학의 실현"[34]으로 나아갔다는 주장을 통해 1940년대의 문학적 상황이 단순히 탄압과 수탈이라는 조건에서 만들어진 결과만은 아니라는 사실을 분명히 하고 있다. 그러나 한국문학계에서 일제에 대한

---

33) 장덕순, 앞의 책, p.447, 그러면서 이 당시 문학상황에 대해 "정치적으로는 植民地였으나 그래도 문학만은 韓國的인 傳統을 계승해 오다가 이제 「國民文學」의 선창으로 문학마저 일본의 植民文學이 되어 한국문학은 그야말로 일본문학의 한 분야, 한 지방문학으로 전락하고 말았던 것이다."(p.458)라는 인식을 제공하고 있다.
34) 권영민, 『韓國現代文學史1』(民音社, 2002) p.445.

저항과 대응을 중심으로 일제강점기를 보려고 했던 '한국문학사'에서 한국 작가들의 자발적 협력에 대한 적시는 비교적 1980년대 이후 보이는 현상이라 할 수 있다.

한편 '친일문학'이 탄생하는 과정이 일제의 가혹한 탄압에 의한 것이든 아니면 자발적 참여나 저항논리의 부재에 의한 것이든 일제강점기나 이 당시 한국의 근현대문학은 일제의 정치적 압박에 적극적으로 응전하며 민족문학을 면면히 발전시켜간 기간으로 보려는 자세가 현저하게 보인다. 이러한 논리는 "日帝植民地治下를 문학사에서 제거해 버리자는 극단적인 주장에 일리가 없는 것은 아니지만, 民族意識의 각성이라는 면에서 그 시타이완큼 지식인의 강력한 응전력을 불러일으킨 시대는 보기 힘들다"[35]라는 김윤식의 평가가 이를 잘 보여주고 있다. 또한 김재용의 "위기의 시기에도 (…중략…) 민족문학을 지키려는 노력은 계속되어 암흑기를 밝히는 한줄기 빛이 되었다"[36]는 글을 통해서도 확인할 수 있는데 이러한 자세는 '친일문학'이 비록 민족문학사에서 "암흑기"이자 "수치"스러운 역사이지만 일제강점기 동안 일제에 대한 저항과 대응논리를 찾아야 하는 일국문학사의 논리적 귀결이기도 하다.

이상 살펴보았듯이 '한국문학사'에서 '친일문학'에 대한 인식을 한마디로 표현하자면 "羞恥에 찬 暗黑期요, 文學史的으로는 白紙로 돌려야할 부랑크의 시대"로 요약되겠지만 각각의 문학사에서 제기하고 있는 논리는 일제시대에 대한 역사적 인식, 즉 탄압과 수탈, 저항과 협력이라는 이항대립적 시각에 기초한 역사적 거대담론의 틀 속에 존재하고 있었다고 할 수 있다.

---

35) 김윤식・김현, 『韓國文學史』(민음사, 1998) p.283.
36) 김재용, 『한국근대민족문학사』(한길사, 1998) p.645.

4. '친일문학' 연구에서 '이중언어 문학' 연구로, 그리고 '한국문학사'

위의 '한국문학사'에서 '친일문학'을 규정하는데 최초로 그 방향을 결정하였던 일제의 탄압과 그에 따른 민족문학의 수탈론은 몇 가지의 문제점을 내포하고 있다. 첫째, 당시 국책문학='친일문학'이 형성되는 과정에서 한국인 작가의 적극적 협력이 있었다는 사실이 은폐될 가능성, 둘째, 당시 민족문학의 공백기로 치부함에 따라 '친일문학'의 구체적 행보와 그 내용이 소거되어 버린다는 측면, 셋째, 당시 일본어문학에 대한 세부적인 공죄(평가)가 배제된다는 문제가 이에 해당하는데, 이의 규명을 위해서는 실세 2000년대의 한국문학계의 새로운 흐름을 기다리지 않으면 안 되었다.

'친일문학'은 주로 1990년대까지 일제말기 식민지 문학을 평가하는 가치개념을 잘 보여주는 용어이다. 즉, '친일문학'은 위의 '한국문학사'의 기술에서도 볼 수 있었듯이 1939년에서 41년에 이르기까지 "기점 설정에의 이견이 없는 것은 아니나 암흑기로 명명함에는 대체로 일치"[37]하고 있다고 할 수 있다. 비록 문학사는 아니지만 '친일문학' 연구의 선구적 저작이라 할 수 있는 임종국의 『親日文學論』에서는 '친일문학'을 "주체적 조건을 몰각한 맹목적 사대주의적 일본의 예찬 추종을 내용으로 하는 문학"이며 "매국적 문학"[38]이라고 규정하고 있다. 역시 '친일문학' 연구의 대표적 저작의 하나인 송민호의 『일제 말 암흑기문학 연구』에서는 1940년대 전반은 "회상하기조차 싫은 치욕적 傷痕의 시기"라며 "친일 아부의 어용작가들이 독버섯처럼 돋아"난 시기라고 설명하면서 그 유형을 "광적인 戰爭讚美, 鍍金된 어용, 親日文學"[39]으로 분류하고 있다. '한국문학사'에서 "암흑기"로

---

37) 신희교, 「친일문학 규정 고찰-친일소설과 관련하여」, 『한국언어문학』 제45집(한국언어문학회, 2000) p.422.

38) 임종국, 『親日文學論』(민족문제연구소, 2002) p.19. 초판본은 1966년.

39) 송민호, 『일제 말 암흑기문학 연구』(새문사, 1989) p.4, pp.6-7.

규정하며 문학사의 "공백기"로 간주하고 적극적 기술을 회피하고 있는 데 반해 이들 연구에서는 적극적으로 당시 '친일문학'의 전개양상, 그리고 친일문학의 유형과 개별 작가론을 전개하고 있다는 데 그 의미를 둘 수 있다. 그러나 이 당시 문학작품을 오로지 제국 일본이나 식민지 정책방향에 대한 저항인가 추종인가라는 이항대립적 논리에서만 파악하였기 때문에 이 당시 대다수 문학이 곧 '친일문학'이라는 인식이 형성되었다.

'한국문학사'는 위와 같이 내셔널 아이덴티티 구축이라는 측면에서 '친일문학'이라는 대상에 대한 동일한 입장과 '친일문학'의 형성배경에 대한 인식의 차이가 노정이 되고 있지만 이른바 2000년대 '친일문학' 연구에서 그 패러다임을 전환시키기에 충분한 가능성 또한 내포되어 있다. 예를 들면, "이와 같은 친일적인 경향을 일방적으로 매도하고 단죄하는 데 그치지 않고 올바르게 이해하고 평가하기 위해서는 대단히 섬세한 시각이 필요한 일"40)이라는 시각을 제시한 김재용의 발언, 문학사에서는 처음으로 자발적인 친일문학이 있었음을 기술하며 이들의 주요담론과 전개양상을 소개한 장덕순의 『韓國文學史』, 홍문표의 『한국현대문학사1』에서 '암흑기 문학사 기술의 의미'41) 등을 밝히며 암흑기 문학사를 상세하게 기술하고 있는 부분이 이에 해당할 것이다.

한국의 국문학계에서는 2000년대에 들어와 '친일문학' 연구 붐이라고도 할 수 있을 만큼, '친일문학'이나 한국인작가의 일본어 작품에 대해 국민국가나 민족이라는 준거점을 상대화하면서 기존의 이항대립적 도식을 벗어나 다양한 형태의 '친일문학' 재검토 작업이 활발하게 이루어졌다. 이를

---

40) 김재용, 『한국근대민족문학사』 p.781.
41) 홍문표, 『한국현대문학사1』 pp.458~460. 홍문표는 이곳에서 지금까지 '친일문학'이 제대로 기술되지 못하고 "은폐되거나 금기시 되었"다며 "1940년대 암흑기 문학은 싫든 좋든 우리의 책임이며 우리 문학사의 상처를 비쳐 주는 거울이라는 점과 비록 부정적이지만 식민지 문학의식의 한 단면이라는 점에서 다루어져야 한다. 그리고 역사적 사실은 그 어떤 명분에 의해서도 결코 은폐될 수 없다는 점에서 우리 문학사의 아픈 교훈으로 다루어져야 마땅하다"고 기술하고 있다.

가장 잘 보여주는 것이 이 시기를 '친일문학'이라는 관점에서 보던 연구방향을 '이중언어 문학' 연구라는 관점에서 보려는 논점의 재설정이 이에 해당한다고 할 수 있다.[42]

한편 이 당시 문학을 '이중언어 문학'이라는 개념 속에서 파악한 논점은 대략 2000년 전후[43]부터 쓰인 개념어인데 이는 1940년대 전반기의 일본어 문학=암흑기 문학은 곧 친일문학이라고 단정하는 논리와 기본적 스탠스를 달리하고 있다고 할 수 있다. 예를 들면 김윤식이 "일어로 작품을 쓴 경우를 통틀어 친일문학이라 할 것인가. '신체제(新體制)'에 영합하는 것만을 지칭할 것인가"[44]라는 물음을 통해 '친일문학'의 범위에 문제를 제기하고 "이중어 글쓰기"에 대한 해명은 "지구화 시대로 규정되는 21세기에 접어든 한국 근대 문학연구진이 안고 있는 한 가지 과제"(p.52)임을 분명히 하면서 '이중언어 문학' 논의가 급증하게 된다. 나아가 "일제 말 일본어 작품은 매체 규정력 때문에 친일문학으로 자동 분류되곤 했는데 이런 발상은 이중어문학의 객관적 평가에 걸림돌이 되기도 한다"[45]며 1940년대 일본어 문학을 친일문학으로 등치시키려는 논리를 폐기시키려는 논의가 본격적으로 이루어지면서 이 당시의 한국문학을 '친일문학'이라는 관점에서

---

42) 비록 '친일문학'이라고 틀 속에서 논의를 진행할 경우라도 김재용, 『협력과 저항-일제말 사회와 문학』(소명출판, 2004)이나 류보선, 「친일문학의 역사철학적 맥락」(한국근대문학회『한국근대문학연구』 제7호, 2003.4) 등에서 볼 수 있듯이 그 개념 영역의 재설정 문제1)를 두고 다양한 형태의 논의가 있었다. 특히 류보선은 이 글에서 임종국과 김재용의 '친일문학'에 대한 개념을 확인하면 전자의 "친일문학에 대한 규정은 지나치게 넓(p.13)"고 후자의 "친일문학의 범위는 지나치게 좁다"(p.14)며 새로운 개념규정을 시도하고 있다.

43) 정백수는『한국 근대의 植民地 體驗과 二重言語 文學』(아세아문화사, 2000)에서 일제강점기 한반도의 언어적 상황을 "지배자의 언어인 일본어와 식민지의 독자적인 언어인 한국어가 상호간에 대립·공존하는 <二言語상황>이었다"(p.16)라는 인식 속에서 이러한 '이언어상황', '이중언어작가'라는 문제가 한국문학계에서 "본격적으로 다루어진 적이 없었"(p.45)음을 처음으로 문제시하고 있다.

44) 김윤식,『일제 말기 한국 작가의 일본어 글쓰기론』(서울대학교 출판부, 2003) p.47.

45) 노상래,「일제하 이중어문학의 연구 성과와 기대 효과」,『어문학』제102집(한국어문학회, 2008.12) p.352.

가 아니라 '이중언어 문학'이라는 프리즘을 통해 재정립하게 된다.

심지어 윤대석은 "기존의 친일문학론에 위화감을 느끼"며 당시 (친일) 지식인들의 "진정성에 대한 몰이해는 '친일문학'을 '나태'나 '게으름', 혹은 '이기주의'의 소산으로 몰아붙이는 민족주의의 오만에 불과"('서문')하다고 지적한다. 나아가 "그러니까 '친일'과 '친일' 비판(민족주의, 반일)과 '근대화'가 공모하고 있다"[46]고 지적하며 한국의 "근대 및 국민국가의 모순을 이 시기의 문학 및 담론에서 발견하고 그것을 한국이라는 국민국가의 기원에 둠으로써 근대 및 국민국가에 틈을 내려"(p.226)는 논의도 이루어지고 있음을 명백히 하고 있다.[47] 이러한 연구는 1940년대 문학을 고려할 때 민족주의나 국민국가라는 평가의 틀을 폐기하고자 하거나 당시의 논리 속에서 이후 한국근대사회의 기원을 파악함으로써 근대나 국민국가 그 자체에 의문을 던지려는 시도라 볼 수 있다.

이상 살펴보았듯이 한국의 국문학계에서는 2000년대 이후 1940년대 식민지 문학연구가 '친일문학' 연구에서 '이중언어 문학' 연구로 이행했다고 할 수 있는데 이는 민족의 정체성에 중점에 두던 연구경향에서 탈민족이라는 방향으로 일대전환이라 할 수 있다. 일본의 경우도 식민지 일본어문학에 대한 연구가 1990년대 이후 활발하게 이루어지고 있는데 최근 1,20년 사이에 이 분야의 연구가 이렇게 활발하게 이루어지고 있는 이유는 어디에 있는 것일까? 이는 지금까지 문학이라면 자국의 대표적 문학=정전(正典)들을 자명(自明)한 실체로서 계보화하였던 문학주의에서 다양한 분야를 횡단하려는 문화연구로의 이행, 이에 수반한 포스트 콜로니얼리즘 및 문화연구의 문화이론의 영향, 문화연구와 더불어 새롭게 조명된 근대국민국가 및 제국주의 비판적 재고찰, 그 동안 문학사를 국민, 국어, 국가, 국민

---

46) 윤대석, 『식민지 국민문학론』(도서출판 역락, 2006) p.16.
47) 김철·신형기 외, 『문학 속의 파시즘』(삼인, 2001)이나 권명아, 『역사적 파시즘 제국의 판타지와 젠더 정치』(책세상, 2005) 등 참조.

문화가 일체화된 것으로 전제하는 국문학의 전통으로부터의 탈각, 지구화 시대의 도래와 탈내셔널리즘의 주장 등의 요인을 지적할 수 있겠다.[48]

5. 결론

이상에서 보았듯이 한국근현대문학 연구분야에서 2000년 이후 시점은 기존의 '친일문학'이 '이중언어 문학'이라는 관점으로 재해석되었고 최근 10년간 연구자들의 연구역량이 집중되면서 그동안 연구의 공백을 메우고 있다. 그럼에도 불구하고 2000년대에 나온 '한국문학사'에서도 '친일(이중언어)문학'은 여전히 충분히 기술의 공간을 얻지 못하고 있으며 여전히 기존의 기술 내용을 답습하고 있는 것도 사실이라 하겠다. 이는 일국문학사 기술의 토대가 되는 내셔널 아이덴티티 논리, 속문주의의 문제, 민족의 자존을 지키는 방편 등의 요인 때문이라 볼 수 있다.

그런데 한국문학계에서 '친일문학'이나 '이중언어 문학'을 논할 때에 그 대상이 되는 것은 한국인작가들인데 이를 한반도 식민지문학 전체로 그 시야를 확대했을 때에는 새로운 범주가 존재한다. 예를 들면 당시 식민지 조선에 거주하면서 한반도에서 발표한 일본인의 식민지 일본어문학, 식민지조선을 경험한 내용을 일본 '내지'에서 발표한 일본인작가의 작품, 일본 내에서 작품을 발표한 조선인작가의 작품 등이 이에 해당한다. 이러한 문학작품이야말로 지금까지 한국문학사나 일본문학사라는 일국문학사로는 완전히 수렴될 수 없는 한계성을 가지는 분야라 할 수 있다. 이는 한반도와 마찬가지로 일본의 식민지 상태에 있었던 타이완의 상황, 구만주국 문학이나 중국의 일본 점령지 문학, 이른바 '남방'지역에 해당하는 동남아시

---

48) 이에 대한 상세한 내용은 정병호 「한반도 식민지 <일본어 문학>의 연구와 과제」 참조.

아의 상황을 생각할 때도 같은 논리가 작용하리라 생각한다.

　1990년대 이후 일본이나 타이완, 한국, 중국 등에서 학문적·사회적 요인에 따라 식민지 문학에 대한 자료조사와 더불어 연구가 활발하게 일어나고 있다. 그렇지만 그러한 식민지문학 연구는 작품의 언어적 측면이나 발표된 지역. 작가의 민족만을 고려하여 일국문학을 기준으로 논해지는 경우가 대부분이다. 사실 1990년대 이후 동아시아지역의 식민지문학에 대한 연구는 그 동안 개별국가의 국문학사를 지탱하였던 민족주의나 일국중심주의의 극복이라는 관점에 힘입은 바가 크다고 하겠다. 그러한 문제의식에도 불구하고 결과적으로 식민지문학 연구가 자국의 문학영역을 확장하는 방편으로 아니면 자국의 주류문학사에서 누락된 부분을 보충하는 방식으로 이루어지고 있는 경우가 적지 않다고 볼 수 있다.

　그러나 앞에서도 보았듯이 발표나 간행된 지역성, 발표한 작가의 민족성, 발표매체의 언어성이 복잡하게 얽혀 있는 동아시아 지역의 식민지문학은 특정국가의 일국문학사로 포괄하기에는 한계가 있을 수밖에 없다. 여기에 바로 '동아시아 식민지 문학사'에 대한 이 지역의 공동연구와 기술의 필요성이 있다고 할 수 있겠다.

김석범 문학과 디아스포라 의식

―『화산도(火山島)』와 '제주 4·3사건'을 중심으로―[*]

김환기(金煥基)

1. 재일 디아스포라 문학과 김석범

지금까지 재일 디아스포라 문학은 일제 강점기의 협력과 비협력적 글쓰기를 비롯해, 해방 이후 1세대 작가의 민족적 글쓰기, 중간 세대의 자기 정체성에 대한 성찰, 신세대 작가의 현실주의적 글쓰기, 최근 뉴커머 작가의 공생논리에 이르기까지 세대를 거듭하면서 다양하게 변용해 왔다. 문학적 주제도 그 시대성을 대변하며 다양한 형태로 변주해 왔는데, 재일 디아스포라의 입장에서 느끼는 경계인 의식, 전세대와 현세대의 갈등, 주류와 비주류 사회의 대립, 현실에서 부딪치는 실질적인 문제 등 매우 다채롭다. 그리고 최근 재일 디아스포라 문학의 주제는 기존의 조국과 관련된 민족의식, 남북문제, 이데올로기 등에서 탈피하여 현실에서 부딪치는 실질적인 문제들, 즉 세대 간의 불화, 사업문제, 취직문제, 연애 결혼문제,

[*] 이 논문의 내용은 계간잡지 『문학과 의식(73,여름)』(세계한민족작가연합, 2008)에 게재된 「김석범 문학과 <제주 4·3사건>」을 가필 수정한 것임을 밝힌다.

귀화문제, 교육문제, 조상의 산소문제, 일본인과의 공생 등이 구체화된다는 점에서 특징적이다.

이러한 재일 디아스포라 문학의 주제들은 "자국 아닌 이국에서 정착하며 살아남기까지 치렀고 감내해야 했던 각고의 역사적 체험, 위치성, 타자와의 타협과 비타협, 조화와 부조화의 관계를 문학적으로 성찰"[1]하는 디아스포라 문학의 성격을 띤다는 특징을 지닌다. 그러니까 이방인으로서의 삶, 타자와의 투쟁, 핍박의 역사로 상징되는 '한'의 정서와 자기 정체성 문제가 문학적 주제로 다루어지는 것은 지극히 당연한 일이라 할 수 있다. 특히 재일 코리언 문학은 디아스포라의 관점에서 구소련권의 고려인 문학, 중국의 조선족문학, 미주의 한인문학 등과 함께 광범위하고 리얼하게 전개된다는 점에서 주목된다. 예컨대 일제강점기의 장혁주, 김사량 등의 문학에서 확인할 수 있는 협력/비협력적 글쓰기, 해방 이후 김달수, 김시종, 김석범, 정승박 등의 민족적 글쓰기 양상은 그러한 재일 코리안 문학의 성격을 규정짓는 것이면서 코리언 디아스포라의 역사성과 혼종성을 대변하는 지점이라 할 수 있다.

그 중에서도 김석범 문학은 재일 코리언 문학사에서 차지하는 비중도 크지만, 디아스포라와 민족주의적 관점에서 독창적인 글쓰기를 한 작가로서 다른 작가/작품들과 차별화된다고 할 수 있다. 김석범은 자신을 "디아스포라의 신세"로 규정하면서 "『화산도』를 포함한 김석범 문학은 망명문학의 성격을 띠는 것이며 내가 조국의 '남'이나 '북'의 어느 한쪽 땅에서 살았으면 도저히 쓸 수 없는 작품들이다. 원한의 땅, 조국상실, 망국의 유랑민, 디아스포라의 존재, 그 삶의 터인 일본이 아니었으면 『화산도』도 탄생하지 못했을 작품이다. 가혹한 역사의 아이러니!"[2]라고 거리낌 없이 역설하면서 디아스포라 문학이야말로 세계성과 보편성을 지닌다고 주장한

---

1) 김환기 편, 『재일 디아스포라 문학』(새미, 2006)
2) 김석범 저, 김환기·김학동 역, 『火山島』(제1권)(보고사, 2016) p.9.

바 있다. 아마도 고향상실자로서 '제주 4·3사건'을 "자아형성의 핵"으로 보고 문학의 원천으로 삼을 만큼 디아스포라의 불우성과 역동성을 신체적으로 체득했던 그였음을 감안하면 새삼 놀라 일은 아닌 듯하다. 경계인으로서의 민족주의적 관점에서 '제주 4·3사건'을 소재로 치열하게 글쓰기를 이어왔던 그였기에 문학적 보편성에 근거한 세계문학적 지점을 피력할 수 있었을 것이다.

그런데 더욱 분명한 사실은 김석범 문학의 주된 소재가 '제주 4·3사건' 이라는 점이고, 그 공간적 배경으로서의 제주도가 단순한 지역적 의미의 공간이 아니라는 점이다. 김석범 문학에서 제주도는 사상과 철학을 동반한 의식적 공간이며 자아형성의 산실이고 고향상실자의 심상공간이었다. 디아스포라 문학의 보편적 세계적 가치를 담보해주는 공간으로 문학적 토양으로 작용한다. 김석범의 초기작 「까마귀의 죽음」과 대하소설 『화산도』는 그러한 제주도와 '4·3사건'이 치열한 형태로 변주되는 공간/장소로서 작가의 디아스포라적 상상력이 검증받는 무대였다고 할 수 있다.

2. 김석범 문학의 출발–제주도와 '4·3사건'

김석범의 문학적 출발지점과 관련해 고향 제주도와 '4·3사건', 그리고 민족주의적 시좌는 대단히 중요하다. 그의 문학을 디아스포라 의식과 연계해 볼 때 제주도와 그곳의 '4·3사건'이 차지하는 비중이 지대하기 때문이다. 그런데 김석범 문학에서 이러한 상징적인 제주도와 고향 인식, 민족주의적 시좌의 근간을 짚어보기 위해서는 먼저 해방을 전후한 작가의 행보를 들여다볼 필요가 있다.

그의 연보3)에 따르면 김석범이 처음으로 한국을 찾은 것은 1939년(14세)이었고 그 무렵부터 반일사상과 조선독립을 생각하는 작은 민족주의자로

성장해 가게 된다. 1943년 제주도 숙모의 집과 관음사에서 한글을 익히고 1945년에 제주도에서 징병검사, 서울 선학원에서 지인들과 조선의 독립을 논하면서 김석범은 자연스럽게 민족주의적 시각을 가지게 된다. 그리고 선학원에 있을 때 이석구 등이 일본으로의 재입국을 반대하면서 "금강산의 절로 들어가 잠시 시기를 기다려라, 거기에는 너와 같은 생각을 지닌 청년들이 은신하고 있다, 시기가 오면 연락을 할 테니까 그때 하산을 하라"고 하지만, 김석범은 채류의 의미를 잘 이해하지 못한 채, 7월경 오사카로 돌아가게 된다.

이후 조국 해방과 함께 김석범의 심경은 급격히 허무적으로 변해 간다. 해방 직후 새로운 조국건설에 참가하고자 일본생활을 청산하기로 하고 서울로 가지만 뜻대로 되지 않았기 때문일 것이다. 선학원이 독립운동의 아지트이며, 이 선생이 건국동맹 간부로서 지하운동을 하는 독립투사라는 사실도 그때 알게 된다. 그리고 1946년 정인보 선생이 설립한 국학전문학교 국문과에 장용석 등과 함께 입학하고, 1개월 예정으로 일본으로 밀항하면서, 이후 44년간 조국을 찾지 못하였다. 장용석(총살당한 것으로 추정)으로부터 귀국을 재촉하는 편지 수십 통 받지만, 결국 돌아가지 못하고, 일본에서 조선소학교 교원, 간사이[関西]대학 경제과 졸업, 교토[京都]대학 미학과를 거쳐, 재일조선인 학생동맹 간사이본부에서 근무하기에 이른다. 그후 1948년 '제주 4·3사건'이 발생하였고, 가을부터는 제주도민들이 학살을 피해 밀항하기 시작했다. 당시 밀항한 친척들로부터 학살의 실상을 전해들은 김석범은 큰 충격에 빠지게 된다.

이처럼 김석범은 해방을 전후해 조국과 밀접한 관계를 유지하게 되는데, 우리는 여기에서 김석범 문학의 원점으로 읽을 수 있는 두 가지 사실에 주목할 필요가 있다. 하나는 김석범이 일본과 조국을 왕래하면서 제주

---

3) 金石範, 「年譜」, 礒貝治良·黒古一夫 編, 『在日文学全集3-金石範』(勉誠出版, 2006) p.386.

도를 확고한 고향으로 인식한다는 점이고, 다른 하나는 해방 직후의 정치
적 상황과 '제주 4·3사건'이 작가로 하여금 강력한 민족주의적 시좌를 구
축하게 하는 결정적 계기로 작용한다는 점이다. 이러한 사실은 김석범 문
학의 사상적/철학적 원점을 이해하는데 중요한 지점인데 먼저 김석범의
제주도(4·3사건)에 대한 재발견과 고향인식이 어떠했는지를 살펴보기로
하자.

> 일본에서 태어나 성장한 내가 최초로 조선 최남단의 화산도인 제주
> 도로 간 것은 14세 때로서, 태평양전쟁이 시작되기 전해였다. 조선을 본
> 적도 없는 내 앞에 그 험준하고도 아름다운 한라산과 풍요로운 감 푸른
> [紺碧] 바다가 펼쳐지는 웅장한 자연의 자태와 박눌한 인간의 모습으로
> 나타난 제주도는 나를 완전히 압도해 버렸다. 그것은 지금까지의 '황국'
> 소년이었던 나의 내부세계를 부셔버리고 나를 근원적으로 바꿔버리는
> 계기가 될 정도의 힘을 가진 것이었다 하겠다. 반년 정도 체류하고 일본
> 으로 돌아온 나는 어느새 작은 민족주의자로서 눈떠가며 몇 차례 더 조
> 선을 왕래하게 되지만, 그러한 나에게 '조선인'의 자아형성의 핵을 이루
> 는 것으로서 '제주도'는 존재했다. 제주도는 그러한 의미에서 진정 나의
> 고향이며 조선 그 자체였다. 그리고 제주도는 그때부터 지리적 공간으
> 로서의 그 실체를 초월하기 시작해 나에게 있어서의 이상적인 존재가
> 되어 간다. 나의 '고향'은 이렇게 만들어졌다. 내가 그 고향을 한층 더 생
> 각하게 되는 것은 전후 그 섬을 습격한 참극 때문이다. 섬 전체가 학살
> 된 인간의 시체를 쪼아먹는 까마귀 떼가 날뛰는 곳이 되어버렸다는 이
> 유 때문이었다.   (『말의 주박』에서)

> 고향 땅에서 발생한 학살과 투쟁의 사실은 나의 자기 확인을 제주도
> 에서, 그것도 4·3사건 그 자체와 관계하는 것으로 이루어져야 한다고
> 결정했다.   (『신편<재일>의 사상』에서)

김석범에게 제주도는 확실히 '고향'으로서의 이미지가 강했던 것 같다.

사실 고향이란 그곳에 살 땐 현실로서의 일상이지만, 그곳을 떠나면 강력한 원풍경을 만들어 내면서 심상공간의 중심으로 재구축되는 특징을 갖는다. 또한 떠난 자에게 고향은 "지난 세월의 시간성 위에 존재하는 심상공간"이자 "그립게 아쉬워하는 기억의 표상"[4]으로 존재하면서, 동시에 그곳에 내재된 절대적 우위와 존재성을 확인케 하는 공간이기도 하다. 이른바 고향상실자로서의 김석범은 현해탄 너머의 조국과 고향을 가슴속에 담아야 했고, 그래서 한층 제주도는 "지리적 공간으로서의 그 실체를 초월"해 "이상적인 존재"로 자리할 수밖에 없었던 것이다. 그것은 김석범 문학에서 제주도가 단순한 제주도일 수 없는 이유이면서 작가에게 재일로서 존재할 수 있는 근거로 작용한다고 할 수 있다.

이러한 사실은 대부분의 김석범 문학이 제주도를 공간적 배경으로 삼시간적 배경으로서 해방 전후를 택한다는 점에서도 확인할 수 있다. 김석범은 1957년 8월 「간수 박서방」, 12월 「까마귀의 죽음」을 발표하면서 본격적인 작품 활동을 시작하였다. 이후 「왕생이문」, 「허몽담」 등 수많은 작품[5]을 발표하게 되는데, 주목할 사실은 「까마귀의 죽음」을 비롯해, 「만덕유령기담」, 「관덕정」, 「간수 박서방」, 「남겨진 기억」, 「속박의 세월」, 「빛의 동굴」, 『바다 속에서 땅 속에서』, 『만월』, 『화산도』 등 대부분의 작품이 제주도(4·3사건)을 배경으로 형상화한다는 점이다. 그리고 제주도와 '4·3사건'을 객관적인 시좌로 치열하게 얽어내고 있다. 우리는 여기에서 김석범과 그의 문학이 제주도를 단순한 작품의 공간/장소로서의 개념을 넘어 "자아형성의 핵"을 구축하는 공간이자 "문학적 원천"으로 작용하고

---

4) 김태준, 「근대의 심상공간으로서 고향」, 『근대의 문화지리 '고향'의 창조와 재발견』(동국대 한국문학연구소, 2006)

5) 김석범의 주요 소설을 소개하면 다음과 같다. 「간수 박서방」, 「까마귀의 죽음」, 「만덕유령기담」, 「장화」, 「밤」, 「사기꾼」, 「1945년 여름」, 「남겨진 기억」, 「왕생이문」, 『司祭없는 祭典』, 「유명의 초상」, 「가위 눌린 세월」, 『바다 속에서 땅 속에서』, 『만월』, 「허몽담」, 「도상」, 「유방 없는 여자」, 「작렬하는 어둠」, 「출발」, 「방황」, 「고향」, 『화산도』 등이 있다.

있음을 알게 된다.

김석범 문학의 공간적 시간적 배경으로서 제주도와 '4·3사건'의 사상적/철학적 의미는 다른 재일코리언 작가들의 접근과 엄연히 차별화 되는 지점이다. 이를테면 재일 코리언 작가 종추월은 『이카이노, 여자, 사랑, 노래』, 『이카이노 타령』, 『사랑해』, 『종추월 시집』 등을 통해 양복봉제, 포장마차, 구두 수리공 등 다양한 직업의식을 통해 실천적인 '재일성'을 이끌어냈으며 원수일의 『이카이노 이야기』 등은 이카이노에 정착해 살아가는 제주도 여인들의 삶을 감칠나게 보여준다. 김창생은 「세 자매」에서 제주도가 고향인 어머니의 희생적인 삶을 보고 어머니처럼은 살지 않겠다며 결혼 생활을 청산하고 딸 주향과 함께 신세대 재일코리안의 당당한 여성상을 보여준다. 김시종은 시집을 통해 '제주 4·3사건'과 연루된 자신의 삶을 민족주의적 시각에서 발표하였다. 또한 이양지는 『해녀』에서 전세대의 황량한 삶을 통해 제주도를, 현월은 『그늘의 집』에서 '서방'의 아버지 삶에서 제주도를 형상화 하였다. 김태생은 「고향의 풍경」에서 "노란 유채꽃 군생과 보리밭의 짙은 녹색 들판 풍경이 눈에 스며들듯 펼쳐져 있었다. 노란 유채꽃, 보리, 어린 풀의 녹색 사이를 가느다랗게 뚫고 나간 한길을 하얀 모습의 한 여인이 머리에 흰 수건을 두르고 머리끝을 묶고 옆구리에는 대나무 소쿠리를 안고서 풍경 안쪽으로 걸어가고 있다"며 제주도를 한층 서정적으로 묘사하였다.

말하자면 김석범 문학에서 형상화되는 제주도는 지역의 풍토성과 정치성을 이화와 동화의 형태로 절묘하면서도 치열하게 형상화하였는데 비해 종추월, 김시종, 김태생 등의 문학에서 제주도(4·3사건)는 전개양상이 단락적이라고 할 수 있어 미학적 철학적 사유의 공간으로 이해하기엔 한계가 있어 보인다. 그런 의미에서 김석범 문학에 내재된 향토적 이미지, 민중상/지식인상, 이데올로기/정치, 경계인의 방황/고뇌, 민족의식, 제주도-조국-세계의 관계성 등은 제주도(4·3사건)가 그의 문학적 원점으로서 사유와 행동의 공간임을 증명한다.

김석범 문학에서 또 하나의 사실은 해방 전후의 혹독한 정치적 상황이 작가로 하여금 강력한 민족주의적 시좌를 심어주었다는 점이다. 김석범은 자필 이력에서 8.15해방 조국은 "이름뿐이고 일본제국주의의 조선총독부 기구를 그대로 인수한 미군정은 친일파세력을 토대로 한층 가혹해졌다"고 했으며, 제주도는 1948년 4·3사건이 터지면서 "제주도로부터 학살을 피해 밀항이 시작되었다. 밀항자들은 침묵했지만 친척들로부터 들은 학살의 실상은 실로 충격적이었다"고 언급했다. 이러한 해방조국은 "반일사상과 조선독립을 열렬히 꿈꾸는 작은 민족주의자"의 정신적 해방과 새로운 조국건설에의 희망을 급격히 좌절과 허무주의로 내모는 결정적인 계기가 된다.

그리고 해방조국에 팽배했던 반일사상, 중국으로의 망명 시도, 징병검사, 독립운동의 아지트인 선학원에서 만난 이 선생과 장용석, 예상했던 장용석의 총살, 미군정에서 친일파세력의 득세, 조선인 탄압에 대한 항거, 참혹한 제주도 4·3사건, 제주도민들의 밀항과 침묵, 일본 공산당 입당과 탈당, '공화국계' 조직에서의 활동 등은 작가 김석범에게 강력한 민족주의적 시좌를 각인시키는 계기로 작용했을 것이다. 특히 1945년 이후 고향 제주도와 그곳에 휘몰아친 4·3사건은 "'황국'소년의 의식"을 청산하고 민족주의에 근거한 '조선인'의 "자아형성의 핵"을 심어주는 공간으로서 부족함이 없었다.

이렇게 볼 때, 김석범과 그의 문학에서 제주도와 '4·3사건'은 단순한 향토적 이미지의 제주도를 넘어 역사적 진실과 철학적 사유를 배태시키는 공간으로서의 고향이며, 재일로서, 작가로서 살아갈 수 있는 실존적 근거를 찾고 민족주의적 시좌를 구축했던 원풍경으로서의 이미지가 강했다고 할 수 있다. 그리고 제주도는 김석범에게 "'조선인'의 자아형성의 핵"을 심어주는 공간이자 "작은 민족주의자"를 만들어내는 사상적/철학적 사유의 공간이었던 것이다. 또한 작가 스스로 "4·3은 나의 문학의 원천"이라고 말했듯이, 제주도 4·3사건이 그의 민족적 글쓰기의 사상적 근간이요 출발 지점이었던 것이다. 김석범의 대표작 『까마귀의 죽음』과 『화산도』는 그러한 제주도의 역사성과 생태학적 문화지점을 '문학의 원천'으로 삼았다는 점에서 상징적이기에 충분하다.

3. 『까마귀의 죽음』과 『화산도』를 통해 본 제주도와 '4·3사건'

김석범의 해방 전후의 행보와 센다이[仙台] 생활을 통해 확인할 수 있듯이, 그는 해방 이후 자기구제의 방식을 놓고 심각한 고민에 빠지게 되었고 급기야는 허무주의로 채워가기에 이른다. 해방 조국의 전면에 등장한 친일파 세력, 독립운동에 가담했던 동지들의 처형, 제주도 4·3사건과 민중들의 밀항, '공화국계' 지하조직에의 참가와 이탈 등을 경험하거나 지켜본 "작은 민족주의자"의 입장에서 현실은 너무도 절망적이었기 때문이다.

특히 해방 직후 일본에 머물렀던 김석범이 제주도로부터 밀항해 온 사람들로부터 전해들은 참혹했던 '제주 4·3사건'에 관한 이야기는 충격 그 자체였으며, 당시 작가의 내면에 팽배했던 허무주의를 자극하기에 충분했다. 그리고 '제주 4·3사건'의 충격은 작가의 내면에 팽배했던 위기의식을 명확히 진단하게 하면서 철저한 자기구제의 방향키를 찾게 하는 계기로 작용한다. 이른바 『까마귀의 죽음』은 그러한 김석범의 내적 위기의식과 철저한 자기구제의 투쟁과정을 형상화한 작품이라고 할 수 있다.

『까마귀의 죽음』은 미군정청 통역원으로 근무하는 정기준과 빨치산 장용석을 중심으로 한 혁명정신, 정기준과 용석의 여동생 양순의 사랑, 자산가의 아들로서 대학을 그만두고 방탕한 생활을 이어가고 있는 이상근, 지배 권력의 밑바닥에서 목숨을 연명하는 부스럼 영감을 둘러싼 일련의 정치적 사상적 행보가 이야기의 중심이다.

정기준은 일본 유학을 경험한 자로서 해방과 함께 고향 제주도에서 미 군정청 소속 통역원으로 근무하면서 같은 고향친구인 빨치산 장용석에게 권력층의 정보를 빼돌리는 스파이로 등장한다. 정기준은 장용석의 여동생 양순과는 연인 관계였으며 양순과 그녀의 부모가 처형당하는 모습을 지켜 보면서도 아무런 조치를 취하지 못하는 자신의 입장을 책망한다. 그리고 경찰서의 긴급회의에서 "이승만 대통령과 신승모 국방장관이 제주도에 온 다"는 귀중한 정보를 손에 넣고 현관문을 나서 돌계단에 섰을 때, 죽은 소 녀의 시체를 노리는 까마귀 한 마리를 발견하고 권총을 발사함과 동시에 이미 죽은 소녀의 가슴에도 세발을 발사한다.

> 수십 정의 카빈총이 눈을 흩날리며 요란하게 불을 뿜기 직전이었다. 사형대에서 "아이고 이놈의 자식아! 우리 불쌍한 용석아!" 하고 자식을 부르는 노부부의 처참한 목소리를 기준은 띄엄띄엄 들었다. 그 순간 기 준은 누군가에게 감사했다. 그리고 양순도 불렀을 그 용석의 이름 그늘 에 담겨있는, 자신에 대한 끊임없는 저주의 목소리를 들었다. 그것으로 좋다고 그는 생각했다. 기준은 처형의 마지막까지 지켜보았다. 무수한 시체의 산더미가 트럭에 실려 가까운 밭에 버려졌다. (…중략…) 내일도 이런 처형은 다시 계속된다. 절름발이가 된 정신의 무거운 발을 질질 끌 며 나는 더 높은 곳으로 자꾸만 올라가지 않으면 안된다. 기준은 차마 견디기가 어려웠다. 이런 일도 있는 법이야. 할 수 없지, 하며 그는 중얼 거렸다. 인간의 행위를 가능하게 하기 위해서는 우리가 체념하지 않으 면 안 되는 것도 있는 법이다.　　　　　　　(『까마귀의 죽음』에서)

기준의 손은 무의식적으로 안주머니의 권총에 닿아 있었다. 그 손동 작을 보고 까마귀는 화가 나서 어깨를 흔들었다. 까마귀가 하품이라도 하듯 날개를 천천히 펼친 순간, 요란한 총성이 울렸다. 화양냄새가 코를 찌르고 까마귀가 떨어졌다. 까마귀는 소녀 위에서 검은 날개를 뒤틀듯 커다랗게 펼쳤다가 오그라뜨리며 파닥파닥 발버둥을 쳤다. 그리고는 소녀 위에서 미끄러져 옆의 물웅덩이로 굴러 떨어졌다. (…중략…) 갑자기 귀를 먹먹하게 하는 불꽃이 번쩍였다. 기준은 한걸음 앞으로 내디디며 귀여운 소녀의 젖가슴에 조용히 세발의 계속해서 쏘았다. 기준은 부장에게 겨누어진 탄환이 왜 소녀 위에서 불을 뿜었는지 알 수가 없었다. 다행이다! 본능적으로 그렇게 느꼈을 뿐이었다. 자기 가슴에 쏘아진 듯한 그 불행한 탄환은 소녀의 젖가슴을 깊이 뚫고 들어가 피를 내뿜었다. 방심한 그는 권총을 늘어뜨린 채 걸어갔다. 빗줄기는 그의 이마에 늘어진 머리카락을 더욱 세차게 용서 없이 씻어냈다. 모든 것이 끝나고 모든 것이 시작되었다.　　　　　　　　　　　　　　（『까마귀의 죽음』에서）

　인용문의 전자는 정기준이 고향친구인 빨치산 장용석의 혁명정신을 이어가는 연인 양순과 그녀의 양친의 처형장면을 지켜보는 장면이고, 후자는 죽은 소녀의 시체를 노리는 까마귀와 소녀의 가슴에 권총을 쏘는 장면이다. 위의 두 사건에서 정기준의 입장은 확실한 혁명정신을 보여주지도 않지만 충직한 미군정청 통역원으로서의 위치를 대변하지도 않는다. 그것은 애초부터 미군정청 통역원이면서 남로당 비밀당원으로 등장하기에 어느 한쪽에 대한 일방적인 행보를 기대할 수 없는 상황이지만 이러한 정기준의 이중적인 행보는 무엇을 의미하는 것일까.

　그것은 정기준이 빨치산과 경찰관 양측 모두의 비양심적, 반민족적, 반역사적, 반통일적인 행위를 비판하면서 민족적, 역사적, 통일적인 관점에서 무엇을 할 수 있을 것인가를 자문하고, 그에 대한 답을 구하는 과정으로 이해할 수 있다. 남북 간의 극한적 이념 대립 속에서 '내적 위기'를 짚어내고 작가의 허무주의적 실체를 낱낱이 파헤침으로서, 새로운 형태의 민족주의적 시좌를 구축하는 것과 괘를 같이 한다. 이른바 '제주 4・3사건'의 반민족적, 반통일적 행위에 대한 철저한 반성과 새로운 '투쟁의 의지' 표명이라는 점에서 "모든 것이 끝나고 모든 것이 시작"되었던 것이다.

　그리고 정기준의 행보에서는 '제주 4・3사건'을 바라보는 경계인의 객

관적인 시좌를 읽을 수 있다. 해방 직후 재일로서 살아갈 수밖에 없는 작
가의 객관적인 입장, 즉 1950년대 일본공산당과 '공화국계' 지하조직 활동
을 통해 새로이 구축한 조국과 통일을 바라보는 작가적 시선이라고 할 수
있다. 이른바 남북한의 복잡한 정치이데올로기가 만들어낸 반민족적 반통
일적 전선에 "재일 조선인의 창조적 위치"가 통일조국 건설에 가교역을
담당하는 긍정론적 역할에 대한 견해이다.

또한 '제주 4·3사건' 당시 무고한 양민학살로 해석할 수 있는 빨치산
장용석의 부모에 대한 처형, 피폐한 제주도민들의 살아남기 위한 몸부림
과 죽은 영혼의 흐느낌으로 이해할 수 있는 부스럼영감의 웃음소리와 외
침소리. 그것은 확실히 민중의 절망적인 목소리로서 제주도 4·3사건의
반민족적, 반역사적, 반통일적 행위에 대한 고발인 것이다. 권력에 신음하
는 민중들의 밑바닥 삶을 우회적으로 비틀어 보여줌으로서 취할 수 있는
역설적 의미를 담아내고 있다. 이른바 철저한 리얼리즘에서 배태되는 허
무주의적 감정을 최대한 들춰내고 비틀어 보여줌으로써 '4·3사건'으로 표
상되는 광란의 살육현장을 고발하고 옳고 그름이 무엇인지를 되묻고 있는
것이다.

이처럼 김석범은 『까마귀의 죽음』에서 '제주 4·3사건'을 문학적으로
형상화함으로서 작가의 내면적 위기로 집약되는 허무주의를 넘어 소설가
로서 새롭게 출발할 수 있었던 것이다. 특히 직접적으로 통일조국 건설에
참가할 수 없는 재일코리안의 입장에서, 고향 제주도에서 자행된 반민족
적, 반역사적, 반통일적인 살육의 현장을 명확히 되새기고 짚어봄으로써,
직간접적으로 통일조국 건설에 동참하겠다는 의지를 보여주게 된다. 이는
곧 『까마귀의 죽음』을 통해 보여준 문학적 주제가 이후의 김석범 문학의
화두로 정착되고 동시에 한평생에 걸쳐 그 문학적 화두를 풀어내는 것이
작가의 사명임을 보여주는 것이기도 하다.

김석범 문학의 화두로 부각된 '제주 4·3사건'은 『까마귀의 죽음』 이후

『만덕유령기담』, 『1945년 여름』, 『왕생이문』 등을 통해 한층 구체화된다. 그리고 마침내 『화산도』를 통해 집대성된다. 『화산도』는 1976년 『문학계』에 연재되기 시작해 1997년 마지막 7권이 완성되기까지 무려 20년이 걸렸고, 400자 원고지 3만매 정도의 대서사 드라마다. 제1권에서 3권까지의 시대적 배경은 1948년 2월부터 1949년 6월까지이고, 내용적으로는 미군정과 인민위원회, 3·1기념대회, 연대장 김익렬과 김달삼의 협상, 오라리 연민촌 방화사건과 5·3기습사건, 제9연대장 김익렬의 경질, 제11연대장 박진경 암살사건, 구체화된 토벌작전, 여수·순천 반란사건, 무장대의 반격, 제주도의 계엄령 선포, 초토화 작전 등이 중심이다.

대표적인 등장인물은 허무주의자이지만 '제주 4·3사건'을 계기로 사태의 전개에 깊숙이 관여하는 이방근과 그의 가족(이태수, 선옥, 이용근, 이유원), 친구들(양준오, 유달현, 한대용, 송내운, 문난설 등), 남로당 당원과 중학교 교원을 거쳐 게릴라가 된 남승지와 그의 가족(어머니, 남말순, 남승일 등), 지인(손서방, 이성운, 김성달, 천동무, 임동무 장동무 등), 친구들(우상배, 김동진, 김문원, 윤상길 등), 미군청청 인물과 군인과 경찰, 서북청년단, 목탁 영감과 목포 보살, 용백 등이다. 대부분은 "반정부측 입장을 직·간접적으로 대변하거나 이끌어가는 인물들"인데, 주목할 것은 역사적 사실을 토대로 토벌대와 빨치산 간의 첨예한 대립에서 빚어지는 반민중적 반통일적 행태가 거침없이 피력되고 있다는 점이다.

그리고 제주도와 4·3사건에 얽힌 역사적 사실을 배경으로 인간적/비인간적, 민족적/반민족적, 역사적/반역사적, 통일적/반통일적 행위를 리얼리즘에 입각해 고발하고 파헤치면서 사멸해가는 역사적 진실을 재조명했다는 것이다. 또한 남북한의 격심한 정치이데올로기의 혼돈 속에서 민중/반민중적, 통일/반통일적 움직임이 한라산을 중심으로 수렴되고 흩어지는 과정을 통해 진정한 민족정신과 통일정신의 재구축(발견)을 촉구하였던 것이다.

김석범은 대하소설 『화산도』로 집약되는 자신의 문학에 대해 "(이 작품은) 역사의 부재(不在) 위에서 탄생"했다고 언급하고, '제주 4·3사건'에 대한 문학적 복원은 "기억의 살육과 기억의 자살을 동시에 받아들여 거의 죽음에 가깝게 침몰한 망각으로부터의 소생"이며 "기억의 승리이다. 살아남은 자들에 의한 망각으로부터의 탈출, 한두 사람씩 어둠 속의 증언을 위한 등장이 빙하에 갇혀있던 죽은 자들의 목소리를 되살려낸다. 첫걸음이긴 하지만 기억의 승리는 역사와 인간의 재생과 해방을 의미한다"(「되살아나는 '죽은 자들의 목소리'」에서)고 규정하였다.

이렇게 볼 때, 김석범의 대표작 『까마귀의 죽음』에서 『화산도』에 이르는 일련의 '제주 4·3사건' 관련 작품들은 그 자체로서도 의미가 크지만, 기억과 승리, 문학사적 복원, 역사적 해방, 그리고 세계문학의 측면에서 평가해야할 부분이 결코 적지 않다. 예컨대 우리의 현대문학사에서 거의 다루지 못했던 '제주 4·3사건'을 경계인의 위치에서 서술했다는 점, 묻혀 사멸되어 망각될 수밖에 없었던 비극적인 역사의 실체를 객관적인 시선으로 조명했다는 점, 현대문학사의 공백을 채워주고 있다는 점, 코리언 디아스포라 문학에 대한 새로운 인식과 검토의 계기가 된다는 점, 코리언 디아스포라 문학의 혼종성이 갖는 세계문학으로서의 가치를 확인시켜 준다는 점 등이 그러하다.

4. 계속되는 디아스포라 문학

김석범은 자신의 문학을 "디아스포라 문학"이라 언급하면서 "준 통일국적의 필요성", "재일조선인의 창조적 위치", "남·북의 통일체가 조국", "망명문학" 등과 같은 용어를 자주 거론한다. 그리고 창작활동을 통해 남북한 양쪽을 아우르는 형태로 통일조국을 전제로 한 민족정신을 강조한다. 이는 <한민족작가연합>의 미래지향적 문학관, 즉 "세계사적인 보편성에 입각한 문학예술 창작"이라는 정신적 기조와도 상통한다 할 수 있는데, 넓게 보면 코리언 디아스포라의 공통적인 관점이고 지극히 객관적인 견해인 것이다. 이른바 코리언 디아스포라의 경계/혼종성에 내재된 보편성과 세계성을 폭넓게 인정하면서 그들의 문학이 세계문학으로 자리매김되어야함을 피력한 것이다. 일찍부터 김석범은 자신의 문학을 망명문학으로 규정하면서 이렇게 밝힌 적이 있다.

> 나는 4 · 3사건 당시 일본으로 밀항(지금으로 말하면 난민, 망명일 것이다)해 온 것이 아니다. 피식민지인으로서 조국상실자, 일본으로 간 유민의 자손이다. 그러나 「까마귀의 죽음」에서 「화산도」에 이르기까지의 나의 작품은 '재일(在日)'이 아닌 '재한(在韓)'이었다면 쓸 수 없었던 '망명문학'으로서 성립된 것이다. 나는 내 작품을 망명문학이라고 부른 적도 없고, 그렇게 불리는 걸 좋아하지 않지만, 작품의 현실은 망명문학에 다름 아니다.　　　　　　　　　　　　(「너무나 어려운 한국행」에서)

이러한 김석범의 견해는 국적을 둘러싼 "남.북의 통일체가 조국"이라는 시각과도 상통하는 것이고, 동시에 "재일조선인의 창조적 위치"를 강조하는 의미로도 해석할 수 있다. 북한과 일본의 국교정상화가 이루어질 경우, 일본 국적은 물론 남북한 어느 쪽의 국적도 취득하지 않겠다, '조선'적을 그대로 유지하겠다는 그의 주장은, 그러한 통일조국에 대한 강한 의지표명으로 이해할 수 있다. 그리고 '조국상실자' '유민' 의식을 통해 디아스포라 문학의 "세계사적인 보편성"을 강조하고, 경계인의 입장에서 통일조국 건설에 창조적인 역할론을 주문한다.

어쨌거나 세계문학사적인 관점에서 김석범 문학을 짚어보면, 역시 그의 문학적 화두와 투쟁은 역사적이든 정치적이든 어느 한쪽만을 지향하지 않고 있음을 보게 된다. 지극히 객관적인 시좌로 경계선상에서 남북 간의 정치적 오류와 동족간의 반민족적 반통일적 행위를 되짚고 통일조국을 지향하여 이에 대한 준비를 촉구하고 있음을 알 수 있다. 김석범이 자신의 문학을 "디아스포라 문학", "망명문학"으로 규정할 수 있는 것은, 역으로 디아스포라 문학이고 망명문학이기에 가능한 "창조적 위치"와 긍정적 역할을 확신하기 때문일 것이다. 예컨대 『까마귀의 죽음』에서 정기준이 한층 공고하게 투쟁의식을 내세울 수 있고, 『화산도』의 이방근이 남북 간의 극심한 이데올로기의 혼돈 속에서 행동반경을 넓혀갈 수 있었던 정신적 힘, 그것은 재일코리안으로서의 객관적인 시각과 창조적인 위치를 자각했기에 가능했을 것이다.

최근 김석범은 『화산도』의 속편 『땅 밑의 태양』을 발표하였다. 대하소설 『화산도』의 연장선에서 이방근의 민족정신과 투쟁의식을 재검토하고, 동시에 '제주 4·3사건'의 의미를 총체적으로 정리한다는 의미를 담고 있다. 그리고 평론집 『국경을 넘는 것―「재일」 문학과 정치』도 내놓았다. 사실 김석범은 1946년 이래 44년간 밟지 못했던 고국 땅을 근래 아홉 차례에 걸쳐 방문하였다.

이러한 김석범의 일련의 행보는 특별한 의미로 받아들여진다. 지금까지 그래왔던 것처럼 앞으로도 '화산도'로 표상되는 제주도('4·3사건')를 문학적 화두로 삼고 역사적 과업을 계속해갈 것임을 예고하는 것이면서, 동시에 디아스포라 긍정적 역할론(재일조선인의 창조적 위치)을 마다하지 않겠다는 것으로 이해할 수 있기 때문이다. 물론 이러한 일련의 문학적 행보는 작가의 "문학적 원점"인 '제주 4·3사건'을 피상적인 아닌 실질적으로 통일조국과 연계시키고 그러한 실천적 목표가 실현되는 날까지 문학적 투쟁을 이어갈 것임을 피력한 것으로 이해할 수 있다.

앞서 언급했듯이, 김석범은 수차례에 걸쳐 한국을 찾았다. 그리고 한국행을 마치면 반드시 기행문을 남겼다. 「너무나 어려운 한국행」, 「고난의 끝으로서 한국행」, 「싫은 한국행」, 「적(敵)이 없는 한국행」, 「자유로운 한국행」이 그것이다. 고향을 상실한 김석범이 재일 디아스포라로서 간고한 역사와 함께 하며, 실로 잃어버린 것이 무엇이고 찾을 것이 무엇인지를 고뇌하는 회한의 심경을 담고 있다. '남북의 통일체'와 재일코리안으로서의 '창조적 위치'를 강조하는 김석범의 민족정신과 역사인식을 접하면서 우리는 새삼 조국과 민족과 나의 관계를 되묻지 않을 수 없다. 그의 기행문 「나는 보았다! 4·3학살의 유골들을!」과 「자유로운 한국행」은 김석범 문학의 원점이 왜 제주도(4·3사건)여야만 하는지, 작가의 민족정신의 근간이 무엇인지 등을 보여주는 것이면서, 동시에 아직도 '기억의 승리'를 위한 문학적 투쟁이 끝나지 않았음을 보여주는 예일 것이다.

사할린/일본/조선의 이방인

—이회성(李恢成) 「또 다시 이 길을[またふたたびの道]」론—

김정애(金貞愛)

1. 이회성의 개작

이회성(李恢成)의 소설 「또 다시 이 길을[またふたたびの道]」은 1969년 <군조신인상[群像新人賞]>을 수상한 작품이다. 이후 여러 번 <아쿠타가와상[芥川賞]> 후보에 올랐고 이윽고 2년 후, 외국인 최초의 <아쿠타가와상> 수상 작가로 만들어 준 중요한 문단 데뷔작이다.

이 소설은 <아쿠타가와상> 수상작 「다듬이질하는 여인[砧をうつ女]」(『계간예술(季刊芸術)』 제18호, 1971년 여름)에 비해 연구대상으로 크게 주목받지 못했으며 군조신인상의 선평과 동시대평을 제외하고는 충분히 분석되지 않았다.[1] 하지만 「그 전날 밤[その前夜]」을 시작으로 몇 편의 소설을 집필했던 조총련에서의 집필 활동기를 거쳐 많은 일본인 독자를 상정하는 무대

---

1) 가와라자키 나오코[河原崎尚子], 「「또 다시 이 길을」사론[「またふたたびの道」私論]」, 『藤女子大学国文学雑誌』 제37호(1986.9)와 히라타 유미[平田由美], 「'국가=가정의 이야기'를 재편성하다-「전후문학」으로서의 재일조선인문학[≪国=家の物語≫を組み替える-「戦後文学」としての在日朝鮮人文学]」 『思想』 제955호(2003.11) 등이 있다.

로 나선 첫 작품으로서의 의의는 충분히 검토할만한 가치가 있다.[2]

그렇다면 소설 「또 다시 이 길을」은 어떻게 독자들에게 수용되었고 또한 작가는 어떤 식으로 작품을 변화했는가? 앞의 질문에 관해서는 히라타 유미[平田由美]가 「'국가=가정의 이야기'를 재편성하다-「전후문학」으로서의 재일조선인문학[≪国=家の物語≫を組み替える-「戦後文学」としての在日朝鮮人文学]」에서 상세히 논하고 있다.[3] 이 논문에서는 '가족의 이야기'와 '민족의 이야기'가 뒤섞인 점을 감안하며 두 이야기가 독자의 사정에 의해 어느 쪽으로든 선택되고 있지만 개인의 이야기에서 공동체의 차원으로 수렴돼 결국 '국민문학' 주변에 재일조선인 문학이 자리한다고 파악하고 있다.

이러한 견해는 아주 중요하지만 한편으로 이 논의가 전제하고 있는 '처녀작'이라는 견해에 관해서는 일정 유보가 필요하다. 「또 다시 이 길을」을 '처녀작'이라 한 것은 이회성 본인이며 단행본 간행 당시 작가의 말에서 유래했다. 하지만 그것은 어디까지나 일본 주류문단의 경우를 말하는 것이며 이회성의 창작활동 중 맹아기에 해당하는 조총련 시기를 포함한다면 '처녀작'으로 보기는 어렵기 때문이다. 이에 관해서는 이미 다른 논고에서 논했기 때문에 자세한 내용은 생략하지만 오히려 주목할 점은 「또 다시

---

2) 이회성의 조총련 시기의 창작활동에 관해서는 이회성 본인이 자작연보에서 밝힌 두 작품 「그 전날 밤[その前夜]」,『통일평론[統一評論]』 1964년 9월호와 「여름의 학교[夏の学校]」,『새로운 세대[新しい世代]』 1965년, 7·8합병호 및 9월호를 포함해 본 저자가 조사하여 발견한 「진달래 꽃[つつじの花]」,『새로운 세대』 1966년 1월호)를 포함해 현시점에 세 작품이 확인되고 있다. 본 저자는 이것들을 '습작기'의 작품으로 파악하고 조총련기의 창작과 「또 다시 이 길을[またふたたびの道]」 이후의 창작 관계에 대해 논해왔다. 상세한 것은 이하의 논문을 참조하고 싶다. 「<習作>、あるいは<改作>というレトリック-李恢成「その前夜」と「死者の遺したもの」」,『文学研究論集』 제20호(筑波大学比較·理論文学会, 2002), 「戦後の<光の中に>-李恢成「夏の学校」論」,『<翻訳>の圏域-文化·植民地·アイデンティティ』(つくば : 筑波大学文化批評研究会編, 2004), 「ディアスポラ作家李恢成とアイデンティティ-「つつじの花」から「青丘の宿」へ」,『社会文学』 22호 (日本社会文学会, 2005) 등.

3) 이 글에서는 니시카와 유코[西川祐子] 편,『역사의 묘사방법 2, 전후라는 지정학[歴史の描き方2·戦後という地政学]』(東京大学出版会, 2006)에 수록된 동명의 논문을 참고하고 있다.

이 길을」에 '가족' 그리고 '민족' 이야기가 어떻게 그려져 있는지에 관한 질문이다. 왜냐하면 이 소설은 이후에 조총련 시기의 첫 작품 「그 전날 밤」을 「죽은 자가 남긴 것[死者の遺したもの]」으로 개작했고 마찬가지로 「진달래 꽃[つつじの花]」을 「청구의 집[青丘の宿]」으로 개작한 일련의 출발점으로 볼 수 있기 때문이다. 조총련기의 첫 작품 「그 전날 밤」의 전면적 개작으로 보는 것은 「죽은 자가 남긴 것」이지만 「또 다시 이 길을」 역시 다양한 부분에서 「그 전날 밤」의 흔적을 확인할 수 있다. 즉 「또 다시 이 길을」 역시 「그 전날 밤」을 기반으로 했다고 볼 수 있다. 또한 『군조[群像]』 게재 이후 비슷한 시기에 출간된 단행본에서 약간의 개작을 확인할 수 있다는 점에서도 이 작품을 이해하는 것이 중요하다고 할 수 있다. 이처럼 다양한 의미에서 개작 과정은 문제가 된다.

이 글에서는 위와 같은 문제의식을 통해 「그 전날 밤」과 「또 다시 이 길을」의 발표 매체인 잡지와 단행본을 중첩해 작품이 어떻게 쓰였는지에 관해 분석해 보고자 한다.

2. 이향(異鄕)으로서의 사할린[樺太]

「또 다시 이 길을」은 1969년 6월 잡지 『군조』에 군조신인상 수상작으로 발표됐으며 총 3장 구성으로 1장이 6절, 2장이 4절, 3장이 2절로 되어있다.

바탕이 된 소설 「그 전날 밤」의 주인공이 큰 형의 전보를 받고 홋카이도[北海道]로 귀향했던 것처럼 「또 다시 이 길을」 역시 큰 형의 전보를 받고 귀향한다. 하지만 소설에서 실제 귀향하는 것은 2장 이후이며 1장은 귀향을 반 년 정도 앞두고 차남의 편지가 도착하는 장면에서부터 시작된다. 편지는 계모의 '귀국'을 알리는 것이었다. 주인공 철오(哲午)는 아이에게 "할매는 죽지 않았어"라고 가르칠 정도로 철오와 계모의 관계는 "어딘가 여유가 결여"되어 있다. 그 원인을 더듬어 가듯 이야기는 계모와의 만남으로 거슬러 올라간다.

1장 2절에서 처음 나오는 장면은 죽음과 일상이 공존하는 전후 사할린[樺太, 가라후토]을 상징적으로 나타내고 있다.

> 해변가에는 평소처럼 시체가 묻혀있었다.
> 소련병사가 상륙했을 때 총을 맞은 어느 중년 남성이었다.
> 어디에서 온 누군지 아무도 모른다. 벌써 미이라가 되어있었다. 마른 여름의 태양이 검게 짓눌린 얼굴을 비추고 있었다. (⋯중략⋯) 그 중년 남성은 하늘을 바라보고 있었다. 그렇지만 새가 눈을 가져간 탓에 맑은 하늘을 볼 수는 없었다.
>
> (『군조』 1969년 6월, p.11. 이하 인용 같음.)

밀려왔다 돌아가는 파도 때문에 바다와 모래사장의 경계가 애매한 '해변'에서 '시체'인 중년 남성은 '평소'처럼 누워있다. 부모들은 소련병사들의 보초를 경계하며 해변에 나가는 것을 금지했지만 아이들은 이를 무시하고 바다에서 낚시를 했다. 철오의 친척 역시 '아저씨'와 같은 총탄의 희생자였지만 해변에서 유족을 찾고 있는 할머니는 아랑곳 하지 않고 좋은 놀이터로 나갔다. 아이들이 '아저씨'라고 부르는 인물은 "어디에서 온 누구인지 아무도 몰랐다". "하늘을 바라보고 있지"만 안구도 없고 결코 휴식이 찾아올 수 없는 "미이라와 같은" 모습은 어딘가 유머러스하기도 하고 삶과 죽음의 경계가 분명하지 않은 세계에 있는 것에서 회상이 시작된다.

소설에서 누워있는 몸은 정체성이 흔들리고 편안한 수면을 약속받지 못한다. 그건 오른쪽에 인용한 '아저씨' 외에도 어린 시절의 철오 그리고 장례식 당시의 아버지 역시 마찬가지이다. 철오는 전쟁 전 "진무천황의 활의 끝에 앉은 나가라스네히코[長スネヒコ]를 응징한 금색 솔개"가 "귀축미영(鬼畜米英)"를 응징했다고 믿는 "황국소년(皇國少年)"이었다. 그는 전후

자신이 '조선인'이란 사실에 "열등감"을 느낄 때 꿈속에 "금색 솔개"가 나타났었다고 2장에서 설명하고 있다. 그러나 1장에서는 형들이 아버지와 언쟁을 벌이고 집을 나서 계모와 함께 온 도요코[豊子]가 의붓자식이란 사실을 들었던 밤에도 꿈에서 금색 솔개를 보았었는데 가족의 정체성이 위기에 빠졌을 때 금색솔개가 등장하고 있다.

또한 아버지의 장면은 화장터에서 아버지의 시신을 태우는 동안 철오가 화로 문에서 엿본 장면(2장1절)에서 '아버지는 힘차게 가슴을 폈다. 그때 아버지가 필사적으로 외쳤던 "아이고. 이 원통함을 언제 다 풀까"하는 아버지의 마음 속 절규가 그려진다. 소설「그 전날 밤」은 아버지의 장례식을 둘러싼 이야기지만 아버지의 한탄이 이처럼 극적인 장면으로 나타나 있지는 않다. 독자에게 강한 인상이 남는 장면을 그린 것은 일본인 독자에게 주는 효과를 고려한 것으로 생각된다.

사할린을 주제로 한 선행 작품을 예로 들자면 1939년 2월에 유즈리하라 마사코[讓原昌子]가 잡지『문예수도(文芸首都)』에 발표한「삭북의 투쟁[朔北の闘い]」이 있다. 사할린으로 이민 간 한 가족의 삶을 다룬 내용으로 임업으로 생계를 조달하는 아버지가 사고로 돌아가신 후 들판을 불태우는 장면에서 "관이 불타면서 깨지는 엄청난 소리!와 전신이 빨갛고 파란 불길에 휩싸인 시체가 쩌억하고 발을 내밀고 있었다", 주인공 "휴[フ그]의 마음에는 점차 부딪힐 곳 없는 격심한 분노가 부글부글 타오르는 것이었다" 같은 기술이 있다.[4] 「또 다시 이 길을」에서 아버지의 장례식은 홋카이도의 화장터에서 진행되지만 묘사방식은 사할린을 주제로 한 소설을 참고한 것이 아닐까 하는 생각이 든다.

사할린을 무대로 선택한 것과 극적 장면이 연결되는 것은 다른 장면에서도 마찬가지로 나타난다. 어린시절의 회상 장면에서 맏형 병오(炳午)와

---

4) 讓原昌子,「朔北の闘い」(讓原昌子・黒川創 編,『<外地>の日本語文学選』② 満州・内蒙古/樺太』(東京 : 新宿書房, 1996) p.90).

아버지와의 말싸움이 시작됐을 때 두 인물의 모습은 다음과 같이 그려져 있다.

> "형 어서 도망쳐!"
> 라고 병오 형이 크게 외쳤다. 슬로 모션 영화를 보고 있는 것처럼 아버지와 중오 형이 입을 움직이고 눈을 크게 뜨고 몸을 비틀거렸다. 아버지의 얼굴에서는 서서히 미소가 없어지고 천천히 분노의 모습이 복받쳤다. 형의 얼굴은 점차 파란빛의 얼굴이 되어갔다. 아버지의 눈빛은 치켜올라갔고 그 시선은 천천히 방향을 바꾸었다. 그 광경이 공포로 휘둥그레진 철오의 눈에 모두 담겼다. (p.23)

철오의 눈빛에는 말대답하는 병오를 참을 수 없어 분노하는 아버지의 모습이 "서서히" "천천히" "실로 천천히" 새겨진다. 또한 "슬로우 모션 영화"와 같은 묘사를 통해 보는 독자도 하여금 방금 화장터에서 아버지의 원망하는 목소리를 들었을 때와 마찬가지로 폭군을 연상시키는 아버지의 모습을 생생히 상상한다. 아버지가 아들을 위협하기 위해 부엌에서 칼을 가지고 나가려하고 그것을 저지하기 위해 셋째 아들이 서둘러 칼을 들고 밖으로 뛰어나가는 에피소드는 후에 「죽은 자가 남긴 것[死者の遺したもの]」에서도 반복된다. 거친 아버지의 모습은 '습작'시대에는 보이지 않았던 것으로 상당히 의식적으로 만들어내고 있다.

이처럼 소설 「또 다시 이 길을」은 거친 아버지를 둘러싼 극적 묘사가 사할린라는 이국적인 풍경과 함께 등장한다. 모래사장에 누운 '아저씨' 외에도 "일본인, 조선인, 소련인이 모여 담배(마호로카), 사탕, 호밀 빵, 기모노의 종류부터 불단, 아코디언, 축음기 등, 다양한 것들을 판매하는" 바자회, 그곳을 활보하는 소매치기 상습범 러시아인, 그 러시아인과 교제하는 도요코 등 러시아어, 일본어, 조선어 그리고 방언이 섞여 기술되어 이국정서를 풍긴다. 2장 중간에서 시작되는 의붓어머니를 둘러싼 가족회의 장면과 주인공의 정체성을 둘러싼 갈등의 궤적과는 다른 느낌을 준다.

이회성은 어째서 이 시기의 사할린을 소재로 골랐을까? 물론 어쩔 수 없이 글을 쓸 때 생기는 충동이라고 설명할 수도 있지만 일본인 독자에게 주는 효과를 상당히 의식했던 전반부의 묘사를 본다면 그것만으로 설명할 수 없다고 본다. 이에 관해서는 전후문학을 둘러싼 시대 상황을 고려할 필요가 있다. 1964년의 해외여행 자유화 이후 해외에 관한 관심은 전쟁 전의 노스텔지어를 환기시키며 문학에서도 이쓰키 히로유키[五木寬之], 아베 고보[安部公房], 하니야 유타카[埴谷雄高], 히노 게이조[日野啓三], 기요오카 다카유키[清岡卓行] 등의 이른바 '외지귀환파[外地引揚派]'가 주목받았다. 또한 김학영(金鶴泳), 김석범(金石範) 등의 재일조선인 작가에게도 관심이 쏠렸으며 같은 '재일 2세' 작가로 거친 아버지를 그린 김학영과의 차이를 상정한 후 소설을 구성했던 것으로 생각된다. 그러한 경우 아버지의 죽음을 그린 「그 전날 밤」부터 발상(發想)하지 않고 외지의 요소를 담을 수 있는 사할린 시대를 소재로 선택했을 가능성은 부정할 수 없다.

게다가 소설 후반부에서 문제가 된 조국으로의 '귀국'을 추진하던 조총련에게 사할린에 남은 동포 문제는 금기였다. 이러한 제한적 환경에서 '습작'시대에 사할린을 소재로 다루지 않았을 가능성은 있다. 이 문제에 관해서는 후에 기술하고자 한다.

3. 또 다시─조씨 집안[趙家]의 우울

도쿄에서 편지를 받은 장면에서 사할린을 회상하는 것은 앞의 절에서 본 것과 같은 귀환기와 외지 귀환문학과의 동시성도 겸하면서 내용적으로는 재혼과 가족의 이별을 둘러싼 반복이 계기가 됐기 때문이다. 조씨 일가와 계모의 만남은 생모와 사별하고 아버지가 다섯 자식을 떠맡은 데서 기인한다. 그리고 가족과의 이별이라는 것은 귀환에 따른 생모의 부모와 계모의 아이를 사할린에 두고 온 것을 가리킨다. 재혼과 귀환으로 인한 가족의 이별 후 약 20년이 지나 계모가 다시 재혼 때문에 '귀국'을 희망하며 조씨 일가와 멀어지려 하고 있다. 즉 현재 계모의 '재혼', '귀국', '이별'과 조우해 철오는 사할린에서의 '재혼', '귀환', '이별'을 경험해야 했던 것이다.

2장 2절에서는 계모의 재혼을 앞두고 중오, 병오, 철오, 순남(順南), 순이(順伊) 형제자매가 가족회의를 위해 모이는 장면이 나온다. 자신들에게 설명할 것을 요구받은 의붓어머니는 몇 번이나 망설인 끝에 아이들에게 힘겹게 다음과 같이 답한다.

> 이렇게 말한다면 화가 날지도 모르겠다. 그렇지만 우리 인생이 좀 더 달랐을지도 모른다고 몇 번이나 생각했던 적이 있다. 그건 뭐든지 좋은 생활을 했다는 걸 말하는 게 아니다. 조금 더 자신만의 삶의 방식이 있을 것이라고 생각하게 되었다. 그런 생각을 하니 이제부터라도 스스로 살아보고 싶은 생각이 들었다. 그 때 지금 그 사람과 만나게 된 거다—그 사람의 집에 아이가 다섯 명이 있다는 것을 들었을 때 우리는 팔자(업보)라고 느꼈을 정도였다. (p.61)

시집 간 조씨 일가에서 계모의 생활은 행복하지 않았다. 처음에는 상대방의 아이가 둘이라고 들었지만 실제로는 다섯이나 있어서 도망치려 했었고 이후에는 자기 자식이 아님에도 불구하고 키운 도요코를 귀환 당시 사할린에 두고 올 수밖에 없었다. 게다가 홋카이도에서 아이를 돌보면서 부모자식간의 정이 생겼다고 할 수도 없고 나이차도 얼마 나지 않는 장남은 '아줌마'라고 불렀으며 가족회의에서도 순남은 도요코처럼 우리도 버리고 가는 것이냐고 책망했다. 히라타[平田]가 논문에서 지적했던 것처럼 여기에 야스오카 쇼타로[安岡章太郎]가 칭찬한 어머니의 아름다움은 없다.[5]

망설이는 아이들과 대조적으로 "팔자(업보)라고 느꼈을 정도였다"고 토로하는 계모의 의사는 단호했다. 조씨 일가에서는 "자신만의 삶의 방식"으로 살 수 없다고 생각한 그녀는 또 다시 "다섯 명의 아이들이 있는"집에 시집가 "스스로 살아보고 싶다 생각하게 되었다"고 설명한다. "이렇게 말하면 화가 날지도 모른다"고 미리 양해를 구하면서도 "그렇지만 우리 인생이 좀 더 달랐을지도 모른다고" 술회(述懷)하는 계모에게 자식들은 할 말이 없다. 부모의 역할을 강하게 요구하면서 결과적으로 계모가 그런 생각이 들도록 한 것을 반성하는 모습도 보이지만 솔직히 그녀의 선택을 받아들일 수가 없다. 그렇게 조씨 일가의 개개인은 끝없는 갈등에 빠지게 되었다.

하지만 상황은 계모를 이해하는 쪽으로 변한다. 3장에서는 가족회의 이후 약 1년 반이 지난 시점에 차남에게 편지가 온다. 편지에는 이미 계모가 재혼을 했고 새로운 가족과 함께 "조국으로 돌아간다"고 적혀있었다. 차남은 계모의 새로운 가족의 아들과도 만나 "앞으로는 괜찮을 것이라"생각하며 셋째 아들을 훈계하는 것과 같은 말을 덧붙였다.

> 관련된 이야기이지만 상대방의 가정에 다섯 명의 아이가 있다는 것이 신기한 인연처럼 느꼈다. 아마도 어머니의 마음에는 다시 한 번 우리를 키우는 것 같은 기분이 들지 않았을까? 생각해보면 어머니의 운명은 불행했다고 밖에 할 수 없다. 일생동안 남의 자식을 키우고 있지만 우리에게 그런 처사를 당했고 사랑보다는 슬픔을 남기고 가기에 말할 수 있는 것이다. (p.82)

가족회의 이후 시간이 지나 계모가 다른 가족이 된 지금의 현실을 차남은 받아들였다. 그리고 그 사이 "우리들 개개인은 엄마에게 불만을 가지

---

5) 平田由美,「≪(国=家の物語)≫を組み替える-(「戦後文学」としての在日朝鮮人文学)」,『思想』第955号 (岩波書店, 2003) pp.199-200.

고 있었기"때문에 다섯 명 모두 계모의 결혼식에 참가하지 않고 "보복"했던 것을 후회하고 있다. 게다가 계모는 "상대방의 가정에 다섯 명의 아이가 있다는 것이 신기한 인연처럼 느껴지고", "다시 한 번 우리들을 키우는 것과 같은 기분이 든다"고 생각하고 있다. 이 일은 이미 가족회의에서 계모가 "다섯 명의 아이가 있다는 것을 들었을 때 우리는 팔자(업보)라고 느꼈을 정도였다"고 말한 것과 중첩된다. 하지만 그 때는 공감하지 못했던 것과 대조적으로 "불행"했던 그녀가 "사랑보다 슬픔을 남기고 떠날"수 밖에 없었던 것을 이해한다.

계모를 이해하는 것은 차남만이 아닌 철오의 부인 역시 마찬가지이다. 철오의 부인은 둘째를 임신했을 당시 계모에게 출산 후 도와줄 것을 부탁했지만 재혼을 생각하던 계모는 고개를 끄덕이지 않았다. 그렇기 때문에 육아 계획을 세우지 못하고 유산하게 된 것이다. 그리고 일 년 이상 시간이 흘러 부부에게는 새로운 아이가 생겼다. 이런 일이 있었어도 부인은 계모에게 원한을 갖지 않았고 남편 철오에게 "나는 어머니처럼 집을 나간 것이 좋다고 말하는 것이 아니야. 하지만 어머니를 용서할 수 있을 것 같은 기분이 들어……이해해줘야 한다고 생각하고 있어"(p.87)라고 말하고 있다.

게다가 마지막에 계모를 배웅하러 니가타[新潟]에 갈 때 그때까지는 할머니는 죽지 않았다고 가르치던 장남에게 부인이 "그건 어머니가 틀렸다고 말하자" 장남은 "어머니는 잘 잊어버리는 사람이니까 하고 방면(放免)해버리"(p.96)며 깔끔히 받아들이는 모습도 묘사되고 있다. 물론 자식들의 솔직한 심정은 부인이나 둘째 형과 차원이 다른 부분이 있을 수도 있다. 그러나 한마디로 '방면해버리는' 모습을 그려 언제까지 '우울'함에서 벗어날 수 없는 철오의 모습이 명확해지는 부분이 중요하다고 할 수 있다.

차남에게 다시 편지를 받은 후 부인은 남편이 '우울한 듯한' 표정을 짓고 있는 것을 알아차리고 철오 자신도 "화난 것은 아니야. 단지 우울할 뿐

이야"라며 인정했다. 하지만 마음을 바꾸기 위해 부인은 남편에게 말을 걸었다.

> 남편은 그날 밤 안희(安熙)의 말을 우울한 듯이 듣고 있었다.
> '-결혼식 때 식장에 가지 못했기 때문에 하는 말이 아니야. 어머니가 귀국하면 또 다시 언제 만날 수 있을지 모르잖아. 왕래가 자유로워지면 모르겠지만 그게 언제가 될지 모르잖아. 저기 철오씨 니가타에 갔으면 해. 당신 어머니가 돌아가는 거잖아.' (p.96)

이 소설의 제목 「또 다시 이 길을」은 처음부터 정해진 것이 아니며 「조씨 집안의 우울[趙家の憂欝]」에서 바뀐 것이다. 즉 게재지 『군조』와 비슷한 시기에 출판된 단행본 『또 다시 이 길을』(講談社, 1969년 6월)의 「후기」를 보면 "처음 이 작품의 제목은 『조씨 집안의 우울』로 지었다. (…중략…) 수상 이후 작품의 내용에서 보다 포섭할 수 있는 제목이 필요하다는 심사자와 편집부의 이야기가 있었다. 『또 다시 이 길을』이란 제목이 문득 떠올라 그걸로 정했다"라는 이회성의 해설이 있다. 아마 간행 단계에서 응모 당시 제목인 「조씨 집안의 우울」에서 「또 다시 이 길을」로 변경된 경위를 알 수 있다.

그런 의미에서 '우울' 그리고 '또 다시'라는 단어가 연이어 등장하는 이 장면은 주목할 만 하다. 지금까지 본 것처럼 계모의 재혼을 둘러싼 가족회의에서 찬성하는 사람도 없고 다섯 명의 형제 중 결혼식에 참석하겠다는 사람도 없었다. 하지만 이 장면에 올 때까지 둘째를 비롯해 철오의 아내는 그녀를 이해하고 있음을 나타냈고 그 심정을 철오에게 전하고 있다. 이에 대해 철오는 시종 '우울'한 표정을 짓고 있다. 즉 철오는 주위의 변화와 대조적으로 '조씨 집안의 우울'을 혼자 짊어지고 있는 것이다. 철오가 계모의 재혼과 '귀국'에 적극적이 되는 이유는 "아버지는 그토록 귀국하려 했지만 이루지 못했다. 할아버지들과 다시 조국에 돌아가는 것은 언제일까? 대신 어머니가 먼저 돌아가는 것일지도 모른다"고 자신을 납득시키고 있기 때문이다. 둘째 형의 두 번째 편지에도 "언젠가 조씨 집안사람들이 한 자리에 만나는 날까지 모두 함께하고 싶다" 그때까지 계모도 함께하고 싶다고 간절히 원하는 동생을 보고 "심지어 아버지가 하고 싶은 말을 네가 말한 거라고 생각했어."라고 말할 정도로 철오는 '조가'의 결속에 마음이 부서지는 듯 했다. 계모의 '귀국'도 조부모와 아버지를 대신하는 대표로 생각했기 때문에 긍정적으로 생각할 수 있었다. 철오가 이렇게까지 한 가족의 의미를 묻는 것은 왜일까? 이 문제에 관해서 아래에서 그의 자기 형성의 문제와 함께 다시 생각해보고자 한다.

4. 다시 쓰인 일본인

철오의 자기형성이라는 점에서 중요한 친구가 두 명 등장한다. 한 명은 고등학교 3학년 시절 알던 사이조 헤이하치로[西条兵八郎]라는 일본인이며 또 다른 한 명은 '계림장학금(鷄林奬學金)'에서 함께 일했던 민단계의 젊은 직원 김북명(金北鳴)이다. 철오는 도쿄의 직장에서 자주 보던 사이조의 얼굴을 기억하고 홋카이도에 돌아와 사이조를 만나기 직전 김북명을 떠올린다. 이들 두 사람의 만남이 철오에게 스스로의 궤적, 그리고 앞으로를 재검토하는 계기가 되었다.

지요다[千代田]라는 성으로 보낸 고교시절 당시 철오는 '조(趙)'라는 성을 사용하고 있음을 사이조에게만은 밝혔다. 그와 왕래가 오래 없었지만 계모의 재혼을 둘러싼 가족회의가 있던 다음날 철오가 사이조의 직장에 전화하며 둘은 재회한다. 2장은 이런 내용으로 상당수 페이지를 할애하며 두 사람의 재회를 기술한다. 동시대평에서도 표현과 길이를 문제 삼는 대목이 있으며 단행본화 당시 원고를 크게 수정했다.

철오는 "느닷없이 그와 만나고 싶은 마음이 솟구쳤다", "만나서 우리 집안의 위급함을 털어놓고 싶은 충동에 마음이 움직였다" 그러나 사이조에게 전화를 건 철오는 사이조에게 익숙하지 않은 성(姓)인 '조(趙)'라는 이름을 댄다. 때문에 순간 누구인지 생각한 후에 사이조는 "앗 지요다"라며 상대를 인식한다. 일부러 '조'라는 성을 댔던 것을 철오 자신은 '패기'라고 설명하고 있다. 그 '패기'는 "'조선인'으로서의 열등감은 집안 생활 자체가 심어놓은 것일지도 모른다"고 "화를 내는 아버지, 조용히 수수방관하는 계모"에게 도망치듯 상경한 후 "민족학교에서 문학 선생님"이 되고 싶다는 꿈을 꾸게 된 현재 자신을 나타내는 행위라고 생각된다.

『군조』 발표 당시에는 다음과 같이 이야기가 진행된다. 재회한 두 사람은 오랜 친분으로 금방 훈훈해졌지만 이후 이야기는 철오의 처음 목적이었던 계모의 재혼문제로 옮겨간다. 사이조는 철오의 이야기를 듣고 "너답지 않아. 그런 비관적인 생각은."이라 말했지만 "우울한 표정을 짓고 있는"이에게 "어떻게 위로를 해야 하는지" 몰랐다. 그를 "곤란하게 만들뿐이다"고 이해한 철오는 이야기를 하지 않고 '화제를 돌렸다'.

이에 대해 단행본에서는 철오의 이야기를 들은 사이조가 "나는 괴로운 기분이 들어" "그리고 화를 내고 싶을 정도야"라고 말하며 다음과 같은 말을 계속한다.

> "너희 집안에서 지금 일어나고 있는 불행은 나에게도 괴로워. 나라는 일본인에게 수치심까지 느껴. 만약에 식민지가 되지 않았다면 결코 일어나지 않았을 그런 가정의 비극, 그것이 너희 집안의 슬픔이라는 생각이 들지 않을 수가 없어."
>
> (『또 다시 이 길을』 講談社, 1969, p.141)

사이조의 이 발언은 잡지 발표 당시에는 전혀 없었던 부분이다. 군조신인상 수상 당시의 선평 중 노마 히로시처럼 사이조와의 재회를 '문장이

개괄적인 문장이 되어서 감회에 젖으려는 경향을 가지려는 것이 불만이
다'[6]라고 하는 경우가 있었다. 또한 사이조의 '조형성'을 "어떻게 살리는지
알고 있었다면 이 작품은 커다란 전체 모습을 '완벽한 형태'를 갖추어 표
현할 수 있었을 텐데 라며 아쉬워하는 것이었다"(p.136)고 쓰고 있다. 다른
선평에서도 이와 비슷한 평가가 있어 단행본 출간 과정에서 이에 응답한
것으로 봐도 좋을 것이다.

이에 대해 가와라사키[河原崎]의 논문에서는 사이조와 철오의 세계관의
공유에 주목했으며 여기에 그려지고 있는 것은 '인터내셔널 세계관'이며
"자기 자신과 상대방을 한 층 더 높은 곳으로 끌어올리고자 시도했을 때
처음 민족적 연대가 가능한" 모습을 읽어낼 수 있었다.[7] 하지만 덧붙여진
사이조의 발언은 오히려 노마의 선평 중 "감회에 젖게 하려는 경향"을 더
욱 부추기는 듯 보인다라고 하는 것도 "조선병합"에서 발단이 된 "가정의
비극"에 "괴로움"과 "수치심"을 느끼고 "화를 내는"일본인의 모습을 얼버
무리지 않고 있는 그대로 묘사하고 있으며 선평에 부응해야할 수정 원고
가 오히려 역행한다고까지 할 수 있지만 그렇게까지 하는 데에는 이유가
있다고 여겨진다.

두 사람이 헤어진 후 철오에 관한 묘사가 추가된 부분이 있다. 그 부분
에는 '조씨 일가에 영향을 미친 역사의 의미를 두고 두 사람은 서로 마음
을 주고받았지만 그것이 절박한 가정문제의 해결책이 될 수는 없다. 철오
는 자신을 에워싸는 공허함을 느꼈다'(p.144)와 같은 생각이 적혀있다. 철오
는 오랜 친구의 말에 배려를 느끼지만 그럼에도 현재의 가정문제의 조언
이 될 수 없는 답답함에 "공허함을 느낀"다. 추가된 사이조의 말은 이 부
분에 대응하는 것이다.

---

6) 野間宏, 「選評」, 『群像』 第26卷6号(講談社, 1969) p.136.
7) 河原崎尚子, 「「「またふたたびの道」私論」, 『藤女子大学国文学雑誌』 第37号(藤女子大学日本
   語・日本文学会, 1986) p.112.

철오가 사이조와의 재회를 어떻게 생각했는지는 이미 잡지에 게재됐을 당시의 원고에서도 "조선인으로서의 길을 가고 있는 옛 친구를 사이조는 마음속으로 기뻐했다. 그러나 그것만으로는 만족할 수 없는 것에 지금 철오는 허를 찔린 것 같았다"(p.95)는 발언이 있었다. 이 부분은 잡지 게재 당시와 단행본의 차이가 없다. 때문에 사이조와의 재회로 인한 "만족할 수 없는 부분"이 추가된 것이다.

하지만 이는 애초에 상대방으로 인해 채워질 수 있는 것이 아니며 자기 문제로 돌아올 수밖에 없다. 철오가 사이조를 만나고 싶다고 생각한 것은 "이상한 심야의 가족회의의 반동"이기도 했다. "화를 내는 아버지, 조용히 수수방관하고 있는 계모"에게 "'조선인'으로서의 열등감"이 결합된 조씨 일가에는 이제 "화를 내는 아버지"도 없으며 "계모"는 '조용히 수수방관하는'존재가 아니다. 철오가 극복하려 했던 조씨 일가는 거기에 없고 그의 몸에 익은 민족의 "긍지"가 살아나는 상황도 아니었다. "허무함"과 "만족할 수 없는 것"의 발단은 여기에 있다.

사이조가 철오의 민족적 정체성을 다시 받아들였음에도 불구하고 철오에게 만족할 수 있는 결과를 가져오지 않는다. 마찬가지 경우가 김북명과의 관계에서도 보인다. 재일동포를 위해 사상적 대립을 넘어 일에 종사하는 두 사람은 공통성을 찾기 위해 서로 노력하는 모습을 보인다. 하지만 곧 그 관계는 무너져버린다.

> 그 끝없는 불신은 개인의 우정을 뛰어넘은 조국의 분단 속에서 메탄 가스처럼 타고 올라오는 것이다. 그와 앞으로 어떤 식으로 공통점을 확인해 갈 수 있을 것인가. 서로 총을 들고 이야기하는 것 같은 최근의 두 사람이었다. 그러나 자신의 적은 그가 아니다. 그의 적은 자신이 아닐 터였다. (p.95)

철오는 사이조와의 "우정이 가라앉기 쉬운 마음을 희미하게 누그러뜨리는" 것에 "만족할 수 없는" 부족함을 느낀다. 이에 반해 김북명에게는 "우정을 견고하게 만들어주는 것"을 느끼면서도 "끝없는 불신감"이 싹튼다. 그리고 때로는 조국으로의 귀환사업에는 열심히인 조총련이 왜 사할린 잔류자의 귀환에는 착수하지 않느냐는 질문을 받고 시련에 빠진다. 조부모와 도요코를 두고 온 철오에게 가족의 존재를 통해 조직의 이념과는 다른 감정을 품을 수밖에 없는 문제를 제기한 것이다.

스스로 믿는 사상과 조씨 집안의 중대한 과제와의 화해점 그것이 조씨 집안의 대표로 계모가 귀국하는 것이라 생각하는 것이었다. 사할린 출신인 철오에게 조국은 '귀환'의 장소가 아닌 실제로는 신천지인 '고국'의 땅이다. 죽을 때까지 꿈꾸었던 아버지와 마찬가지로 자의로 '귀국'길에 오를 수 있는 것은 계모뿐이다. 그녀의 그 꿈을 이뤄줄 수 있다면 조씨 일가의 '꿈' 역시 이룰 수 있다고 자신을 타일렀다. 그렇게 한다면 사할린에서는 실현하지 못했던 가족의 중재자 역할이 비로소 현실감을 주기 때문이다. 그러나 스스로 그 역할을 하고자 했으나 뜻대로 하지 못한 철오는 언제나 '우울'한 시간을 보낼 수밖에 없다.

더 말하자면 1969년이라는 시기에 북한으로의 '귀국'을 소재로 다룬 것에서 기인하는 '우울' 역시 그렇게 파악할 수 있다. 소설에서 현재는 1967년으로 설정되어 있지만 실제 '귀국사업'은 그 다음 해인 1970년까지 중단되었다. 당초에는 '지상낙원'이라고 불렸던 북한도 이후에는 실정이 알려지며 문제시되는 경향도 많았다. 또한 1965년 한일국교정상화 이후 조선 국적에서 한국국적으로 변경한 사람도 많아져 1969년경에는 재일조선인의 한국 국적 보유자와 조선 국적 보유자의 비율이 동등할 정도였다.[8] 이러한 상황에서 1967년에 '귀국'하는 모습을 그린 「또 다시 이 길을」을 손에 든 독자의 뇌리에는 이미 북한의 상황을 어느 정도 알고 있음에도 불

---

8) 文京洙, 「在日朝鮮人からみる日韓関係-<国民>を超えて」, 『日韓関係史1965-2015 III社会・文化』(東京大学出版会, 2015) pp.74-77.

구하고 일가의 희망이라는 변명으로 계모와 새로운 가족을 보내 다시 할머니와 도요코와 같은 처지에 이르게 할지 모른다는 철오 등 조씨집안의 '우울함'이 잠시 스쳤을 가능성도 있다.

5. 계모 이야기를 다룬 동기

둘째 아들의 부인 도시코[敏子]는 가족회의에서 그 자리를 얼버무려 넘어가 계모의 결혼식에 참석했다. 소설 「그 전날 밤」에서도 차남의 내연녀에 관한 태도나 장녀의 '귀화'를 암시하는 등 한 가족의 민족 정체성 문제가 제시되어 있다. 그에 비해 「또 다시 이 길을」에서는 두 명의 일본인 가족인 둘째 아들의 부인, 장녀의 남편이 돌아가신 아버지가 좋은 대조를 이루고 있다는 평가 정도만 있었고 중요하게 취급되지 않았다.

소설 「그 전날 밤」에서는 배우자의 존재와 함께 형제의 사상적 대립이 문제가 되었다. 일본에서의 생활이 길어지며 어떻게 정착할 것인지를 두고 형제와 자매 간 견해 차이가 생겼고 조국 분단이라는 상황이 지속되며 자신의 정체성을 요구하는 곳도 달라졌다. 그것이 가장 두드러지는 존재가 '민단'에 소속 된 장남과 '조총련'에 소속된 셋째 아들이다. 하지만 소설 「또 다시 이 길을」에서는 장남과 셋째 아들이 말다툼하는 장면은 없다. 대부분이 둘째와 셋째 아들의 관계에서 전개되고 있기 때문에 장남과의 관계가 표면화되지 않고 끝나고 있다.

장남 대신에 등장하는 것이 김북명이다. 그와의 관계에서 조총련의 귀국사업과 사할린 잔류자의 귀환은 화제가 된다. 이 때 조총련에 속한 셋째 철오의 입장은 「그 전날 밤」에서의 입장과는 다른 것으로 보인다. 상세히 논하지 못했지만 앞으로 명확히 하고 싶은 부분이다.

또한 「또 다시 이 길을」에서 계모의 이야기를 중요한 소재로 선택해 문

단 데뷔작으로 발표했던 동기는, 계모의 재혼 상대에게 딸린 자식이 다섯
인 같은 가정환경을 골라 다시 육아에 힘쓰는 내용과 재일조선인 사회에
서 일본인 사회로 환경을 바꿔 다시 문학자의 길을 걸었던 자신의 궤적을
겹친 것은 아닐까 의문이 든다. 때문에 철오와 계모와의 관계 그리고 조
씨 일가의 인연이 항상 언급되는 것은 아니었을까?

번역 : 이영호(李榮鎬)

재일조선인 잡지 『계간 마당[季刊まだん]』 작품 분석

—「안녕히 아버지[アンニョンヒアボジ]」와 「무화과(無花果)」를 중심으로—*

이영호(李榮鎬)

1. 재일조선인 잡지의 개관

1970년대는 많은 재일조선인 작가들이 일본 문단에서 활동하며 '재일조선인 문학(在日朝鮮人文学)'1)이라는 명칭이 알려진 시기이다. 해방 이후 김달수(金達寿)를 비롯한 소수 문인으로 명맥을 유지하던 재일조선인 문학은 조

---

* 이 연구성과는 2018년도 BK21플러스 고려대학교 중일 언어·문화 교육·연구 사업단의 참여학생으로서 작성한 것임.

1) 1970년대 일본에서 재일교포들의 문학 활동을 처음 지칭했을 당시 '재일조선인 문학(在日朝鮮人文學)'이라는 용어를 처음 사용하였고 이후 일반적인 용어로 정착되었다. 실제로 재일조선인 문학이란 용어가 분단 이전의 조선을 지칭하며 남북 모두를 포괄하는 용어임에도 불구하고 조선이라는 표기에 근거해 북한(북조선(北朝鮮))으로 인식하는 경우가 존재한다. '재일한국인(在日韓國人)'이라는 용어의 경우 대한민국 국적만을 지칭하는 지엽적 의미를 지니며 정치적 이해관계가 개입된 용어로 인식될 수 있다. 한국에서는 '재일문학(在日文學)'이나 재일의 일본어 발음 그대로의 '자이니치(在日)'라는 용어를 사용하기도 하는데 이 경우 일본에 거주하는 외국인 문학 전체를 지칭하는 수용범위의 문제가 발생한다. 때문에 '재일한인(在日韓人)'이라는 용어를 사용하거나 최근 디아스포라 문학 연구에서는 '재일코리안'이란 용어를 사용하기도 한다. 이 글에서는 1970년대 당시 일본에서 재일교포들의 문학을 지칭했던 동시대 용어인 재일조선인 문학이라는 표현을 사용한다.

총련의 영향에서 문학 활동을 이어갔다. 그러나 1967년 7월 이후 북한에서는 개인숭배가 심해지고 조총련 내부가 경직되며 문학, 역사학을 정치적 선동 도구로 이용하기 시작한다. 이를 계기로 문학자들은 대거 조총련을 이탈했으며 이후 재일조선인 문학은 침체기를 맞이한다. 조총련을 벗어난 재일조선인 작가들은 일본문단을 대상으로 활동을 시작한다. 1966년 김학영(金鶴泳)은 「얼어붙은 입[凍える口]」으로 문예상을 수상하여 처음으로 재일조선인 작가가 일본의 문학상을 받으며 등장한다. 1968년에는 이회성(李恢成)이 <군조신인문학상[群像新人文学賞]>을 수상하며 일본 문단에 등장했으며 1971년 「다듬이질하는 여인[砧をうつ女]」으로 재일조선인 최초이자 외국인 최초로 <아쿠타가와상[芥川賞]>을 수상한다. 이후 김석범(金石範), 김시종(金時鐘), 김창생(金蒼生), 고사명(高史明), 정귀문(鄭貴文), 정승박(鄭承博), 양석일(梁石日)과 같은 작가들이 대거 등장하며 일본에 재일조선인 문학이라는 명칭이 알려지기 시작한다. 재일조선인 사회에서는 1970년대에 『계간 마당[季刊まだん, 이하 마당]』, 『계간 삼천리[季刊三千里, 이하 삼천리]』가 연이어 창간되며 재일조선인 문학은 잡지면에서도 전성기를 맞이한다.

　해방 이후 출간된 재일조선인 잡지는 140여 종에 달하지만 지금까지의 연구 대부분은 유명 작가가 편집위원으로 있는 규모가 큰 잡지 중심으로 연구됐다. 때문에 해방 이후 『민주조선(民主朝鮮)』, 1960년대의 『한양』, 1970년대의 『삼천리』, 1990년대의 『청구(青丘)』가 그 중심이었다. 1970년대 발행 잡지 연구의 경우 『한양』은 한글로 출간된 잡지였기 때문에 한국 국문학계에서 활발히 연구되었다.[2] 『삼천리』는 규모면에서 1970년대 출간된

---

2) 고명철, 「민족의 주체적 근대화를 향한 『한양』의 진보적 비평정신」, 『한민족문화연구』 19 (한민족문화학회, 2006) pp.247-278.

　　　, 「1960년대의 『한양』에 실린 소설의 문제의식-『한양』의 매체 사회학적 위상을 중심으로-」, 『한국문학이론과비평』 46(한국문학이론과비평학회, 2010) pp.197-223.

　　지명현, 「재일한민족 한글소설연구-『문학예술』과 『한양』을 중심으로-」(홍익대학교박사학위논문, 2015).

　　하상일, 「1960년대 문학비평과 『한양』」, 『어문논집』 50(민족어문학회, 2004) pp.287-325.

잡지의 대표성을 가지고 있어 한일 양국에서 활발히 연구되었다.3) 이처럼 1970년대 재일조선인 잡지 연구는 『한양』과 『삼천리』위주로 진행되었고 『마당』만을 다룬 연구는 부재했다. 간혹 『마당』이 언급되는 경우에도 잡지 계보 연구에서 1970년대에 잡지의 출간 사실을 언급하는 정도였으며, 소명선4)도 논문에서 1970년대에 『마당』이 발행된 사실을 한 줄로 기술한 것이 전부였다. 일본의 상황도 마찬가지였다. 마치무라 다카시[町村敬志]5)는 재일조선인 문학이 1970년대부터 남북대립의 해소와 재일조선인에 관한 차별 철폐를 주제로 다루었다고 설명하며 『삼천리』, 『계간 잔소리[季刊ちゃんそり]』, 『마당』을 소개했다. 그러나 『마당』에 관한 개별 분석은 없었으며 『삼천리』, 『계간 잔소리』와 함께 1970년대 출간됐었다는 사실 소개 기술이 전부였다. 나카노 가쓰히코[中野克彦]6)는 일본에서 출간된 에스닉

_____, 「재일 한인 잡지 소재 시문학과 비평문학의 현황과 의미-『조선문예』, 『한양』, 『삼천리』, 『청구』를 중심으로-」, 『韓國文學論叢』 4(한국문학회, 2006) pp.391-417.

_____, 「1960년대 『한양』 소재 재일한인 시문학연구」, 『韓國文學論叢』 47(한국문학회, 2007) pp.201-227.

3) 朴正義, 「『季刊三千里』の立場(1)-總連との決別-」, 『日本文化學報』 48(한국일본문화학회, 2011) pp.259-279.

_____, 「『季刊三千里』の立場(2)-金日成主義批判による北韓との決別-」, 『日本文化學報』 50 (한국일본문화학회, 2011) pp.291-309.

_____, 「『季刊三千里』と韓國民主化-日本人に知らさせる-」, 『日本文化學報』 54(한국일본어문화학회, 2012) pp.217-237.

최범순, 「『계간삼천리』(季刊三千里)의 민족정체성과 이산적 상상력」, 『일본어문학』 41(한국일본어문학회, 2009) pp.397-420.

이미주, 「잡지미디어를 통해 본 재일한인문학-『계간 삼천리』를 중심으로-」(고려대학교대학원석사학위논문, 2012)

이상수·손동주, 「『계간 삼천리』를 통한 재일한인의 커뮤니티 구축」, 『동북아시아문화학회 국제학술대회 발표자료집』 5(동북아시아문화학회, 2013) pp.250-253.

4) 소명선, 「재일한인 에스닉 미디어의 계보와 현황-에스닉 잡지를 중심으로-」, 『일어일문학』 30권 (대한일어일문학회, 2006) pp.163-183.

5) 町村敬志, 「エスニック・メディア研究序説」, 『一橋論叢』 109輯 (一橋大学一橋学会一橋論叢, 1993) pp.191-209.

6) 中野克彦, 「エスニック・メディアと日本社會-1896年~1999年の考察-」, 『立命館言語文化研』 1999.11(立命館大学国際言語文化研究所, 1991) pp.141-157.

잡지 계보를 정리했다. 그러나 『마당』에 관한 소개는 1973년 사건 일람에
창간사실 기입이 전부였다. 호소이 아야메[細井綾女][7]는 『마당』에서 처음
「재일 한국·조선인(在日韓国·朝鮮人)」이라는 호칭을 사용했다고 기술했다.
그러나 용어의 변천에 초점을 맞춘 연구였기 때문에 잡지에 대한 분석은
없었다. 2010년 출간된 『재일코리안 사전[在日コリアン辞典]』[8]에도 『마당』
이 소개됐으나 사전의 특성상 편집위원과 각 호의 특집 제목 나열이 전부
였다. 최근 한국에서 이영호가 『마당』의 기본 서지고찰 연구를 발표했지
만[9]이제 겨우 초기연구가 시작된 수준에 불과하다.

　또한 『마당』은 전문 작가보다 일반 대중의 글 위주로 지면을 구성했기
때문에 연구자들의 주목을 받지 못했다. 이러한 현상은 『마당』이 동시대
다른 잡지와 분명히 차별화되는 특징이 있었음에도 불구하고 연구자들의
관심을 받지 못하며 『마당』이 연구 대상에서 지속적으로 배제되는 상황
을 야기했다. 또한 재일조선인 잡지사를 정의할 때 『한양』과 『삼천리』 중
심으로 1970년대 잡지 특성을 일반화함으로써 결혼, 청년문제, 인권문제와
같은 내부 담론과 재일조선인 사회 통합 문제를 다루었던 『마당』의 특성
을 배제한 채 1970년대를 정의할 우려가 있었다.

　따라서 이 글에서는 『마당』의 기본 서지고찰을 실시하고 잡지에 수록
된 세가와 이치[瀬川いち]의 소설 「안녕히 아버지[アンニョンヒアボジ]」와 배
몽구(裵夢龜)의 「무화과(無花果)」를 분석하고자 한다. 이를 통해 『마당』의
지향점과 특성을 확인하는 것을 목표로 한다.

---

7) 細井綾女, 「「コリアン・ジャパニーズ」・「プール」の呼称の変遷と国籍問題」, 『言葉と文
　　化』 11(名古屋大学大学院国際言語文化研究科日本言語文化専攻編, 2010) pp.81-98.
8) 国際高麗学会, 『在日コリアン辞典』(明石書店, 2010) p.87.
9) 이영호, 「재일조선인 잡지『계간 마당(季刊まだん)』연구-『계간 삼천리(季刊三千里)』와의
　　비교를 중심으로-」, 『일본문화연구』 61(동아시아일본학회, 2017) pp.241-260.

2. 『마당』 소개 및 구성 소개

　『마당』은 1973년 10월 김주태(金宙泰)를 주필로 창간된 종합잡지이다. 편집위원은 김주태(金宙泰), 김양기(金兩基), 이승옥(李丞玉), 오병학(吳炳學)이었으며 발행인은 박병채(朴炳采), 윤학기(尹學基)였다. 잡지의 가격은 580엔이었고 주식회사 창기방신사(創紀房新社)10)에서 발행되었다. 『마당』은 1973년 11월 창간호를 시작으로 4호까지 3개월 단위로 정기적으로 출간됐다. 그러나 5호는 7개월 뒤인 1975년 3월 출간됐으며 경제적 어려움으로 1975년 6월 6호를 마지막으로 종간한다.

　『마당』은 잡지의 부제를 '재일조선·한국인의 광장[在日朝鮮·韓国人のひろば]'으로 정해 재일조선인들의 문화, 생활, 결혼, 교육문제를 다루었다. 잡지가 가장 주안점을 둔 부분은 남북 어디에도 기울지 않는 정치적 중립이었다. 이를 위해 『마당』은 이데올로기 문제를 거론하지 않는 방식을 택했으며 세대 갈등, 문화 유산의 계승과 같은 재일조선인 사회 내부 담론으로 잡지를 구성했다. 2호에서는 재일조선인 1세대와 이후 세대의 단절 문제를, 3호에서는 재일조선인 청년의 결혼과 귀화를 특집으로 다루었다. 4호에서는 해방 이후의 재일조선인의 생활 양상을, 5호에서는 민족교육의 문제를 다루었으며 6호에서는 「재일의 결혼을 생각하다[在日の結婚を考える]」와 같은 특집으로 재일조선인들과 일본인과의 결혼 문제를 집중적으로 다루었다.

　동시에 『마당』은 민속적 요소로 지면을 채우는 경향을 보였다. 김양기는 1호부터 3호까지 「한국의 민화[韓国の民話]」를 연재했는데 1호에서 「도깨비의 요술방망이[トケビのふしぎなかなぼう]」, 2호에서는 「도깨비의 돌다리[トケビの石橋]」, 3호에서 「도깨비와 구두쇠영감[トケビとけちけちじいさ]」

---

10) 인쇄소는 도쿄도[東京都] 신주쿠구[新宿区] 시모오치아이[下落合] 2-13-11 주식회사(株式会社) 상문당인쇄소(祥文堂印刷所).

을 연재했다. 「한국의 민화」는 한국의 고전 설화를 일본어로 번안했는데 1호의 「도깨비의 요술방망이」에서는 홍부놀부 이야기와 혹부리 영감이 결합한 형태의 줄거리를 취했으며, 「도깨비의 돌다리」에서는 신라 진흥왕(眞興王)의 아들 비형(鼻荊)이 도깨비들과 함께 돌다리를 만든 설화를 소개한다. 이 외에도 『마당』은 1호부터 6호까지 「조선의 완구[朝鮮の玩具]」 코너를 통해 고려와 조선의 옛 공예품과 역사를 소개했다. 이처럼 『마당』은 과거 통일 국가였던 신라, 고려, 조선을 활용해 민속적 내용으로 지면을 채워 정치적 문제를 배제함과 동시에 통일시대의 역사를 활용해 재일조선인 사회의 단합을 도모했던 것으로 추측된다.

그러나 『마당』이 무조건 정치 문제를 배제한 것은 아니었다. 일본에 관련된 경우에는 일본을 가해자로 묘사하며 노골적인 정치성을 드러냈다. 『마당』의 이러한 경향은 잡지에 수록된 작품에서도 확인할 수 있다.

3. 「안녕히 아버지[アンニョンヒアボジ]」와 「무화과(無花果)」작품 분석과 의미

(1) 「안녕히 아버지アンニョンヒアボジ」 에 관하여

『마당』은 종합잡지였음에도 불구하고 창간호부터 종간호까지 두 편의 소설만이 수록되어 있다. 창간호에 세가와 이치의 「안녕히 아버지」와 2호에서 배몽구의 「무화과」를 수록한 이후 3호부터는 소설을 수록하지 않았다. 여기서 주목할 점은 두 작품의 작가는 무명 작가이며 이후 발표된 작품이 없는 사실이다. 이런 구성적 특성은 『마당』이 지향한 일반 대중의 목소리를 지면에 수록하려는 원칙 때문인 것으로 추정된다. 때문에 『마당』에서는 유명 작가의 작품을 확인할 수 없으며 일반 대중의 창작 소설 두 편만을 확인할 수 있다.

창간호에 수록된 세가와 이치의「안녕히 아버지」는 재일조선인 아버지 박한식(朴漢植)과 일본인 어머니 사이에서 태어난 딸 사다요[貞世]가 일본에서 겪는 차별을 다룬 소설이다. 작가는 국적, 귀화, 결혼의 문제를 다룬다. 주인공 사다요는 아버지가 재일조선인이라는 이유로 일본인들에게 차별받는다. 다음은 사다요가 대학시절 한일문제를 토론할 때 발생했던 문제 장면의 일부이다.

　　사다요는 여러 번 수업에서의 토론 중 격앙됐다. 객관적으로 냉정히 한일조약이 초래한 여러 문제를 설명하기 전에 그건 "너희가 조선인이기 때문이다"라는 둔탁한 빛의 도전에 부딪혔기 때문이다. 사다요의 아버지가 조선인이라는 것을 알고 있는 같은 반 친구들은 아주 소수였다. 그리고 그녀가 의식하는 것은 이 소수 쪽이 아닌 그녀를 일본인으로 믿고 있는 다수의 학우였다. 그녀는 두려웠던 것이다. 자신의 아버지가 조선인이라는 것이 문제의 본질을 민족문제로 축소시키고 더 나아가 국익 운운하는 논의를 유발한다는 사실을. 그러나 이러한 것들에 정신적인 피로를 느낀다할지라도 논의의 대상이 된다. 사다요가 참기 어려운 것은 그 대상에서 제외되어있는 평소에 계급투쟁에 대해 말하는 학우에게서 조차 보이는 의기양양한 얼굴이었다.[11]

일본에서 한일조약 같은 정치적 이슈로 토론할 때 대화의 끝은 '조선인'으로 귀결된다. 그녀는 재일조선인과 일본인 사이의 혼혈이지만 사람들은 그녀를 조선인으로 규정하고 우월한 시선으로 내려다본다. 국적이 조선이라는 이유만으로 문제의 본질은 흐려지고 조선인이 제기하는 국적문제에 지나지 않는다. 그러나 그보다 무서운 것은 그녀의 국적을 모르는 다수의 사람들이 그 사실을 알았을 때 벌어질 일에 대한 우려와 공포를 늘 걱정

---

11) 瀨川いち,「アンニョンヒアボジ」,『季刊まだん』1号(創紀房新社, 1973) p.192.

하며 사는 것이다. 언제 발생할지 모르는 이러한 일들을 피하기 위해 재일조선인들은 조선 이름이 아닌 일본식 이름을 사용한다.

> 사다요는 재일조선인, 특히 청년들이 본명을 사용하지 않고 역사적으로 노예 명함인 일본식 이름을 일반적으로 사용하는 것의 가장 큰 이유가 거기 있다고 생각한다. 원래부터 개인이라는 것이 존중받지 못하고 항상 귀속 집단의 사회적 지위에 따라 개인의 삶이 평가된 일본에서 한 사람, 재일조선인만이 예외로 작용할 수 없다는 사실은 두말할 필요도 없다. 하물며 그 명칭대로 그들은 일본인에게 타민족이다. 과거에 식민지로 통치 받은 나라의 사람들이다. 바꿔 말하자면 일본에 의해 그 사람들은 '재일조선인'이라는 귀속집단명으로 불리고 평가돼 개성과 주체가 소외된 상황인데다가 민족차별까지 더해져 이중의 개인소외가 있었다고 할 수 있다.[12]

위 장면에서는 재일조선인들이 일본식 이름을 사용할 수밖에 없는 이유를 설명한다. 과거 일본은 조선을 식민지로 통치했고 '재일조선인'이라는 귀속집단명으로 명명했다. 현재까지 이어지는 차별을 피하기 위해 재일조선인은 일본식 이름을 선택한다. 작가는 이를 '노예 명함'이라 설명하지만 동시에 당면한 현실의 문제이기도 하다. 이는 귀화 문제로 이어진다. 작품 종반부 아버지는 귀화 문제를 상담하기 위해 사다요를 만난다.

> 귀화하면, 일본인이 된다면 건강보험도 받을 수 있고 융자도 받기 쉽다. 그렇다면 일을 할 수 있지 않을까? 이치로도 회사에 들어갈 수 있겠지. 귀화했기 때문에 사람이 변하는 것은 아니야. 나는 조선인이다. 지금까지의 생활이 변하는 것은 아니야. 단지 국적이 한국에서 일본으로 변하는 것뿐이다. 사다요 너도 알고 있듯이 이번에 고향에 가기 위해 조선국적에서 한국국적으로 새로 고쳐 썼다. 물론 귀화라는 건 문제가 다르

---

12) 瀨川いち, 위의 글, p.192.

지만. (…중략…) 할아버지에게는 내가 귀화하는 것을 말한다면 싫은 얼굴을 하고 경멸할 것이다. 눈에 선하다. 하지만 그게 어때서? 일족에서 귀화인을 내놓는 것에 따른 체면, 그것이 자신들의 이해관계와 관련된 것이기 때문이 아닐까? 그 증거 중 하나가 곤란할 때는 모른 척 하는 거야. 고향의 아버지와 어머니, 동생들은 이해해 줄 것이다. 아무래도 슬퍼하겠지만 그렇다고 해서 부자나 형제의 인연이 끊어지는 게 아니니까. 그리고 사다요 니가 본 것처럼 고향에 다시 아버지가 돌아갈 곳은 없어.[13]

아버지가 귀화하려는 이유는 건강보험, 융자와 같은 현실적 문제와 자식들을 우려하는 마음이다. 이치로[一郎]와 아사코[朝子]는 아버지가 후처 사이에서 낳은 사다요의 이복남매이다. 이 두 아이의 입적 문제 때문에 사다요와 남편 사이에서는 갈등이 생긴다. 아버지는 일본인으로 귀화하는 것은 조선국적에서 한국국적으로 바꾸는 것과는 다른 것임을 알면서도 자식들은 조선인이라는 이유로 불이익을 당하지 않길 바라며 귀화를 생각한다. 이처럼 작품에서는 재일조선인들이 귀화를 선택할 수밖에 없는 상황들이 묘사된다. 한국에 사는 친척들의 외면과 고향의 상실, 반 쪽바리라는 조국의 시선은 재일조선인들이 귀화를 선택할 수밖에 없게 만든다. 그럼에도 불구하고 작가는 재일조선인으로 살아가는 삶을 선택하며 귀화에 대해 다음과 같이 말한다.

귀화라는 것은 이 나라에 있어 고유의 민족에 속한 자가 그 민족의 구성원이기 때문에 부당한 굴욕을 당하면서 그 부당함을 한 개인으로 추구하는 것이 아닌 비겁하게 스스로 속한 민족을 배신함으로써 즉, 모욕하는 쪽의 국적을 취득하는 것을 통해 계속 살아가려는 것이다. 국적을 취득하는 것, 그것은 만세일계의 단일민족을 자랑하는 이 나라에서 국적취득 그 이상은 없었다. 왜냐면 이 나라의 사람들은 새롭게 국적을

13) 瀬川いち, 위의 글, p.202.

취득한 자가 어떤 민족에 속해 있고 그 중에서도 어떠한 가치를 점하고 있는지를 완벽히 알고 있기 때문이다. 그리고 그 민족 이외에 이 나라에 귀화할 필요가 없다는 것도 냉정하게 알고 있기 때문이다. (…중략…) 무엇보다 재일조선인이 이 국가에 귀화한다는 것은 자신의 민족에서 내던져지는 말을, 다름 아닌 이 나라의 사람들로부터도 내던져지는 말에 견딜 수 있을 정도로 비굴해져야 하는 것이다. 그렇지 않으면 새롭게 취득한 국적을 방패로 스스로 속한 민족을 향해 이 나라의 사람들과 함께 해야만 하는 비참함을 가져야만 하는 것이었다.[14]

작가는 귀화를 모욕하는 쪽의 국적을 획득하는 행위로 인정함과 동시에 자신이 속한 민족을 배신하는 행위로 규정한다. 또한 귀화하더라도 일본인들은 결코 자신들을 순수한 일본인으로 취급하지 않기 때문에 차별이 계속될 것이라 말한다. 때문에 귀화를 무의미한 행위로 치부한다. 작품 종반부에서 사다요는 귀화를 고민하는 아버지에게 재일조선인으로 계속 살아갈 것을 권하기로 결심한다.

역시 귀화하지 않는 것으로 말하자. 우리들이 그 정도의 자유와 존엄성을 가지고 있다고 해서 누가 불손하다고 말할 수 있을까? 아버지도 그리고 나도 회수 불가능한 한 번 밖에 없는 삶을 살고 있으니까.[15]

사다요는 재일조선인으로 계속 살아가는 것이 자유와 존엄성을 가진 삶이라 말한다. 또한 자신이 부정하더라도 결코 떠날 수 없는 가족의 경우를 예로 들며 민족에서 자신의 정체성을 깨닫는다.

아버지 박한식의 피의 따뜻함이 사다요의 온 몸에 흘러내렸다. 그건 사다요가 처음 몸으로 느낀 아버지였다. 조선인 박한식으로 계속 존재

---

14) 瀬川いち, 위의 글, pp.206-207.
15) 瀬川いち, 위의 글, p.206.

하면서 일본성(姓)을 자기 이름으로 쓰고 있는 딸들의 아버지로 계속 있고 싶다는 한식의 존재를, 사다요는 이제서야 눈부신 것을 보는 추억으로 떠올릴 수 있었다.[16]

사다요는 증오하는 아버지였지만 부정할 수 없는 가족의 피를 느끼며 재일조선인으로 계속 살아가고 싶은 감정을 느끼며 작품은 마무리된다. 이처럼 「안녕히 아버지」는 재일조선인의 국적과 귀화 문제를 다루고 민족 안에서 정체성을 찾을 것을 제시한다.

(2) 「무화과(無花果)」에 관하여

『마당』 2호에 수록된 배몽구의 「무화과」는 재일조선인 교육 문제와 학교에서의 차별 문제를 다룬다. 초등학생인 주인공은 아버지가 돌아간 이후 가족과 이별하고 둘째 형과 함께 오사카의 한 시골 마을로 이사를 온다. 주인공은 일본학교로 전학을 가는데 담임 가타야마 가오루[片山郁]는 기인한 용모와 성품을 가지고 있으며 학생들 사이에서 구마소[熊襲]의 후예라고 불리고 있다. 평소 학생들에게 오사카 사람들을 속이 검고 돈벌이밖에 모르는 사람들이라고 욕하는 가타야마는 재일조선인 학생들에게 부정적 태도를 보인다. 작가는 이런 가치관을 지닌 일본인 담임에게 재일조선인 학생들이 역사 문제를 배우는 것에 우려를 표한다.

　　짧은 기간 동안 나라에서 내쫓겨진 우리 조선의 아이들은 조국을 빼앗긴 채 일본으로 건너간 자들은 일본의 초등학교에서 일본의 옛날이야기나 전설을 듣게 되고, 거기서부터 최초의 상상의 날개를 펼치게 되는 셈인데, 그것은 차치하더라도 어떤 영원한 것에 대한 동경과 그에 대한

---

16) 瀬川いち, 위의 글, p.207.

대립물을 향한 증오심의 배양기를 키워주었다.[17]

일본학교에서 재일조선인 학생은 일본의 전설이나 설화를 배우고 일본 학생들과 함께 만주국(滿洲國) 의용단의 신생(新生)을 따라 부른다. 주인공은 나는 조선인으로 백성의 자식도 아니고 의용단과는 처음부터 무관하지만 다만 노래와 문구에 끌렸다고 말한다.[18] 이 대목에서 일본학교에서의 역사문제를 무의식적으로 수용하게 되는 재일조선인 학생의 교육 문제에 작가는 우려를 표한다.

작품 후반부에서는 재일조선인이라는 이유만으로 받는 의심과 폭력 문제를 다룬다. 주인공은 어느 날 담임이 2층 복도에서 재일조선인 학생 김해(金海)를 폭행하는 장면을 목격한다. 폭행의 이유는 알 수 없지만 담임은 마치 유도의 기술을 쓰듯 다리를 걸어 김해를 넘어뜨리고 목검으로 사정없이 내리친다. 일반적인 체벌 수준으로 이해할 수 없는 폭행이 계속되고 위협을 느낀 김해는 목검을 막고 담임을 밀친다. 이에 더 화가 난 담임은 사정없이 김해를 폭행한다. 다음날부터 김해는 학교를 나오지 않고 담임의 다음 표적은 주인공으로 옮겨간다.

어느 날 주인공의 반에서 누군가의 지갑이 분실된다. 담임은 주인공을 교무실로 부른다. 담임은 주인공에게 사실대로 말하라고 다그치지만 주인공은 무엇을 사실대로 말하라는 것인지 모른다. 담임은 체육 시간에 주인공이 교실에 들어가는 걸 보았다는 제보가 있었다고 말하며 계속 사실대로 말하라고 종용한다. 주인공은 단지 화장실에 가기 전 휴지를 가지러 교실에 간 것이라 설명하지만 담임은 자백하지 않는다는 이유로 폭력을 가한다.

---

17) 裵夢龜,「無花果」,『季刊まだん』2号(創紀房新社, 1974) p.198.
18) 裵夢龜, 위의 글, p.200.

심문은 방과 후로 미뤄졌다. 공포는 아직 쌓여있었지만 맞은 만큼은 무뎌져 있었다. "저는 훔치지 않았습니다" "정말입니다" 나는 몇 번이나 반복해서 결백을 주장하며 애를 썼다. 그럴 때마다 구타당하고 내동댕 이쳐지고 걷어차였다.[19]

담임은 주인공에게 지갑을 훔쳤다고 자백할 것을 강요하며 이를 부인할 때마다 폭력을 가한다. 폭력이 계속되자 겁에 질린 주인공은 자신이 지갑을 훔쳤다고 거짓 자백을 한다.

예상했던 것처럼 "사실은 훔쳤습니다"라는 말로 재판은 끝났다. 거짓을 말해 분한 눈물이 흘렀다. 이걸로 겨우 집으로 돌아갈 수 있다고 생각해 안심했더니 이번에는 현장검증을 명했다. 순간적으로 떠오른 생각에 "지갑은 화장실에 버렸습니다"라고 말해버렸다. 아차하는 실수를 저질러버렸지만 거기까지 생각이 미치진 못했다. 화장실에 버리면 끝이라고 생각했는데 거짓말을 실제로 실행하도록 만들었다.[20]

담임은 주인공이 지갑을 훔쳤다고 말하자 폭력을 멈춘다. 그리고 주인공에게 훔친 지갑을 가져오라 지시한다. 지갑을 훔치지 않은 주인공은 지갑을 만들어 낼 수밖에 없었다. 주인공은 형의 도움을 받아 빈 지갑을 구해 자신의 집 아궁이에서 태운다. 그리고 태우고 남은 재와 지갑의 단추를 담임에게 제출한다.

타고 남은 천 지갑의 유일한 증거품을 가타야마에게 보냈다. 가타야마는 그 단추를 충반(忠組)의 교단에 올려두고 나에게 모두 앞에서 사죄하도록 시켰다. 공상(空想)은 사실을 이겼고 나는 볼품없이 울면서 교문을 나섰다.[21]

19) 裵夢龜, 위의 글, p.204.
20) 裵夢龜, 위의 글, p.205.

주인공은 훔치지 않은 지갑 절도의 범인이 되어 모두의 앞에 사죄하고 학교를 떠난다. 주인공의 형은 억울함을 호소하고 이를 해결하려 하지만 일본인 편을 드는 경찰이 무서워 결국 포기한다. 전학 간 학교에서 주인공은 학교 앞 채소가게에서 채소를 훔치며 실제 절도범이 된다. 전학 간 학교의 선생님은 주인공에게 "너는 또 저지른 거냐"고 말하며 주인공을 혼낸다. 이 대목에서 사건 이후 삐뚤어진 학생의 모습을 확인할 수 있다. 무언의 제보와 담임 가타오카 가오루의 폭력에 의해 재일조선인 학생은 삐뚤어진다. 작가는 이를 통해 재일조선인 학생들이 일본학교를 다니는 상황에 우려를 표한다.

이처럼 「무화과」는 일본학교에서 발생하는 교육 문제와 차별을 다룬다. 또한 「안녕히 아버지」와 마찬가지로 문제의 해답을 민족으로 제시한다. 주인공은 담임에게 심문받을 때 눈을 감고 손으로 무화과(無花果)라고 쓰기 시작한다. 주인공의 행위는 과거 가족과 함께 살던 무화과나무가 있는 가정을 떠올리는 회상인 동시에 현재 고통스러운 현실을 잊기 위한 행위이다. 주인공에게 현재는 폭력에 노출되어 차별받는 상황을 의미하며 주인공이 눈을 감은 순간 떠올린 과거는 온 가족이 행복한 시절을 보냈던 시기이다. 이는 더 나아가 민족과 함께했었던 시기를 상징한다. 또한 작품 종반부에서 무화과를 일본식 표기인 'いちじく'가 아닌 형이 알려준 조선식 표기 '無花果'로 쓰는 대목에서 조선을 지향하는 입장을 확인할 수 있다. 즉 작품에서의 무화과는 가족과 함께 즐거웠던 시기의 상징이자 '無花果'라는 한자 표기 역시 조선과 민족을 지향하는 상징으로 볼 수 있다. 이처럼 「무화과」 역시 「안녕히 아버지」와 마찬가지로 문제해결의 답을 민족으로 제시한다.

---

21) 裵夢龜, 위의 글, p.206.

(3) 작품의 의미와 『마당』의 지향점

『마당』에 수록된 두 편의 소설은 일본에서 재일조선인이기 때문에 받는 차별을 묘사하고 귀화, 교육 문제를 다루었다. 두 작품 모두 일본을 차별을 가하는 주체로 묘사했으며 문제의 해답으로 민족으로 돌아가 정체성을 찾을 것을 제시했다. 즉 두 작품 모두 재일조선인들이 민족 안에서 정체성을 찾음으로써 화합을 도모하는 『마당』의 지향점과 일치함을 알 수 있다.

작품 외에도 『마당』 5호는 특집을 「민족교육의 내일을 내다보다[民族教育の明日をさぐる]」로 정하며 민족 교육과 조선식 이름 사용 문제를 다루었다. 특집의 시작에서 우치야마 가즈오[内山一雄]는 조선인이라는 것에 자신감을 갖고 한 명, 한 명 이야기해 차별과 싸우고, 조선인이 일본인에게 빼앗긴 역사, 언어, 이름을 되찾겠다고 말했으며[22] 요시다 미치마사[吉田道昌] 역시 자신의 본명으로 차별과 싸우겠다는 의지를 보였다.[23] 김용해(金容海)는 초등학교에서 학년이 낮을수록 조선식 본명을 사용하지 않는 사실을 수치로 보여주며 긍지와 자부심을 가지고 본명을 사용하고 민족 학급을 늘리자고 주장했다.[24] 이처럼 『마당』은 교육 문제를 다룬 특집에서도 민족적 태도를 강조했다.

『마당』에 수록된 작품들이 이런 메시지를 보인 배경에는 당시 남북 이데올로기 갈등을 보인 재일조선인 사회 현상과 급격히 증가하는 재일조선인들 귀화자 수의 증가가 있다. 작품이 발표된 1973년을 전후해 재일조선인 사회에서는 인권 차별을 실감한다. 재일조선인들은 취업차별, 공무원 임용 거부, 지문날인과 같은 인권차별을 경험했고 이는 1958년의 이진우

---

22) 内山一雄, 「わが子が私をかえた」, 『季刊まだん』 5号(創紀房新社, 1975) p.11.

23) 吉田道昌, 「発言する生徒たち」, 『季刊まだん』 5号(創紀房新社, 1975) p.21.

24) 金容海, 「本名を名のる子ら」, 『季刊まだん』 5号(創紀房新社, 1975) pp.29-37.

(李珍宇)의 고마쓰가와[小松川]사건, 1968년의 김희로(金嬉老)사건, 1970년의 박종석(朴鐘碩)의 히타치투쟁사건[日立就職差別事]과 같은 사건으로 표출된다. 해방 이후 약 20년이 지나며 일본에서 태어난 재일조선인 2세대는 사회의 주축으로 자리 잡고 현실적으로 조국통일이 불가능하다는 현실을 인식한다. 또한 1965년의 한일국교 정상화 회담에서 동포들의 권익이 무시되며 조국으로부터 버림받았다는 기민의식이 일기 시작한다.25) 재일조선인 2세대에게 조국은 더 이상 돌아가야 할 장소가 아니었다. 일본에서의 차별과 조국에서의 무관심을 계기로 재일조선인들은 삶을 주체적으로 선택하겠다는 재일론을 모색했고 귀화하고도 조선인으로 삶을 살아간다는 '제3의 길'이 70년대에 등장한다.26) 수치상으로도 1950년부터 1970년에 이르기까지 일본에서 재일조선인이 외국인으로 차지하는 비율은 91%였지만 이후 재일조선인 국적은 지속적으로 감소해 1990년대에는 53.7%까지 줄어든다.27) 재일조선인의 자연증가율이 낮아진 이유는 일본으로의 귀화자와 북한으로의 귀국이 늘어났기 때문이다. 일본에서 1953년 1,326명이었던 귀화자는 1985년에 5,040명까지 늘어나며 지속적인 증가추세를 보인다. 일본 정부의 귀화 행정의 기본은 '단일민족국가' 속에 이민족으로서의 흔적을 남기지 않을 수 있는 자만을 선별해 동화=일본화하는 것이다.28) 이는 다민족 복합국가에서 시민권을 취득하는 것과는 근본적인 차이가 있다. 언어와 생활측면에서 일본인으로 귀화가 용이한 재일조선인들이 귀화 행정의 대상이 된 것이다. 이러한 일본의 귀화정책과 재일조선인들의 정주화의식, 변화한 조국인식에 따라 귀화자가 증가했으며 재일조선인 사회의 축소를 초래했다.

---

25) 이한창, 『재일 동포문학의 연구 입문』(제이앤씨, 2011) p.58.
26) 이한창, 위와 같음.
27) 1993년 『재류외국인통계』를 토대로 수치를 집계함.
28) 강재언 · 김동훈, 「제3장 전후 일본의 한국 · 조선인」, 『재일 한국 · 조선인-역사와 전망』 (소화, 1999) p.116.

『마당』은 이러한 현상에 큰 우려를 느낀 것으로 추정된다. 때문에 재일조선인 사회의 단합을 도모했고 일본이라는 공통의 타자를 설정해 민족을 기반으로 재일조선인들이 살아가자는 메시지를 전달한 것으로 보인다. 『마당』에 수록된 두 작품 역시 이러한 주제를 보이고 있으며 편집위원회에서는 두 작품이 잡지의 의도와 일치하는 메시지를 나타냈기 때문에 작품을 수록했을 것이다.

이처럼 「안녕히 아버지」와 「무화과」는 『마당』의 지향점과 특성을 확인할 수 있는 대표적인 사례로 볼 수 있는 동시에 1970년대 당시 재일조선인들의 문제의식이 무엇인지 파악하는 근거가 되었다. 이를 통해 당시 일본 사회에서의 재일조선인들이 가졌던 문제 인식을 확인할 수 있었으며 동시에 당시 재일조선인 문학이 보여준 폭넓은 스펙트럼을 확인할 수 있었다.

4. 『마당』의 한계와 전망

『마당』은 1973년부터 1975년까지 2년 동안 여러 문인과 일반 대중들의 목소리를 수록하며 남북 이데올로기를 초월해 재일조선인 모두가 화합할 수 있는 지면을 만들고자 했다. 이를 위해 지면에서 이데올로기 문제를 의도적으로 다루지 않고 과거 통일국가인 신라, 고려, 조선과 같은 민속적 내용과 결혼, 귀화, 세대문제와 같이 재일조선인 사회 내부 문제를 주제로 담론을 형성했다. 동시에 재일조선인 인권 운동이나 위안부 문제를 다루며 일본을 가해자로 규정해 적극적으로 비판하는 태도를 보였다. 즉 『마당』은 일본을 타자화하는 방식으로 남북 이데올로기 갈등을 해결하고 민족 단합을 추구했다.

세가와 이치의 「안녕히 아버지」와 배몽구의 「무화과」는 『마당』의 이러한 특성이 잘 나타난다. 「안녕히 아버지」에서는 혼혈 재일조선인이 받는 차별과 귀화 문제를 다루었으며 「무화과」에서는 재일조선인 학생이 일본 학교에서 받는 폭력과 차별의 묘사를 통해 교육 문제를 다루었다. 또한 지속적으로 일본을 차별의 주체로 묘사했으며 이러한 상황의 해결을 민족에서 찾는 것으로 제시하는 공통점을 보였다. 두 작품 모두 작품에서의 시점이 일치하지 않고 문제의식 과잉으로 완성도 높은 작품으로 평가하기에는 무리가 있다. 하지만 두 작품을 통해 『마당』의 특성과 지향점은 분명히 확인할 수 있었다.

추후 과제로 『마당』이 보인 정치성이 가장 대표적으로 드러나는 김일면(金一勉)의 위안부 특집을 다루고자 한다. 일본에서 위안부 문제가 처음 드러난 1973년 이후 『마당』은 1974년부터 이 문제를 다루며 가해자로서의 일본을 거듭 설정했다. 이 특집의 분석을 통해 『마당』의 특성을 심도있게 고찰하고 당시 재일조선인들이 보였던 역사 문제 인식 현황을 파악할 수 있을 것으로 예상된다.

제4부

공간을 둘러싼
서술과 문학의 기억법

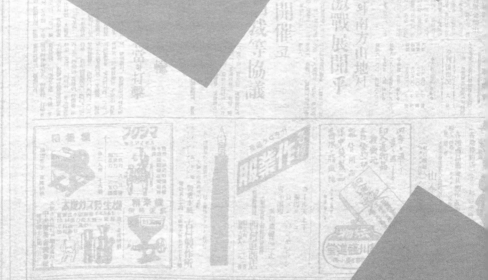

도서관과 독서 이력을 둘러싼 문학적 상상력*

히비 요시타카[日比嘉高]

1. 무라카미 하루키[村上春樹]의 독서 기록

얼마 전 무라카미 하루키의 고교시절 독서 기록이 '유출'되어 문제가 된 적이 있다. 2015년 10월 5일『고베신문[神戸新聞]』석간 및 전자판『고베신문NEXT[神戸新聞NEXT]』이「조숙한 독서가 무라카미 하루키 씨」,「장서 정리를 맡았던 전직 교사[教諭]가 발견」이라는 표제를 달고, 기록을 통해 판명된 무라카미의 고교 1학년 시절 독서에 대해 사진을 첨부하여 보도했던 것이다. '발견'의 근거가 된 것은 무라카미의 모교인 효고현립고베[兵庫県立神戸]고등학교 도서관 구장(旧蔵)도서에 붙어 있던 '대출자 카드'였다.

이 '발견'과 보도에 대해 인터넷상에서 의문을 제기하는 목소리가 생겨나면서 일본도서관협회에도 대처를 요구하는 목소리가 쇄도했다.[1] 학교

---

* 본 논고는『일본문학[日本文学]』제65권 제11호(일본문학협회, 2016)에 게재된 논문을 보정한 것이다

1) 일본도서관협회(日本図書館協会),「출판계 스코프 고베고교 구장서 대출기록유출에 대해(조사보고) 일본도서관협회[出版界スコープ 神戸高校旧蔵貸出記録流出について(調査報告) 日本図書館協会]」,『출판뉴스[出版ニュース]』2401호(2016.1) p.82.

도서관문제 연구회와 일본도서관협회도 이 사건에 대해 조사를 실시하고 이용자 프라이버시, 개인정보보호라는 관점에서 해당 학교 도서관, 전직 교사, 고베 신문을 비판했다.2)

작가의 독서 이력에 관심이 쏠리는 것 자체는 별반 드문 일이 아니다. 작가의 창조의 비밀을 들여다보기 위해서는 그들이 읽어 온 서적을 알아 내 그 독서 양상을 추적하는 것이 하나의 유효한 수단이라는 생각은 누구 나 떠올릴 수 있을 것이다. 가령 나쓰메 소세키[夏目漱石]의 장서 및 거기에 적힌 메모에는 일찍부터 관심이 쏠렸다.3) 물론 장서의 메모를 근거로 소 세키의 관심사를 탐색하려고 하는 연구논문도 다수 나와 있다.

개인적으로 무라카미 하루키의 독서 기록이 공개된 것을 비판하는 쪽 에 완전히 동조하기는 어렵다. 고베신문사는 무라카미 하루키의 독서기록 이 가진 높은 '공익성'을 주장하고 있는데,4) 이 논점에 대해서는 역시 차 분하게 생각해 볼 필요가 있다. 작가라는 직업을 가진 개인의 독서 기록 을 공개하는 것은 그 인물의 학생 시절 지도요록이나 성적표를 공개하는 것과는 조금 성질이 다르다고 생각할 수 있지 않을까? 특히 그 대상이 무 라카미 하루키와 같은 세계적인 작가라면, 그 창작 행위의 이면에 폭넓은 사회적 관심이 쏠리는 것은 당연한 일이고, 독서 기록의 공표가 일정한 '공익성'을 갖는다는 주장은 충분히 있을 수 있을 것이다.

물론 이때 개인 정보의 보호와 독서 기록의 공표는 정면으로 대립하기

---

2) 학교도서관 문제 연구회의 견해에 대해서는 이하 전문이 게재되어 있다. 「출판계 스코프 무라카미 하루키씨의 고교 시절 학교 도서관 대출기록이 고베 신문에 공표된 것에 관한 견해 학교 도서관 문제 연구회[出版界スコープ 村上春樹さんの高校時代の学校図書館貸出 記録が神戸新聞に公表されたことに関する見解 学校図書館問題研究会]」, 『出版ニュース』 2396호(2015.11). 일본도서관협회의 조사보고에 대해서는 앞의 책 『출판뉴스』(2401호) 관련 기사에 전문이 게재되어 있다.

3) 나쓰메 준이치[夏目純一] 『소세키 전집 별책[漱石全集 別冊]』(漱石全集刊行会, 1920.12)에는 「장서 여백에 기입된 단평 및 잡감[蔵書の余白に記入されたる短評並に雑感]」이라는 섹션 이 구성되어 있고, 권두에는 소세키에 대한 장서의 메모 사진 도판까지 삽입되어 있다.

4) 일본도서관협회(日本図書館協会), 앞의 책, p.82.

때문에, 어느 쪽 손을 들어줘야 할 것인가는 간단한 문제가 아니다. 개별적인 해답의 형태로, 구체적인 상황 속에서 판단할 수밖에 없을 것이다. 이번에 문제가 된 사실, 무라카미 하루키가 고교시절 프랑스 작가 조셉 케슬(Joseph Kessel)의 장편소설 『행복 뒤에 오는 것[幸福の後に来るもの, Le Tour du malheur]』을 읽었다는 것은 시간의 경과(무라카미 하루키의 고교시절 기록이다)와 정보의 한정성(읽은 적이 있는 작가와 작품명이 하나 판명되었을 뿐이다)을 고려했을 때 공표되어도 지장이 없을 정도라는 것이 개인적인 의견인데, 과연 어떨까?5)

무라카미 하루키 사건은 차치하고, 여기서 주목하고 싶은 것은 독서 이력이 작가의 성장, 나아가서는 창작 작품의 성립과 관련되어 있다는 발상이다. 지금까지는 작가를 예로 들어 생각해 왔는데, 타인의 독서 이력에 대한 관심 자체는 보다 더 폭이 넓다. 한 개인의 독서 이력을 쫓는 것은 그 사람에 대한 어떤 사실—종종 그것은 사소한 것이 아니라 그 개인의 내면에 관한 중요한 것—을 아는 계기가 된다는 생각은 우리에게 익숙한 것이 아닐까.

이 글에서는 개인의 내면과 내력, 책과 독서 기록의 교차를 둘러싼 문학적 상상력의 전개를 검토할 것이다. 이 상상력은 타인의 독서에 대한 관심이나 인간관계 구축의 욕구, 이야기 세계의 공유, 수수께끼 풀이의 기쁨 등, 폭 넓은 요소의 복합체로서 전개되겠지만, 본 고찰에서는 그 상상력에 도서관이라는 장치가 깊이 관련되어 있다고 주장한다.

책이 대량으로 집적되고, 사람들이 모였다 흩어지고, 그리고 그 사람들이 가진 독서의 역사가 쌓여 가는 도서관이라는 장은 이야기를 전개하기에 좋은 무대이다. 도서관은 책을 소장하고, 배치하고, 이용에 제공한다. 도서관은 이용자를 모으고, 등록하고, 각종 서비스를 제공한다. 책과 이용

5) 또 『고베신문』은 같은 대출자 카드에 기재된 다른 두 명의 학생 이름을 사진으로 공개해 버렸다. 이에 대해서는 비판받아 마땅할 것이다.

자를 관리하는 '도서관이라는 장치'는 우리가 책, 혹은 타자와 맺는 관계를 무의식중에 깊이 규정하고 있다. 좀 더 말하면, 이 장치에는 개인의 이력이나 성향을 파악하여 독서를 관리와 교육의 한 회로로 삼고자 하는 감시 및 규율 훈련의 권력 또한 개입의 손길을 뻗치게 되는 것이다.

2. 독서 기록 장치로서의 도서관, 그 역사

타인의 독서 기록은 어떻게 손에 넣는 것인지 생각해 보자. 이는 장서(藏書)를 통해 알 수 있겠지만, 개인의 장서는 동태(動態)이다. 장서는 구입을 통해 늘어나고, 빌려주거나 팔거나 없애면서 유지되고, 소유자의 사망과 유족의 장서 상속 포기에 의해 흩어져 사라진다. 저명한 작가나 특이한 컬렉션을 가진 수집가, 연구자 등을 제외하고 장서가 그대로 남게 되는 경우는 없다. 스스로의 장서 목록을 만드는 사람 또한 특별한 소수라고 해야 할 것이다. 타인의 독서 기록을 알아낸다는 것은 그렇게 쉬운 일이 아니다.

그런데 우리 사회에서는 특정 시기, 부분적이긴 하지만 개인의 독서 기록을 추적하는 것이 가능해졌다. 근대 도서관의 도서 관리와 독자 서비스 구조가 이를 가능하게 만든 것이다. 무라카미 하루키의 대출기록 '유출' 사건은 바로 그 제도의 잔재 속에서 일어났다.

일본 근대 도서관의 역사를 잠시 복습해 두자. 대략적으로 말하면, 메이지[明治] 이후 일본 도서관의 역사는 지식층이나 교원, 관리와 같은 전문직종을 주요 대상으로 한 폐쇄적인 도서관에서, 일반 이용자도 가벼운 마음으로 이용할 수 있고 대출을 받을 수 있는 개방적인 도서관으로 가는 길을 걸어왔다.

최초의 공공도서관은 1872년 창설된 문부성 박물국 서적관(文部省博物局

書籍館)(도쿄[東京]) 및 집서원(集書院)(도쿄)이라고 한다. 몇 년 후인 1876년에
는 사이타마 현립 우라와 서적관[埼玉県立浦和書籍館], 1878년에는 시즈오카
현립 서적관[靜岡県立書籍館] 등, 지방에도 몇 개의 공립도서관이 설립되기
시작한다. 이 시기에는 민간의 움직임도 활발하여, 1872년에 교토[京都]에
서 무라카미 간베[村上勘兵衛] 등이 집서회사(集書会社)를 설립하고(교토부 집
서원으로 합류), 하코다테[函館]와 요코하마[橫浜], 아오모리[青森]와 야마구치
[山口] 등, 전국 각지에 문고(文庫)와 신문종람소(新聞縱覽所), 집서시설 등이
연이어 생겨났다.6)

그 후의 궤적을 개괄하면 재정난이나 행정·이용자의 이해 부족으로
고민하면서도-실제로 대소(大小), 공사립(公私立)을 불문하고 많은 도서관이
폐관되었다-중앙·지방의 교육회(敎育会) 설치운동이 일어나고, 첫 번째 도
서관의 법적 기초를 규정한 1899년 도서관령(칙령)이 공포되면서, 전국의
도서관수는 서서히 증가하게 된다. 현립 도서관이 잇달아 설립되면서 그
지방의 도서관계를 견인해 갔던 것이다. 특히 1920년대 전반의 성장세는
현저하여, 연간 300~500곳이나 되는 공공도서관이 탄생했다.7)

한편 정촌(町村) 단위의 도서관은 초등학교에 부설되는 등 간이 시설도
적지 않아, 서비스나 장서수에 큰 제한이 있었다. 이와사루[岩猿]가 제시했
듯이, 1936년 공공도서관 4609곳 중, 장서수 1000권 미만인 도서관이 66%,
5000권 미만인 도서관은 93%였다고 한다. 도서관수는 늘었지만 그 대부분
이 "지극히 빈약한 간이 도서관에 불과했던"8) 것이다. 이 시기의 도서관
은 열람료를 징수하는 것이 보통이고, 서가도 폐가식이어서 출납신청절차

---

6) 이시이 아쓰시(石井敦), 『일본근대공공도서관사의 연구[日本近代公共図書館史の研究])』(日
   本図書館協会, 1972.2). 가도야 후미오[門家文雄] 편저, 『일본근대도서관사 연표(日本近代図
   書館思年表)」, 『일본근대도서관사(日本近代図書館史)』(学陽書房, 1977.5). 이와사루 도시오
   [岩猿敏生], 『일본도서관사개설(日本図書館史概説)』(日外アソシエーツ, 2007.1)
7) 이시이 아쓰시, 앞의 책, p.252.
8) 이와사루 도시오, 앞의 책, p.190

가 필수, 관외 대출은 예외적인 경우를 제외하고 통상 허락되지 않았다는 점도 기록해 두어야 할 것이다.

패전 후, 신헌법 아래 1950년 도서관법이 성립된다. 공립도서관의 열람료는 무료가 되고, 이는 이용자 확대로 이어진다. 전후 공공 도서관의 활동 양상에 큰 전기를 가져온 것은 일본도서관협회가 편집·발행한『중소도시의 공공도서관 운영-중소 공공도서관 운영기준위원회 보고-[中小都市に於ける公共図書館の運營―中小公共図書館運營基準委員会報告―]』(1963년 3월)와『시민의 도서관[市民の図書館]』(1970년 5월)으로 간주된다. 후자 중에서 일본도서관협회는 시립 도서관의 과제로 "(1)시민이 요구하는 도서를 자유롭고 쉽게 대출하는 것. / (2)아동의 독서요구에 부응하여 철저하게 아동에 서비스하는 것. / (3)모든 사람들에게 도서를 대출하고, 도서관을 시민 가까이 두기 위해, 전역으로 서비스망을 확대하는 것"을 들었다.9)

이 두 권의 서적이 견인하는 형태로 일어난 변화를, 여기서는 간단하게 도서관의 대중화라고 부르기로 하자. 대중화 이전의 도서관이 학생처럼 특정한 사람들을 대상으로 관내열람이나 관내대출을 실시하는 곳이었다면, 대중화 이후의 공립도서관은 지역의 다양한 사람들을 대상으로, 관내뿐 아니라 적극적인 도서대출 등을 통해 개방적인 서비스를 제공하는 곳으로 변모했다.

논의를 구체적으로 전개할 지면은 없지만, 그 과정에서 문학표상 속 도서관의 모습도 크게 달라졌다. 대중화 이전의 도서관 표상에서 도서관이라고 하면 대부분 도쿄의 대도서관이나 고등교육기관의 도서관을 의미했다. 문학자들의 일기나 수필에서는 공부를 위해 도서관에 다녔다는 구절을 다수 찾아볼 수 있다. 히구치 이치요[樋口―葉], 다야마 가타이[田山花袋], 다카하마 교시[高浜虚子], 미야모토 유리코[宮本百合子], 기쿠치 간[菊地寛], 그

---

9)『시민의 도서관』pp.34-35. /는 원문 개행.

밖에 다수의 문학자들이 도서관에 얽힌 글을 남겼다.10) 그리고 종종 도서
관은 지루한 수업과 대비되면서 읽어야 할 지식이 잠든 보고(寶庫)로서도
표상되었다.11) 도서관은 고도로 지적인 사람들이 그 지성을 더욱 높이기
위해 다니는 면학의 장으로 존재했다.

　그래서 가령 나카지마 아쓰시[中島敦]의 「도난 선생[斗南先生]」에는 집안
사람들에게 백부의 한시집을 "대학교와 고등학교 도서관에 납입하러 가라
는 부탁을 받았"지만, "일개 무명 한시객(漢詩客)에 불과한 백부의 시문집
을 들고 당당히 도서관에 가는 것에 적지 않은 부끄러움을 느끼지 않을
수 없었다"는 묘사가 등장하고 있다.12) 또 아쿠타가와 류노스케[芥川龍之介]
의 「노상(路上)」의 모두(冒頭)에서는 제국대학 도서관을 "올려다봐야 할 것
같은 거대한 서가가 가죽으로 된 낡은 책 표지를 끝없이 늘어세운 채, 마
치 학문의 수비라도 하고 있는 바위 같은 느낌을 주고 있었다"고 묘사하
고 있는 것이다.13)

10) 문학자와 도서관에 대해서는 다카하시 가즈코[高橋和子]가 『작가와 도서관(1)-작품에 그
　　려진 도서관상-[作家と図書館一作品に描かれた図書館像一]」(『相模国文』 2, 1975.3) 외, 다
　　수의 논고를 발표하고 있어 참고가 된다. 또 다음도 참고. 고바야시 히로시[小林宏], 「문
　　학작품 속 도서관-도서관상의 변천을 탐색한다[文学作品の中の図書館一図書館像の変遷
　　を探る一]」 『作新学院女子短期大学紀要』 16(1992.11). 다키자와 마사노리[滝沢正順], 「문학
　　에 나타난 도서관과 도서관원(1)[文学に現われた図書館と図書館員(1)]」 「동(2)」 『図書館界』
　　41권1, 3호(1989.5, 1989.9).
11) 예를 들면 이하. 미야케 세쓰레[三宅雪嶺], 『세쓰레 자전[雪嶺自伝]』은 초출 『부인의 벗[婦
　　人の友]』(1936.1~12), 해당 개소는 『메이지문학전집98 메이지문학회고록집(1)[明治文学全
　　集98 明治文学回顧録集(1)]』(筑摩書房, 1980.3) p.153. 나오키 산주고[直木三十五], 「죽음까지
　　를 말한다[死までを語る]」는 초출 『이야기[話]』(1933.9~1934.3), 해당 개소는 『나오키 산
　　주고 전집[直木三十五全集]』 제8권 (示人社, 1991.7) pp.419-421.
12) 나카지마 아쓰시[中島敦], 「도난 선생[斗南先生]」은 초출 『빛과 바람과 꿈[光と風と夢]』
　　(筑摩書房, 1942년 7월), 인용은 『나카지마 아쓰시 전집1[中島敦全集1]』(筑摩書房, 2001년
　　10월) p.42.
13) 아쿠타가와 류노스케[芥川龍之介], 「노상(路上)」은 초출 『오사카마이니치신문[大阪毎日新
　　聞]』(1919.6.30.~8.8), 인용은 『아쿠타가와 류노스케 전집[芥川龍之介全集]』 제5권 (岩波書
　　店, 1996.3) p.3.

3. 독서 기록의 이야기
-「산시로[三四郞]」「도서관의 바다[図書館の海]」

물론 대중화 이후 도서관에서 면학을 지향하는 사람들이 사라진 것은 아니지만, 대중과 가까워진 도서관은 다양한 사람들이 모이는 장소가 되었다. 그리고 문학 역시 그 안에서 다양한 방향의 상상력을 펼쳐나간다.

대중화 이전의 도서관에서 독서 기록의 문제를 생각할 때, 나쓰메 소세키의 「산시로」 속 일절을 상기해 볼 수 있다.14)

> 산시로가 놀란 것은 어떤 책을 빌려도 반드시 누군가 한 번은 본 적이 있다는 사실을 발견했을 때였다. 그것은 책 속 여기저기에 남겨진 연필의 흔적을 볼 때 확실했다. 어느 날 산시로는 이를 확실히 해 두기 위해 애프라 벤(Aphra Behn)이라는 작가의 소설을 빌려 보았다. 책을 펼치기 전까지는 설마 했지만, 펼쳐 보면 역시 연필로 정성껏 표시가 되어 있었다. (p.319)

> 슬슬 돌아갈 준비를 하면서, 함께 빌린 서적 중에 아직 펼쳐 보지 않은 마지막 한 권을 무심코 펼쳐 보니, 책 표지 안쪽 빈 곳에, 연필로 어지럽게 무언가 잔뜩 적혀 있다. (p.321)

여기에 나타나는 타자의 독서 기록=흔적은 지적 선행성, 우월성의 표시로서 존재한다. 흔적은 서명이 없다. 자기가 지금 손에 든 책에, 예전에 그 책을 읽은 이름도 모르는 독자가 연필 표시나 메모를 통해 흔적을 남기고, 그 메모의 내용, 혹은 이 책을 다 읽은 사람이 있다는 사실 자체는 지금 그 책을 계속 읽고 있는 후속 독자를 압박한다.

---

14) 나쓰메 소세키[夏目漱石], 「산시로[三四郞]」는 초출 『도쿄아사히신문[東京朝日新聞]』 『오사카마이니치신문[大阪毎日新聞]』 1908.9.1.~12.29, 인용은 『소세키 전집[漱石全集]』 제5권(岩波書店, 1994.4)에 의한다.

대중화 이후의 독서 기록은 다른 형태의 상상력을 자극한다. 가령 온다 리쿠[恩田陸] 「도서관의 바다」15)에서는 도서의 대출기록을 토대로 하여 학생들의 사랑과 동경의 드라마가 전개된다.

> 누군가가 읽은 책을 뒤쫓아 읽는다는 것은 꽤 어려운 일이다.
> 소녀만화 같은 데서 로맨틱한 동경을 나타내는 행위로 소개되어 있는 것을 보고 제법 우아하다고 생각해서 시작해 봤지만, 게이치[敬一]가 읽은 책을 찾는 것은 기억에 남아 있는 몇 권을 제외하고 상당히 귀찮았다.
> 책 뒤에 붙어 있는 카드에는 대출한 날짜와 학년, 반 번호와 이름이 기입되어 있다. (p.230)

무대는 고등학교 도서관이다. 책에는 대출용 카드가 붙어 있고, 기명식이다. 주인공 여학생은 선배 남학생의 독서 흔적을, 카드에 남긴 이름을 근거로 뒤쫓는다. 그것은 "소녀만화 같은 데서 로맨틱한 동경을 나타내는 행위로 소개되어 있는" 행동인 것이다.

산시로가 이용했던 시기의 제국 대학 도서관은 폐가식 서가로, 서고에 들어갈 수 있는 사람은 대학원생과 4학년, 그리고 법과대학 학생뿐이었다. 「산시로」 본문에 쓰여 있는 대로, 1학년인 산시로는 들어갈 수 없다(p.319). 산시로의 "빌렸다"는 것은 도서관측이 서고에서 갖고 나온 책을 받았다는 것을 가리킨다. 이 시기 제국대학 도서관은 교원을 제외하고 관외대출 서비스를 실시하지 않았다. 도서관측에 출납기록이 어느 정도나 남아 있었는지 확실하지 않지만, 적어도 이용자측이 그것을 볼 수 있었다는 정황은 없다.16)

---

15) 온다 리쿠[恩田陸], 「도서관의 바다[図書館の海]」(新潮社, 2002.2). 인용은 신초문고[新潮文庫]판(2005.7)에 의한다.
16) 다카노 아키라[高野彰], 『제국대학도서관 성립 연구-메이지 초기 도쿄대학법리문학부 도서관사 개정증보-[帝国大学図書館成立の研究―明治初期 東京大学法理文学部図書館史 改訂

한편 온다 리쿠의 소설은 학교 도서관 카드를 이용한 대출 구조를 전제로 하고, 그것을 기점으로 한 인간관계, 남녀관계 이야기를 엮어내고 있다. 온다 리쿠가 제시한 것 같은 문학적 상상력이 성립하고 무라카미 하루키의 독서기록을 둘러싼 사건이 일어나기 위해서는, (1)시민이 널리 이용하는 장으로서의 도서관이 다수 존재하고, (2)거기서 독서 기록(도서 열람이나 대출 이력)의 수집과 보유가 조직적으로 이루어지고, (3)한편 그 독서 기록에 대한 접근이 비교적 용이하다는 조건이 필요하다. 이러한 조건이 갖춰진 것은 전후 도서관의 대중화 이후이며, 또 뉴어크식17)과 같은 기명식 대출관리가 채택되었던 시대에 한정된다. 환경정비가 뒤따르지 않는 학교 도서관 일부 등을 제외하고, 현재 도서 대출 관리는 컴퓨터화되어 있고, 이용자의 대출기록은 일정기간을 거쳐 소거되는 것이 원칙이다.18) 책 대출방식에도 역사가 있다.

전전(戰前)부터 도서 대출의 역사가 없었던 것은 아니다. 가령 1875년에 문부성 소관이 된 도쿄서적관[東京書籍館]에서는 특례를 설치하여 관외대출을 인정했다.19) 관립이었던 도쿄서적관 관칙은 훗날 공립 도서관 대출 규칙에 큰 영향을 주었다고 한다. 일부 사립 도서관에서 대출에 편의를 도모하고 있었지만, 공립관에서는 고액의 수입 제한이나 예치금 규정을 마련하는 등, 대체로 대출에 소극적이었다. 전후 도서관법 공포 후에 이르러서도 여전히 1960년 전후까지 대출한도는 한 사람당 한두 권이었다고 한

增補」(ゆまに書房, 2006.11) p.330. 다카노의 이 책에 의하면, 도쿄 대학 부속 도서관에서 학생의 관외대출이 가능해진 것은 1963년의 일이라고 한다.

17) 도서 대출방식의 하나. 서지사항이 기재된 북 카드에, 이용자 사항을 추기해 가는 방식. 이용기록이 타자에 반명된다는 결점이 지적되고 있다. 시호타 쓰토무[志保田務]외 편, 『도서관 서비스 개론[図書館サービス槪論]』(学芸図書, 2013.7) p.118.

18) 미야베 요리코[宮部頼子] 편, 『도서관 서비스 개론[図書館サービス槪論]』(樹村房, 2012.4) p.77.

19) 단 「문부경의 특시[文部卿ノ特示]」를 필요로 했다. 시미즈 쇼조[清水正三], 「대출과 권수 제한의 역사-도쿄의 공립도서관 관칙을 중심으로-[貸出と冊数制限の歴史―東京の公立図書館の舘則を中心として]」, 『みんなの図書館』 91호(1984.12) p.23.

다. 대출 서비스 확대에 앞장섰던 것은 히노[日野] 시립 도서관으로, 1965년에 한 사람당 4권까지라는 '획기적'인 첫 걸음을 내딛었다.[20]

전후 급증한 학교 도서관에서도 도서 대출은 적극적으로 이루어졌다. 물론 일반 공립 도서관과 마찬가지로 이용자 편의를 증가시켜 독서인구와 독서권수의 증가로 연결시킨다는 목적이 있었지만, "교육 과정의 전개와 아동·학생의 건전한 교양을 양성하기 위한 자료·정보 활용이 강조되었다"[21]는 점도 있다. 이 과정에서 독서 지도가 학생의 내면을 파악하고, 더 나아가서는 생활 지도와 일체화되는 상황도 벌어졌다. 학교 현장에서 학생의 독서 기록을 프라이버시라는 관점에서 파악하는 시선은 1980년대에 이르러서도 그다지 확장을 보여주지 않는다는 상황이었다고 한다.[22]

도서 대출을 관리하기 위한 대출용 카드라는 학교 도서관의 구조는 책과 사람을 기명에 의해 연계시켰다. 이를 통해 온다 리쿠의 소설이 이야기하듯이 "누군가가 읽은 책을 뒤쫓아 읽는다"고 하는 "로맨틱한 동경을 나타내는 행위"를 가능하게 하고, 또 무라카미 하루키의 대출기록을 둘러싼 사건이 보여주듯이 개인의 독서 기록을 사후 추적할 수 있게 만들었지만, 그와 동시에 학교라는 교육과 규율 훈련의 장에서 학생의 내면을 관리하는 시스템도 가동시킬 수 있었던 것이다.

그리고 이 기명식 도서 대출 관리 시스템은 프라이버시 보호를 둘러싼 현대 사회의 갈등의 무대가 되기도 한다. 다음은 도서관 독서 기록의 문

20) 시미즈 쇼조, 앞의 책, p.29. 실제 1966년에 인구 100명 당 대출권수가 16권에 불과했던 시구정촌립 도서관의 개인대출은 1976년에 110권이 되고, 1986년에 243권, 1994년에는 364권이라는 식으로 급증하고 있다(일본도서관협회 도서관 백서 편집위원회, 『도서관은 지금-백서·일본의 도서관1997-[図書館は いま―白書・日本の図書館1997―]』(日本図書館協会, 1997.3) p.37.

21) 후카가와 노리요시[深川恒喜] 외 편, 『현대학교도서관사전[現代学校図書館事典]』(ぎょうせい, 1982.10).

22) 야마구치 신야[山口眞也], 「전후 학교도서관 문헌에 보는 프라이버시 의식-쇼와20년대-쇼와30년대를 중심으로-[戦後学校図書館文献にみるプライバシー意識―昭和20年代-昭和30年代を中心に―]」, 『沖縄国際大学日本語日本文学研究』 9권2호(2005.3).

학적 이용을 둘러싸고 벌어진 다른 사건을 살펴보자.

4. 노리즈키 린타로[法月綸太郎]는 반성한다
-『노리즈키 린타로의 모험[法月綸太郎の冒険]』
『화창한 날에는 도서관에 가자[晴れた日は図書館に行こう]』

 미스터리 소설작가 노리즈키 린타로에게는 도서관 사서를 주요 등장인물로 내세운 시리즈가 있다. 단편「도서관 잭 더 리퍼[切り裂き魔]」[23]는 주인공 탐정이 도서관 사서의 도움을 받아 도서관에 소장된 도서의 첫 번째 페이지를 잘라 가는 범인과 그 동기를 밝혀내는 이야기이다. 작품에서는 사서가 탐정에게 도서관 관외대출 데이터를 제공하는 장면이 그려졌는데, 이 장면을 두고 독자로부터 비판적인 편지가 쇄도했다.

 작자 노리즈키는 이 비판을 받고「도서관 탐정의 후일담[図書館探偵の後日談]」[24]이라는 반응과, 이「후일담」전문을 인용하면서 집필한「문고판 추기(追記)「도서관의 자유」를 둘러싸고」(전게 주21의 문고 수록)라는 두 편의 글을 썼다. 전자「후일담」에서 노리즈키는 이용자의 프라이버시 문제를 픽션과 리얼리티의 관계, 그리고 사서의 작업적 프라이드라는 관점에서 생각했다. 하지만 문고판에 수록된 글에서는 스스로 이를 비판하고, "이것은 소위 리얼리티 운운할 문제가 아니다. '도서관의 자유'라는 이념을 둘러싼 문제"(p.445)라고 하며 도서관이 내세우는 이념과 프라이버시에 대해 스스로 알아보며 생각한 것을 쓰고 있다.

---

23) 노리즈키 린타로[法月綸太郎],「도서관 잭 더 리퍼[切り裂き魔]」는 초출『코튼[コットン]』(1990.4). 고단샤[講談社] 문고판의 노리즈키 린타로『노리즈키 린타로의 모험[法月綸太郎の冒険]』(講談社, 1995.11)에 수록되어 있다.

24) 노리즈키 린타로,「도서관 탐정의 후일담[図書館探偵の後日談]」,『小説CLUB』(桃園出版, 1993.3).

도서관학 연구자 사토 다케히코[佐藤豪彦]는 「도서관 잭 더 리퍼」를 둘러 싼 이 응답과 「도서관 잭 더 리퍼」 이후에 집필된 노리즈키의 모든 도서 관 시리즈 작품을 검토하고, 노리즈키가 '도서관의 자유'라는 이념과 이용 자의 프라이버시 보호라는 도서관의 책무를 점차 작품 속에 도입해 가는 모습을 더듬고 있다.[25]

도서관 직원의 의식과는 별개로, 일반 사람들이나 이야기의 창작자들이 타인의 프라이버시를 존중한다는 상식을 도서관의 열람, 대출 기록 관리 라는 장면에도 적용시켜 생각하고 있었던 것은 아니다. 노리즈키의 당초 자세도 그랬고, NHK의 TV드라마 <피아노[ぴあの]>(1994)가 불러일으킨 마 찬가지―도서관 직원이 이용자의 독서 이력을 누설하는 장면을 그렸다― 사건의 예를 생각해 봐도 그러할 것이다.

그럼 이제 지금처럼 프라이버시 보호 의식, 개인 정보 보호 의식이 침 투한 시대에서는 도서관의 독서 기록을 이용한 이야기는 쓸 수 없을 것 일까.

그렇지 않다. 소설은 좀 더 융통무애(融通無碍)하다. 예를 들어 도서관 직 원이 등장인물에게 개인의 독서 이력을 누설하는 장면을 그리지 않은 채 화자가 독자에게 넌지시 비출 수도 있고, 도서관 직원에 의한 이용자 관 찰의 형태로 제시할 수도 있고, 등장인물의 추리에 위임할 수도 있을 것 이다.

예를 들어 미도리카와 세이지[綠川誠司]의 아동용 미스테리 『화창한 날 에는 도서관에 가자』 속 작품인 「젖은 책의 수수께끼[ぬれた本の秘密]」도 도서를 훼손한 범인을 찾는 이야기이다.[26] 주인공 소녀들이 도서 반납함

---

25) 사토 다케히코[佐藤豪彦], 「도서관은 어떻게 보여져 왔는가―일본의 미스테리와 도서관원- 히가시노 게이코・노리즈키 린타로의 케이스에 대해[図書館はどうみられてきたか―日 本のミステリと図書館員―東野圭吾・法月綸太郎のケースについて]」, 『甲南女子大学研究 紀要』 36(2000.3). 또 사토에게는 도서관 및 도서관 사서를 둘러싼 문학작품이나 영화에 관한 다수의 논고가 있어, 본 논고의 집필에 즈음하여 많은 공부가 되었다.

속 책에 누가 물을 끼얹었을지 생각하는 것인데, "도서관은 누가 어느 책을 빌렸는지 물어보면 가르쳐 줄까?" "절대 안 가르쳐 줄 걸? 누가 어떤 책을 빌렸는지는 도서관의 탑 시크릿이니까"(p.112)라는 대화를 통해 도서관 직원에 의한 정보 제시는 부정되고 있다. 단, 소설 속 이야기는 일련의 사건을 서술하는 가운데, 몇 가지 힌트를 순서대로 내놓는다. 범인을 알아차리는 타이밍은 읽는 사람에 따라 다르겠지만, 도서관 측이 프라이버시를 지키고 있다는 설정을 살리면서 독서 기록을 이야기화하는 방법은 얼마든지 있다.

5. '도서관의 자유'와 프라이버시를 둘러싼 투쟁 −『도서관 전쟁[図書館戦争]』

도서관 이용자의 프라이버시를 둘러싼 공개와 은닉의 갈등은 다른 형태로도 일어나고 있다. 1995년 1월에 일어난 지하철 사린 가스 사건 조사 과정에서, 수사당국이 국회 도서관에 이용자의 개인정보 제공을 요구, 국회 도서관이 이에 응하는 사건이 있었다. 압수된 것은 1994년 1월부터 1995년 2월까지 14개월, 약 53만명 분의 '이용 신청서' '자료 청구서' '복사 신청서'였다.27) 호리 와타루[堀渡]가 "이용자의 독서 비밀을 지킨다는 현재 도서관계의 일반 룰이 가진 취지에 너무나도 역행하고 있다. 범죄수사를 위한 합법적인 압수라고 해도 이 많은 양을 몽땅 턴다니, 도대체 이게 어떻게 된 일인가" "이용자의 프라이버시가 대량으로 누설된 것은 확실"하다는 비판은 당연하다.28)

---

26) 미도리카와 세이지[緑川聖司], 『화창한 날에는 도서관에 가자[晴れた日は図書館に行こう]』(小峰書店, 2003.10). 인용은 동명의 포플러샤[ポプラ社]문고판(2013.7)에 의한다.

27) 『아사히신문[朝日新聞]』석간(1995.4.19.) p.10.

28) 호리 와타루[堀渡], 「국회도서관에서 이용자 53만명, 14개월분의 개인 이용 데이터가 압수

도서관이 쥐고 있는(있다고 기대되는) 이용자의 개인 정보를 원하는 수사기관과, 이를 지키고 싶은 도서관측의 공방을 이야기에 도입한 작품으로 아리카와 히로[有川浩]의 『도서관 전쟁』이 있다.29)

작중에서 수사본부는 묻지 마 연속 살인사건의 용의자가 된 고교생의 '대출기록'을 도서관에 요구한다. 도서관은 「도서관 자유에 관한 선언」을 토대로 입법화된 도서관법을 방패삼아 이를 거절한다. 그 실랑이 속에서 '쇼와의 무차별 생화학 테러'(p.169)로서, 앞서 서술한 지하철 사린 가스 사건에 대한 국회도서관의 대응도 언급되고 있다.

이 작품 때문에 단번에 유명해진 것이 「도서관 자유에 관한 선언」이다. 이 고찰에서 종종 언급해 온 도서관의 이용자 독서 기록의 수비 의무는 동(同)선언의 "3. 도서관은 이용자의 비밀을 지킨다"에 그 근거가 있다. 제3항은 선언이 처음으로 채택된 1954년 시점에는 없었고, 1979년 개정을 통해 추가된 것이다.30) 프라이버시라는 말을 널리 세상에 알린 미시마 유키오[三島由紀夫]의 『연회는 끝나고[宴のあと]』를 둘러싼 소송이 일어난 것이 1961년(1966년 화해)31)의 일이다. 법적 개념으로 다듬는 과정과 시민적인 어휘로서의 침투, 그리고 도서관 업계로의 도입이 각각 다른 속도를 갖고 서로 접촉하고 충돌하면서 진행된 것이 1960년 이후의 역사라고 할 수 있

되다[国会図書館で利用者のべ五三万人、一四ヶ月分の個人利用データが押収される]」, 『미디어와 차별-가이드라인을 생각한다[メディアと差別―ガイドラインを考える]』(ポット出版, 1995.7) pp.2-3. 또 동 기사의 타이틀은 목차에서는 「옴진리교 사건과 국회도서관[オウム事件と国会図書館]」으로 되어 있다.

29) 아리카와 히로[有川浩], 『도서관 전쟁[図書館戦争]』(メディアワークス, 2006.3). 인용은 가도카와[角川]문고판(2011.4)에 의한다.

30) 사회적인 동향을 바탕으로 한 개정의 배경이나 의도에 대해서는 이하에 상세하다. 일본도서관협회 도서관의 자유 위원회[日本図書館協会図書館の自由委員会]편, 『「도서관의 자유에 관한 선언 1979년 개정」 해설[「図書館の自由に関する宣言 1979年改訂」解説]』 제2판(日本図書館協会, 2004.3).

31) 히비 요시타카[日比嘉高], 「프라이버시의 탄생-미시마 유키오 「연회 후」와 문학, 법, 가십주간지-[プライヴァシーの誕生―三島由紀夫「宴のあと」と文学、法、ゴシップ週刊誌―]」, 『思想』 1030호(2010.2).

을 것이다. 그리고 서로 다른 이해 속에서 도서관 대출 기록을 둘러싼 사
회적 갈등과 문학적 상상력도 다양하게 전개되었던 것이다.

6. 독서 이력의 아름다운 사칭–『미나의 진행[ミ-ナの進行]』

독서 기록을 둘러싸고 공방이 일어날 때, 이념이나 책무를 둘러싼 투쟁
이라는 색깔이 강하게 나타난다. 하지만 문학은 항상 룰을 지키는 자의
쪽에 서는 것은 아니다. 독서 이력을 사칭하고 대출카드를 본래 이용법과
는 다른 방식으로 이용하는 불성실한(도서관 규칙을 기준으로 보면) 이용자를
주인공으로 한 아름다운 이야기도 있다.

오가와 요코[小川洋子]의 『미나의 진행』[32]은 도서관을 둘러싼 이야기이
자 독서 이력을 둘러싼 이야기이다. 그리고 한 도서관 직원의 탄생 이야
기이기도 하다.[33] 주인공 도모코[朋子]는 어머니의 사정 때문에 일시적으
로 아시야[蘆屋]에 있는 큰어머니 집에 맡겨진다. 사촌 미나(미나코[美奈子])
는 감수성이 풍부하고 책과 이야기를 사랑하는 소녀인데, 몸이 약해서 마
음대로 돌아다닐 수가 없다. 그런 미나를 위해 도모코는 시내 도서관에서
책을 빌려오는 '운반책'(p.135)이 된다. 하지만 도모코 자신은 중학교 1학년
이지만 "가와바타 야스나리[川端康成] 소설은 한 번도 읽은 적이 없"고, "읽
기는커녕, 누가 썼든 간에 소설이라고 이름 붙은 것을 처음부터 끝까지
읽은 기억조차 희미"(p.89)한 소녀였다. 도모코는 도서관 사서 '돗쿠리 씨

---

32) 오가와 요코[小川洋子], 「미나의 진행[ミ-ナの進行]」은 초출 『요미우리 신문[読売新聞]』
(2005.2.12.~12.24). 인용은 주코문고판(中央公論新社, 2009.6)에 의한다.

33) 가와치 교타로[河內鏡太郎]도 「이 이야기는 도서관이 주인공」이라고 쓰고 있다. 가와치
교타로, 「사랑과 용기의 도서관 이야기 제55화 「미나의 진행」(2015년8월)[愛と勇氣の図書
館物語 第55話「ミ-ナの進行」(2015年8月)]」(武庫川女子大学附屬図書館) 홈페이지, http://www.
mukogawa-u.ac.jp/~library/kancho/story55.html. 2016.9.3 확인.

[とっくりさん]'에게 아련한 연정을 품는다. 돗쿠리씨는 수준 높은 이야기를 차례로 빌려가는 도모코를 총애하여 감상을 묻거나 어드바이스를 해 주고 있었다. 도모코는 돗쿠리씨가 물어보는대로 책의 감상을 이야기하지만, 사실 그 감상은 미나가 도모코에게 이야기한 감상으로, 도모코 자신은 그 책을 한 장도 안 읽었다고 해도 좋을 만한 상태였던 것이다.

이야기의 결말에서 도모코는 어머니가 사는 오카야마[岡山]로 돌아간다. 그녀는 미나를 위해 이용했던 자신의 대출 카드를 도서관에 반납하려고 한다.

> 돗쿠리 씨는 나의 대출카드로 시선을 떨궜다. 첫째 줄의 『잠자는 미녀[眠れる美女]』에서부터 더듬어 가면 카운터 너머로 우리가 주고받았던 것들을 되살아나게 할 수 있다. 칭찬해 줄 때 지었던 미소와 옆모습을 비추는 불빛 색깔, 서가를 가리키는 손 모양도 전부 떠올릴 수 있다. (p.332)

> "이건 돌려줄 필요 없어"
> 돗쿠리씨는 나에게 카드를 내밀었다.
> "무슨 책을 읽었는지는 어떻게 살았는지를 증명하는 것이기도 하거든. 이건 네 거야" (같은 페이지)

'나의 대출 카드'에 쌓여 있는 것은 타인의 독서 기록이다. 거기에 도모코의 독서 기록은 얼마 되지 않고, 남겨진 대부분은 한 살 아래인 아름답고 똑똑한 사촌 동생의 독서 이력인 것이다. 그럼 "무슨 책을 읽었는지는 어떻게 살았는지를 증명하는 것이기도" 하다는 돗쿠리씨의 말은 잔혹한 울림을 지닌 것일까. 그렇지 않다. 『미나의 진행』은 이 두 소녀의 이별 장면을 애절하면서도 따뜻하게 그려낸다.

'나의 대출 카드'를 이용해 이루어진 것은 독서 이력의 사칭이자 대출

도서의 전대(轉貸)였다고 할 수 있지만, 그런 것은 두 소녀에게 문제가 되지 않는다. 왜냐하면 그들에게 중요했던 것은 책을 발견하고, 빌리고, 읽고, 돌려주고, 감상을 나눈다는 독서 경험의 공유였기 때문이고, 책과 책 내용을 공유하는 자들의 결합이었기 때문이다. 설사 도모코가 그 책들을 조금밖에 읽지 않았고, 그 감상이 자기 것이 아니라는 사실을 숨긴 채 동경하는 남성에게 전달하고, 그의 호의적인 반응에 꺼림칙한 기쁨을 느낄 뿐이었다고 해도, 그녀는 확실히 미나의 독서를 운반함으로서 그 책을 읽었던 것이고, 미나의 감상을 전달함으로서 미나와 돗쿠리 씨의 사이에서 책 읽는 사람들끼리 느끼는 유대감을 품고 있었다.

그래서 도모코는 30년 이상 지난 지금도 그 '대출 카드'를 버리지 않고 갖고 있고(p.342), 현재는 도서관 직원으로 일하고 있는 것이다(p.347).

7. 도서관과 경험의 공유

"무슨 책을 읽었는지는 어떻게 살았는지를 증명하는 것이기도 하거든. 이건 네 거야"(p.332)라고 한 『미나의 행진』 속 돗쿠리 씨의 말은 옳다. 사람은 각각의 독서를 소유하며 각각의 삶을 살고 있다. 그것은 대체불가능하며, 양도할 수도, 또 빌릴 수도 없다.

하지만 독서 이력은 정말 그것을 읽은 본인 한 사람만의 것인 걸까. 도모코와 미나의 이야기를 반추하면서 나는 생각해 본다. 사람들이 연달아 방문하여 책을 공유해 가는 장이 도서관이라면, 도서관은 도서관 책장에서 나갔다가 돌아오는 책을 매개로 하여, 사람들이 책과 관계를 맺는 경험(독서는 그 일부에 불과하다)이 차곡차곡 쌓여 가는 장이라고 해야 할 것이다.

도서관은 이야기를 빨아 당긴다. 이 논고를 준비하는 과정에서 나는 도서관에 얽힌 소설을 최대한 많이 읽었는데—만화도 많다—, 도서관을 무대로 한 이야기가 계속해서 생겨나는 원인에 대해 생각해 보았다. 그 비밀은 책 자체의 깊이와 인생의 깊이가 도서와 관련되면서 교차하는 재미를 목격하는 데 있을지도 모른다. 그리고 그 교차를 준비하는 무대로 도서관만큼 적절하고 괜찮은 장소는 없다.

  앞으로 도서관은 디지털 콘텐츠처럼 수집해야 할 자료가 확대되고 도서관 운영을 기업 등이 떠맡는 지정 관리자 제도가 확장되면서 한층 더 변모해갈 것이다. 그렇다면 이런 디지털화와 시장화 속에서, 도서관을 둘러싼 문학적 상상력은 어디로 향하는 것일까? 현실이 먼저인가, 상상이 먼저인가. 도서관과 문학이 교차하면서 어디로 나아갈지 주목해 보자.

번역 : 채숙향(蔡淑香)

라이트노벨 속 대지진의 기억

—『스즈미야 하루히[涼宮ハルヒ]』 시리즈를 중심으로—

남유민(南有玟)

1. 들어가며

라이트노벨의 정의에 대해서는 여러 설이 있지만 '만화・애니메이션 풍의 일러스트가 표지나 삽화에 들어가 있는 중・고등학생 대상의 엔터테인먼트 소설'이라는 견해가 일반적[1]이다. 젊은 세대 대상의 오락소설인 만큼 현실의 사건을 비판적으로 다루는 라이트노벨은 거의 없다. 실재 사건은 우선 '라이트'함과 반대편에 존재하는 것처럼 보이는 현실적 무거움을 담보로 하기 때문에 오락성을 추구하는 형태로 재구성하기가 쉽지 않고, 이에 따르는 윤리적인 문제 또한 간과할 수 없기 때문이다. 라이트노벨이 사회적 문제에서 눈을 돌리고 있는 것처럼 보이는 것은 이 때문이다.

그러나 흥미로운 것은 2000년대 일본에서 일어난 '라이트노벨 붐'에 일조하고, 라이트노벨의 대표작으로 자리 잡은『스즈미야 하루히』시리즈가 일본 전후 미증유의 재해였던 한신아와지대지진[阪神淡路大震災]을 바탕으로

---

1) 山中智省,『ライトノベルよ、どこへいく』(青弓社, 2010) p.7.

쓰였다는 가설이 제기된다는 점이다. 그 배경으로는 『스즈미야 하루히』 시리즈는 작가 다니가와 나가루[谷川流]의 한신아와지대지진 경험과 작품의 배경설정 등을 들 수 있다. 인터넷을 중심으로 제기된 이러한 가설에 대해 일부 평론가와 독자들 사이에서 『스즈미야 하루히』 시리즈 속 한신아와지대지진의 흔적을 찾는 시도[2]는 이루어졌지만, 새로운 독해로 이어지지는 못했다. 만약 『스즈미야 하루히』 시리즈가 한신아와지대지진을 바탕으로 쓰인 소설이라면, 이를 토대로 한 분석을 통해 작품의 새로운 주제가 보이거나 기존과는 다른 위치에 자리매김 시킬 수 있을지도 모른다. 또 이러한 연구는 일반적으로 라이트노벨이 그리지 못할 것이라 생각했던 영역을 라이트노벨이 어떻게 표현하고 있는지 알 수 있는 좋은 기회가 될 것이다.

따라서 이 글은 우선 『스즈미야 하루히』 시리즈 속 한신아와지대지진의 흔적을 살펴보고 라이트노벨이라는 장르 속에서 실재 재해가 어떻게 표현되는지 분석한다. 그리고 이를 통해 새롭게 보이는 부분이 무엇인지 고찰하는 것에 목적을 둔다.

2. 다니가와 나가루의 한신아와지대지진에 대한 기억

1995년 1월 17일, 아와지시마[淡路島]를 진원으로 하는 최대 진도7, 매그니튜드 7.3이라는 대규모의 지진이 발생했다. 이 지진에 의한 사망자는 6,400여 명으로 27만 4,182세대가 피해를 입었으며, 동일본대지진이 일어나기 전까지 전후(戰後) 최대의 재해로 인식[3]되었던 사건이다. 도심 직하형

---

2) giolum, ‘涼宮ハルヒと阪神淡路大震災についての邪推をとりとめもなく’, 2017년 10월 31일 열람 <http://d.hatena.ne.jp/giolum/20060626/1151254148> 등.

3) 速水健朗, 『1995年』(ちくま新書, 2013) p.170.

지진이었던 한신아와지대지진은 같은 피해지더라도 피해의 크기가 지역별로 뚜렷하게 구별되었는데, 이러한 상황은 당시 봉사활동을 갔던 다나카 야스오[田中康夫]가 서술한 피해지역 광경 묘사에도 잘 나타나있다.

> 무코 강[武庫川]에 놓인 무코 대교를 건너 니시노미야시[西宮市]에 들어선 순간, 상황이 일변한다. 무너진 가옥이 국도변에 눈에 띈다. JR니시노미야역 앞 1층의 슈퍼마켓이 들어서 있던 공동주택의 중간 층이 뭉개져 있다. 그 앞의 도매시장에 이르러서는 폐허 같다.4)

이처럼 피해가 컸던 효고 현[兵庫県]과 달리, 오사카 도심지역에서는 지진이 발생한 지 4시간 만에 파칭코가 정상영업하고 사람들이 몰리는 상황이 매스컴을 통해 방송5)되면서 큰 피해를 입은 지역 사람들의 분노를 사기도 했다. 도쿄를 키스테이션으로 하는 방송국에서는 지진 직후부터 '도쿄에서 같은 지진이 일어난다면 어땠을까', '도쿄가 아니라 다행이다'와 같은 보도6)를 하는 등, 피해지역의 사람들을 남 일처럼 생각하는 사태가 만연했다. 효고현 출신의 1970년생 다니가와 나가루 역시 한신아와지대지진을 직접 겪고, 인터뷰를 통해 "사람은 타인의 아픔에 둔감하다는 것. 하지만 나도 그때까지 다른 지역의 재해는 남 일이었다"7)라고 통감한 바를 밝히고 있다. 이러한 다니가와의 생각은 다니가와의 또 다른 라이트노벨『학교를 나가자![学校を出よう!]』시리즈에서도 발견할 수 있다.

---

4) 田中康夫, 『神戸震災日記』(新潮社, 1996) Location.1364(Kindle Edition).

5) フジテレビ, <おはよう！ナイスディ> 1995.1.19 방송.

6) ウィキペディア, '阪神・淡路大震災', 2017.10.31 열람, <https://ja.wikipedia.org/wiki/%E9%98%AA%E7%A5%9E%E3%83%BB%E6%B7%A1%E8%B7%AF%E5%A4%A7%E9%9C%87%E7%81%BD#cite_note-90>.

7) 讀賣新聞, 「大人氣『涼宮ハルヒの憂鬱』の谷川流さん「樂しませ、樂しみたい」」, 2017.10.31 열람, <http://archive.fo/aww74>.

326 제4부 공간을 둘러싼 서술과 문학의 기억법

"그래서 너한테 조사해 보라고 시킨 거야. 피해를 입은 장소를 돌아보니까 어떤 생각이 들었지? 무슨 생각을 했어? 자신과는 상관없는, 사정권 밖에서 벌어진 재난이라고 느꼈어? 그 온갖 파괴와 혼란과 곤혹의 상흔에 대한 감상은? 역시 무관하다고 생각했겠지? 안됐지만, 지금의 넌 방관자가 아냐. 아니, 처음부터 그렇지 않았어. 그걸 몰랐던 것뿐이지."[8]

효고현의 니시노미야시를 배경으로 하는『학교를 나가자!』시리즈에서 다니가와는 재해지의 피해를 남 일이라고 생각하는 세태를 비판한다. 다니가와의 한신아와지대지진에 대한 기억은 재해의 직접적인 피해 경험와 함께, 재해 이후 타지역 사람들의 무관심과 방관에서 받은 상처에 있다고 할 수 있다.

3.『스즈미야 하루히』시리즈와 한신아와지대지진

그렇다면 이와 같은 다니가와의 재해에 대한 기억이『스즈미야 하루히』시리즈에서는 어떻게 드러날까. 일상 세계와 비일상 세계에서 다르게 나타나므로 나눠서 고찰해보고자 한다.

(1) 일상 세계 속 묘사

『스즈미야 하루히』시리즈는 2003년 1권『스즈미야 하루히의 우울[涼宮ハルヒの憂鬱]』발매 후, 2011년 11・12권『스즈미야 하루히의 경악 전・후[涼宮ハルヒの驚愕 前・後]』까지 누적발행부수 1300만 부를 넘어선 인기 시리

---

8) 谷川流,『學校を出よう！1』(電擊文庫, 2003) p.284.

즈이다. 교토애니메이션[京都アニメーション] 제작의 TV・극장 애니메이션이 히트가 인기에 박차를 가해 라이트노벨을 대표하는 작품으로 평가받고 있다.9)

아즈마 히로키[東浩紀]는 다니가와 소설 전반의 캐릭터 묘사가 단순히 묘사에 그치지 않고, 캐릭터의 데이터 베이스와의 가상적 대화가 포함되어 있기 때문에, 작중의 캐릭터들이 활약할 무대를 미스터리로도, 청춘소설로도 자유롭게 확장할 수 있다고 말하며, 『스즈미야 하루히』 시리즈를 일종의 메타 라이트노벨로서 평가했다.10) 이러한 특징을 이유로, 이다 이치시[飯田理時] 역시, 80~90년대의 SF나 미스터리를 즐겼던 세대의 오타쿠뿐만 아니라, 캐릭터 사이의 이야기를 중시하는 세대의 오타쿠까지 『스즈미야 하루히』 시리즈에 매료될 수 있었다11)고 지적한다. 또 그밖에도 '라이트노벨 외부의 사람이 라이트노벨을 객관적으로 분석하여 쿨하게 재구축한 것 같은 작품'이기 때문에 라이트노벨에서 한발 떨어진 독자에게도, 라이트노벨의 정중앙에 있는 독자에게도 지지를 얻었다12)는 주장도 있다. 즉, 『스즈미야 하루히』 시리즈는 2000년대 라이트노벨의 상징적인 의미에서도 상업적인 의미에서도 대표작이라고 할 수 있다.

이야기는 미인이지만 괴짜인 하루히가 같은 반의 평범한 고등학생인 쿈[キョン]을 끌어들여 SOS단(세상을 크게 떠들썩하게 만들 스즈미야 하루히의 단, [世界を大いに盛り上げるための涼宮ハルヒの団])이라는 동아리를 만들면서 시작된다. 재미없는 일상을 싫어하는 하루히는 나가토 유키[長門有希], 아사

9) 樋渡隆浩, 「テクストの歴史性―『涼宮ハルヒ』を視座に」, 『ライトノベル・スタディーズ』 (青弓社, 2013) p.250.
10) 東浩紀, 『ゲーム的リアリズムの誕生動物化するポストモダン』(講談社現代新書, 2007) pp. 44-47.
11) 飯田一史, 『ベストセラー・ライトノベルのしくみ』(青土社, 2012) p.277.
12) 大森望・佐々木敦, 「涼宮ハルヒは止まらない―ジャンル・世代・国境を越える魅力の秘密」, 『ユリイカ2011年7月臨時増刊号総特集＝涼宮ハルヒのユリイカ！』(青土社, 2011) p.12.

히나 미쿠루[朝比奈みくる], 고이즈미 이쓰키[古泉一樹]를 차례차례로 영입해 SOS단을 완성시키고, 지루한 일상에서 벗어나기 위해 세상의 불가사의를 찾는 것을 목표로 활동을 시작한다.

『스즈미야 하루히』 시리즈를 살펴보면 SOS단이 활동하는 작품 속 배경이 『학교를 나가자!』 시리즈와 마찬가지로 효고현 니시노미야시를 모델로 하고 있음을 알 수 있다. 작중에 자주 등장하는 니시구치 역[西口駅]은 "시내의 중심부의 위치한 전철의 터미널",13) "역 주변에는 커다란 백화점 외에는 놀 만한 장소가 없다"14)라는 곤의 서술을 통해 주변에 니시노미야 한큐 백화점 외에 큰 스팟이 없는 니시노미야니시구치역[西宮西口駅]로 추측해볼 수 있다. 1권 『우울』에서 곤이 나가토와 함께 가는 도서관은 "본관은 훨씬 더 바닷가 근처에 있지만 역 앞이 행정 개발로 토지 정비가 되었을 때 생긴 새로운 도서관"15)이라는 서술을 통해 2001년에 새로 생겨난 니시구치역 근처의 니시노미야 시립 북쪽출구 도서관[西宮市立北口図書館]을 떠올릴 수 있다. 주요캐릭터들이 다니는 기타고교[北高] 역시 등굣길의 가파른 언덕 등의 묘사를 토대로 니시노미야 기타고교[西宮北高校]를 모델로 하고 있음을 알 수 있다.

그러나 같은 곳을 배경으로 하면서 재해의 피해풍경을 그리며 문제의식을 드러냈던 『학교를 나가자!』 시리즈와 달리 작품 속 일상에서 대지진의 흔적은 마치 지워진 것처럼 전혀 찾아볼 수 없다. 대지진 이후 새로 세워진 북쪽출구 도서관이나 재건된 니시노미야 기타고교는 존재하지만, 그 시공간 앞의 존재해야할 대지진은 전혀 그려지지 않는 것이다. '니시노미야 시립 북쪽출구 도서관'은 1995년, 한신아와지대지진으로 큰 피해를 입

---

13) 谷川流, 『涼宮ハルヒの憂鬱』(角川スニーカー文庫, 2003) p.138.
14) 谷川流, 위와 같음.
15) 谷川流, 위와 같음. 본관인 니시노미야 시립중앙 도서관은 북쪽출구 도서관보다 바다에 근접해있다.

은 기타구치초(北口町)역 앞 상점가나 공설시장 부지에 세워진 맨션 '악터니시미야[アクタ西宮]'의 동관 5층 플로어 전체가 도서관 공간으로 개관된 것16)이지만 작중에서는 "행정 새발로 토지 정비가 되었을 때"라는 서술만 있을 뿐, 대지진에 대한 이야기는 처음부터 없었던 것처럼 지워져있다. 단순히 작가가 기억하는 고향의 풍경을 토대로 했기 때문일 수도 있지만, 이 작품에서는 한 가지 새로운 추측이 가능하다. 왜냐하면 주인공인 하루히는 무의식 중에 자신이 원하는 방향으로 세계를 바꾸는 능력을 가지고 있기 때문이다.

> "세계를 자신의 의지로 만들거나 부술 수 있는 존재-인간은 그런 존재를 신이라고 정의하고 있습니다."
> …어이, 하루히. 너 드디어 신의 차원까지 올라가게 됐다. 어쩔래?17)

> "그녀에겐 바람을 실현시키는 능력이 있어요."
> (…중략…)
> "단언하지 않을 수가 없죠. 사태는 거의 스즈미야씨의 생각대로 나아가고 있으니까요."18)

위의 고이즈미가 말하는 것처럼 하루히는 이 능력 때문에 작품의 중심에 있으며 신과 같은 존재로 그려지는데, 이러한 능력이라면 작중의 세계는 기존의 세계에서 무언가가 바뀌었을 가능성이 있다. 종말론으로 떠들썩했던 세기말 1999년에 아무 일도 일어나지 않았다고 말하는 곤19)을 통해 서술시점이 한신아와지대지진 이후라고 생각했을 때, 작품 속 세계는

---

16) 西宮市立図書館, '図書館の概要—平成28年度—', 2017.7.20 열람 <https://tosho.nishi.or.jp/pdf/outline/gaiyo2016.pdf>.
17) 谷川流, 앞의 책, p.167.
18) 谷川流, 앞의 책, p.232.
19) 谷川流, 앞의 책, p.17.

대지진이 일어나지 않은 니시노미야시라고 추측해볼 수 있다.

(2) 비일상 세계 속 묘사

피해지를 모델로 하면서 대지진을 그리지 않은 것은 작가가 단순히 불필요하다고 판단했기 때문일 수도 있다. 그러나 흥미로운 점은 대지진이 일어나지 않은 것처럼 보이는 일상 세계 뒤에 숨겨진 또 다른 세계에서는 "큰 진동", "왜곡" 등의 표현을 통해 '세계의 종말'에 가까운 것이 그려지고 있다는 점이다. 니시노미야시가 당시 큰 피해를 입은 지역 중 하나라는 점을 고려했을 때, 이러한 이야기를 통해 한신아와지대지진을 연상하는 건 어렵지 않다. 이 세계 속에서는 대지진의 흔적조차 없던 일상 세계와 달리 지진의 영향을 찾아볼 수 있는데, 바로 폐쇄 공간과 신인(神人)이다.

폐쇄 공간이란 하루히의 기분이 나빠지면 만들어지는 회색빛의 세계로, 언뜻 곤을 비롯한 캐릭터들이 사는 세계와 똑같아 보이지만 조금 틀어져 있는 곳에 존재하는 전혀 다른 세계를 말한다. 원래 세계와 단절되어 있기 때문에 폐쇄 공간의 외부에선 무엇 하나 변한 것 없는 일상이 펼쳐지고 있다. 고이즈미가 폐쇄 공간에 대해 "하루히 정신에 생겨난 여드름"이라고 표현한 것처럼 폐쇄 공간은 하루히의 마음이 불안정해지면 발생하기 때문에 하루히의 정신과 깊게 관련되어 있다.

1990년대 중반 이후, 버블 경제의 붕괴를 배경으로 한신아와지대지진과 옴진리교 사건을 비롯한 충격적 사건이 연속적으로 발생하면서 당시 일본의 사회적 관심은 인간의 내면에 집중되었다. 라이트노벨 역시 이 때를 기점으로 외부의 싸움을 통해 세계의 위험을 그리던 이전과 달리 내면의 문제를 그리기 시작했고, 폐쇄 공간 역시 같은 맥락에서 설명할 수 있다.

또 폐쇄 공간이 다중세계라는 점도 흥미롭다. 정신의학자 사이토 다마키[齊藤環]는 카타스트로프는 일차적으로 상상력을 억제하지만 간토대지진 이후 신감각파가 등장했던 것처럼 한신아와지대지진 이후에는 새로운 창조의 형태로서 소설에서 다중세계를 그리는 경향이 높아졌다[20]고 지적하면서 『스즈미야 하루히』 시리즈의 폐쇄 공간 역시 다니가와의 한신아와지의 경험의 영향[21]이라고 말한다.

이처럼 대지진 이후의 상상력에서 비롯된 폐쇄 공간 속에서 그려지는 것은 그야말로 대지진과 같은 파괴이다. 폐쇄 공간에는 신인이라는 파란빛의 거인이 있고, 그 세계의 모든 것을 파괴하는 행동을 반복한다.

> 빛의 거인들은 빨간빛의 구슬에 방해를 받지도 않은 채 회색 세계를 마음대로 파괴하기 시작했고 계속 파괴해갔다. (…중략…) 녀석들이 손발을 휘두를 때마다 공간이 깎여 나가듯 그곳에 존재하던 풍경이 사라져갔다.
> 이제 학교의 모습은 반도 남지 않았다.[22]

거인이 무차별적으로 거리를 파괴하는 묘사는 그야말로 대지진 그 자체로 보인다. 사토 도시키도 하루히 시리즈의 비일상세계의 성립사정은 작가만이 알겠지만, 적어도 지금의 일본에 사는 독자 다수는 대지진을 연상하지 않을 수 없다고 말한다.[23] 하루히가 바꾸었을지도 모르는 일상세계에는 대지진이 지워진 것처럼 흔적조차 없지만, 그 내면이 낳는 세계 속에서 벌어지는 일은 반대로 대지진과 같은 파괴인 것이다. 폐쇄 공간이

---

20) 齊藤環, 『文学の断層』(朝日新聞出版, 2008) p.261.
21) 齋藤環, 「涼宮ハルヒはなぜ世界に受け入れられたのか」, 『ダ・ヴィンチ2011年7月号』(KADOKAWA, 2011) p.221.
22) 谷川流, 앞의 책, p.285.
23) 佐藤俊樹, 「涼宮ハルヒは私たちである」, 『ユリイカ2011年7月臨時増刊号 総特集＝涼宮ハルヒのユリイカ！』(青土社, 2011) p.46.

라는 개념은 한신아와지대지진 이후 자주 보이는 다중세계이자, 내면과 관련되어 있다는 점에서 대지진의 영향을 받았다고 할 수 있다. 게다가 일상세계에서는 찾아볼 수 없는 대지진이 하루히의 내면과 관계된 세계에서 그려진다는 것은 하루히가 그러한 파괴를 경험한 적 있다는 것을 암시한다. 즉, 신인은 대지진의 은유라고 할 수 있다. 부자연스럽게 대지진이 지워진 일상세계는 역으로 세계를 자신의 생각대로 바꿀 수 있는 하루히가 대지진을 겪었을지도 모른다는 사실을 드러낸다. 다시 말해, 일상세계가 하루히에 의해 한신아와지대지진이 일어나지 않은 세계로 바뀌었지만, 지진을 경험한 하루히는 무의식 중에 폐쇄 공간 속 신인의 파괴행동으로 그 기억을 발현하는 것이라고 추측해볼 수 있다.

이처럼 일상 세계에서는 지워졌던 재해의 기억이 비일상의 세계인 폐쇄 공간에서는 은유적이긴 하나 비교적 뚜렷하게 드러나고 있다.

4. 대지진 이후의 이야기 『스즈미야 하루히』 시리즈가 제시하는 것

『스즈미야 하루히』 시리즈의 인기 요소이기도 했던, 매력적인 캐릭터들의 동아리 활동은 표면적으로 가장 먼저 눈에 띄는 이야기이다. 이러한 SOS단의 유쾌한 일상 세계는 미야다이 신지[宮台眞司]가 말하는 일명 "끝나지 않는 일상[終わりなき日常]"의 체현처럼 보인다.

1980년대의 일본은 풍요로움을 향수하는 일상을 보내면서 동시에 '지루함'을 느끼고 있었다. 지루함은 어느 새인가 답답한 폐쇄감이 되어 사람들은 문명사회가 멸망하는 이야기의 소비 등을 통해 그것을 해소했다. '목적 없는 풍요로움'이 넘치는 공허한 생활, 그것을 미야다이는 "끝나지 않는 일상"이라고 불렀다.[24]

밤에 양치질을 하고 자는 것도, 아침에 일어나 아침을 먹는 것도 어디에나 존재하는 모두가 하는 평범한 일상이라 생각하니 갑자기 모든 게 재미없어졌어. 그리고 세상에 이렇게 많은 사람들이 있다면 그중에는 전혀 평범하지 않고 재미있는 인생을 사는 사람도 있을 거다. 분명히 그럴 거라 생각했지.

그게 내가 아니라니 대체 왜? (…중략…) 생각하다가 깨달았지. 재미있는 일은 기다린다고 해서 찾아오지 않는다는 걸 말이야.[25]

이렇게 지루하고 공허한 일상에서 벗어나고자 불가사의함을 추구하는 하루히는 "끝나지 않는 일상"을 살아가는 사람들의 지루함을 해소해주었기 때문에 공감을 얻을 수 있었고, 이것이 시리즈의 인기로 이어졌다.

그러나 '지금까지와 같은 사회는 계속되지 않는다'는 것을 일본인에게 인식시킨, '일본 전후사의 커다란 분기점' 중 하나였던 한신아와지대지진은 이러한 "끝나지 않는 일상"에 상처를 주었다. 그리고 "끝나지 않는 일상"처럼 보였던 『스즈미야 하루히』 시리즈의 일상 세계는 사실 대지진 이후, 흠집 난 일상이라고 할 수 있다. 뚜렷하게 비일상 세계로 구분되는 폐쇄 공간뿐만 아니라 하루히의 일상 세계 역시 언뜻 평범해 보이지만 사실 비일상적 요소로 가득하기 때문이다.

앞서 언급한 것처럼 하루히는 자신이 원하는 것을 실현시키는 현실 조작 능력을 가지고 있다. 작중의 시간으로 3년 전, 중학생의 하루히가 이 능력을 발휘해 외계의 정보통합사념체의 주목을 받게 되고, 미래인이 과거로 시간여행을 못하게 되었으며 일부 인간들에게 초능력이 발생하였다. 일상 세계를 함께 보내는 SOS단원도 우주인(나가토), 미래인(아사히나), 초능력자(고이즈미)로 모두 하루히가 바랐기 때문에 만들어진 존재들이다. 즉,

24) 竹熊健太郎, 「「終わりなき日常」が終わった日」, 『思想地図』 vol.2(合同会社コンテクチュアズ, 2011) p.15.
25) 谷川流, 앞의 책, p.226.

본인만 모를 뿐 사실 하루히는 누구보다 가장 비일상적인 학교생활을 보내고 있다고 할 수 있다. 이처럼 일상 속에 '숨겨진' 비일상은, 대지진 이후 흠집 난 일상이자 이전과는 똑같은 일상이 계속 될 수 없다는 사실을 드러낸다.

일상 속 숨겨진 비일상 요소인 나가토, 아사히나, 고이즈미는 우주, 미래, 기관이라는 각자의 세계를 가지고 있다. 같은 시공간에 존재하면서도 인식에 따라 전혀 다른 세계를 살아가는 것처럼, 각각의 입장에서 쿈에게 세계를 설명하지만 전혀 이야기가 맞물리지 않는다. 대지진 당시 같은 나라에 사는 사람이 맞는지 의심이 들 정도로 재해지역과 타지역 사람들의 인식이 달랐던 것과 같은 상황에 놓여있는 것이다.

단순히 하루히가 존재하길 바랐기 때문에 강제로 모여진 세 명은, 처음에는 하루히의 기분이 나빠지면 세상이 멸망한다는 인식만이 일치한다. 언뜻 하루히의 유쾌한 동료들로 그려지고 있는 셋은 사실 각자의 입장을 토대로 하루히를 대하기 때문에 서로 이해관계가 맞지 않기도 한다.

> "고이즈미 이쓰키와 아사히나 미쿠루가 스즈미야 하루히에게 원하는 역할은 다르다. 그들은 서로 상대방의 해석을 결코 인정하려 하지 않는다."[26]

> "고이즈미 씨가 하는 말과 저희가 생각하는 것은 달라요. 고이즈미 씨를 저기…, 너무 믿지 말라고…하면 어폐가 있겠지만요, 저기…"[27]

> "아사히나 미쿠루가…, 실례, 아사히나 씨가 왜 저와 당신과 행동을 함께 하는지 그 이유를 생각해본 적 있으세요? (…중략…) 그녀의 역할은 당신을 농락하는 것입니다."[28]

---

26) 谷川流, 『涼宮ハルヒの溜息』(角川スニーカー文庫, 2003) p.250.
27) 谷川流, 위의 책, p.247.
28) 谷川流, 위의 책, pp.256-258.

위의 인용문은 각각 나가토, 아사히나, 고이즈미가 쿈에게 말하는 부분으로 세 사람이 얼마나 삭막한 관계인지 알 수 있다. 이러한 관계임에도 불구하고 이들은 각자의 입장을 토대로 하루히의 "정신안정제" 역할을 하기 위해 유쾌한 동료인 척 연기하는 것에 가깝다. 그러나 시리즈가 거듭될수록 서로 점점 이해하고 결속해가는 모습을 통해 일종의 연대를 보여준다.

"저 개인적으로도 나가토 씨는 중요한 동료입니다. 그때, 딱 한 번은 나가토 씨의 편에 서고 싶다는 생각을 하고 있습니다. 저는 '기관'의 일원이지만 그 이상으로 SOS단의 부단장이기도 하니까요."29)

비록 자신들이 속한 조직을 위해 시작한 부활동이었지만, 반대로 SOS단을 위해 조직을 배신할 수도 있다는 캐릭터의 변화는 중요하다. 이처럼 소통하지 못했던 사람들이 하루히와 쿈을 중심으로 점차 서로 알아가는 이야기가 바로 『스즈미야 하루히』 시리즈인 것이다.

스즈미야 하루히 시리즈가 대지진 이후의 세계를 그린 것이라고 가정한다면, 자신들만의 입장만을 중시했던 이들의 연대를 통해 한 사람의 정신적 트라우마를 치유하는 이야기라는 새로운 해석이 가능해진다. 이를 통해 다니가와는 타인의 아픔에 무심한 현실에 대한 문제의식과 그에 대한 나름의 해답을 보여주었다고 할 수 있다.

5. 나가며

다니가와는 한신아와지대지진의 피해지 중 하나인 니시노미야시를 스

---

29) 谷川流, 『涼宮ハルヒの暴走』(角川スニーカー文庫, 2004) p.307.

즈미야 하루히 시리즈의 배경으로 삼았다. 캐릭터들이 주로 부활동을 하며 청춘을 보내는 일상세계에서는 한신아와지대지진의 흔적을 전혀 찾아볼 수 없었다. 그러나 그 뒤의 숨겨진 비일상세계에서는 대지진과 같은 파괴가 그려져 있었다. 하루히의 내면과 관계된 이 비일상세계에서 묘사되는 파괴는 하루히가 대지진을 겪었을지도 모른다는 가능성을 제시하며, 일상에서 부자연스럽게 대지진이 지워진 이유 역시 같은 맥락에서 설명할 수 있다. 스즈미야 하루히 시리즈를 재해 이후의 이야기로 읽으면, 하루히의 내면을 치유하기 위해 노력하는 주변 캐릭터들의 모습을 통해 작가는 대지진 이후 자신이 겪은 문제의식과 해답을 보여주는 작품으로 새롭게 위치 지을 수 있다.

이처럼 작가의 대지진에 대한 경험과 생각을 은유적으로 그리는 방식은 이것은 실재 사건을 오락소설로 다뤘을 때, 생겨나는 문제를 최소화하면서 현대일본의 젊은 독자들이 원하는 가벼운 즐거움을 최대화하는 방법이기도 하다. 기존의 재해문학이 압도적인 현실 앞에서 문학의 역할이 무엇인지 적극적으로 고민하는 것과는 다른 양상이라고 할 수 있다.

한편, 『스즈미야 하루히』 시리즈는 2011년 『경악』을 끝으로 5년 넘게 집필이 중단된 상태이다. 『경악』은 동일본대지진 이후에 출판되었지만 3.11 이전에 원고가 넘어가는 바람에 위로의 말을 싣지 못했다는 다니가와의 인터뷰30)와 『경악』이 한국·중국 등 13개국에서 동시 출판된 사실을 통해 3.11 이전에 쓰였음을 알 수 있다. 본래대로라면 수정되었을 "매그니튜드 9급의 쓰나미처럼"과 같은 동일본대지진이 연상되는 문구가 수정되지 않고 출판되었다는 점도 『경악』이 3.11 이전에 집필되었다는 사실을 뒷받침한다.

그렇다면 5년 이상 계속되던 집필 중단의 이유는 무엇일까. 동일본대지

---

30) ダ・ヴィンチ編集部, 「谷川流スペシャル一問一答」, 『ダ・ヴィンチ2011年7月号』 (KADOGAWA, 2011), p.214.

진은 한신아와지대지진과 달리 다니가와가 직접 겪지 않은 재해이다. 재해의 피해자로서, 타지역 사람들의 무심함을 비판했던 다니가와가 동일본대지진 이후에도 계속해서 대지진의 은유가 담긴 작품을 오락소설로서 그릴 수 있을까. 『스즈미야 하루히』 시리즈 속 한신아와지대지진의 기억이 오히려 연재 중단의 이유가 되지 않았을까 조심스럽게 추측해본다.

『우는 새의[啼く鳥の]』 시론(試論)

―서술 형태로서의 기억―

톈밍[田鳴]

1. 들어가며

　1960년대 『세 마리의 게[三匹の蟹]』로 일본 문단에 등장한 오니와 미나코 [大庭みな子]는 등단 이래 왕성한 집필활동을 전개했고 그의 문학은 "제도에 얽매이지 않는 원초(原初)의 광경을 좇으며 때로 환상적인 필치도 섞인 자유자재의 전개가 매력이다"[1]라는 평가를 시작으로 다방면에서 논의되어 왔다.

　『우는 새의』는 1984년 1월부터 1985년 8월까지 『군상(群像)』에 게재된 후 1985년 10월에 단행본으로 간행되었다.

　이 이야기는 두 가지 복선이 교차하며 전개된다. 그 중 하나는 유리에 [百合枝]부부와 조카딸 미즈키[みずき] 가족을 중심으로 가족 간의 관계와 가족사가 얽힌 이야기다. 생모, 숙부와 관련된 출생의 고민을 갖고 있는

---

1) 浅井清 外 編, 「新研究資料 現代日本文学第2巻 小説Ⅱ」(明治書院 2004.1)

미즈키는 미국에서 대학을 나와 독일계 미국일 칼[カール]과 결혼해 자신이 낳지 않은 아이 둘을 맡아 키운다. 미즈키의 가족은 남편 연구를 위해 미국에서 교토[京都]로 와 일 년 간 에이잔[叡山] 지역에서 셋방살이를 한다. 미즈키가 죽은 모친의 사촌 여동생인 소설가 유리에의 책을 영어로 번역하게 된 일로, 유리에 부부 역시 도쿄[東京]에서 교토로 와 같은 에이잔 지역의 임대 별장 오두막에서 생활하게 된다. 그 사이, 미즈키의 생부로 짐작되는 미즈키의 숙부 시게루[繁]의 부인인 후키코[蕗子]가 찾아와 숙부 부부의 과거, 미즈키의 죽은 부모의 일 등을 차례차례 이야기한다.

한편, 25년 전, 남편의 일 때문에 남편을 따라 미국에 건너가 알래스카에서 오래 생활한 적이 있는 유리에가 그 때 알래스카에서 겪은 여러 만남들에 관한 이야기 역시 또 다른 줄기로 이야기 전편에 깔려있다. 당시 알래스카의 요르카[ヨルカ]섬에서 알게 된 린안[リンアン] 부부가 25년 만에 유리에 방문 차 교토에 찾아온다. 거기서 린안 부부를 시작으로 당시의 친구들, 린안의 남편 헨리와 일시적인 관계를 가졌던 의문의 여인 나스타샤, 그녀의 아들이나 헨리의 외동딸인 애나벨에 관련된 이야기가 전개된다.

그러던 중 시게루의 제안으로 유리에 부부와 시게루 부부는 묘코[妙高]시에 있는 '산막[山の家]', 시게루의 부모 세대로부터 시게루의 형인 세이치로[誠一郎]와 후[ふう] 부부에게 상속되었다가 유리에 부부에게 팔린 그 집으로 여행을 간다. 네 사람은 거기서 밤늦게까지 부모 세대를 시작으로 죽은 형 부부 등 여러 일들을 회상하거나 환상을 섞는 등 이야기에 몰두하는데, 다음날 아침 시게루가 급사(急死)한다. 유리에는 곧 애나벨로부터 온 편지를 통해 린안 부부가 자살로 보이는 교통사고에 의해 죽었음을 알게 된다. 시게루의 장례식이 끝난 후 유리에 부부는 오두막 생활을 정리한 뒤 도쿄로 돌아가고, 미즈키의 가족도 일본을 여행한 뒤 미국으로 돌아간다는 장면에서 이야기는 끝을 맺는다.

『우는 새의』는 작품 발표 후 "전에 썼던 『안개 여정[霧の旅]』의 제1부, 제2부와 이어지는 이야기로 (…중략…) 제3부라고 해도 좋을 내용",[2] "자전적인 요소가 강한 소설",[3] "인간 생명력의 확산에 주목함",[4] "생명의 유대 전체로부터 남녀 한 쌍의 관계를 조명"[5]한 작품 등으로 평가되었으며, 또한 가족의 환상이 상실된 후 "남과 여의 관계라는 인생의 중대한 인연을 황폐함과 허무함으로부터 지켜내기 위해서는 어떻게 해야 하는가"라는 물음의 '답'[6]을 『우는 새의』 안에서 찾아내고 있는 평가 역시 볼 수 있다.

이 작품을 유리에가 주인공으로 설정된 『안개 여정』[7]과의 관련 아래 읽어낼 수 있는 것은 분명 사실이다. 또한 제13장에는 미즈키가 자신의 죽은 부모 후와 세이치로의 관계를 "그들은 각각인 두 사람이라기보다 짝으로서만 존재할 수 있는 한 쌍이었다"라고 생각하는 표현이 있는데, 이러한 표현을 통해 부부의 인연으로서 남녀의 유대를 나타내고 있는 것이라 볼 수도 있을 것이다. 그런가 하면 작품에 등장하는 몇몇 가족을 살펴보면, 다른 국적이면서도 가족이 되거나 혈연 혹은 가계(家系)와는 관계 없는 양자(養子)를 키우는 등 종래의 가족제도를 향한 물음도 드러나 있다.

한편, 『안개 여정』과의 차이를 논한 것으로서 "무언가를 이야기할 때는 조심해야만 한다. 입 밖으로 내어버리면 정말로 그렇게 되어버리기 때문이다"라는 서두의 표현을 인용하며 "이 두 문장이 주문(呪文)같은 형태로 위치해 있어 두 문장 이후 이 소설은 이전과는 다른 소설이 된다. 별도의 공간으로 이어진 문과 같은 것이 처음 부분에 자리해 있는 것"[8]이라고 파

---

2) 小島信夫 外, 「『啼く鳥の』 大庭みな子 第百十七回創作合評)」, 『群像』(講談社, 1985.9)

3) 주1)과 같음.

4) 주1)과 같음.

5) 与那覇惠子, 「作家案內-大庭みな子」, 『啼く鳥の』(講談社 1988.11)

6) 菅野昭正, 「鳥たちの行方-大庭みな子『啼く鳥の』をめぐって」, 『群像』(講談社, 1991.5)

7) 오니와 미나코[大庭みな子], 『안개 여정 제1부[霧の旅第Ⅰ部]』(『群像』 1976.10~1977.9 연재), 『안개 여정 제2부[霧の旅第Ⅱ部]』(『群像』 1979.7~1980.7 연재)

8) 주2)와 같음.

악한 경우가 있다. 또한 등장인물의 설정에 관해서도 "『안개 여정』에서 계속 중심 시점 인물이었던 유리에가 『우는 새의』에서는 다른 인물과 같은 위치에 자리하게 된다는 점으로 보아 소설의 성격이 상당히 바뀌었다고 보아야 할 것"9)이라고 평한 것도 있다. 『안개 여정』은 "유리에라는 주인공이 '나'라는 형태로 등장하여 하나의 정리된 시간상 흐름 순서에 따라 점점 성장해 간다는 점 등이 극히 평범한 소설의 형태이므로 읽기 용이하다"10)는 평가에서 알 수 있듯, 성장소설로서의 전개 및 구성이 확실한 것에 비해, 『우는 새의』에서는 명료한 전개나 구성이 보이지 않고 오히려 자유로운 등장인물들의 대화에 의한 전개가 두드러져 있다.

시공간의 설정 역시 다른 작품들처럼 어느 시간축에 의해 일정한 장소를 무대로 전개되는 양상이 아니다. 시간적인 배경은 작품이 쓰인 당시, 즉 1980년대의 어느 해 가을부터 이듬해 여름에 걸친 1년이 채 되지 않는 사이를 기본적인 설정으로 하고 있는데, 회상이나 연상, 환상 등에 의해 자주 그 설정이 밀려나며 현재 시간으로부터 십 수년 전 과거로 돌아가거나 미래로 가거나 하는 등 시간축이 교차하면서 진행되고 있다. 공간의 경우 등장인물이 생활하는 도시의 맨션과 산 속의 임대별장이 이야기가 진행되는 현실공간으로서 설정된 한편, 이야기가 전개됨에 따라 무대가 먼 타국으로 옮겨지기도 하고, 경우에 따라서는 완전한 상상 속 별세계로 옮겨져 버리고 있는 것을 볼 수 있다.

『우는 새의』의 단행본 후기에서 작가는 다음과 같이 말한다.

　　작가로서 하나의 주제를 따라 이야기의 줄거리를 생각하고 기승전결이 있는 작품으로 정돈하는 것은 어딘가 허황된, 세상을 파악 못한 어색한 일이라는 생각을 강하게 하게 되었다. 그것은 어쩌면 서구에 의해 강

---

9) 주6)과 같음.
10) 주2)와 같음.

요된 것이 아니었을까. 우리들의 선조(先祖)는 이 세계를 시작도 끝도 없는 것으로 간주하여 적어도 문자로 남을 일본어 속에 이 세상과 관련된 상념의 실을 계속해서 자아낸 것이라는 생각이 든다.

　나는 사전에 고안한 전당을 짓는 것보다 엉클어지고 복잡하게 얽힌 실을 풀어가면서, 출렁이는 실이 무지개 다리가 되거나 널리 퍼진 무수히 많은 실이 바람에 펄럭이는 것을 감상하고 싶은 기분이다.11)

　'서구에 의해 강요된 것'으로서 작가는 남성중심의 문화 및 '성(性)차별 문화의 산물'인 '문장언어'12)를 의식하고 있는 것으로 보인다. 즉 서구 근대의 남성중심적 문화, '남성문화로서의 언어', 문학에서의 '전통적이고 남성적인 소설 방법'13)을 의식하면서 그에 대항하여 "사전에 고안한 전당을 짓는 것보다 엉클어지고 복잡하게 얽힌 실을 풀어가면서 출렁이는 실이 무지개 다리가 되거나 널리 퍼진 무수히 많은 실이 바람에 펄럭"인다고 하는 자신의 문학 방식을 시도하고자 한 것이다. 종래의 여성은 자신에 관한 인식을 늘 남성작가의 인상 및 그들이 쓴 것들에 의해 획득 당한 것으로 볼 수 있다. "여성들은 남성의 경험을 인식당했던 것이다. 이는 그러한 남성의 경험이 인류의 경험으로서 그녀들의 눈 앞에 노정되었기 때문이다."14)

　따라서 이와 같은 획득 당한 기억 때문에 그녀들에게 있어 자기 아이덴티티에 대한 확인은 완전하면서도 진실한 것일 수 없었다. 이런 상황에서 벗어나고자 여성의 자기확인 및 자기표현의 추구는 "무언가를 주장하는 일 자체가 정상이 아닌 일탈인 것으로 비춰진 폐쇄된 상태 아래, 여성에게 개방된 장르인 소설에서 활로를 발견", "성차별 문화의 구조를 심층에

11) 大庭みな子, 「著者から讀者へ『啼く鳥の』の歌」, 『啼く鳥の』(講談社文芸文庫 1988.11)
12) 水田宗子, 『フェミニズムの彼方 女性表現の深層』(講談社 1991.3)
13) 주12)와 같음.
14) Mary Eagleton 著, 胡敏 外 譯, 『女權主義文学理論』(湖南文芸出版社 1989.2)

서부터 해체하려는 시점으로 길을 개척하여"15), 자신의 경험에 의해 여성 자신의 기억을 고쳐 쓰고 재건하고자 시도해왔던 것이다. 이러한 인식을 바탕으로 오니와는 기존의 "기승전결이 있는 작품으로 정돈하는" 창작 방법과는 반대로 "상념의 실을 계속해서 자아내고", "엉클어지고 복잡하게 얽힌 실을 풀어가면서 출렁이는 실이 무지개 다리가 되거나 널리 퍼진 무수히 많은 실이 바람에 펄럭인다"고 하는 자기표현의 방법을 시도했다 할 수 있을 것이다.

또한 '상념의 실을 계속해서 자아'내며, '엉클어지고 복잡하게 얽힌 실을 풀어'간다는 것은 여성으로서 자기경험의 역사에 관해 말할 때의 시점— '기억'의 방식을 나타내고 있는 것이라고도 할 수 있다.

즉 여성이 자기의 경험을 이야기할 때의 그 기억이란 '서구에 의해 강요된 것', "남성작가의 역사적 관념에 대한 반동으로 표현된 양식"16)이기도 하다. 그것은 단순한 과거의 소생이 아닌 오히려 "그 자체에서 태어난 허구와 비유인 것"17)이며 일찍이 존재했던 일일 뿐 아니라 현재의 구조이기도 하다. 일찍이 남성문학에 의해 가로막히고 억압받은 여성의 개인적인 경험이 개인의 기억이라는 형태로 역사의 심층으로부터 발굴되고 재건되는 것이다. 『우는 새의』는 그러한 기억의 존재 방식이 서술의 형태 그 자체가 되어있는 듯 보인다.

이 글에서는 이러한 서술 형태로서의 기억이 어떤 식으로 전개되었으며 재건되었는가와 더불어 그 의미에 관해 고찰하고자 한다.

---

15) 주12)와 같음.
16) 王艷芳, 『女性の文學創作とアイデンティティ』(中國社會科學出版社 2006.5)
17) Jacques Derrida 著, 蔣梓驊 譯 『多義的な記憶 : デマン・ポー(de Man, Paul)のために』(中央編譯出版社 1999.8)

2. 시공간 구성의 특이성

『우는 새의』는 19장으로 되어 있는데 "빈틈없이 정돈된 얼개를 보란 듯
이 과시하는 구성법과 달리『우는 새의』는 그런 의식으로부터 완전히 해
방된 것처럼 굉장히 느슨하게 구성되어 있다. 작가는 그저 생각한대로 붓
을 움직이는 것처럼 보일 수 있으나, 태연한 그 움직임 속에서 눈을 집중
시키지 않으면 알아차리기 어려운 짜임새가 차례차례 만들어져 간다"[18]
라는 평가에서도 알 수 있듯, 전체는 느슨한 구성으로 되어있으나 자유로
운 '상념의 실'을 더듬어가듯 남과 여, 그 가족, 그들과 관련된 과거, 미래,
생과 사, 인간 및 동식물 등의 제재들이 뒤섞여 이야기가 진행된다. 그러
나 그것은 남성작가가 쓴 역사에 관한 기억의 서술과는 다르다. 예를 들
어, 같은 가족이란 테마를 다룬 고지마 노부오[小島信夫]의『포옹가족(抱擁家
族)』에서는 가족들 각각의 운명과 함께 통치 능력을 상실한 아버지, 붕괴
해가는 하나의 가정을 통해 존재기반을 잃은 개인이 해체되어가는 "일본
의 '근대' 및 그 종착점으로서의 전후와 겹쳐"[19]지는 듯한 기억을 그린 데
비해, 『우는 새의』에서는 오히려 일상생활의 역사, 평범하고 세세한 개인
적인 생활이나 감정, 운명에 초점을 맞춘 서술이 이뤄지고 있다.

  여주인공 유리에를 예로 들어보자면 유리에의 딸 지에[千枝]에게는 어린
시절부터 자신을 보살핀 존재로서 어머니보다 아버지 쪽의 존재감이 훨씬
컸다. 미국에 살던 시절 젊은 부부는 자주 차 한 가득 짐을 싣고 미국 전
역을 지에와 함께 여행했는데, 초등학생이었던 지에는 "집에 가만히 있고
싶다"고 반발하면서도 늘 왜건 차량 뒷 좌석에 앉아 잠들곤 했다. 또 지에
가 엄마에게 먹을 것을 조르자 유리에가 멸시하는 듯한 눈으로 "미국에서
자라 그런 지 이상한 걸 먹고 싶어 한다니까"와 같은 말을 한 적도 있었

18) 菅野昭正,「二重の視野のなかで」,『大庭みな子全集 第九卷』(講談社, 1991.6)
19) 三嶋讓,「小島信夫」,『知っ得現代作家便覧』(学灯社, 2007.11)

다. 이런 부모와 자식의 일상이 각각의 기억에 의해 그려진다.

남편 쇼조[省三]가 자신을 '뚱보 고양이'라고 부르는 것을 자랑스레 여기는 아내로서의 유리에는 '기관총처럼 쇼조를 꾸짖기 시작'하는가 싶으면 어느새 "…저기, 있잖아" 하며 다시 아양 떨 듯 쇼조에게 바싹 다가선다. 그리고 월급 주는 회사를 그만두고, 은행 임원직도 거절한 채 아내의 <부양가족>이 됨과 동시에 '가정부 겸 비서의 역할을 수행', 아내의 제멋대로인 말투를 성실히 들어주면서도 다른 한편 자기 주장을 정당화 하는 기술이 탁월하여, 늘 교활하게 아내를 자신이 원하는 대로 움직일 힘을 가진 남편. 이런 부부 관계 및 딸이 뱃속에서 자라기 시작했을 당시의 감촉으로부터 남녀의 차이에 이르기까지, 유리에의 여러 생각들이 회상된다.

한편, 작가로서의 유리에는 작품에서 '불륜을 저지른 남편 때문에 멍해져 있는' 사람, '돌팔이 의사', '학식 없는 학자', '소외 당하는 회사원'이 된 남주인공이나 '항상 여러 남성과 제멋대로 일을 벌이는' 여성의 이미지를 그린다. 또한 가족이나 친척 및 안팎 친구들의 일신상 이야기를 비롯한 사람들의 일을 시작으로 사회 시사(時事)로부터 전쟁 때의 원폭 기억, 인류 문명의 욕망과 관련된 자연파괴, 먼 타국의 알래스카 바다에서 낚시를 하던 기억, 이부키야마[伊吹山] 산이나 세키가하라[関が原] 산에서 하얀 멧돼지를 맞닥뜨린 야마토 다케루[ヤマトタケル]에 관한 고사기(古事記) 세계와 그림(Grimms) 형제 동화의 연상 등 온갖 사상이, 지적인 사고력을 지닌 작가라는 인물의 기억으로서 '상념의 실'을 더듬어가며 그려진다.

또한 "쇼조의 어머니인 미치코[未知子]는 재혼 상대가 죽은 뒤 유리에와 급격히 사이가 나빠졌다"는 대목에서 알 수 있듯 시어머니, 시누이와의 갈등을 안고 있는 며느리, 올케로서의 유리에의 역할이 언급된다. 당시 "미혼인 다에코[妙子]의 일로 골몰하던" 시어머니 미치코가 "무의미하다고 여겨지는 지출을 쇼조에게 요구하여" 자신들이 얼마나 "가진 것 이상으로 무리하며 그들의 요구를 받아 주었"는지, "자신들이 그렇게나 긴 시간 동안 외국에 머물 수밖에 없었던 것은 미치코가 요구하는 돈 때문"이었다 등등의 괴로운 기억은 여전히 현재의 유리에마저도 괴롭히며 울컥 화가 치밀거나 원망스러운 기분이 들게끔 한다.

더구나 재혼할 당시 미치코는 "다에코만 데려가고 쇼조는 남겨둔 채 재혼한 것은 장래 쇼조에게 부담이 되지 않기 위한 것"이라고 주장했었다. 이미 아이를 키우고 있는 시누이 다에코는 당시 "유리에의 멸시를 자아낼 정도의 희생을 치르며" 자신을 길러준 노모에게 제멋대로 행동했다. 아이를 기르는 데 미치코의 손이 한창 필요했을 때는 "엄마, 내가 평생 책임질게"라고 하는가 싶더니, 상황이 달라지자 미치코를 '성가신 존재'로 여겨 "숨 좀 돌리게 해달라고 울며 애원하듯" 미치코를 쇼조에게 보내버렸다. 이처럼 가족 사이의 일과 관련된 기억이 서술된다.

이상으로 유리에만을 중심으로 살펴본 것을 통해서도 알 수 있듯이, 유리에를 시작으로 유리에와 관련된 작중인물을 둘러싼 각각의 기억이 동시에 이야기되며 남성작가가 쓴 것과는 다른 기억의 수정-재건이 이뤄진다.

『우는 새의』에서는 이러한 일상생활의 역사 이외에도 개인의 상처받은 기억이 묘사되고 있다. 미즈키는 자신이 엄마 후와 숙부 시게루 사이에서 태어난 아이가 아닌가 하는 '비밀' 때문에 어릴 때부터 "자신을 낳은 자에 대한 불쾌감"에 사로잡혀 늘 "자신의 모습을 모욕적"이라 여긴다. 또한 "남성들에게 인기가 있고", "사람들의 주목을 받는" 모친에 대한 반발로 후를 거부한다. 이에 비해 엄마인 후는 "딸의 기색을 살피며 친절히 대하면서도 성장해가는 딸의 비판적인 시선을 피하고자", 딸을 미국으로 유학 보낸다. 후일 부모가 된 뒤 미즈키는, 엄마인 후가 죽음을 맞게 됐을 때 자신에게 만나고 싶다는 편지를 써 보냈으나 결국 그것을 외면했던 일을 회상한다. 결국, 이러한 기억으로 인한 자기 책망 때문에 미즈키는 자신의 아이를 낳지 않고 양자를 들인다는 선택까지 하게 된다. 이러한 여성의 사적인 아픈 기억도 작가 오니와의 기술에 의해 다시 쓰여진다.

이 후라는 인물은 『우는 새의』의 전작 『안개 여정』에서도 이미 등장한 바 있다. 유리에 가족 집의 소유주였던 후는 남편 위에 군림하며 수 개의 사업을 경영, 집안 일을 도맡아 처리했고 의붓 동생과의 사이에서 아이를 임신해 의붓동생과 그 가족을 내면까지 지배하는 등 일가 중에서도 악명 높은 여인이다. 미즈타 노리코[水田宗子]는 『안개 여정』의 해설에서 후라는 인물에 대해 "깊은 산 속에서 자기 마음대로 살며 남성들을 구슬로 만들어 먹는다는 민화 속의 마귀할멈 같은 후는 이 이야기의 원점에 존재할 뿐 아니라 유리에 자신의 세계의 중심에서 신화적인 존재로서 천연의 빛을 내는 인물"[20]이라고 평한다.

그리고 유리에의 미국 친구 린안의 남편 헨리와 일시적인 관계를 가진 미지의 여인 나스타샤에 관한 기억, 유리에 부부가 알래스카에 살았을 때의 회상이나 등장인물들과의 회화도 이중 삼중으로 이야기된다. 알래스카 인디언 부락 촌장 딸인 선조의 피가 흐르고 있음을 자랑으로 여기며, 3번의 결혼 이력을 가진 채 나이트 클럽에서 일하는 나스타샤는 늘 주변을 홀리는 매력을 지닌 여성의 이미지로 전해진다.

이렇게 보면 『우는 새의』에서의 기억 서술은 역사에 관한 기존의 전통적인 이야기와는 달리 사회라기보다는 일상생활의 역사, 오히려 그 축소판이라고도 할 수 있는 가족 내부의 '비밀'이나 '사적인' 기억을 더듬어가며 이야기되고 있는 셈이다. 그러한 비밀이나 소문 속에서 설령 잠시라 하더라도 후 같은 인물은 '천연의 빛을 낸' 뒤 전기(傳記)적인 존재가 되곤 하는 것이다. 이처럼 여성 자신에 의해 다시 쓰인 여성의 기억을 통해 오니와 미나코의 관념 및 시점이 드러나고 있다. 『우는 새의』의 기억 구조는 이른 바 공적인 사회 기억으로부터 떨어져 있으며 오히려 여성의 개별적인 경험을 파악함으로써 비로소 그에 대해 쓸 수 있게 된 것이다.

---

20) 水田宗子, 「森の世界-大庭みな子における物語の原型」, 『大庭みな子全集 第六巻』(講談社, 1991.7)

3. 여성에 의한 기억의 재건

앞선 내용에서는 『우는 새의』의 서술 형태로서 기억에 관하여 살펴봤다. 여성의 문학 창작에서 기억의 재건에 의해 여성 스스로의 역사도 재창조되고 있음을 볼 수 있었다. 한편, 『우는 새의』에서는 생(生)의 원초적인 풍경 속에 있는 마귀할멈 같은 인물을 시작으로, 인간이 서식하고 있는 기후나 풍토, 그 안에서 생육하는 식물이나 동물 등 자연계와 밀접하게 겹쳐지며 이야기가 확장되고 전개된다.

후라는 인물은 앞서도 언급한 것처럼 『우는 새의』의 전작인 『안개 여정』에서 이미 이야기의 원점에 있는 '신화적인 존재'로 등장했는데, 『우는 새의』에서는 유리에 등의 기억에 의해 더욱 전설의 마녀 같은 전기적 인물로서 그려지게 된다. 또한 이야기의 공간으로서 유리에 부부가 도쿄에서 와 묵게 된 에이잔의 오두막을 근경(近景)의 무대로, 예전 후가 살았던 묘코의 '산막'을 원경(遠景)의 무대로 설정하고 있다. 유리에가 나중에 후로부터 사들인 이 '산막'에 대해 "마귀할멈의 민화와 관련된 남과 여 이야기의 원점이라고도 할 수 있는 신화적인 장소"[21]라고 지적한 경우도 있다. 이처럼 '산막' 자체는 고대의 자연 여신을 향한 숭배를 담고 있다. 동시에 유리에들이 먼 도시로부터 일부러 교토의 에이잔 오두막에 찾아와 묵게 되는 것도 "일본 비밀의 열쇠가 감추어져 있고", "천년 왕도(王城)의 정취가 맴돌고" 있는 오두막을 향한 동경에 의한 것임이 분명하다. 이러한 신화적인 기억으로의 회귀에 관해서는 작가 자신도 『우는 새의』의 창작 후기에서 다음과 같이 언급하고 있다.

> 간토[関東]지방에서 태어나고 자란 나는 평소 자유로운 시간을 가질 수 있는 시기가 오면 관서지방에서 한 번 살아보고 싶다는 꿈을 오랜

---

21) 주20)과 같음.

> 기간 가지고 있었다. 일본의 근본이 뿌리내리고 있는 형태를 확인하기
> 위해서는 천년 왕도의 땅이었던 곳에서 살아봐야만 한다고 생각했다.
> (…중략…) 이런 생각의 실을 더듬어 찾기 위해서라도 에이잔을 배경으
> 로 다이몬지야마[大文字山] 산에서 교토의 거리가 내려다보이는 이 땅은
> 최적의 곳이라는 생각이 들었다.[22]

이 때 "일본의 근본이 뿌리내리고 있는 형태를 확인", "천년 왕도의 땅
에서 살아보고" 싶다고 하는 부분은 이 작품에서의 작자의 시도-자기 자
신 또한 등장인물들 자신의 신화나 역사에 관한 기억을 찾고 재발견하려
는 자세를 엿보게 하며, 그것을 뒷받침하고 있다.

다음으로 몇 가지 예를 통해 『우는 새의』에서 인물의 기억이 어떤 신화
적, 역사적 색채를 띠고 있는지 살펴보자.

> 쇼조가 유리에를 처음 봤을 때의 기억은 "거의 산 속 동물에 가까운
> 것이었다. 안개에 젖은 풀잎들 사이에 쭈그리고 앉아 말똥말똥 이쪽을
> 바라보는 족제비 같은 느낌이었다."

> 유리에는 자신들의 청춘을 떠올리며 "지,지,지 하고 우는 작은 새가
> 눈 앞을 스쳐가며 상대를 부르고는 흠칫 거리는 몸짓이 우스꽝스러워
> 미워할 수 없었고, 불안정한 청춘의 나날들이 웃음 나는 슬픔과 함께 떠
> 올랐다."

> 유리에와 쇼조가 미국 친구 린안 부부를 추억할 때 "바람처럼 찾아와
> 바람처럼 사라져 버린 헨리와 린안의 그림자와도 얽힌 검고 큰 것이 밤
> 의 숲이 술렁거리듯 흔들렸다."

> 그리고 린안 부부가 교통사고로 사망했다는 소식을 들을 유리에 부
> 부는 "천장을 뚫고 검은 새의 그림자가 날아가는 것 같은 생각이 들었

22) 주11)과 같음.

으며, 유리에는 이렇게 말했다. "그건 역시 불여귀였어. 있잖아, 그날 밤 에이잔으로 린안 부부가 찾아왔던 그 밤에 어둠 속을 날며 울었던 그 새 말이야"

산속 집 안에서 다시 한 번 노래가 되살아나 기온[祇園]의 밤 벚꽃 나 무 아래서 꽃의 정령을 겁냈다고 했던 린안의 말과 합쳐졌다."

유리에는 급사한 시게루를 떠올리며 "그래도 불길한 예감이랄까, 동 물은 죽을 때가 되면 어딘가에 몸을 숨긴다고 하잖아. (…중략…) 그건 어쩌면 본능적인 깨달음이 아닐까. (…중략…) 시게루가 산속에 모인 맑 은 물을 퍼 올린 거라고 한다면 골짜기를 따라 자욱하게 낀 안개는 그 사람의 혼일 것 같다는 생각이 들어."

미즈키가 죽은 모친을 떠올려 보면 ""시게루 씨에게 부탁하면 돼"라 고 태연하게 말할 때의 엄마는 아버지 쪽에서 보이는 뺨과 아버지 쪽에 서 보이지 않을 다른 한 쪽이 각기 다른 사람인 것처럼 일그러져 있었 다. 분노와 슬픔을 딱 절반으로 분리시켜 이어놓은 마녀의 가면을 쓰고 있는 것 같은 형상이었다."

이와 같은 기술(記述)들이 이야기 곳곳에 자리하고 있는데, 이런 것들을 통해 적어도 두 가지의 특징을 살펴볼 수 있을 것이다. 먼저 상상력에 의 한 다이나믹한 생명력 넘치는 창조적인 서술방식을 들 수 있는데, 그러한 서술에 의해 드러나고 있는 것은 생명 그 자체의 영위와 그 본래의 모습 이다. 두 번째는 기억의 내용 자체에 대한 것이다. 즉 생명의 장소로서 자 연계가 메타포로 되었고 그러한 메타포를 매개로 이야기되는 것은 아직 남성중심의 성차별적인 문화에 물들어있지 않은 여성 자신의 역사에 관한 기억이다. 그렇게 해서 숲 속의 "안개에 젖은 풀잎들 사이에 쭈그리고 앉 아 말똥말똥 이쪽을 바라보는 족제비"가 소녀의 모습이거나, "지, 지, 지 하고" 울면서 흠칫 거리고 눈 앞을 스쳐가는, "우스꽝스러워서 미워할 수 없는" 작은 새에 이끌려 "청춘의 나날들이 웃음 나는 슬픔과 함께 떠오"
르거나 한다. 옛 친구의 그림자와도 "얽힌 검고 큰 것이 밤의 숲이 술렁거
리듯 흔들리"거나, "기온의 밤 벚꽃 나무 아래서 꽃의 정령을 겁냈다고"
했던 옛 친구의 모습. "산속에 모인 맑은 물을 퍼 올려" 저승으로 가버린
사람의 '혼'이 "골짜기를 따라 자욱하게 낀 안개"가 된다. 이러한 신화적인
색채를 띤 일련의 기억에 의해 여성의 역사가 재발견 됨과 동시에 재창조
되고 있는 것이다. 설령 "분노와 슬픔을 딱 절반으로 분리시켜 이어놓은
마녀의 가면을 쓰고 있는 것 같은 형상"이라 할지라도 그것 역시 민화 속
마귀할멈의 세계나 마녀가 있는 신화와 연관된 여성 기억의 재발견이기도
하다.

나아가 이야기의 2장에서는, 유리에 부부가 "예전에 살던 알래스카 바
다의 후미진 곳에서 낚시 동료와 조용히 두 세 척의 보트를 나란히 세워
놓고 닻을 내린 채 밤새 술 마셨던" 기억이 묘사된다.

"게라는 건 재미있는 동물이에요. 얕은 여울에서 큰 놈들이 우글우글
수초 사이를 분주히 다니는 게 보트에서 잘 보여요 (…후략…)."

"전복은 잠수하지 않아도 복숭아뼈를 적실 정도로 물이 빠진 바위 틈
을 걸어 다니다 보면 여기저기 바위에 붙어 있거나 물 사이를 헤엄치거
나 하고 있어 (…중략…). 바위 위로 밀려온 큰 다시마 뒤쪽을 보면, 물
이 빠질 때 미처 도망가지 못하고 햇볕을 쬐는 것처럼 늘어져 있는 것
들도 있거나 하지."

"해저에 핀 거대한 아네모네 같은 말미잘의 촉수가 하늘하늘 나부끼
는 모양, 별난 모양의 영지버섯이라는 해삼, 위협하는 달리아 같은 성게,
그리고 다리도 지느러미도 없는 전복이 얼마나 민첩하게 물 속을 이 바
위에서 저 바위로 헤엄쳐 다니는지 (…중략…)."

　"청어 무리가 몰려들 무렵의 부푼 황색 파도, 청어 알로 뒤덮인 모래
사장, 바위 사이에서 피투성이가 되어 숨을 거둔 산란 후의 청어에 몰려
든 갈매기의 울음과 날갯짓 소리 (…후략…)."

라고 "쇼조가 꿈꾸는 것처럼 즐거운 듯이 말하"자 "유리에 또한 황홀한
눈으로" 광경을 묘사하기 시작한 것이 두 사람의 기억에 의해 길게 서술
되는 장면이 있다. 그 장면에서는 자연이 메타파로서 서술된다기보다 오
히려 자연계 그 자체가 서술되고 있다. 생명의 장소인 자연 그 자체에 대
한 찬미라는 생태학적 시야와 함께 '서구에 의해 강요된 것'인 남성 우위
의 세계관에 물들어있지 않은 여성의 기억이 재발견됨으로써 인류를 포함
한 자연생명권의 새로운 다양성이 강조되고 있는 것이다.

　1950년대, 작가는 미국 알래스카에서 십 년 정도 거주한 적이 있다. 그
에 대해 다음과 같이 회상한다.

　(…전략…) 나는 20대로서 인생의 입구에 서서 소녀시절의 전쟁의 기
억에 서서히 퍼져나가는 새로운 세계의 풍경을 더하며 다음으로 찾아올
장면을 응시하고 있었다. (…중략…) 미국 최후의 미개척지라 일컬어지
는 알래스카는 대공업주의적인 물질문명에 의문을 품기 시작한 사람들
을 불러들이는 땅이기도 했다. (…중략…) 길었던 세계 전쟁이 끝난 후
사람들은 폐허 속에서 부모들이 이뤄온 것, 자신들이 꿈꾼 것들을 어렴
풋이 바라보며 그 옛날 자신들이 버렸던 자연을 구름과 밀려오는 파도
옆에서 다시금 마주하고자 했다. 나는 물가를 걸으며 파도에 실려온 플
라스틱 조각, 나일론 망 등에 어깨를 움츠렸고, 가끔 옛날 어부들이 썼
던 유리 그릇이나 좀조개들이 살던 수 많은 구멍이 뚫린 유목(流木)을
집어 올렸다. 풍화된 프로펠러 같은 고래 뼈, 고라니의 뿔, 해마의 이빨
이나 어금니 등이 나를 매혹시켰고, 토템 폴(totem pole)의 이야기가 문명
사회의 이야기보다 훨씬 생생하고 선명한 것으로 느껴졌다.
　또한 변경에서 미국이나 일본의 도회지를 바라보는 경험이란 무엇보
다 신기한 것이었다. 그것은 보랏빛 연기 속에 치솟는 마천루의 풍경이

었다. (…후략…)23)

전근대적 '토템 폴의 이야기'와 같은 알래스카의 자연이 '인생의 입구에 선' 20대의 작가에게 준 영향은 위와 같은 그 자신의 술회에서도 살펴볼 수 있지만, 이러한 독자적인 경험 및 기억은 『우는 새의』에서 "기후나 풍토 속에 생육하는 식물이나 서식하는 동물, 새 등의 이미지와 메타파로 구성되어 있으며, 그것이 자연의 세계와 불가분하게 중첩되면 전개되어"24)가는 것에도 드러나 있다. 즉 "남성중심의 서구적 근대주의에 '자연'으로서의 여성성을 대치시킨 것"25)을 자연생명권에서 찾고자 하며 그것으로 회귀해가는 것이다. 이러한 모색이 "『세 마리의 게』로 시작되는 오니와 미나코의 작품세계"26)를 관통하고 있다는 점도 지적되고 있다.

이상의 내용을 통해 여성작가의 문학에서 기억의 재건은 여성이 자신의 역사를 찾고 재발견하는 시도임을 확인할 수 있었다. 오니와의 문학 작품의 경우 그것이 자연의 메타파를 매개로 한 형태로 되어 있으며 그와 함께 여성 자신의 아이덴티티 확인도 재차 이루어져 있음을 지적할 수 있을 것이다.

4. 나가며

『우는 새의』는 줄거리나 구성이 분명치 않은 작품이라는 지적을 누차 받아 온 직품이다. 이에 관해 작가 자신은 "하나의 주제를 따라 이야기의

---

23) 大庭みな子,「著者から読者へ 龍宮の物語」,『海にゆらぐ糸・石を積む』(講談社, 1993.10)
24) 水田宗子,「共生と循環-大庭みな子の<森の世界>の変容」,『物語と反物語の風景 文学と女性の想像力』(田畑書店, 1993.12)
25) 주12)와 같음.
26) 주24)와 같음.

줄거리를 생각하고 기승전결이 있는 작품으로 정돈하는 것은" '서구에 의
해 강요된 것'이라 생각하고 있다. 이는 작가가 남성중심의 서구적 근대주
의를 근저로 하는 성차별적 문화 및 그러한 성차별적 문화의 산물인 '문
장언어'를 의식한 사고(思考)이다. 이에 작가는 성차별적 문화이자 남성문
화로서의 언어, 문학에서의 남성적인 소설 작법과는 반대로 "사전에 고안
한 전당을 짓는 것보다 엉클어지고 복잡하게 얽힌 실을 풀어가면서 출렁
이는 실이 무지개 다리가 되거나 널리 퍼진 무수히 많은 실이 바람에 펄
럭이는" 작법에 의해 스스로 자기인식 및 자기표현을 시도하고자 했다.
지금껏 여성 자신에 대한 인식은 남성 작가가 쓴 것에 의해 획득된 것으
로, 그러한 획득 당한 기억이 여성 자신의 아이덴티티 확인으로서 충분치
않은 것은 당연했다.

　그 결과, 여성들의 자기인식과 자기표현의 추구는 "여성에게 개방된 장
르인 소설에서 활로를 발견", "성차별 문화의 구조를 심층에서부터 해체
하려는 시점으로 길을 개척"하면서 자신의 경험에 의해 여성 스스로의 기
억을 고쳐 쓰고 재건하는 것에 의해 이뤄져 왔던 것이다. 오니와 문학의
경우에는 그러한 시도가 『우는 새의』의 작법을 탄생시켰다. "상념의 실을
계속해서 자아"내며 "엉클어지고 복잡하게 얽힌 실을 풀어"간다라고 하는
오니와의 작법은 여성작가로서의 자기경험을 이야기하는 방식이며 기존
에 늘 인류의 경험을 창작해 온 남성작가의 역사적 관념과는 대조적인 입
장을 취한다. 그럼으로써 일찍이 남성문학에 의해 억압당하고 은폐되어온
여성의 개인적인 경험은 역사의 심층으로부터 발굴되고, 수정되고, 재건되
는 것이다.

번역 : 최가형(崔佳亨)

단카[短歌]로 보는 경성의 도시 기억

엄인경(嚴仁卿)

1. 한반도 가단(歌壇)의 역사와 『조선풍토가집(朝鮮風土歌集)』

개항 이후 19세기 말엽부터 한반도에는 일본인들이 거류하기 시작했고 1910년 일본에 의해 한국이 강제 병합이 되면서 일본인 인구도 비약적으로 늘어갔다. 거류지를 중심으로 일본인들은 일간지, 월간지 형태의 일본어 매체를 만들어 나갔고, 매체에는 일본인 커뮤니티 내의 정서 공유와 결속력, 경우에 따라 우월감을 고취할 목적으로 일찍부터 문예 관련 코너가 마련되었다. 문학적 향기가 가장 두드러지는 이 코너들의 핵심은 단카[短歌]와 하이쿠[俳句], 센류[川柳] 같은 일본 전통의 단시(短詩) 장르였다.[1] 요컨대 20세기 초부터 1945년까지의 약 40년 간 한반도에서는 엄청난 양의 일본 전통의 단시가 창작되었고, 이 점은 지극히 최근이 되어서야 주목받게 되었다.[2]

---

[1] 엄인경, 「20세기초 재조일본인의 문학결사와 일본전통 운문작품 연구」, 『日本語文學』 제55집(일본어문학회, 2011) pp.383-384.

[2] 일제강점기 한반도에서 창작된 일본어 전통시가에 관한 연구는 허석, 「明治時代 韓國移住

초기에는 지역 중심으로 발생하여 소규모로 활동하던 이 장르 문학결
사들은 점차 회원을 늘여갔는데, 단카 장르가 체계적인 전문 잡지 발간
시스템을 갖추고 가단(歌壇, 단카 문단) 의식이 확고해지는 것은 단카 전문
잡지 『버드나무[ポトナム]』와 『진인(眞人)』의 창간(각 1922, 1923년)을 계기로
한다. 이 두 잡지는 근대 가인(歌人)으로 일가를 이룬 '내지(內地)' 일본인들
이 도한(渡韓)해 재조일본인들과 합작하여3) 경성에서 창간되었고, 종전 이
후로도 일본에서 상당히 오랫동안 주요 단카 잡지로 명맥이 유지되었다.
이들은 한반도의 단카를 대표하고자 서로 경합했으며, 결국 1924년 이후
『버드나무』의 중심이 '내지'로 이동해 버리면서 『진인』이 한반도 가단의
중심에 서게 되었다.4) 「제가(諸家)들의 지방 가단(歌壇)에 대한 고찰」(1926),
「조선 민요의 연구」(1927), 「조선의 자연」(1929)이라는 획기적 특집을 기획
하여 조선 문화관을 다양한 관점에서 전개하며 조선의 고가(古歌)와 고문
학 연구라는 책무를 인식하고 실천한 잡지 『진인』은 일찌감치 '조선의 노
래'를 강력히 표명하는 데에 성공하였다.5) 이들은 조선의 단카를 자신들

日本人의 文學結社와 그 特性에 대한 調查研究」, 『日本語文學』 3집(한국일본어문학회, 1997)
pp.281-309, 정병호, 「20세기 초기 일본의 제국주의와 한국 내 <일본어문학>의 형성 연구-
잡지 『조선』(朝鮮, 1908-11)의 「문예」란을 중심으로-」, 『日本語文學』 제37집(한국일본어문
학회, 2008) pp.409-425) 등에 의해 문학결사나 문예란 중심으로 조금씩 언급되다가, 2010년
이후 나카네 다카유키[中根隆行], 「조선 시가(朝鮮詠)의 하이쿠 권역(俳域)」, 『日本研究』第
15輯(고려대 일본연구센터, 2011)pp.27-42), 엄인경, 『문학잡지『國民詩歌』와 한반도의 일본
어 시가문학』(역락, 2015) pp.1-219) 등에 의해 본격 시가 분석 연구로 이어진다.
3) '내지' 일본의 유명 가인으로는 대표적으로 도한 후 몇 해 지나지 않아 곧 일본으로 돌아갔
지만 오랫동안 단카 잡지를 주재한 고이즈미 도조[小泉苳三]와 호소이 교타이[細井魚袋]를
언급할 수 있으며, 그들은 각각 재조일본인으로서 1940년대 중반까지 한반도의 가단을 대
표한 모모세 지히로[百瀨千尋]나 이치야마 모리오[市山盛雄], 미치히사 료[道久良] 등과 손
잡고 『버드나무』와 『진인』 두 잡지를 1922년, 1923년 창간, 1956년, 1964년까지 주재하였다.
또한 『버드나무』는 현재까지도 일본에서 속간되고 있다.
4) 엄인경, 앞의 책(2015) pp.39-51.
5) 이상의 특집은 엄인경·신정아 편역, 『『진인(眞人)』의 조선 문학 조감』(역락, 2016) pp.9-
32), 이치야마 모리오 편, 엄인경·이윤지 역, 『1920년대 일본어로 쓰인 조선 민요 연구서
의 효시 조선 민요의 연구』(역락, 2016) pp.1-305), 이치야마 모리오 편, 엄인경 역, 『1920년

이 짊어진다는 대표로서의 사명감을 갖고 조선의 전통 문화나 문예에 대한 조예를 적극적으로 드러내면서 조선통(通)으로서의 위치를 확보하였다.

이글은 한반도 최대의 문학 결사 진인사(眞人社)가 창간 12주년을 기념하여 1935년 펴낸 대규모 가집 『조선풍토가집(朝鮮風土歌集)』에서 식민지 대도(大都) 경성(京城)의 표상과 역사 기억을 살펴보려는 것이다. 5년간 800여 가인들의 7000수 남짓을 정선(精選)하는 대규모 작업을 주도한 이치야마 모리오[市山盛雄]는 이 가집을 통해 '조선 가단의 은인'[6]으로 불리게 되었다. 『조선풍토가집』에 관해서는 구인모[7]와 김보현[8]이 논한 바 있는데, 전자는 특히 신라에 대한 환영을 통해 제국의 욕망을 드러낸 시도로 이 가집을 평가하였고, 후자는 당시의 '풍토' 개념을 키워드로 하여 문학과 회화의 조선색 실체를 비교한 것으로 참고가 된다. 다만 이 가집에 이르기까지 한반도의 가단 동향을 통시적으로 시야에 넣지 못하고, 소수의 단카 발췌(각각 18수, 9수 인용) 소개로 일정 소재나 대상에 대한 단카의 다양성과 대표성 확보에 한계가 있다. 『조선풍토가집』은 풍토가 갖는 특유의 '조선적인 것'을 내면화하여 특수 표현 수단인 단카로 구현한 작업[9]으로 재조일본인들의 '조선색'[10] 규정에 대표적 단서가 되는 문학 자료이기 때

대 재조일본인이 본 조선의 자연과 민요』(역락, 2016) pp.1-250)에 완역 수록되었다. 이 일련의 특집 기획의 의미에 관해서는 엄인경, 「재조일본인의 조선 민요 번역과 문화 표상-『조선 민요의 연구[朝鮮民謠の研究]』(1927년)에서 『조선의 자연[朝鮮の自然]』(1929년)으로-」 『日本言語文化』 제33집(한국일본언어문화학회, 2015) pp.387-408 참조. 『『진인(眞人)』의 조선 문학 조감」에 수록된 미치히사 료[道久良]가 1928, 1929, 1937년 세 번 발표한 「조선의 노래[朝鮮の歌]」는 이 의미에서 상징적인 에세이이다.

6) 엄인경·신정아 편역, 앞의 책 중 하야시 마사노스케[林政之助]의 「『조선풍토가집』 잡감」, pp.225-235.

7) 구인모, 「단카(短歌)로 그린 朝鮮의 風俗誌-市山盛雄 編, 『朝鮮風土歌集』(1935)에 對하여-」 『사이(SAI)』 창간호(국제한국문학문화학회, 2006) pp.219-220.

8) 김보현, 「일제강점기 식민지 조선 '풍토(風土)'의 발견과 단카(短歌) 속의 '조선풍토'-시각화된 풍토와 문자화된 풍토의 비교 고찰-」, 『인문연구』 72호(영남대학교 인문과학연구소, 2014) pp.181-208.

9) 엄인경, 앞의 글(2015) p.405.

문이다.

그럼 이제부터 『조선풍토가집』을 대상으로 특히 일제강점기 한반도의 중심지 경성을 읊은 단카들을 통해 그 안에 묻힌 조선의 역사적 기억을 살펴보고, 그 구현의 양상과 특징을 도출해 보자. 우선 1935년에 『조선풍토가집』이 나오게 된 배경과 특수성을 지난 풍토로서 경성이 어떠한 문화적 위치를 차지하게 되는지를 살펴보고, 단카에 경성이 어떻게 표상되는지 유형화하여 분석해 보고 경성의 곳곳에 내재된 재조일본인들의 역사 기억을 해석해 볼 것이다. 이를 통해 일본 특유의 전통시가가 역사와 전통을 담지한 '풍토'를 매개로 어떻게 경성을 표상하는지, 그리고 경성에 잠재된 일본인 개인과 집단의 기억과 '조선색'이 어떠한 상관관계를 갖는지에 접근할 수 있을 것이다.

2. '풍토=로컬컬러'로서의 경성의 위치

먼저 1935년 『조선풍토가집』이라는 한반도 최대 단카 작품집이 간행된 배경을 살펴보고, 이 가집의 기획 의도와 '풍토'에 내재된 의미를 고찰하여 그 안에서 식민지 대도(大都)이자 한반도의 중심 '경성'의 문화적 위치를 파악해 보자.

『조선풍토가집』을 편찬한 이치야마는 간행 당시 일본의 주요 단카 잡지였던 『마음의 꽃[心の花]』의 대표자 가와다 준[川田順], 『창작(創作)』의 대표자 와카야마 기시코[若山喜志子], 도쿄에서 『진인』을 이끈 호소이 교타이

---

10) 20세기 전반의 '로컬 컬러' 담론 속에서 조선색, 지방색, 로컬컬러, 향토색 등 이 글에서 다루는 용어들이 단순 동어일 수는 없을 것이다. 다만 논문 분량상 조선색의 실체에 관해서는 다른 논고를 기하기로 하고, 풍토가 강조된 1930년대 시점에서 한반도 가단의 키워드로 재조일본인 가인들이 주창한 제2의 고향 조선이라는 향토, 조선색에 대한 입장표명을 상통하는 맥락에서 다룬다.

를 필두로 '내지'의 명망 있는 가인들로부터 큰 기대를 건 서문을 받았다. 1934년 이 가집에 그들이 보낸 서문을 통해 구체적 내용을 살펴보자.

- 조선의 풍토는 경성을 비롯해 어느 곳이나 좋고 일본 내지와는 적잖이 취향을 달리한다. ……(중략, 이하 같음) 이번 기획된 풍토가집의 내용은 아직 못 보았는데, 이런 종류의 가집은 로컬컬러가 차분히 드러나지 않으면 의의가 없다고 나는 생각한다. ……뛰어난 풍토 단카는 그 나라에 오래 살거나 몇 번이고 그 땅을 여행한 자가 아니면 어렵다. ……이번 가집에도 조선에 재주하는 제군들의 노래가 많이 들어가리라 생각하는데, 내가 기대하는 이국정조가 배어나온 것이기를 절실히 바란다. 그리고 이것을 하나의 신기원으로 삼아 조선에 재주하는 제군들이 더욱 공부하여 두 번째 『조선풍토가집』이 간행되기를 촉망한다.
- 『조선풍토가집』의 편찬을 알고 저는 그 의의 있는 사업에 마음으로부터 찬성하며 깊은 희열을 느끼는 한 사람입니다.…… 그 때는 두 번째 『조선풍토가집』에 넣어 주시리라 벌써부터 기대하고 있습니다.
- 종래 수필적 풍토기나 경제 풍토기 종류는 하나둘 시도된 듯하지만, 그런 것은 단순한 여행기나 통계, 현상 보고에 불과하다. 하지만 여기에는 조선 풍토 안에 진지한 인간 생활이 수 놓여 있다. 타산적이지 않은 영혼의 집으로서 하나하나에 거짓되지 않은 향토와 인간 표현이 있다. 조선의 자연에 융합된 한 사람 한 사람의 호흡을 들을 수 있다. 그리고 영겁으로 이어질 조선의 생명을 전하고 있다. 『조선풍토가집』이 위대한 까닭은 실로 여기에 있는 것이다.[11]

위에 인용한 이들 세 가인들의 서문을 통해 『조선풍토가집』 편찬 사업

---

11) 출처는 각각 가와다 준[川田順] 「서(序)」(pp.1-2), 와카야마 기시코[若山喜志子] 「서」(pp.3-6), 호소이 교타이[細井魚袋] 「서」(pp.7-8)이며, 이하 『조선풍토가집(朝鮮風土歌集)』(朝鮮公論社) 내 인용문 번역은 모두 필자에 의한 것이다.

은 분명 "위대"하며 "의의 있는" 것으로 아직 첫 가집이 나오기도 전에 "제이의 조선풍토가집"이 기대되고 있었으며, 여기에는 "로컬컬러가 차분히 드러나"고 "이국정조12)가 배어"나야 한다는 것이 강조되고 있다. 서문을 쓴 가인들 중에 특히 편자(이치야마 모리오)의 기획에 가장 깊이 찬동한 호소이의 언급에서 기존 풍토기 종류의 여행기나 통계 및 보고적 성격과 달리 "진지한 인간 생활"과 "조선의 자연에 융합된" "향토와 인간의 표현"이 이 가집이 생명력과 의미를 갖는 이유라는 점이 잘 드러난다. 이들 서문에서 '풍토'는 "풍물", "특이한 토지", "국토", "향토", "자연"과 등치되고 있는데, 이는 경성의 진인사 관련자들이 1920년대 후반부터 조선의 역사와 전통을 담보한 '향토' 담론에 집착하였던 동향13)의 연장선에서 이해할 수 있다.

1935년 1월 『조선풍토가집』이 간행될 당시 시점에서의 '풍토'를 논하려면, 다음 세 측면을 고려해야 한다. 첫째는 일본에서 큰 반향을 일으킨 철학자 와쓰지 데쓰로[和辻哲郎]의 저작 『풍토-인간학적 고찰(風土-人間学的考察)』이다. 이와 관련해서 『조선풍토가집』과 동시기의 '풍토' 개념의 유통과 인식을 고찰한 논고14)가 있으므로 상술은 생략한다. 다만, 와쓰지의 저작이 8월 출간이라 『조선풍토가집』이 선행하므로 직접적 영향관계는 논할 수 없으며, 1920년대의 진인사와 관련 깊은 『조선풍토기(朝鮮風土記)』(1928)의 저자 난바 센타로[難波專太郎]의 향토 담론15)은 간과된 상태이다. 요컨대

---

12) 물론 이 말에서 조선을 '이국'으로 칭하는 '내지' 일본으로부터의 시선이 인지되는 것은 분명하다. 그러면서 동시에 재조일본인 가인들에게서 조선이 제이의 향리, 즉 '향토'로 표현되는 것에 주목할 필요 역시 있다. 이와 관련하여 졸고 「일제강점기 재조일본인의 '향토' 담론과 조선 민요론」, 『日本言語文化』 제28집(한국일본언어문화학회, 2014) pp.585-607)에서 상세히 다루었다.

13) 엄인경, 「한반도의 단카(短歌) 잡지 『진인(眞人)』과 조선의 민요」, 『比較日本學』 제30집(한양대학교 일본학국제비교연구소, 2014) pp.169-195.

14) 김보현, 앞의 논문 pp.181-208.

15) 난바 센타로 저, 이선윤 역, 『조선풍토기』(역락, 2016) pp.205-222.

1930년대 중반 동시대 개념으로서의 '풍토'에는 자연이나 지역만이 아니라 인간의 생활이나 삶의 양태까지 시야권에 들었다는 공유점이 있다.

둘째로 염두에 둘 측면은 진인사 관련자들이 집착했던 조선 특유의 '향토' 개념이 '풍토'에 흡수되어 있는 점이다. 이들이 1920년대 후반 내내 집요하게 매달린 '향토' 조선과 그 민요, 즉 조선 민족의 노래에는 조선 고유의 종적인 역사와 전통이 내재되어 있음[16]에 주목해야 한다.

> 하나, 이 책은 조선에 현재 사는 가인, 과거에 재주한 가인, 여행자, 조선에 관계를 가진 가인들의 작품에서 조선색이 드러난 것을 염두하여 한 당이나 한 파에 편중되는 일 없이, 유명 무명을 막론하고 채록 범위를 광범위하게 했다.
> 하나, 이 책은 메이지[明治], 다이쇼[大正], 쇼와[昭和]에 걸쳐 조선 풍물을 읊은 오늘날까지의 작품을 집록한 것으로 가인 및 조선의 단카 감상자 좌우(座右)의 보전(寶典)임과 동시에 또한 국문학적으로도 의의 있는 문헌이라 믿는다.[17]

위의 「범례」에서 보듯, "조선색이 드러"나는 것이 중요한 기준으로, 이 가집이 "조선 풍물을 읊은" 작품으로 국문학(=일본문학)사에서 신기원을 이룰 것이라 자부하고 있다. 물론 제국의 욕망을 반영한 일본 지식인의 발언이라는 측면이나 조선을 제국의 한 지방으로 보는 관점이라는 측면[18]을 완전히 걷어낼 수는 없으며, 그러한 측면은 일제 말기 한반도에서 유일하게 시가 전문 잡지로 간행된 『국민시가(國民詩歌)』에 이르면 말할 나위 없이 선명해진다.[19] 하지만, 1920년대 중반부터 약 10년 간 조선 풍토를

---

16) 특히 위에서 언급한 난바 센타로가 『진인』의 지상(誌上)에서 노구치 우조(野口雨情)와 향토의 개념을 놓고 논쟁한 것이 대표적 내용이다. 엄인경, 앞의 논문(「일제강점기 재조일본인의 '향토' 담론과 조선 민요론」, 2014) 참조.

17) 「凡例」, 『朝鮮風土歌集』, 朝鮮公論社, p.9.

18) 구인모, 앞의 글 pp.219-220.

19) 엄인경, 앞의 책(2015) pp.73-77.

소재로 한 조선색 풍부한 가집의 편찬이라는 목적 하에 간행된 진인사 중심의 일련의 대규모 작업들에서 조선 문화에 대한 애호와 특수성을 '민족' 개념에 입각해 인정[20]하는 공통된 감수성은 간과할 수 없다.

셋째는 바로 이 가집의 가장 특징적인 점이라고 할 수 있는 「조선지방색어해주(朝鮮地方色語解註)」라는 부록의 존재이다. 편자 이치야마가 약 300개의 "보통 통용되는 조선어"를 원음과 한자 등을 이용해 일본어로 풀이한 사전적 작업이다. 여기 선별된 것이 바로 '조선색'을 드러내는 단어들인데, 풀이된 항목은 "아이고"와 "우리", "왜놈", "여보", "어머니" 등과 같은 조선말 자체인 경우, "윷놀이[擲柶]", "과거(科擧)"와 같이 조선 풍속과 제도 등을 한자로 표기해 풀이한 경우, 그리고 한반도의 지명으로 나눌 수 있다. 이치야마는 "경주, 개성, 금강산, 수원, 부여, 경성, 인천 등 명소가 많아 여러 항목에 걸치는 곳은 편의상 하나의 제목으로 모았다"[21]고 설명했다. 즉 지명과 명소 자체가 '조선지방색어'로서 '풍토'를 환기시킨 것인데 이 글에서 문제 삼는 '경성'의 경우에는 다음 지명들이 설명되어 있다. 그것은 바로 '경복궁', '창덕궁', '창경원', '조선호텔', '보신각', '파고다공원', '경학원', '세검정', '노인정', '한강', '덕수궁'으로, 이 장소들은 지칭만으로 특유함이 환기되는 '조선지방색어'였던 셈이다.

이 점은 『조선풍토가집』 「경기도편(京畿道篇)」 중에서 경성 지역(당시 경성부 외곽이라도 현재 서울 시내인 곳을 포함하였다)의 표제어를 통해서 보면 더욱 분명해진다. 아래는 경성 관련 목차와 해당 단카 수(도합 733수이므로 가집 전체에서 경성 관련 단카는 약 1할을 차지한다)를 제시한 리스트이다.

---

20) 엄인경, 앞의 논문(「한반도의 단카(短歌) 잡지 『진인(眞人)』과 조선의 민요」, 2014) p.192.
21) 市山盛雄 「付錄 朝鮮地方色語解註 凡例」, 『朝鮮風土歌集』(朝鮮公論社, 1935)

『조선풍토가집』「경기도편」 중 경성 관련 표제어

표제어1 숫자는 단카 수	표제어2 숫자는 단카 수	표제어3 숫자는 단카 수
경성(京城) 17	장충단(獎忠壇) 22	메이지초고우타사카[明治町小唄坂] 1
경성역(京城驛) 3	박문사(博文寺) 13	청계천(淸溪川) 7
남대문(南大門) 20	창경원(昌慶苑), 비원(秘苑) 74	신당리(新堂里) 5
경성제이고녀(京城第二高女) 3	박물관(博物館) 6	한강(漢江) 71
조선신궁(朝鮮神宮) 9	경복궁(景福宮) 56	월파정(月波亭) 5
남대문통(南大門通) 3	경회루(慶會樓) 24	우이동(牛耳洞) 10
조선은행(朝鮮銀行) 2	덕수궁(德壽宮) 22	이조묘(李朝廟) 1
하세가와마치도리[長谷川町通] 2	광화문(光化門) 1	뚝섬(纛島) 3
조선호텔[朝鮮ホテル] 8	조선총독부(朝鮮總督府) 4	삼전도(三田渡) 2
정관각(靜觀閣) 3	봉래정(蓬萊町) 10	봉은사(奉恩寺) 5
지요다그릴[千代田グリル] 3	북한산(北漢山) 63	개운사(開運寺) 7
오곤마치도리[黃金町通] 1	세검정(洗劍亭) 9	봉각사(鳳閣寺) 1
혼마치도리[本町通] 6	백운장(白雲莊) 3	대원사(大圓寺) 1
미쓰코시[三越] 2	조지리(造紙里) 4	경국사(慶國寺) 3
미나카이[三中井] 2	서대문(西大門) 1	흥천사(興天寺) 3
조지야[丁子屋] 2	의주통(義州通) 2	약사사(藥師寺) 4
프랑스 교회[フランス敎會] 3	종로(鐘路) 22	망우리고개[忘憂里峠] 3
와카쿠사마치오오도리[若草町大通] 1	파고다공원[パゴダ公園] 4	도봉산(道峯山) 13
남산(南山) 25	경성방송국[JODK] 8	관악산(冠岳山) 5
남산신사(南山神社) 7	금융조합협회(金融組合協會) 2	이태원(梨泰院) 3
약수대(藥水臺) 5	동소문(東小門) 4	서빙고(西氷庫) 2
왜성대(倭城臺) 4	경학원(經學院) 11	청량리(淸涼里) 18
감천정(甘泉亭) 5	광희문(光熙門) 1	청량사(淸涼寺) 6
노인정(老人亭) 8	경성운동장[京城グラウンド] 3	신촌(新村) 5
조계사(曹谿寺) 12	동대문(東大門) 7	영등포(永登浦) 2
동사헌정(東四軒町) 1	대학병원(大學病院) 9	오류동(梧柳洞) 4

경성의 관문이라고 할 수 있는 경성역과 남대문에서 시작하여 총독부
나 호텔과 같은 특별한 건물, 종교 시설인 신사나 사찰, 백화점, 대로, 궁
궐, 산, 정자 등 경성 곳곳의 랜드마크라 할 만한 명소와 지명이『조선풍

토가집』에서 조선의 로컬컬러, 더 정확하게는 경성의 특색을 상징하는 경성의 풍토어로 호명되어 있다. 단카가 다수 창작(혹은 선별)된 곳은 창경원과 비원, 한강, 북한산, 경복궁, 남산, 경회루, 종로, 덕수궁, 장충단, 남대문 등의 순서라고 할 수 있는데, 일본인 거주지가 형성된 남산 외에는 조선의 역사성을 담보한 공간이 경성 단카에서 압도적인 점이 주목된다.

이처럼 『조선풍토가집』은 1920년대부터 조선 특유의 향토성을 가장 민감하게 인지하고 있던 진인사의 권역 내에서 일제강점기 내내 절실히 요청된 '조선색(로컬컬러)'을 단카의 선별과 배열로 드러내고자 한 대작업이었다. 모든 지역의 고유한 삶과 풍경 그리고 그 토대가 되는 조건인 문화를 포괄적으로 내포하는 '풍토'[22]는 이렇게 1935년 시점에서 '조선색'으로 대치된다.

한반도의 일본어 전통시가 분야에서 보자면 1940년에 나온 『조선풍토하이시선[朝鮮風土俳詩選]』[23]이라는 구집(句集)도 조선의 '풍토'를 표방한다. 이 구집에서도 「都[서울]」이 지문(地文) 분야 표제어로 등장하며 이에 속한 14구의 하이시[俳詩=센류]는 '파고다', '근정전', '동대문', '경학원', '비원', '장충단', '독립문', '총독부', '박문사', '청량리', '한강'이라는 경성의 건물 혹은 명소를 핵심 가어(歌語)로 삼아[24] 경성 풍토를 상징시키는 것을 확인할 수 있다.

조선의 '풍토'란 '내지' 일본인들에게 이국정조로 소비될 가능성을 잠재시키면서도 조선의 자연과 인간 생활을 융합한 것으로, 이들이 약 10년 간

---

22) 정기용은 한자로 쓰인 '풍토(風土)'란 고정된 땅과 그 땅에서 자라는 온갖 산물과 생명체(土), 그리고 땅 위에서 변화하는 삶의 모든 것(風)을 가리키는 기표와 기의가 동시에 압축된 단어라고 보았다. 정기용, 「3. 풍토와 문화」, 『기억의 풍경-정기용의 건축기행 스케치』(현실문화, 2010) p.77.

23) 津邨兵治郎(1940), 『朝鮮風土俳詩選』, 津邨連翹莊. 1940년 시점에서 1927년 이후 '반도 로컬 컬러의 일대 보고(寶庫)'(p.12)를 축적하여 1700여 구 이상의 센류(하이쿠도 더러 포함되어 있다)를 선정한 것이다.

24) 津邨兵治郎, 위의 책(『朝鮮風土俳詩選』, 1940), 「都」^{ソウル} 항목 14구, pp.20-21.

견지한 '향토' 담론과 '조선색' 구현 의식을 결합한 개념이었다. 그 안에서 식민지 수도 경성의 풍토는 북한산과 남산, 한강이라는 상징 자연물과 더불어 고궁이나 역사성 있는 건물 및 명소들로서 '조선지방색어'에 편입된 것이다.

3. 『조선풍토가집』과 경성 표상의 유형

경성을 경험한 일본인들은 위에서 살펴본 리스트의 장소들을 중심으로 경성과 관련된 개인의 기억을 다양한 유형으로 노래하고 있다. 대체적으로는 조선의 도읍 한양이 근대 도시 경성으로 변모한 모습, 그와 관련하여 경성의 모던함을 노래하거나 혹은 조선의 전통을 내재한 노래들, 경성 속에서 조선인들의 삶과 생활을 객체적으로 그린 단카로 유형화할 수 있을 것이다.

(1) 조선인 삶의 객체화

먼저 경성이라는 도시 자체는 어떠한 이미지로 그려지는가를 살펴볼 경우, 단카에서 가장 빈번하게 마주할 수 있는 감각은 시각적으로는 온돌을 피우며 마을을 메우는 자욱한 매연, 청각적으로는 도시의 소음이라 하겠다.

> 남산(南山); 저물어 가는 대도시 경성에서 소음이 나의 귓가에 울리누
> 나 마치 꿈을 꾸듯이.
> 　くれてゆく大京城の騒音が耳朶にひびきをり夢のごとくに(市山盛雄)
> 남산(南山); 저녁의 연무 안에서 벗어 나온 까치는 이곳 남산을 향하

여서 표표히 날아온다.
夕靄の中より出でて鵲はこの山に向つてひようひようと飛び來(市山盛雄)
경성(京城); 해가 저무는 서쪽 산으로부터 기류가 일어 어슴푸레해졌네 경성의 시가지가.
日のしづむ西の山より氣流わきおぼろとなりぬ京城の街(佐藤二頃)
경성(京城); 침을 뱉고 또 침을 뱉어내면서 여기 도읍의 가난한 동네 거리 지나다녀 보았네.
唾を吐き唾を吐きつつこのみやこの貧しき巷を通るなりけり(土岐善麿)[25]

위의 단카 외에도 경성 시가지 특히 종로나 청계천에서는 "연기 매캐한"이라든가 "지면에 안개 자욱이 낀" 등의 표현은 빈번히 나온다. 그리고 정주자 의식을 가진 재조일본인들에게서보다는 여행자로서 경성을 경험한 도키 젠마로[土岐善麿]와 같은 '내지' 일본인에게, 경성은 "침을 뱉고 또 침을 뱉어내면서" 다닐 수밖에 없는 가난하고 지저분한 도읍으로 감각된다. 이러한 감각이 전제된 경성의 단카에서 생활인 조선 남성의 모습을 그린 경우는 조지리와 도봉산[26]에서 한국식 종이 제작에 종사하는 사람과 지게꾼 정도이다.

조지리(造紙里); 종이를 뜨는 오두막에서 나온 남자 햇볕이 드는 언덕 비탈에 종이 떠서 말리네.
紙漉小屋より出で來し男日あたりの丘のなだりに漉きし紙ほす(原口順)
조지리(造紙里); 산 속 깊은 곳 이 시골 마을 사는 사람은 종이 뜨는 일을 업으로 하고 사는 듯하다.

25) 이 논문에 예시하는 모든 단카는 市山盛雄, 『朝鮮風土歌集』(朝鮮公論社 京畿道篇, 1935) pp.205-280에서 발췌한 것으로 표제어를 앞에 두었으며 단카 뒤의 ( )는 창작 가인이다. 경성을 읊은 단카는 『조선풍토가집』의 경성 관련 단카 중 400여 수를 번역한 엄인경·김보현 편역, 『단카(短歌)로 보는 경성 풍경』(역락, 2016) 참고.
26) 인용한 단카 외에도 도봉산을 가제로 한 이시이 다쓰시[石井龍史]의 "원료를 물에 풀어 뭉치고 있는 야외의 종이 만드는 작업장에 풍기는 밤꽃 향기[原料を水にとかすと揑ねてゐる露天製紙場に匂ふ栗の花]"라는 노래가 있다.

<blockquote>
山ふかきこの鄙里に住む人は紙漉く業を生活とすらし(原口順)
</blockquote>

장충단(獎忠壇); 달이 뜬 밤에 언덕을 내려오는 지게꾼 등에 어렴풋하
　　게 파의 향내가 감돌았네.

<blockquote>
月の夜の坂下り來るチゲの背に葱のほのけき香はただよへり(眞能露子)
</blockquote>

　이처럼 생계를 위해 산속에서 옛날 조선식으로 종이를 뜨는 것을 업으
로 삼은 남자와 이미 조선색 및 조선 정조(情調)의 클리셰로 자리한 지게
꾼27) 외에 경성의 조선인들이란 거의 여성, 아이들, 간혹 노인의 모습으로
등장한다.

덕수궁(德壽宮); 세월 오래돼 한국식인 게 좋게 보이는 문을 지나니
　　느릿느릿 흰옷의 노인 나와.

<blockquote>
年ふりて韓ぶりよろしきくぐり門のこのこと白衣の翁いで來つ(市山盛雄)
</blockquote>

경성(京城); 각양각색의 여자들과 아이들 지나다니는 거리에 온통 물
　　건 파는 사람 목소리.

<blockquote>
いろいろのをんなこどもの行き通ふ町なかにして物賣のこゑ(淺野梨鄕)
</blockquote>

남대문통(南大門通); 한국 아가씨 항간을 다니면서 펄럭인 치마 쌀쌀
　　한 봄 밤에 하얗게 보이더라.

<blockquote>
韓の娘がちまたを行きて翻へす裳春の夜寒に白く見えける(臼井大翼)
</blockquote>

정관각(靜觀閣); 가리개 쓰고 행동거지 조신한 어린 소녀의 옥 같은
　　살갗 비친 능사로 된 저고리.

<blockquote>
かしづきてたちゐしづけき少女子の玉肌透くや紗綾の上衣^{チョゴリ}(百瀨千尋)
</blockquote>

　사례들처럼 "흰옷", 치마가 밤에 "하얗게 보이"는 등 조선 사람들은 '흰
옷[白衣]'의 이미지로 회화적으로 처리되는 경우가 많다. 흰옷이란 일본인
과 조선인의 거리를 의식하게 만드는 경물이면서 조선인의 감정을 이해하

---

27) 今村鞆, 「朝鮮情調川柳」, 『歷史民俗朝鮮漫談』(南山吟社, 1928) p.503. 1920년대 후반 당시 조
　선 정조의 상징 키워드 중 첫째로 '지게꾼[拍軍]'이 위치한다.

는 수단으로 사용되기도 했는데,[28] 여기에서도 경성 조선인들 입은 눈에 띄는 일상복으로서의 흰옷이 대상화되어 있다.

조선인들이 많은 거리인 종로나 청계천 단카에서도 조선인으로서는 여성과 아이들에 대한 묘사가 눈에 띈다. 즉 식민자 제국의 남성(성)에 피사된 피식민자의 여성성이라는 식민지주의적인 심상지리(心象地理)[29]가 실천된, 일본인 가인들이 경성의 여자들과 아이들을 바라보는 남성적 시선이라 할 수 있다. 경성 자체를 제목으로 한 단카나 경성의 관문인 남대문, 및 경성역을 노래한 단카에서 볼 수 있듯이 거리의 불결함, 매연, 안개, 소음을 배경으로 그러한 식민지 대도시 경성의 조선인 삶은 일정한 거리에서 타자화되고 여성적 혹은 불결한 것으로 대상화시키는 일본인들의 시선을 읽어낼 수 있다. 더불어 경성 자체를 가제로 한 단카에서 이 가집에 참여한 15명의 조선인의 단카는 한 수도 없다는 사실 역시, 경성이 옛 왕조의 맥락을 이은 조선인들의 생활공간이라기보다는 일본인들의 시선에 의해 대상화된 심상적 장소임을 방증해 준다.

(2) 한양에서 경성으로의 변모에 대한 감지

이국적 식민지 대도 경성에 대한 위와 같은 인식만이 단카로 드러난 것은 아니었고, 조선의 도읍이던 한양에서 식민지 '조선'의 수도 경성으로의 변천 자체도 민감하게 그려졌다. 도시의 변모상과 한양 시절부터 있다가

---

28) 楠井淸文,「植民地朝鮮における日本人移住者の文学-文学コミュニティの形成と「朝鮮色」「地方色」」,『Art research』 10(立命館大学, 2010) pp.9-12.

29) 강상중,『오리엔탈리즘을 넘어서』(이산, 2004) p.90. 물론 여기에서 말하는 심상지리는 사이드가 말한 '상상의 지리(imaginative geography)'에 기초하는 것이다. '아시아적인 것이란 이국성, 신비성, 심원함, 생식력 등과 부합'된다는 오리엔탈리즘(에드워드 사이드 저, 박홍규 역,『오리엔탈리즘』(교보문고, 2000) pp.102-107)은『조선풍토가집』 내의 여행자 시선에서 옮겨진 단카에서 자주 조우하게 된다.

사라진 것, 그리고 근대 도시가 되면서 새로 생긴 것에 대한 것들이 제재
가 되었다.

> 남산(南山); 차분히 앉아 물끄러미 바라본 남산 산자락 붉은 지붕들
> 수가 더욱 늘어났구나.
> おちつきてしみじみ對ふ南山の麓邊は赤き屋根ふえにけり(百瀬千尋)
> 덕수궁(德壽宮); 월산대군이 거주하셨던 궁전 터였던 곳이 오늘날 개
> 방되어 사람들이 노닌다.
> 月山大君住みたる宮の跡處今日ゆるされて人々あそぶ(丘草之助)
> 신당리(新堂里); 소나무 숲을 베고 토지 개간한 넓은 대로에 이정표가
> 새로이 박아 세워져 있네.
> 松林伐り墾かれし大通を路標あたらしく打ち立ててあり(高橋珠江)

이처럼 일본인 마을에 일식 가옥의 "붉은 지붕들 수"의 증가로 경성의
일본인 거주자가 많아진 것, 조선의 왕궁이 개방되거나 개간된 대로의 새
로 생긴 이정표로 경성이라는 터전의 성격 변화를 표현하고 있다. 이러한
변화의 구체상은 '한양'의 사라진 것들에 대한 회상과 '경성'의 새로 생긴
것들에 대한 감회로 대별된다. 이러한 예는 아마도 경복궁 정문 광화문이
철거되고 그 자리에 조선총독부가 들어선 사건에서 가장 확연할 것이다.

> 광화문(光化門); 위엄이 있는 문의 그 뒤편으로 있던 한국식 궁궐의
> 그 풍경이 이제 보기 어려워.
> いかめしき門のうしろに韓ぶりの宮のけしきは今は見がたし(植松壽樹)
> 조선총독부(朝鮮總督府); 광화문 있던 자리에서 철거돼 조선총독부 새
> 로운 청사 위치 정해져 버렸구나.
> 光化門取り除かれて總督府の新しき廳舍の位置定まれる(寺田光春)

경복궁 앞에는 1926년 당시 동양 제일의 건축물이라 일컬어지는 조선총
독부가 주변 경관과는 불협화음을 이루었으나 제국의 위용을 드러내며 자

리잡게 되었다.30) 야나기 무네요시[柳宗悅]나 아사카와 노리타카[浅川伯教]・다쿠미[巧] 형제로 대표되는 조선 문화와 민예의 비호자들로 알려진 인물들의 거센 비판으로 경복궁 정문 광화문이 해체될 위기는 면했으나31) 그 위치를 이전할 수밖에 없었고, 경성의 심장과도 같은 상징적 자리에 조선총독부라는 당시 일본 제국이 건설한 최대 규모의 엄청난 서양식 건물이 들어선 것은 알려진 사실이다. 이전이 아닌 철거의 운명을 맞거나 심하게 무너진 '한양' 시절의 성곽 문들에 관한 단카도 있다.

> 서대문(西大門); 서대문을 부순다고 하는 날 살짝 소매에 넣어서 집에
>   왔네 바로 이 돌멩이를.
>   西大門壞すといふ日ふと袖に入れて歸りしこの石くれよ(橫田葉子)
> 광희문(光熙門); 성곽의 벽이 무너진 것을 보며 인간 세상의 변천하는
>   모습에 생각이 미치누나.
>   城壁の崩えしを見つつ人の世のうつろふ姿に思ひいたりぬ(小泉苳三)

일제강점기에 서대문으로 통칭된 돈의문은 원래 한양 도성의 축조와 함께 14세기 말 건립되었는데, 일제에 의해 전차의 도로 개설이 결정된 1915년 철거되었다. 이 가집에서는 30년간 이상의 단카를 대상으로 하므로 위의 단카는 철거 당시의 상황에서 읊어진 것으로 보인다. 또 광희문은 일제에 의해 철거된 것은 아니지만 임진왜란 때 심하게 파괴된 상태로 수축(修築)되지 못한 채 시구문(屍軀門)으로 사용된 문인데, 위의 단카는 그 문의 손상을 마주한 감회이다. 깊이 있는 역사 고찰이나 비판 의식이 엿보이지는 않지만, 사라지거나 훼손된 것에 대한 기억을 담고 있다.

---

30) 전진성,『상상의 아테네 베를린・도쿄・서울』(천년의상상, 2015) pp.487–511. 전진성은 경성의 심장부에 선 이 건축물에 그리스의 아테네를 꿈꾼 독일과 독일의 도시 체제를 수용한 일본의 욕망이 모두 담겨 있다고 했다.
31) 칸다 켄지,「광화문을 지킨 일본인-야나기 무네요시(柳宗悅)와 일본인 그리스도인들-」『신학과세계』제57호(감리교신학대학교, 2006) pp.302–326.

그 한편으로 한양이 경성으로 바뀌면서 근대적 시설로서 새로이 경성
의 랜드마크로 들어선 건물들이 있다. 서양식 외관으로서 신식 설비와 함
께 지어진 이 건물들의 위용과 그에 대한 감탄 등은 앞서 언급한 조선총
독부를 읊은 단카에서 상징적으로 잘 드러나는데 그 외에도,

> 조선은행(朝鮮銀行); 돌로 지어진 하얗게 말라 있는 은행 건물의 그늘
> 　　　진 조용한 곳 아래로 와 보았네.
> 　　　石造しろくかわける建物のかげしづかなる下に來りぬ(末田晃)
> 금융조합협회(金融組合協會); 거대한 협회 건물을 마련하고 앞으로 더
> 　　　욱 번영해 나아가리 우리 금융조합은.
> 　　　巨大なる協會館をしつらへていや榮ゆらむわが組合は(牟田口利彦)
> 경성운동장[京城グラウンド] 세상의 변천 대단하기도 하다 서로 얽혀서
> 　　　힘을 겨루는 데는 넓은 노천 운동장.
> 　　　世の移りすさまじきかも相搏ちて力きほふに廣き野天なり(大內規夫)

와 같이 지금도 화폐박물관으로 사용되는 조선은행이나, 금융조합협회,[32]
경성운동장이나 경성제국대학의 대학병원(총독부 의원이 전신) 등 근대적 설
비를 갖추고 경성이 근대 도시로 "대단"한 변천을 이루어 향후의 "번영"
을 이끌 건물들에 관한 노래에서도 보인다. 여기에서는 근대 도시 경성을
재조일본인이 자신들의 생활 터전으로 삼는 과정이 무의식 속에 투영되어
있다고 하겠다. 그런데 그러한 무의식은 근대 서양식 건물들뿐 아니라 남
산 일대에서 이루어진 일본의 토착 신앙인 신도(神道)의 사당 신사(神社)나
사찰의 건립에서 더 뚜렷이 보인다.

> 조선신궁(朝鮮神宮); 멀리 한국에 자리를 옮기시어 제례를 받는 존귀

---

32) 금융조합협회 단카를 지은 무타구치 도시히코[牟田口利彦]는 1928년부터 조선금융조합협
　회의 상무이사, 1933년부터는 조선금융조합연합회 이사를 역임한 가인이다. 출처 : 한국
　사데이터베이스 http://db.history.go.kr

　　　한 혼령이라 받들어 절을 하네.
　　　　韓國に遠く遷して祭りける尊き御靈とをろがみにけり(渡名喜守松)
　　남산신사(南山神社); 올라가려고 올려다 본 신궁의 돌로 된 계단 마치
　　　　급류와 같이 하늘에 걸린다네.
　　　　のぼらむと仰ぐ神宮の石の階段たきつせなして空にかかれり(中島哀浪)
　　박문사(博文寺); 현명하도다 신당의 안쪽으로 진좌를 하신 히로부미
　　　　공 혼에 합장 배례를 한다.
　　　　かしこしやみ堂の奧に鎭もれる博文公のみ魂をろがむ(牟田口利彦)
　　박문사(博文寺); 경춘문 누각 용맹스러운 글자 찬란하게도 햇빛에 빛
　　　　난 아래 경건히 지나가네.
　　　　慶春門ろうたけき文字燦として日に耀へり虔しみくぐる(原雪子同)

　　즉 1925년 세워진 조선신궁[33]이나 남산신사, 혹은 이토 히로부미[伊藤博文]를 모신 박문사를 소재로 한 단카에서 조선에 생활자로서 살며 경성을 자신들의 도시로 삼고자 한 의식을 읽어낼 수 있는데, 그것은 일본의 신불(神佛)이라는 신성성이 경성에 자리잡고 초대 통감 이토 히로부미를 경성의 명당에 진좌(鎭座)시킴으로써 한국의 신으로 토착화하는 것이 공식화된 공간이기 때문이다. 그 과정에서 "경춘문"[34]이나 "한국식으로 칠한 가람" 등의 한국적인 것과의 접합이라는 교묘한 방식을 배태하고 있었다는 사실도 분석해낼 수 있다.

---

33) 한국전통문화대학교 전통문화연구소 편, 『은뢰-조선신궁에서 바라본 식민지 조선의 풍경』
　　(소명출판, 2015) pp.6~44 참조.
34) 경희궁 정문이던 흥화문을 말하며 동향(東向)이던 이 문이 1915년 남쪽으로 이전되었고,
　　1932년에는 박문사 사문(寺門)으로 사용되었다. 1988년 서울시가 경희궁을 복원하면서 지
　　금의 자리로 옮겼으나 원래 자리가 어디인지는 확실치 않다.

(3) 경성의 모던한 생활

'한양'의 흔적을 어느 정도 드리우면서도 근대 도시 경성은 모던한 공간일 수밖에 없었다. 경성으로 변모하면서 근대의 생활양식이 혼재된 도시상이 현장감 있게 그려진 단카에 대해 살펴보기로 한다.

> 미쓰코시[三越]; 별이 빛나는 아름다운 밤 경성 미쓰코시의 옥상에는
>   가을의 화초들과 물소리.
>   星美しき夜の京城三越の屋上には秋の草花と水音(平山斌)
> 미나카이[三中井]; 미나카이의 신관 옥상 위에서 혼마치 점포 지저분
>   한 집들의 안쪽 들여다본다.
>   三中井の新館屋上ゆ本町の店舗きたなき家裏をのぞく(寺田光春)
> 조지야[丁子屋]; 소개소에서 오늘도 허무하게 나온 두 다리 조지야 옥
>   상으로 와서 쉬게 한다네.
>   紹介所今日もむなしく出し足の丁子屋の屋上に來ていこふなり(木村禾一)
> 종로(鐘路); 번쩍번쩍한 놋그릇 진열하고 한 해가 지는 세밑은 밝은
>   모습 지는 화신백화점.
>   きらきらと鍮器ならべて歳末の明るさはあるよデパート和信(百瀨千尋)

경성의 일본인 거주 지역이었던 남촌에는 삼대, 혹은 사대 백화점이 형성되었다. 일찍이 미쓰코시 백화점의 경성출장소로 출발한 미쓰코시 포목점[吳服店]은 1929년 미쓰코시 백화점 경성 지점으로 승격되면서 근대식 백화점 건물로 신축 개점했다. 조지야도 역시 포목점으로 유명하였으며, 미나카이도 1932년 대형 백화점으로 신축되며 이국적 건물 풍광으로 명소가 되었다. 조선인이 세운 화신백화점도 북촌 상권의 주역으로 종로 상권에 의해 뒷받침되고 있었다.[35] 1930년을 전후하여 도시 대중들은 새로운 소비 공간인 백화점에 주목하였고 소비를 즐겼으며 그 백화점 옥상을 고단

---

35) 권창규, 『상품의 시대』(민음사, 2014) pp.138-139.

한 생활의 쉼터로 활용하며 지저분한 백화점 뒷마을을 내려다보기도 한 모양이다.

> 지요다 그릴[千代田グリル]; 지요다 그릴 식당에 늦은 밤은 손님도 없
> 고 리놀륨 바닥 넓어 댄스를 떠올린다.
>> 千代田グリルの食堂に宵は客なくてリノリユーム廣くダンス想ひをり(百瀬百代)
> 정관각(靜觀閣); 잔디밭 위에 햇볕 비쳐 따스한 안쪽 마당은 어젯저녁
> 시원한 바람에 파래졌네.
>> 芝草に日の照り和む內庭はゆふべすずしく風青むなり(百瀬千尋)

그리고 여기에서 보이듯 가끔이나마 지요다 그릴과 같은 유리로 된 천
정에 리놀륨 바닥 요릿집에서 양식을 경험하기도 하고 댄스파티 같은 모
던한 연회에도 참석하며, 조선호텔의 정관각 앞마당 잔디밭 풍광을 즐기
기도 했는데, 여기에서도 현대적이고 모던한 경성 생활의 단면을 엿볼 수
있다.

또한 경성의 대중들은 JODK[경성방송국]의 라디오 방송에 귀를 기울였
다는 사실도 단카에서 잘 드러난다.

> JODK; DK의 방송 끝나고 창문 쪽에 있으면 정적 속 멀리서 다듬질
> 소리가 들려오네.
>> DKの終りて窓により居ればしじまを遠き砧聞ゆる(難波正以知)
> JODK; 현해탄 넘어 흘러나갈 아내의 이 목소리를 고향 마을에 계신
> 장모 들으실 테지.
>> 玄海を越へて流れむ妻の聲を鄕里なる義母も聞きおはすらむ(高橋豊)

1927년에 탄생한 JODK를 통한 방송은 마이크 앞에 선 여러 출연자들
에게는 부부 혹은 부모 자식 간에 현해탄과 같이 멀리 격한 공간을 축소
해주는 메시지 전달의 신문명으로 금세 자리 잡는다. 라디오가 끝나면 정

적의 다듬이질 소리만이 들린다는 위의 단카에서 JODK가 청각적 세계에 미친 강력한 영향력을 엿볼 수 있다. 이후 일제 말기에 이르기까지 라디오는 이윽고 중일전쟁, 태평양전쟁기로 이행하면서 전황과 속보를 전하며 대중들의 귀를 오랫동안 사로잡는 가장 강력한 대중매체가 되었다. 이 외에도 한강에서의 스케이팅이나 망우리고개에서의 드라이브, 이외에도 전차, 버스, 자동차를 단카 안에서 가어로 사용한 경우를 볼 수 있다. 이처럼 백화점, 라디오 및 서양식 근대 문명의 이기들을 실제 향유하는 모습들에서 재조일본인들의 현대적 경성 생활상의 일단을 볼 수 있다.

이렇게 단카를 통해 경성이 어떻게 표상되는지 조선인들의 삶과 생활을 '타자'로 그린 것, 한양에서 사라진 것과 경성이 된 이후 새로 생긴 것으로의 변천상, 경성에서의 모던한 생활상 등으로 유형화하여 분석해 보았다. 개별 노래들은 개인의 경험을 토대로 한 감상으로 보이지만 조선적인 것을 드러낼 때 이미 상투화된 조선색 소재들을 차용하는 경우도 있었다. 이것은 '조선색'이 상투화된 것을 의미하는데, 풍토를 드러내는 소재들이 진부해졌다는 것은 각 소재들에 질적 양적 표현의 축적이 이루어진 것이라 볼 수 있다.

4. 단카에 내재된 경성 역사의 기억

일본 전통시가에서 '조선색' 가어(歌語)와 표상은 식민지의 과거와 전통을 어떻게 의식하느냐의 문제와도 관계되는데, 여기에서는 이에 관해 살펴보기로 하자.

역사적 장소에는 과거의 서사가 누층적으로 잠복되어 있다. 제국의 주변이자 식민지 조선의 중심 경성의 장소성36)에는 근대 대중문화의 상징적인 문명으로 일컬어지던 것들이 일상화되는 한편, 어떤 곳에서는 조선

시대부터 일본에 의해 한국이 강제 병합되기 이전까지의 한양, 혹은 한성의 역사가 표상된다. 이것은 개인 감상에 근거한 음영(吟詠)의 태세를 취하고 있지만, 그 기저에는 장소에 얽힌 기억이 공유된 의식37)으로 얽혀 있는 듯하다. 어떤 공간이란 개인의 차원에서 이야기되는 동시에 공동성을 지니며 집단 차원에서 이야기되는 것38)이기 때문이다.

경성 관련 단카에서는 다음과 같이 옛날 조선을 떠올리는 경우가 많다.

> 남대문(南大門); 마치 옛날의 이조시대의 문화 이야기하듯 남대문은
> 드높게 가을하늘에 섰네.
>> いにしへの季朝の文化かたるごと南大門はたかし秋空に(宮崎利夫)
>
> 박물관(博物館); 뒹굴고 있는 이 큰 물동이에서 옛 사람들의 손을 보
> 노라 아아 서글픈 손의 자국.
>> ころがれるこの大甕に古の人の手を見つあはれ手のあと(中島哀浪)
>
> 경복궁(景福宮); 일세 풍미한 옛날 그리워하는 여기 이 나라 오래된
> 그릇들의 여러 종류를 본다.
>> ときめきし古しのぶこの國のふるきうつはのくさぐさを見つ(若山牧水)
>
> 세검정(洗劍亭); 말씀하시는 세검정에 관련한 옛날 일들을 등 쪽에 햇
> 볕 쬐며 듣고 앉아 있었네.
>> 說きたまふ洗劍亭の故事を脊に陽をうけて廳きゐたりけり(大橋文字)
>
> 종로(鐘路); 아침 저녁에 시각을 고하는 종은 멀고먼 과거 운종가의
> 거리에 울려 퍼졌겠구나.
>> 朝夕の刻告ぐる鐘はいにしへの雲縱街をとよもしにけむ(百瀬千尋)
>
> 경학원(經學院); 명륜당 문을 굳게 닫고서 그 문 안에서 천 년 동안 변
> 함도 없는 도리를 설했겠지.
>> 明倫堂かたく閉してそが中に千年かはらぬ道を說きけむ(松村桃代)
>
> 경학원(經學院); 아주 오래된 여기 경학원에서 일하는 사람 예전에 온

36) 오미일·조정민, 「제국의 주변·조선의 중심, 경성 일본인의 心像-교육시스템과 진로문
    제를 중심으로-」『선망과 질시의 로컬리티』(소명출판, 2014) p.53.
37) 成田龍一, 『「故郷」という物語-都市空間の歷史學』(吉川弘文館, 1998) p.3.
38) 신지은, 「장소와 기억, 그리고 기록」『장소경험과 로컬 정체성』(소명출판, 2013) pp.30-44.

적 있는 나를 기억하누나.

もの古りしこの學院の司人曾つて來にけるわれを見知れり(川田順)

이처럼 사라진 조선의 드높은 전통과 역사를 떠올리는 경우가 많은데, 사라진 조선의 과거를 고궁, 박물관, 세검정, 경학원(옛 성균관) 등지에서 감지하여 현재와 대비해 "쓸쓸하다"거나 "적적하다"거나 "서글프"게 감상한다. 그러나 부정적인 평가라기보다는 조선의 유구함과 오랜 역사를 떠올리는 단카에서 "절절하다"거나 "존귀하다"는 조선 문화와 역사를 존중하는 평가 및 감상이 드러나는 점이 주목된다. 이러한 맥락에서 북한산이나 관악산 및 오래된 사찰들을 소재로 한 많은 단카와 특히 오래된 경성의 사찰들 역시 일본인들이 조선의 전통을 소비하는 행락지가 된 측면도 없지 않지만, 이들 장소를 소재로 한 단카에서는 "천 년", "과거", "예전", "오래된", "옛날"이 여러 차례 되풀이되고 있어 조선의 오랜 역사성을 자동적으로 연상하고 있음을 알 수 있다. 경성의 이러한 풍토어들이 어떻게 경성에 관한 역사 기억으로 연계되어 환기의 장(場)인 토포스(topos)[39]가 되는지 살펴보자.

(1) 조선 왕조 패망의 기억

경성의 전신인 '한양'은 조선 왕조의 도읍이었고, 경험한 적 없지만 이를 연상하게 하는 것은 남대문을 비롯한 사대문과 공원 혹은 유원지로 변모한 왕궁들이다. 이러한 장소들을 읊은 단카에서 조선 왕조의 패망에 관한 기억과 망국의 이미지를 쉽게 읽어낼 수 있다.

---

39) 그리스어로 '장소'를 말하지만, 물리적 공간을 초월해서 언어와 의식과 밀접한 관계를 가지고 기억을 재생하는 중요한 요소로 취급되는 개념을 말한다. 나카무라 유지로 저, 박철은 역, 『토포스』(그린비, 2012) p.8.

남대문(南大門); 빌딩들 이어 서 있는 가운데에 남대문이 옛 나라 모
    습 간직해 둔 것도 애잔하다.
      ビルヂングたち並ぶ中に南大門ふるきくにぶりを殘すもあはれ(寺田光春)

남대문(南大門); 서울, 서울 초겨울 비에 젖어 검푸르게 서 있는 남대
    문에는 밤의 담쟁이덩굴.
      京、京しぐれにぬれて黝み立つ南大門の夜の蔦かづら(富田砕花)

창경원 비원(昌慶苑祕苑); 가랑비 내린 동물원으로 혼자 외로이 와서
    새매가 내는 소리 적적히 느끼누나.
      小雨ふる動物園にひとり來て鵯のこゑを寂しみにけり(丘草之助)

경복궁(景福宮); 무성히 자란 용마루의 일면에 가득 핀 풀들 속에서
    우는 까치 한탄하는 듯하네.
      生ひしげる甍いちめんの草のなかに鳴く鵲はなげかふごとし(中島哀浪)

경복궁(景福宮); 저녁 해 드는 이 오래된 정원의 깔린 기와들 들쑥날
    쑥하여서 밟기에 쓸쓸하다.
      夕日さすこの古庭の敷瓦でくぼくにして踏むにさびしき(川田順)

이렇게 경성은 그 상징물인 남대문이 "옛 나라 모습 간직"한 채 담쟁이
덩굴이 뒤덮인 그야말로 패망한 '이조(李朝)', 즉 조선 왕조를 상징한다. 담
쟁이덩굴은 경성 관련 단카에서 아주 빈번히 등장하는데 폐허 속에 잡초
나 냉이 풀이 무성하듯 외관을 가리며 자라버린 담쟁이덩굴은 패망한 왕
조의 표상이라 할 것이다. 이렇게 조선의 패망으로 인해 경성의 왕궁은
동물원이나 공원으로 조성되어 일본인들에게 "애잔함"과 "적적"함, "한탄"
의 정서를 불러일으킨다. 그런데 그 정서를 이해하고자 할 때 조선 패망
의 원인을 어떻게 사고하는지에 관한 단서를 볼 수 있는 단카가 있다.

경회루(慶會樓); 항상 여기에 펼쳐지던 연회의 술잔 기울 듯 기울어지
    는 나라로 여겨지게 된다네.
      常ここに張りしうたげの酒杯の傾ける國しおもほゆるかも(中島哀浪)

경회루(慶會樓); 여기 누각의 계단에 새겨 있는 모란꽃들이 지는 일은

없으리 생각했던 거겠지.
この樓の階段に彫りたる牧丹の花散ることなしと思ひたりけむ(中島
哀浪)

경회루(慶會樓); 돌기둥 밑을 빠져나가 보았네 그 옛날 당시의 왕의
사치스러움 머릿속에 그려져.
石柱の下をくぐりつそのかみの王者の奢侈ぞ偲ばれにける(窪田わたる)

조선왕조의 패망은 위의 단카에서 보자면 "연회의 술잔 기울 듯" 나라
가 기운 것이며, 화려한 "모란꽃들이 지는 일은 없"을 것이라 앞을 내다보
지 못하고 흥청망청 "왕의 사치"가 컸기 때문이라는 의식이 바탕에 깔려
있다. 여기에서 조선 패망에 대해 1900년을 전후한 시기의 긴박했던 한일
간의 사건들은 일체 원인으로 논해지지 않고, 시대를 읽지 못하고 주연(酒
宴)으로 인한 흥청거림과 호사, 안일함과 같은 왕조 내부의 문제에 기인한
것이라 치부한 역사 기억의 왜곡을 읽어낼 수 있다.

(2) 역사적 기억의 망각과 소거

앞서 조선 왕조 패망의 연유를 조선 내부에서만 찾는 기억의 왜곡을 엿
보았는데, 재조일본인들이 조선의 과거 역사와 마주할 때 일어나는 의식
적·무의식적 기억의 소거나 망각의 문학적 표현에 관해 고찰해 볼 필요
가 있다.

왕궁이나 경성의 상징물 격인 남대문과는 달리 역사적으로 중요한 사
건이 있었던 공간들을 읊은 단카도 있다. 다음이 그러한 예들이다.

약수대(藥水臺); 약수 가까이 앉아서 잠시 쉬고 있노라니 한동안은 더
위를 잊고 있게 된다네.
藥水のほとりにありてやすらへばしばし暑さを忘れてゐたり(志方言川)

장충단(奬忠壇); 길가 가까이 무성한 소나무들 키가 크므로 걷다 보니
곧바로 골짜기가 보인다.
道迫りてしげる松の木高ければ歩くままにして谷みえにけり(浦本冠)

파고다공원[パゴダ公園]; 황량한 겨울 마른 파고다공원 적적했지만
탑에 감돌고 있는 봄날의 햇볕 기운.
冬枯のパゴダ公園さびたれど塔にはにほふ春の日のかげ(名越湖風)

약수대는 서울의 사대(四大) 물맛의 하나로 유명했던 취운정(翠雲亭)을 일
컫는데, 취운정은 19세기 후반 조선 후기의 민태호(閔台縞, 1834~1884)가 지
은 정자로 독립운동가들의 회합 장소로 이용되기도 한 공간이었다. 그런
데 위 단카에서는 역사적 맥락은 전혀 언급되지 않은 채 조선 아이들이
물건을 팔고 더위를 피해 돗자리를 펴고 쉬는 휴식의 공간으로서의 약수
터가 그려진다.

이처럼 조선인에게 특별한 의미를 가지는 역사적 공간이 역사성이 소
거된 채 휴식의 공간으로 조성된 예는 장충단에서도 볼 수 있다. 장충단
은 원래 1895년 명성황후 시해 사건 5년 후 고종이 지은 사당으로 봄과
가을에 제사를 지내던 초혼단이었는데, 대일감정을 악화시킨다는 이유로
1908년 제사가 금지되고 벚꽃 명소의 공원으로 탈바꿈했다. 장충단을 소
재로 한 단카에서는 이미 명성황후나 고종, 초혼단의 모습을 떠올리는 가
어(歌語)는 없고 가까이 골짜기와 개천이 흐르는 한적의 공간으로 그려져
있다.

파고다공원 역시 3.1독립만세운동의 발상지로 독립선언서가 낭독된 장
소이지만 황량한 풍경으로 그려질 뿐이다. 이러한 장소들을 노래한 단카
에서 재조일본인들에게서 작용한 집단적인 역사성의 소거와 망각이라는
장치를 확인할 수 있다.

(3) 한일 관계의 역사와 전쟁 기억

물론 모든 일본어 문학이 역사 기억을 소거하거나 망각한 채 표현된 것은 아니라, 과거 조선과 일본의 역사적 관계사를 떠오르게 하는 단카도 상당수 마주하게 된다. 흥미로운 점은 그 관계사란 주로 임진왜란, 그리고 청일전쟁 이후 1910년 일본에 의한 한국 병합에 이르는 시기에 대한 기억으로 점철되어 있다는 것이다. 우선 임진왜란과 관련해서는 제국의 입장에서 일본 지배의 역사성을 은연중 당위적인 것으로 보게 하는 남산의 왜성대(倭城臺)라는 지명 자체가 그 명백한 지점임을 지적할 수 있다.

> 왜성대(倭城臺); 왜성대에 있는 오래된 관사에는 담장을 따라 아카시아의 꽃이 펴서 하얗게 보여.
> 倭城臺古き官舎の塀つづきあかしやの花は咲き白みたり(高橋珠江)
> 왜성대(倭城臺); 관저 동네에 진눈깨비 내리는 밤은 추운데 바깥의 불빛에서 까치 울며 앉았네.
> 官邸町みぞれする夜はひえひえて外の明りにカチ鳴きたつも(大內規夫)
> 덕수궁(德壽宮); 사카자키 데와노 가미가 분로쿠 전쟁 때 진을 쳤던 동산 안에는 가을 풀 향기나.
> 坂崎出羽守が文錄の役に陣をとりしみ苑の中は秋草匂ふ(丘草之助)

위의 단카는 일견 풍경시를 표방하고 있지만, 왜성대는 왜장대(倭將臺)라고도 불리었고 '임진왜란 때의 왜장 마시타 나가모리[增田長盛, 1545~1615]가 성을 지은 곳이기에 이러한 이름'[40]이라는 유래가 이미 20세기 초 일반화되어 있었다. 그래서 1907년 통감부 청사가 들어서고 1910년 총독부로 바뀌고도 1926년 조선총독부 신청사 이전까지 약 20년간의 왜성대 통치가 정당화된 공간이었다.

40) 幽芳生, 「京城の南山に上る」, 『韓半島』第2卷 第1號(1906) p.183.

덕수궁 단카에서 사카자키 데와노카미(坂崎出羽守)란 임진왜란 때 이곳에 진을 치고 일본으로 돌아가서도 공훈을 인정받은 왜장 사카자키 나오모리[坂崎直盛, ?~1616]의 직함을 딴 호칭으로 역시 비슷한 기억의 예이다.

이 외에도 근대의 동아시아 역사의 사건들 속에서 중요한 무대가 된 공간들을 놓치지 않은 단카들이 있다.

> 경복궁(景福宮); 이 근처에서 민비가 덧없이도 인생 최후를 다한 곳이
>   라 듣고 여름 풀 밟아본다.
>   このあたり閔妃あへなき最後をば遂げし地と聽き夏草を踏む(善生永助)
> 노인정(老人亭); 일본과 한국 담판을 지은 자리 나중이 되어 여름풀
>   무성하게 노인정 되었구나.
>   日韓の談判なせしあとどころ夏草ふかく亭あれにけり(名越湖風)
> 하세가와마치[長谷川町]; 가로수들의 가지치고 있구나 이 동틀 녘에
>   하세가와마치로 봄은 이렇게 왔네.
>   街路樹の枝つみてをりこの朝け長谷川町に春は來にけり(中村兩造)
> 조선호텔[朝鮮ホテル] 세상이 변해 호텔이 되었구나 대한제국의 황제
>   가 천신지기 제를 올리던 곳이.
>   世はうつりホテルとなりぬ韓皇帝天神地祇をまつれるところ(名越湖風)

경복궁에서는 "덧없이도 인생 최후를" 맞은 명성왕후[41]를 떠올리고 있다. 두 번째 단카의 노인정은 보통명사로서의 흔한 노인정이 아니라 민영준의 별장이었던 한옥집의 정자를 말한다.

노인정을 소재로 한 다른 단카에서는 이미 휴식의 터로 변모한 약수대의 모습이 그려져 역사성이 망각된 측면도 있지만, 이곳에서는 1894년 조선의 대표 신정희(申正熙)와 일본의 오토리 게이스케[大鳥圭介] 공사 간에 회담이 진행되었는데, 인용 단카에서는 "일본과 한국 담판을 지은 자리"라

---

41) 명성왕후는 그녀가 묻힌 홍릉(지금의 청량리 홍릉터)에 관련한 단카도 있어서, 일본인들에게 어떻게 인식되고 표상되었는지 복잡한 측면을 갖는 중요한 인물로 사료된다.

는 표현에서 청일전쟁이라는 국제전에서 일본이 전승을 거두는 계기가 된
이 장소의 역사성이 뚜렷이 드러나 고유명사로서 인지되고 있는 노인정이
장소성이 부각된다.

세 번째 단카는 지금의 소공동인 하세가와마치[長谷川町] 자체를 대상으
로 하고 있는데, 이 지명은 조선군사령관이자 무단정치의 주역으로 비판
받은 하세가와 요시미치[長谷川好道]에서 따온 것이다. 하세가와는 러일전
쟁 때의 수훈으로 자작의 지위를 받았으며 1916년에 제2대 조선 총독으로
취임했으므로, 지명과 인물이 직결되어 일본의 한반도 지배의 상징적 인
물들을 상기하게 만드는 기능42)을 하는 점에서 왜성대와 유사하다.

마지막 조선호텔은 고종이 하늘에 제사를 드린 환구단(圜丘壇)의 일부를
헐고 지은 것으로 그 설립 배경을 그대로 읊고 있다.

이렇게 『조선풍토가집』에서 경성 관련으로 선택, 배치된 단카를 통해
그에 잠복한 과거 서사와 역사 기억을 간략히 살펴보았다. 경성은 조선
쇠망에 대해 애잔함과 한탄을 느끼면서도 그 원인을 왕조 내부의 사치로
귀결시키는 식, 반일(反日)의 불온한 정서와 연계될 수 있는 곳인 경우 가
차 없이 유원(遊園)의 공간으로만 인식하게끔 기억을 소거하는 식, 임진왜
란과 20세기를 전후한 한일 근대사에서 일본 지배나 승리의 정당성을 기
호화한 지명을 호명하는 식으로 토포스가 되었다. 그리고 이 방식은 『조
선풍토가집』이 유통되기까지 약 30년간 집단적 기억으로서 경성에 재조
일본인들이 식민자로 있는 것을 정당화하도록 기능했던 것임을 파악할 수
있다.

---

42) 김종근, 「식민도시 京城의 이중도시론에 대한 비판적 고찰」, 『서울학연구』 38호(서울시립
대학교 부설 서울학연구소, 2010) pp.21-22.

5. 식민 도시의 기억과 표상

이상 1935년 간행된 한반도 최대의 가집 『조선풍토가집』에서 식민지 '조선'의 수도 경성이 어떻게 '조선색'의 풍토로 위치하고 표상되며 역사 기억을 어떠한 방식으로 내재하는지를 살펴보았다. 경성의 '풍토'는 '내지'에서 기대하는 이국정조와 '조선색'의 고유함을 구현하려는 가인들의 욕구를 동시에 의식한 개념이었다. 단카는 개인의 체험과 기억을 바탕으로 경성 조선인들의 삶을 '타자'화한 것, 한양에서 경성이 변모하면서 소멸 혹은 생성된 것들에 대한 변천을 포착한 것, 경성에서의 모던한 생활 양태를 그린 것 등으로 유형화할 수 있었다. 특히 재조일본인들은 경성 공간을 조선의 오랜 역사와 연계할 때 공통의 기억 장치를 가지고 있었는데, 그것은 임진왜란이나 청일전쟁 등 1910년 이전의 한일관계를 보여주는 공간의 기억이었다. 가인들이 지닌 이러한 기억 장치는 식민지주의에 의한 집단적 무의식으로 역사 환기의 장으로 토포스가 된 경성 풍토 단카를 통해 약 30년간 유효했던 왜곡, 소거, 혹은 강화의 양상을 분석했다.

경성의 장소성에 부여된 복잡한 의미는 광복 후에도 서울의 역사로 한동안 이어졌고 근대 수도의 계보는 현재 서울의 도시사학(都市史學)이라는 학문 분야가 정치(精緻)하게 규명하려는 대상이다. 이 글은 일본인과 조선인, 전근대와 근대, 조선의 전통과 외래의 문물이 혼합된 거대한 용광로 같은 공간 서울이라는 대도시에 잠복한 과거 서사와 일본인들의 역사 기억을 살펴보고자 한 시도였다. 의욕에 비해 사례가 예상 외로 다양한 것이 난점이었다. 예를 들어 한일 양국의 역사만이 아니라 17세기의 병자호란이나 근대 초 대원군, 명성왕후, 고종을 둘러싸고 청나라, 러시아 등 조선을 세력권에 넣고자 한 다른 나라와의 갈등 기억은 또 다른 복잡한 구조를 갖는다. 더불어 조선 민족의 피맺힌 통한을 표현한 단카도 다루지 못했다. 더불어 진인사 가인들이 의도한 조선문화와 조선인에 대한 애호

및 심정에 대한 깊은 이해 등을 통해 조선 고유색을 도출하려는 시도에
관해서도 충분히 논하지 못했다. 이러한 부분들과 함께 한반도에서 대량
으로 창작된 일본어 전통시가의 토포스와 일본 귀환자[引揚者] 문학에 담긴
조선의 기억 분석을 연계시켜, 한반도의 근대 도시의 표상과 일본인의 역
사 기억을 규명해가는 노력이 이어지기를 기대한다.

저자 소개(게재 순)

나리타 류이치[成田龍一]

니혼여자대학[日本女子大学] 인간사회학부 교수. 일본근현대사, 도시사회사 전공. 주요 논저로는 『近現代日本史と歴史学―書き替えられてきた過去』(中公新書, 2012), 『歴史学のポジショナリティ―歴史叙述とその周辺』(校倉書房 2012), 『戦後日本史の考え方・学び方―歴史って何だろう？』(河出書房新社, 2013), 『加藤周一を記憶する』(講談社現代新書, 2015), 『岩波新書で「戦後」をよむ』(共著, 岩波新書, 2015), 『「戦後」はいかに語られるか』(河出ブックス, 2016) 등이 있다.

린타오[林濤]

베이징사범대학[北京師範大學] 문학원 일문계 부교수. 중일비교문학, 일본근대문학, 문학번역 전공. 주요 논저로는 『満洲浪曼』における「白日の書」への一考察)」, 『跨境 日本語文学研究』創刊号(ソウル：高麗大学校日本研究センター, 2014), 「新美南吉児童文学在中国的译介与传播」, 『日本文化理解と日本学研究』(北京：北京日本学研究中心, 2015), 「女性与战争－大陆当代抗战电影中的日本女性形象研究」, 『日语学习与研究』第5期(北京：『日语学习与研究』杂志社, 2016), 『兽之奏者』I〜IV(共訳, 北京：中国少儿出版社, 2014), 『天地守护者』第一部〜第三部(訳著, 北京：中国少儿出版社, 2016) 등이 있다.

이시카와 다쿠미[石川巧]

일본 릿쿄대학[立教大學] 문학부 교수. 일본근대문학・문화 전공. 야마구치대학[山口大學] 전임강사. 규슈대학[九州大學] 대학원 조교수를 거쳐서 현직. 주요 논저로는 『高度経済成長期の文学』(ひつじ書房, 2012), 『「月刊読売」解題 詳細総目次・執筆者索引』(三人社 2014), 「雑誌「新生活」を読む：新発見資料の紹介」, 『日本近代文学館年誌：資料探索』(日本近代文学館, 2016), 『幻の雑誌が語る戦争』(青土社, 2017), 「占領期カストリ雑誌研究の現在」, 『インテリジェンス』No.17(20世紀メディア研究所, 2017) 등이 있다.

김효순(金孝順)

고려대학교 글로벌일본연구원 부교수. 일본근현대문학・문화 전공. 식민지시기 조선문예물의 일본어 번역양상 연구. 주요 논저로는 『조선 속 일본인의 에로경성 조감도(여성직업편)』(공역, 도서출판 문, 2012), 『재조일본인과 식민지조선의 문화 I 』(편저, 역락, 2014), 「조선전통문예 일본어번역의 정치성과 현진건의 『무영탑』에 나타난 민족의식 고찰」(『일본언어문화』제32집, 2015.10), 「식민지시기 재조일본인의 내선결혼 소설에 나타난 여성 표상」, 『한일군사문화연구』Vol.23(한일군사문화학회, 2017) 등이 있다.

▎사카모토 사오리[坂元さおり]

타이완 천주교푸런대학[天主教輔仁大學] 부교수. 일본근대문학연구, 일본어교육 전공. 주요 논저로는 『現代日本の「フラット化」に文学はどう関わるか―水村美苗、桐野夏生、吉田修一、津島佑子の作品を中心に―』(台北：尚昂文化社, 2015), 「田修一<異郷>としての台湾)」, 『異郷としての大連・上海・台北』(勉誠出版, 2015), 「水村美苗『続明暗』から『母の遺産』への軌跡―「遺産・贈与」としての「日本近代文学」―」, 『台大日本語文研究』32期(臺大日文系, 2016) 등이 있다.

▎마쓰자키 히로코[松崎寛子]

니혼대학[日本大学] 문리학부 인문과학 연구소 특별연구원. 타이완・중국어문학, 일본 비교문학・비교영화론 전공. 주요 논저에 「台湾の高校「国文」教科書における台湾文学―鄭清文「我要再回来唱歌」を中心に」, 『日本台湾学会報』(日本台湾学会, 2010), The Foundation and the Collapse of "Taiwanese" Utopia : the Representation of Mothers in Tzeng Ching-Wen's Children's Literature The Lantern and the Mother and the Theatrical Adaptation of Qingming Festival, The Proceeding of the 2013 UCSB International Conference on Taiwan Studies *-Inter-flow and Trans-border : Ocean, Environment, and Cultural Landscape of Taiwan,* Taiwan Studies Series, University of California, Santa Barbara, Vol.6, 2014 등이 있다.

▎판수원[范淑文]

국립타이완대학[國立臺灣大學] 일본어문학과 교수. 일본근현대문학, 타이완문학 전공. 주요 논저로는 『文人の系譜―王維～田能村竹田～夏目礎石』(三和書籍, 2012), 『川端文学と絵画の交響―「白馬」を例えとして」, 『台大日本語文研究』32期(臺大日文系, 2016), 「代助と三千代の恋―『それから』に語られている<時代>」, 『日本學研究著書26 礎石と<時代>』(臺灣大學出版中心, 2018) 등이 있다.

▎우페이전[吳佩珍]

타이완 국립정치대학(國立政治大學) 타이완문학연구소 준교수. 일본 메이지・쇼와기 여성문학, 식민지기 비교 문학・문화 전공. 주요 논저로는 "The Peripheral Body of Empire : Shakespearean Adaptations and Taiwan's Geopolitics." Re-Playing Shakespearean in Asia.(Poonam Trivedi ed.. New York : Routledge, 2010), 『中心到邊陲的重軌與分軌：日本帝國與臺灣文學・文化研究』(上, 中, 下)(國立,臺灣大學出版中心出版社, 2012), 『眞杉靜枝與殖民地台灣』(聯經出版, 2013) 등이 있다.

▌ **정병호(鄭炳浩)**

고려대학교 일어일문학과 교수. 일본근현대문학, 한일비교문화론 전공. 주요 논저로는 『동아시아문학의 실상과 허상』(공저, 보고사, 2013), 『강동쪽의 기담』(역서, 문학동네, 2014), 「1920년대 일본어잡지 『조선급만주(朝鮮及滿洲)』의 문예란 연구―1920년대 전반기 일본어 잡지 속 문학의 변용을 중심으로」, 『일본학보』제98집(한국일본학회, 2014.2), 『국민시가 1941 9・10・12』(공역, 역락, 2015), 『근대 일본과 조선 문학』(역락, 2016) 등이 있다.

▌ **김환기(金煥基)**

동국대학교 일어일문학과 교수. 일본근대문학, 코리안 디아스포라문학 전공. 주요 논저로는 『시가 나오야』(건국대출판부, 2003), 『재일 디아스포라 문학』(새미, 2006), 「재일 코리언 문학에 나타난 '아버지상' 고찰 : 전세대의 생활공간과 이데올로기를 중심으로」, 『비교일본학』 Vol.29, 한양대학교 일본학 국제비교연구소, 2013), 『브라질/아르헨티나 코리안 문학선집』(보고사, 2014), 『화산도』 1-12(공역, 보고사, 2015) 등이 있다.

▌ **김정애(金貞愛)**

일본 기타큐슈시립대학[北九州市立大学] 기반교육센터 준교수. 재일코리안문학, 이회성문학 전공. 주요 논저로는 「<習作>, あるいは <改作>というレトリック―李恢成「その前夜」と「死者が遺いたもの」」, 『文学研究論集』第20号(つくば大学比較・理論文学会, 2002), 「戦後の<光の中に>―李恢成「夏の学校」論」, 『<翻訳>の権益―文化・植民地・アイデンティティ』(つくば大学 文化批評研究会, 2004), 「ディアスポラ作家李恢成とアイデンティティ―「つつじの花」から「青丘の宿」へ」, 『社会文学』第22号(日本社会文学会, 2005) 등이 있다.

▌ **이영호(李榮鎬)**

오사카대학[大阪大学] 문학연구과 초빙연구원, 고려대학교 중일어문학과 박사수료생. 재일조선인 문학 전공. 주요 논저로는 「1970년대 일본에서의 조선문학 연구 경향 분석 재일조선인 문학 장르 형성 연구―조선문학의 회(朝鮮文学の会)의 등장과 재일조선인 작가의 활동을 중심으로」(『日本學報』 제107집, 한국일본학회, 2016), 「재일조선인 잡지 『계간 마당(季刊まだん)』 연구―『계간 삼천리(季刊三千里)』와의 비교를 중심으로」(『日本文化研究』 제61집, 동아시아일본학회, 2017), 「위안부 문제의 등장과 재일조선인 김일면―잡지 『계간 마당(季刊まだん)』의 기사를 중심으로―」(『日本學報』 제113집, 한국일본학회, 2017) 등이 있다.

▎히비 요시타카[日比嘉高]

일본 나고야대학[名古屋大学]대학원 문학연구과 준교수. 근현대일본문학, 이민문학, 전전(戰前) 외지(外地)에서의 서적유통, 현대 일본의 트랜스내셔널문학 전공. 주요 논저로는 『<自己表象>の文学史 自分を書く小説の登場』(翰林書房, 2002), 「外地書店とリテラシーのゆくえ―第二次大戦前の総合史書店史から考える」, 『日本文学』第62巻第1号(日本文学学会, 2013), 『ジャパニーズ・アメリカ 移民文学・出版文化・収容所』(新曜社, 2014)『いま、大学で何が起こっているのか』(ひつじ書房 2015) 등이 있다.

▎남유민(南有玟)

고려대학교 중일어문학과 박사수료생. 일본근현대문학 전공. 주요 논저로는 「라이트노벨을 통해 본 현대일본 청소년-<부기팝 시리즈>를 중심으로-」, 『日本研究』제66호(한국외국어대학교 일본연구소, 2015), 「라이트노벨 속 문학작품 수용에 대한 고찰 -<"문학소녀" 시리즈>와 그에 대한 담론을 중심으로-」, 『日本學研究』제49집(건국대학교 일본연구소, 2016), 「'한국적 라이트노벨'에 대한 고찰-<미얄의 추천(鞦韆) 시리즈>를 중심으로-」, 『동아시아문화연구』제72집(한양대학교 동아시아문화연구소, 2018) 등이 있다.

▎톈밍[田鳴]

중국 외교학원(外交學院) 교수. 일본문학・일본문화 전공. 주요 논저로는 『生命の記憶の語り―日本現代女性作家大庭美奈子小説の語りに関する研究―』(中国社会科学出版社, 2014), 『隠喩による小説テクストへの意義構成に関して』, 『语言文化学刊』第2号(白帝社, 2015), 『日本近現代文学の翻訳及び鑑賞』(共著, 南開大学出版社, 2016) 등이 있다.

▎엄인경(嚴仁卿)

고려대학교 글로벌일본연구원 부교수. 일본시가문학, 한일비교문화론 전공. 주요 논저로는 「일제강점기 재조일본인의 '향토'담론과 조선 민요론」, 『일본언어문화』Vol.28(한국일본언어문화학회, 2014.9), 『문학잡지 國民詩歌와 한반도의 일본어 시가문학』(역락, 2015), 『조선인의 단카(短歌)와 하이쿠(俳句)』(역락, 2016), 『단카(短歌)로 보는 경성 풍경』(역락, 2016), 『한 줌의 모래』(역서, 필요한책, 2017), 『조선의 미를 찾다――아사카와 노리타카 재조명』(아연출판부, 2018) 등이 있다.

역자 소개_(가나다 순)

김계자(金季杼) 고려대학교 글로벌일본연구원 연구교수

김보현(金寶賢) 고려대학교 글로벌일본연구원 연구교수

김 욱(金　旭) 고려대학교 중일어문학과 박사수료생

남유민(南有玟) 고려대학교 중일어문학과 박사수료생

송혜경(宋惠敬) 한국방송통신대학교 통합인문학연구소 학술연구교수

이영호(李榮鎬) 오사카대학 문학연구과 초빙연구원, 고려대학교 중일어문학과 박사수료생

이혜원(李慧媛) 고려사이버대학교 외래교수

임다함(任ダハム) 고려대학교 글로벌일본연구원 연구교수

채숙향(蔡淑香) 백석대학교 관광학부 관광통역/항공서비스학과(일본어) 교수

최가형(崔佳亨) 고려대학교 BK21plus중일언어문화교육연구사업단 연구교수

동아시아의 일본어 문학과
집단의 기억, 개인의 기억

초판1쇄 인쇄 2018년 3월 19일
초판1쇄 발행 2018년 3월 27일

편저자 엄인경
펴낸이 이대현

편 집 권분옥
디자인 안혜진
펴낸곳 도서출판 역락 | **등록** 제303-2002-000014호(등록일 1999년 4월 19일)
주 소 서울시 서초구 반포4동 577-25 문창빌딩 2층
전 화 02-3409-2058(영업부), 2060(편집부) | **팩시밀리** 02-3409-2059
전자우편 youkrack@hanmail.net
I S B N 979-11-6244-207-4 93830

■ 정가는 표지에 있습니다.
■ 잘못된 책은 교환해 드립니다.

■ 이 도서의 국립중앙도서관 출판예정도서목록(CIP)은 서지정보유통지원시스템 홈페이지(http://seoji.nl.go.kr)와
  국가자료공동목록시스템(http://www.nl.go.kr/kolisnet)에서 이용하실 수 있습니다.(CIP제어번호: CIP2018008690)